시간관리국

시간관리국

캘리앤 브래들리 장편소설

장성주 옮김

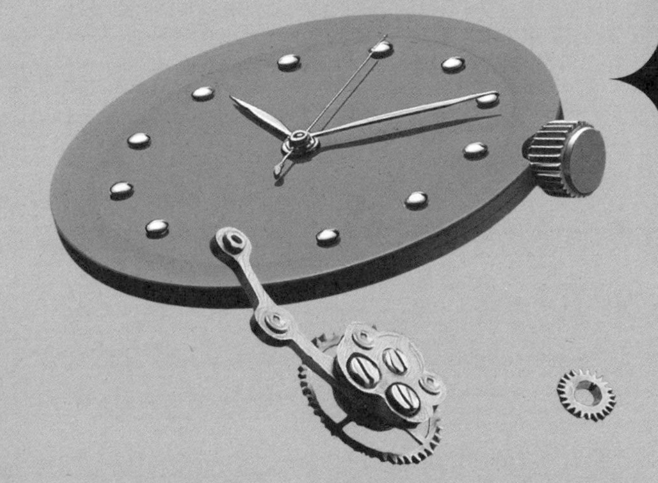

The Ministry of Time

부모님께 바칩니다

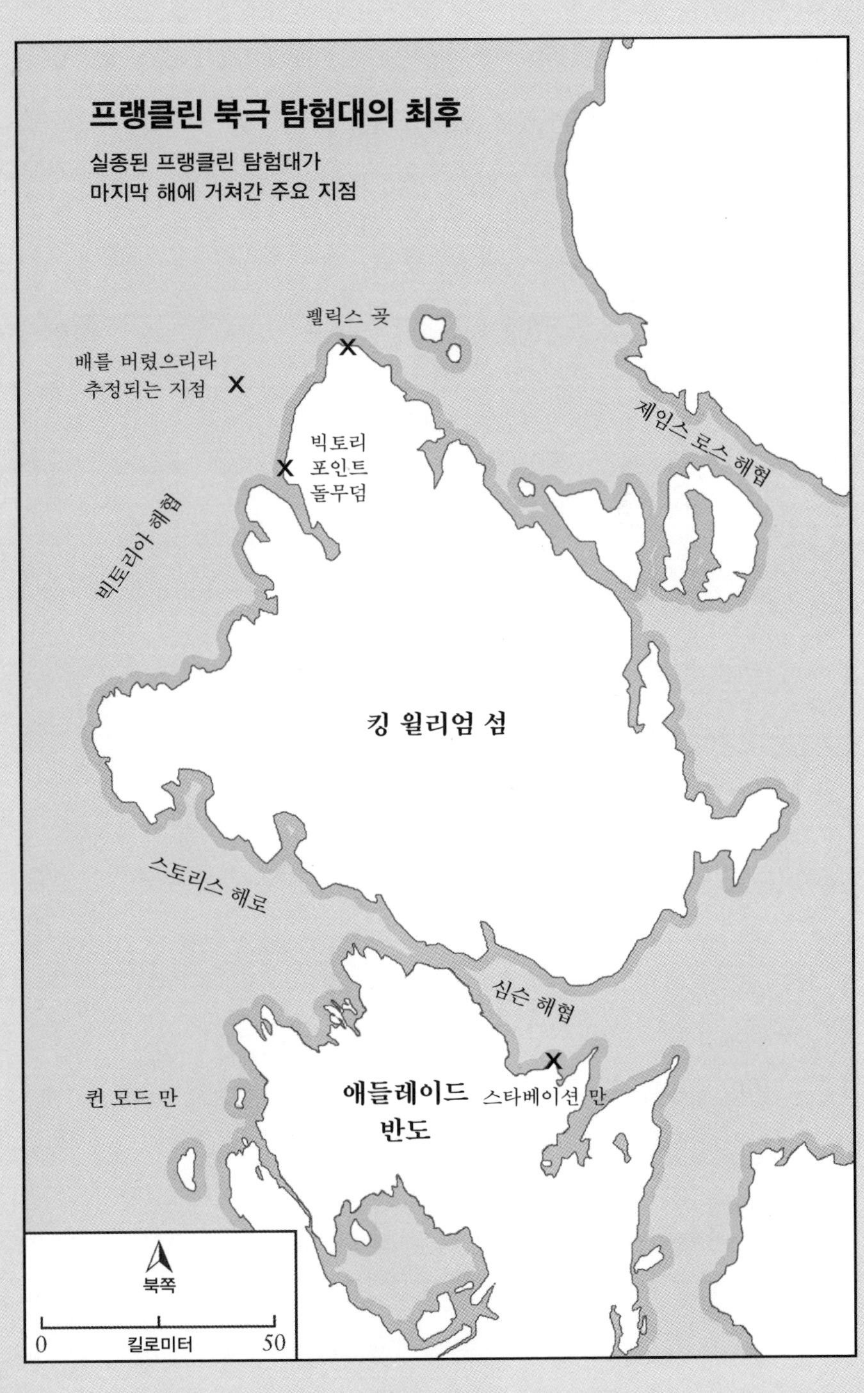

프랭클린 북극 탐험대의 최후
실종된 프랭클린 탐험대가
마지막 해에 거쳐간 주요 지점
펠릭스 곶
배를 버렸으리라
추정되는 지점
빅토리
포인트
돌무덤
제임스 로스 해협
빅토리아 해협
킹 윌리엄 섬
스토리스 해로
심슨 해협
퀸 모드 만
애들레이드
반도
스타베이션 만
북쪽
0
킬로미터
50

일러두기

• 본문 내 주는 옮긴이주입니다.

I

아마 이번에는 그도 죽을 것이다.

그래도 불안하다는 생각은 들지 않았다. 하도 추워서인지 그의 정신은 주정뱅이처럼 몽롱한 상태에 사로잡혔다. 머릿속에 생각이라는 것이 떠오를 때, 그것은 자유로이 너울대는 투명한 해파리의 모습을 띠고 있다. 매서운 극동풍이 손발을 물어뜯는 사이, 머릿속에서는 이런저런 생각이 두개골에 부딪혀 출렁거린다. 마지막에 얼어붙는 것은 바로 그 생각들일 것이다.

그는 자신이 걷고 있다는 것을 알지만 이제 그것을 느끼지는 못한다. 얼음덩이가 발끝에 부딪혀 멀리 튕겨 나가는 것으로 보아 그는 분명 앞쪽을 향해 걷는 중이다. 등에는 총을, 가슴에는 가방을 비껴 메고 있다. 무게는 하찮은 동시에 시시포스의 바위처럼 묵직하다.

기분은 꽤 좋다. 만약 입술에서 감각이 사라지지 않았다면 휘파람을 불었을 것이다.

멀리서 우렁찬 대포 소리가 들린다. 연거푸 세 번, 재채기 소리처럼. 배가 신호를 보내고 있다.

1장

면접관이 내 이름을 말하는 순간 생각이 뚝 끊겼다. 나는 내 이름을 입에 올린 적이 없다. 심지어 머릿속으로 떠올리지도 않았다. 그런데도 그 여자는 내 이름을 정확하게 발음했다. 보통은 그러는 경우가 거의 없는데.

"저는 아델라라고 합니다." 여자가 말했다. 한쪽 눈에 안대를 했고 머리는 색깔도 질감도 건초와 비슷한 금발이었다. "부국장이에요."

"어디의……?"

"앉으세요."

그때 나는 6차 면접을 보는 중이었다. 내가 지원한 자리의 채용 전형은 내부 공고로 진행됐다. '비밀취급인가 필수'라는 문구가 붙은 까닭은 연봉 수준까지 공개한 공고에 일급비밀 도장을 찍기가 멋쩍어서였다. 나는 그 정도로 높은 등급의 비밀취급인가는 받은 적이 없는데, 바로 그 이유로 아무도 나에게 그 자리에 가면 무슨 일을 하는지 가르쳐주지 않았다. 그래도 당시 내 급여의 거의 세 배를 받는 자리이다 보니 무지를 음미하는 것쯤은 얼마든지 감수하고도 남았다. 나는 면접까지 올라오기 전에 먼저 응급처치 자격증 시험과 취약계층 보호사 자격증 시험, 내무부 인증 영주권 취득 시험에서 흠잡을 데 없는 성적을 거뒀다. 내가 앞으로 지위가 높고 특수한 방식의 도움이 필요한 하나 또는 여러 명의 난민과 긴밀하게 일하게 되리라는 것은 알고 있었지만, 그들이 어디서 왔는지까지는 알지 못했다. 짐작건대 정치적으로 중요한 러시아나 중국 출신 망명자일 듯싶었다.

어딘지 모를 기관의 부국장인 아델라가 금발을 귀 뒤로 넘기는 쓱 소리가 내 귀에까지 들려왔다.

"어머니가 난민이셨죠?" 아델라가 말했다. 채용 면접의 첫마디치고는 정신 나간 질문이었다.

"예, 부국장님."

"캄보디아 출신이시고요."

"그렇습니다, 부국장님."

면접을 거치며 그 질문을 받은 적이 두어 번 있었다. 사람들은 나에게 그 질문을 할 때 보통 말끝을 올려 내가 질문을 정정해주기를 바라는데, 왜냐면 캄보디아 같은 데서는 보통 아무도 오지 않기 때문이다. 캄보디아 사람처럼 ‘안’ 생기셨네요. 앞선 면접에서는 웬 광대 같은 남자가 그렇게 말하더니 얼굴이 가스레인지 점화용 불꽃처럼 벌게졌다. 당국에서 직원 감찰 및 교육에 이용할 목적으로 면접 현장을 녹화했기 때문이다. 남자는 그 발언 때문에 나중에 경고 처분을 받았다. 나는 남들에게서 그런 말을 듣는 경우가 많은데 그들이 정말로 하고 싶은 말은 대강 이런 것이다. 당신 외모는 백인 대접을 받은 지 얼마 안 되는 인종, 그러니까 아마도 에스파냐계쯤으로 보이는데, 그렇다면 집단 학살 따위의 이야기를 떠들고 다니진 않겠죠. 다행이네요, 사람들은 그런 화제를 불편해하니까요.

집단 학살과 관련된 추가 질문(사정을 안다는 듯 찡그린 표정으로 ‘가족 중에 지금도 거기 사는 사람이 있나요?’, 짠하다는 듯이 미소 지으며 ‘당신은 거기 가본 적 있어요?’, 눈물이 차오르며 표정이 어두워지고 눈 밑에 눈물이 그렁그렁한 채로 ‘내가 거기 갔을 땐 현지인들이 어찌나 친절했던지……’)은 없었다. 아델라는 그저 고개만 끄덕였다. 나는 그녀가 드물게도 네 번째 보기를 고르지는 않을지, 즉 그 나라는 더러운 곳이라고 딱 잘라 말하지는 않을지 궁금해졌다.

“제 어머니는 스스로를 가리킬 때 난민이라는 말을 절대 쓰지 않을 겁니다. 전에 난민이었던 적이 있다는 말도 안 할 거고요.” 나는 덧붙여 말했다. “저는 남들 입에서 그 말이 나오는 걸 들으면 기분이 참 이상하더군요.”

"앞으로 같이 일할 사람들도 그 말을 쓰려고 하지 않을 거예요. 우리는 '이주자'라는 말을 더 선호하거든요. 아까 했던 질문에 답하자면, 난 이주자 관리 담당 부국장이에요."

"그렇다면 그 이주자들은 어디서……?"

"역사 속에서 왔어요."

"뭐라고요?"

아델라는 대단한 일도 아니라는 듯이 어깨를 으쓱했다. "우리는 시간 여행을 할 줄 알거든요." 말투가 꼭 무슨 커피 머신을 설명하는 사람 같았다. "시간관리국에 온 걸 환영해요."

시간 여행이 나오는 영화를 본 사람이나 시간 여행이 나오는 책을 읽은 사람, 또는 꼼짝도 않는 버스나 지하철에서 혼자만의 망상에 빠져 시간 여행이라는 개념을 곰곰이 상상해본 사람이라면 누구나 알다시피, 시간 여행이 물리적으로 어떻게 가능한지 따져보기 시작하는 순간 곧바로 막다른 벽에 부닥치고 만다. 시간 여행은 어떻게 이뤄질까? 어떻게 그런 일이 '가능'할까? 나는 이 글의 처음과 끝에 동시에 존재하므로 이 또한 일종의 시간 여행인데, 그런 내가 여기서 장담하건대 이 글을 읽는 당신은 그런 고민 때문에 괴로워하지 않아도 좋다. 당신은 그저 가까운 미래에 영국 정부가 시간을 넘나들어 이동하는 수단을 개발하지만, 아직 그것으로 본격적인 실험을 한 적은 없다는 것만 알아두면 된다.

역사의 경로를 바꿀 때(역사라는 것을 연대순으로 꼭 들어맞게 기록한 단일한 이야기, 다시 말해 또 하나의 막다른 골목으로 가정할 때) 필연적으로 일어나는 혼란을 피하기 위해 역사에 남은 큰 전쟁이나 자연재해, 전염병 따위의 현장에 있던 사람만 빼내 와야 한다는 합의가 이뤄졌다. 21세기로 온 이들 이주자는 원래 살던 시대에서는 어차피 죽을 목숨이었다. 그런 사람들이라면 과거에서 도려낸다 한들 미래에 영향을 미치지 않는 것이다.

시간을 넘나들며 여행하는 사람 몸에 어떤 일이 일어나는지 아무도 알지 못했다. 이 또한 원래 살던 시대에 죽었을 사람을 데려오는 일이 중요한 이유였다. 이들이 바닷가로 끌려 나온 심해어처럼 우리 시대에 도착해 얼마 못 버티고 죽을 가능성도 얼마든지 있기 때문이다. 어쩌면 인간의 신경계는 일정한 한도 이상의 시대를 뛰어넘으면 견디지 못하는지도 모른다. 만약 그들이 급격한 기압 변화 때문에 일어나는 잠수병 같은 증상을 시간 변화 때문에 겪은 나머지 시간관리국 연구소에서 탁한 분홍색 젤리 같은 상태로 변해버린다 해도, 적어도 범죄 통계의 관점에서는 살인에 해당하지 않는다.

이주자가 살아남는다고 가정해보자. 이는 곧 그들이 사람이 된다는 뜻인데 여기서부터 문제가 복잡해진다. 난민, 특히 집단으로 움직이는 난민을 상대할 때는 그들을 사람으로 여기지 않는 편이 더 낫다. 그러지 않으면 서류 작업이 엉망이 되기 때문이다. 다만 인권이라는 관점에서 보면 이들 이주자는 내무부에서 정한 망명 신청자 기준에 들어맞는다. 다른 요소는 다 무시한 채 시간 여행의 생리적 영향만 평가하는 것은 윤리적으로 온당치 않을 것이다. 이주자가 미래에 진정으로 적응했는지 어떤지 판단하려면 우선 그 대상이 미래에서 살아가야 하고, 감시원이 늘 곁에 붙어 있어야 하는데, 알고 보니 내가 면접을 치른 일자리가 다름 아닌 그 감시원 자리였다. 이곳 사람들은 나 같은 감시원을 가리켜 '가교Bridge'라고 한다. 아마 '보조원'으로 부르기에는 월급이 너무 많기 때문이지 싶다.

영어는 19세기 이후로 긴 여정을 거쳐왔다. '합리적Sensible'이라는 말은 일찍이 '예민한Sensitive' 사람을 가리키던 말이었다. '게이Gay'는 원래 '기쁘다Jolly'라는 뜻으로 쓰였다. '정신 병원Lunatic asylum'과 '망명 신청자Asylum seeker'에 공통적으로 들어가는 단어 'Asylum'은 두 경우 모두 본디 뜻 그대로 쓰인다. 침범할 수 없는 안전한 피난처.

우리는 이주자를 안전한 삶으로 이끄는 것이 우리 일이라고 배웠다. 그러는 동안 정신 병동 바닥에 흩뿌려진 피와 머리카락은 떠올리지 않으려고 애썼다.

이직에 성공한 기분은 짜릿했다. 나는 그때껏 일하던 국방부 언어 담당 부서에서 정체기에 빠진 상태였다. 업무는 동남아시아, 특히 캄보디아 전문 통역사 겸 자문 위원이었다. 통역 대상 언어는 대학에서 배웠다. 어머니가 집에서 크메르어를 쓰기는 했지만, 나는 그 언어를 머릿속에 담아두지 못한 채 머리가 굵어지는 시기를 지나고 말았다. 말하자면 외국인이 되고 나서 내 몫의 유산을 물려받게 된 셈이다.

언어를 다루는 업무 자체는 꽤 마음에 들었지만, 내가 되고 싶던 것은 현장 요원이었다. 그러나 현장 요원 채용 시험에서 두 번 떨어지고 보니 진로 선택에 조금은 막막한 느낌이 들었다. 부모님이 머릿속에 그렸던 나의 미래는 그런 것이 아니었다. 내가 아주 어렸을 적에 어머니는 본인의 포부를 분명히 밝혔다. 어머니는 내가 총리가 되기를 바랐다. 총리가 되면 영국의 외교 정책을 '멀쩡하게' 고칠 수도 있을 테고, 멋진 공식 만찬 자리에 부모님을 모시고 갈 수도 있으며 수행 운전기사도 생길 터였다(어머니는 운전을 통 즐기지 않았다). 안타깝게도 어머니는 험담과 거짓말로 업보를 쌓으면 나중에 어떻게 되는지에 관해서도 내 귀에 못이 박이도록 일러주었는데(불교의 오계五戒 가운데 넷째 계율에 엄하게 금지된 행위라며), 그 덕분에 나의 정치 인생은 시작하기도 전인 여덟 살에 이미 끝나버렸다.

내 동생은 나보다 훨씬 더 노련한 위선자였다. 언니인 나는 내가 한 말을 착실히 지키려 한 반면에 그 애는 말을 이리저리 돌리기를 좋아했고, 말싸움을 벌이기도 좋아했다. 그래서 나는 통역사가 됐고 그 애는 작가가 됐다. 아니, 작가가 되려고 애쓰다가 결국 교열 담당자가 됐다. 나는 동생보다 수입이 훨씬 많았고 부모님도 내가 무슨 일을 하는지 이해했기 때문에, 업보는 내가 더 편하게 치르는 셈이었다. 이 말을 동생이 들으면 대강 이런 식으로 받아칠 것이다. "나가 뒈지라고, 좀." 하지만 그것도 다 친하다고 생각해서 하는 말이다. 아마도.

이주자들을 만나기로 한 당일까지도 우리는 '이주자'라는 용어를 놓고 입씨름을 했다.

"만약 그 사람들이 난민이라면, 난민으로 부르는 게 맞습니다." 시멜리아가 말했다. 그녀도 나와 같은 가교였다. "어차피 프로방스에 있는 방갈로에 휴가를 즐기러 가는 사람들도 아니니까요."

"그 사람들이 '자발적'으로 본인을 난민이라고 생각할 거라는 보장은 없어." 부국장인 아델라의 말이었다.

"누가 그들한테 어떻게 생각하느냐고 물어보긴 했나요?"

"보통은 자기가 납치 피해자인 줄 알아. 1916은 본인이 적진에 떨어졌다고 생각하더군. 1665는 자기가 죽은 줄 알고."

"그런 사람들이 당장 오늘 저희한테 배정되는 거군요?"

"복지과에서는 그 사람들을 병동에 더 잡아두면 적응 과정에 안 좋은 영향을 미칠 거라고 보거든." 아델라의 말투는 파일 저장 시스템을 설명하는 사람처럼 딱딱했다.

우리가, 아니, 정확히 말해 시멜리아와 아델라가 입씨름을 벌인 곳은 시간관리국에 끝도 없이 줄줄이 늘어선 회의실 가운데 한 곳이었다. 벽은 연회색이고 천장에는 매립 조명이 설치된 그

회의실은 모듈식으로 만들어져 문을 열면 방금 전과 같은 공간이 나올 것 같았고, 다시 문을 열면 또 똑같은 공간이, 또 문을 열면 또 다른 같은 공간이 나올 것만 같았다. 그런 방은 공무원식 일 처리를 장려할 목적으로 설계하게 마련이었다.

이날 회의는 원래 다섯 가교에게 마지막 대면 브리핑을 하는 자리였다. 그 다섯은 시멜리아와 랠프, 아이번, 에드, 그리고 나였다. 우리 모두 거쳐야 했던 장장 6차에 걸친 면접 과정은 비유하자면 어금니 속을 드릴로 파낼 때처럼 지긋지긋했다. '귀하는 현재 비밀취급인가가 취소될 소지가 있는 행위를 저질러 유죄 판결을 받았거나 그러한 행위에 연루된 상태입니까? 또는 과거에 그런 경험이 있습니까?' 다음 단계는 무려 아홉 달이나 되는 준비 기간이었다. 조사 위원회와 신원 조회가 한없이 길게 이어졌다. 우리가 원래 일하던 부서(국방부, 외교부, 내무부)에는 위장용 직책이 만들어졌다. 그러고 나서야 비로소 우리는 이곳, 전등이 지지직거리는 소리가 또렷이 들리는 회의실에 모였고, 이제부터 역사를 만들 참이었다.

"생각해보면 말이죠." 시멜리아가 말했다. "자기가 저세상에 있다고 생각하는 사람이나 1차 세계대전의 서부전선에 있다고 생각하는 사람을 다시 세상에 풀어놓으면 오히려 적응하는 데 더 애를 먹지 않을까요? 심리학자인 한편으로 평범한 수준의 공감 능력을 지닌 개인으로서 여쭤보는 겁니다만."

아델라는 대수롭잖다는 듯이 어깨를 으쓱했다.

"그럴지도 모르지. 하지만 이 나라는 역사 속에서 튀어나온 이주자를 받아들인 경험이 없어. 그 사람들은 유전자 돌연변이 같은 게 일어나서 일 년도 못 살고 죽을지도 몰라."

"그런 사태도 염두에 둬야 할까요?" 나는 놀라서 물었다.

"지금은 뭘 염두에 둬야 할지 모르는 상황이야. 그래서 당신들이 이 일을 맡게 된 거고."

당국이 인수인계를 위해 준비한 방에서는 케케묵은 예식장의 분위기가 풍겼다. 벽을 장식한 원목 패널과 유화 액자, 높다란 천장 때문이었다. 모듈식 회의실보다 훨씬 화려했다. 행사 준비 팀에 극적 효과를 낼 줄 아는 사람이 있나 보다, 하는 생각이 들었다. 실내 장식의 맵시나 햇빛을 은은하게 통과시키는 창문의 특이한 모양새로 보아 19세기 이후로 변한 구석이 전혀 없는 방 같았다. 내 담당 연락관인 퀜틴은 먼저 와 있었다. 화가 잔뜩 나 보였는데, 어떤 사람은 들떴을 때 그런 표정을 지었다.

내가 미처 마음의 준비를 마치기도 전에, 요원 둘이 내가 맡을 이주자를 데리고 방 건너편의 문을 지나 들어왔다.

그 남자는 안색이 창백하고 초췌했다. 곱슬머리는 이곳 사람들이 하도 짧게 깎아놓은 탓에 납작해 보였다. 그가 고개를 돌려 방 안을 두리번거리자 옆얼굴과 인상적으로 생긴 코가 눈에 들어왔다. 마치 온실에서나 자랄 법한 화려한 꽃이 얼굴에서 피어난 듯했다. 두드러지게 매력적인 동시에 두드러지게 커다란 코. 지나치게 멋들어진 모양을 한 그 코 때문에 비현실적으로 보였다.

남자는 매우 꼿꼿한 자세로 서서 내 연락관을 응시했다. 그러고는 무슨 까닭에선지 나를 힐긋 보고 다시 눈길을 돌렸다.

내가 앞으로 나서자 남자의 눈길이 내게로 휙 움직였다.

"고어 중령님?"

"예."

"제가 중령님의 가교입니다."

그레이엄 고어(영국 해군 중령, 1809년경-1847년경)가 21세기에 머문 지도 이제 오 주가 지났지만, 다른 이주자들과 마찬가지로 의식이 또렷한 날은 손에 꼽을 만큼 적었다. 추출 과정을 거치기만 해도 무려 이 주 동안이나 입원해야 했다. 최초 이주자 일곱 중 둘은 이 때문에 사망했고, 이제 남은 사람은 다섯뿐이었다. 고어는 폐렴과 심한 동상, 괴혈병 초기 증세, 태평하게 걸어 다녔지만 알고 보니 부러진 상태였던 양쪽 발가락 등을 치료받았다. 여기에 테이저 총의 전극 침에 맞아 찢어진 상처도 추가됐다. 그가 자신을 이주시키러 온 요원 둘에게 총을 쏘는 바람에 나머지 요원은 어쩔 수 없이 테이저 총을 발사하는 수밖에 없었다고 했다.

고어는 시간관리국 병동에서 세 번이나 탈출하려 한 끝에 마취제를 투여받았다. 반항을 멈추고 나서는 심리학자와 빅토리아 시대 전문가에게서 기초 수준의 오리엔테이션을 받았다. 이 주자들은 현대에 적응하기 쉽게끔 당장 써먹을 만한 지식만 제공받았다. 고어는 전력망과 내연기관, 하수 처리 체계의 기본 지식을 습득한 상태에서 나에게 건네졌다. 양차 세계대전이나 냉전 시대, 1960년대의 성 해방 운동, 테러와의 전쟁 따위에 관해서는 아는 바가 없었다. 당국은 그에게 대영제국이 해체됐다는 얘기부터 들려줬는데 당장 여기서부터 좀처럼 진도가 나가지 않았다.

시간관리국은 우리가 집까지 타고 갈 차를 미리 대기시켜뒀다. 고어는 자동차라는 물건이 어떤 것인지 이론상으로는 알았지만, 직접 타보기는 그때가 처음이었다. 차창 바깥을 내다보던 그의 낯빛이 창백해진 까닭은 아마도 신기해서인 듯했다.

"혹시 궁금하신 게 있다면 편하게 물어보세요." 내가 말했다. "받아들이기 벅찬 세상이라는 건 저도 아니까요."

"영국인들이 '반어적 축소 표현'이라는 문학 기법을 잃어버리지 않고 미래에도 쓰는 걸 보니 참 기쁘군요." 고어는 내 쪽을 보지도 않고 말했다.

그의 목, 귓불 바로 아래 점이 하나 있었다. 오늘날까지 남아 있는 그의 유일한 은판 사진에서 그는 1840년대의 옷차림을 하고, 목은 넥타이의 초기 형태인 크라바트로 꽁꽁 싸매고 있었다. 나는 그 점을 빤히 바라봤다.

"여기는 런던인가요?" 고어가 내게 물었다. 마침내.

“예.”

“지금은 이곳에 몇 명이나 삽니까?”

“900만 명 정도요.”

고어는 시트에 등을 기대고 눈을 감았다.

“현실이라기에는 지나치게 많군요.” 고어가 중얼거렸다. “나는 당신이 일러준 숫자를 기억조차 못 할 겁니다.”

당국에서 마련해준 거처는 빅토리아 시대 후기 양식의 붉은 벽돌집으로, 원래는 인근 직장으로 출퇴근하는 노동자들에게 제공할 용도로 지은 집이었다. 만약 고어가 여든 살 넘게 살았다면 그런 유형의 노동자들이 등장하는 과정을 직접 목도했을 것이다. 다만 실제로는 서른일곱 살에 세상을 떴으리라 추정되기 때문에 그는 여자들이 치마를 볼록하게 만들려고 입던 크리놀린도, 찰스 디킨스의 《두 도시 이야기》도, 영국에 노동계급이 형성되는 것도 보지 못했다.

차에서 내려 거리 이쪽저쪽을 돌아보는 고어의 모습은 꼭 대륙을 가로지르는 긴 여행을 마치고 아직 숙소를 찾지 못한 남자처럼 우울해 보였다. 나도 그를 따라 차에서 내리고, 그가 무엇을 봤을지 알아보려 했다. 그는 거리에 주차된 차에 관해, 혹은 가로등에 관해 물어볼 듯싶었다.

“열쇠가 있습니까?” 고어가 물었다. “아니면 요즘 문은 마법 암호를 외워야 열리나요?”

"아뇨, 저한테 열쇠가……."

"열려라 참깨." 고어는 우편함에 대고 위협하듯 말했다.

집에 들어온 후 나는 고어에게 차를 타주겠다고 했다. 그는 나만 괜찮다면 집을 구경하고 싶다고 했다. 나는 그러라고 했다. 그는 재빨리 집을 둘러봤다. 발을 힘주어 디디며 걷는 모습으로 보아 막아서는 사람이 있을 거라 생각하는 듯했다. 다시 주방 겸 식당으로 돌아온 그가 문기둥에 기대어 섰을 때, 나는 몸이 움츠러들다 못해 고통스러운 기분마저 들 지경이었다. 무대 공포증이 있기 때문이기도 했지만, 현실에 있을 수 없는 존재가 주는 충격에 압도당했기 때문이기도 했다. 그가 그 자리에 머무는 동안(물론 그는 어디에도 가지 않고 계속 그 자리에 머물렀는데) 나는 영혼이 몸에서 빠져나가려고 꿈지럭거리는 것 같은 느낌만 더 강하게 들었다. 상식을 뒤엎는 일이 눈앞에서 일어나고 있었고, 나는 그 일을 온몸으로 겪고 있었으며, 그런 한편으로 내가 겪는 일의 의미를 이해하기 위해 외부의 관점에서 스스로를 바라보려 애썼다. 머그잔 주둥이 가장자리에 홍차 티백을 꾹꾹 눌러대면서.

"우린 이제부터…… 같이 사는 겁니까?" 고어가 물었다.

"네. 모든 이주자는 일 년 동안 가교와 함께 지내요. 여러분 곁에 머물면서 여러분이 새 삶에 적응하도록 도울 겁니다."

고어가 팔짱을 끼고 나를 물끄러미 봤다. 그의 눈은 초록색이 희미하게 흩뿌려진 연갈색이었고 속눈썹도 진했다. 몹시 매력적인 동시에 감정이 전혀 드러나지 않는 눈이었다.

"여성분이신데 혼인은 안 하셨습니까?" 고어가 물었다.

"예. 21세기인 오늘날에는 부적절한 삶의 방식도 아니에요. 나중에 중령님께서 시간관리국 밖의 지역사회와 접촉하시거나 이번 프로젝트와 무관한 사람을 만나도 좋다는 허가를 받으시면, 그때는 사람들에게 저를 동거인으로 소개하셔야 해요."

"'동거인'이라." 고어는 가소롭다는 듯 말을 되뇌었다. "어떤 의미의 말인가요?"

"중령님과 제가 각각 짝이 없고, 한집에 살면서 집세를 반씩 부담하지만, 연인 사이는 아니라는 뜻이에요."

고어는 그 말을 듣고 마음이 놓인 눈치였다.

"글쎄요, 관습을 제쳐놓더라도 저는 그런 거주 방식이 온당한지 어떤지 잘 모르겠습니다. 하지만 이 도시에 사람을 900만 명이나 살게 했다면 달리 어쩔 도리가 없겠지요."

"음, 중령님 팔꿈치 옆에 있는 손잡이 달린 하얀 상자 말인데요, 그건 냉장 보관 장치예요. 여기 사람들은 냉장고라고 하죠. 앞쪽 문을 열고 우유를 좀 꺼내주시겠어요?"

고어는 냉장고를 열고 안쪽을 빤히 들여다봤다.

"얼음 상자로군요." 그가 흥미로워하며 말했다.

"거의 비슷해요. 전기로 작동하죠. 전기가 뭔지는 이미 설명을 들으셨을 텐데……."

"예. 지구가 태양 주위를 돈다는 것도 이미 압니다. 혹시 시간

낭비하실까 봐 알려드리는 겁니다."

뒤이어 그가 냉장실의 야채 칸을 열었다.

"보아하니 당근은 지금도 있군요. 양배추도 있고. 이 중에 어떤 게 우유입니까? 아무쪼록 우유는 지금도 소한테서 짠다고 얘기해주면 반가울 것 같습니다만."

"지금도 소한테서 짜요. 맨 위 선반에 있는 조그만 통이에요. 파란색 뚜껑 달린 거요."

고어가 손가락을 구부려 우유 손잡이에 걸고 냉장고에서 꺼내어 내게 건넸다.

"이 집 하녀는 오늘 쉬는 날인가요?"

"하녀는 없어요. 요리사도 없고요. 저희는 웬만한 일은 다 직접 해서요."

"아." 고어가 말했고 얼굴이 파리해졌다.

나는 고어에게 세탁기와 가스레인지, 라디오, 진공청소기 따위에 관해 설명해줬다.

"당신네한테는 이게 하녀로군요."

"틀린 말씀은 아니에요."

"한 걸음에 1000리를 가는 장화는 어디에 있나요?"

"아직 만들지 못했어요."

"투명 망토는요? 태양열에 녹지 않는 이카로스의 날개는?"

"마찬가지예요."

고어는 빙그레 웃었다. "당신네는 번개의 힘까지 노예로 삼았습니다. 그러고는 단지 하인을 고용하기 귀찮다는 이유로 그 힘을 사용하는군요."

"그러게요." 나는 그렇게 대꾸하고 미리 준비해둔 얘기를 꺼냈다. 주제는 현대의 계급 이동과 가사 노동, 간단히 요약한 최저 임금 개념, 평균적인 가족 구성원 수, 일터의 여성 노동력 같은 것이었다. 꼬박 오 분이 걸린 설명이 끝날 즈음, 나는 어릴 적 부모님께 통금 시간을 미뤄달라고 애걸하던 때와 똑같이 살짝 떨리는 가느다란 목소리를 내고 있었다.

내 이야기를 다 듣고 나서 고어가 한 말은 이것뿐이었다. "일자리가 어마어마하게 많이 줄어든 게 '1차' 세계대전이 끝난 후의 일이라고요?"

"아, 예."

"그 얘기는 내일 더 자세히 듣고 싶군요."

고어와 맨 처음 함께한 몇 시간에 관해서는 이 정도밖에 기억나지 않는다. 우리는 결코 섞이지 않고 따로 움직이는 라바 램프 속 몽글거리는 덩어리처럼 데면데면하게 서로의 주위에 출몰하며 남은 하루를 보냈다. 그때껏 나는 고어가 시간 여행 때문에 병적 망상에 빠질 거라고, 어쩌면 나를 죽일 작정으로 물어뜯거나 깔아뭉갤지도 모른다고 생각했다. 그는 주로 이런저런 물건을 만져보며 집요하게 쓰다듬었는데 나중에 알고 보니 동상 때문에 신경에 영구 손상을 입었기 때문이었다. 변기

물은 연거푸 열다섯 번이나 내려봤다. 수조에 물이 차는 동안 황조롱이처럼 꼼짝 않고 조용히 기다린 것은 신기해서, 아니면 놀라워서인 듯했다. 그렇게 한 시간이 지나고 두 시간째에 접어들 무렵, 우리는 억지로 같은 공간에 머물렀다. 갑자기 헉 하는 숨소리가 들려서 고개를 들었더니 전등 속 전구에서 손을 떼는 고어의 모습이 보였다. 뒤이어 그는 자기 방에 들어가 한동안 나오지 않았고, 나는 집 뒤쪽 포치에 가서 앉았다. 포근한 봄날 저녁이었다. 눈이 맹해 보이는 멧비둘기들이 잔디밭을 어슬렁어슬렁 누볐다. 클로버가 비둘기 배 높이까지 자라 있었다.

위층에서 목관 악기로 폴란드식 춤곡을 조심스레 연주하는 소리가 들리기 시작하더니 점점 작아지다가 끊어졌다. 잠시 후, 주방 쪽에서 고어의 힘찬 발걸음 소리가 들렸다. 그 소리를 들은 비둘기 떼가 뒷마당을 떠나 날아갔다. 날갯짓 소리가 꼭 터지는 웃음을 꾹 참고 삼킬 때 나는 소리 같았다.

"저 플루트는 당국에서 제공한 겁니까?" 고어가 내 뒤통수에 대고 물었다.

"예. 플루트가 있으면 중령님께서 안정감을 느끼실 거라고 제가 얘기해뒀어요."

"저런. 고맙습니다. 그런데…… 내가 플루트를 연주하는 걸 알고 있었나요?"

"중령님께서 쓰신 편지와 중령님 이야기가 적힌 편지가 지금도 남아 있는데 거기에 플루트가 언급되거든요."

"내가 방화 행위를 광적으로 좋아할 뿐 아니라 일찍이 뒷골
목에서 놀이 삼아 거위 목을 비틀어 뽑던 끔찍한 과거가 있다
고 적은 편지를 읽었다는 말인가요?"

나는 몸을 돌려 고어를 똑바로 바라봤다.

"농담입니다." 그가 해명했다.

"아. 혹시 그런 농담을 많이 하시는 편인가요?"

"그건 당신이 '중령님의 사적인 편지를 읽었어요' 같은 말을
얼마나 자주 하느냐에 달렸습니다. 옆에 앉아도 됩니까?"

"그럼요."

고어는 내게서 30센티미터쯤 거리를 두고 앉았다. 동네에서
들려오는 소음은 하나같이 뭔가 다른 것을 흉내 내는 소리 같
았다. 나무를 스치는 바람 소리는 거친 물소리 같았다. 다람쥐
들은 어린애처럼 재잘거렸다. 멀리 있는 사람들의 대화 소리를
들으니 자갈밭을 걸을 때의 자그락거리는 발소리가 떠올랐다.
고어에게 그런 소리를 다 통역해줄걸 그랬다는 생각이 들었다.
그가 나무가 뭔지조차 모르는 사람인 것처럼.

고어는 손끝으로 포치 난간을 두드렸다. "내 생각에는 말입
니다." 그가 조심스레 말을 꺼냈다. "이렇게 진보한 시대에 사는
당신네는 흡연 같은 천박한 비행은 이미 그만뒀을 것 같은데,
아닌가요?"

"한 십오 년 전에 도착하셨다면 좋았을 텐데. 흡연은 이제 유
행이 끝나가는 중이거든요. 그래도 반가운 소식이 없진 않아요."

나는 일어서서 주방으로 향했다. 고어는 치마 밑으로 드러난 내 종아리에 시선이 닿지 않게끔 고개를 돌렸다. 나는 주방 찬장 서랍에서 담배 한 갑과 라이터를 꺼내 포치로 돌아왔다.

"자요. 이것도 관리국에 얘기해서 준비해뒀어요. 20세기 들어 이렇게 가느다란 지궐련이 엽궐련을 거의 대체했답니다."

"고맙습니다. 거뜬히 적응할 겁니다."

고어는 담뱃갑의 포장 비닐을 벗기느라 바쁘게 손을 꼼지락거렸고, 벗긴 비닐은 조심스레 주머니에 넣었다. 그런 다음 지포 라이터의 부싯돌을 돌려 불을 켜다가 담뱃갑의 경고 문구를 보고 눈살을 찌푸렸다. 나는 잔디밭만 가만히 바라봤고, 그러는 동안 가슴이 답답하다 못해 내 손으로 폐를 펌프질해 숨을 쉬는 듯한 기분이 들었다.

잠시 후, 고어는 안도감이 짙게 밴 숨을 토해냈다.

"좀 괜찮아지셨어요?"

"얼마나 좋아졌는지 표현하는 것만도 민망할 지경입니다. 흐흠. 내가 살던 시절에 어엿한 집안의 규수들은 담배를 피우지 않았습니다. 하지만 지금은 천지가 개벽하는 수준으로 변했겠지요. 예를 들면, 치마 길이도 그렇고요. 담배 피우십니까?"

"아니요……."

고어는 처음으로 내 얼굴을 똑바로 보며 빙그레 웃었다. 보조개가 패면서 올라간 양 볼이 작은따옴표 한 쌍 같았다.

"말투가 아주 흥미롭군요. 전에는 피웠나요?"

"예."

"담배를 끊은 이유가 모든 담뱃갑에 이렇게 야단스러운 경고가 실리기 때문인가요?"

"그런 셈이죠. 말씀드렸다시피 이제 흡연은 아주 낡은 습관이 됐어요. 건강에 얼마나 해로운지 의사들이 밝혀냈거든요. 젠장, 지옥에나 가라죠. 저도 한 개비 주실래요?"

고어의 보조개와 미소는 '지옥'이라는 말을 듣고 자취를 감췄다. 신을 믿는 시대에 살았던 그로서는 내가 차라리 '씹'이라고 했더라면 덜 놀랐을 것이다. 내가 실제로 '씹'이라고 했으면 어떻게 됐을지도 궁금했다. 하루에 적어도 다섯 번은 내뱉는 말이니까. 그럼에도 그는 담뱃갑을 내게 내밀고는 시대에 뒤떨어진 기사도를 발휘해 내 담배에 불까지 붙여줬다.

우리는 잠깐 말없이 담배만 피웠다. 그러다 어느 순간 고어가 손가락을 들어 하늘을 가리켰다.

"저건 뭡니까?"

"비행기예요. 정식 명칭은 내연기관 추진형 비행 장치죠. 말하자면…… 그래요. 하늘의 배예요."

"저 안에 사람이 있다는 말입니까?"

"아마 한 100명은 있을 거예요."

"저 조그만 화살 속에요?"

고어는 비행기를 보다가 손끝의 담배를 흘깃 봤다.

"얼마나 높이 떠 있는 겁니까?"

"10킬로미터는 될걸요."

"그럴 줄 알았습니다. 원, 세상에. 당신네는 노예 삼은 번개를 이용해 재미난 걸 만들었군요. 날아가는 속도도 굉장히 빠르겠지요."

"맞아요. 런던에서 뉴욕까지 여덟 시간이면 갈 수 있어요."

고어는 갑자기 기침을 하며 담배 연기를 뭉텅이로 뿜어냈다. "어…… 부탁입니다. 앞으로 한동안 저한테 아무것도 알려주지 마십시오. 오늘은…… 오늘은 그 정도로 충분합니다."

고어는 포치 바닥에 담배를 비벼 껐다. "여덟 시간이라." 그가 중얼거렸다. "하늘에는 파도가 안 치겠지요. 아마도."

그날 밤, 나는 불편한 기분을 느끼며 선잠을 잤다. 뇌가 마치 연못 수면에 발을 딛고 떠 있는 소금쟁이처럼 무의식 상태에서 균형을 잡는 듯했다. 일어났을 때는 잠에서 깼다기보다 더 자기를 포기한 것에 가까웠다.

방문 바깥의 계단 입구 쪽 바닥이 커다란 혀 모양으로 짙게 젖어 있었다. 젖은 자국은 닫힌 욕실 문 앞에서 시작해 내 방 쪽으로 뻗어나갔다. 그 자국을 발로 밟자 철벅 소리가 났다.

"고어 중령님?"

"아." 닫힌 문 안쪽에서 어렴풋이 목소리가 들렸다. "안녕히 주무셨습니까."

욕실 문이 활짝 열렸다. 켕기는 구석이라도 있는 것처럼.

고어는 이미 옷을 다 차려입고 욕조 가장자리에 앉아 담배를 피우는 중이었다. 욕조 바닥에 담뱃재와 비누 거품이 섞인 목욕물 자국이 야트막하게 나 있었다. 비누 받침에는 짓눌러서 불을 끈 담배꽁초 두 개가 보였다.

나중에야 안 사실이지만 이는 장차 고어의 습관이 될 행동이었다. 일찍 일어나기, 목욕하기, 그리고 욕조에 담뱃재 털기. 그는 늦게까지 자도 좋다고 해도, 샤워를 좀 해보라고 해도(그는 샤워를 꺼릴 뿐 아니라 비위생적으로 여기는 분위기까지 넌지시 풍겼다), 심지어 무언의 훈계처럼 욕조 모서리에 재떨이를 놔두고 거기에 재를 털라고 해도 도통 말을 듣지 않았다. 한편 내가 쓰는 여성용 면도기를 보고는 어색해하더니 본인은 목을 자를 것처럼 살벌하게 생긴 면도칼로 면도를 했다. 비누는 각자 따로 써야 한다고 고집했다.

하지만 이 모든 것은 나중에 닥칠 재앙이었다. 첫날 아침에는 줄담배를 피우는 고어 중령과 물이 줄줄 새는 욕실 수도관뿐이었다. 욕실 바닥에 나동그라진 변기 수조가 도살당한 고래처럼 번들거렸다. 바닥에서 고약한 냄새가 슬그머니 올라왔다.

"어떻게 작동하는지 알아보고 싶었습니다." 고어는 주눅 든 목소리로 말했다.

"그러셨군요."

"아무래도 제가 너무 열중했던 것 같군요."

고어는 범선 시대 말기의 해군 장교였지 엔지니어가 아니었다. 밧줄이나 쇠사슬 같은 함상 장비는 빠삭하게 알아도 육분의*보다 더 복잡한 기술이 적용된 도구는 다뤄본 적이 없을 터였다. 제정신인 남자는 보통 수도 배관을 분해하겠다는 열정에 사로잡히지 않게 마련이니까. 나는 그에게 아래층 화장실 세면대에서 손을 씻는 게 좋겠다고, 욕실은 내가 배관공을 불러서 수리하면 될 거라고, 그러고 나면 둘이 같이 근처 공원에 기분 전환 삼아 산책을 나가도 괜찮겠다고 말했다.

고어는 짤따래진 담배의 끄트머리를 가만히 보며 서두르지 않고 곰곰이 내 제안을 생각했다.

"그래요, 그렇게 하겠습니다." 마침내 고어가 말했다.

"우선 아래층에 내려가서 손부터 씻기로 해요."

"수조의 물은 깨끗했는데요." 고어는 담배를 비벼 끄며 말했다. 그는 얼굴을 다른 쪽으로 돌리고 있었지만 나는 그의 목에 난 점 주변 살갗이 벌겋게 물들어가는 것을 알아볼 수 있었다.

"그게, 세균 때문에요."

"'세균'이라니요?"

"음. 박테리아 말이에요. 아주 엄청나게 조그만 생물인데 그러니까…… 사실상 어디에나 다 있어요. 현미경으로만 볼 수 있죠. 고약한 것들은 병을 퍼뜨려요. 콜레라, 장티푸스, 이질 같은 거요."

나는 놀라다 못해 경악한 표정을 지은 고어의 얼굴을 보고

---

*　천체와 수평선의 각도를 재어 관측 지점의 위도 및 경도를 구하는 장치.

하마터면 성부와 성자와 성령의 이름을 외칠 뻔했다. 그는 자신의 양손을 내려다보더니 양팔을 천천히 앞으로 뻗었다. 그렇게 자기 손을 무슨 공수병에 걸린 토끼 한 쌍처럼 몸에서 멀찍이 떨어지도록 들고 있었다.

흔히 말하는 맑은 공기를 쐰 덕분인지, 고어는 그나마 공원에 나간 후로 마음이 조금 편해졌다. 그는 전에 전기에 관한 이야기를 들었을 때보다 세균에 관한 이야기를 듣고 훨씬 더 큰 충격을 받았다. 아침 일찍 개를 산책시키러 나온 첫 번째 무리가 우리 옆을 지나갈 무렵, 나는 고어에게 충치가 생기는 이유에 관해 손짓까지 섞어가며 열심히 설명하는 중이었다.

"내 입속에 세균이 산다고 말하는 건 예의에 맞는 행동이 아닌 것 같습니다만."

"사람은 누구나 입속에 세균이 살아요."

"당신 입속이나 그렇겠지요."

"세균은 중령님의 신발과 손톱 밑에도 있어요. 세상이 원래 그렇게 생겨먹었거든요. 균이 아예 없는 환경도 있기는 하죠. 뭐, 그건 죽은 세상이지만요."

"난 세균과 한 세상에 살고 싶지 않습니다."

"마음대로 선택할 수 있는 게 아니라니까요!"

"준엄한 문구를 담아 항의서를 써서 당국에 낼 겁니다."

우리는 조금 더 걸었다. 고어의 뺨에는 슬슬 핏기가 돌아왔지만 눈가에는 긴장해서 잠을 설치느라 생긴 주름이 보였다. 찬찬히 뜯어보는 내 시선을 그가 눈치채고 눈을 동그랗게 뜨자 나는 억지로 살짝 웃어 보였다.

"조심조심 웃으세요. 입속 세균이 다 보입니다."

"저런!"

우리는 어린이 공원 옆에 세워진 노점 트럭에서 크루아상과 홍차를 샀다. 노점상과 거기서 파는 음식은 고어에게도 익숙하거나 맥락상 유추할 수 있는 개념이었기 때문에 우리는 또 다른 계시를 목격하는 일 없이 아침을 먹으며 계속 산책했다.

"전에 들었는데 나 말고 다른, 그…… 이주자가 있다고 하던데요." 한참 만에 고어가 꺼낸 말이었다.

"예. 모두 합해 다섯이에요."

"어떤 사람들인지 알려주시겠습니까?"

"한 분은 1665년에서 왔어요. 페스트가 런던을 휩쓴 이른바 대역병 시대에서 현대로 추출됐죠. 음. 또 한 분은 남잔데, 아마 중위일 거예요. 1645년 네이즈비 전투 현장에서 이리로 건너왔어요. 중령님보다 더 완강하게 반항했다더군요. 육군 대위도 한 분 있어요. 1916년 솜 전투에서 싸웠죠. 로베스피에르가 집권했던 1793년 파리에서 온 여성분도 있는데 심리 검사 결과가 아주 인상적이더군요."

"우리 탐험대에서 나 말고 다른 사람은 아무도 '추출'하지 않은 겁니까?"

"예."

"이유가 뭔지 물어도 될까요?"

"이 프로젝트는 하나의 실험 같은 거라서요. 저희는 되도록 넓은 시간대에 걸쳐 다양한 시대의 사람을 뽑으려고 했어요."

"그런데 당신들은 우리 탐험대의 다른 사람, 예컨대 피츠제임스 함장님이 아니라 하필 나를 고른 거군요?"

나는 그 말에 놀라 눈을 깜박거렸다. "예. 문서상 증거가 남아 있거든요. 중령님께서 탐험대를…… 떠나신 후에……."

"내가 탐험대를 떠난 후에 죽었나 보군요."

"어…… 예."

"어쩌다가 죽었습니까?"

"사람들이 그것까지 적어두진 않았어요. 중령님께선 문서에 '고故 고어 중령'으로 언급되셨어요."

"그 '사람들'이라는 게 누굽니까?"

"피츠제임스 함장님과 크로지어 함장님이요. 존 프랭클린 경이 사망한 후에 두 분이 공동으로 탐험대를 지휘하셨어요."

우리는 순찰을 도는 사람처럼 느릿느릿 걸었다. 고어는 마음이 차분해진 상태였다.

"피츠제임스 함장님이 중령님 칭찬을 많이 하셨던데요." 나는 조심스레 말을 꺼냈다. "함장님은 이렇게 적으셨어요. '매우 듬직한 사나이이자 아주 훌륭한 장교이며, 성격 또한 더없이 다정하다.'"

그 말을 들은 고어의 볼에 마침내 보조개가 다시 나타났다.

"그럼 피츠제임스 함장님께서 귀국하신 후에 회고록을 쓰셨다는 말이군요." 고어는 흐뭇한 표정으로 말했다.

"아…… 고어 중령님."

"예?"

"우선…… 우선 좀 앉으실래요? 저기 있는 저 벤치에요."

고어가 어찌나 갑작스럽게 우뚝 멈춰 섰던지, 나는 걸음을 멈추려다 그만 내 발목을 차고 말았다.

"피츠제임스 함장님께 무슨 안 좋은 일이 일어났다는 얘기를 하려는 거군요."

"일단 앉으세요. 어서요."

"어떻게 된 겁니까?" 고어가 물었다. 보조개는 사라지고 없었다. 아까 내가 전해준 칭찬은 별 효과가 없는 모양이었다.

"일이 좀 있었어요…… 대원들 모두에게요."

"그게 무슨 말입니까?" 고어가 물었다. 안달하는 기색이 설핏 느껴졌다.

"탐험대가 실종됐어요."

"실종이라니요?"

"북극해에서요. 아무도 돌아오지 못했어요."

"해군에서 가장 성능 좋은 함선 두 척에 126명이 타고 있었습니다. 그중에 영국으로 돌아온 사람이 단 한 사람도 없었단 말입니까? 크로지어 함장님은요? 그분은 남극에도 다녀오셨는데……."

"아무도 살아남지 못했어요. 안타깝지만요. 그 이야기는 시간 관리국에서 이미 들으신 줄 알았어요."

고어가 나를 물끄러미 보다가 고개를 비스듬히 기울였다. 그의 눈동자를 둘러싼 초록색 고리가 반들거리는 밤톨 같은 갈색으로 변했다.

"얘기해주십시오." 고어는 천천히 말했다. "무슨 일이 있었는지. 내가…… 떠난 후에."

"그게, 그래요. 맞아요. 음…… 저희가 중령님을 데려온 곳은 1847년이었어요. 장소는 펠릭스 곶이었고요. 그곳에 하계 기지가 있다는 건 알았지만, 정확히 뭘 하는 곳인지는……."

"지구자기 관측소였습니다. 사냥 부대 숙소로도 사용했지요."

"그랬군요, 알겠어요. 아무튼, 저희는 탐험대가 그 기지를 급히 떠났다는 사실을 알고 있었어요. 1859년에 수색대가 그곳을 발견했는데 현장에 온갖 물건이 버려져 있었거든요. 텐트, 과학 연구용 장비, 곰 가죽도 있었어요. 역사학자들은 이유가 뭔지 밝혀내지 못했지만, 저희 생각으로는……."

"당신들 소행이었군요." 고어의 얼굴이 순식간에 깨달음의 빛으로 물들었다. "난 그때…… 번개가 쳐서 환해진 줄로만 알았는데. 그러고 나서…… 파란빛이 비치는 문이 나타났습니다."

"맞아요."

"그 문 속에 사람들 모습이 보였어요. 거기에 커다란…… 그

물이 있었는데…… 아프더군요.”

“죄송해요. 이쪽 사람을 관문 너머로 보낼 수는 없었어요. 갔다가 어떻게 될지 알 수 없었으니까요. 그 그물은 강철로 엮은 거였죠, 아마? 중령님이, 그러니까…… 그물을 자르고 달아나지 못하게 하려고 쳐놨을 거예요.”

고어는 줄곧 나를 빤히 봤다. 나는 서둘러 덧붙였다. “중령님 동료들이 서둘러 기지를 떠난 게 저희 때문이었다는 건 저희도 일을 다 마치고 나서야 알았어요. 아무래도 역사상 최대의 수수께끼 중 하나이다 보니까, 저희로서는 차라리 도박을 걸어보는 게 낫겠다 싶었던 거예요. 설령 탐험대가 저희 때문에…….”

“당신네 사람들이 다 죽였습니까?” 고어가 물었다. 목소리는 묘하게 부드러웠지만 뺨은 새빨갛게 물들어갔다. “나는 내 부하들을 잘 압니다. 아니, 전에 알았다고 해야겠군요. 그들은 나를 쫓아가려 했을 겁니다. 나를 찾으려고 수색대를 보냈겠지요.”

“대원들은 틀림없이 중령님 뒤를 쫓아갔을 테지만, 관문은 이미 닫힌 뒤였을 거예요.”

“그럼 그 친구들은 어쩌다가 죽은 겁니까?”

“글쎄요. 일단 얼었던 바다가 끝내 녹지 않았어요. 탐험대의 배 두 척은 총빙*에 갇혀 꼼짝도 못 했죠. 1847년 겨울 무렵에는 이미 장교 9명과 수병 15명이 사망했어요. 그중 몇 명이 중령님이 이쪽으로 오시기 전에 죽었는지는 저도…….”

---

*   유빙 여러 개가 모여 널따랗게 얼어붙은 것.

"프레디…… 그러니까 프레더릭 데뷔와 나는 나중에 도착할 해군 본부를 위해 킹 윌리엄 평원에 편지를 남겼습니다. 빅토리 포인트의 돌무덤에요. 거기에는……."

"맞아요, 탐험대는 1848년 4월에 중령님의 편지를 발견했어요. 크로지어 함장님과 피츠제임스 함장님은 그 편지에 자신들은 이미 배를 버렸고 대원들과 함께 남쪽의 백Back 강까지 행군할 거라는 내용을 추가로 적어뒀어요. 참고로 킹 윌리엄 섬은, 음, 거기는 사실 섬이에요."

고어는 내게서 고개를 돌리고 재킷 주머니에서 담뱃갑을 꺼냈다.

"백 강까지는 900킬로미터가 넘는 거리였는데요." 한참 만에 고어가 꺼낸 말이었다.

"그래요. 그분들은 끝내 거기 도착하지 못했어요. 남쪽으로 행군하던 도중에 굶어 죽고 말았죠."

"전원이요?"

"전원이요."

"피츠제임스 함장님이 굶주림같이 비참한 이유로 돌아가실 거라곤 상상도 못 했습니다. 의무관인 해리 굿서는 또 어떻고요. 그 친구는 내가 아는 이들 중에 가장 명석한……."

"전원 사망이었어요. 정말 유감이에요."

고어는 풀밭을 물끄러미 바라보며 천천히 숨을 내쉬었다.

"보아하니 나는 당신네 덕분에 비참한 죽음을 모면한 것 같군요." 고어가 말했다.

"정말 유감…… 아, 별말씀을요."

"그렇게 되기까지 얼마나 걸렸습니까?"

"이누이트들의 증언에 따르면 몇 명 안 되는 무리가 배로 돌아가 그곳에서 네 번의 겨울을 났다고 해요. 하지만 1850년이 되어 모두 사망했어요."

"증언을 했다는 그 '이누이트'라는 자들은 누군가요?"

"아, 중령님이 '에스키모'라고 부르던 사람들이에요. 그들을 가리키는 올바른 명칭은 이누이트예요."

놀랍게도 고어는 움찔하며 얼굴이 새빨개졌다. 그는 빅토리아 시대에 살았으니 정치적 올바름 같은 개념을 알 리가 없었는데도 지나치게 죄책감을 느끼는 것처럼 보였다. 그렇지만 실제로 입 밖에 낸 말은 이것뿐이었다. "해군 본부는 구조대를 보내지 않은 겁니까?"

"몇 차례 보내기는 했어요. 프랭클린 경의 부인도 경비를 일부 부담했고요. 하지만 다들 엉뚱한 방향으로 향했죠."

고어는 눈을 감고 허공에 가느다란 담배 연기를 뿜었다. "우리 시대 최고의 탐험대였는데." 그가 말했다. 목소리에서 아무것도 느껴지지 않았다. 분노도, 슬픔도, 아이러니도. 아무것도.

그날 오후 느지막이 고어가 말했다. "아까 그렇게 반응해서 미안합니다. 그때는…… 조금 충격을 받기는 했지만, 그래도 마땅히 더 냉철하게 받아들여야 했습니다. 애초에 어떤 임무인지 다 알고 탐험대에 지원했으니까요. 내가 당신에게 화를 냈다고 느끼지 않았으면 좋겠군요."

"괜찮아요. 전 그저 중령님께 그 이야기를 너무 두서없이 전해드려서 죄송할 따름이에요."

고어는 뒤로 물러서서 나를 바라봤다. 만약 다른 부류의 남자가 그랬다면 그가 내 몸을 눈으로 훑는다고 느꼈을 것이다. 하지만 훑는 눈빛치고는 열기가 부족했다. 그는 그저 나를 살펴볼 뿐이었다. 머리부터 발끝까지, 처음으로.

"어째서 당신이 나의 가교인 겁니까?" 고어가 물었다. "왜 장교 같은 인원을 배정하지 않은 거지요? 나는 이 일이…… 그래요, 당신 표현대로라면 이 '프로젝트'가 굉장히 비밀스럽다는 걸 알고 깊은 인상을 받았습니다. 내가 아직…… 건강을 회복하는 중이었을 때요."

"제가 보기에는 저도 장교나 다름없어요, 어느 정도는요. 어쨌거나 전문가니까요. 저는 언어 담당 부서에서 통역사 겸 자문위원으로 일했어요. 전문 분야는 동남아시아 내륙 언어예요."

"알겠습니다. 아니, 실은 모르겠어요. 그게 다 무슨 말입니까?"

"저는 일급비밀에 접근할 수 있고, 추방당한 사람들을 위해 일해왔어요. 시간관리국은 원래 이주자와 심리 상담사를 함께 거주시키려고 했지만, 최종적으로는 다른 대안이 더 합리적이라는 결론을 내렸어요. 이주자 여러분께 필요한 건…… 친구라는 결론을요."

고어가 멍한 표정으로 바라보자 나는 얼굴이 붉어졌다. 방금 내 목소리는 내가 듣기에도 변명조로 들렸으니까. 그래서 이렇게 덧붙였다. "저는 진작부터 중령님에 대해 많이 알고 있었어요. 프랭클린 탐험대에 관한 책을 읽었거든요. 그런 책은 수도 없이 많아요. 북극점과 남극점은 로알 아문센이 발견했는데요, 아문센이 그런 위업에 도전한 것도 중령님이 계셨던 프랭클린 탐험대를 동경했기 때문이에요. 그 사람은……."

"당신이 나보다 아는 게 더 많군요."

"네, 맞아요."

내 말에 고어의 보조개가 다시 모습을 드러냈다. 몹시 즐거워하는 기색까지는 아니었지만, 그래도 다시 나타나기는 했다.

"그럼 북서항로는 누가 발견했습니까?" 고어가 물었다. "우리 탐험대의 원래 목적이 그거였는데요."

"로버트 매클루어가 찾았어요. 1850년에요."

"로비가요?"

"네. 매클루어는 중령님 일행을 찾는 수색대에 들어갔다가 그 항로를 발견했어요. 이누이트들한테는 잃어버린 형제를 찾으러 왔다고 했다더군요. 탐험대에서 매클루어와 사적으로 친했던 사람은 중령님이 유일하니까, 전 그 형제라는 사람이……."

"아아." 고어가 중얼거렸다.

나는 입을 다물었다. 고어의 아아 소리가 꼭 내가 바늘로 그의 옷을 뚫고 몸을 찔러서 난 소리 같아서였다. 방금 얘기한 사람들은 나에게는 역사 속 인물이었지만, 그에게는 여전히 살아 있는 사람으로 느껴진 것이다. 평정심을 잃은 그의 모습을 보고 있으려니 속이 메스꺼워졌다. 어찌나 부끄러웠던지, 나는 그가 내민 담배를 무심코 받아 들었다. 앞서 말했듯 이미 몇 년 전에 끊었는데도.

고어를 알면 알수록 그야말로 내가 만나본 사람 가운데 가장 완성된 인간이라는 생각이 들었다. 그는 자신이 살던 시대에서 사냥과 소묘와 플루트 연주를(특히 플루트는 연주 실력이 수준급이었다) 즐겼고, 사람들과도 활발하게 어울렸다. 그랬던 그에게 이제 사냥은 당연히 금지됐고, 사교 활동 또한 시간관리국의 명령에 따라 제한됐다. 처음 한 주가 지날 무렵, 그는 대화 상대가 나밖에 없어서 미칠 듯 괴로운 기색이 또렷했다.

"다른 이주자들은 언제 만날 수 있습니까?"

"이제 곧……."

"나는 이렇게 일 년 내내 빈둥빈둥 놀아야 하나요? 지금도 해군이 있기는 있습니까?"

"저희는 중령님께서 지금 시대에 적응하시려면 시간이 걸릴 거라고……."

"바다는 지금도 물로 되어 있습니까? 요즘도 그 위에 배를 띄우는 사람이 있나요?"

고어를 진정시키는 최고의 방법은 방대한 스트리밍 서비스였다. 특히 스포티파이가 특효약이었다. 나는 그가 1840년대에 죽지 않았다면 살아생전에 봤을지도 모르는 축음기부터 전축, 카세트 플레이어, CD, MP3에 관해 간단히 설명해준 후 음악 스트리밍 서비스로 넘어갔다.

"어떤 음악이든지요? 어느 연주자든 어느 시대 음악이든 듣고 싶으면 언제든 들을 수 있다는 말입니까?"

"뭐든 다 있진 않지만, 갖추고 있는 음악이 아주 많아요."

우리는 소파에 나란히 앉았고, 내 무릎에는 시간관리국에서 지급한 노트북 컴퓨터가 놓여 있었다. 고어는 노트북 컴퓨터라는 개념을 좋아했다. 구글과 위키피디아에도 슬며시 관심을 보였지만, 호기심은 자판에서 글자를 찾느라 쩔쩔매는 사이 시들해졌다. 그는 일찍이 자판을 보지도 않고 빠르게 글자를 입력하는 내 타자 솜씨에 얼마나 주눅이 드는지 털어놓았다.

"그 기계에게 바흐의 '플루트 소나타 내림 마장조'를 연주하라고 좀 지시해주시겠습니까?"

나는 스포티파이 앱이 추천한 첫 번째 버전의 재생 아이콘을 눌렀다.

우리는 소파에 편히 등을 기댔다. 체중에 눌려 쑥 들어가는 쿠션을 평평하게 유지하려고 저마다 뻣뻣한 자세로 쭈뼛쭈뼛 버티는 것도 '편히'라고 할 수 있다면 말이다. 잠시 후, 그는 양손으로 자기 눈을 가렸다.

"그리고 이 곡을 간단하게…… 반복할 수도 있단 말이지요. 무한히." 고어가 중얼거렸다.

"네. 다시 듣고 싶으세요?"

"아니요. 그건 예의 바른 행동이 아닌 것 같습니다."

"다른 곡을 틀어볼까요?"

"예." 고어는 꿈쩍도 하지 않고 말했다. "기계에게 당신이 좋아하는 음악을 연주하라고 지시해주십시오."

고어에게 케이트 부시의 노래를 틀어주는 건 친절한 행동이 아닐 듯싶었다. 나는 프랑크의 '바이올린 소나타 가장조'를 재생했다.

"이 곡은 언제 만들어졌습니까?"

"정확한 시기는 저도 몰라요. 아마 1880년대일걸요? 중령님께서 돌…… 그러니까 사…… 아니, 중령님의 후대에 만들어졌다는 뜻이죠."

"내 동생 앤이 들었으면 홀딱 반했을 겁니다. 애수 어린 바이올린 선율을 굉장히 좋아했으니까요."

나는 고개를 돌렸다. 음악이 끝나자 고어가 탁하게 가라앉은 목소리로 말했다. "나가서 산책 좀 해야겠습니다."

집을 나선 고어는 몇 시간 동안 돌아오지 않았다. 공기는 얼얼할 정도로 싸늘해졌다. 하늘에는 시커먼 구름이 모여들었다. 폭풍우가 다가오는 중이었다. 나는 마음이 조마조마한 나머지 한곳에 몇 분 이상 머무르지 못하고 자꾸만 집 안 이곳저곳을 돌아다녔다. 고어에게서 눈을 떼도 좋다는 허락이 아직 내려오지 않았다는 사실은 그가 문을 닫고 나간 후에야 떠올랐다.

고어가 집으로 돌아왔을 때, 그는 그날 날씨와 마찬가지로 사납게 들이닥쳤다. 턱을 앙다물고 있었는데 그즈음 내가 슬슬 눈치챈 바에 따르면 속이 몹시도 언짢다는 신호였다.

"이 도시에는 사람이 지나치게 많습니다." 고어는 코트와 장화도 벗지 않고 현관에 서서 말했다. "마지막으로 들렀을 때보다 더 심해졌어요. 온 사방에 건물이 서 있습니다. 지평선은 아예 보이질 않아요. 눈길 닿는 곳에는 오로지 건물과 사람, 그리고 밧줄을 늘어뜨린 거대한 쇠 탑만 서 있을 뿐입니다. 드넓은 회색 도로는 쇠로 만든 탈것으로 뒤덮였고요. 여백이라고는 조금도 없습니다. 당신네는 어떻게 숨을 쉬는 겁니까? 온 영국이 다 이 모양인가요? 온 세상이?"

"런던은 수도잖아요 붐비는 게 당연하죠. 지금도 빈 공간은 있어요."

나는 등 뒤에 주먹을 감추고 경련하듯 쥐었다 폈다 했다.

"그게 어딥니까? 난 현미경 슬라이드에 갇힌 기분을 떨칠 수 있는 곳으로 가고 싶습니다."

"아…… 지금 당장은 모든 이주자에게 이동 제한 조치가 내려졌어요. 중령님도 이미 들으셨겠지만요. 그래서 선 바깥으로 나갈 수가 없어요."

고어는 물끄러미 나를 봤다. 눈에 초점이 없었다.

"가서 목욕이나 해야겠군요." 마침내 그가 말했다.

아직 언어 담당 부서에서 일하던 시절, 무역 담당 부서와 동아시아국가연합ASEAN 삼림 관리 위원회가 함께 진행하는 프로젝트에 선임 통역사로 참가한 적이 있었다. 그때 나는 '국내 실향민'이라는 개념을 통역하느라 한참을 우물쭈물했다. 국내 실향민이란 벌목 작업 때문에 원래 살던 마을을 강제로 떠나야 하는 이들을 가리키는 용어였다. 설명하기가 힘들었던 까닭은 바로 그 벌목 작업 덕분에 경제적 안정과 장기 고용이라는 혜택을 누리는 사람들이 있었고, 심지어 그들 대부분이 피해자들과 같은 마을 출신이기 때문이었다. '발전'이라는 말 역시 통역하기 까다롭기는 마찬가지였다.

한참 고민한 끝에 '국내 실향민'을 의미론적 관점에서 조각조각 나눠 설명하기로 했다. 내가 붙들고 끙끙대는 것은 유령처럼 흐릿한 의미들이었다. '내적 조건과 외적 조건이 불화를 빚는 사람', 아니면 '내부적으로(자신들의 내부에서) 추방된 사람' 같은 식이었다. 그때 머릿속에 어머니가 떠올랐다. 다시 돌아가지 못할 고향을 속에서 데굴데굴 굴러다니는 채소 한 바구니처럼 끈질기게 품고 살아온 내 어머니가.

고어 역시 그런 식의 국내 실향민이었다. 나는 이따금 망원경으로 현대 세계를 바라보는 그의 모습이 머릿속에 선히 떠올랐다. 그럴 때 그는 1800년대 초 어딘가로 향하는 배의 갑판에 꼼짝 않고 서 있다. 분명 살아생전에도 그랬을 것이다. 그러다가 부두에 닿으면 바다에 나가 있던 몇 달 또는 몇 년 사이에 다시 소매가 널찍한 여자 옷이 유행한다느니, 유럽 어느 나라가 다른 나라에 또 선전포고를 했다느니 하는 소식을 듣고 깜짝 놀랐겠지. 그의 이야기를 듣다 보면 꼭 스스로 호박에 갇힌 화석이 되려는 사람을 보는 것만 같았다. 내 어머니와 똑같은 모습이었지만, 그 앞에서 어머니 애기는 꺼내지 않았다.

내가 삼림 관리 위원회의 프로젝트 이야기를 들려줬을 때, 고어는 귀를 쫑긋 세우고 열심히 들었다.

"꽤 높은 사람이었군요." 고어가 넌지시 나를 추어올렸다.

"아부하지 않으셔도 돼요. 그냥 통역사였으니까요."

"사람은 오로지 남의 견해를 통해서만 자신의 쓸모를 깨닫게 마련입니다. 아덴 만 원정을 생각해보십시오. 그 원정이 성공리에 끝났기 때문에 우리 함장님께서는 나를 대위로 진급시켜야 한다고 주장하셨지요. 마치 내가 그 성공에 크게 이바지한 것처럼 말입니다."

나는 고어의 너스레를 듣고 빙그레 웃었다. 전에 '깨달음의 순간'에 관해 받은 브리핑이 떠올랐기 때문이다. 깨달음의 순간이란 이주자의 가치 기준이 다문화 사회인 오늘날 영국에서 통용되지 않는다는 것을 가교인 우리가 깨닫는 순간이었다. 고어의 경우 컨트롤Control이 파악한 주의 사항은 아덴 만 원정과 1차 아편전쟁이었다. '대립하거나 상반되는 언행을 피할 것. 사

적인 가치 기준을 둘러싼 대화로 흘러가지 않도록 주의할 것.'

1839년 1월, 영국은 당시 라헤즈 술탄국의 영토였던 예멘의 아덴 항구를 점령하기로 결정했다. 동아시아 무역 항로에서 요긴한 항구였기 때문이다. 내가 아는 한 대영제국은 다른 나라를 쓸모 있는 땅이나 무시해도 좋은 땅으로 여겼을 뿐, 자주적인 국가로 존중한 경우는 거의 없었다. 대영제국이 세계를 대하는 방식은 내 아버지가 집배원이 떨어뜨리고 간 고무 밴드를 대하는 방식과 똑같았다. '이거 쓸 만하네. 그런데 여기 그냥 떨어져 있잖아. 그럼 이제 내 거지.'

"그때 거기서 큰 공을 세우셨나요?" 나는 겁쟁이처럼 조심스레 물었다.

"나로서는 겸손은 미덕이고 나는 미덕을 아주 많이 갖춘 사람이라는 것밖에 말씀드릴 수 없겠군요."

"저로서는 지금 시대엔 제국을 위한다는 명분하에 아라비아반도의 항구를 폭파하는 건 보통 사람이라면 눈살을 찌푸리는 짓이라고밖에 말씀드릴 수가 없겠네요."

"하지만 영국의 무역 이익을 확대하고자 타국의 통상 관행에 개입하는 것은 외교 행위로 사료됩니다만."

"글쎄요." 나는 뒤이어 그런 식의 행위가 '환경적' 개입이었다는 말을 꺼내려 했다. 다만 그러려면 여기서 '환경'이 무슨 뜻으로 쓰이는지도 설명해야 했다. 그런데 그 순간, 나는 고어가 존경에 가까운 감정이 담긴 눈빛으로 나를 바라보는 것을 눈치챘다. 그래서 그냥 입을 다물었다.

내 얼굴이 꽤나 백인처럼 보인다는 건 인정할 수밖에 없다. 백인 대열에 낀 지 얼마 안 된 인종 같든 아니든 간에, 백인으로 보이는 건 사실이다. 나는 고어에게 내 이목구비를 하나하나 짚어가며 이때껏 내가 그를 어떻게 속였는지 설명할 엄두가 나지 않았다. 그럴 준비가 됐다는 확신도 서지 않았다. 그는 다른 사람들과 마찬가지로 나에 대해 어떤 선입견을 품고 있었고, 그 선입견 덕분에 나는 은밀하게 움직일 여지가 생겼다. 나중에 그가 진실을 깨달으면(다른 사람들과 마찬가지로) 아마 자신이 저지른 실수 때문에 동요할 터였다. 그런 순간에 드러나는 타인의 허점은 내가 마음만 단단히 먹는다면 대인관계에서 매우 유용한 무기가 되기도 한다. 만약 내가 감정 기복이 심한 성격이었다면 그런 경우에 어울리는 표현을 썼을 것이다. '후방 교란'이라거나, '이중 첩자' 같은. 내 동생이었다면 그런 말을 썼을 것이다. 아니면 언니인 나를 사기꾼이라고 부르든가.

더욱이 나는 현존하는 고어의 편지 두 통을 모두 읽었다. 그는 자기 아버지에게 보내는 편지에 아덴에서 거둔 성과에 만족한다고 적었다. 당시 전투에서 아랍인 150명이 전사한 반면에 영국인은 단 1명도 죽지 않았다. 말 그대로 피바다였다.

"당신이 하는 일은 아주 흥미로워 보이는군요." 고어가 말했다. "그런 일자리는 어떻게 구한 겁니까?"

고어는 텔레비전을 보려 하지 않았다. 그 물건을 따분한 발명품으로 여기는 모양이었다.

"당신네는 드높은 창공에 조그마한 모형을 날려 보낼 만큼 뛰어난 기술이 있습니다." 고어가 말했다. "그런데 그런 기술을 고작 사람들에게 스스로의 가장 비참한 모습을 보여주는 일에 써먹는군요."

"아무도 중령님께 〈이스트엔더스EastEnders〉같이 자극적인 일일 드라마를 억지로 보라고 하지 않았어요."

"어린애나 정숙한 미혼 여성이 그 기계와 접촉했다가 소름 끼치는 범죄 행위를 정면으로 목격하는 것은 얼마든지 일어날 수 있는 일입니다."

"〈미드소머 머더스Midsomer Mudrders〉 같은 범죄 드라마를 보라고 한 사람도 없고요."

"아니면 하느님의 뜻을 거스르는 끔찍한 몰골의 괴물이 나오는……."

"뭐라고요?"

"〈세서미 스트리트〉* 말입니다." 고어는 그렇게 대답하고는 담배를 찾느라 정신없이 주머니를 뒤졌다. 입속 혀에 밀려 볼록해진 뺨을 보니 웃음을 참느라 애쓰는 듯했다.

마침내 소일거리가 다 떨어진 고어는 책장을 살펴보기 시작했다. 나는 맨 먼저 아서 코난 도일의 소설을 추천해 좋은 반응

* 다양한 캐릭터 인형을 주인공으로 하는 미국의 어린이 텔레비전 프로그램.

을 얻었다. 뒤이어 《마스터 앤드 커맨더》로 시작하는 패트릭 오브라이언의 해양 소설 오브리머투린 시리즈를 권하려 했지만, 그는 그 책을 읽으면 옛날 생각이 너무 많이 나서 속이 상한다고 했다. 찰스 디킨스의 《위대한 유산》은 좋아했지만 《황폐한 집》은 5분의 1도 읽지 못한 채 덮고 말았다. 브론테 자매의 책도 추천했는데 차라리 비둘기를 잡아서 읽어보라고 하는 게 나았을지도 모른다. 그는 헨리 제임스의 소설은 조금도 참고 읽지 못했지만 잭 런던은 좋아했다. 호기심이 동했던 나는 그에게 헤밍웨이를 읽어보라고 했고, 그는 헤밍웨이의 소설이 '충격적'이라며 욕조에 앉아서까지 읽어댔다.

어느 날, 나는 충동적으로 고어에게 제프리 하우스홀드의 소설 《로그 메일》을 건넸다. 종이와 잉크로 이루어진 불장난 같은 소설이었다. 양차 세계대전에 관한 설명은 나중으로 미뤘고, 소설의 주인공이자 사격과 사냥의 명수인 이름 없는 영국인 남자가 1930년대 유럽의 독재자를 저격하려 하는 이유와 상황적 맥락은 더더욱 알려주지 않았다. 하지만 그는 전에 사냥을 할 수 없게 된 자기 처지를 몹시도 불평한 적이 있었기 때문에 내가 보기에는 그 소설의 설정을 재미있어할 듯싶었다.

이튿날 아니면 다음다음 날, 프로젝트의 다음 단계를 정식으로 시작한다는 이메일이 도착했다.

"고어 중령님?"

"예?"

"좋은 소식이 있어요. 시간관리국에서 다음 주에 사무실로 들어오래요." 고어는 고개도 들지 않고 책만 읽었다. "저런. 그나저나 《로그 메일》은 앞에 조금밖에 안 읽으셨네요."

"아, 벌써 다 읽었습니다. 지금 두 번째 읽는 중입니다."

II

　고어가 팔을 힘껏 당겨 배에 올라탔을 때, 그를 맞아준 이는 두툼한 장갑을 끼고 얼굴에 머플러를 친친 두른 경비병이었다. 해빙에 갇힌 배는 차가운 파도가 밀려와 선체에 부딪힐 때마다 속이 메슥거릴 만큼 심하게 기울어졌다. 고어는 선창으로 내려갔다. 바깥의 악천후와 단단히 차단된 데다 수많은 몸뚱이가 복작거려서 공기가 따뜻한 선창에는 수병들이 땀을 흘리며 부산히 움직이는 보기 드문 광경이 펼쳐져 있었다. 피츠제임스 함장이 긴급 지휘관 회의를 소집했기 때문이었다.

　고어는 당번병에게 가방을 건네고 자신도 회의에 참석하겠노라고 고집을 부렸고, 이와 동시에 꽁꽁 얼어서 굳어버린 머리가 돌아가게 하느라 안간힘을 썼다. 술을 한잔하지 않으면 입술이 송장처럼 시퍼렇게 보일 것이 뻔했다.

의무실에 들른 고어에게 의무관 새뮤얼 스탠리는 지금이 며칠인지 물었다.

"1847년 7월 24일." 고어는 한참을 침묵한 끝에 대답했다.

"발음을 더 또렷이 하는 게 좋겠군요." 의무관이 말했다. 그는 '말투가 영 어눌하군'과 같은 식으로 말하지 않았다. 장교에게 그럴 수는 없는 노릇이었다.

고어는 빙긋 웃으려 했다. 입술에 갈라진 자국이 죽 나타났다. 그러나 긴급회의에 참가하지 말라는 지시는 아무도 내리지 않았다.

회의 장소인 에러버스함의 함장실은 유령도 진저리 낼 만큼 살풍경한 방이었다. 존 프랭클린 경이 노환과 혹한을 이기지 못하고 이 방에서 숨을 거둔 지 채 한 달도 지나지 않았다. 삼촌처럼 친숙한 그의 유령은 이곳에 모습을 보이지 않았다. 원래 부함장이었다가 얼마 전 에러버스함의 함장이 된 제임스 피츠제임스는 납골당에 갇힌 어린 고아처럼 함장실에서 지냈다.

탐험대의 신임 대장이자 테러함의 함장인 크로지어는 부하인 어빙 소위를 에러버스함에 보냈다. 어빙은 구레나룻을 덥수룩하게 기른 숫기 없는 남자였고 수병들과 얘기할 때 성서 구절을 인용하는 불쾌한 버릇이 있었다.

"좋은 소식을 가져오지 못해 면목 없습니다." 어빙이 말했다.

"식량은?" 페어홈이 끼어들었다. 에러버스함의 소위인 페어홈은 장교들 가운데 으뜸갈 만큼 덩치가 컸고 성격도 활달

했다. 그런 그가 지금은 몸을 잔뜩 움츠리고 있었고, 그 모습을 본 고어는 먹을 것을 훔치다가 들킨 커다란 그레이트데인종 개가 떠올랐다.

"자네 쪽하고 마찬가지야." 어빙은 한숨을 쉬었다. "하느님께서 우리 결의가 단단한지 어떤지 시험할 때라고 보신 거지. 하지만 하느님의 뜻은 우리 뜻이 아니고, 이 세상 지혜는 하느님께 어리석은 것이니⋯⋯."

고어는 한 손을 쫙 펴 마호가니 테이블을 짚었다. 부드러우면서도 단호하게 저지하는 손짓이었다. 어빙의 웅얼거리는 목소리에 안절부절못하는 기색이 비쳤기 때문이다. 꼭 날씨가 맑아지게 해달라고 하늘을 보며 애원하는 목사처럼.

"제임스." 고어가 말했다.

고어가 말한 제임스는 페어홈 소위였다. 그는 지휘관 회의에서 피츠제임스 함장을 직함 없이 이름으로만 부를 만큼 주제넘은 사람이 아니었다. 그러나 그 말을 듣고 대답한 사람은 다름 아닌 피츠제임스 함장이었다.

"통조림이 문제야." 피츠제임스가 말했다. "통조림 중 일부가 먹을 수 없는 상태로 밝혀졌네. 불량품이 평소보다 더 많이 나왔어." 그는 희미하게 웃으며 덧붙였다. "내용물이 썩었더군. 양쪽 배가 모두 그 모양이니, 항해중에 어떤 악영향을 받아 그렇게 된 게 아니라 출항할 때 이미 변질된 상태였겠지."

고어는 짚었던 손을 들었다. 테이블에 타마린드 열매의 속

살과 비슷한 갈색 띤 손자국이 남아 있었다. 손바닥이 어찌나 시큰거리는지 잠시 시큼한 맛이 난다고 착각할 정도였다.

"남은 통조림은 몇 개나 됩니까?" 고어가 물었다.

피츠제임스는 대답하지 않았다. 그는 타계한 프랭클린 경의 자리에 앉아 있었다. 그의 곱슬머리는 윤기를 잃었지만 여전히 눈에 거슬리는 쨍한 구릿빛을 띠고 있었다.

"사냥감은 많던가, 그레이엄?" 피츠제임스는 고어의 질문에 대답하지 않고 되물었다.

고어는 자신이 둘러메고 돌아온 자루의 무게를 가늠해봤다. 그는 그 묵직함이 너무도 소중하게 느껴졌다. "자고새를 세 마리 잡았고, 갈매기 한 마리는 너무 멀어서 맞히지 못했습니다. 그게 답니다. 다른 짐승은 흔적도 보지 못했습니다."

"네 시간 반 동안 그게 다였다고?"

"제가 그렇게 오랫동안 나가 있었습니까?"

장교들은 다시 입을 다물었다. 이곳은 한때 유쾌한 분위기가 감도는 사관실이었다. 마치 수다를 벽돌 삼아 무지개다리를 쌓아 올리듯, 하나의 이야기가 시작되면 어김없이 이를 받아치는 이야기가 따라 나왔다. 그러나 요즘은 빤한 이야기를 꺼내는 것조차도 화강암에서 밀랍을 쥐어짜는 일처럼 고되기만 했다. 얼음에 포위된 나무 선체에서 쉼 없이 들려오는, 탄식 같기도 비명 같기도 한 삐걱대는 소리 때문에 그들은 잠을 이루지 못했다. 대화 중간중간의 침묵도 제대로 누리지 못했다. 그리고 그 두 가지 휴식이 없으면 어떠한 말도 힘을 발휘하지 못했다.

"두 배의 모든 인원이 탐험 삼 년째인 내년까지 버티기에 식량이 부족해." 피츠제임스 함장이 말했다. "크로지어 함장님도 같은 의견이신가?"

"예, 함장님." 어빙은 참담한 목소리로 대답했다.

피츠제임스는 손끝으로 테이블을 두드렸다. 그는 페어홈과 마찬가지로 덩치가 커서 대성당 같은 위압감이 느껴졌지만, 근심이 있을 때면 얼굴이 소년처럼 앳돼 보였다. 그의 혈통에 관해서는 알려진 바가 없어서 사생이라는 소문이 돌았다. 어쩌면 어릴 적, 수심에 잠겨 오랜 시간을 보냈는데 이제 그 시절의 표정이 다시 얼굴에 나타나는지도 몰랐다.

"배급량을 3분의 2로 줄이잔 말이지?" 피츠제임스가 물었다.

"예, 크로지어 함장님께서 3분의 2로 줄이자고 제안하셨습니다, 함장님."

그때 의무관 스탠리가 끼어들었다. 잘생긴 얼굴에 성격이 까탈스럽고 다혈질인 그는 자신의 직업을 그리 좋아하지 않았다. "저는 식량 배급을 줄일 경우 의무실에 있는 환자들이 겪는 쇠약증이 틀림없이 더욱 뿌리 깊게 퍼질 것이라는 점을 본 회의에서 분명히 밝혀두는 바입니다."

"배급량을 줄이지 않으면 승조원들은 쇠약해지지 않는 대신 굶어 죽겠지." 피츠제임스가 말했다. "나는 얼음이 깨지면 가능한 한 많은 부하를 데리고 영국으로 돌아가고 싶네. 이건 우리가 반드시 해야 하는 타협이야.”

고어는 자신의 왼손 손바닥을 내려다봤다. 시큰거리는 통증은 여전히 그곳에 남아 붕대 사이로 배어 나왔다. 피도 함께 스며 나왔지만, 사람들 앞에서 그 얘기를 꺼내는 것은 감상적인 짓 같았다.

“만약 얼음이 깨지지 않으면 어떡합니까?” 고어는 부드러운 목소리로 물었다.

바깥의 얼음이 움직였다. 새를 발견한 고양이처럼, 북극해가 뻐끔뻐끔 입을 벌리고 있었다. 배에서 기르던 고양이는 두 번째 겨울을 나지 못하고 경련에 시달리다가 죽었다. 고어는 그 고양이를 귀여워했다. 그의 개가 원정 첫해 봄에 죽은 후로 더더욱 그 고양이에게 강한 애착을 느꼈다.

삐걱, 삐걱. 배가 고통스럽게 절규했다.

2장

우리는 시간관리국까지 런던 지하철을 타고 갔다. 나는 고어에게 말랑말랑한 귀마개를 건넸다.

사실 고어는 귀마개 없이도 좌석에 앉아 동요하지 않고 잘 버텼다. 하지만 그가 객차 안 매트리스 광고를 보고 무슨 뜻이 담겼는지 물었을 때 거기에 사용된 농담을 설명해줄 수밖에 없었는데, 그러려면 먼저 '데이트'의 개념부터 설명해야 했다. 시끄러운 지하철 소리보다 목소리를 높여야 하는 상황에서는 피하고 싶은 주제였다. 우선 광고의 기본 설정부터 설명하고 그의 표정을 보니 그는 차라리 묻지 말걸, 하고 후회하는 듯했다.

시간관리국 청사에 도착하자 무기를 교묘하게 감춘 양복 차림의 경호원들이 마중 나와 고어를 다른 이주자들에게 소개차 데려갔다. 그가 집단 상담 치료 같은 자리에 끌려가겠거니 했지만, 정작 본인은 무슨 살롱 같은 곳에 갈 거라고 기대했는지 기분이 좋아 보였다.

나는 담당 연락관인 퀜틴을 만나러 조용히 위층으로 올라갔다. 연락관들은 청사 안쪽 내밀한 구역에 따로 사무실이 있었다. 온통 유리로 벽을 친 사무실에 들어가 있자니 수족관 속 흐느적거리는 물고기가 된 기분이었다.

나를 대하는 퀜틴의 태도는 극성맞을 정도로 친근해서, 꼭 우리 둘 다 어딘가 닿으면 자국을 남기는 끈끈이 공이 된 것 같았다. 그는 전직 현장 요원이었다. 그런 그가 내 담당 연락관이 된 것이 현장 요원으로서 뛰어났다는 증거인지 아니면 형편없었다는 증거인지는 좀처럼 판단하기 힘들었다.

"안녕하세요, 퀜틴."

"아, 런던의 악명 높은 변기 폭파범이 오셨군요."

"예, 맞아요."

"아니, 솔직히 더 심각한 일이 아니라서 다행입니다. 혹시 고어가 다른 식으로 폭력적인 성향을 드러낸 적이 있나요?"

"그때도 폭력적이진 않았어요. 전 깨지도 않고 쿨쿨 잤는걸요. 그냥 변기를 철저하게 분해했을 뿐이에요."

"인지 기능이 손상된 징후는 없던가요?"

"음. 전에 복지과에서 고어를 넘겨받을 때 그쪽에서 탐험대의 최후가 어땠는지 알려줬다고 들었는데, 그 사람은 아무것도 모르는 상태였어요. 대원들이 살아남은 줄 알던데요."

"저런. 그건…… 문제가 있군요. 고어는 분명 그 얘기를 들었어요. 그것도 세 번이나. 처음 두 번 설명을 듣고 나서는 두 번째와 세 번째 탈출 시도를 저질렀죠. 그리고 두 번 다…… 방향 감각을 잃었어요. 이쪽으로 건너오면서 조금 손상을 입었나 봐요. 세 번째로 설명을 듣고 나서는 탈출 시도를 안 했는데, 그래서 우린 충분히 알아들었을 거라고 짐작했어요."

"다른 이주자들도 이런 적이 있나요?"

"1916은 자기를 언제 다시 전선으로 보낼 거냐고 계속 물어봐요. 1차 세계대전이 끝난 지 백 년도 더 됐다는 걸 도무지 받아들이질 못하는 거죠. 다른 증상은 없나요? 우울해하거나 지나치게 들뜬 적은요?"

"그 사람은 제가 만나본 남자 중에 제일 차분해요."

"잘됐네요. 좋아요. 그 일은 부국장님께도 보고할게요. 이주자들한테 자기공명영상MRI 검사를 받게 하는 것도 좋겠네요. 고어의 행동에 뭔가 변화가 일어나는지 유심히 관찰하세요. 몸이든 정신이든 안 좋아지는 기미가 보이면 즉시 보고하고요."

"이주자들이 정신 이상을 일으키면 어떻게 되나요?"

퀜틴은 인상을 찌푸렸다. "다시 병동으로 돌아가야죠." 얼버무리는 말투였다. "시간 여행의 결과 때문에 '삶의 질'에 심각한 영향이 생긴다면 그 사람들로서도 차라리…… '격리된' 환경에 들어가서…… 보살핌받는 게 더 낫죠."

우리는 그 문제를 더 이야기하지 않고 나중으로 미뤘다.

내가 말했다. "제가 경비 청구 건으로 보낸 이메일 받으셨어요? 청소부 파견 문의 이메일은요? 기관에서 파견하는 청소 요원 말고요. 일할 때 진공청소기를 쓰는 청소부요."

"그 친구한테 청소를 시킬 수는 없나요?"

"고어는 자기 같은 '계급'의 사람이 바닥을 닦는 건 옳지 않다고 생각해요. 제가 이때껏 살면서 청소부를 둔 적이 한 번도 없고 실은 제 어머니가 전에 청소부였다고 설명하려고 했는데, 말이 안 통하더라고요. 무려 반나절이나 걸려서 제가 학사 학위 소지자란 걸 이해시켜놨더니, 지금은 제가 어디의 석좌 교수씩이나 되는 줄 알지 뭐예요. 그 사람이 해군에 들어가 바다에 나갔을 때 고작 열한 살이었던 거 아세요?"

"그 친구한테서 꽤 깊은 인상을 받았나 보군요." 담당 연락관의 말투는 담담했다.

"이 주 동안 서로의 주머니 속까지 다 들여다본 거나 마찬가지니까요. 그런 인상을 안 받기가 더 힘들죠."

"지금 있는 예산은 빠듯한 수준인가요?"

"고어가 피워대는 담배 양을 보면 넉넉하진 않아요."

"담배를 줄이라고 설득해야죠."

"예? 그 사람의 '삶의 질'에 악영향을 미치라고요?"

그 말에 퀜틴은 멋쩍은 웃음을 터뜨렸다. "내가 졌군요. 예산 문제는 한번 알아볼게요."

퀸틴과 면담을 마치고 나서 아델라 부국장이 주재하는 가교 회의에 참석했다. 좀처럼 친숙해진 느낌이 들지 않는 부국장은 키가 작고, 억척스럽고, 말랐지만 강단 있는 여성이었다. 그녀를 볼 때면 우아한 악어가 떠올랐다. 시간 여행 프로젝트에 참여하고 나서 알았는데 그녀는 원래 현장 요원, 그것도 전통적인 스타일의 현장 요원이었고, 2006년 레바논의 베이루트에서 한쪽 눈을 잃었다. 그녀의 멋진 검은색 안대는 얼굴에 쏠리는 관심을 딴 데로 돌리는 수단에 가까웠으며 얼굴 자체는 섬뜩하게 생긴 구조로 보아 성형 수술이 아니라 재건 수술을 받은 것처럼 보였다.

가교들은 모두 신경이 곤두선 상태였다. 다른 이주자 가운데 점잖은 방식의 신경쇠약을 겪으며 변기를 분해한 사람은 없었지만, 가교들이 들려준 얘기에 따르면 어떤 사람은 BBC 라디오3 방송을 들으며 하느님에게 말을 걸었고, 또 어떤 사람은 주차된 차를 상대로 싸움을 걸었다.

"복합성 정신적 외상 후 스트레스 장애예요." 시멜리아가 말했다. "그게 뭐냐면……."

"복합적인 거지." 아델라가 말허리를 잘랐다. "알려줘서 고마워. 이주자들 이력을 감안하면 정신적 외상은 이미 예상한 결과라고 할 수 있어. 다시 말하지만 우리 관심사는 인간의 몸이 시간을 뛰어넘어 존재하는 일이 실제로 가능한지 알아보는 거야. 우리가 염려하는 건 시간 여행 과정에서 이주자나 이주자의 주변 환경이 큰 영향을 받지는 않을까 하는 거고."

"과거로 다시 돌려보낼 수도 있나요?" 아이번이 물었다. "그냥 제 이주자 대신 여쭤보는 거지, 다른 이유는……."

"그럴 순 없어."

"왜 안 됩니까, 부국장님?" 아이번이 다시 물었다.

"시간에 영향을 미치는 위험을 감수할 수 없으니까. 그 사람들은 원래 죽었어야 해. 그리고 이곳에 와 있는 한, 원래 살던 시간대에서는 사실상 죽은 사람이지. 한 번 더 강조하는데, 여러분은 우리 시대에 사는 이주자에게 장기적으로 어떤 증상이 나타나는지에 집중해야 해. 여러분의 업무 범위는 지금 그 자체로 더없이 명확하다는 말이야."

"그 사람들이 살아남으면 어떻게 되나요?" 내가 물었다.

"그럼 여러분은 인도주의적 프로젝트에 공헌했다는 보람을 느낄 테고 두 뺨은 귀엽게도 은은한 홍조로 물들겠지."

"만약 그 사람들이 죽으면요?"

"그럼 여러분은 과학 실험에 공헌한 셈이지. 실패로 끝난 핵분열이라든가, 뭐, 그 비슷한."

"만약 이주자들이 살아남으면 우리는 그들이 통과한 문으로 뭘 할 건가요?" 시멜리아가 물었다.

"그건 여러분이 상관할 바가 아니야." 아델라 부국장이 말했다. 겉에 온통 꿀을 칠한 비소 같은 말이었다. "실제로 사용할 수 있다는 확증이 나오기 전까지 문의 용도 같은 건 누구의 관심사도 아니야. 시멜리아, 당신은 장차 역사책에 이름을 남길 거야. 역사가 계속 이어지도록 우리가 보장만 하면 말이야."

시멜리아는 거대한 바다 괴물 크라켄의 손아귀를 박차고 탈출하는 잠수부처럼 회의실을 나섰고, 나는 그런 그녀를 따라 중앙 로비로 내려갔다. 시멜리아가 담당한 이주자 아서 레지널드 스미스 대위는 1차 세계대전 당시 프랑스의 솜 전투 현장에서 추출됐다. 대위를 현대로 데리고 온 이주 작전 팀에 따르면 그건은 최악의 호송 작전이었다. 네이즈비 전투 때보다 더 많은 내장이 땅에 뒹굴었고, 울부짖는 소리는 늘어선 단두대 앞보다 더 컸다고 했다. 시간의 문이 닫히고 나서 어떤 요원은 자기 군복 바지 주름에 끼어 있는 인간 눈알을 발견하기도 했다. 박격포탄의 폭발력이 하도 커서 눈알이 시간의 문을 넘어 우리 시대까지 날아온 것이다.

"잘돼가요?" 나는 시멜리아에게 물었다.

시멜리아는 눈도 보이지 않을 만큼 잔뜩 얼굴을 찌푸렸다. "응, 잘 가고 있어. 딴 건 몰라도 맛이 가고 있다는 건 확실해."

나는 시멜리아와 나란히 가려고 서둘러 걸었다. 그녀는 나보다 나이는 조금 위였지만 직급은 훨씬 위였다. 이 프로젝트에 참여하기 전에는 행동과학 부서의 주임이었다. 나는 그런 시멜리아를 내심 우러러봤고, 그래서 그녀 앞에서는 일부러 반항적인 척했다. 여성 동료가 자기비하를 하는 꼴을 참고 보지 못할 거라 짐작했기 때문이다. 그녀와 나란히 걷는 동안 땀에 젖은 내 발바닥이 투박하게 생긴 신발 깔창에 미끄러지면서 뻑뻑 소리가 쉬지 않고 들려왔다.

"아델라 얼굴이 또 바뀐 거 봤어?" 시멜리아가 물었다.

"네. 어떤 필러인지는 몰라도 꼭 살아있는 것 같아요. 전 아델라의 광대뼈가 움직이는 걸 하늘에 맹세코 분명히 봤어요."

"재미있는 여자야." 시멜리아가 말했다. 속뜻을 헤아리기 힘든 말이었다. 나는 화제를 바꿔보기로 했다.

"내무부에 합쳐질지 안 합쳐질지 내기하실래요?"

"그게 무슨 소리야?"

"올해 말까지 시간 여행 때문에 병이 나서 죽는 이주자가 나오지 않으면 시간관리국이 내무부 산하로 들어간대요. 시대를 건너온다고 해도 이민은 이민이니까요. 저는 합쳐지는 쪽에 50파운드 걸게요."

시멜리아의 한쪽 눈썹이 신호용 깃발처럼 휙 올라갔다. "내 생각엔 우리가 내무부 인력까지 필요할 만큼 이주자를 많이 데려오진 못할 것 같은데."

"이제 문을 닫은 거죠?"

"그래, 적대적 시대 정책*이라는 거지."

"망할 인간들 같으니, 조금만 마음에 안 들어도 중세 시대로

---

*   미등록 이민자가 거주하기 힘든 환경을 조성해 본국으로 돌아가도록 유도하는 영국 정부의 적대적 환경 정책Hostile environment policy을 빗대어 한 말.

후퇴한다니까요."

시멜리아는 알쏭달쏭한 미소를 지으며 말했다. "자기 집 애 저기 있네."

우리는 이미 중앙 로비에 와 있었다. 고어가 햇볕이 환히 내리쬐는 곳에 서서 강철과 유리로 된 천장을 올려다보는 중이었다. 건물의 투명한 두개골 너머 절반쯤 드러난 하늘을 황홀한 듯 올려다보는 모습이 꼭 어린애 같았다.

"엉덩이가 탱탱하게 올라붙은 게 딱 봐도 바람둥이네." 시멜리아의 말투가 담담해서 나는 오히려 웃음이 터졌다. 그녀가 덧붙여 말했다. "다음 실무자 회의 때 봐."

"안녕히 가세요."

걸음을 옮길 때마다 신발로 삑삑 소리를 내며 환히 빛나는 로비를 가로질러 고어 곁에 도착했다. 그는 나를 내려다보며 부드럽게 말했다. "누가 나한테 와서 실내에서 담배를 피우면 안 된다고 야단을 치더군요."

"맞아요, 요즘 시대에는 그러면 안 돼요."

"날 차라리 북극으로 돌려보내주십시오."

"하!"

우리는 점심을 먹으러 청사 근처 조그만 식당에 갔다. 고어는 모든 음식을 테이블에 한꺼번에 차려놓는 이른바 프랑스식 서비스의 시대에서 온 사람이었다. 당연히 널따란 접객 공간이 아니라 별실에, 그리고 재료를 모조리 젤리에 넣어 굳힌 요리에 익숙할 수밖에 없었다. 그런 이유로 내가 21세기의 식당 이용 법을 자상하고 참을성 있게 설명하기 시작했을 때, 그는 이렇게 말했다. "나는 사람 그림자도 안 보이는 오지인 앨버트 강의 기슭에서 캥거루를 잡아 요리해 먹은 적도 있습니다. 나이프와 포크를 쓰는 법 정도는 압니다. 그러니까 자리에 앉으세요."

고어는 내가 앉을 의자를 뒤로 당겼다가 밀어주고 나서 자기 자리에 앉은 다음, 메뉴판을 들여다보며 무슨 탐험에 나선 사람처럼 흥미로워했다. 내가 잘못 본 것 같지는 않다. 미지의 대상에 접근하는 그의 모습은 매번 그렇게 무언가에 도전하듯 흥미진진해 보였다. 나는 성인이 되어 보호자 없이 처음으로 레스토랑에 갔을 때가 언제였는지 기억나지 않았지만, 나이를 속이고 몰래 들어간 바에서 처음으로 술을 주문했을 때의 일은 생생하게 기억났다. 그때 나는 기네스 맥주를 주문했다. 평소 아버지가 즐겨 마시던 술이기 때문이다. 마마이트* 맛이 지독하게 강해서 치가 떨리게 싫었지만, 그 후 여러 해 동안 바에서 기네스말고 다른 술은 아무것도 주문하지 않았다. 술 주문에 성공한 그때의 행운을 깨뜨리지 않고 쭉 이어가고 싶었기 때문이다.

"다른 이주자들은 어떻던가요?" 내가 물었다.

"기가 죽은 눈치였습니다. 17세기에서 온 남녀 한 쌍은 서로를 혐오합니다. 젊은 여성 쪽은 이름이 마거릿 뭐라고 하던데, 당신네 시대의 끔찍한 자유 속에서 얼굴이 활짝 핀 것처럼 생

* 　맥주를 만들 때 생기는 효모 부산물을 농축한 잼 형태의 식품.

기가 돌더군요. 같이 온 카딩엄 중위는 마뜩잖아합니다만. 그래도 레지널드스미스 대위는 호감이 가는 친구입니다. 보고 있자니 어빙 소위가 떠오르더군요."

"어째서요?"

"목소리가 부드럽고, 숫기가 없고, 마음속에 비밀스러운 고민이 가득한 티가 나거든요."

나는 사람 눈알이 날아다닌 살벌한 호송 작전에 관해 알면서도 고어의 말에 웃음이 터지고 말았다. 대위에게서 1차 세계대전이 어땠는지 들었냐고 물어보지는 않았다. 어쩌면 그는 대위의 이야기를 들었으나 기억하지 못하는 걸지도 몰랐다. 그의 훤칠하고 하얀 이마 뒤에 자리 잡은 뇌가 얼마나 심하게 흔들려 푹 익은 복숭아처럼 멍들었는지, 나는 알지 못했다.

주문한 음식이 나오자 고어는 자기 몫의 팔라펠* 한 개를 포크 끄트머리로 찍어 가만히 내려다봤다.

"레지널드스미스 대위와 마음을 터놓고 친하게 지내면 좋겠다는 생각이 들었습니다." 고어가 말했다. "그 친구가 말하길 자기 가교한테 부탁할 테니 나랑 같이……." 이 지점에서 고어는 눈을 동그랗게 뜨고 말을 이었다. "'펍'에 가자고 하더군요. 이 시대에는 서민들의 술집에서 어떤 악행이 벌어지는지 가서 한번 알아볼 생각입니다."

"와, 거기서 스카이 스포츠 채널을 볼 수 있겠네요. 구독료가

---

* 삶은 콩을 으깨어 반죽을 만든 다음 경단으로 빚어 튀긴 중동의 전통 음식.

비싸서 집에선 보기 힘든데.”

“이름이 ‘스카이’인 걸 보니 하늘에서 뭘 하는가 본데, 뭔지 알고 싶지도 않습니다.”

“시멜리아도 만나게 될 거예요.”

“대위를 담당한 가교의 이름입니까?”

“네. 흥미로운 여자예요. 마음에 드실 거예요.” 나는 고어가 시멜리아를 좋아할지 어떨지 짐작도 가지 않았지만 그냥 그렇게 말했다. “그건 그렇고, 레지널드스미스 대위 말인데요. 중령님께는 상관*인데 잘 보이셔야 하지 않겠어요?”

고어는 팔라펠을 한 입 베어 물고 우물우물 씹으며 나를 향해 보조개가 패도록 활짝 웃어 보였다. 그리고 음식을 삼킨 뒤 말했다. “해군 중령은 육군에서도 중령 계급과 동급입니다. 이 주자들 중에 내가 계급이 제일 높다는 뜻이지요. 그 점은 아마 카딩엄 중위도 썩 달가워하지 않을 겁니다만.”

아직도 ‘우리 집’이라는 생각이 좀처럼 들지 않는 집으로 돌아오고 나서, 고어는 쑥스러워하며 나에게 펍에 갈 때 같이 가서 한잔하겠냐고 물었다. 앞서 점심을 먹을 때 그는 내가 계산하는(시간관리국에서 준 법인 카드로) 모습을 보며 몹시도 당황했지만 그런 기색을 용케 숨겼다. 그리고 이제는 일반인 여성이 미혼 남성과 함께 술집에 있다가 남의 눈에 띄어도 평판이 더

---

*   육군 대위를 가리키는 캡틴Captain이 해군에서는 대령 또는 함장에 해당한다.

럽혀지지 않는 오늘날의 현실에 금메달급의 긍정적인 태도로 적응하려 애쓰는 중이었다.

고어의 질문에 대한 답으로 나는 뜻을 알아듣기 힘든 애매한 소리를 중얼거렸다. 1916, 그러니까 레지널드스미스는 멀쩡한 사람이 아니었다. 그가 길거리에서 자동차 시동 소리를 처음 들었을 때 울음을 터뜨렸다는 말을 들은 적이 있었다. 현대식 세탁기의 사용법을 눈 깜짝할 새에 터득하고 침대보를 강박적으로 빨아댄다는 소식도. 시멜리아 생각으로는 솜 전투의 생존자로서 느끼는 죄책감이 불안증의 형태로 나타난 것 같았다. 서부 전선에서 그를 괴롭혔던 머릿니(이미 오래전에 죽어 없어졌을)가 미래까지 따라왔으리라는 불안증 말이다. 이유가 뭐든 간에, 나는 공손히 대해야 하는 상대가 셋으로 늘어나는 부담을 고어에게 줘도 괜찮을 확신이 서지 않았다. 그래서 시멜리아에게 이메일을 보내 의견을 구했고, 그녀는 나에게 넷이서 한잔하기 전에 자신과 둘이서 한잔하며 꼭 다 같이 한잔해야 하는지 논의해보자고 했다.

이튿날 저녁, 나는 시멜리아가 약속 장소로 제안한 펍에 갔다. 시간관리국 청사 근처 구식 술집이었는데 실내가 비좁아서 공기가 엽기적일 만큼 탁했고, 의자는 가죽으로 덮여 있었다. 기분이 꼭 스웨터 팔꿈치에 덧댄 가죽에 들어가 앉은 것만 같았다. 우리 말고 다른 손님은 구석 자리에 앉아 애처롭게 감자칩을 입에 넣는 남자뿐이었다. 음료 메뉴는 바 위에 놓인 칠판에 손 글씨로 적혀 있었다. 눈을 가늘게 뜨고 들여다보니 고를 만한 음료는 '몰튀두 밀쿠' '상구뤼아' '위주키' 정도였다.

"기네스 맥주 작은 잔으로 한 잔 주세요."

바 안쪽에서 열심히 유리잔을 닦던 젊은 남자가 나를 보며 기운 내라는 듯이 빙그레 웃었다.

"금방 대령하겠습니다."

그는 영화 〈카사블랑카〉에 나오는 단역처럼 멋지게 잔에 생맥주를 따랐다. '당신은 지금 하는 일이 정말로 마음에 드나요?' 그에게 그렇게 물어보고 싶었지만, 실제로는 그러지 않고 구석진 테이블로 살그머니 이동한 다음 그 술집에서 으뜸가는 진한 마마이트를 조금 홀짝였다.

시멜리아를 기다리는 동안 나는 핵심 보고서를 작성하기 시작했다. 가교는 매주 한 번씩 담당 연락관을 통해 컨트롤에 핵심 보고서를 제출할 의무가 있었다. 시간 여행과 관련된 비상사태, 예컨대 이주자의 몸 안팎이 뒤집히는 일이 일어날 경우에는 컨트롤에 급히 알리는 방법이 따로 있었다. 하지만 그 방법을 쓰려면 너무 많은 암호를 입력하고 인증을 받아야 하기 때문에 퀜틴은 혹시라도 고어가 차원을 가로질러 폴짝폴짝 뛰어다니는 사태가 벌어지면 그냥 자신에게 전화하라고 했다. 그때를 대비해 아예 자기 개인 전화번호를 알려주기까지 했는데, 흥미진진할 정도로 규정에 어긋난 짓이었다.

핵심 보고서: 1847(그레이엄 고어, '프랭클린 탐험대' 소속)

정기 보고 　【 X 】

특수 상황 　【 　】

본 보고서에 이주자간 교류 사실이 포함될 경우 해당 이주자의 신원을 표시할 것

1645 （토머스 카딩엄, '네이즈비 전투'） 　【 　】

1665 （마거릿 켐블, '런던 대역병'） 　【 　】

1793 （앤 스펜서, '프랑스 대혁명'） 　【 　】

1916 （아서 레지널드스미스, '솜 전투'） 　【 X 】

관찰 대상의 생리적 반응/신체적 특징

지근거리에서 관찰한 결과 얼굴이 쉽게 붉어짐. 대화 시 태도가 매우 차분하기 때문에 전에는 파악하지 못했음. 지난주 보고서에 언급했다시피 얼굴에 선잠 또는 불면의 기미(다크서클, 부은 눈)가 보임. 북극해에서 몇 년간 굶주리기라도 한 것처럼 음식을 허겁지겁 먹어치우는 행동은 이제 하지 않지만, 지금도 디저트가 나오면 말수가 없어지고 식사에만 열중함. 체중은 더 늘지 않음. 이 기회에 복지과와 협의해 영양 관리 계획을 새로 논의하고자 함. 이제는 현대식 의복을 입어도 당황하지 않음. 주먹 관절과 손등의 튼 자국은 습진 또는 손을 지나치게 깨끗이 씻는 습관 때문으로 보임. 관찰 대상을 자극해 화나게 하지 않는 방식으로 복지과에서 세균에 관해 설명해주기 바람.

관찰 대상의 정신 상태

차분하고 유쾌함. 순조롭게 적응중. 경망스러운 태도 및 유머 감각을 보임. 다른 이주자(특히 1916)와 친해지고 싶어하는 열망이 강함. 복지과의 최근 보고서(4월 14일 자 이메일 참조)에 따르면 가교로서의 역할, 유의미한 상담 치료의 토대를 닦는 일에는 실패한 것으로 보임. 한 가지 짚고 넘어가자면 열한 살 때부터 줄곧 바다에서 생활한 1847에게 어머니와 사이가 어땠는지 물어보는 것은 비생산적인 출발점이므로, 보고자는 반대하는 바임. **컨트롤 참조 요망:** 단기 기억 손상 또는 기억력 악화 증상이 몇 가지 보입니다. 특히 도착 당시에 전달받은 정보의 경우……

"성실하게 일하는 모습이 참 보기 좋네." 머리 위쪽에서 목소리가 들려왔다.

"시멜리아! 안녕하세요."

시멜리아는 평소와 마찬가지로 멋져 보였다. 스테인드글라스처럼 화려한 색에 딱 떨어지게 재단한 재킷과 치마를 자주 입었는데 그럴 때면 옷의 색조 덕분에 사무실이 다 환해졌다. 그녀는 남들에게 '미스'라는 호칭으로 불릴 것처럼 보이지 않았다. 젊은 바텐더가 눈치 빠른 사람이라면 아마 '선생님'이라고 했을 것이다. 바에 들른 그녀가 손에 들고 돌아온 것은 차가운 레드 와인 한 잔이었다. 나로서는 주문해서 받을 수 있다는 생각조차 못 한 술이었다.

"저쪽 테이블 남자, 스파이 같아요?" 내가 물었다.

시멜리아가 남자 손님 쪽을 힐끗 봤다. "아니, 그냥 주정뱅이야. 저 젊은 바텐더는 스파이지만."

"그래요? 미리 연습이라도 한 것처럼 바를 철저하게 닦는 걸 보면 알 수 있나요?"

"앞치마 때문이야. 이때껏 본 위장 도구 중에 제일 티가 나. 게다가 랠프가 훈련시킨 친구야. 전에 국방부에 있을 때."

나는 작은 잔에 든 기네스를 마시다가 사레가 들리고 말았다. 랠프는 남의 험담을 잘하고 늘 피로에 절어 사는 전직 현장 요원이자, 내가 가장 싫어하는 가교였다. 그는 용케도 딱 하나뿐인 젊은 여성 이주자의 가교 자리를 따냈다.

"잠깐만요. 농담이죠?"

"아니. 보아하니 랠프는 점심시간에 메를로 와인을 잔뜩 퍼마시려고 여기 들렀다가 저 바텐더를 보고 굉장히 언짢았던 모양이야. 저 친구는 국방부의 추적 전문 팀 소속이거든. 자기도 알 테지만, 국방부 사람들은 우리 시간관리국이 독립 기관인 걸 고깝게 여겨. 그쪽에선 시간의 문이 마땅히 자기네 소관으로 넘어와야 한다고 생각하니까."

"아무것도 몰라서 죄송해요, 시멜리아. 그치만 스파이들이 운영하는 가게인 걸 알면서 왜 여기서 술을 마시자고 했어요?”

“여기서 무슨 일이 일어나는지 보고 싶었거든.”

“아, 저런.”

“그러니까 이제 그 맥주 마시면서 수상한 티를 좀 내봐.”

나는 그 말을 듣고 일부러 소리 내어 웃었지만, 바 안쪽의 스파이는 웃는 사람이 누군지 확인하려고 주위를 두리번거리거나 하지 않았다. “그래요.” 내가 말했다. “알았어요, 이번엔 셔츠 목깃을 세워볼게요. 어때요? 잠깐만요, 허리도 조금 구부정하게 굽혀볼게요. 이건 어때요?”

“잘하네. 꼭 레인코트 안에 감춰둔 도색 잡지를 꺼내서 나한테 팔려는 사람 같아. 실제로는 레인코트 같은 건 입지도 않았으면서.”

시멜리아는 와인을 한 모금 마시고는 내 셔츠 목깃을 접더니 야한 느낌이 들게 활짝 벌렸다. “저 친구가 보고서에 우리 이야기를 어떻게 쓸지 알잖아.” 그녀의 목소리는 차분했다. “우리가 무슨 짓을 하든, 어떤 옷을 입든, ‘시간관리국에서 일하는 혼혈 여자와 흑인 여자’겠지.”

나는 황급히 가슴을 쭉 폈다. “아, 하긴. 물론 저야 운이 좋아서 남들 눈에 백인으로 보이니까.”

나는 멈칫했다. 사람들은 보통 나의 이런 식의 자기 평가에 자신이 동의하는지 아닌지를 들려주고 싶어했다. 그런데 시멜리아는 내가 말을 끝맺기만 가만히 기다렸다.

"그러니까 제 경우에는 인종 대신, 도색 잡지를 숨겨서 불룩해진 레인코트 이야기를 써야겠죠." 나는 시원찮게 말을 끝맺었다. "아, 요즘 어떻게, 그…… 전반적으로…… 그 사람은 잘 지내요? 담당하시는 이주자 말이에요."

"내가 그만하라고 할 때까지 나를 '검둥이'라고 부르긴 했지만, 나쁜 뜻으로 그랬던 것 같진 않아. 혹시 그게 궁금했다면 말이야. 자기가 맡은 이주자는 담당 가교가 혼혈이라는 사실을 어떻게 받아들이는 중이야?"

나는 기네스를 길게 한 모금 들이켰다. "음. 안 받아들이는 중이에요. 제가 아직 안 가르쳐줬거든요."

시멜리아는 천천히 고개를 끄덕였다. 나한테서 복잡한 나눗셈을 해보라는 말이라도 들은 사람 같았다. 그러다가 다음 말을 꺼냈을 때, 나는 그녀의 말투가 스스럼없는 잡담에서 전문 상담사의 조언으로 자연스레 바뀌는 것을 생생히 느꼈다. "왜 여태 안 꺼내고 미뤄뒀는지는 나도 이해해. 하지만 더는 미루지 않는 게 좋아. 자기랑 그 사람, 둘 모두에게 심리적으로 중요한 일이라서 그래. 자기가 본인의 정체성을 지키는 것도, 또 그 사람이 자기를 정중하고 솔직하게 받아들이는 것도. 우리가 '그들'한테 맞추는 식으로는 안 돼. 여기에 와 있는 이상 그 사람들이 이 세계에 적응해야 하는 거야. 한 번에 한 사람씩 상대해나가면서. 그 일은 그런 식으로 해야 돼."

"'그 일'이 뭔데요?"

"새로운 세계를 만드는 일."

시멜리아의 눈빛은 부드러웠고, 눈길 또한 갑자기 먼 곳을 바라보듯 아련해졌다. 맙소사. 나는 속으로 생각했다. 이 사람 자기가 하는 말을 진심으로 믿고 있잖아.

속마음을 밝히자면, 나는 내가 가교로 뽑힌 까닭은 나라는 인간이 하나의 예외이기 때문이지, 규격에 잘 맞는 인간이어서는 아니라고 생각했다. 만약 내가 주변인으로서의 내 처지를 간판 삼고 남모를 속사정까지 낱낱이 공개해 취직에 성공했다면, 시간관리국은 나중에 그 사실을 내게 불리하게 써먹고도 남을 곳이었다. 떠날 준비를 다 마치기 전에는 일터에든 연인에게든, 나와의 관계를 끝장낼 소지가 있는 사실은 어떤 것도 털어놓지 말아야 했다. 나는 전반적인 사정을 파악할 만한 단서를 처음부터 너무 많이 주는 짓은 피하려 했고, 사소한 손해 때문에 남들의 관심을 끄는 것도 좋아하지 않았다. 내 몸에서 살이 부드러운 곳은 어디고, 약한 내장이 있는 자리는 어디인지, 굳이 내 손으로 짚어가며 보여줄 필요는 없지 않을까? 만약 백인인 친구가 초밥을 보고 아무렇지 않게 '이국적'이라고 말한다면, 그저 그 친구가 양념도 하지 않은 붉은 고기가 아니라 다른 음식을 먹게 됐다는 사실에 기뻐하면 되지 않을까? 게다가 나 역시도 조금은 이국적으로 굴 줄도 알았다. 아주 조금. 급여 인상이나 승진이 걸려 있는 연례 직무 평가에서 가산점을 받을 만큼만.

바텐더로 가장한 스파이는 짐짓 열심히 일하는 척하며 금전 등록기의 현금을 확인하고 가만히 뒤도 반들거리는 잔을 닦아 대다가 이내 음악을 틀었다. 시멜리아의 표정이 환해졌다.

"와! '일렉트릭 부기'잖아!"

"네?"

시멜리아가 웃음을 터뜨렸다. 그녀는 늘 웃는 표정이지만 소리 내어 웃은 적은 거의 없었기 때문에 그 순간이 지금도 또렷이 기억난다. 그녀에게서 겉으로 드러난 표정의 얼마만큼이 우아하고 극히 유능한 전문직 공무원의 가면인지, 나는 불현듯 깨달았다. 그 가면 뒤에 있는 얼굴의 주인은 어쩌면 왕래를 끊은 골칫덩이 형제에게서 산더미 같은 문자메시지를 받는 사람, 지난 몇 년 사이에 다섯 번이나 연애를 관둔 사람, 화장품 브랜드인 드렁크 엘리펀트의 광고 모델이 카카오 버터의 기적 어쩌고 저쩌고 보습 효과를 주절주절하는 동영상이 끝날 때까지 애써 짜증을 억누르는 사람인지도 몰랐다. 이때껏 나는 그 가면 뒤에 또 하나의 시멜리아가 있다는 것조차 몰랐지만, 이제는 그녀가 어떤 방벽 뒤에 숨어 살아왔는지 느껴졌다.

"이모 소리를 들을 나이가 될 때까지 '일렉트릭 부기' 같은 노래도 모르는 사람이 있다니 웃겨서 돌아가시겠네." 시멜리아가 말했다. "그럼 이 노래에 맞춰서 추는 일렉트릭 슬라이드 춤도 몰라?"

"잠깐만요. 누구더러 이모 나이라는 거예요? 저기 있는 랠프의 제자는 아까 저보고 '미스'라고 했다고요."

"일어서."

"예?"

"춤 가르쳐줄게."

"시멜리아, 여기 펍인 거 잊었어요? 저 애송이가 국방부 보고
서에 뭐라고 적겠어요?"

"뭐라고 적긴. '시간관리국 소속 혼혈 여자와 흑인 여자'라고
적겠지. 내 말 믿어."

결국 우리는 레지널드스미스 대위가 오늘날의 펍을 처음으
로 방문해 다른 이주자와 처음으로 한잔하는 자리를 갖는다면,
초면인 가교를 하나 더 추가하지 않아도 충분히 큰 부담이라고
결론지었다. 그래서 약속 당일 저녁에 고어는 그 두 사람과 함
께 외출했고, 나는 친구 집을 찾아 회색과 노란색으로 꾸민 그
집 주방에서 중간 가격대 와인 한 병을 앞에 놓고 친구들과 둘
러앉았다. 그 집에 머무는 동안 나는 별일 없이 지내는 척했는
데 실은 고용 계약서에 명시된 조항을 의무적으로 따른 것뿐이
었다. 정작 내 머릿속은 고어가 지금 뭘 하고 있는지, 뭘 보고
있는지, 무슨 질문을 하는지 상상하느라 바빴다. 친구에게서 오
븐에 데운 피자를 받아 무심코 먹다가 혀를 덴 순간, 나는 공생
관계적 동조 현상이 일어나 고어도 혀를 데었으리라는 엽기적
인 상상을 했다.

시간관리국에서는 모든 가교에게 이른바 자발적 상담 치료를 제공했다. 직업 특성상 업무에 정서적으로 몰입할 뿐 아니라 심리적 부담도 크기 때문이었다. 나는 치료 신청자 명단에 서명하지 않았다. 인간관계를 전문가에게 맡겨 관리하면 안 된다는 생각에서였다. 어쩌면 고통으로 얼룩진 가족사 덕분에 사적인 고통은 웬만큼 감당할 수 있다고 생각했는지도 모르겠다. 공포와 비극은 내 인생의 바탕화면이었다. 열두 살 때, 엄마와 함께 식탁에서 마늘을 깐 적이 있었다. 그때 엄마는 나에게 자기 여동생 이야기를 들려줬다. 이모는 예뻤고, 부잣집에 시집갔다고 했다. 나중에 프놈펜을 약탈한 공산당원들에게 살해당한 것은 당연한 결말이었다. 그 얘기를 하고 나서 엄마는 혼잣말을 중얼거렸다. "놈들이 그 앨 쏴 죽이기 전에 그 애를 겁탈했을까?" 열두 살이었던 나는 진지하게 생각했다. 그들이 그랬을까? 그때부터 나는 식탁 앞에만 앉으면 이모의 최후를 궁금해하는 열두 살 여자애였다. 대물림된 정신적 외상의 과소평가된 증상 한 가지는 그런 기억을 품고 살다 보면 사회성이 몹시도 부족해진다는 점이다.

집에 돌아온 후, 나는 식탁에 포장을 벗긴 담뱃갑이 있는 것을 보고 의자에 앉아 한 대 피워 문 채 머릿속에 떠오르는 푸념을 곱씹었다. 담배가 반쯤 탔을 무렵 고어가 돌아왔다.

"어서 오세요, 중령님."

"다녀왔습니다. 식후 흡연중입니까?"

"네. 제 친구들은 담배를 안 피우거든요. 제가 다시 피우기 시작한 것도 모르고요."

"아, 그럼 비밀로 해드리지요."

고어의 말투는 몹시도 진중했으며 목소리는 평소보다 살짝 컸다. 그는 술에 취한 상태였고, 그 사실을 잘 감췄다. 내가 그와 한집에 사는 사이가 아니었다면, 또 그의 사소한 행동 하나하나까지 꼼꼼히 기록하는 일에 내 월급이 걸려 있지 않았다면 나 역시 눈치채지 못했을 것이다.

고어는 찬장으로 가서 독한 술이 줄줄이 든 폭이 좁다란 서랍을 열었다. 술병이 쟁강거리는 소리가 와르르 울려 퍼졌다. 시간관리국에서는 이주자에게 술을 제공하자는 의견에 반대했지만 나는 고어가 복무할 무렵 영국 해군은 장병들에게 열심히 럼주를 배급했다는 사실을 꿋꿋이 지적했다. 그는 보나마나 음주를 즐길 터였다.

고어가 위스키 병을 골라 들고 냉장고 쪽으로 터덜터덜 가더니 우뚝 멈춰 섰다.

"같이 한잔하겠습니까?"

"아뇨, 저는…… 아니, 좋아요. 한 잔 주세요."

나 역시 꽤 취한 상태였지만, 고어가 차보다 더 독한 음료를 권하기는 그때가 처음이었다.

고어는 차게 식힌 잔 두 개와 위스키를 병째 들고 와 내 앞 식탁에 내려놨다. 내가 담뱃갑을 쓱 밀자 그는 한 개비를 뽑아

물고 냉큼 불을 붙였다.

"디캔터를 사서 술을 담아야겠습니다. 병에서 곧장 따라 마시려니 주정뱅이가 된 기분이 드는군요. 자, 여기."

"감사합니다. 펍에서 재미있게 노셨나요?"

"예. 아서 그 친구, 마음에 들더군요."

"그 사람 가교는요?"

"역시 마음에 듭니다. 검둥이 여자던데……."

나는 목이 막혔다. "저기, 지금은 그 말을 쓰지 않아요. 요즘 사람들은 그냥 '흑인'이라고 해요. 피부색이 검은 사람이라는 뜻으로요. 그러니까 '흑인 여성'이라고 하시면 돼요."

"그 말은 좀 대강 만든 것처럼 들리는군요. 왠지 무미건조한 느낌이 든달까요. 그럼 '검둥이'는 비하하는 뜻으로 쓰입니까?"

"그 말을 쓰면 인종차별주의자인 줄 알 거예요."

"'인종차별주의자'요?"

"아, 음. 그건 다른 인종에 선입견을 가진 사람을 말해요."

고어는 표정을 찌푸렸다. "선입견이야 어느 인종에나 있지 않습니까? 대개는 각자가 속한 인종의 관습에 노출되어 살아가고, 그러다 보면 다른 인종의 관습은 낯설어하게 마련 아닌가요?"

"글쎄요. 이 시대를 살아가는 우리는 인종을 넘어 개인으로서 지닌 장점만으로 사람을 판단하려고 해요."

"'우리'라고요?"

"예를 들면, 시간관리국도 그렇죠. 관공서는 기회균등 고용주거든요."

고어는 '기회균등 고용주'를 혼잣말로 중얼거렸고, 나는 얼굴이 하도 빨개져서 가슴뼈까지 불그스름해지는 느낌이 들었다. 그가 말했다. "그 여자는 의사입니다. 정신을 다루는. 정확한 명칭은 잊어버렸는데……."

"정신과 의사요? 아니면 심리 치료사?"

"후자였지 싶은데…… 그 여자 말로는 자기 인종 사람이 부서 전체에 본인뿐이라더군요. 당신 말마따나 '흑인' 가교로서만 그런 게 아니라, 마음을 치료하는 의사로서…… 그 의사 부대에 자기뿐이라고요."

"아, 맞아요. 엽기살인과 쪽은 완전히 백인들 판이거든요. 애초에 응시자 중에 흑인이 적은 건 사실이지만, 그건 구조적인 문제인데. 음, 아예 학교 때부터 시작되는 현상이고, 심지어 출발선부터 장벽이 존재하기도 해서 학교를 떠날 때쯤, 그러니까 대학을 졸업할 때쯤 되면, 어…… 말하자면 계속 이어지는 과정이에요. 우리가 그 문제를 진지하게 생각하기 시작한 지는 한 오십 년밖에 안 됐어요. 그래서 모든 세대가 보기에 자기네 앞 세대의 노력이 성에 안 차는 거예요. 아마 한 세기쯤 지난 후의 미래인들에게는 우리가 범죄자로 보이겠죠."

나는 말을 다급히 더듬더듬 쏟아냈다. 시멜리아의 존재감이 하도 강해서 아예 이 자리에 함께 앉아 우리 대화를 감시하는 것처럼 느껴질 정도였다. 고어는 위스키를 음미하는 중이었고 내가 쏟아낸 말 가운데 어떤 것도 이해하지 못한 듯했지만, 그 래도 나는 인종주의에 반대함으로써 시멜리아에게서 점수를 따고 싶었다(이는 전적으로 정상적인 바람이자 전적으로 달성 가능한 목표였다).

고어는 술잔을 가만히 들여다보다가 손목을 휙 돌려 잔에 든 각얼음을 한 바퀴 회전시켰다.

"방금 '엽기살인과'라고 했습니까?" 한참 만에 그가 말을 꺼 냈다.

나는 긴장이 풀려 어깨가 축 늘어졌다.

"네. 그건 당국이 행동과학 부서에 붙인 별명이에요."

고어는 눈썹을 쫑긋 올리고 잔 속 얼음을 가만히 보며 잔을 앞뒤로 기울였다. 내가 담배를 두 개비째 꺼내 물자 그는 무의 식적인 공손함을 발휘해 불을 붙여줬다.

또 한참 만에 고어가 입을 열었다. "지금보다 더 젊었던 시절 에 나는 단속 함대에서 얼마간 복무한 적이 있습니다. 서아프리 카 노예 무역을 금지할 목적으로 창설된 함대였지요."

고어는 잔에 든 위스키를 반쯤 들이켠 다음 잔을 식탁에 내 려놨다. "방금은 로사호를 생각하고 있었습니다. 그 배를 나포 한 건 내가…… 스물다섯 살 때 일입니다. 그날은 크리스마스였 어요, 지금도 또렷이 기억납니다. 그 배는 에스파냐 국기를 달 고 항해했는데, 300명이나 되는 검둥…… 음…… '아프리카인' 을 싣고 있었지요. 당시 나는 대니얼 함장님이 지휘하는 디스패

치함 소속이었습니다. 우리는 서인도 제도의 바베이도스에 있는 항구로 그 배를 끌고 갔습니다. 그때 나는 우리 배의 보조 의무관인 존 랭커스터와 꽤 친한 사이였어요. 나이도 동갑인 데다 그는 동료로서도 최고였거든요. 우리 배에서 에스파냐어를 할 줄 아는 장교는 그 친구뿐이었습니다. 한번은 단단히 작정하고 나한테 코코넛을 먹이려고 한 적도 있지요. 혹시 코코넛을 먹어본 적 있습니까?"

"네."

"사람한테 먹히지 않으려고 그토록 억세게 버티는 과일은 그때 처음 봤습니다. 어디까지 얘기했지요? 그래요. 대니얼 함장님은 이듬해 2월에 선임 의무관과 함께 배에서 내리면서 나를 임시 부함장에 임명했습니다. 그때 육지에서는 로사호 재판이 한창이었거든요. 나는 존과 함께 그 배에 올라 검둥…… 포로들의 머릿수를 셌습니다. 배에 모든 승선 인원을 다 먹일 만큼 넉넉한 식량을 실었고, 포로들은 억류 기간 내내 로사호 승무원들과 함께 배 안에서 지내도록 했습니다. 하지만 배에서 내리지는 못하게 했지요. 그리고…….''

고어는 말을 멈추고 남은 위스키 반을 다 들이켠 다음, 술병으로 손을 뻗었다.

"내 생각에 나는, 내가 쥔 권력 때문에 조금 들떴던 것 같습니다. 배의 지휘권을 넘겨받기는 그때가 처음이었거든요. 설령 정박해 있는 배라고 해도, 함장이 곧 돌아온다고 해도 말입니다.

그 들뜬 기분과 나란히 나를 덮친 것은 다름 아닌 무시무시하게 막중한 책임감이었습니다. 포로들을 목격한 순간 나는 그들의 숙소가…… 사람이 살기에 부적합하게 만들어졌다는 것을 간파했습니다. 그들이 틀림없이 커다란 고통을 겪었다는 것, 그리하여 지치고 병들었다는 것 또한 알 수 있었지요. 우리가 로사호를 나포한 후에 포로 둘이 죽었습니다. 하지만 내가 맨 처음 떠올린 생각은 이거였습니다. '이것들 머릿수를 제대로 세어놓는 게 좋겠군.' 어쩌면 잠깐이나마 이렇게 생각했을지도 모릅니다. '가여운 것들 같으니.' 하지만 마음속에는 크리스천으로서 느끼는 연민보다 의무감이 더 컸습니다. 내 눈에 보이는 것이 남자든, 여자든, 아니면 어린애든……."

고어가 말끝을 흐렸다.

"시멜리아 생각을 하시는 거군요."

"내가 지휘한 수병 중에도 흑인은 있었습니다. 하지만 그건 별개의 문제지요. 노예선에 붙잡힌 그 불행한 자들은…… 글쎄요……. 내가 그들을 볼 때 내 눈에 비친 것은 개수를 파악해야 할 상품이었습니다. 만약 그 여자가 이 사실을 알았다면, 나에게 그렇게 싹싹하게 대해줬을까요?"

"시멜리아는 그 시대가 어땠는지 잘 알아요."

고어는 퍽 우울한 표정으로 고개를 끄덕이더니 다시 잔을 들어 입에 댔다. 다만 이번에는 술을 마시지 않고 잔 주둥이의 테두리 너머로 나를 응시했다.

"내가 이런 말을 한다고 해서 언짢아하지 않았으면 좋겠습니다만." 고어가 말했다. "내가 보기에 당신은, 그러니까 당신도, 전적으로 영국인이라고 할 수는 없을 것 같습니다."

"제대로 보셨네요." 나는 애써 담담하게 말했다. "어디가 그렇게 티가 나던가요? 제 눈 모양?"

"당신 입술 색깔을 보고 알았습니다."

내 술잔의 얼음이 잔 바닥에 떨어지며 차갑게 달그락 소리가 났다. 그런 말을 듣기는 처음이었다.

고어는 21세기의 언어를 좋아하지 않았다. 가장 싫어하는 수식어는 '빅토리아 시대'였는데, 따지고 보면 사람들은 그 말을 1710년부터 1916년 사이의 어느 시기에나 제멋대로 적용했다. 하지만 내 생각에 빅토리아 시대는 본질적으로 고어가 생전에 보지 못한 미래이자, 그의 관점에서 보면 거대하고, 불균형적이고, 비신사적이며, 불경한 시대였다. 그는 내가 말하는 '고전 음악'의 의미를 이해하지 못했다. 그가 보기에는 정통 고전주의와 관련 있는 음악을 가리키는 말 같았지만, 나에게는 그저 바이올린 소리가 끼어 있는 음악이었기 때문이다. 그는 '문자'를 동사로 이용해 '문자하다'라고 표현하는 것이나 '섹스'를 성별이 아닌 행위로 사용하는 것, 토마토를 샐러드 재료로 쓰는 것 따위를 질색했다. 어느 날 오후에는 산책을 나갔다가 돌아오더니 진지하게 고민하는 표정으로 이렇게 물었다. "아까 공원에서 웬

젊고 예쁜 여성들이 아주 왁자지껄 떠들면서 나한테 말을 걸던데…… '딜프*'라는 게 뭡니까?"

고어가 나를 '튀기'라는 멸칭으로 불렀다는 사실은 굳이 말할 것도 없이 당연한 일이었다. 아마 내가 그 말을 쓰지 않도록 그를 바로잡아줄 때까지 시간이 좀 걸렸다는 사실 또한 굳이 말할 필요가 없을 것이다. 나 역시 쓰면 안 된다는 것을 배우기 전까지는 그 말을 썼으니까. 사람들은 '혼혈'이라는 조어의 역사가 얼마나 짧은지 기억하지 못한다. 그리고 내가 시간관리국에 들어올 무렵에는 그 말 또한 이미 문서에 쓰면 안 되는 어휘가 되어 있었다. 우리는 혼혈이라는 말 대신 '혼합된 인종적 배경을 지닌 사람'이라는 표현을 써야 했다.

고어의 언행을 바로잡아주기까지 시간이 걸린 까닭은 내가 나 스스로에게 어떤 의미인지, 나 역시 확신하지 못했기 때문이었다. '혼혈'인 사람은 엄밀히 따지면 본인이 물려받은 두 문화 영역 가운데 어느 쪽에도 속하지 않지만, 그렇다고 해서 반드시 '혼혈' 문화 영역에 속하지도 않았다. 용어 자체가 너무 느슨하게 쓰이기 때문이다. 나는 한때 혼혈인은 누구나 섬이고, 그 섬의 인구는 딱 한 사람뿐이라고 생각했다. 이는 어쩌면 영국에 캄보디아계 이주 난민이 매우 적기 때문일 수도 있지만, 내가 자발적으로 예외가 되고 싶어했기 때문인지도 몰랐다.

---

* 성적 매력을 지닌 아버지뻘 중년 남성을 가리키는 속어 표현. 'Dad, I'd like to fuck'의 약어.

고어는 딱히 틀린 것은 아니지만 그렇다고 적절하지도 않은 표현, 이를테면 '당신네 민족'이나 '당신네 문화' 같은 말도 사용했다. 내가 움찔 놀라서 딱딱한 목소리로 우리는 같은 나라 국민이고 같은 문화에 속한다고 했을 때, 그는 점잖게 대꾸했다. "나는 우리가 같다고 생각하지 않습니다만." 뒤이어 캄보디아의 음식과 옷과 관습을 찾아보는 이미지 검색이 시작됐다. 처음에는 내가 해주는 수밖에 없었다. 그는 아직 인터넷 검색을 할 줄 몰랐고, 영어권 인터넷은 내 편이 아니었기 때문이다. 검색 결과에 '이국적인, 싹싹한, 보수적인, 당찬' 같은 표현이 따라붙게 마련이었으므로. 고어가 질문을 던지는 방식 또한 미숙하기는 마찬가지였다. 나는 그가 말하는 '선조'는 '조부모'로, '성스럽다'는 '공손하다'로, '족장들'은 '농부들'로 고쳐줘야 했다. 급기야 그는 희망찬 호기심에 눈을 반짝이며 내 가족을 만날 수 있겠냐고 물었다. 그런 일은 금기 사항이었지만, 나는 금이 간 채 환하게 빛나는 내 개인 휴대전화 화면에 부모님과 동생이 찍힌 사진을 띄워 그에게 보여줬다. 그는 환히 웃으며 내 동생을 가리켰다. "이야! 당신하고 똑같이 생긴 사람이 또 있군요!" 목소리에 꾸밈없이 기뻐하는 빛이 어찌나 가득하던지, 나는 황급히 휴대전화를 치워버렸다.

시간 여행 초창기에 만들어진 여러 가설 가운데 하나는 언어가 경험에 영향을 미친다는 것이었다. 즉, 우리는 언어를 통해 단순히 세계를 묘사하는 데 그치지 않고 스스로의 세계를 창조

한다는 것이다. 에덴동산의 아담이 자기 생각을 숨김없이 말로 밝혔던 일이나 〈창세기〉에 기록된 온갖 일처럼 말이다. 그 이론의 핵심은 우주라는 원재료를 깎아 구절 단위의 가구家口로 만들고, 거기에 여러 개념으로 이루어진 대가족이 들어가 살게 하는 일이 가능하다는 것이었다. 돌이켜보면 우리는 이주자들에게 오늘날 비속어로 여겨지는 말을 쓰면 안 되는 이유를 설명하는 데에 더 많은 시간을 써야 했는지도 모른다. 그들 중 몇몇은 끝내 그 이유를 제대로 이해하지 못했다.

지금까지의 역사를 하나의 서사로 보면 이주자들은 이에 대해 아는 바가 먼지처럼 미미했기 때문에 철두철미한 설명을 통해 교육받았다. 앞서 말한 가설에 따르면 그들이 더 정확한 어휘를 사용할수록 지금 시대에 적응할 공산도 더 컸다. 우리가 실제로 사용한 말은 '동화'였지만('불경한 장치' 대신 '휴대전화'라는 말을 쓰고 '말 없는 마차'가 아니라 '자동차'라는 말을 쓰면 그들이 동화될 거라는 식으로), 우리가 정말로 쓰고 싶었던 말은 '생존'이었다. 가교들은 나날이 사전 노릇을 하라는 요구를 받았다. 이주자들에게 시멜리아와 나는 맥락상 너무나 특이한 존재였기 때문에 여느 가교에 비해 더 많은 질문을 받았다(1645는 "당신들 머리에 있는 여자 뇌가 열을 받아서 뜨거워지는 일은 없나?"라고 물었고 1793은 "당신이 발목의 사슬을 풀고 그, 뭐더라…… '바지 정장'인가 하는 그 옷을 입기 시작한 게 언제지?"라고 물었다). 나는 우리의 성별과 피부색에 대해 이런 식으로 어색하게 연출된 관용을 보이는 그들의 태도가 언짢았다. 다만 랠프 같은 인간이 되고 싶지는 않았고, 오만하게 굴 생각도 없었다. 내가 꿈꾸는 관리자는 모두의 평등을 보장하는 우호적인 사람이었으니까.

일주일에 두 번, 우리는 편안한 의자와 책상, 스크린, 다과 따위를 갖춘 방에 이주자들을 데려와 앉혔다. 차는 실험의 필수 요소는 아니었지만 고급 홍차와 도자기 찻잔 세트를 갖춰놓으면 이주자들이 더 순순히 협력하는 경향을 보였다. 심지어 아직 차에 맛을 들일 기회가 없었던 1645와 1665조차도 마찬가지였다. '영국인다움'의 상징으로 잡지 만평에 실릴 법한 당혹스러운 일이었지만 그래도 효과는 있었다.

가교는 실험을 주관하는 복지과 직원들과 함께 반투명 거울 뒤편에 앉았다. 앞쪽 스크린에 21세기의 일상 이미지가 나타나면 이주자들은 눈에 보이는 것을 소리 내어 묘사했고, 우리는 일어서서 그 광경을 지켜봤다. 시대착오적인 용어, 발음은 비슷하지만 뜻은 전혀 다른 어휘, 철저한 무지에서 비롯된 틀린 표현 따위가 귓가를 스쳐도 그 자리에서 지적하지 않았다. 가교가 할 일은 그러한 잘못을 앞으로의 일상에서 '적극적으로 교정'해주는 것이었다.

이런 언어 실험은 처음에는 오싹하고 거의 관능적인 스릴이 있었다. 해석을 하나로 모아 합의하는 과정에서는 앙심을 품은 듯 싸늘한 분위기가 풍겼다. 반면 본인의 서사를 정설로 만든 사람은 다른 이가 그 서사를 되풀이하는 한, 시간의 흐름 속에 죽음을 맞을 운명에서 사소한 방식으로나마 비켜서는 셈이 된다. 나는 사람들이 어째서 작가가 되려 하는지, 또 질투심에 불타는 연인들은 어째서 그토록 많은 거짓 고백을 강요하는지 확실히 더 잘 이해가 갔다. 그리고 영국의 역사 교육이 어째서 지금 이 모양 이 꼴인지도 알 수 있었다.

하지만 처음 몇 차례 실험이 끝나자 보이트캄프 검사* 같은 진행 방식 덕에 네오 누아르 영화 분위기가 나던 언어 실험의 매력도 시들해졌고, 가교와 이주자 모두 슬슬 지루해했다. 이때부터 고어가 말썽을 부렸다. 그는 스크린에 비친 이미지를 우스꽝스러운 상황으로 바꾸어 묘사하기 시작했다. 이를테면 커피숍에 간 인어가 자신과 똑같이 생긴 로고를 보고 뭐라고 했을지 얘기하는 식이었다. 나는 그가 지닌 말재주의 매력에 끌리는 한편, 상류층 저택의 응접실에서나 할 법한 유희를 연구소로 끌고 들어오는 그의 능력이 원망스러웠다. 애초에 나는 매력이라는 것(숫기 없는 괴짜들을 애타게 만드는 그 영롱하고 진부한 것)을 경험해본 적이 드물었던 데다, 그것과 비슷한 속성(추파나 공손함, 비굴함 따위) 앞에서 무뚝뚝하게 구는 내 나름의 방어법도 고어 앞에서는 통하지 않았기 때문이다. 그의 매력은 대상을 특정하지 않고 무차별로 발산됐다. 거기에 저항하기란 항아리에 든 안개를 손으로 잡으려 하는 것보다 더 가망 없는 짓이었다. 그

---

*   필립 K. 딕의 소설 《안드로이드는 전기 양의 꿈을 꾸는가》와 이를 각색한 영화 〈블레이드 러너〉에 등장하는 검사법으로, 대상의 생체 반응 및 대화 방식을 관찰해 인간과 안드로이드를 감별한다.

리고 고어는 쉬지 않고 떠들어댔다. 주로 앤 불린*이 현대의 기성복 매장에 들어선 상황이나 애플 스토어에 들어갔다가 그곳에 돌아다니는 말을 목격한 상황 따위였다. 그는 재미있는 남자였고, 바로 그 점이 문제였다. 재미있는 남자는 건강에 좋지 않은 법이니까. "그냥 '본인' 눈에 보이는 대로 말씀해주세요." 복지과 직원이 마이크에 대고 살살 구슬렸지만 고어는 아랑곳없이 빅토리아 시대풍 재담을 꿋꿋이 늘어놨다. 나는 그 광경을 보다가 끝내 손끝을 잘근잘근 깨물었다.

그렇게 현란한 입심을 뽐내던 어느 화요일, 고어가 바라보던 스크린에 전투복 차림의 금발 여성 군인이 찡그린 표정으로 기관총을 든 채 나무 덤불에 웅크려 앉은 사진이 나타났다. 그는 말을 멈추고 찻잔 테두리 너머로 그 사진을 가만히 봤다.

"고어 중령님?" 복지과 직원이 재촉하듯 불렀다.

고어가 우리 쪽을 돌아보고 한숨을 쉬었다.

"일터에서 일하는 여성이 보이는군요." 고어가 대답했다.

실험 담당인 여성 직원은 규정상 웃지 말아야 했지만 저도 모르게 웃음을 터뜨렸고, 당황한 기색을 무마하려고 내 쪽을 향해 양 엄지를 치켜들었다. 그녀의 손짓은 내 시야 가장자리에 어렴풋이 걸칠 뿐이었다. 그때 나는 벽 너머 고어의 눈을 마주보며 실험실 벽 거울이 반투명이라는 사실을 미리 귀띔해줬는

* 헨리 8세의 두 번째 부인이자 엘리자베스 1세 여왕의 어머니로, 복식을 비롯한 프랑스 문화 전반에 관심이 많았다.

지 아닌지 기억해내느라 바빴다.

처음 두세 달 동안, 고어가 이런저런 속성을 갖춰가는 모습을 마치 은판 사진을 현상하는 사람처럼 끈기 있게 지켜봤다. 예컨대 일요일 오전은 이런 식이었다. 어느 일요일, 나는 10시 전에 일어나(드물게도) 어슬렁어슬렁 주방으로 향했다. 귤빛을 띤 따사로운 봄 햇살이 하도 눈부셔서 아침을 먹을 생각은 떠오르지도 않았다. 그렇게 주전자를 멍하니 바라보는 사이 고어가 현관문으로 들어섰다.

"잘 잤나요?"

"안녕히 주무셨어요. 산책 다녀오시나 봐요?"

"아니요. 교회에 다녀오는 길입니다."

나는 묘하게 당황스러웠다. 그가 방금까지 바닥에 푹신한 매트가 깔린 키즈 카페에서 일요일 오전을 보내다 왔다고 말한 것만 같았다. 그는 그런 나를 보고 빙긋 웃었다. "이 시대가 끔찍하게 세속적이라는 건 이미 눈치챘습니다. 당신들이야 양심에 덜 켕기는 표현을 쓰려고 하겠지만요."

고어는 오랫동안 산책에 나갔다가 철탑과 해체된 가스탱크를 스케치한 그림을 들고 돌아왔다. 검은 잉크로 그린 사실적이고 우수 어린 스케치의 세밀한 선은 현존하는 그의 선박 소묘에서 본 것과 동일했다. 나는 그가 본 것이 거대한 산업이 돌아가는 웅장한 환상일지, 아니면 부서진 쇳덩어리 괴물일지 궁금했다. 어쩌면 그의 눈에 들어온 것은 단지 형태뿐인지도 몰랐다. 그는 내게 가장 잘 그린 가스탱크 스케치를 줬고, 나는 그 그림을 좁다란 사무실 벽에 붙여뒀다.

시간관리국은 복지과의 끈질긴 요구 끝에 이주자들이 직원용 체육관과 수영장을 이용해도 좋다고 허락했다. 고어는 복싱을 시작했고 1645, 즉 토머스 카딩엄 중위와 자주 시합을 했다. 내가 알기로 복지과의 어느 선량한 멍청이가 그 두 사람에게 펜싱 동아리(회원은 딱 하나, 그 멍청이뿐인 동아리)에 가입하라고 권유한 적이 있었다. 두 사람 다 검을 사용하는 전투에 익숙하기 때문이었다. 카딩엄 중위는 펜싱용 검을 보고 박장대소하다 못해 콧물까지 흘렸다. 고어는 그보다는 더 정중했다. 그가 가장 애용하는 무기는 매력이니까. 그는 복지과의 멍청이에게 그리스 독립 전쟁 당시 치열했던 나바리노 해전 이야기를 들려주며 전투중 다친 이의 내장이 쏟아지던 광경도 조금은 생생하게 묘사했다고 한다. 카딩엄과 고어 모두 전통적인 훈련을 받은 펜싱 선수가 아니었다. 그들은 그저 검으로 사람 죽이는 방법을 잘 알 뿐이었다. 복지과의 멍청이는 동아리 얘기를 다시는 꺼내지 않았다.

고어는 슈퍼마켓에 고기가 잔뜩 쌓여 있는 현실과 사냥을 께름칙하게 여기는 풍조가 동시에 존재하는 것을 좀처럼 받아들이지 못했다. 전에 어느 복지과 직원이 이주자들에게 '삶의 질'이라는 표현을 가르쳐줬는데, 고어는 사냥을 할 수 없는 자신의 처지와 사냥을 하러 돌아다닐 전원 지대가 부족한 상황에 대해 줄기차게 불평한 끝에, '삶의 질'을 명분 삼아 공기총을 얻어내는 데 성공했다.

어느 날 아침 아래층에 내려와 보니 정원에 살던 다람쥐들이 죄다 고어의 총에 맞아 죽어 있었다. 그가 차곡차곡 쌓아놓은 다람쥐 주검은 기괴하게 생긴 털북숭이 돌무더기 같았다.

"이게 무슨 미친 짓이에요!"

"욕할 것까진 없잖습니까. 전에 당신이 저놈들 때문에 잔디가 다 망가진다며 무척이나 거친 언사를 쏟아내는 걸 들었습니다. 그래서 처리해야겠다 싶었지요."

"다 죽었잖아요!"

"당연히 죽었지요. 나는 명사수니까요. 비둘기에 대해서는 어떻게 생각하십니까?"

"비둘기는 건드리지 마세요!"

"그렇게 하지요. 저놈들이 마음에 드십니까? 가죽을 벗겨 모자로 만들면 멋있을 겁니다."

"싫어요!"

얼마 뒤 저녁 식탁에서 고어는 자기 손으로 구워 내놓은 정체 모를 고기와 흐물흐물하게 삶은 깍지 콩을 앞에 두고 이렇게 말했다. "개가 한 마리 있으면 '삶의 질'이 높아질 것 같군요."

이주자는 반려동물을 갖도록 허가받지 못했다. 영국 정부의 처분에 따라 운명이 좌우되는 억류자이다 보니 부양의 의무를 질 처지가 아니었다. 게다가 '가구가 마모될 위험'도 있었다. 이 주자들 앞에서는 결코 입에 올리지 않는 비유였다. 그들이 갑작스러운 변화 때문에 죽을 경우에는 반려동물이 보호자를 잃고 외톨이가 된다는 뜻이기 때문이었다. 나는 중얼거리듯 대꾸했다. "개를 키우기에는 집이 너무 작아요."

"겨우 이 정도 크기인데요." 고어가 손짓으로 표시한 개는 몹시도 커다랬다.

"어디다 재우시려고요?"

"어디든 알아서 드러누워 자겠지요."

고어가 탐험대에서 개를 키웠다는 것은 나도 아는 바였다. 검은 래브라도리트리버였는데 나이가 하도 많아서 다른 대원들의 편지에도 그 개가 늙었다고 언급한 대목이 몇몇 군데 남아 있었다. 그 개 역시 고어와 동행한 이들과 함께 죽었을 것이다. 나는 위태로운 상황을 벗어날 생각으로 말했다. "고양이는 더 작은데요."

"이 집에 고양이는 필요 없습니다. 몇 시간이고 잠만 자다가 먹을 것을 가지고 장난치는 조그만 동물 아닙니까? 그런 거라면 이미 당신이 있잖습니까."

나는 하마터면 깍지 콩이 기도로 넘어갈 뻔했다. 고어는 내가 목을 가리고 컥컥대며 야채를 입속에서 우물거리는 동안 가만히 지켜보다가 물을 따라줬다.

고어가 심심해한다는 것만은 틀림없는 사실이었다. 21세기는 편하고 즐거웠지만, 그래도 그는 지루해했다. 호사스러운 삶을 얻은 덕분에 책을 읽고, 기기묘묘한 공상을 끝까지 추구해보고, 영국영화협회BFI의 특별 상영작을 모조리 관람하고, 몇 킬로미터씩 산책을 하고, 플루트 소나타 연주와 그림 그리기를 직성이 풀릴 때까지 연습해도 시간이 남았다. 그는 일할 필요가 없었다. 이마에 흐르는 땀과 중압감에 짓눌린 정신의 신음을 잠자리와 식사로 바꾸지 않아도 살 수 있었다. 그럼에도 그는 어떠한 목적도 없는 삶에 지루해했다. 모든 것에 따분해했다. 나는 그가 나에게도 슬슬 싫증을 느낄까 봐 불안했다.

5월이 끝나갈 무렵, 이주자들은 MRI 촬영을 하러 오라는 지시를 받았다. 나는 고어와 함께 지하철을 타고 시간관리국으로 향했다.

의료진이 고어를 데리고 촬영 준비를 하는 사이에 나는 의무실 직원에게 떠밀려 조종실로 들어갔다. 계기판 앞에 남자 셋이 미리 와서 기다리고 있었다. 그중 하나는 시간관리국에서 본 적이 있는 방사선사였다. 다른 둘 중 하나는 키가 크고 머리가 희끗했는데 군복 차림에 준장 계급장을 달고 있었다.

마지막은 관리국 산하 이주자 관리국의 국장이었다. 그는 다른 요리 사이의 샐러드처럼 주위와 편안하게 어울리는 남자였고, 눈가 잔주름마저 멋지게 잡힐 만큼 여유 있게 사는 사람 같았다. 그는 비단 국장 자리뿐 아니라 어떠한 직업도 가져서는 안 될 사람으로 보였다. 직업이라는 것 자체가 그다지 세련돼 보이지 않으니까. 그가 그 자리에 오른 까닭은 어떤 이의 아버지가 다른 어떤 이의 아버지와 아는 사람이기 때문일 듯싶었다. 가교인 나는 프로젝트의 핵심 인력이었지만, 국장을 만날 일은 없다시피 했다. 아델라가 사실상 왕으로 군림하며 철권통치를 했으므로.

"안녕하십니까, 국장님." 나는 인사를 건넸다.

국장은 나에게 형식적으로 인사했다. 준장은 원래부터 몹시도 꼿꼿이 서 있다가 나를 보고 자세가 더욱 꼿꼿해졌다.

"아." 국장이 말했다. "둘이 혹시 구면이던가……?"

"안녕하십니까." 준장이 인사했다. 그는 아나운서처럼 또렷하고 듣기 좋은 목소리로 말했는데 나는 그렇게 말하는 남자는 1970년대에 진작 멸종한 줄 알았다. "고어 중령의 가교시죠?"

"네, 장군님."

"새 직무를 맡으신 걸 축하드립니다. 전에는 어디서 일하셨습니까? 특수 분과에 계셨나요?"

"아니요. 지원 부서에 있었습니다."

"행동과학 부서입니까?"

"언어 쪽이었습니다."

"앞으로 어떤 경력을 쌓아갈지 관심 있게 지켜보겠습니다."

나는 곧바로 준장이 싫어졌다. 마지막 말이 의미심장하게 들렸으니까.

영상 촬영 장치 안에 누워 있던 고어가 인터폰에 대고 말했다. "기분이 꼭 총구 속에 들어와 누워 있는 것 같군요."

"그냥 편안하게 계시면 됩니다." 방사선사가 말했다.

"나는 수평 자세를 취하고 있습니다. 이보다 더 편안할 수는 없지요. 이 기계로 내 머릿속을 읽을 수 있습니까?"

"아니요, 전혀 아닙니다."

"음, 그 말을 들으니 마음이 아주 편안하군요. 그리고 당신에 대해서는 우호적인 생각만 하고 있으니 안심하십시오."

고어는 강력한 자석이 들어 있는 촬영 장치의 굉음에 한동안 시달리다가 조종실로 들어왔다. 준장의 제복이 발휘한 효과는 놀랄 만큼 즉각적이었다. 고어는 양발 뒤꿈치를 딱 소리가 나게 붙이더니 몹시도 냉랭하게 경례했다.

"쉬어, 중령." 준장이 말했다. "난 지금 나가려던 참이었네."

"예, 준장님."

준장이 자리를 뜨자 국장도 긴장이 풀린 눈치였다. "국방부에서 파견한 사람이야." 국장이 은밀히 내게 말했다. "형님이 동생을 지켜본다 이거지."

고어가 말했다. "이제 내가 의학상의 기적이라는 게 증명됐습니까?"

"결과는 일주일쯤 후에 나올 테지만, 걱정은 안 하셔도 될 겁니다." 방사선사가 말했다. "보세요. 심각한 이상은 하나도 안 보입니다."

"저런, 내 머릿속을 볼 수 없다는 말이 사실이었다니……."

"실망하게 해드려서 죄송하네요!"

고어 다음으로 촬영 장치에 들어갈 이주자는 아서 레지널드 스미스였다. 가교 없이 혼자 도착한 그는 전혀 담담해 보이지 않았다. 실은 낯빛이 아예 퍼렇게 질려 있었다. 키가 훤칠한 그는 머리를 짧게 잘랐고 턱도 아주 말끔하게 면도한 상태였다. 그는 촬영 장치에 들어가기 위해 먼저 인장印章이 새겨진 반지를 빼야 했고, 일단 누운 다음에는 손을 덜덜 떨기 시작했다.

"그냥 편안하게 계시면 됩니다." 방사선사가 말했다. "안심하세요, 여긴 안전한 곳입니다."

고어는 앉아 있는 방사선사의 머리 위로 몸을 숙여 마이크에 대고 말했다. "이거 아주 재미있어, 1916. 자네 머릿속의 지저분한 생각이 죄다 눈에 보이거든."

"그런 일은 절대……."

"1847?" 레지널드스미스가 말했다. 목이 쉰 듯한, 불안해하는 목소리였다. "당신 맞아요? 거기서 뭐 하는 겁니까?"

"자네 머릿속을 읽고 있어, 이 친구야. 저기 저 생각은 정말로 추잡스럽군. 저렇게 음란한 건 난생처음 보는데. 맙소사. 도대체 홍차에 설탕을 얼마나 많이 넣는 거야?"

덜덜 떨리던 레지널드스미스의 손이 어느새 움직임을 멈췄다. "누가 당신을 좀 잡아다가 망할 놈의 해군 배에 다시 태우면 좋을 텐데." 목소리가 거의 즐거워하는 것처럼 들렸다.

“이제 시작합니다, 대위님.” 방사선사가 말했다. “기계가 조금 시끄럽게 느껴질 수도 있는데요…….”

“헉!”

“괜찮습니다, 대위님.”

“으악, 하느님!”

“그 안에선 좋은 생각만 떠올려야 해.” 고어가 말했다. “이를 테면 음, 코끼리. 왈츠를 추는 코끼리 무리를 생각해봐.”

“탱크가 포를 쏴대는 소리 같단 말입니다!”

“코끼리 떼가 왈츠를 출 때도 그런 소리가 날지도 모르지. 나야 아쉽게도 코끼리하고 춤을 추기는커녕 직접 본 적조차 없으니 확신은 못 하지만.”

레지널드스미스는 꽉 쥔 주먹을 애써 풀었다. “춤을 추는 당신 모습은 상상도 안 가는데요.” 그는 떨리는 목소리로 농담을 시도했다.

“자네 머릿속을 멋지게 그린 여기 이 지도에 따르면 자네가 지금 상상하는 게 바로 그건데.”

“어휴, 그 입 좀 다무십시오.”

“대위님의 생각은 저희에게 전혀 보이지 않습니다.” 방사선사는 말은 그렇게 했지만 표정은 씩 웃고 있었다.

“그런 말은 1847한테나 하세요.” 대위가 말했다. 뒤이어 촬영 장치가 또다시 쿵쿵거리자 그는 악문 이 사이로 재빨리 중얼거렸다. “주여.”

"검사 결과 같은 게 나올 때까지 여기 남아서 기다릴 필요는…… 없겠죠?" 나는 방사선사에게 물었다.

"아, 아니요, 전혀요."

"지금 돌아갈 거라면 나는 이따가 알아서 가겠습니다." 고어가 내게 한 말이었다.

"아, 그래요 그럼."

고어는 나를 향해 기분 좋게 활짝 웃더니 방사선사의 어깨를 다독이고는 다시금 레지널드스미스를 진정시키는 일에 착수했다. 그의 태도는 이때까지보다 여유로웠다. 꼭 이때껏 있는 줄도 몰랐던 세모꼴 깃발이 똘똘 말린 채 어딘가 꽂혀 있다가 스르륵 펼쳐지는 광경을 보는 듯했다. 하지만 생각해보면 당연한 일이었다. 그는 남자밖에 없는 군대의 장교로 평생을 바다에서 보내다시피 한 사람이었다. 다른 남자들과 함께 있는 자리가 그리웠던 것이다.

울적한 기분으로 현관문을 지나 집에 들어섰다. 숨이 깊게 쉬어지지 않았다. 배 속은 텅 빈 듯 허했다. 고어 생각을 할 때면 언제나 담이 걸린 근육을 있는 힘껏 펴는 느낌이 들었지만, 그래봤자 머릿속으로만 느낄 뿐이었다. 나는 복지과에 당장 이메일을 보내 심리 상담을 예약하기로 마음먹었다.

하지만 이메일은 쓰지 못했다. 손가락에서 자력이 뿜어 나와 노트북 키보드를 밀어내는 것 같았다. 그래서 샤워를 하고 식기세척기에 든 그릇을 꺼내 정리했다. 책을 읽으려고도 해봤다. 글자가 눈길을 피해 움직이는 것만 같았다.

결국 침대 옆 탁자의 맨 아래 서랍을 열고 원래는 만년필 보관함이었던 양철 상자를 꺼냈다. 안에는 4그램쯤 되는 마리화나와 담배 마는 종이 몇 장이 들어 있었다. 나는 고어가 피우는 담배를 한 개비 꺼내 속에 든 담뱃잎을 빼낸 다음, 자력이 나오는 것처럼 뻣뻣한 손가락으로 담배와 마리화나를 섞어 느슨하고 조잡한 마리화나 담배를 한 대 말아 들고 집 뒤편 포치로 나가 앉았다. 멍청한 멧비둘기 한 마리가 클로버 사이로 눈치 없이 뒤뚱뒤뚱 걸어왔다.

"비둘기, 안녕. 넌 모르겠지만 난 네 생명의 은인이야."

구구, 꾹꾹.

현관 쪽에서 고어가 문을 여는 소리가 들려왔다.

"다녀왔습니다."

"오셨군요. 여기 비둘기가 있어요, 쏠 생각은 하지도 마세요."

"그 담배 괜찮은 겁니까? 냄새가 이상하군요."

"아, 아하하. 아무 문제도 없어요. 대위는 무사한가요?"

"아주 끔찍한 시간을 보내긴 했지만 금세 끝났습니다. 나중에는 미스 켐블에게 촬영 장치에 들어가라고 설득해야 했지요. 우린 미스 켐블이 살면서 한 경험 중에 그 기계와 비슷한 게 뭐가 있었을지 좀처럼 떠오르지 않았습니다. 아서는 폭이 몹시 좁은 마차를 타고 하는 여행과 비슷하지 않았겠냐고 했습니다만. 아무튼, 미스 켐블은 우리 둘 다 염병에 걸려 죽을 인간들이라며 자기가 추측하기로 그 기계는 자석의 힘을 이용해 뇌의 그림을 그리는 장치라고 하더군요."

"세상에!"

"퍽 비범한 여성입니다. 보고 있자니 당신이 떠오르더군요."

"그 정도로 훌륭해요?"

고어는 빙그레 웃었다. "담배는 도대체 어떻게 된 겁니까?"

"시간관리국 사람들한테 아무 말도 안 한다고 약속하실 거죠?"

"아하. '금지된' 담배로군요. 세균이 득시글거리는."

"이건, 음, 마리화나라는 거예요. 부르는 이름은 여러 가지죠. 몇 년 전에 합법화된 물건이라 요즘은 아주 구닥다리 취급을 받아요."

"어떤 효능이 있습니까?"

"한번 체험해보실래요?"

고어는 미심쩍은 듯 한쪽 눈썹을 씰룩거렸지만, 이내 포치로 나와 내 곁에 앉았다. 전에 다람쥐들이 어떤 일을 당했는지 이미 목격한 비둘기는 그를 보고 날아가버렸다.

"연기를 들이마셔야 해요. 제대로요. 들이마시다가 기침이 나면…… 그래요, 그렇게."

"쿨럭."

"다시요."

"쿨럭."

고어는 마리화나 담배를 내게 돌려주고는 눈물이 그렁그렁한 눈으로 자기 담배를 더듬더듬 꺼냈다. 나른한 봄볕이 뒷마당을 뒤덮었다. 우리는 저물어가는 햇빛 속에서 사이좋게 연기를 뻐끔거렸다. 비둘기가 다시 돌아와 우리 둘을 쳐다봤다. 혹시라도 우리 몸이 부스러져 새 모이가 되면 쪼아 먹을 작정으로.

"저 새의 색깔을 뭐라고 합니까? 라일락색?"

"라일락이요?"

"저기 있는…… 저거요. 라일락인가요? 라벤더?"

"뭐라고요?"

"예?"

"네?"

우리는 서로를 빤히 봤다. 그러다가 눈가에 슬슬 주름이 잡히더니 이내 웃음을 참지 못하고 키득거리기 시작했다.

나는 집 안으로 들어가 차를 한 주전자 우렸다. 고어는 포장을 뜯지 않은 초콜릿 다이제스티브 비스킷을 찾아냈다. 우리는 차와 비스킷을 해치우기 위해 마주 앉았다.

"아무래도 개를 키워야겠습니다."

"으음, 안 돼요."

"이게 해군에도 있었으면 좋았을 텐데, 아쉽군요."

"초콜릿 비스킷 말이에요? 아니면 초록 단풍잎?"

"둘 다요. 방금 '단풍잎'이라고 했습니까? 거참 기발한 별명이군요. 요정들이 파이프에 넣어서 피우는 이파리 같습니다."

“영국 해군이 대항해 시대에 마리화나를 배급했다면 중령님이 참가한 북극 탐험대의 항해는 아마 리우데자네이루에서 끝나버렸을걸요.”

“다행이군요!”

그 말에 우리 둘 다 다시금 나직이 키득거리기 시작했다.

“뭐, 그래도 21세기 것 중에 마음에 드는 걸 하나라도 찾으셨으니 다행이에요, 중령님.”

고어는 빙그레 웃었다. 양 볼의 보조개가 둥그렇게 휘어졌다. “우리는 ‘동거인’이고 내 마음속으로는 친구 사이기도 하니까, 앞으로는 그레이엄으로 불러주십시오.”

“‘이모님’이라는 게 누굴 말하는 겁니까?” 이튿날 아침에 고어가 물었다. 욕실에서 나와 아래층으로 내려오는 그는 맨발이었고, 머리도 아직 덜 마른 상태였다. 이 또한 처음 보는 모습이었다. 어느새 자란 머리카락이 다시 곱슬곱슬해 보였다.

“맥락을 더 자세히 설명해주세요.”

“어제 당신이 먼저 떠난 후에 준장님이 아서를 만나러 다시 돌아왔습니다. 둘이 텔레비전 이야기를 했는데, 아서는 그 물건을 멋진 발명품으로 여기는 모양이더군요. 그때 준장님이 ‘이모님의 업적’이라는 말을 했습니다.”

“아. 그건 BBC 방송국의 엄청 오래된 별명이에요. 60년대가 지난 후에는 아마 쓰는 사람도 없었을걸요. 아, 여기서 60년대는 1960년대예요. 이상하네요. 준장님은 저한테 특수 분과에 있었냐는 질문도 했거든요. 대테러 부서를 '특수 분과'라고 하는 걸 들어본 적이 있는지도 잘 기억이 안 나는데 말이죠. 뭐, 그렇게 이상한 일은 아닌지도 몰라요. 어차피 높으신 분들이야 다들 과거에 사니까요."

"언제나 그렇듯이요. 그런데 왜 하필 '이모님'입니까?"

"굉장히 고루하고 까탈스러우면서도 자애로운 방송국으로 여겨졌거든요. 말하자면 이런 거죠. 소중한 노동력에게 제공하는 교육 목적의 방송."

"1960년대에 말입니까? 그 시절에는 실내에서 담배도 피울 수 있었다던데요?"

"맞아요."

"나를 왜 그 시절로 데려다 놓지 않은 겁니까? 그때도 멋쟁이들은 모자를 쓰고 다녔나요? 보니까 요즘은 신앙심이 투철한 사람만 그 관습을 지키는 것 같던데요."

"패션 말씀이시죠." 나는 중얼거리며 휴대전화를 꺼내어 구글로 미니스커트 차림의 1960년대 여성 사진을 검색한 다음, 휴대전화를 들어 고어에게 보여줬다. 그는 얼굴이 벌게진 채 아무 말도 하지 않았다.

"음, 거참 건강에 안 좋아 보이는 옷차림이군요."

그날 오후 느지막이 고어가 물었다. "손에 들고 다니는 그 기계는 이름이 뭡니까? 하얗고 투명한 격자판을 허공에 영사해놓고 거기에 정보를 띄우는 장치 말입니다."

"투명한 격자판요? 스마트폰 아니에요?"

"아니요. 모양이 완전히 달랐습니다. 영상도 기계 바깥에 떠 있었고요. 보세요. 기억나는 대로 스케치해봤습니다."

"……뭔지 저도 모르겠어요. 이걸 어디서 보셨어요?"

"청사 바깥에서요. 직원 출입구 앞에서 기다리던 사람이 이걸로 허공에 영상을 띄우고 있었습니다."

"그래요. 흠, 뭔지 모르겠네요. 확실히 보신 거 맞죠?"

"예. 허공에 영사하고 있었습니다."

나는 테이블 위로 몸을 숙여 고어의 스케치를 물끄러미 봤다. 적어도 보는 척은 했다. 사실 내가 보고 있던 건 그의 속눈썹이었다. 그가 인상을 찡그리고 그림을 그리는 동안 그의 속눈썹은 버들가지처럼 기다랗게 아래쪽으로 뻗어 있었다.

III

고어는 자신의 선실에 누워 손바닥을 가만히 올려다봤다.

'쇠약증.' 스탠리는 그렇게 말했다. 그 말의 진짜 뜻이 무엇인지 모르는 사람은 없었다. '괴혈병.' 우울감 때문에 무너져 내린 남자들은 이마 선에서 피가 나기 시작했다. 그들의 잇몸에서 쑥 빠지는 치아는 만개한 장미에서 떨어지는 꽃잎 같았다. 집이 그리워 울기도 했다. 평소보다 더 자주. 관절이 쑤시는 통증도 그들을 괴롭혔다. 듣자하니 '쇠약증'을 앓는 사람은 오렌지 냄새를 맡으면 정신 착란을 일으킨다고 했다. '어머니'라는 말은 옆구리를 찌르는 창이나 다름없었다. 아문 지 오래된 흉터는 다시 벌어졌다.

고어는 피아노포르테의 한 옥타브를 아우르는 건반을 칠 때처럼 손을 활짝 폈다. 뜨겁고 시커먼 통증이 붕대를 온통 축축하게 물들였다.

예전에 아문 그 오래된 흉터는 스토크스 함장을 따라 오스트레일리아에 갔을 때 생긴 것이었다. 손에 쥔 총이 폭발한 탓이었다. 당시 그들 일행은 노를 저어 강을 거슬러 올라가며 물길의 경로를 기록하는 중이었다. 지도 만들기 또한 함장의 임무 가운데 하나였다. 강 건너편 기슭에 잔뜩 모여 있는 앵무새 무리가 눈에 띄었다. 새들이 이 나무에서 저 나무로 구름처럼 빽빽하게 떼를 지어 옮겨 다녔다. 고어는 새 잡이용 사냥총을 들고 표적을 겨눴다.

"저녁에는 새고기를 먹겠군요." 일행이 말했다.

"고어가 빗맞히지 않으면." 스토크스 함장의 말이었다.

"저는 빗맞히는 법이 없습니다."

그다음의 기억에는 빈틈이 있었다. 우선 천둥소리 같은 폭발음이 들렸다. 떨어지는 새 한 마리는 틀림없이 본 기억이 났다. 그다음으로 보인 것은 하늘이었다. 너무 파래서 헛웃음이 터질 것만 같은 하늘. 고어는 보트 바닥에 등을 대고 누워 있었다. 손에 통증이 느껴지는 듯했지만 확실치는 않았다. 손이 축축해진 기분이 들었다. 그는 몸을 일으켜 앉았다. 스토크스 함장은 하얗게 질린 얼굴로 그를 향해 덜덜 떨리는 손을 내밀었다.

"새는 잡았습니다." 고어가 나직이 말했다. 스토크스는 쿡쿡 웃음을 터뜨렸다.

스토크스가 그리웠다. 오스트레일리아가 그리웠다. 그 대륙의 심장부를 반투명한 막처럼 둘러싼 무더위를 다시 음미하고 싶었다. 이곳에서는 혹독한 더위는 고사하고 쾌적한 온기조차도 어떤 느낌이었는지 당최 기억나지 않았다. 고어는 낯선 느낌을, 생생한 느낌을 그리워했다. 처음 보는 나무를 가만히 관찰하거나 덤불 사이로 길을 찾아 조심조심 나아가고 싶었다. 먹으면 안 되는 자잘한 열매를 우연히 따 먹었다가 배탈이 나는 일조차도 지금 상황에서는 실없는 장난쯤으로 보였다. 이곳에는 상상할 수 있는 가장 척박하고 황량한 풍경만이 존재했다. 뉴사우스웨일스에 있는 식구들도 보고 싶었지만, 손바닥의 흉터를 자세히 살피지 않듯 식구들 생각 또한 오래 품지는 않았다.

고어는 좁다란 침상에서 몸을 뒤척였다. 요즘 들어 그는 몸피가 야위어갔다. 볼기뼈의 모양이 정말이지 입체적으로 도드라졌다. 골격은 피부 아래 감춰졌는데도 생김새가 눈에 훤히 들어왔다. 그는 이 점이 싫었다. 자신의 몸에 관한 생각을 너무 많이 하고 싶지 않아서였다. 자칫하면 몸이 주인인 그를 기억해내고 이것저것 요구할지도 몰랐다. 다만 그는 원래부터 살집이 없었다. 하느님이 어째서 그를 제임스 피츠제임스나 제임스 페어홈 같은 미남으로 빚어주지 않았는지 한탄해봐야 헛수고였다.

헛수고로 따지자면 이날 잡은 사냥감이 얼마 안 된다고 한

탄하는 것 또한 마찬가지였다. 다음 날 다시 사냥을 나가 더 큰 놈을 잡으면 그만이었다. 지난번에 북극에 왔을 때는 맨손으로 순록을 잡았다. 그 짐승은 크리스마스 만찬 때 상에 올라갔다. 그때 그는 스물여섯 살이었다. 친구인 로버트 매클루어가 그의 곁을 지켰다. 그때는 로비도 아직 미남이었다. 비록 앞머리 선이 이마 위쪽으로 슬슬 물러날 조짐이 보이기는 했지만. 일요일 정찬 자리에서 백Back 함장이 잔을 높이 들고 먼저 떠난 친구들을 기릴 때면 로비의 커다랗고 파란 눈은 슬픔으로 물들었다. 로비는 결코 편지를 쓰는 법이 없었기 때문에, 자신이 쫓겨나듯 배속된 캐나다의 어딘지 모를 외딴 기지에서 아마도 발행된 지 한 달은 지난 오래된 신문을 읽다가 북극 탐험대 소식을 알았을 것이다. 정말이지 먼저 떠난 친구들이었다.

그랬다. 고어는 다음 날 다시 사냥을 나설 것이다. 하느님이 그에게 내려준 재주 가운데 하나는 뛰어난 조준 실력이었다. 그는 살아있는 것을 죽이는 솜씨가 훌륭했다. 동물을, 때로는 사람도. 방아쇠를 당길 때 그는 사랑받는다는 확신을 느꼈다.

3장

　어릴 적 우리 집은 온통 서류로 가득했다. 내 방바닥에는 청구서와 주차 위반 딱지에 대한 항의서기 한가득 쌓여 발에 차일 정도였는데 개중에는 내가 태어나기 전에 발급된 딱지도 있었다. 오래전 구독을 끊은 잡지나 해지한 지 한참 된 예금 계좌의 증명 서류, 또 내가 학교에서 신나는 시간을 보낼 거라는 내용의 가정 통신문 따위도 섞여 있었다. 어머니는 영국 시민권자이지만 옷장 서랍 바닥에 캄보디아 여권을 숨겨놓고 살았다. 여권 사진 속 젊은 여자는 검은 머리가 헬멧처럼 얼굴을 동그랗게 감싼 귀여운 헤어스타일을 하고 있었다. 나는 본 적조차 없는 여자였지만, 어머니는 연민과 약간의 경멸을 느끼며 그 여자를 떠올렸다. 그 젊은 여자는 어떤 일을 깜박 잊고 하지 않았거나, 또는 그 일을 하지 않아도 괜찮을 거라 생각했다. 그리고 내 어머니는 그 여자가 저지른 실수의 결과를 떠안고 평생을 살아 가야 했다.

우리 식구들은 딱딱한 껍데기 속에 사는 게처럼 스스로를 증명하는 것들 속에서 살아왔다. 그렇게 살다 보면 문자 그대 로 숨이 막혔다. 먼지 때문에, 여름 열기에 말라 부스러지는 종 이 때문에. 하지만 그 덕에 아무도 우리에게 어떤 일을 할 자격 이 없다거나 어떤 서류를 제출하지 않았다는 말을 하지 못했다. '부서장 확인필'이라고 적힌 복사본이 있는 한, 그러지 못했다.

그런 집에서 자라는 사이에 나는 자료를 보면 강박적으로 보 관하는 습관이 몸에 뱄다. 그 덕분에 나는 훌륭한 공무원이 됐 고 내 동생은 꼼꼼한 교열 전문 편집자가 됐다. 나는 축소할 수 있는 포맷으로 존재하는 세계가 몹시도 마음에 들었다. 제아무 리 특별한 사람도 언젠가는 어딘가 붙은 각주나 내 초록색 서 류철 속 문서에서 자기 이름을 발견할 것이다. 그런 기록을 쌓 아두고 있는 한, 시스템은 내 손 안에 있는 것이나 마찬가지였 다. 단순한 저장 시스템에 지나지 않는다고 해도 상관없었다. 그 자체가 통제권이었고, 다름 아닌 내가 원하는 것이었다.

따라서 내가 그레이엄이 스케치한 영사 장치 그림을 그저 장난처럼 내 기록 보관용 서류철에 넣어둔 것은, 무슨 기원전 70년에 주조한 동전 넣어두듯 한 것은 놀랄 만한 일이었다. 내 가 보기에 그 그림은 일종의 습작, 그러니까 그가 현대인이 된 초창기에 그린 작품이자, 그에게 중요한 기념일인 '이곳에 도착한 날'이 언제인지 일깨워주는 물건이었다. 그 장치가 다른 시대에서 온 중요한 물건일 거라고는 생각지도 못했다. 그건 나중에야 안 사실이었다.

그해 여름에 접어들 무렵, 그레이엄은 사실상 우리 시대의 토박이가 돼 있었다. 옷은 와이셔츠를 입었고 수염도 광대뼈까지 깨끗이 밀었다. 세탁기는 아예 좋아하는 세탁 코스가 따로 있을 정도였다. 아침이면 일어나(나보다 몇 시간이나 더 일찍) 보통은 달리기를 하러 나갔다. 이따금 달리기를 마치고 집에 돌아와 나를 깨울 때면 흡연자답게 숨을 잔뜩 쌕쌕거렸다. 그러다 언제부턴가 내게 자기 담배를 맡기고 저녁 먹기 전까지는 흡연을 자제했다.

가끔은 그레이엄이 21세기를 일부러 싫어하는 것처럼 느껴질 때도 있었다. 이 시대에 동화되는 것이 그에게는 과거에 대한 일종의 배신인 듯했다. 나는 그런 그를 마주하기가 껄끄러웠고, 그래서 소극적으로 대응했다. 그가 그렇게 구는 이유를 차마 직시하지 못해서였다. 내가 그에게 건넨 말 가운데 내 귓가를 스친 것들은 대략 이런 식이었다. '적응, 합리적, 시민, 의무, 가치.' 그럴 때 그는 내 쪽을 향해 상념으로 짙게 물든 담배 연기를 뿜어댔다.

나는 그레이엄이 영화에 흥미를 갖도록 이끌지 못했다. 저녁을 먹고 나서 뭔가 틀어주면 중간에 잠들기 일쑤였다. 〈제3의

사나이〉는 말할 것도 없고 코미디 영화인 〈블루스 브라더스〉조차도 끝날 때까지 내리 잠만 잤다. 나중에 알고 보니 영화에 시큰둥한 그를 보며 어안이 벙벙해지기는 나뿐 아니라 다른 이주자들도 마찬가지였다. 그들 모두 영화야말로 내가 사는 시대의 가장 위대한 예술적 성취라고 생각했으니까(한참 나중에 그는 1665, 즉 마거릿 켐블에게 설득당해 1차 세계대전이 배경인 영화 〈1917〉을 같이 봤는데 그때는 너무 놀라서 끝까지 잠들지 않았다, 그러고는 내게 "불쌍한 아서, 난 아무것도 몰랐지 뭡니까"라고 말했다).

다만 그레이엄은 '어느 방에나 끝없이 흘러넘치는 음악'이라는 개념에는 홀딱 반하고 말았다. 이는 그가 자판을 치는 방법을 배우기 시작한 계기였다. 손끝으로 조심스레 자판을 톡톡 두드려 교향곡 제목을 입력할 땐 알파벳 엠M을 찾느라 꼬박 일 분이 걸렸다. 본인 말에 따르면 그는 원래 살던 시대에서 사냥을 하거나 훈련을 하거나 불침번을 설 때 자기 머릿속에 한 소절씩 짤막하게 들리는 기억 속 음악에 따라 움직였다고 했다. 말하자면 잔 다르크가 워크맨을 지니고 다니며 필요할 때마다 하늘의 계시를 듣는 식이었다. 그런데 이제 늘 어렴풋이만 기억하던 음악을 마침내 마음껏 재생할 수 있게 된 것이다.

그레이엄이 많이 듣는 음악 가운데 바흐는 나도 좋아했지만, 모차르트는 꾹 참고 들어야 했다. 그는 차이콥스키를 좋아했고 엘가 역시 꺼리지 않았으며 본 윌리엄스와 퍼셀은 흥미로워했지만 스트라빈스키는 참지 못했다. 영화로 실패한 나는 팝 음악으로 다시 도전해봤다. 초기 로큰롤 음악을 들려주자 그는 대수롭잖다는 듯이 어깨를 으쓱했다. 1980년대 록 발라드를 시험 삼아 틀었을 때는 짜증스럽게도 입에 발린 칭찬을 늘어놨다. 그는 관현악이 아닌 음악에 흥미를 붙여주려던 내 계획에 내내 시큰둥하다가 어느 날 갑자기, 알 수 없는 이유로, 자기 혼자서, 모타운 사운드*를 즐겨 듣기 시작했다.

매주 한 번씩, 이주자들은 공감 능력 검사를 받았고 가교들은 정직성 검사를 받았다. 우리끼리 주고받는 농담은 대강 그런 식이었다. 검사를 하는 까닭은 공감 능력이 줄어들 수도 있다는 것 또한 시간 여행의 가설 중 하나였기 때문이다. 낯선 시대에 억지로 끌려와 그 시대의 온갖 장소와 사람을 외부인으로서 접하다 보면, 이주자는 스스로를 보호하려고 주위 사람을 '타자화'했다. 심지어는 '타자'를 심리적으로 받아들이지 못하는 경우도 있었는데, 이는 시간을 따라 펼쳐진 역사를 정상적으로 경험하지 않았기 때문이었다. 공감 가설의 토대는 수면 과학이었다. 사람은 잠을 자는 동안 렘수면이라는 깊디깊은 골짜기에 들어서는데 이때 꾸는 꿈을 통해 낮에 일어난 사건을 가공해 받아들인다. 하지만 긴 잠을 자지 못하고 자주 깨는 사람, 이를테면 정신적 외상 후 스트레스 장애PTSD를 앓는 사람은 교감신경을 자극하는 노르아드레날린이 지나치게 많이 분비되기 때문에 렘수면 때 꿈을 꾸지 못한다. 이렇게 일단 깊은 잠에 빠진 상

---

* 1960년대에 큰 인기를 끈 흑인 음악 장르로서 미국 음반 회사인 모타운에서 유래했다.

태에서 기억을 가공하고 화학적으로 해독하는 과정을 거치지 못하면, 미처 소화하지 못한 폭력과 공포의 기억이 낮의 세계로 새어 나오고 만다. 숙면을 누리려면 적절한 조건을 꾸준히 유지해야 하듯이, 최소한의 공감에 필요한 실제적 시간 또한 적절한 조건이 꾸준히 유지돼야 경험할 수 있었다.

그러한 까닭에 이주자들은 매주 한 번씩 공감 또는 혐오감을 불러일으키도록 설계된 검사에 참가해 철저한 조사를 받았다. 처음 몇 차례 검사는 연구소의 개별 부스에서 진행했는데 부스가 시간관리국 병동 병실과 너무 똑같았던 탓에 이주자들이 극심한 불안을 겪었고, 이 때문에 쓸 만한 데이터를 좀처럼 얻지 못했다. 예컨대 그레이엄은 담배를 피우게 해달라고 거듭 요구했고 그 결과 심박수가 높아졌으며, 시선마저 빠르게 이리저리 움직이느라 검사에 도무지 집중하지 못했다. 한번은 5층 흡연구역(비둘기 똥이 말라붙은 발코니)에 홀로 서서 다 타버린 담배 필터를 꼼꼼하게 찢어발기는 모습이 눈에 띄기도 했다. 나는 오로지 손가락만 움직이는 그의 모습이 흥미로워 물끄러미 지켜봤다. 보통 사람은 정신을 집중한 상태가 아니면 쓸데없는 움직임이 잔뜩 눈에 띄게 마련이었지만, 그레이엄은 자신의 몸에서 오로지 움직이고자 하는 부위만 움직였다.

결국 우리는 시간관리국 내부의 나무 패널로 장식한 회의실 한 칸을 골라 검사를 실시하는 '서재'로 개조했다. 이주자 관리국 국장은 사비를 털어 가죽으로 장정한 계몽주의 시대의 과학

서 및 여행서 수십 권을 추가로 구입해 서가에 비치했다. 미술사 석사 학위를 지닌 관리직 직원이 기술 장비 예산을 유용해 18세기 이탈리아 화가인 카날레토의 판화 액자 몇 점을 구입하는 바람에 짤막한 언쟁이 일어났지만, 국장 역시 그 판화를 마음에 들어 했기 때문에 구입해도 좋다고 승인했다.

그 후의 '공감 능력 검사'에서는 전보다 더 쓸 만한 결과가 나왔지만, 한편으로 다른 문제도 생겨났다. 한번은 검사에서 1차 세계대전 당시의 군인 사진을 자료로 사용해 논란이 됐다. 신무기에 공격당해 몸에 구멍이 뚫리고 절단되기까지 한 군인이었다. 결과는 끔찍이도 떠들썩했다. 1916은 진정제를 맞고서 겨우 평온을 되찾았다. 다른 이주자들 역시 혼비백산했다. 심지어는 대규모 전투에서 싸운 경험이 있는 1645와 그레이엄조차 최첨단 무기의 살상력 앞에서 움찔 놀라 물러서고 말았다. 이주자들이 검사에 차츰 정신적 거부 반응을 보이자 우리가 힘들게 얻은 데이터는 무용지물이 될 판이었다. 우리는 그들에게 히로시마와 아우슈비츠, 세계무역센터 같은 자료를 보여주는 것은 나중으로 미루기로 합의했다. 컨트롤은 해당 자료의 공개 시점을 알려주겠노라고 약속했지만 그 약속은 끝내 지켜지지 않았다.

한편 가교들이 받은 정직성 검사로 말하자면, 1960년대 냉전기의 스파이 스릴러 소설에나 나올 법한 것으로, 거짓말 탐지기를 비롯한 온갖 장치가 동원됐다. 검사 요원은 가교의 뇌전도 그래프를 꼼꼼히 살펴보며 기분이 어떠냐고 물었다. 기관이 제공하는 심리 치료와 달리 이 검사는 모두 의무적으로 참여해야 했다. 우리에게서 나타나는 변화의 추이는 컨트롤이 보관하는 방대한 파일에 차곡차곡 기록됐지만, 검사 점수를 어디에 써먹을지는 다들 추측만 할 뿐 아무도 정확히 알지 못했다.

아델라 부국장은 정직성 검사를 할 때마다 서재로 찾아와 참관했고 직접 개입하는 경우도 잦았다. 나는 아델라가 자신에게만 들리는 무대 바깥의 지시에 귀를 기울이고 있다는 인상을 받았다. 꼭 우리 중 오직 그녀만이 지금 이곳이 무대 위라는 사실을 아는 것처럼, 그래서 우리에게 제대로 연기하라고 재촉하는 것처럼 느껴졌다.

한번은 아델라가 내게 물었다. "본인의 업무를 설명해보라면 뭐라고 하겠어?"

"의미 있는 일이죠." 나는 제꺽 대답했다(단골로 듣는 질문이었으니까).

"그게 다야?"

"도전 정신을 불러일으켜요. 특별한 일이죠."

"그리고 또?"

"가끔은 어둠 속을 헤매는 느낌이 살짝 들 때도 있어요. 말하자면요. 만약 시간의 문이 제대로 작동한다면, 도대체 어디다 쓸 건가요?"

"본인 업무에 에로틱한 면이 있다고 봐?" 아델라가 물었다.

검사 요원은 침을 꿀꺽 삼키더니 내 뇌전도 그래프에 방금

막 나타난 뭔지 모를 반응을 재빨리 메모했다. 나뿐 아니라 그에게도 예상치 못한 질문이었을 것이다. 시커먼 진흙탕에 바로 누워 서서히 가라앉는 내 모습이 머릿속에 그려졌다.

"아니요." 대답하는 내 목소리는 몹시도 침착했다.

"확실해?"

"잘 모르겠습니다, 부국장님. 검사에는 제가 그걸 안다고 나오나요?"

아델라는 입을 3분의 1 정도만 벌리고 웃었다. 그러자 얼굴 모양이 또다시 변했다. 표정이 뭔가에 꽉 붙잡힌 사람처럼, 허기진 사람처럼, 슬퍼하는 사람처럼 보였다. 커다란 서류철용 집게로 뒤통수를 집어 피부가 잡아당겨지기라도 한 것처럼.

"아니. 몰라. 뇌전도 그래프를 확인할 것도 없이 표정만 봐도 알겠어."

"제 생각에 그건 부국장님께서 말씀하신 '에로틱'이라는 표현이 무슨 의미냐에 따라 달라질 것 같습니다만."

"아니. 그렇지 않아. 고어 중령을 어떻게 생각하지?"

"흥미로운 사람 같습니다."

아델라가 내 뇌전도 그래프를 힐긋 보더니 웃는 표정이 더 또렷해졌다. "이거면 됐어. 전극을 떼어줘, 에런."

일하는 동안 그런 식의 갈등만 겪지는 않았다. 점점 더 잘 적응하는 그레이엄을 퀜틴과 함께 관찰하는 것은 즐거웠다. 하루는 나이를 먹을 대로 먹은 내 아들이 웬 남자가 타고 가는 전기

스쿠터를 보며 겁쟁이들이나 좋아하는 탈것이라고 했다. 어느 날은 나이를 먹을 대로 먹은 그 아들이 헤드폰을 홱 벗어던지 더니 투탕카멘의 무덤이 처음 발굴될 때의 이야기를 자세히 들 려줬는데, 고대 이집트에 관한 팟캐스트를 듣고 있던 것이었다. 하루는 그 나이 많은 아들이 전자레인지에 금속을, 내가 넣지 말라고 했는데도 일부러 넣었다. 그러면 어떻게 되는지 눈으로 직접 확인하고 싶다며. 나와 퀜틴은 그레이엄의 이 같은 행동을 보며 그가 현대에서 멀어지는 중인지 아니면 동화되는 중인지 판단하려 애썼다. 나는 그러한 행동에서 그가 그레이엄 고어라 는 사실이 드러난다는 생각을 자주 했다. 어느새 그레이엄을 그 자신의 기준에서 생각하는 위험한 짓을 내가 하고 있던 것이다. 아델라는 내가 아직 깨닫지 못한 내 안의 어떤 것을 감지했다. 그리고 내가 그때 스스로의 경박함을 조금 더 경계했더라면, 어 째서 아델라가 나를 막으려 하지 않는지 궁금해했을 것이다.

정기 면담 때 만난 퀜틴에게 그레이엄의 스케치를 건넸다. 그 역시 나처럼 그림에 흥미를 느끼리라 짐작했다.

"실제로 본 게 뭐였을 것 같아요?" 내가 물었다. "게임기? 스 트로보스코프*? 참고로 난 누가 급하게 펼친 접이식 우산을 보 고 깜짝 놀라 착각했다는 데 돈을 걸겠어요."

퀜틴은 안색이 흙빛이 된 채 그림을 뚫어져라 바라보다가, 이

---

*   진동 또는 회전하는 물체에 규칙적으로 깜박이는 빛을 비춰 운동 주기를 측정하는 계 측 장치.

내 종이를 구겨서 소맷부리에 쏙 집어넣어 감춰버렸다. 그러고 는 책상 위 키보드를 두드리는가 싶더니 사무실 반대편에 있는 레이저 프린터가 요란한 소리와 함께 작동하기 시작했다. 그는 나를 프린터 앞으로 끌어당겼다.

"위키피디아 웹 페이지는 뭐 하러 출력하는 거예요? 게다가 항목은……." 나는 목을 길게 뻗어 프린터를 들여다봤다. "백악 기-팔레오기 대멸종?"

"이 프린터는 작동음이 시끄럽거든요." 퀜틴이 나직이 소곤거 렸다. "내가 보기에 이 건물의 모든 사무실에는 틀림없이 도청 장치가 설치돼 있어요."

나는 슬며시 웃음이 나왔다. "확실해요, 퀜틴?"

프린터가 윙윙거리더니 이내 조용해졌다. 퀜틴의 코 아래로 뭔가 할 말이 있는 듯 꿈틀거리는 입이 보였다. "확실하냐니, 뭐 가요?" 그렇게 묻는 퀜틴의 밝은 목소리는 억지로 꾸며낸 것처 럼 들렸다.

그레이엄의 스케치를 더 자세히 봐둘걸 그랬다고 후회할 틈 도 없이, 나는 조그마한 신호용 깃발처럼 꿈틀거리는 퀜틴의 얼 굴 근육과 거기서 눈에 띈 여린 구석에 관해 생각했다. 계약상 우리는 시간 여행 프로젝트에서 자발적으로 빠질 수 없는 처지 였다. 그저 컨트롤의 뜻에 따라 이유도 알지 못한 채 재배치될 뿐. 잿더미로 변해 사라진 사람은 전에도 본 적 있었다. 그들은 떠들썩하고 당당하게 불타는 것이 아니라, 저절로 일어난 불 같지만 실은 처분할 목적을 띤 방화 행위의 결과 안에서 불쾌하고 우울한 절망에 젖어 그 꼴이 되었다. 그리고 그렇게 일어난 불을 제대로 끄지 못해 다른 이들한테까지 번지는 것 또한 본 적 있었다. 나는 퀜틴의 어깨를 다독이며 그 스케치가 마음에 들면 가지라고 얘기했다.

그레이엄은 나라는 존재의 개념에 꾸준히 적응해갔다. "꽤 바빠 보이는군요." 내가 노트북 컴퓨터 자판을 두드리고 있을 때 그는 가만히 지켜보다가 거의 수줍어하는 목소리로 그렇게 말했다. 아니면 이렇게 말하거나. "거 참 복잡해 보이는군요." 그럴 때 그의 목소리는 나를 놀리는 한편으로 아쉬워하는 듯했다. 그러고 나면 거의 예외 없이 이렇게 시작하는 이야기를 늘어놨다. "내가 아무개 함장을 모시고 '당신도 이름을 들어봤을 아무개'함에서 근무했을 때 일인데……." 우쭐대려고 꺼낸 얘기 같지는 않았다. 오히려 나라는 존재에 다가올 방법을 궁리하는 것처럼 보였는데 이때의 나는 당국에 의해 무성으로 처리된 여성성의 복합체였다. 나는 스스로가 그 사실을 불편하게 여긴다는 것을 깨닫기에 이르렀고, 그런 내가 부끄러웠다. 길거리의 남자들이 더는 내게 추파를 던지지 않는다고 불평하다가 남에게 들킨 것 같은 기분이었다.

우리가 사는 집은 시간관리국에서 제공해줬기 때문에 집세나 공과금을 낼 필요가 없었다. 그 덕분에 나는 드디어 치과 진료비 청구서 한 장에 잔고가 바닥나지 않고 일상의 긴급 상황에 대처할 예금 계좌를 손에 넣었다. 이로써 부모님이 바라던 수준의 경제력을 보유한 계층에 들어서기는 했지만, 원체 '삼십일 이내 무상 환불 보증' 영수증 더미에 둘러싸여 구두쇠로 자라다 보니 계좌의 현금을 어디에 써야 할지 도무지 알 수가 없었다. 그래서 손바느질로 만든 닭 모양 핸드백을 샀다. 그것도 어찌 보면 그레이엄에게 나의 여성스러운 면모를 억지로 일깨워주기 위한 구매 행위였다. 그리고 이 무렵 나는 그가 내 여성스러운 면을 알아차려주기를 간절히 바랐다.

나는 《로그 메일》을 읽고 있던 그레이엄에게 가방을 보여줬다. 내가 방해했을 때 그는 그 책을 일곱 번째, 아니면 여덟 번째 다시 읽는 중이었다.

"짜잔. 닭 가방이에요."

"여자들이 쓸모없는 장신구에 홀리는 건 미래에도 마찬가지인가 보군요."

"쓸모없긴요. 가방이잖아요."

"그 안에는 아무것도 못 넣을 겁니다. 이 책 한 권도 안 들어갈걸요."

"동전 지갑은 넣을 수 있어요. 보세요."

나는 닭에 손을 넣어 덤으로 딸려온 동전 지갑을 꺼냈다. 조그만 노란색 병아리 모양을 한 지갑이었다. 그레이엄은 빙그레 웃었다.

"생각이 바뀌었습니다. 닭 가방은 썩 훌륭한 물건 같군요."

그 돈으로 뭘 해야 했을까? 소셜 미디어에는 양철 비스킷통을 반짇고리로 쓰며, 자녀의 성장기 내내 비스킷과 연관된 노동 계급 또는 이민자 가정 특유의 불만을 가득 심어주는 어머니들의 사연이 넘쳐났다. 물론 나는 그런 이야기를 죄다 비웃었다. 바로 나 같은 사람들에게 보여주려고 지어낸 이야기였으니까. 구두쇠의 삶은 어느 시점을 지나면 습관이 아니라 양심의 문제로 변한다. '제 어머니는 청소부였어요.' 나는 전에 퀜틴에게 그렇게 말했다. 그리고 그레이엄이 걸레질을 하지 않겠다고 선언하고 나서야 어쩔 수 없이 퀜틴에게 청소부를 구해달라고 부탁했다. 왜냐하면 내 어머니가, 다름 아닌 내 친어머니가 청소부였으니까……! 대체 나는 왜 안절부절못했을까? 아마 슬퍼서였을 것이다. 우리 부모님이 더 편하게 살지 못했다는 사실이 슬퍼서. 나는 자꾸만 속으로 되뇌었다. 돈을 아껴야 해. 내가 가진 돈을 죄다 빼앗길 거라 예상했기 때문이다. 하지만 나는 안전하지 않았던가? 시간관리국 소속 공무원이 아니던가?

얼마 안 있어 적응과 관련된 또 다른 문제가 불거졌다. 이주자들조차 서로를 이해하지 못한다는 문제였다. 1916은 1645가 보기에 나만큼이나 이해가 가지 않는 사람이었다. 다들 자기만의 시대라는 외로운 웅덩이에서 첨벙대는 신세였다.

1793의 가교인 에드가 낭만적인 해결책을 내놨다. 일주일에 한두 번 이주자들이 모두 모여 다 함께 요리하고 식사하자는 제안이었다. 당분간은 청사 구내식당 한 곳을 빌려 쓰자고 했다. 그렇게 하면 사이가 더 돈독해질 거라며. 에드는 이민자 공동체 식당 및 구비 문학 전통, 고대의 연회, 수렵 채집자인 호모 사피엔스의 기원, 나이트클럽의 유래 등에 관한 사회학 논문을 인용했다. 그가 보낸 이메일은 첨부파일이 어찌나 많던지, 나는 그 이메일을 받자마자 삭제하고 요점만 따로 추려 적은 이메일을 퀜틴에게 보냈다. '사람들은 멋진 저녁 식사를 좋아하게 마련이죠. 대개는 여럿이 함께하는 자리를.' 퀜틴은 답장에 그렇게 적었다.

초창기 저녁 모임 중 한번은 나도 닭 가방을 어깨에 메고 참석했다. 가교들은 보통 관리팀 직원이나 복지과 직원 같은 내근직이 이용하는 구내식당에서 식사하는 경우가 드물었기 때문에 하급 사무직들은 귀여운 수준의 적개심을 점잖게 드러내며 나를 맞이했다. 주방에 들어섰을 때 맨 처음 눈에 띈 것은 담배를 입에 문 그레이엄이 불을 붙이려고 가스레인지 불 위로 몸을 숙이고 있는 모습이었다. 구불구불한 머리카락이 금방이라도 화구 덮개에 닿을 것처럼 위태로워 보였다. 우리는 관리국 건물 안에서 그레이엄이 이용하는 모든 회의실의 화재경보기를 제거하는 수밖에 없었다. 담배를 피우지 못하게 하면 그는 실험이든 뭐든 아랑곳없이 자리를 박차고 나가려 했다.

"1847! 더벅머리 안 타게 조심해요! 아니면 화형대에 묶인

순교자들이 너무 존경스러워서 따라 하려는 거예요?”

그레이엄이 고개를 홱 들고 담배를 입에 문 채 활짝 웃었다.

환하게 웃는 그레이엄의 얼굴 바로 맞은편에는 키가 고작 150센티미터쯤으로 보이는 자그마한 여성이 서 있었다. 나이는 스물일곱 정도. 얼굴은 하도 예뻐서 그 여자의 몸 주위를 비추는 빛만 독특한 물리 법칙을 따르는 것처럼 보일 정도였다. 머리카락은 딸기처럼 붉은 기가 도는 금발이었고 몸에 두른 앞치마에는 ‘주방장에게 뽀뽀해주세요’라고 적혀 있었다.

내가 그 여자 앞을 가리며 시야에 들어서자 그레이엄의 웃는 얼굴은 더욱 환해졌다.

“우리 작은 고양이가 저녁을 먹으러 왔군요. 미스 마거릿 켐블하고는 구면인가요? 1665, 이쪽은 내 가교예요.”

나는 뒤로 돌아섰다. 1665, 즉 마거릿 켐블이 나를 보며 함박웃음을 지었다.

“안녕하세요. 이 얼간이하고 한집에 사시나 봐요? 고생하셔서 어떡해요. 마실 것 좀 드릴까요?”

여자의 말이 무슨 뜻인지 파악하느라 잠시 시간이 걸렸다. 알아듣기 힘들었던 까닭은 그녀가 몇 백 년 전에 사라진 억양으로 말했기 때문이었다. “아, 예. 감사합니다.”

“당신 음료에 고명을 잔뜩 얹어줄 생각에 신났을 거예요.” 그레이엄이 말했다. “무슨 샐러드를 마시는 기분일걸요.”

“무례하기는! 귀를 확 삶아줄까 보다. 입에 문 그 악마의 손가락 당장 빼고 가서 파슬리나 찾아와요."

"매력 있지 않나요?" 그레이엄은 그 말을 하면서 조그만 그릇에 담뱃재를 털었고, 이 때문에 마거릿의 케케묵은 욕설을 더 얻어들었다("저 빙충이! 멍청한 게 상판대기는 왜가리같이 생겨서는!"). 그레이엄의 얼굴이 연한 장밋빛으로 물들었다. 어쩌면 그와 마거릿이 추파를 주고받는 중인지도 모른다는 생각이 퍼뜩 떠올랐다. 이를테면 어린애들끼리 머리채를 잡아당기는 것과 비슷한 방식으로. 그 생각을 하니 속이 거북해지는 느낌이었다. 나는 두 사람 사이에 다시 끼어들었다.

"요리를 도와주시는 건가요?" 내가 그레이엄에게 물었다.

"예." 그레이엄이 그렇게 말하는 동시에 마거릿이 '아니요'라고 외쳤다. 그러고는 내 앞에 유리잔을 내려놨다. 잔에는 얼음과 물, 기름과 설탕을 섞은 것으로 보이는 과즙, 그리고 물론 함께 먹으라고 넣어준 정체불명의 고명이 잔뜩 들어 있었다. 잔을 멍하니 보며 눈을 껌벅이던 내가 옆을 돌아보자 마거릿은 생긋 웃고 있었다.

"알고 보니 깨끗한 물이라는 기적이 당신네들한테는 흔한 일이더군요." 마거릿의 말투는 담담했다. "하지만 이걸 만드는 동안에는 주일에만 입는 옷을 입었어요. 순수함을 더하려고 말이에요. 나한테는 그게 기적이니까요."

"아, 그, 그럼요." 나는 말을 더듬었다. "그게, 실은 저희한테도 기적이에요. 국제연합이 보기에는 삼 년 후에 우리 나라에서 대규모 물 전쟁이 벌어질 거라니까요. 아, '국제연합'이 뭔지는 들으셨나요? 죄송해요. 참 맛있어 보이네요."

마거릿은 손을 들어 내 손을 토닥였다. 손이 자그맣고 예뻤다. 사람 손을 보고 예쁘다는 생각이 들기는 이때가 처음이었다. 내 머리는 여러 면에서 두드러지는 마거릿의 매력을 입력하느라 정신없이 돌아가는 중이었고, 몸은 그 매력이 그레이엄에게 보이지 않도록 어깨로 그의 시야를 가리느라 바빴다. "찧어서 낸 과즙이에요. 쭉 들이켜요." 마거릿의 목소리는 다정했다. 등 뒤에서 그레이엄이 웃음을 터뜨렸다.

"음식에 담배 냄새 배겠어요." 나는 그에게 쏘아붙였다.

"아, 괜찮습니다. 난 담배를 하도 많이 피워서 사실 담배 냄새 말고 다른 냄새는 맡지도 못해요."

"확 찧어서 즙을 내줄까 보다." 마거릿이 말했다. "입 다물고 가서 파슬리나 가져오라고!"

그레이엄은 흠! 소리를 내며 콧방귀를 뀌더니 담배를 세게 한 모금 빨았다. 그러고는 우쭐한 걸음걸이로 어슬렁어슬렁 자리를 떠났다. 꼭 남이 시킨 심부름이라서가 아니라, 부담 없이 자유롭게 고른 목적지에 들르는 김에 같이 할 만한 즐거운 일이기 때문에 파슬리를 가져오려는 사람 같았다. 나는 멀어지는 그의 모습을 지켜봤다.

"음, 요리하는 거 좋아하세요?" 나는 마거릿에게 물었다.

"아뇨." 마거릿은 그렇게 대답하고 나서 당황하는 내 표정을 보고 별일 아니라는 듯이 어깨를 으쓱했다. "그래도 내가 요리를 맡지 않으면 우린 병에 걸릴 거예요. 1847은 담배가 허브인 줄 아니까요. 하지만 여자들은 너무 오랫동안 억지로 화덕 앞에 붙어살았어요. 남자들도 뭔가 배울 때가 됐죠."

"아, 맞아요. 저희도 노력은 하고 있어요."

"그런데 제 가교는 이런 농담을 안 좋아하지 뭐예요. 악어처럼 뻣뻣한 늙다리라서요."

나는 마거릿을 보며 씩 웃었다. "랠프 말씀이시죠? 맞아요, 정확히 묘사하셨어요."

"그 사람한테서 새로운 말을 많이 배우긴 했지만, 투덜대면서 가르쳐주는 바람에 외우기가 영 골치 아파요. '정색하는 페미니스트'라는 게 뭔가요?"

"어……."

"그 페미니스트라는 사람들한테 본부가 있나요? 혹시 제복도 있어요? 없으면 제가 만들려고요. 어머, 웃음을 터뜨리시다니! 그래도 허벅지까지 오는 장화 위에 '정색하는 페미니스트'라고 수놓은 타바드*를 다 같이 걸치면 멋져 보이지 않겠어요? 우리 뜻을 확실히 밝히는 효과도 있을 테고요."

우스꽝스럽게 찡그린 마거릿의 표정은 현대인처럼 보였다. 농담을 던질 생각으로 가득한, 스탠드 업 코미디를 하는 희극

---

* 중세 후기 유럽에서 남자들이 입던 짧은 겉옷으로서 양 옆구리 부분이 트였으며, 등 과 배 부분에는 가문 또는 소속 기관의 문장을 수놓는 경우가 많았다.

배우나 지을 법한 표정이었다. 보아하니 마거릿은 그 표정을 어디서 보고 배워뒀다가 시간관리국 직원을 관객 삼아 써먹기로 한 모양인데, 그렇다면 마거릿에게는 내가 미처 생각지 못한 위장 본능이 있을지도 몰랐다. 나는 마거릿의 속을 더 자세히 들여다보고 싶었지만, 빼어난 미모 때문에 그러기가 쉽지 않았다.

"가끔은 정색하고 판을 깨고 싶을 때도 있죠. 카딩엄 중위님하고는 구면이신가요?"

마거릿은 그렇게 말하고는 턱짓으로 한쪽 구석을 가리켰다. 시들어가는 파슬리 한 단을 손에 쥔 그레이엄이 서른 살 정도로 보이는 잘생긴 남자와 얘기를 나누는 중이었다. 남자는 키가 165센티미터를 넘지 않을 듯싶었고 갸름한 얼굴이 인상적이었으며 황갈색 턱수염은 단정하게 다듬어져 있었다. 머리카락은 길고 구불구불했다. 비록 오늘날의 유행을 존중하는 뜻에서 머리카락을 동그랗게 묶기는 했지만 1645, 즉 토머스 카딩엄은 내가 본 이주자 중 가장 최근에 도착한 시간 여행자처럼 보였다. 나로서는 그레이엄이 무슨 얘기를 하는지 알 수 없었지만 그와 함께 있는 카딩엄이 식당 안 다른 소리를 다 가릴 정도로 크게 웃는 것으로 보아 방금 들은 얘기에 재미를 느낀 듯했다.

"둘이 죽이 척척 맞는 사이예요." 마거릿의 목소리는 나직했다. "하지만 장담하는데, 카딩엄 중위는 저나 스펜서 부인에게는 말도 안 걸려고 할 거예요. 전에 저더러 '김빠진Stale' 여자라고 했어요. 스펜서 부인을 보고는 '천진Natural'하다고 했고요."

"그런 못된 소리를." 나는 틀릴 위험을 무릅쓰고 넘겨짚었다(나중에 관리국 내부 전산망에 들어가 시대 대조용 온라인 사전을 찾아 봤더니 전자는 '성 노동자'를, 후자는 '지적장애인'을 가리키는 표현이 었다). "정말 인상적인 사람이군요?"

"그럼요, 아주 독버섯처럼 인상적이죠."

식당 문이 다시 휙 열렸다. 나는 시멜리아가 1916과 함께 들어왔으면 하고 바라며 고개를 들었지만, 식당에 들어서는 준장을 보고 깜짝 놀랐다.

준장은 잠시 머뭇거리다가 관리국 요원들이 군복을 입고(무장까지 하고) 만찬을 감독하는 광경을 보고 누구에게랄 것 없이 딱딱하게 고개를 끄덕였다. 그는 사복 차림이었는데도 묘하게 격식을 갖춰 입은 느낌이 나서 꼭 혼자만 세리프 글꼴로 인쇄된 사람처럼 보였다. 국방부 소속 스파이치고는 전에 술집에서 본 젊은 남자보다도 훨씬 덜 미더운 인재여서, 나는 어느새 권총의 실루엣대로 불룩하게 튀어나온 곳이 없는지 찾고자 그의 재킷을 훑어보는 중이었다.

"저 사람 수상해 보이는데요."

"배고파서 그런 거죠." 마거릿이 대꾸했다. "기분 나쁜 남자예요! 가끔 하인을 대동하고 와서 구석에 앉아 식사하더군요."

준장이 우리 쪽으로 가까이 다가왔다. 정말로 허기진 눈치였다. 아직 학생이던 시절 버터 바른 토스트와 사과 말고는 먹을 게 하나도 없었을 때의 내 모습 같았다. 마거릿이 오븐 문을 열고 감자가 잘 구워졌는지 보려고 고개를 슬쩍 들이밀자 그의 낯빛은 창백하다 못해 녹아내린 촛농처럼 허예졌다.

"냄새가 아주 먹음직스럽군요." 준장의 말투는 느릿했다. "그…… 1665였죠? 이따가 내…… 동료가 올 겁니다. 살레스라는 친구예요."

"손님이 더 오는 건 상관없어요." 마거릿이 말했다. "다만 제 '동료'가 파슬리를 갖고 돌아오기 전에 이 대구한테 발이 생겨서 걸어 다닐까 봐 불안하긴 하네요."

준장이 나를 위아래로 훑어봤다. 자기 딴에는 인사랍시고 그러는 듯싶었다. "그 닭, 괜찮은 겁니까?" 그가 물었다.

나는 헛기침을 했다. 내 닭 가방은 그 무렵 넣고 다니며 읽던 두꺼운 소설책 때문에 입구가 살짝 벌어져 있었다.

"양장본은 너무 커서 탈이라니까요. 이 책 정도면 오소리도 너끈히 때려잡을걸요. 준장님은 책…… 읽는 거 좋아하세요?"

"좋아하는 작가는 몇 명 있습니다." 준장이 말했다. 그의 눈길은 밀가루가 담긴 그릇에 대구 살을 패대기치는 마거릿에게로 옮겨간 후였다. 그릇에서 깜짝 놀랄 만큼 많은 양의 밀가루가 구름처럼 자욱하게 피어올랐다. "엘리자베스 보엔, 에벌린 워, 그레이엄 그린."

"영국인이면서 가톨릭 신자인 작가들이네요?"

준장이 눈길을 돌려 내 얼굴을 똑바로 봤다. 눈빛이 너무나 강렬해서 시선만으로 모공을 찔러대는 것 같았다. "그런 것 같군요. 하지만 제가 보기에 그들은 전쟁 소설가입니다. 제 전문 분야죠. 전쟁이요."

"그것참…… 흥미롭네요. 그럼 1순위를 꼽으신다면요? 작가 중에서 말이에요. 전쟁 말고."

"그레이엄 그린입니다." 준장이 말했다. "저는 그린이 1943년에 발표한 결작 장편소설을 자주 떠올립니다. 읽어보셨습니까? 《공포 관리국The Ministry of Fear》 말입니다."

곧이어 지옥 같은 폭염이 찾아왔다. 나흘 동안 기온이 무려 섭씨 43도에 이르렀지만, 전해의 무더위보다는 시원하고 짧았다. 그럼에도 선임 기상 예보관은 열대 같은 무더위가 석 달 동안 이어질 거라 단언했고, 이 때문에 하절기 제한 급수가 다시 시작됐다. 그레이엄의 욕조 수위는 한 뼘 남짓으로 낮아졌다.

우리가 사는 집은 국유 재산이었기 때문에 에어컨도 제한된 시간 동안만 켜놓을 수 있었다. 그레이엄은 그 점을 지적하며 짜증을 냈고, 그 모습을 보는 나까지 짜증이 났다.

"에어컨이 있는 것만으로 운 좋은 줄 아세요."

"하지만 도대체 왜 정부가 자기 휘하의 일꾼들에게 벌을 주는 겁니까?"

"탄소 배출량을 줄이는 게 정책 지향점이거든요. 이미 다 틀렸지만요. 말하자면 표적을 한참 빗맞힌 셈인데, 그래도 티끌 모아 태산이라고 하니까요. 사람들 말로는요."

"뭐라고요?"

"신경 쓰지 마세요. 아무튼 이 집은 순전히 정부 소유 재산이에요. 임대 주택도 에어컨이랑 에너지를 일정 수준 사용하면 이 집하고 똑같이 자동으로 사용이 제한돼요."

"뭐라고요?" 그레이엄이 거듭 물었다. 다만 그의 목소리는 대답을 듣고 싶은 사람이 아니라 제 손으로 제 살갗을 벗겨내며 고통을 잊고자 딴 데 정신을 팔고 싶어하는 사람 같았다.

더위 때문에 몸을 움직이는 것 자체가 극도로 혐오스러웠다. 나는 거의 매일 밤 알몸으로 잠자리에 들었고 자는 동안 내 땀 속에서 수란처럼 익다시피 했다. 제한 급수 탓에 그레이엄은 결국 삼십 초 만에 끝나는 샤워로 전향하는 수밖에 없었다. 폭염이 이어지는 내내 그는 코빼기도 보이지 않았다. 우리는 집 안의 공기가 순환되게끔 방문을 열어놓고 지내며(그래봤자 공기는 교수형당한 시체처럼 꼼짝도 하지 않았지만) 각자 방에 누워 상대쪽을 향해 샐러드 조리법 같은 지루한 이야기를 주고받았다.

폭염을 견디며 살아온 사람이라면 다들 알 테지만, 그 무렵의 시간은 영락없이 살바도르 달리의 그림에 나오는 축 늘어진 시계처럼 흘러간다. 나는 늘 몽롱한 상태였던 반면, 그레이엄은 툭하면 불면증에 시달렸다. 그가 자주 침대 대신 카펫에 누워 지낸다는 것은 바닥 높이에서 들려오는 목소리를 통해 알 수 있었다. 밤이면 그의 기도 소리가 들렸다. 그 소리를 견디기 힘들었던 까닭은 그의 혀가 내 귓속에 들어오는 듯한 느낌 때문이었다. 우리는 새벽 3시에 대중없는 대화를 나누기도 했다. 둘이 어렴풋이 깨어 있는 상태가 겹치는 시간대였다.

"정원이 죽었습니다." 그레이엄은 그런 식의 말을 던졌다. 몇 시간 동안 시멘트 블록처럼 단단하게 입을 다물고 있다가 뜬금없이.

"다시 살아날 거예요."

"거기서도 달이 보입니까?"

"네. 진입로 노면에 달이 비쳐요. 아스팔트가 녹았나 봐요."

"오늘 밤은 달이 멋지군요."

"우린 저기에 갔어요. 달에요."

"저런."

폭염의 마지막 날 밤, 건조한 무더위 때문에 코피가 터진 사람이 하도 많아서 추후 '유혈의 밤'으로 불리게 된 그 밤이 되자 기온은 빠르게 내려갔다. 나는 나흘 만에 처음으로 산들바람이 부는 것을 느꼈다. 그레이엄도 그 바람 때문에 마음이 흔들렸을 것이다. 동틀 무렵, 그가 이렇게 중얼거리는 소리가 들려왔으니까. "나의 영국은 이렇지 않았는데."

그레이엄의 정신을 딴 데로 돌려놔야 했다. 그가 조금이라도 우울한 기색을 보이면 내가 처리해야 할 업무만 늘어날 것이었다. 사실, 그의 우울증은 곧 내 업무 능력이 형편없다는 증거일 터였다.

그때껏 나는 중고품이 아니거나 망가지기 직전 상태가 아닌 자전거를 가져본 적이 없었다. 브레이크는 구성 장치보다 관념적인 목표에 더 가까웠다. 그래서 자전거를 새로 산 다음 집까지 타고 왔고, 집에 도착해서는 주방에 끌고 들어갔다. 그레이엄은 식탁 앞에 앉아 시무룩한 표정으로 담배를 바라보는 중이었다. 팔꿈치 앞에 펼쳐진 것은 공간 추론 능력 검사용 책자였다. 시간관리국이 이주자들에게 실시하는 최신 검사였다.

그레이엄이 고개를 들었다.

"오호. 벨로시페드Velocipede*로군요."

"자전거예요. 바이크라고도 하고요. 타고 돌아다니기에 좋죠. 귀엽지 않아요?"

"고문 기구처럼 생겼습니다만. 내가 살던 시대에는 인기가 없었습니다. 자갈이 깔린 도로에서 타면 건강에 좋지 않았기 때문이겠지요. 다만 그 시절에는 이…… 이걸 뭐라고 합니까?"

"타이어요. 고무로 만들어서 속에 바람을 채운 거예요. 쿠션처럼요. 그 경음기 자꾸 누르지 마세요."

"자동차에 깔리면 어떡합니까?"

"하긴, 그럴 위험도 있죠. 특히 이런 도시에서는요. 하지만 차에 깔릴지도 모르는 건 그냥 걸어 다닐 때도 마찬가지예요."

"그 물건에 탄 사람을 본 적이 있습니다. 굉장히 위태로워 보이더군요."

---

* 자전거의 초기 형태로서 이름은 '빠른 발'이라는 뜻의 라틴어에서 유래했다.

그레이엄의 목소리에서 흥미로워하는 낌새가 났다. 눈까지 반짝거렸다. 이윽고 내가 말했다. "제 경우에 하늘을 나는 것에 가장 가까운 경험을 한 건 술 취한 채 자전거를 타고 내리막길을 달렸을 때였어요."

"굉장히 위험했겠군요."

"한번 타보실래요?"

"예."

나는 자전거를 한 대 더 샀다. 그레이엄은 나보다 다리가 더 길었으니까. 나는 구입만 하고 경비 처리는 퀜틴에게 맡겼다.

어느 날 오후, 우리는 공원으로 산책을 나갔다. 그레이엄은 자전거 핸들을 꽉 잡고 걸었고, 자전거가 보도 쪽으로 기울 때마다 인상을 찌푸렸다.

"말처럼 다루기 고약한 물건이군요."

"탈 줄 아세요? 그러니까, 말을 탈 줄 아시냐고요."

"이종異種 간의 신중한 교섭을 토대로 타곤 했습니다."

"하."

"만약 내가 이빨을 드러낸 거대한 짐승에게 위협당하고 발굽에 발까지 밟히는 꼴을 당하고 싶었다면 일찌감치 육군에 들어가 대령까지 올라갔을 겁니다."

"하!"

우리는 살짝 경사진 언덕길을 따라 어슬렁어슬렁 걸었다. 뜨거운 여름날이었다. 하늘은 화장지처럼 건조해 보였고 들판은 햇빛 속에 아찔하게 펼쳐져 있었다. 벌레들마저 자기 존재를 알리려고 시끄럽게 울어댔다.

"좋아요. 자, 직관적으로 보면 말이 안 되는 소리 같겠지만, 일단 균형을 잡고 그냥…… 앞으로 가는 거예요."

그레이엄이 자전거 안장에 올라 한쪽 발을 페달에 걸치려고 버르적거렸다. 그러다가 그만 옆으로 넘어지고 말았다.

"어이쿠."

"지금은 페달 생각은 하지 마세요. 그냥 균형 잡기에만 집중하는 거예요. 보세요, 여긴 언덕 꼭대기잖아요? 그러니까 그냥 가속도에 몸을 맡기면……."

그가 다시 자전거 안장에 앉았다. 1미터쯤 앞으로 나아갔다. 그러고는 다시 옆으로 넘어졌다.

"어휴. 당신이 그 자전거에 타서 어떻게 하는지 시범을 보여주면 안 됩니까?"

나는 한쪽 다리를 번쩍 들어 안장에 턱 올라탔다. 그레이엄과 함께 지내면서부터 밑단이 무릎 아래까지 오는 치마를 입기 시작한 나로서는 자전거에 올라앉기란 꽤 성가신 일이었다.

"매우 숙녀답지 않은 행동이로군요."

"걱정 마세요, 전 자궁이 튼튼하니까요."

그레이엄은 이마부터 목까지 온통 벌게졌지만 그러는 와중에도 평소의 점잖은 목소리로 말을 이었다. "그럼 우리 아르테

미스* 여신께서 부디 이 미천한 동행을 긍휼히 여기시어 운전 시범을 보여주시지요."

나는 발로 땅을 밀면서 앞으로 나아가 언덕길을 유유히 내려갔다. 페달을 밟을 필요도 없었다. 뜨뜻한 바람이 머리카락을 뒤로 밀었다. 브레이크를 살짝 쥐자 자전거가 우아하게 멈춰섰다.

뒤편에서 목소리가 들려왔다. "이런 개…… 제기랄."

나는 뒤를 돌아봤다. 그레이엄이 또다시 쓰러져 있었다.

나는 자전거를 들어 반대쪽으로 휙 돌린 다음 냉큼 올라타 그레이엄 곁으로 서둘러 돌아갔다. 그는 땅바닥에 벌러덩 드러누워 한 팔로 눈을 가리고 있었다.

"저기요."

"이래 봬도 내가 영국 해군 장교라는 사실을 당신에게 다시 한번 일깨워주고 싶군요."

"지금은 그냥 땅바닥에 누워 계시는 분인데요."

"아덴 만에서는 함장님이 훈장을 추천하실 정도로 공을 세운 몸입니다."

"땅바닥에 누워 있잖아요. 벌레들하고 같이."

"이걸 타는 법을 아이들도 배운단 말입니까?"

"네. 꼬맹이들도요."

그레이엄이 눈을 가렸던 팔을 휙 내리고 멍하니 하늘을 바라

봤다. 그러다 중얼거렸다. "난 이걸 타기에 너무 늙었습니다."

나는 자전거를 타고 천천히 원을 그리며 그레이엄 주위를 돌기 시작했다. 그가 팔꿈치로 땅을 짚고 몸을 일으키더니 적개심 띤 표정으로 나를 빤히 봤다.

"이제 보니 당신, 좀 짜증 나는 사람이었군요?"

"아뇨, 전 엄청 짜증 나는 사람인데요. 이것 좀 보세요. 슈우우웅……."

나는 입으로 바람 소리를 내며 언덕길을 내려갔다. 뒤편에서 그레이엄의 목소리가 들려왔다. "흥!" 나는 속으로 다섯까지 세고 나서 내가 제대로 판단했다는 것을 알았다. 그가 열심히 하도록 자극하는 가장 좋은 방법은 짜증을 느끼게 하는 것이었다. 그는 짜증 나는 기분을 질색하도록 싫어했다. 그러므로 되도록 서둘러 자전거 타는 법을 배워서 '매우 듬직한 사나이'로 돌아가려 할 터였다.

하! 소리와 함께 그레이엄이 탄 자전거가 내 곁을 지나 쏜살같이 달려갔다.

"좋아요, 아주 잘하셨어요." 나는 그레이엄의 등에 대고 외쳤다. "이제 브레이크를 잡으세요. 브레이크를 쥐라고요! 브레이크……!"

며칠 후, 기온이 29도까지 내려가 더위가 진정되자 우리는 자전거를 타고 웨스트민스터에 갔다. 나는 더 평탄하고 짧은 경로를 따라 더 호젓한 곳으로 가자고 했지만, 그레이엄이 '왜요?' 라고 하는 바람에 목적지는 웨스트민스터로 정해졌다. 가는 길에 그는 두 번이나 차에 치일 뻔했는데 그 덕분에 오히려 즐거워했다. 그런 식으로 런던의 교통 체증을 이겨내는 법을 터득한 이상, 사실상 그는 런던 토박이로 거듭난 셈이었다.

"템스 강에 무슨 짓을 한 겁니까?" 그레이엄이 물었다.

"중령님 시대 사람들이 한 짓이에요. 빅토리아 시대 영국인들 말이에요. 수로를 청소…… 준설한다고 하죠, 아마? 그러고 나서 제방을 쌓았어요. 축하드려요, 1858년의 런던 대악취를 피하셨으니까요."

"'빅토리아 시대 영국인'이라니. 내가 빅토리아 여왕 폐하의 신민으로 산 시간이 내 평생의 3분의 1도 안 된다는 건 당신도 알 텐데요."

"그래도 꽤 중요한 3분의 1이었잖아요. 장교로 임관도 했고, 여시 같이 나온 그 은판 사진도 찍었고."

"짐작건대 '여시' 같다는 건, 사진 속 내 코가 여우처럼 길다는 뜻 같군요."

"방금 제 말에서 '여시' 같다는 건…… 그…… 매력적이라는 뜻이에요."

"수영할 줄 압니까?"

"예?"

"내가 당신을 저 강물에 빠뜨리면 살인죄가 성립되나요?"

우리는 자전거를 타고 강 위를 건넌 다음 글로브 극장을 지나 앵커라는 이름의 펍에 도착해 점심을 먹었다. 1616년에 문을 열어 지금껏 같은 자리에서 영업중인 그 펍은 이주자들 모두가 아는 몇 안 되는 런던의 명소 가운데 하나였다. 천장은 높이가 나지막했고 칸칸이 나뉜 유리창의 창틀은 진홍색으로 칠해졌으며, 기둥에 얹은 목재 대들보는 암갈색이었다. 나로서는 낯간지러운 느낌 없이 전형적이라고 묘사할 만한 곳이었다.

무려 다섯 달 동안 한집에서 지냈으면서도 우리는 함께 펍에 간 적이 한 번도 없었다. 내가 보기에 그레이엄은 살아생전 여자와 단둘이 데이트해본 적이 한 번도 없는 것 같았다. 하다못해 친구로 지내는 여자가 있었는지도 가늠하기 힘들었다. 그는 이날의 외출을 처음부터 끝까지 대담하고 불량한 짓으로 여겼고, 나를 보며 자꾸만 벙긋벙긋 웃었다. 그 모습을 보니 우리 둘이서 남몰래 기발한 장난이라도 치는 것 같았다.

"밀수꾼들이 여기서 술을 마시곤 했지요." 그레이엄이 말했다. "내가 살던 시대에는 말입니다."

"요즘은 관광객들이 와서 술을 마셔요."

"나도 관광객인가요?"

"어떤 면에서는 그런 것 같아요. 이 멋진 도시를 둘러본 소감이 어때요?"

"헐벗은 느낌입니다." 다들 짧디짧은 옷만 걸친 날씨에 긴바지와 셔츠를 차려입은 남자가 말했다.

우리는 반죽을 두껍게 입혀 튀긴 피시 앤드 칩스를 먹었다. 그것 역시 그레이엄이 실종되고 나서 약 이십 년 후에 등장한 영국 전통 음식이었다. "당신이 말하는 '빅토리아 시대 사람'이 누군지 나는 당최 모르겠습니다." 언젠가 그가 내게 말했다. "이 도시에 빅토리아 시대의 것이 무엇 하나 남아 있는지도 모르겠고요. 이곳은 가장 난잡했던 무렵의 고대 로마 같습니다. 전쟁이 터져도 싼 곳이란 말이죠." 그 말을 할 때 그의 표정은 진지해 보였다.

나는 영국에 갓 도착한 내 어머니가 프라이팬에 튀긴 미꾸라지를 기대하고 생선튀김을 주문했다가 커다랗고 딱딱한 튀김옷에 기름이 흠뻑 밴 하얀 대구 살을 받고 몹시도 실망했다는 이야기를 그레이엄에게 들려줬다. "나도 같은 심정입니다." 그가 중얼거리더니 나이프로 감자튀김을 찍어 허공에 들고 미심쩍은 듯이 노려봤다. 나는 케첩을 그의 앞으로 밀었다.

"우리 배가 출항한 곳 근처에 여관이 하나 있었습니다." 그레이엄이 말했다. "이름이 '화이트 하트'였지요. 호지슨 중위가 거기서 고등을 먹었다가 단단히 속병이 났습니다."

"그 케첩을 먹고 식중독에 걸리진 않을 테니까 안심하세요. 그때 그 고등은 무슨 콜레라균 같은 게 있었나 본데, 지금은 사라진 병균이에요. 조미료에는 더더욱 안 들어 있을 테고요."

"흠."

나는 휴대전화 화면을 손끝으로 톡톡 두드렸다. 공교롭게도 휴대전화 역시 그레이엄이 질색하는 물건이었다.

"그 기계 좀 치우십시오. 식사중이잖습니까."

"그린하이드의 화이트 하트 여관을 찾아보는 중이었어요. 지금은 '서 존 프랭클린' 호텔로 바뀌었네요."

그의 나이프와 포크가 접시에 부딪혀 쨍강 소리가 났다.

"저런. 죄송해요. 점심 자리에서 제가 별 얘길 다 꺼냈네요."

"사과할 것 없습니다."

그레이엄은 나이프와 포크를 조심스레 내려놓고는 자기 접시의 생선튀김을 가만히 내려다봤다.

"탐험대 동료들을 이리로 데려오진 못하겠지요. 나를 데려왔을 때처럼."

"네. 전 이번 프로젝트의 기술 분야에는 관여하고 있지 않지만, 그런 일이 불가능하다는 얘긴 들었어요."

"그렇군요. 같은 얘길 또 꺼내진 않겠습니다." (그레이엄은 원래 있던 곳으로 돌아갈 수 있냐고 내게 두 차례 물은 적이 있었다.)

"어떤 심정인지 알아요…… 동료분들 일은 참 안됐어요."

"그 친구들에게 책임감을 느낍니다. 프랭클린 함장님께서 사망하신 후로 저는 탐험대에서 세 번째로 높은 장교였으니까요. 다들 점잖고 능력 있는 사람이었습니다. 당신도 그 친구들을 만났으면 좋았을 겁니다."

"그러게요. 저도 그렇게 생각해요."

"당신이 들려준 얘기…… 나로서는 상상도 못 할 일입니다.

그들이 하염없이 걷고, 굶주렸다니. 그러다가 쓰러져서 다시는 일어서지 못했다니. 나는 그 친구들을 잘 알았습니다. 선량한 사람들이었지요.”

그레이엄은 이마에 손을 올려 눈을 가리고 고개를 숙였다.

“가끔 뭔가 인상적인 것과 마주칠 때 나는 그걸 사관실의 동료 장교들에게 설명해주는 광경을 상상하곤 합니다. 예컨대 라디오 같은 것 말입니다. 그 친구들은 아마 라디오 얘기를 재미있게 들었을 겁니다. 아니면 페미니즘도 있지요. 그것도 아주 재미있어했을 겁니다.”

“‘재미’라는 말을 특이하게 사용한 것 같지만, 이번엔 그냥 넘어갈게요.”

그레이엄은 팔짱을 풀고 포크 끄트머리로 접시의 콩을 되작거렸다.

“당신네 폭염 말입니다만.” 그레이엄이 말을 꺼냈다.

“‘우리’ 폭염이 아니에요. 여러 나라가 함께 책임질 일이니까요. 그래도 사실이긴 하죠. 폭염 자체는.”

“원인이 오랜 세월에 걸친…… 배출? 오염이라고 했지요?”

“네. 화석 연료 같은 거요.”

“과거로 거슬러 올라가서 그런 일이 아예 일어나지 않게 막을 수도 있습니까?”

가교들은 원래 부국장이 주재하는 프로젝트 반년 점검 회의에 참석해 그간의 진척 상황을 점검할 예정이었다. 그런데 랠프가 회의를 더 일찍 열자고 요청했다.

아델라 부국장은 관리국 청사 심장부에 자리한 방음 회의실에서 가교 회의를 열곤 했다. 늘 부국장이 맨 먼저 도착했기 때문에 우리가 와보면 기다란 테이블 끄트머리 상석에 무슨 악마에 빙의되기를 기다리는 마네킹처럼 앉아 있는 아델라가 보였다. 하지만 이번 회의에 내가 십오 분 일찍 도착했을 때 그녀의 모습은 보이지 않았다.

나는 잰걸음으로 복도를 걸어 가장 가까운 탕비실로 향했다. 그건 그렇고, 출입 제한 구역의 탕비실에서는 보통 우스꽝스러운 광경이 눈에 띄게 마련이다. 제한 구역에 반입되는 종이류는 예외 없이 검문을 거치기 때문이다. 이는 곧 사람들이 자기 점심 도시락에 포스트잇을 붙인다면, 예컨대 '샌드라 도시락임 건드리지 마세요'라고 적은 포스트잇이라면 거기에 검문 담당 직원이 '비非기밀 문건' 스탬프를 찍어야 한다는 뜻이다. 그런 식이다 보니 이번 프로젝트에 참여하는 요원 및 사무직 직원들은 국장의 승인 없이는 탁구 시합조차 열지 못했는데, 물론 그럼에도 불구하고 시합을 열기는 했지만, 가교들은 절대 초대받지 않았다.

아델라는 탕비실 개수대 앞에 서서 찬물을 콸콸 틀어놓고 손목에 물줄기를 맞음으로써 제한 급수 조치를 철저히 어기는 중이었다. 얼굴을 보니 몸이 좋지 않은 모양이었지만, 성형외과

의사가 그녀의 얼굴을 평소에 어떻게 보이도록 조치해놓았는
지는 아무도 모를 일이었다.

"안녕하십니까, 부국장님."

"아, 일찍 왔네. 본인답지 않게."

"시간의 문에 관해 좀 여쭤봐도 될까요?"

"아니."

"만약 이주자들이 살아남는다면, 시간 여행을 이용해 역사를
바꾸는 실험을 시작하는 건가요?"

아델라는 물을 잠그고 엄지손가락으로 수도꼭지를 쓱 훑었
다. 금속 수도꼭지 표면에서 끼익 소리가 났다.

"역사가 작동하는 방식을 오해하고 있군." 아델라가 말했다.
"역사는 열차 선로를 바꾸듯이 바꿀 수 있는 인과관계의 연속
이 아니야. 역사란 과거에 무슨 일이 일어났고, 또 지금 무슨 일
이 일어나는지에 관한 서사적 합의야. 그런 것도 모르면서 여태
공무원으로 일했다니, 기절초풍할 노릇이군."

"그러니까 시간을 거슬러 올라가 아직 아기인 히틀러를 목
졸라 죽이는 일은 없겠네요."

"멍청한 여자로군."

"네, 그렇네요."

"우리에게 역사란 반드시 일어나야 하는 일이야. 당신은 역사
를 바꾼다고 말하지만, 사실 당신이 바꾸고자 하는 건 미래야.
우리 업계에선 그런 식의 의미론적 차별화가 중요해."

이처럼 훌륭한 설교를 늘어놓는 동안 앞서 젖었던 손이 다 말랐는데도 아델라는 종이 타월을 뜯어 구깃구깃 뭉친 다음 개수대 아래 문을 열고 안쪽 쓰레기통에 버렸다. 그 바람에 쓰레기통 속 가장자리가 구겨진 종이 뭉치가 언뜻 보였다. 종이 뭉치는 수술복이 떠오르는 독특한 초록색으로 감싸여 있었고, 검은 봉인이 붙어 있었다. 내가 그 초록색을 알아본 까닭은 가교가 이주자에 관해 작성한 핵심 보고서를 제출할 때 사용하는 서류철 색깔과 똑같기 때문이었다. 우리가 듣기로 그 보고서는 너무나 중요한 관찰 기록이었다. 그런데 서류철의 봉인은 뜯지 않은 상태였다. 아델라가 보고서를 읽어보지도 않고 쓰레기통에 버렸다는 뜻이었다.

"축하할 일이야." 아델라 부국장이 회의에 참석한 우리에게 말했다. "이주자들 모두 죽지 않고 반년을 버텼으니까. 여러분 가운데 몇 명이 긴급 사안을 의제에 추가해달라고 부탁한 관계로 브리핑은 회의가 끝난 이후로 미루도록 하겠어."

말투만 보면 꼭 우리가 아델라의 하루를 엉망으로 망쳐놓기라도 한 것 같았다. 아델라가 왜 부국장 자리에 지원했고 어떻게 그 자리를 따냈는지는 수수께끼였다. 국장과 달리 아델라는 자기 직위에 따라붙는 특권을 즐기지 않았을뿐더러, 아직 실험 단계인 프로젝트의 대리 책임자치고는 기이할 정도로 일을 열심히 하는 것처럼 보였다.

에드가 말했다. "고마워요, 아델라. 제 생각엔 가교 분리 이후의 연간 목표를 재조정하는 게 좋겠어요. 올 한 해 이주자들에게 지금 시대에 혼자 살아갈 기술을 습득시키는 게 원래 계획인 줄은 저도 알지만, 더 오랜 기간에 걸쳐 체계적으로 접촉하다 보면 그 사람들에게도 더 많은 혜택이……."

"알고 있어." 아델라가 말했다. "그 문제는 석 달 후에 다시 논의할 거야."

"그걸로는 준비할 시간이……."

"국장님이 그렇게 결정하셨어. 시멜리아?"

"노동 문제로 보이는 안건을 하나 제기하고 싶은데요." 시멜리아가 말했다. 아델라 때문에 마음이 조마조마하기는 시멜리아도 마찬가지였다. 아델라에게서 불필요한 소리나 움직임은 전혀 찾아볼 수 없었기 때문이다. 이러한 태도는 쫓기는 사냥감에게서나 엿보이는 총명함이었다.

"말해봐."

"이주자들은 데이터의 상당량을 제공하는 방식으로 시간 여행 프로젝트에 기여하는 동시에, 다른 프로그램에도 적잖이 공헌하고 있는데요. 구체적으로는 영국사 프로젝트와 교육부의 정보 분석 연구가 사례 같습니다. 이주자들은 기본적으로 기록 관리자의 자문을 맡는데, 특히 1847과 1916이……."

"잠깐만요." 랠프가 큰 소리로 시멜리아의 말을 끊었다. "제가 이번 회의를 앞당기자고 요청한 건 '시급한' 문제가 생겼기 때문입니다."

나는 시멜리아의 주의를 끌어 눈을 맞추려고 했지만, 그녀는 이미 의욕을 다 잃은 상태였다. 시멜리아를 이런 상태에 빠뜨리는 가교는 오로지 랠프뿐이었다. 언젠가 시멜리아가 말하길 자신이 그렇게 되는 까닭은 랠프를 경멸할 기운조차 내지 못하기 때문이었다.

랠프 역시 또 다른 구식 현장 요원이었다. 그는 정말이지 공룡 같은 존재였다. 성격은 철도 레일처럼 뻣뻣하기 그지없고 가오리 주둥이처럼 기다랗고 얇게 찢어진 입술 사이로는 지독한 독설을 쏟아냈다. 어떤 사악한 이유인지는 몰라도 그런 그가 담당한 이주자는 하필이면 마거릿 켐블이었다. 아마도 그는 존 던의 시를 읽어주고 빨래도 해줄 싹싹한 구식 여성이 자신에게 배정될 거라 기대했을 것이다.

"알고 보니 제가 맡은 임무가 저에게는 '대단히' 부적합하더군요." 랠프가 말을 이었다. "다름이 아니라 1665의…… 성적 지향에 관한 얘깁니다."

오후에 집에 돌아와 보니 그레이엄이 먼저 와 있었다. 그에게 이날은 '쉬는 날'이었는데 그 말 자체가 시멜리아가 주장한 노동 문제를 명확히 뒷받침하는 용어였다. 그리고 그는 이날 다른 이주자들과 함께 테이트모던 미술관에 가서 종일 현대 미술을 이해하려 애썼다.

“물어볼 게 있습니다.” 내가 현관에 들어서는 순간 그레이엄이 서슬 퍼런 표정으로 말했다.

“그게, 저도 물어볼 게 좀 있는데요.”

“예?”

“미스 켐블에 관해서요.”

그레이엄의 얼굴에서 표정이 싹 사라졌다.

“그래요?”

“혹시, 그 사람이 레즈비언인 거 알고 계셨어요?”

“그 얘기는 일단 좀 앉아서 하는 게 좋지 않겠습니까?” 그레이엄이 말했다. “맙소사…… 정말이지 깜짝 놀랄 일이 연달아 터지는 날이로군…….”

그레이엄은 홍차를 두 잔 만들었다. 컵을 넣어두는 찬장에서 담뱃갑 한 개가 툭 떨어지자 그는 그것을 주워 빵 보관용 통에 던져 넣었다.

“레즈비언이라는 건 말이죠. 여자에게만 끌리는 여자를 가리키는 말이에요.”

“끌린다는 말은……?”

“무슨 뜻인지 아시잖아요. 왜 이러세요. 해군에서 복무하셨잖아요. 그러면 그, 당시에는 어떤 용어를 썼는지 감도 안 잡히지만…… 동성애라는 개념은 분명히 접해보신 적이 있을 거 아니에요.”

“없습니다만……?”

"같은 성별에 속하는 사람에게 품는 육체적이고 낭만적인 욕망 말이에요."

그레이엄은 손에 든 머그잔을 내려놨다. 수채화 물감처럼 오묘해 보이는 발간빛이 그의 얼굴을 물들이는 사이, 나는 내가 보고 있는 대상의 정체를 깨달았다. 대부분의 시간을 함께 보내는 여자가 실은 자신에게 전혀 관심이 없다는 것을 방금 막 알아차린, 의지할 데 없는 남자였다. 나는 인상을 찌푸렸고, 그도 인상을 찌푸렸다. 그렇게 우리는 찌푸린 표정으로 각자의 찻잔을 들여다봤다.

"이 시대 사람들은 스스로를 보는 사적인 관점을 지나치게 중요시하는 것 같습니다." 그레이엄의 목소리는 몹시도 냉랭했다. "당신이 가리키는 그것은, 적어도 해군에서는…… 그러니까…… 적발되는 경우 가혹한 처벌을 받았습니다. 하지만 일련의 습관을 근거로 본성을 추론하는 것은 내가 보기에 현명하지도 않고, 딱히 유용하지도 않습니다."

"요즘 사람들은 그 문제를 다르게 생각해요."

"척 봐도 알겠더군요."

그 후 밤이 깊을 때까지 그레이엄은 나라는 사람의 내용물이 바뀌었고, 이 때문에 맛도 불쾌해졌다는 듯이 나를 대했다. 그는 잠시도 가만있지 못하고 이 방 저 방 돌아다녔고, 줄지어 꽂힌 책의 책등을 손끝으로 죽 훑기도 했다. 이 기회에 그를 붙잡고 '교화의 순간'을 가졌더라면 마거릿 켐블의 '삶의 질'도 향상

됐을 테지만, 그때 나는 스스로도 파악할 수 없는 방식으로 마음에 상처를 입은 상태였다.

이날 저녁 당번은 나였다. 나는 당장 집에 있는 재료를 이용해 빅토리아 시대 사람을 상징적으로 살해하기에 가장 적절한 요리를 만들었다. 즉, 마늘과 마라 양념을 무시무시하게 퍼부은 마파두부를. 비록 기대했던 거의 치명적인 결과는 아니었지만, 그래도 효과는 있었다. 그레이엄은 우울한 기운이 싹 가신 감탄한 표정으로 얼얼하다 못해 아무 감각도 없는 자기 아랫입술을 더듬더듬 만졌다. 그러고는 한 그릇 더 먹었다.

저녁 식사 후에 그레이엄은 빵 보관용 통에서 담뱃갑을 꺼내어 한 개비를 물고 불을 붙인 다음, 손끝으로 담뱃갑을 밀어 식탁 맞은편에 앉은 나에게 권했다. 나는 그의 담배가 절반 길이로 줄어들 때까지 말없이 그를 지켜봤다.

"전에 나한테 북서항로를 발견한 사람이 로버트 매클루어라고 말했지요." 마침내 그레이엄이 입을 열었다.

"맞아요. 당신도 아는 사람이죠. 조지 백 경이 이끌었던 프로즌 해협 탐험대 시절부터요."

"그때의 탐험은 끔찍했습니다. 귀환하는 길에 테러함이 산산이 부서질까 봐 쇠사슬로 선체를 꽁꽁 묶었던 걸 아십니까? 장교들까지 팔을 걷어붙이고 바닷물을 퍼내야 했습니다. 네 시간 넘게 통잠을 잔 사람이 아무도 없을 만큼 분투했는데도 항해 내내 배가 삐걱거리는 소리가 울려 퍼졌지요. 총빙에 갇혀 지낸

열 달은 굳이 말하지 않아도……."

"알아요."

"그래요. 점점 가라앉는 배를 몰고 아일랜드의 스윌리 만에 간신히 도착하니 대원들이 다 함께 묵을 만한 숙소를 찾을 수가 없었습니다. 나는 로비와 한방을 쓰는 수밖에 없었어요. 당신이 로비를 얼마나 잘 아는지는 모르겠습니다만……."

"성격이 독하면서도 낙천적인 사람이었죠. 왜요, 그렇게 인상 쓸 것까진 없잖아요. 역사 기록을 보면 다 나와 있어요. 그 사람은 북서항로를 발견할 당시에 하마터면 자신뿐 아니라 탐험대 대원들까지 모조리 저세상으로 데려갈 뻔했어요."

그레이엄이 생각에 잠긴 채 코로 담배 연기를 내뿜었다. "그랬군요. 로비에게 '독하다'라는 말이 어울리는지는 잘 모르겠습니다만, 그렇게 말한 사람은 전에도 있었을 겁니다. 그 친구가 철저한 원칙주의자였던 건 사실이니까요. 원한을 사기도 했지요. 하지만 로비는 외로움을 많이 타는 성격이었습니다. 게다가 낭만적이기까지 해서 더욱 외로움에 시달렸습니다."

"그는 두 번이나 당신을 찾아 나섰어요. 분명 외로웠겠죠."

그레이엄의 담배는 이미 다 타버렸지만, 그는 초조한 표정으로 자꾸만 담배 필터를 빨아댔다.

"로비는 두 번 다시 돌아가지 않을 거라고 했습니다. 스윌리 만에서 그 친구는…… 아마 그 친구는 우리가 북극에서 꼼짝없이 죽었다고 믿었을 겁니다. 하지만 나는 이렇게 쌩쌩하게 살아있지요. 그리고…… 글쎄요. 그 친구는 나를 꽉 끌어안았습니다. 밤마다. 그러고는 울었습니다."

그레이엄은 담배 필터를 자근자근 씹다가 빠르게 말했다. "두 달 후에 나는 마디스트함으로 배속됐고 다시는 로비를 만나지 못했습니다. 그러니 그 친구가 나를 찾아 나섰다면……."

나는 그레이엄의 말이 이어지기를 기다렸다. 그는 멍한 표정으로 자기 귓가의 구불구불한 머리카락을 만지작거렸다. 하지만 낯빛은 매우 침착해 보였다. 아예 진이 빠진 것처럼 보였다.

"외로움을 많이 타는 친구였어요." 그레이엄은 앞서 한 말을 되풀이했다.

나는 그 이야기를 주간 보고서에 적지 않았다. 어떤 의미가 담겼는지 파악하지 못한 탓이었다. 그 이야기를 통해 그레이엄이 내게 변명하려 했는지, 아니면 예시를 주려고 했는지.

그 무렵부터 나는 프로젝트의 이런저런 부분이 개별적으로, 동시에 또한 무작위로, 몹시 마음에 거슬리기 시작했다.

봉인도 뜯지 않은 상태로 쓰레기통에 처박힌 '핵심' 보고서를 목격한 기억 때문에 조금 괴로웠다. 괴로움의 강도는 만성적이기는 해도 그럭저럭 버틸 만한 소화불량 수준이었다. 그런데 아델라는 새로운 지시를 전혀 내리지 않았다. 가교들은 여전히 핵심 보고서를 제출했고 실험도 계속 진행됐다. 일과 중 데이터 수집에 들이는 시간이 무척이나 길다는 이유로 우리 모두는 시간 여행 프로젝트가 정해진 목적에 따라 돌아가겠거니 짐작했다. 나는 날마다 그레이엄의 심박수와 혈압, 체온을 기록했다. 그가 무엇을 입고, 무엇을 먹고, 운동을 얼마나 했는지 따위도 날마다 기록해 문서로 남겼다. 매주 전화 사용 빈도, 교통수단 탑승 횟수, 미디어 이용 횟수를 확인한 다음 컨트롤이 정한 가상의 기준과 대조해 증감률을 기록했고, 미디어의 경우에는 제각각 얼마나 해로운지 또는 유용한지도 평가했다. 어휘 및 습관을 교정하는 테스트는 걸핏하면 실행했고, 그의 성격과 기분을 관찰해 소설 방식으로 기술하는 작업 또한 멈추지 않았다. 업무가 끝날 줄 모르고 계속 이어지는 것처럼 보였다. 이제 나는 원자력 발전소에서 공급하는 에너지로 전등을 밝히고 찻물을 끓이다 보면 원자를 쪼개는 기술이 원래는 도시 하나를 통째로 없애버릴 목적으로 개발됐다는 사실에도 딱히 아랑곳하지 않겠구나, 하는 생각이 들었다.

그로부터 얼마 후, 이메일이 세 통 잇달아 도착했다. 맨 처음은 복지과에서 보낸 것이었는데 일부 이주자들의 건강 검진 결과에 이상 반응이 나타난다는 내용이었다. 다음은 이주자 관리국 국장이 보낸 것이었고 검진 결과에 이상 반응은 존재하지 않으며 앞서 받은 이메일은 잊어버리라고 적혀 있었다. 마지막 이메일은 수신인 목록에 포함된 이들에게 우리가 업무와 관련해 지키겠다고 서약한 공직자 비밀 엄수법을 위반할 경우 맞닥뜨릴 결과를 다시금 일깨워주는 협박문이었다.

그레이엄은 평소와 다른 유별난 행동을 전혀 보이지 않았지만, 원래부터 기색을 읽기 어려운 사람이었기 때문에 나로서는 그가 신경 발작을 겪는다고 해도 겉모습만으로는 알아차릴 방법이 없었다. 그는 불쾌할 정도로 습도가 높았던 어느 밤에 정원에 나가 두 시간이나 꼼짝 않고 누워 있다가 공기총으로 여우를 쏴 잡는가 하면, 썩어가는 이를 자기 손으로 뽑기도 했다 (나중에 그 이를 나에게 보여줬는데 색깔은 묘비처럼 우중충했고 빨간 젤리 같은 것이 둘러져 있었다). 이 또한 빅토리아 시대 방식이었을까, 아니면 '이상 반응'이었을까?

나는 담당 연락관에게 전화했다.

"퀜틴, 도대체 무슨 일이 벌어졌는지 안 가르쳐줄 거라는 거 아는데요. 도대체 무슨 일이 벌어진 거죠?"

"1793이 스캔 장치에 감지되지 않아요."

"뭐라고요?"

"지금 업무용 전화예요?"

"어…… 그런데요? 이건 업무랑 관련된 문제 아닌가요?"

퀜틴이 전화를 끊었다.

나는 의자에서 내려와 바닥에 앉아 엄지손톱의 살 거스러미를 물어뜯기 시작했다. 앤 스펜서(1793)는 파리에서 추출됐다. 프랑스인이었던 앤의 남편은 이미 단두대에서 목이 잘린 후였다. 가교 회의에서 에드는 앤이 이주 과정에 대해 부정적으로 반응한다고 보고했다. 나는 그 말을 듣고 앤이 정신적으로 힘들어하는 줄 알았다. 다시 생각해보니 에드는 시간 여행의 신체적 효과에 관해 얘기한 모양이었다.

업무용 연락처 목록에서 퀜틴의 개인 전화번호를 찾아 손등에 적은 다음, 자전거를 타고 8킬로미터쯤 떨어진 곳의 공중전화 부스로 향했다. 부스의 전화기는 비접촉식 신용카드만 쓸 수 있었다. 전화 부스에 대고 욕을 퍼부은 다음 자전거로 거의 2킬로미터를 더 가서 아직 동전을 넣는 전화기를 찾았다.

"퀜틴, 이거 공중전화예요. 요즘은 전화 한 통에 1파운드나 하네요. 학창 시절에 집에 전화할 땐 20펜스면 됐는데."

"그러게요."

"어떻게 된 일인지 알아야겠어요."

"1793이 스캔 장치에 감지되지 않아요. 신체검사용 스캔 장치 말이에요. 금속 탐지기나 뭐 그런 거요. MRI 스캔 장치에도 한 번 더 들어갔는데, 검사 결과가 완전히 백지예요."

"무슨 말인지 모르겠어요."

"모르기는 우리도 마찬가지예요. 1793은 지금 관리국으로 소환됐어요. 담당 가교는 해임 지시를 받았고요."

"고어 중령한테도 해당되는 사항인가요?"

"글쎄요. 아니면 좋겠군요. 솔직히 지금 내 머릿속엔 그 사람보다 먼저 생각할 중요한 문제가 잔뜩 있어요. 저기, 고어한테서 스케치에 그린 장치에 관해 더 들은 거 없어요? 그걸 들고 있던 사람이 누구래요? 인상착의는요? 그 장치로 뭘 보고 있었대요?"

퀜틴에게 넘겨준 후로 스케치 생각을 해본 적도 없었다. "퀜틴, 지금 얘기하는 게 그…… 멋지게 생긴 닌텐도 게임기는 아니죠, 설마?"

그 말을 꺼낸 건 실수였다. 눈사태가 일어나기 직전인 산비탈에 조약돌을 휙 집어 던진 격이었지만, 그때의 나는 알 길이 없었다. 퀜틴이 침을 삼키는 소리가 짧게 들려왔다. 전화기를 얼굴에 바짝 붙이고 통화한 모양이었다. 커다랗고 물기 어린 소리였으니까. 눈물을 삼키려고 애쓰는 사람이 낼 법한 소리.

"지금 뭘 알기나 하고 그런 말을……." 퀜틴이 말을 뚝 끊더니 버럭 외쳤다. "방금 찰칵 소리 들었어요?"

"어, 공중전화라서 그런 거 아니에요?"

침 삼키는 소리가 또다시 커다랗게 들려왔다. "이 회선은 위험해요." 퀜틴이 말했다. "젠장. 전화 끊어요."

부디 내 실수를 용서해주길 바란다. 그때 나는 퀜틴의 말을 진지하게 받아들이지 못했다. 프로젝트의 위험성(우주가 스스로의 꼬리를 먹어치우고 후식 삼아 우리까지 집어삼킬 가능성)이 하도 크다 보니 그가 그만 히스테리를 일으켜 피해망상에 시달리는 줄 알았다. 그의 음모론에 나까지 덩달아 빠져들 필요는 없었다. 나로서는 빅토리아 시대의 해군 장교와 한집에 사는 것만으로도 기절초풍할 판이었으니까. 수화기를 내려놓자 내가 넣은 동전이 먼저 들어가 있던 동전들과 부딪치는 소리가 났다. 지금도 공중전화를 쓰는 사람이 있다는 뜻이었다. 문득 궁금해졌다. 다른 사람들은 무슨 일로 공중전화를 쓰러 왔을까? 불륜 상대와 밀회 약속을 잡으려고? 아니면 자살 상담 전화 상담자에게 숨죽여 호소하려고? 스마트폰 시대에 공중전화 수화기가 듣는 말은 고작 몇 가지뿐이었다. 사랑과 종말. 아니면 어쩔 줄 모르는 상태로 구급대를 찾는 목소리. '제발요, 제발, 이 사람이 숨을 쉬는지 안 쉬는지 모르겠어요. 살 수 있을지 모르겠어요.'

IV

이튿날은 추웠다. 물론 그 이튿날도 추웠다. 그들이 있는 곳은 북극이었으므로. 그러나 가끔은 햇살이 찬란하게 쏟아지는 날도 있었다. 당번병들은 돛대에 얼기설기 묶인 기다란 밧줄에 빨래를 널었다. 에러버스함에 플란넬 속옷을 입는 사람이 적어도 한 사람은 있는 모양이었다(고어는 십 년 전 매클루어에게서 들은 조언에 따라 모직 내복 안에 가죽 반바지를 껴입었다).

얼음에 반사된 여름 햇살이 날아오는 칼처럼 날카로웠기 때문에 맑은 날에는 설맹* 증세가 일어났다. 주변 지면(그들은 총빙에 갇혀 바다에 떠 있었으니 해수면이라고 해야겠지만)은 드넓고 황량해서 소리와 움직임이 이상한 방식으로 전달됐다. 날마다 산책차 배 주위를 한 바퀴씩 돌다 보면 환각에 빠질 위험

---

* 雪盲, 눈에 반사된 햇빛의 자외선에 오랫동안 노출되었을 때 겪는 각종 시각 장애.

이 있었다. 암살자 무리와 유령 손님을 목격한 곳에 실제로는 깡통 한 개나 장화 한 짝만 동그마니 떨어져 있는 식이었다.

이날은 하늘이 흐리고 우르릉거리는 천둥소리가 들려왔다. 고어는 혼자서 얼어붙은 바다를 건너 킹 윌리엄 평원으로 향했다. 그는 여럿이 사냥하기보다 이렇게 혼자 가기를 더 좋아했다. 성스러운 느낌마저 드는 빙판을 나아가는 사이에 머릿속 생각은 깨끗이 사라졌고, 그는 근육과 힘줄로 이루어진 움직이는 점 하나로 변했다. 사냥감이 눈에 띄었을 때 그는 자신의 몸으로 되돌아가지 않았다. 그저 모든 생각을 총알에 집중했다. 만약 곁에 누군가 있었다면 그는 자신의 내면을 차지한 이는 오로지 그레이엄 고어뿐이라고 다시금 되새겨야 했을 것이다.

프로즌 해협 탐험대에 참가했던 1836년, 고어는 바다표범을 잡겠다는 희망을 품고 빙판에 나가 무려 열 시간이나 머무른 적이 있었다(바다표범은 숨이 끊어지면 물속으로 가라앉아버리는 비신사적인 버릇이 있었다). 그토록 광적인 인내심을 발휘한 끝에 얻은 것은 설맹 증세였고, 이는 그가 사냥을 단념하고 배로 돌아간 유일한 이유였다. 물론 그것도 십 년 전 일이었다. 이제 그는 그때보다 원숙했다. 포위전에서 함포 사격을 지휘한 경험도 있었고, 이질에 걸린 적도 있었으며, 아침에 일어나면 허리가 쑤셨다. 자신의 몸이 '우리는 하나'라는 신호를 보내면 그는 에러버스함으로 곧장 돌아갔다.

육지에서 고어는 총을 쏴 자고새 네 마리를 잡았다. 축 늘어진 깃털 주머니처럼 생긴 새들은 수프 한 그릇 정도나 간신히 끓일 만큼 자그마했다. 그는 멈추지 않고 걸었다. 막상 도착하기 전까지는 매번 이때껏 오른 것 중 가장 높은 비탈로 보이는 다음번 언덕에 도착하기 위해서였다. 순록도, 사향소도 보이지 않았다. 늑대마저 보이지 않아서 그의 박물학 연구는 따분하기만 했다. 발에 감각이 느껴지지 않았다. 변태 같은 생각이라서 인정하고 싶지 않았지만, 그는 이 상태가 마음에 들었다. 대가는 나중에 치를 터였다. 익사체처럼 퉁퉁 부은 발에 동상이 퍼지기 시작할 때.

집 쪽으로 발길을 돌린 까닭은 갈증 때문이었다. 물통은 두 시간 만에 바닥났다. 납작한 술통에 든 브랜디를 한 모금 홀짝이자 꽁꽁 언 술통의 금속 표면에 닿은 살갗이 알따랗게 벗겨졌다. 다행히 이때는 여름이었다. 만약 1월에 금속 술통에 입을 대고 술을 마시려 했다면 고어의 입술은 살점이 떨어져나가 움푹 팬 흉터가 생겼을 것이다.

킹 윌리엄 평원의 해변에는 얼어붙은 파도가 마치 무너져가는 사원의 벽처럼 차곡차곡 포개져 있었다. 곡괭이로 얼음을 찍으며 조심조심 파도 반대편으로 내려오면서, 고어는 디딜 곳을 찾으려고 마비된 발을 버둥거렸다. 그는 〈일러스트레이티드 런던 뉴스〉에서 북극을 묘사한 동판화를 본 적이 있었다. 평탄한 땅. 잿빛 하늘 아래 새하얗게 세탁한 시트처럼 펼쳐진 풍경. 그러나 북극해는 사실 날카로운 이빨이 잔뜩 돋아 있었다. 그 이빨은 고기압과 종잡을 수 없는 기류에 휘말려 미친 듯이 날뛰었다. 잔디밭이라면 빠르게 걸어 이십 분쯤 걸릴 거리였지만, 빙판 위에서는 배까지 한 시간이 넘게 걸렸다.

유빙을 힘겹게 건너는 사이에 하늘이 지면을 향해 더욱 낮게 내려앉았다. 곧 눈보라가 불어닥칠 참이었다. 시야는 순식간에 하얗게 물들 터였다.

고어는 냉정하게 사실에 집중했다. 배로 돌아가거나 가지 못하거나, 둘 중 하나였다. 살아남아 따뜻한 코코아를 한 잔 마시고 싶었지만, 코코아가 머릿속에 너무 선명하게 떠오르지는 않도록 마음을 다잡았다. 언젠가 피츠제임스 함장이 어떻게 절체절명의 위기와 사소한 골칫거리를 똑같이 담담하게 대할 수 있냐고 물었을 때, 그는 대수롭잖다는 듯이 어깨를 으쓱했다.

"파국을 상상해봤자 기분이 좋아지진 않으니까요. 그래서 그런 상상은 하지 않습니다."

"그럼 희망은? 자넨 사랑에 빠져본 적이 있나, 그레이엄?" 피츠제임스가 물었다. "자네에게 곱게 웃어주는 사람을 위해 살아본 적이 있냐는 말이야."

"아, 사랑. 인생 최대의 파국 말씀이군요."

바람이 거세졌다. 얼어붙은 빛 때문에 눈이 아팠다. 고어는 코코아 생각을 더욱 멀리 밀어내고 한 가지 생각을 가득 채웠다. 한쪽 발을 반대쪽 발 앞으로 내딛기. 발을 들어, 땅을 딛기. 다시 발을 들어, 딛기.

그러한 정신 상태에 빠졌을 때, 아니, 오히려 무념무상의 상태였을 때, 웬 검은 원반 옆에 웅크리고 있는 시커먼 형상이 고어의 눈에 들어왔다. 검은 원반은 바다표범이 빙판에 뚫어놓은 구멍이었다. 시커먼 형상이 아주 천천히 움직였다. 나른한 기세로 보아 아마도 기지개를 켜는 듯했지만, 그는 눈이 너무 아파서 확신이 서지 않았다. 자신이 총을 겨눈다는 사실을 알아차리기도 전에 그는 이미 총을 겨누고 있었다.

총은 우렁차게 포효하며 총알을 토해냈다. 빙판 위에 울부짖는 소리가 울려 퍼졌다. 귀를 찢을 듯한 소음. 지독하게, 아주 지독하게 인간의 비명과 비슷한 소리였다.

4장

여름이 끝나갈 무렵, 두 가지 중요한 일이 일어났다.

첫째. 우리가 자전거를 타고 가다가 어느 신호등 앞에 멈춰 있을 때, 오토바이를 탄 사람이 우리 앞의 도로를 가로질러 빠르게 지나갔다. 오토바이의 진청색 금속 표면이 흐릿한 잔상으로 보일 만큼 순식간이었다. 그때 우리는 자연사 박물관에서 전시회를 관람하고 자전거로 집에 돌아가는 길이었다. 오토바이에 눈길을 빼앗기기 전까지 고어는 진화론 생각에 온통 정신이 팔려 있었다. 앞서 그는 그 이론에 관해 지극히 빅토리아 시대 초기 사람 같은 의견을 내놨다.

고어가 입을 열었다. "저걸 보니 내연기관을 개발해야 했던 이유가 뭔지 알겠군요. 저 오토바이는 배달용 오토바이에 비해 왜 저렇게 빠른 겁니까?"

"종류가 달라서 그렇겠죠, 아마도."

"저렇게 달리는데도 불법이 아닙니까?"

"네."

"저런 건 속도를 얼마까지 낼 수 있습니까?"

"잠깐만요. 자전거 타는 것도 이제 막 배웠잖아요!"

"페가수스를 본 벨레로폰이 '아니, 사양할게, 난 땅에서 달리는 말로도 충분해'라고 했겠습니까?"

나는 퀜틴에게 이메일을 보냈지만('그 사람이 이번엔 뭘 갖고 싶어하는지 맞혀봐요') 그 이메일은 반송됐다. 수신인 주소는 자동으로 채워졌고 이때껏 서버 오류 같은 것도 일어난 적이 없었다. 시간관리국의 이메일 도메인을 사용하는 몇몇 수신인에게 따로따로 이메일을 보내봤다. 단 한 통도 전송되지 않았다.

알림창에 떠 있는 전송 실패 메시지를 거듭 읽으며 엄지손톱 주위 거스러미를 물어뜯고 있을 때, 업무용 휴대전화에 모르는 번호로 전화가 왔다. 프로젝트에 배정된 휴대전화는 모두 기밀로 보장되는 비공개 전화번호를 사용했기 때문에 스팸 전화는 커녕 잘못 걸린 전화 한 통조차 걸려올 일이 없었다. 나는 전화를 받았다. 전화를 건 사람은 이주자 관리국 부국장이었다.

"여보세요."

아델라의 목소리는 성직자처럼 조용했다. 그녀는 내가 보낸 이메일이 결재 처리를 위해 경리부로 전달됐다고 말했다. 퀜틴이 '부재중'이라면서.

"어딜……."

"일은 재미있어?" 아델라가 물었다. 꼭 살짝 멀리 있어서 잘 보이지 않는 프롬프터 대본을 읽는 사람 같았다. 세련된 방식의 협박인지도 모른다는 생각이 문득 떠올랐다. 나는 프로젝트에 참가하는 것 자체가 큰 기쁨이라고 웅얼웅얼 대답했다.

전화를 끊고 나서 업무용 노트북 컴퓨터를 열었다. 손바닥에 땀이 흥건했다. 내부 이메일이 감시당한다는 사실을 머리로는 이미 알고 있었지만, 그래도 내가 그 이메일을 보낸 건 고작 십 분 전의 일이었다. 나는 크롬 브라우저와 연동해 사용하던 구글 계정을 삭제했다. 그런 다음 브라우저 자체도 삭제해버렸다.

처벌은 두렵지 않았다. 내가 두려워한 것은 처벌로 인한 권한 박탈이었다. 내 경력은 감시 대상이 아니라 감시자의 자리를 향해 한 걸음 한 걸음 나아가는 과정이었다. 나라고 해서 양심의 가책을 느끼지 않는 것은 아니었지만, 국가 기관의 손아귀 안에서 사적인 가책에 관해 떠드는 건 미숙하고 맹랑한 짓이었다. 그리고 그런 생각을 하는 동안, 내 머릿속 깊숙한 곳에서는 모래시계 하나가 거꾸로 뒤집혀 시간을 재기 시작했다.

그다음에 일어난 중요한 일은 이주자들에게 내려진 이동 금지 명령이 조건부로 해제된 것이었다. 컨트롤이 출제한 시험을 통과하면, 또한 21세기에 익숙해진 티를 충분히 내면, 이주자들은 영국 본섬 안에서 여행을 다녀도 좋다는 허가를 받았다.

프로젝트 초기에 나온 또 다른 시간 여행 가설 하나는 시공간의 여러 차원이 서로 이어진다는 것, 다만 불가분의 관계로 이어진 것이 아니라 사람 몸속 림프계나 순환계처럼 연결되어 있다는 것이었다. 우주가 인간이 살기에 적합한 환경으로 기능하려면 시간과 공간이 둘 다 필요했는데, 그 둘은 설령 '시스템'의 나머지 부분이 제대로 작동하는 것처럼 보이더라도 각각 별개의 지점에서 치명적인 손상을 입는 경우가 있었다. 21세기가 이주자라는 존재를 받아들였다고 확신하려면 우리는 먼저 이주자들이 주변 환경에 흔적 없이 녹아들지 않고(또는 주변 환경이 그들을 깨끗하게 집어삼키지 않고) 더 널따란 지리적 공간에서 이동하는 모습을 눈으로 확인해야 했다.

우리 상상 속에서 이주자는 우주가 면역 공격을 퍼부을지도 모르는 이물질, 또는 '시스템'이 그 존재를 인식하고 세계의 일부로 통합할지도 모르는 세포였다. 우리는 다시 한번 '동화'라는 말을 사용했지만 이번에는 '생존'이 아니라 일종의 '승화'라는 의미에서였다. 그것은 한 개인과 그 개인이 진입하는 세계 사이의 스며들 수 있는 경계 지대였다. 그 가설에 따르면 세계에 소속된다는 것은 곧 그 세계의 현재 상황과 이해관계가 있다는 뜻이었다.

그래서 나는 21세기를 업신여기는 그레이엄 때문에 불안했다. 그 경멸 때문에 내가 거부당하는 기분을 느끼는 것은 상관없지만, 우주가 그의 경멸에서 시대착오적인 독설을 감지하고 그를 데려가버릴까 봐 걱정됐기 때문이다. '나의 영국은 이렇지 않았는데.' 그는 전에 내게 그렇게 말했지만…… 그의 영국이 자연적으로 진화한 결과가 바로 지금 이곳이었다. 자연적 진화의 결과가 다름 아닌 '나'였다. 나를 들어 눈앞에 대고, 나를 통해 세상을 볼 마음을 먹기만 하면, 나는 그에게 곧 렌즈였다.

그레이엄은 이동 제한을 조건부 해제한다는 소식이 이주자들에게 전달됐을 때, 그들이 신나서 '강아지처럼 꼬리를 흔들며' 좋아했다고 내게 말했다.

"아, 그래요? '다 함께'가 아니라 '그들이'라고 하는 걸 보니 본인은 꼬리를 안 흔들었다고 암시하는 것 같네요?"

"나는 자제력이 아주 강해서요. 그저 폴짝 뛰어 그 소식을 전해준 남자의 뺨을 '살짝' 핥았을 뿐입니다."

그는 '사알짝'이라고 발음했다. 무척이나 톡 쏘는, 식초처럼 시큼한 느낌이 나는 목소리였다. 코끝이 다 얼얼할 만큼.

나는 그레이엄에게 평소 내가 집에서 일할 때 쓰는 조그만 사무실을 쓰라고 설득했다. 이동 제한 해제 시험에 대비해 벼락치기 공부를 하라는 말이었다. 시간관리국에서는 시험을 어떤 방식으로 치를지, 어떤 유형의 문제를 출제할지, 또는 어떤 과제를 수행하라고 할지 아무런 언급도 하지 않았다. 내가 보기에는 부당한 처사였고, 그래서 그에게도 내 생각을 그대로 전했다.

"음, 사관 선발 시험과 별다를 바 없군요. 응시자들은 본인이 무엇을 습득한 상태여야 하는지 대강 알고 있었고, 필기시험은 그럭저럭 볼 만했습니다. 하지만 구술시험은 앞에 앉은 시험관의 기분에 따라 결과가 갈렸지요…….”

“그때 긴장했어요?”

“아니요. 지금도 쓰는 말인지 모르겠습니다만, 당시 나는 콧대가 하늘을 찌를 듯이 건방졌습니다. 당신은 아마 열아홉 살의 나를 별로 좋아하지 않았을 겁니다.”

그때 우리가 이야기를 나눈 곳은 사무실이었다. 남쪽으로 창이 난 조그만 방은 8월의 더위로 후텁지근했다. 그레이엄은 더위 때문에 셔츠 소매를 걷어 올렸는데 맨살이 드러난 팔뚝에서 풍기는 야릇한 기운에 나는 머리가 어질어질했다. 그의 왼팔 안쪽에는 작은 점이 두 개 있었고, 왼손 손바닥에는 조잡한 그물처럼 얼기설기 난 분홍색 흉터가 보였다. 좁은 방 안에 그라는 존재가 지평선처럼 꽉 차게 느껴졌다.

서른일곱 살인 그레이엄은 열아홉 살의 자신보다 살짝 덜 건방질 뿐이었지만, 건방진 태도를 숨기는 솜씨는 그때보다 훨씬 능숙했다. 그는 시간관리국의 사격장 관리자 및 사격 교관과 친한 사이가 됐고, 덕분에 이따금 지하 사격장에 내려가 사격 시합을 벌이고 1등을 차지해 관리국의 말단 현장 요원들을 긴장시켰다. 시험이 코앞에 다가왔을 무렵에는 도로교통법도 벼락치기로 머릿속에 욱여넣었다. 오토바이를 타고 이동 제한 경계 너머로 나가 장난을 벌이려고 벼르고 있던 것이다. 그는 관리국에서 점점 더 많은 시간을 보냈고, 특유의 점잖으면서도 몹시 거슬리고 막무가내인 태도로 이것저것 캐물으며 사람들을 귀찮게 했다. 그때 내 기분을 말하자면, 자녀가 다 커서 조금씩 거리를 두며 말대꾸하기 시작할 때 부모가 겪는 기분이 이렇겠구나 싶었다. 그레이엄은 슬슬 내 시야 바깥으로 벗어나려 했고, 나에게 지도받는 처지에서 졸업하려 했으며, 이로써 자신을 둘러싼 새로운 플라스틱제 세상에 적응하려 했다.

햇살이 몹시도 따가워졌다. 한낮이면 해가 수직으로 내리쬐어 보도로 나갔다가는 그늘 한 자락 없이 활활 타는 세계로 발을 디디는 셈이었다. 나는 그늘과 비가 오랫동안 이어지는 영국의 겨울이 그리워졌다.

이주자들은 여전히 분투하는 중이었다. 그레이엄은 언제부턴가 위기관리 책임자처럼 행세했는데, 아무래도 자신의 행동을 부하들의 사기를 북돋는 일쯤으로 여긴 듯싶었다. 그는 컨트롤에 허락받은 다음 행정 직원들에게 도움을 받아 몇 차례에 걸친 강연회를 준비했다. 화요일 저녁이면 시간관리국 소속 직원이 오늘날의 영국 문화를 주제로 강연했고, 강연이 끝나면 다 함께 가장자리를 잘라낸 샌드위치를 먹으며 레모네이드와 럼펀치를 마셨다. 목요일 저녁에는 한 이주자가 흥미 있는 주제에 관해 짧게 발표한 다음, 다 함께 조그만 포크와 함께 나온 햄을 먹고 김빠진 맥주와 미지근한 코카콜라를 마셨다. 덕분에 마거릿은 만찬용 요리를 잔뜩 준비하는 노동에서 해방됐지만, 실은 강연회 자체가 만찬이었다.

관리국에서 준비한 강연은 한마디로 끔찍했다. 컨트롤은 미리 작성해둔 강연 자료를 연달아 내려보냈는데 어찌나 설교조였는지 숨이 다 막힐 지경이었다. 나한테는 하필이면 다문화주의에 관한 자료를 읽으라고 하더니 본문에 빈칸을 만들어두고 '여기에 본인 경험을 넣으시오'라고 적어놓기까지 했다. 망할 자식들 같으니. 나는 고개도 들지 않고 강연문 종이만 내려다보며 무덤덤한 말투로 내 경험을 말하고는 화이트 와인 250밀리리터를 벌컥벌컥 들이켰다. 시멜리아는 술이 가득한 자기 잔을 내 빈 잔에 쨍강 부딪혔다. 굳은 턱을 보니 이를 악물고 있는 듯했다(시멜리아는 2차 세계대전 후에 예전 식민지에서 건너온 이민자들과 윈드러시 세대*를 주제로 강연하라는 요청을 받았다). 컨트롤이 준비한 몇 차례 강연의 주제는 노골적인 '역사 바로 세우기'였다. 잔뜩 편집한 내용을 잔잔한 말투로 전하는 그런 식의 위협을 듣다 보면 강연장에 모인 사람들은 기운이 쭉 빠졌다. 사상이란 제각각 나뉘어 충돌하는 독립체라서 도표 위에 핀으로 꽂으면 시들어버리게 마련이었다. 사상은 해결책을 제시하기 전에 마땅히 문제부터 일으켜야 했다.

이주자들의 실력은 훨씬 훌륭했다. 우리 현대인 가운데 단순

---

* 2차 세계대전이 끝난 후 노동력이 부족해지자 카리브 해의 서인도 제도 등지에서 영국으로 건너와 정착한 이민 1세대를 가리키는 말이다.

한 부류의 예상과 달리 이주자들은 자기 시대에 관해 발표하지 않았다. 영화에 깃든 마법을 그레이엄보다 더 잘 만끽한 마거릿은 찰리 채플린이 '바보처럼 보이지만 실은 진정한 철학자'인 까닭을 주제로 삼아 실제로 파워포인트를 사용해 발표함으로써 우리를 깜짝 놀라게 했다. 카딩엄은 군인답게 품위 있는 걸음걸이로 연단에 오른 다음 우리에게 비웃음을 날리더니, 뒤이어 마거릿보다도 더 알아듣기 힘든 영어로 악명 높은 연쇄 살인범 찰스 맨슨의 범죄 사실을 요약해 발표했는데 그 발표는 어째선지 채식주의에 대한 정신 나간 비난이기도 했다(담당 가교인 아이번은 이튿날 긴급 면담에 소환됐다).

아서 레지널드스미스의 발표는 시간관리국에서 화제가 됐다. 삼십대 중반인 레지널드스미스는 초췌해 보이기는 해도 이목구비가 반듯해서 꽤 잘생긴 앵글로 색슨계 남자였다. 그는 키가 180센티미터가 넘었는데 자신이 더 작아야 마땅하다고 생각하는 사람처럼 자세가 구부정했다. 말할 때면 알R 발음이 조금 서툴러서 높낮이가 없는 더블유W 발음처럼 들렸는데 발표 형식을 특이하게 정한 이유도 아마 그 때문인 듯했다.

"다들 와주셔서 감사합니다." 레지널드스미스가 말했다. "죄송하지만 저는 사람들 앞에서 말하는 게 젬병이라, 오늘 저녁에는 말을 안 하려고 합니다."

당혹감에 물든 침묵이 내려앉았고 뒤이어 누군가 외쳤다. "부끄러운 줄 알아야지!" 청중 사이에 앉아 있던 마거릿이었다. "예라, 이렇게라도 욕해줘야겠다! 이런 욕, 저런 욕! 그 밖에 온갖 험한 욕!"

나는 그 말에 움찔했지만, 레지널드스미스는 빙그레 웃더니 왠지 흥겹게 손을 꼼지락거렸다. 꼭 여봐란듯이 다음 대사를 준비하는 형편없는 배우 같았다. 청중은 몸이 성치 않은 남자가 꽁무니를 빼서 망신당하는 불편한 광경을 볼 일은 없겠다는 것을 깨닫고 하나둘 웃음을 터뜨렸다. 내 업무의 성격을 고려하지 않더라도 이주자들이 서로 스스럼없이 굴 만큼 친한 사이일지도 모른다는 생각을 그때껏 떠올리지도 못했다니, 정말이지 이상했다.

"저, 시멜리아." 레지널드스미스가 말했다. "그것 좀……?"

시멜리아는 강연장 출입문 옆 벽에 기대어 서 있었다. 그랬던 그녀가 우스꽝스럽게도 엉덩이로 문을 툭 쳐서 여는가 싶더니, 뒤이어 문 너머로 손을 뻗어 뭔가를 안쪽으로 끌어당겼다. 바퀴 달린 받침대에 놓인 카시오 전자피아노였다. 감탄한 사람들이 재미있어하며 수군거리는 소리가 강연장에 또다시 퍼져나갔다.

"저기, 1847……." 레지널드스미스가 말했다.

그레이엄은 자리에서 일어나 짐짓 태평한 척하며 연단 쪽으로 느릿느릿 걸어갔다. 손에 든 것을 언뜻 보고 펜싱용 검인 줄 알았는데 실은 플루트였다. 그는 연단 위로 사뿐히 뛰어올랐고, 이제 그와 나란히 서게 된 레지널드스미스는 부끄러워서 얼굴이 벌게진 채 계속 연기하려고 안간힘을 썼다.

"저희가 여러분께 들려드릴 곡은, 어, '아이네 클라이네Eine Kleine', 음, '디스코'입니다."

"미리 연습을 좀 해뒀습니다." 그레이엄이 말했다. "그렇다고 해서 아주 많이 한 건 아닙니다."

"연습을 '아주 많이' 했다고 하면 허풍이겠죠." 레지널드스미스가 말했다.

"그럼요. 실은 '잘한' 것도 아닙니다."

"예. 잘한 것도, 많이 한 것도 아니에요. 우린 아주 끔찍해요."

"그렇고말고요." 그레이엄은 엄숙하게 맞장구쳤다. "부디 주님께서 여러분 모두의 귀를 지켜주시기를."

둘은 오래된 춤곡인 혼파이프를 연주하기 시작했다. 그레이엄이 아침에 가끔 연주하는 곡이었는데 내 귀에 그 곡이 들리면 이제 일어날 시간이라는 뜻이었다(물론 나는 일어나지 않고 더 잤다). 하지만 연주를 몇 마디 더 듣다 보니 곡의 분위기가 잭슨 파이브의 노래와 비슷하게 바뀌었다. 두 사람의 연주도 매우 훌륭했다. "잘한다!" 마거릿이 다시 외쳤다. 웃음을 터뜨리는 사람이 아까보다 많았다. 여남은 명이 발을 쿵쿵 구르자 진동이 바닥을 타고 나에게까지 전해졌다.

내 옆에 시멜리아가 슬그머니 앉으며 소곤거렸다. "안녕."

"안녕하세요. 저한테 여기서 춤추자고 하진 않겠죠, 설마?"

"뭐, 이왕 말이 나왔으니……."

실은 기술직과 행정직 두어 명이 이미 연단 앞으로 나가 폴짝폴짝 뛰며 춤을 추는 중이었다. 그 풋풋한 젊은이들은 옥스퍼드 대학과 케임브리지 대학을 졸업하자마자 선발 과정을 거쳐 곧바로 시간관리국에 입사했다. 나는 그 사람들의 기밀 유지 서약서에 어떤 무시무시한 조건이 적혀 있을지 궁금했다. 그중 한 사람은 '신명 나게 흔들다'라는 표현을 어디선가 듣고 자기 나름의 방식대로 해석해 재현하는 듯했다.

시멜리아는 다른 모든 면에서 절제된 여성이었지만 음악에 맞춰 몸을 씰룩대고 싶은 충동만은 참지 못했다. 그녀는 의자에 앉은 채로 어깨를 으쓱대는 중이었다. 나는 곁눈질로 그녀를 흘겨보며 나직하지만 따지는 말투로 물었다. "이런 자리인 거 알았어요?"

"직전에야 알았어. 자기들끼리 빈 사무실에서 연습했거든. 어제 내가 담당 연락관 면담을 마쳤을 때 나를 찾아와서 준비하는 걸 도와달라더군."

"음." 내 반응은 그게 다였다.

"자기가 아니라 나한테 부탁한 건 아마 둘 다 나랑 아는 사이이기 때문일 거야. 지금 상황에 자기랑 1847의 관계는 반영되지 않았어." 시멜리아는 리듬에 맞춰 몸을 들썩이는 일뿐 아니라 부하인 나를 능숙하게 조종하는 일에도 집중하고 있었다.

"네, 뭐."

"나중에 둘이 같이 한번 놀러 와. 보드게임이라도 하게."

"저랑 보드게임 하기 싫으실걸요. 크리스마스 때 식구들하고 세계 정복 게임을 하면 매번 제가 다 망쳐요. 집에서 별명이 '호구와트'일 정도라고요. 제가 끼어서 재미있게 할 수 있는 보드게임은 세상에 하나도 없어요."

"그럼 여기서 춤이나 한 곡 출까?" 내 사적이고 진솔한 고백을 듣는 내내 연단 앞에 벌어진 즉석 춤판을 유심히 바라보던 시멜리아가 말했다.

"싫어요."

"가자. 아서도 좋아할 거야."

"싫다니까요. 어휴, 진짜."

시멜리아에게 팔꿈치를 잡혀 끌려간 곳에서는 지원 부서 직원들이 빙글빙글 돌며 좋게 말해 '콘서트의 멋쟁이 엄마 관객 댄스'라고 할 법한 춤을 추려고 슬슬 몸을 푸는 중이었다. "그래요, 어서 와요, 숙녀 여러분!" 아이번이 외쳤다. 내 살생부에 지워지지 않는 잉크로 이름을 새기는 짓이었다. 나는 주위를 정신없이 두리번거렸는데 왜냐면 강연장의 것이 아닌 다른 것은 전혀 보이지 않았기 때문이고, 그 말은 곧, 맙소사, 내가 아직도 강연장에 있다는 뜻이었다. 그레이엄의 눈에 띄는 곳에 도착한 나는 상어에게 발끝부터 산 채로 잡아먹히고 싶은 심정이었다.

"어라, 저 사람 누구죠?" 나는 다급하게 외쳤다.

시멜리아는 내 시선이 향한 곳을 보려고 몹시도 과장되게 몸을 틀었다. "살레스잖아, 처음 봐?"

"네. 아니면 본 적이 있는데…… 발 밟지 마세요! ……잊어버렸나 봐요."

　내가 말한 사람은 연단 반대편 가장자리 근처에 숨어 있었다. 머리는 달빛에 비친 젖은 대지처럼 새까맸고, 표정은 초췌하고 언짢아 보였다. 살레스는 우리가 다 함께 서로의 민감한 부위를 빨아대며 '사탄 만세!'를 외쳤다고 해도 그보다 더 언짢아 보이지는 않을 듯싶었다. 살레스 곁에는 준장이 서 있었다. 둘은 머리를 맞대고 대화하는 중이었다. 두 사람 머리 위에 투명 유리종이 씌워져 강연장의 조촐한 축제를 차단하는 것처럼 보였다.

　"저 사람들을 보고 있으면 슬퍼져." 시멜리아가 중얼거렸다.

　"제 눈에는 섬뜩해 보여요."

　"그래, 그런 구석도 있지."

　발표 시간은 한 사람당 삼십 분이었기 때문에 그 악몽 같던 춤판은 내가 일렉트릭 슬라이드를 추자고 해야 할지 고민하기 전에 끝났다. "잘했어." 시멜리아가 말했다. "내가 보니까 자기도 슬슬 즐기려고 시동을 거는 것 같던데."

　"시멜리아, 저는 평소에는 당신의 판단이 현명하다고 인정하는 편인데요. 뭐든 리듬이 실린 소리가 들리기만 하면 우리가 무슨 뮤지컬 배우라도 되는 줄 아시는 것 같아요."

　"즐겁지 않으면 혁명이 아니니까." 시멜리아는 다시금 상담사 특유의 사색적인 목소리로 말했고, 표정 또한 삶의 지혜를 들려주려고 준비하는 사람 같았다. 나는 그녀가 행동과학 부서에서 일하며 만난 과격한 십대 아이들에게 살면서 감사할 일의 목록을 만들라는 조언을 얼마나 여러 번 했을지 궁금했다. 하지만 생각해보니 그건 궁금증이 아니라 앙심이었다.

"저런, 그건 잘 모르겠네요. 혁명과 즐거움에 관해서라면 1793한테 물어봐야겠어요. 그건 그렇고 혁명이라뇨? 우린 정부 기관에서 일하는 공무원이잖아요."

그레이엄과 레지널드스미스는 이미 연단에서 내려와 우리 둘이 대화하는 소리가 들릴락 말락 하는 곳에 서 있었다.

"강연 잘 들었어요." 내가 말했다. "특이하던데요."

"둘 다 멋졌어요." 시멜리아가 말했다.

"고맙습니다." 레지널드스미스가 웅얼거리는 소리로 대답했다. "저기, 음, 아까 신나게 춤 춰줘서 정말 고마웠어요."

"뭘요, 음악이 '뽕짝' 느낌도 나고 아주 좋던데요." 시멜리아가 말했다. 나는 옆으로 살짝 몸을 기울여 그녀의 옆구리를 쿡 찔렀다.

그러고는 말했다. "나중에 보여드릴 텐데, 기네스 세계 기록에서 가장 많은 사람이 동시에 춘 매디슨 댄스 기록은 캄보디아가 차지했어요. 저도 참가한 건 아니지만, 그래도 그렇다는 말은 해두려고요."

"멋지군요." 레지널드스미스가 말했다. "그런데 매디슨이 뭔가요?"

"기네스는 또 뭡니까?" 그레이엄이 물었다.

"매디슨은 여러 사람이 줄 맞춰 추는 라인 댄스의 일종이에요. 캄보디아에선 1960년대에 크게 인기를 끌었는데 그 인기가 지금도 식을 줄을 모르죠. 뭐, 예외였던 시절도 있기는 한데…… 아무튼, 우리 부모님도 결혼식 때 매디슨 댄스를 두어 번 췄다고 들었어요. 우리 엄마는 춤 실력이 훌륭해요. 어렸을 적엔 전통 민속춤을 배우고 싶어했지만, 프놈펜에 있는 대학 예비 학교에 들어가고 보니 아예 과목에도 안 들어 있었다죠. 놀랄 일도 아니지만요."

"예비 학교요?" 레지널드스미스가 정중하게 물었다. 내가 얘기하는 동안 그는 평생 뱃사람으로 산 그레이엄조차도 가본 적 없는 먼바다에서 표류하는 사람처럼 당황한 표정이었다.

"프랑스식 고등학교예요. 캄보디아는 프랑스 보호령이었거든요. 할아버지는 정치가였는데, 자기 딸을 에볼루이^{Évoluée}로 만들고 싶어했어요. '개화된 사람'이라는 뜻이에요. 프랑스식 제도를 따르는."

이 말에 빅토리아 시대 사람인 그레이엄도, 에드워드 시대 사람인 레지널드스미스도 놀란 기색이 없었지만 시멜리아만은 콧구멍으로 긴 한숨을 내쉬었다.

그레이엄과 레지널드스미스는 우리 곁을 떠나 마땅히 받을 축하를 받으러 다른 사람들이 있는 곳으로 갔다. 이윽고 시멜리아가 말했다. "우리 엄마도 나처럼 파티를 좋아했어. 우리가 다니던 교회의 부활절 무도회를 도맡아 준비했지." 멀찍이 있는 벽시계를 보려고 고개를 돌렸기 때문에 표정이 보이지 않았지만, 과거형으로 말하는 목소리에서 떨리는 기색이 느껴졌다. "'에볼루이'라." 그녀가 중얼거렸다. "우리 집에 프란츠 파농*이 쓴 책이 있으니까 나중에 잊지 말고 빌려달라고 해."

"안 할 거예요. 그러니까 파티광 어머니를 둔 선한 이민 2세대가 내 옆에 또 있던 거군요? 이놈의 나라엔 그런 사람을 찍어내는 공장이라도 있나 봐요?"

"뭐, 우린 둘 다 장녀 콤플렉스 보유자니까." 시멜리아가 내 쪽을 돌아보며 말했다. "내 동생들은 다른 길로 빠졌어. 남동생은 음악계에서 일하고 여동생은 멋진 케이크를 만들지. 걔들은 날 '짭새'라고 불러. 남동생은 내가 전화할 때마다 '안녕하세요, 경관님'이라고 인사해. 지금보다 더 어렸을 적엔 나더러 '견찰'이라고 했는데, 그 녀석이 실은 사립학교 출신 샌님이란 걸 음반 제작자들한테 폭로하겠다고 협박했더니 버릇을 고치더군."

나는 그 말에 웃느라 바빴던 나머지 시멜리아가 슬며시 나와 팔짱을 끼는데도 가만히 내버려뒀다. 그러는 동안 속으로 생각했다. 동생이 둘, 어머니는 돌아가셨고, 아버지 얘기는 아직 한마디도 안 꺼냄. 파일에 적어서 기억해둘 사실이었다. 한편으로 이런 생각도 했다. 이런 일은 왜 꼭 장녀만 겪는 걸까?

파농의 책은 읽어보지 않았지만 내가 그의 이론을 이해할 것

---

* 프랑스령 서인도 제도 출신으로 제삼세계 독립 운동에 큰 영향을 미친 식민지 해방 운동 이론가이자 정신과 의사.

같지는 않았다. 내 생각에 내가 물려받은 위대한 유산인 나의 가치 체계는 하나의 체계가 아니라, '진보'를 상징하는 중립적이고 실증적인 선 위의 머나먼 점이었다. 나는 내 어머니보다 더 편하게 살았고, 내 아버지보다도 더 편하게 살았다. 내가 사용하는 마약은 과거의 것보다 깨끗했고 물자는 풍부했으며, 내 권리는 소중하게 보장받았다. 이런 것이 바로 '진보' 아니던가? 나는 '역사' 앞에서 같은 당혹감을 느끼고 괴로워했다. 역사라는 것을 여전히 딱딱하고 선형적 서사의 측면에서만 이해했기 때문이다. 역사에 대해 아델라가 해준 이야기를 더 귀담아들었어야 했다. 아델라도 틀림없이 그렇게 말할 것이다.

그레이엄이 적응도 측정 시험을 보러 시간관리국에 간 날, 나는 더는 내 전화를 받지 않는 퀜틴을 만날 수 있을지도 모른다는 희망을 품고 그와 동행했다. 그 무렵 우리 둘 다 자전거로 이동하는 습관이 몸에 밴 상태였지만 그날은 지하철을 타는 편이 땀이 덜 날 것 같아 그렇게 했다. 우리는 그렇게 멍청하고 순진했다. 8월의 런던 지하철은 사우나가 따로 없었다. 그레이엄은 시험 때문에 양복까지 입고 있었다(1960년대 스타일의 슬림한 양복이었는데 몹시도 잘 어울렸다). 그는 더워서 숨이 넘어갈 지경이었다.

"내가 죽으면 바다에 묻어줄 겁니까?"

"그러겠다고 약속할게요. 아일랜드 해가 좋아요? 채널 제도?

아니면 대서양?"

"북극해요." 그레이엄은 감상에 젖은 목소리로 말했다. "적어도 거긴 여기보다 시원하니까요."

"재킷이라도 벗어요."

"장담하는데 지금 재킷을 벗으면 당신도 괴로울 겁니다."

나는 직원 전용 출입구 앞에서 그레이엄에게 시험 잘 보라는 덕담을 건네고, 그가 손수건으로 땀에 젖은 곱슬머리를 닦는 모습을 지켜봤다. 그러고는 퀜틴의 사무실로 올라갔지만, 그 방은 비어 있었다. 노트북 컴퓨터 충전기조차 남아 있지 않았다. 나는 다른 연락관의 사무실로 통하는 유리문을 열고 안을 들여다봤다(그 연락관은 원래 정보기관 요원이었다가 토머스 카딩엄을 담당하는 팀에 배속됐다).

"사다비르!"

"안녕! 잘 지냈어? 오늘 자기네 이주자 시험 보는 날이지?"

"응! 그 사람은…… 자신만만한 것 같아. 아마도."

"잘 적응하고 있나 보네. 특이하긴 하지만, 잘하고 있어."

"정원에 사는 다람쥐를 죄다 처치했어. 텔레비전도 안 보려고 하고."

"거만한 사람 같으니."

"하하!"

"그래도 그 정도는 양호해. 우리가 맡은 녀석은 주로 마인크래프트 게임이랑 성 노동자들 계정에만 관심이 있거든. 쥐꼬리만 한 예산으로 감당하려니까 아주 골치 아파죽겠어."

"그래, 안 봐도 훤하네. 퀜틴도 나더러 1847이 담배를 줄이게 해보라고 성화였으니까."

"퀜틴은 잘 있어? 전근 갔다고 들었는데."

"그런 거야?"

사다비르가 표정을 찡그리며 자리에서 일어섰다. 언뜻 담당 연락관과 연락이 끊겼다는 이유로 그가 나를 질책하려나 보다 싶었지만(내가 아니라 연락관의 책임이었는데도), 알고 보니 그는 내 어깨 너머를 바라보며 인상을 쓰는 중이었다. 나는 뒤쪽을 보려고 몸을 틀었다.

"제가 방해하는 게 아니면 좋겠습니다만."

문 앞에 준장이 서 있었다. 곁에 있는 사람은 살레스였다.

"무슨 일 때문에 오셨습니까?" 사다비르가 내 앞으로 나서며 물었다.

"부국장님을 찾는 중입니다. 한 자유 여행자에게 문제가 생겼다는 말을 들어서요."

"이주자 말씀이신가요?"

"예." 살레스가 재빨리 대답했다. "내 말이 그 말. 그 여자 봐야겠음."

"그 여성분을 뵙고 싶습니다." 준장이 말했다.

나는 사다비르와 눈을 맞추려고 했지만 그의 눈길은 준장과 살레스 사이에 못 박혀 있었다.

"이런 말씀을 드리는 이유는 준장님도 잘 아실 텐데." 사다비르가 말했다. "먼저 신원 확인증을 제시해주시겠습니까?"

준장은 시간관리국에서 발급받은 방문자 카드를 주머니에서 꺼내 사다비르에게 건넸다. 그의 상태는 지난번에 본 것보다 더 안 좋아 보였다. 난로에 냄비를 올려 물을 데워 목욕을 해야 할 만큼 형편이 어려운 사람에게서나 느껴질 형언하기 힘든 분위기가 풍겼다. 분명 그의 계급에 걸맞지 않은 분위기였다. 나는 빤히 보는 눈길을 그에게 들키고 눈을 내리깔았다.

사다비르는 준장에게 카드를 돌려줬다. "아델라 부국장님은 지금 컨트롤과 회의중입니다." 목소리가 조심스러웠다. "물론 정확히 어디 계신지는 아무도 모르고요. 하지만 그 회의가 1793의 사례를 통해 시공간 가설이 옳다고 입증됐기 때문에 열린 건 사실입니다. 21세기가 그 여자를 거부하는 것 같아서요. 이 사실은 국방부 보고서에도 포함되어 있습니다." 마지막에 덧붙인 말은 비난처럼 들렸다.

"아, 그건 시대 탓이 아니라 영혼 탓입니다." 준장이 말했다. "1793의 '현재성'과 '과거성'이 전혀 일관되거나 통합되지 않았기 때문에 시간에서 벗어나기 시작한 겁니다. 그 여성에게서는 그러한 현상이 비정상적으로 가속화됐습니다. 알겠습니까, 그 사람은 자신의 '과거성'을 현재와 일치시키려는 시도조차 하지 않습니다. 왜냐면 비탄에 빠졌기 때문이죠. 그리고 비탄은 언제나 사람을 시간 바깥으로 내치게 마련입니다."

사다비르의 표정은 걱정스러워 보였다. "그게 국방부 쪽 견해인가요? 그 얘기를 부국장님께도 하셨나요?"

"아쉽게도 국장님밖에 뵙지 못했습니다만, 아델라 부국장님을 뵙고 싶은 마음은 굴뚝같습니다."

준장은 다시금 나를 물끄러미 봤다. 싸늘하면서도 흥미로워하는 눈빛이었다. 그에게서는 사내아이 같은 분위기가 느껴졌다. 장난기나 활달함 같은 느낌은 아니었다. 둘 다 그에게는 없는 성질이었으니까. 정확히 말하면 그의 집중력에서 느껴지는 분위기였다. 그의 집중력은 반려동물의 다리를 쥐고 무심하게 실험하는 어린애처럼 강렬했다. 그 다리를 얼마만큼 비틀어야 부러지는지 보고 싶어하는 어린애처럼.

집에 도착하자마자 이메일을 확인했다. 운전면허 시험이나 사관 임용 시험과 마찬가지로 적응도 측정 시험의 결과도 곧바로 통보됐다. 그레이엄은 합격이었다.

자전거를 타고 고급 식료품점에 가서 샴페인을 한 병 산 다음, 돌아오는 길에 잠깐 멈춰 소프트아이스크림을 샀다. 나는 벤치에 앉아 높다란 파도 모양 아이스크림이 언덕 모양으로 변할 때까지 핥아 먹으며 준장 생각을 했다. 그에게서는 산전수전을 다 겪은 사람의 분위기가 풍겼다. 그와 살레스 둘 다 왠지 임기응변으로 버티는 느낌이 나서 께름칙했다. 적의 후방에 낙하산을 타고 침투해 주위 사람 흉내를 내다가 때가 되면 목을 따려고 기다리는 자들 같았다.

시간관리국 사람들은 앤 스펜서, 즉 1793이 실패한 실험체이자 십중팔구 곧 죽을 목숨이라는 점에 어느 정도 의견이 일치했다. 그녀가 모두와 함께 저녁을 먹었고, 공감력 검사와 언어 시험을 치렀고, 가교들 가운데 가장 어리고 명랑한 에드와 함께 작은 아파트에서 즐겁게 지냈다는 사실은 중요하지 않았다. 백지상태인 MRI 결과는 현대 기술에 반응하지 않는 그녀의 신체적 이상 사례 가운데 하나일 뿐이었고, 에드가 해임되기 전까지 울적한 기분으로 모아놓은 그러한 사례는 한두 가지가 아니었다. 오랜 기간에 걸쳐 작성한 기록 속에서 그녀는 육안을 제외한 모든 장치에 투명 인간으로 비쳤다. 그 투명성이 외부가 아니라 내면에서 비롯됐다는 준장의 주장은 흥미로웠다. 어쩌면 그 주장에서 정체성 정치의 새로운 측면이 드러날 수도 있었다. '어떤 시간을 살고 계신가요?'라거나 '다중 시간에 존재하시나요, 아니면 시간 왜곡에 갇혀 계신가요?' 같은 식으로. 어쩌면 내면과 외부의 시간 경험이 일치하지 않는 경우는 암세포를 품고 사는 상태에 더 가까운지도 몰랐다. 그렇다면 '지금 몇 신지 아세요?'라는 질문의 속뜻은 이것이었다. '살아남을 수 있을 것 같으세요?'

아이스크림을 다 먹은 후에는 저녁이 물들어가는 풍경을 바라봤다. 해는 서서히 하늘에서 미끄러져 내려가고 사방에서 산들바람이 불어왔다. 자전거를 타고 집에 도착해 보니 그레이엄이 먼저 와 있었다. 그는 얼음 틀 몇 개를 차곡차곡 포개어 들고 위층으로 올라가는 중이었다.

"축하해요!"

"고맙습니다!"

"축하 파티 하려고 사 왔어요."

"정말 친절하군요."

"얼음은 어디로 가져가는 거예요?"

"현대 기술을 최대한 이용해 가장 시원한 목욕을 해볼 작정입니다."

"샴페인은 냉동실에 한 십오 분 넣어둘 건데, 목욕하면서 한 잔 할래요? 욕실 문 바깥에 갖다둘게요."

"당신은 끔찍하게 방탕한 사람이었군요. 예, 한 잔 부탁합니다. 담배도 반 갑은 피워야겠어요. 줄담배로."

"심사위원들한테 많이 시달렸나 봐요?"

"보아하니 나를 괴짜 정도로 여기고 합격시켜줄 모양입니다. 스코틀랜드 같은 데서는 아서나 나 같은 사람도 그냥 잉글랜드 출신 정도로 통할 거라고 내가 얘기했거든요. 심사위원 중에 스코틀랜드 사람이 있었는데, 내 답변을 재미있어하는 것 같았습니다."

샴페인 한 잔을 들고(나머지는 저녁 식사 때 마시려고 마개를 끼워뒀다) 위층으로 올라갔을 때, 그레이엄이 찬송가 '번잡한 세상을 잠시 벗어나'를 부르는 소리가 들려왔다. 노랫소리가 중간중간 끊긴 까닭은 담배 때문이었다. 물이 욕조에 부딪혀 찰박거렸다. 노랫소리가 잦아든 걸 보니 아마도 비누칠을 하는 모양이었다. 나는 살며시 바닥에 앉아 벽에 머리를 기댔다. 시간관리국의 상담사를 찾아갈 생각은 없었다. 가야 한다는 걸 알았지만, 가지 않으리라는 것도 알았다.

그다음 주에 우리는 마거릿과 레지널드스미스 대위를 초대해 같이 저녁을 먹기로 했다. 그레이엄은 볼로냐풍 스파게티를 만들기로 했다. 우리 둘 다 만들기 쉽고 맛있고 현대적인 음식이라고 생각했기 때문이다.

탐사 항해 동안 맛보다 영양가를 더 중시해 만든 해군용 보존식품을 모닥불에 끓인 경험을 제외하면, 그레이엄은 21세기로 건너오기 전까지 수프 한 그릇도 제대로 데워본 적이 없었다. 함선에는 조리사와 당번병이, 그가 드물게 들렀던 고향 집에는 여성들이 있었기 때문이다. 그러나 그는 끝내 적응하지 못한 텔레비전이나 문자메시지, 땀내 제거제(자존심을 다친 그가 내게 한 말은 '나는 날마다 씻는단 말입니다'였다)와 달리 요리에는 취미를 붙였다. 이날 밤, 그는 바쁘게 콧노래를 흥얼거리면서도 긴장한 기색을 좀처럼 감추지 못했다. 양파를 다 태워먹고 나서는 저절로 담배에 손을 뻗었다. 담뱃재로 양념한 볼로냐풍 스파게티를 먹기 싫었던 내가 담뱃갑을 멀리 치우자 그는 나더러 자신을 '과잉 복지 국가'가 국민을 대하듯이 다룬다고 비난했는데, 나는 절묘하게 응용한 그 문구를 듣고 화들짝 놀랐다. 나한 테서 배운 말은 결코 아니었기 때문이다. 그런 말을 도대체 어디서 듣고 외웠을까?

스파게티 소스가 졸아들 즈음 초인종이 울렸다. 그레이엄은 나무 숟가락을 나에게 건네고 현관문을 열러 갔다.

"어서 오게, 1916. 안녕하십니까, 1665. 어서 들어오세요."

"1847!" 마거릿이 외쳤다! "정말 굉장한 모험이었어요! '버스'를 타고 여기까지 왔지 뭐예요."

"안녕하십니까, 1847." 레지널드스미스의 목소리가 들렸다. "냄새가 기가 막히네요."

"그렇게 말해주다니 상냥하군. 미안하지만 둘 다 술에 잔뜩 취해줘야겠어. 내 요리 솜씨가 별로라서 말이지."

그레이엄은 두 사람을 주방으로 안내했다.

마거릿은 진청색 하이웨이스트 나팔바지에 레이스가 달린 하얀 블라우스 차림이었다. 디스코장의 여신처럼 보였는데, 그녀가 신시사이저는커녕 피아노보다도 더 일찍 세상에 나왔다는 사실을 감안하면 놀라 까무러칠 조합이었다.

"안녕하세요." 나는 뻣뻣하게 굳은 목소리로 대답했다.

"안녕하세요!" 마거릿은 출신지를 가늠하기 힘든 억양으로 인사하며 내 품에 뛰어들었다. 반짝이는 눈으로 나를 올려다보던 그녀의 귀에 내 목구멍에서 나는 침 삼키는 소리가 커다랗게 들렸던지 그녀가 물었다. "내가 실수했나요? 보니까 여기 사람들은 서로 이런 식으로 인사하던데요. 1847은 못 하게 하지만요."

"아뇨, 아니에요, 괜찮아요. 편하게 계세요. 그레이엄은 제가 대신 안아줄게요."

레지널드스미스('아서라고 불러주십시오')는 포옹을 피하는 대신 수줍게 내 손을 잡고 악수했다. "만나서 반갑습니다." 그가 인사를 중얼거렸다. 인사의 첫마디는 '못나서'에 가깝게 들렸다. 그리고 언뜻 내 눈에 띈 그레이엄은 신이 나서 반짝이는 눈빛을 감추려고 태연한 척했다.

나는 나무 숟가락을 프라이팬에 다시 내려놓고 말했다. "마티니 드실래요? 제가 만들 줄 아는 칵테일은 그것뿐이에요. 이래 봬도 뼈대 있는 집안이라서요."

"'뼈대'가 있다고요?" 마거릿이 물었다.

"고상하고 기품 있다는 뜻인데, 이 경우에는 농담으로 한 말이에요." 아서가 나 대신 대답했다. "1847을 데리고 사는 집이라면 어떤 곳일지 안 봐도 뻔하잖아요."

"그 '뼈대' 있는 마티니를 한 잔 마시면 입이 좀 트이겠어요."

"바지가 멋져요." 나는 마거릿에게 칭찬을 건넸다.

"정말 고마워요! 난 이 지퍼라는 게 엄청 마음에 들지 뭐예요…… 볼래요?" 마거릿은 내게 보여주려고 바지 주머니의 지퍼를 열었다. "내가 살던 시대에 이런 지퍼만 있었어도 코르셋을 묶느라 허비한 시간을 얼마나 아꼈을지…… 당신도 지퍼를 썼나요?”

“아니요.” 그레이엄이 대답했다.

“제가 살던 시대에 도입된 물건이긴 하지만, 저도 써보진 않았어요.” 아서의 말이었다.

“훌륭한 발명품이에요.”

“가끔은 조금…… 위험하기도 해요.” 아서의 목소리는 조심스러웠다. “달려 있는 곳이 어디인지에 따라서요.” 그는 그레이엄과 눈을 마주치고 함께 멋쩍은 듯 씩 웃었다.

그레이엄은 스파게티를 깜박하고 불 위에 내버려뒀고 마거릿은 마티니를 한 모금 마시기가 무섭게 딸꾹질을 시작했다. 한편 그리 넓지 않은 우리 집 주방은 두 남자가 줄담배를 피워대는 바람에 연기로 가득했고, 그 와중에 나는 짝이 맞는 접시를 미리 설거지해두지 않은 것을 뒤늦게 알아차렸다. 그랬는데도 이날 저녁의 조촐한 파티는 매우 즐거웠다. 나는 와인을 한 병 따(마거릿은 마티니를 끝내 다 비우지 못했다) 우리가 만장일치로 훌륭하다고 생각하는 21세기 영국의 유일한 장점을 위해 건배했다. 다름 아닌 듣고 싶을 때 마음껏 들을 수 있는 음악이었다.

나는 그들이 친구라는 것을 알아차렸다. 그저 우연히 만나 어울리는 사이가 아니라, 진짜 친구였다. 앤 스펜서의 경우에는 마거릿이 친해지려고 해봤지만 과묵할뿐더러 마거릿 말로는 ‘울증’까지 있어서 번번이 실패했다고 한다. 카딩엄으로 말하자면, 마거릿은 그를 혐오했고 아서는 ‘까다로운 친구’라는 딱딱한 표현을 사용했다. 나는 그 점이 흥미로웠다. 그레이엄과 카딩엄이 자주 복싱을 하는 사이였기 때문이다.

"쇠좆매처럼 억세고 자물통처럼 꽉 막힌 인간이에요." 마거릿이 말했다.

"표현이 아주 다채롭군요." 그레이엄이 말했다. "하지만 그 친구나 우리나 이곳에 표류한 신세인 건 마찬가집니다."

"저는 잘 모르겠습니다, 1847." 아서가 말했다. "구조된 후에 누리는 이 삶을 딱히 그 친구 곁에서 보내고 싶진 않군요."

"그 인간은 구조됐던 곳에서 그냥 흙으로 돌아가 소똥이나 뒤집어쓰는 게 나았을 거예요. 그레이, 당신은 도대체 어떻게 그 인간을 참고 상대하는 거예요?"

"바다에 나가 살다 보면 인내심이 굉장히 강해집니다."

"그 말을 들으니까 해군이 무슨 사제단처럼 느껴지네요." 아서가 말했다.

"흠."

아서는 술기운에 얼굴이 벌게진 채 즐거워했다. 그는 남들과 어울리기를 좋아하는 것만 빼면 내향형 성격의 요소를 모조리 갖춘 특이한 외향형 인간이었다. 상대를 온화하게 대하는 재능까지 있었는데 이는 성별과 상관없이 보기 드문 덕목이었고, 아서 같은 남자의 일반적인 이미지를 생각하면 더더욱 그랬다. 나는 그에게서 신상 정보를 조금씩 조금씩 끌어냈다. 그럭저럭 괜찮은 사립학교 출신, 옥스퍼드 대학에서 고전학을 공부하며 학문에 탐닉했지만 시험에 낙제, 이 때문에 다시 의대 입학.

"의사가 되는 것도 실패했습니다." 아서가 덧붙였다.

"구불구불한 내장 기관을 마주하기가 힘들었나 보죠?" 내가 물었다.

"아뇨, 시험은 너끈히 통과했습니다. 하지만 동료들과 어울리기가 힘들었어요. 야만적인 부류였거든요. 의업에 종사하다 보면 사람 마음이 냉정해집니다. 적어도 제가 살던 시대에는 그랬지요. 동료들은 무척이나 거만해졌습니다. 다른 사람의 고통 앞에서 거만하게 굴 수는 없는 법인데요. 저는 몇 년 후에 의사를 그만뒀습니다. 동창의 아버지가 일자리를 소개해준 덕분에 식민지였던 인도에서 새 출발을 했습니다. 환영받지 못하는 철도 공사의 감독관이었는데, 그 공사로 이득을 보는 건 철도 회사뿐이었습니다. 끔찍한 일이었지요. 거기서 런던 사무소로 발령받은 지 반년 만에 독일이 벨기에를 침공했습니다."

그레이엄을 힐긋 보니 연도를 계산하느라 눈썹까지 찌푸린 얼굴이 꼭 교활한 악당 같았다. "1916, 자네 대위 진급이 '엄청나게' 빨랐군. 천직을 찾은 건가?"

아서의 표정이 일그러졌다. 술잔을 든 그의 손이 잠깐 떨리는가 싶더니, 뒤이어 그가 물기 어린 꿀꺽 소리와 함께 잔을 깨끗이 비웠다. "전시에는…… 진급이…… 빨라지게 마련입니다."

아서는 차라리 교사나 목사가 됐더라면 행복했을 테지만 자기 집안에서 전자는 수치였고 후자는 농담거리였다는 말을 덧

붙였다. 나는 그가 밝힌 욕망에 '직업적 부성애'라는 꼬리표를
붙여 머릿속 서류철에 저장해뒀다. 며칠 후, 점심시간을 이용해
시멜리아와 함께 블룸즈버리 근처를 느긋하게 산책하는 동안,
시멜리아는 아서를 가리켜 '보살핌을 의무로 여기는 매우 도덕
적인 윤리관'의 소유자라고 표현했다. 그 말을 들으니 마음에
드는 사람에게 무심코 잔인한 짓을 저질렀다는 생각에 부끄러
워졌다.

한편 두 남자가 자기네 경력에 관해 얘기하는 동안 마거릿이
간절한 표정으로 둘의 이야기를 귀 기울여 듣는다는 사실을 알
아챈 사람은 나뿐이었다. 원래 살았던 시대에 그녀는 자신이 태
어난 방 바로 옆방에서 잠을 잤다. 그런 그녀에게는 스코틀랜드
만 해도 멀리 떨어진 야만인들의 땅이나 다름없었다. 화제가 바
뀌어 내가 캄보디아에서 통역사로 일하던 무렵의 이야기가 나
왔을 때, 나는 때수건처럼 따가운 그녀의 관심 어린 눈빛을 온
몸으로 느꼈다. 아무래도 내가 조금 지나치게 많이 떠든 모양이
었다.

어쩌다가 마리화나 이야기가 나왔는지는 잘 기억나지 않는
다. 아마도 21세기에 진정으로 개선된 것이 무엇인지를 놓고
열띠게 토론하던 외중에 나왔지 싶은데, 여기에 대해 이주자들
의 의견은 제각각이었다. 나는 의견을 내지 않고 대뜸 그레이엄
에게 담뱃잎 분쇄기와 담배 마는 종이를 내밀었다(담배 마는 솜씨
는 그가 나보다 훨씬 더 윗길이었다).

마거릿을 알고 나서 나는 발랄하고 포용적인 사람이 됐다. 말의 무게도 더 무거워졌다. 한편으로는 남자들의 눈길이 향하는 곳의 목록을 거의 무의식적으로 작성했다. 가만히 보니 사람들은 그 점에 저마다 다른 방식으로 대처했다. '그 점'이란 다름 아닌 권력이었고, 매력이었다. 나는 그것을 흡수해 내 것으로 삼으려고 애썼다. 마거릿과 나는 이야기를 시작한 지 이십 분도 안 돼서 소호 지구로 여자들만의 밤 나들이를 나가기로 의기투합했다. 이를 위해 먼저 소호의 역사와 클럽에 놀러 가는 것의 개념, 리듬 앤드 블루스라는 음악 장르, 클럽에서 열리는 여성 전용의 밤, 거기서 추는 춤 따위에 관해 설명해야 했다. 내가 클럽에 간 것은 언어 분과의 신입 직원 시절이 마지막이었다. 그러거나 말거나.

"파반이나 지그 같은 춤은 조금 출 줄 알지만…… 온통 여자만 있는 곳이라면……."

"걱정할 거 하나도 없어요. 그냥, 뭐랄까…… 몸을 쭉쭉 뻗으면 돼요. 그러면서 흔드는 거예요."

"그러다가 진짜 '뻗을'까 봐 무섭네요." 마거릿의 목소리는 왠지 슬프게 들렸다.

"이리 와요. 내가 일렉트릭 슬라이드 춤을 가르쳐줄게요."

"그것 참 신나 보이더군요." 아서가 말했다. "일렉트릭 슬라이드인가 뭔가 하는……." 그는 어느새 몸이 휘청거렸고 묘하게 매혹적이던 알R 발음도 더욱 강해졌다. 그레이엄은 아서가 든 마리화나를 두 손가락으로 집어 빼앗았다.

"저 사람들을 부추기지 말게, 1916. 난 와인이나 한 병 더 따 야겠으니까."

"폴카는 이제 질렸단 말입니다. 전 일렉트릭 슬라이드를 배우고 싶습니다."

"폴카라는 건 어떻게 추는 춤이에요?" 마거릿은 한창 슬라이드를 추느라 숨이 가빠진 목소리로 물었다.

"1847한테 가르쳐달라고 하세요. 폴카는 그 시대에도 있었을 테니까요."

"난 억지로 떠밀려서 춤을 추진 않을 겁니다. 그럼 이만." 그레이엄은 그 말을 남기고는 와인을 손에 든 채 춤추듯이 왼쪽으로 슬그머니 몸을 움직였다.

"뭐예요! 춤출 줄 알잖아요!"

"그건 나와 하느님 말고는 아무도 모르는 비밀입니다." 그레이엄의 목소리는 엄숙했다. "어휴, 그렇게 인상 쓰지 마세요, 1665. 아서, 폴카는 자네가 좀 가르쳐주지 않겠나? 아직 똑바로 설 수 있다면 말이야."

아서가 일어서자 우리 셋은 미친 사람처럼 일부러 과장되게, 마치 현악기의 활을 밀고 당기듯이 서로에게 마거릿을 떠밀었다. 하지만 그녀가 아서의 품에 안착하기가 무섭게 나는 속절없이 웃고 말았다. 그녀가 아서의 어깨까지밖에 오지 않아서였다.

"와…… 진짜…… 두 사람 꼭 잘생긴 기린 남편이랑…… 조그만 토끼 부인 같아요…… 아하하…… 세상에…….”

“좀 맡아주십시오, 1847.”

“저기요!”

“자, 여기요.”

“난 춤 안 춘다고 했잖나. 그래서 특별히 플루트를 배운 거야. 아무한테서도 춤추라는 말을 듣지 않으려고.”

“이 시대에는 음악이 나오는 상자에 음악가들이 들어 있어요. 그러니 박자를 맞춰줄 악단도 필요 없죠.” 마거릿이 말했다. “나한테 폴카를 가르쳐줘요, 안 가르쳐주면 당신 발을 밟아버릴 거예요.”

“그 ‘페미니즘’이란 게 당신 머릿속에까지 침투했나 보군요. 으악!”

“저와 한 곡 추시겠습니까?” 아서가 내게 물었다.

그레이엄은 고의로 내 몸에 손을 댄 적이 한 번도 없었다. 식당에서 내 의자를 빼줄 때도, 심지어 주방에서 접시를 건네줄 때도 마찬가지였다. 그런 그가 마거릿을 리드하며 춤추는 모습을 보고 있자니 기분이 이상했다. 내 심장은 위태롭게 방망이질 했지만, 그러는 동안에도 지금이 우리 넷의 ‘좋은 한때’라는 느낌은 좀처럼 가시지 않았다. 나는 아서에게 다가갔다.

“내가 스윙 댄스를 가르쳐줄게요. 전에 사귀었던 형편없는 남자가 린디 홉에 미친 사람이었는데, 교습받으러 갈 때 나도 같이 끌고 가곤 했어요. 그래서 이제 나도 무슨 저주라도 걸린 사람처럼 춤 실력을 전염시키고 다녀요."

"무슨 얘기인지 적어도 절반은 이해가 갑니다. 제가 알던 남자 중에도 있었거든요. 상대를 애먹이는 사람이요."

나는 아서를 차분하게 바라봤다. 그날 저녁 우연히 그와 눈이 마주친 적이 몇 차례 있었다. 돌이켜보니 그렇게 번번이 눈이 마주친 까닭은 우리 둘의 눈길이 동시에 그레이엄을 향하고 있었기 때문이었다.

주방 맞은편에서 그레이엄의 목소리가 들려왔다. "그쪽 말고 왼쪽이란 말입니다."

"미치겠네! 더 차분하게 가르쳐주면 어디 덧나요?"

"왜 그렇게 자꾸 리드하려고만 하는 겁니까? 아니에요, 1665. 그쪽 말고 반대쪽, 왼쪽이에요."

"가르치는 재주가 끔찍하게 형편없네요."

"난 춤을 싫어한단 말입니다. 으악!"

반면에 아서는 멋지게 춤을 췄다. 그가 나를 아래쪽으로 이끌면 나는 갈대처럼 휘었다. 그가 내 손을 잡고 돌릴 때면 더없이 흡족하게 빙그르르 돌았다.

"와, 대위님. 전에는 잘나가는 멋쟁이셨군요."

"아름다운 아가씨, '잘나가다'라는 말도 '멋쟁이'라는 말도 다 우리가 만든 거랍니다."

하지만 우리가 함께 춘 춤동작 때문인지 아니면 음악 때문인지, 아서는 참호전의 끔찍한 기억이 되살아난 것 같았다. 어쩌면 다른 기억, 그러니까 짧게 경험한 피투성이 전투의 나날과 무관한 아서 내면의 고뇌인지도 몰랐다. 마리화나는 일찌감치 다 피워버렸기 때문에 환각의 부작용인 현기증과 메스꺼움일 리는 없었다. 원인이 무엇이었든, 증상은 태아를 둘러싼 양막처럼 그를 뒤덮었다. 느닷없이 그의 낯빛이 창백해지는가 싶더니 번들거리는 식은땀이 그의 손바닥에서 내 손목으로 흘러내렸다.

"아서?" 내가 부르는 소리와 동시에 그레이엄이 말했다. "1916?"

아서는 떨리는 손으로 이마의 땀을 훔쳤다. 입에서는 짧게 헐떡이는 숨소리가 터져 나왔다.

"아…… 죄송…… 합…… 니……."

"실내가 너무 덥군." 그레이엄은 나에게서 아서를 떼어내 주방 뒷문 쪽으로 데려갔다. "바깥에 앉아서 담배나 한 대 피우세. 내 발도 좀 쉬게 해줄 겸. 매기가 아주 납작하게 밟아놨거든."

아서는 웃음소리인 것을 간신히 알 법한 쌕쌕 소리를 냈다. 그는 조심스레 부축하는 그레이엄의 품에서 어깨를 움츠린 채 쭈뼛쭈뼛 움직이다가, 갑작스레 그레이엄에게 허물어지듯 몸을 기댔다. 그러고는 그레이엄의 귓가에 얼굴을 묻었다.

"담배 기운이 떨어지면 아주 위험하지." 그레이엄이 말했다.

"죄송…… 합……."

"넘어지지 않게 조심하게."

마거릿이 조그만 손으로 다람쥐처럼 잽싸게 내 손을 잡는 기척이 느껴졌다. 그레이엄은 나를 향해 눈짓했다. 실은 단순한 눈짓이 아니라 안심해도 좋다는 표정이었다. 그와 의미심장한 눈길을 주고받으니 적잖이 마음이 놓였다. 나는 마거릿에게 오늘날의 경이로운 메이크업을 접해본 적이 있는지 물어보고는 그녀를 데리고 내 방으로 올라갔다.

마거릿이 내 방에 들어서는 순간, 내 머릿속에는 누추함의 증거 목록이 한 줄 한 줄 늘어가기 시작했다. 의자에 잔뜩 쌓인 옷은 옷장에 걸기에는 너무 지저분했지만 빨래 바구니에 넣기에는 너무 깨끗했다. 침대 옆 테이블에는 물잔 두 개와 머그잔 한 개가 삐죽 돋은 새싹처럼 놓여 있었다. 벽 아래쪽의 굽도리널과 서랍장 모서리 주변에는 먼지가 수북했다. 마거릿처럼 눈부시게 아름다운 여성이 곁에 있으면, 나 같은 여자가 내보이고 다니는 평범한 구석은 꼭 파닥파닥 활개 치는 비둘기 떼처럼 그녀 주위로 앞다퉈 나타나게 마련이었다. 적어도 그때는, 내가 보기에는 그런 것 같았다. 솔직히 말해 그녀가 너무 예뻐서 정신을 차리기가 힘들었다. 나는 양말 바람인 조그만 발로 카펫을 밟고 돌아다니는 그녀를 보며 복잡한 고뇌를 느꼈다.

마거릿은 나의 이런 근심을 모르는 눈치였다. 거울에 자기 얼굴이 비쳐도 거들떠보지도 않았다. 그러다가 내가 립스틱을 꺼내자 흥미롭다는 듯이 씩 웃었다.

"와! 뭘로 만들었길래 이런 색이 나와요?"

"저도 몰라요."

"이런 색깔은 본 적도 없는 것 같아요. 되게 강렬하네요."

"그렇죠. 실은 파란색 립스틱이 저한테 왜 있는지 잘 모르겠어요. 자요, 이 분홍색을 한번 발라보세요. 저한테는 안 어울리는 색이에요. 바르면 안색이 해쓱해 보여서요."

"내 얼굴의 농포하고 잘 어울리겠네요." 마거릿의 목소리는 울적했다(그녀의 이마와 뺨에 자그마한 여드름이 드문드문 나 있었으나 심지어 그조차도 세련돼 보였다).

"아. 음, 그건 파운데이션을 바르면 돼요. 여기……."

나는 파운데이션을 쓰지 않았다. 그 무렵 나는 짙은 화장을 용납하지 않던 빅토리아 시대에서 온 남자에게 내 얼굴이 어떻게 보일지 고민하는 중이었으니까. 하지만 이때는 하나뿐인 내 파운데이션의 보정 효과를 마거릿에게 보여줬다. 그녀는 매끈하게 발라질 뿐 아니라 색조도 확실하게 표현되는 파운데이션을 보고 감탄했다. 그러더니 자기 뺨에 발라 화살표 모양을 만들었다. 피부가 하얘서 파운데이션이 꼭 진흙 같았다. 우리는 쿡쿡 웃음을 터뜨렸다.

술과 마리화나의 효과가 점점 더 강하게 올라왔다. 말하기도 앉아 있기도 똑바로 하기 힘들었던 우리 둘은 벌렁 누워서 대화를 이어갔다. 침대 위에 나란히 누워 얼굴을 마주 보고 있자니 속이 메슥거리고 몸도 나른했다. 왠지 이겼다는 느낌이 막연하게 들었는데 상대가 마거릿인지, 그레이엄인지, 아니면 나 자신인지는 알 수 없었다.

"당신은 아름다워요." 내가 말했다.

"아름다운 건 당신이죠."

"저는 좀 피곤하네요."

"음, 당신 혹시 그레이엄이랑 사귀는 사이예요?"

"어휴, 아니에요. 세상에. 아니에요. 전 그냥 가교예요."

"아." 마거릿은 그 말을 남기고 곯아떨어졌다.

나도 슬슬 잠에 빠져들었다. 얼마나 오래 잤는지는 알 수 없었지만, 그레이엄의 목소리가 들려와 잠에서 깨어났다.

"……매기하고 우리 고양이가 잘 있는지 보고 올게."

내 방문이 찰칵하며 열렸다.

"당신 가교는 참 상냥하더군요. 가교치고는 특이하지만요."

"이상한 여자야. 어휴, 저런."

"그냥 두세요, 그레이. 가여운 사람들이에요."

"이 시대의 타락상이 고스란히 드러나는군. 머리도 안 풀고 그대로 누워서 자다니."

삐걱대는 소리와 함께 방문이 닫히고 나서 다시 잠들었다. 마거릿은 사람 손에 꽉 붙들린 강아지와 비슷한 소리를 내며 작게 코를 골았다. 문이 다시 열리자 나는 설핏 잠이 깼다. 서늘한 바람이 휙 불어왔고, 뒤이어 따스한 온기가 느껴졌다. 그레이엄이 담요를 가져다가 누워 있는 우리 둘에게 덮어준 것이다.

이튿날 아침, 마거릿과 내가 일어났을 때는 누구의 목소리도 들리지 않았다. 우리는 차와 토스트로 아침을 먹으려고 함께 아래충으로 살금살금 내려갔다. 주방에 도착해 보니 설거지는 남자들이 다 해놓은 상태였다.

가을은 정교한 상감 무늬처럼 세상에 스며들었다. 나무가 시들고 이파리가 떨어졌다. 하늘에는 에나멜처럼 무지근해 보이는 납빛 구름이 끼었고 도시에는 온통 거센 바람이 불었다.

그레이엄과 아서는 사슴 사냥철을 맞아 스코틀랜드에 가기로 했다. 국내선 비행기를 타볼 기회라는 것 또한 그곳을 택한 한 가지 이유였다. 둘은 시간관리국의 감시를 받으며 애버딘까지 비행기를 타고 갔다. 현장 요원들이 둘을 미행했지만 일단 숙소가 있는 하일랜드의 조그만 마을에 도착한 다음부터는 당국도 미행자들을 철수시키는 수밖에 없었다. 조용하고 폐쇄적인 마을의 주민들이 뚜렷한 용건도 없이 얼쩡거리는 수상한 외지인을 경계했기 때문이다.

이주자들 모두 시간관리국이 요금을 부담하는(동시에 감청도 하는) 휴대전화를 지급받았다. 그레이엄은 21세기에서 일곱 달을 보내는 동안 총 세 번이나 휴대전화를 바꿨다. 그렇다 보니 나는 두 사람이 탄 비행기가 목적지에 도착하고 나서 내 전화에 아서의 전화번호가 떴을 때도 놀라지 않았다.

"안녕하세요, 아서!"

"납니다. 1916은 벽에 기대어 쉬는 중이에요."

"저런! 그랬군요. 처음 타는 비행기는 어땠어요?"

"신기하면서도 한편으로는 끔찍하게 지루했습니다. 이륙할 때는 둘이 손을 너무 꽉 붙잡는 바람에 아서도 나도 손뼈가 부러질 뻔했지만요."

"하하! 귀가 먹먹하다가 트이는 느낌은 없었어요?"

"있었습니다! 참으로 신기하더군요. 그런데 비행기가 우릴 태우고 구름 위까지 올라갔지 뭡니까! 구름이 저 아래쪽에 매트리스처럼 깔려 있더군요. 거의 고체처럼 보였습니다."

"재미있는 건 구름의 평균 무게가 약 551톤이라는 거예요."

"그거 재미있군요."

"공항에서는 별문제 없었어요?"

"사람 몸을 읽는 기계가 있었는데, 내가 지나갈 때 작동을 멈췄습니다."

"몸을 읽는다고요……? 아, 검색대의 전신 스캐너 말이군요. 작동을 안 한 거예요?"

"공항 직원이 내가 무기를 소지하지 않았는지 확인하려고 손수 내 몸을 더듬었습니다. 사람들이 다 보는 앞에서요! 내 명예가 땅에 떨어졌습니다."

"가엾어라. 이제 버린 몸이 돼서 어떡해요."

"아무도 나를 아내로 들이지 않을 겁니다."

"소중히 지켜온 정조를 잃다니 정말 안 됐어요."

"어떻게든 꿋꿋이 견딜 겁니다. 자, 이만 끊겠습니다. 얼른 담배를 피우지 않으면 벽이라도 뜯어 먹을 것 같으니까요."

전화를 끊고 나서 노트북 컴퓨터를 켜고 우리 팀의 통신 채널을 확인했다. 나와 퀜틴, 컨트롤, 복지과, 거기에 이주자 1847에게 배정된 행정 직원들까지 함께 사용하는 단체 대화방이었다. 전신 스캐너가 그레이엄을 '읽지' 못한 사건에 관해서는 이미 현장 요원들의 보고가 긴급으로 올라와 있었다. 이주자들의 본부 귀환을 추천함. 한 요원은 그렇게 적어뒀다. 시험에 합격하고 나서 집에 돌아와 천진하게 웃던 그레이엄의 얼굴이 떠올랐다. 그가 욕조에서 신나게 흥얼거리던 노랫소리도 함께. 나는 재빨리 키보드를 두드렸다.

강제 귀가는 물론, 신중함에서 비롯된 과잉 반응은 그 자체로 그의 적응에 지장을 초래할 것임. 현시점에서 그의 '스캐너 인식성'은 우려 사항이 아님.

그런 다음 퀜틴에게 따로 개인 메시지를 보냈다. 청사의 직원 전용 출입구 스캐너는 지나갈 때 문제없이 작동한 거 알죠? 거의 항상 그렇잖아요.

대화방에서 퀜틴은 비활성 상태였다. 얼마 전부터 쭉 그랬다.
단체 대화방에서 복지과의 그레이엄 담당자가 내 말을 거들었다.

그의 '인식 성공률'은 기록 작성 이래 줄곧 86퍼센트임. 현재까지 이주자들 가운데 최고 수치. 그와 사이가 틀어져서 해당 수치를 손상시키는 위험을 감수해서는 안 될 것임.

기록 시작 시점은 이 주 전임. 현장 요원의 메시지였다.

뒤이어 몇 명이 동시에 메시지를 입력중이라는 아이콘이 보였지만, 퀜틴과 마찬가지로 비활성 상태인 아델라의 메시지가 올라오자 일제히 멈췄다.

요원 본인의 보고서에 따르면 1847에 이어 1916 또한 일시적으로 인식 불가 상태였으나 이내 인식 가능으로 바뀜. 스캐너 인식 가능성에 대해서는 신중하게 접근할 것을 제안함. 요원들은 개입하지 말 것. 이주자 감시는 귀환 후 재개하도록.

대화는 거기서 끝났다. 아델라는 대화방 메시지로 회의할 때도 으르렁대는 재주가 있었다. "감사합니다." 나는 화면에 대고 큰 소리로 인사했다. 그러고는 노트북 컴퓨터를 쾅 닫았다.

그러고 나서는 정처 없이 떠다니는 풍선처럼 집 안을 터덜터덜 돌아다녔다. 실제로도 나는 딱히 갈 곳도, 할 일도 없었다. 가교로 일하는 근 일 년 동안 내 임무는 그레이엄을 감시하는 것이었는데, 감시할 대상이 없어졌으니까.

그레이엄의 방에 들어가봤다. 성격이 깔끔할뿐더러 바다에서 지내느라 좁은 선실의 조촐한 생활이 몸에 밴 사람이다 보니 구경거리가 별로 없었다. 나는 침대 모서리에 살짝 걸터앉았다. 침대는 더블베드였는데 전에 얘기를 나누다가 들은 바에 따르면 그는 침대 한쪽 끄트머리에 붙어서 부러진 잔가지처럼 몸을 옹송그리고 잔다고 했다. 선실의 좁은 침상에 익숙해진 탓이었다. 그의 일기나 스케치를 찾으려고, 또는 그의 옷 사이에 얼굴을 파묻으려고 서랍을 뒤지는 짓은 하지 않았다. 나는 꼭 보이지 않는 관객 앞 배우처럼 행동했다. 내가 미치지 않았는지 감시하는 사람이 있기라도 한 것처럼.

그레이엄과 아서가 스코틀랜드로 떠난 지 며칠 후, 시멜리아가 예고도 없이 나를 찾아왔다. 프로젝트 전반에 걸쳐 스캐너 인식 가능성 및 준장이 말한 '현재성'과 '과거성'의 개념을 조사하는 특별 위원회가 새로 생긴 직후의 일이었다.

이는 중대한 국면이었기 때문에 특별 조사 위원회의 위원장은 국장이 맡는 수밖에 없었다. 그가 공표한(표정도 목소리도 무덤덤하게) 바에 따르면 가교의 임무에는 변동 사항이 없지만, 복지과에서 이주자들에게 '몇 가지 테스트'를 실시해 평소 상황과 스트레스 상황에서 활력 징후 및 반응을 측정할 예정이라고 했다. "엠케이울트라MK-Ultra 계획* 같은 느낌이 살짝 나네요." 나는

---

*　　냉전 시대 미국 중앙정보부가 세뇌 및 심리 조종 기법을 개발하고자 비밀리에 추진한 불법 인체 실험.

조심스레 말을 꺼냈다. "이것은 세계사에 유례가 없는 일이며, 그 밖에도……." 국장이 내 머리 왼쪽 허공에 대고 한 말이었다.

"어머, 시멜리아. 안녕하세요."

"안녕. 내가 방해하는 건 아닌지 모르겠네. 퀜틴이 전근 가고 나서 자기가 잘 지내는지 궁금해서 와봤어."

"네, 저야 당연히…… 들어오세요."

나는 전기 주전자의 스위치를 켜고 비스킷을 꺼내느라 부산을 떨었다. 집 안 분위기는 기대감으로 부풀었다. 내가 말했다. "영혼의 길고 캄캄한 시간 여행을 조사하고 있다니 믿어지지가 않아요. 영혼이든, 아니면 국방부 사람들이 생각하는 '과거성' 인지 뭔지 하는 거든 말이에요. 엽기살인과 업무랑은 상당히 다르죠?"

"부서 내에서는 그 명칭을 안 쓰려고 하는 편이야."

나는 움찔했다. 시멜리아는 그리 적대적이지 않은 목소리로 덧붙였다. "그 말이 어떻게 들리는지 알잖아. 사람들이 구글 번역을 가지고 농담하는 건 자기도 지겨울 거 아니야."

"그런 것 같네요. 귀리 비스킷도 괜찮으세요?"

"응, 고마워. 자기 외할아버지가 캄보디아 열대우림 지대 주지사나 그 비슷한 일을 하신 걸로 아는데, 맞아?"

나는 깜짝 놀라서 그만 입으로 이상한 소리를 냈지만, 그 소리는 주전자 물 끓는 소리에 묻혀 들리지 않았다. 남들이 우리 집안에 관해 가계도까지 정확히 따져가며 캐물을 때면 내 머릿속에는 늘 최소 황색경보가 울려 퍼졌다. 그렇게 묻는 사람들의 의도가 무엇인지는 알 길이 없었다. 내 동생은 그런 식의 질문을 가리켜 미세한 인종차별이라는 뜻에서 '먼지 차별'이라고 했다. 기회가 있을 때마다 자기 입으로 먼저 캄보디아계 혈통 이야기를 꺼냈던 건 아예 없는 일이라는 식의 태도였다. 시멜리아가 그렇게 물은 까닭은 십중팔구 일주일 전 내 동생이 온라인 잡지에 발표한 '백인 취급을 받는 것의 심리적 공포'에 관한 에세이 때문이었죠. 나와 동생 모두 유럽계 성과 아시아계 성을 나란히 붙인 기괴한 성을 쓰다 보니 친족 관계인 것을 알아채기란 식은 죽 먹기였다. 나는 가끔 내 동생이 오래전 저세상으로 떠난 외할아버지를 표적 삼아 왜곡된 아버지상像에 대한 불만을 키우기로 마음먹은 까닭이 우리 아버지가 착하고, 조용하고, 낮잠을 좋아하고, 이런저런 물건(우표나 DVD, 한정판 만년필 따위)의 목록을 길게 작성하고 온전하게 짝 맞춰 수집하기를 즐기는 백인 남성이기 때문은 아닐까 궁금해진다. 즉, 우리 아버지는 흥미로운 글감으로 써먹을 만한 심리적 콤플렉스의 대상이 아니었다는 말이다.

"그게, 제 외할아버지는 시엠레아프의 주지사였다가 1955년에 해임됐어요. 아마 그 지역엔 열대우림이 되게 많을 거예요. 흠, 그런데 그걸 이미 아신다면 외할아버지가 나중에 어떻게 됐는지도 아시겠죠."

"실종되셨지."

"예."

시멜리아의 시선이 내 머리카락 사이사이를 훑는 느낌이 들었다. "이런 얘기를 꺼내는 게 이상한 짓인 줄은 나도 알아."

"꽤 따끔하긴 했어요."

"난 그냥…… 자기 가족사를 감안하면, 자기가 이번 임무를 택한 게 조금 의외인 것 같아서. 자기가 국방부 언어 담당 부서에서 일한 시간은…… 그건 결국엔, 굳이 말하자면, 탈식민주의 같은 거였잖아. 자기 혹시 시간의 문으로 뭔가 해보려고……?"

"과거는 바꿀 수 없다고 아델라가 말했잖아요. 바꿀 수 있는 건 미래뿐이라고요."

"그거야 말장난이지. 과거를 바꾸는 게 곧 미래를 바꾸는 거야. 그 여자가 한 말은 단지 과거가 본인이 말한 대로 존재해야 한다는 뜻일 뿐이라고. 그나저나 날 '검둥이 여자'로 부르는 자기네 중령의 말버릇은 고쳐놨어?"

시멜리아는 그 말을 하는 동안 빙그레 웃었지만, 그녀는 원래 웃는 표정으로도 곧잘 화를 내는 사람이었다. 나는 정신적으로 이미 소파에 풀썩 쓰러져 몸을 옹송그린 상태였다.

"정말 죄송해요."

"뭐가?"

'인종차별을 저지르게 놔둬서'라고 했다가는 풋내기처럼 보일 것 같았다. 나는 우물쭈물하다가 결국 이렇게 말했다. "이 말이 위안이 될지는 모르겠지만, 그 사람은 저한테도 '튀기'로 사는 건 어떤 기분이냐고 물었어요. 당신이 좋아하는 천연덕스러운 표정으로요."

"위안이랍시고 하는 말이야? 내 차에는 설탕 안 넣어도 돼, 고마워."

나는 티백 상자를 찬장에 올려놨다. 센물을 끓일 때 생기는 잔거품이 내 머그잔에 담긴 차의 표면을 뒤덮고 보글거렸다.

"저도 알아요." 나는 천천히 말했다. "이 프로젝트 때문에 누구보다 괴로워하는 게 바로 당신이라는 건……."

"그 떨리는 손 좀 진정시키지 그래." 시멜리아는 여전히 미소를 머금은 채 말했지만, 왠지 그 미소가 두개골 속 감춰진 윈치로 얼굴 피부를 잡아당겨 만드는 것 같다는 느낌이 점점 더 강해졌다. "맙소사, 시간관리국의 다양성 교육 프로그램은 문제가 심각하네. 자길 깜짝 놀라게 하고 싶진 않지만, 자기가 믿거나 말거나 난 내가 흑인이란 걸 이미 알고 있어. 그러니까 내 앞에 발라당 누워서 배를 내보이고 아양 떨지 않아도 돼."

나는 시멜리아 앞에 찻잔을 내려놨다.

"제가 한 말 때문에 언짢으셨다면 죄송해요."

"언짢지는 않아. 그냥 자기 때문에 따분할 뿐이야."

"그렇군요."

"'그렇군요'라니, 되게 긍정적이네. 자기, 왠지 블로그는 텀블러 같은 플랫폼을 쓰지 싶은데."

그 말에 나는 그만 웃음을 터뜨렸지만, 웃음소리에서 긴장한 기색이 느껴졌다. 팽팽하던 시멜리아의 미소가 살짝 느슨해졌다. "그럴 줄 알았어. 십중팔구 텀블러에다 '흑인의 목숨도 소중하다BLM' 운동 관련 독서 목록도 올려놨겠지."

나는 의자에 앉았다. 실은 누군가 올려놓은 독서 목록을 공유하기는 했지만, 그때 그 자리에서 사실을 인정하느니 차라리 거실 바닥의 세균이 다 사라질 때까지 혀로 깨끗이 닦는 쪽을 택했을 것이다. "시멜리아, 혹시 무슨 일 있는 거 아니에요?"

시멜리아는 어깨를 으쓱하더니 뒤쪽으로 쭉 폈다. 그녀의 옷차림은 흠잡을 데 없이 멋있었지만, 정작 본인은 그 옷 때문에 불편한 것처럼 보였다.

"맞아." 시멜리아는 한참 만에 입을 열었다. "자기가 전에 국장한테 했던 말, 기억나? 스캐너 인식 가능성을 계속 지켜보는 게 엠케이울트라 같은 느낌이 살짝 난다고 했잖아. 그 말을 들으니까 우리가 이주자들을 데리고 뭘 하고 있나 싶은 거야. 난 임상 전문가잖아. 윤리 규정을 따를 의무가 있다고."

"그럼 저 같은 다른 직원들은요?"

시멜리아는 그때껏 찻잔을 건드리지도 않았다. "다른 직원들이 뭐?"

"저기요, 경관님."

"농담은 그만해." 그 말을 할 때 시멜리아의 말투는 평소보다 훨씬 더 날카로웠다. "잠깐이라도 진지하게 생각해보란 말이야."

나는 발끈했다. 내색하지 않았으니 눈에 띄지는 않았겠지만,

속으로는 못 박힌 판자에 긁히는 느낌이 들었다. 그냥 거기서 대화를 끝냈어야 했는데. 살갗 아래에 박힌 못은, 내 속을 사납게 찔러대는 그 느낌은…… 나는 남에게 얕보이는 상황이 끔찍이도 싫었다. 그리고 그런 상황에 우아하게 대처하는 법도 알지 못했다.

"달걀을 깨지 않으면 오믈렛을 만들 수 없네 어쩌네 하는 케케묵은 격언으로 당신을 모욕하고 싶진 않지만요." 내가 말을 꺼냈다. "이 일을 하겠다고 지원한 사람은 당신이에요. 내가 그랬듯이 당신도 우리가 하는 일이 세상을 바꿀 거라고 생각했을 거 아니에요. 그게 당신이 원한 거잖아요, 기억 안 나요? 정중하게 부탁하는 정도로 세상이 바뀔 것 같아요? 아니면 위험을 감수해야 할 것 같아요?"

시멜리아는 깊은숨을 들이쉬었다. 내가 평소에 주시했던, 그녀가 프로 정신으로 승화시켰던 모든 감정이 이제 표정에서 마구 휘몰아쳤다.

"내가 여기 온 건 네가…… 너라면…… 이해할 거라고 생각했기 때문이야. 안 그래? 실험 대상이 되는 느낌. 남들로 하여금 어떤 개념을 형성케 하는 선구자가 되는 느낌 말이야. '최초'가 되는 느낌. 이번 프로젝트의 핵심 인원 중에 너 말고 다른 캄보디아계가 한 사람이라도 있어? 애초에 동남아시아 출신이 너 말고 또 있기는 하냐고. 흑인이 몇 명인지는 내가 정확히 아는데, 한 손으로도 다 셀 수 있을 정도야."

나는 의자 등받이에 등을 기댔다. 시멜리아는 나에게 호통치 듯 말하지 않았지만, 그럼에도 나는 꾸중을 듣는 기분이었다. 그녀를 보면 나는 가끔 동생이 떠올랐다. "시멜리아, 난 피해자 가 아니에요. 남들한테 나를 피해자로 만들 구실을 제공하지도 않아요. 당신도 나처럼 남에게 그런 빌미를 주지 말라고 조언하 고 싶네요."

시멜리아는 나를 물끄러미 봤다. 얼굴에 가득하던 감정들이 하수구로 내려가는 물처럼 소용돌이치며 빠져나갔다. 그녀가 의자에서 일어섰다. "차 잘 마셨어." 목소리는 싸늘했다.

시멜리아가 작별 인사도 없이 자리를 뜨고 뒤이어 현관문이 쾅 소리를 내며 닫히는 동안, 나는 웅덩이처럼 고인 침묵 속에 우두커니 앉아 있었다. 이는 미래를 만드는 방법에 관해 내가 배운 최초의 비결 중 하나였다. 다름 아닌 매 순간 가능성의 문 을 닫아걸며 앞으로 나아가는 것.

V

"발이 점점 붓는군요." 의무관 굿서가 말했다.

고어는 다시 에러버스함의 의무실에 돌아와 있었다. 당번병 스탠리는 자기 옷소매 끝단을 길게 찢으며 더운물을 가져오라고 고함쳤다. 고어의 동상은 선원들이 목격한 저온 부상 가운데 가장 지독한 수준은 아니었다. 심지어 고어 본인이 겪은 것 중에서도 최악은 아니었다. 그러나 당황해 어쩔 줄 모르던 스탠리는 방금 고어의 보고를 듣기가 무섭게 차분해졌다.

"그자를 사살하신 게 확실합니까?" 르베스콘테 소위가 물었다. 아편전쟁에 참전한 경험이 있는 그는 성격이 냉정한 타고난 군인이었고, 타고난 군인이 으레 그렇듯이 피를 볼 일이 생기면 즐거워했다.

앞서와 똑같이 담담한 말투로 굿서가 말했다. "고어 대위는

224

빗맞히는 법이 없습니다."

　상황에 어울리지 않게 침착하게 구는 보조 외과의에게 고어는 고마움을 느꼈다. 그와 굿서는 장교와 미천한 보조 외과의가 친해질 수 있는 범위 안에서 친구였다. 아니, 그 말은 온당치 않았다. 둘은 정말로 '친구'였다. 굿서는 전문 과학자였다. 설령 그 배의 보급품 창고에 영양소가 풍부한 무화과가 있다고 해도 고어의 군복 어깨에 금색 견장이 달려 있다는 이유만으로 그냥 내줄 사람은 아니었다.

　"난 그 사람이 물개인 줄 알았어." 고어가 말했다. "가엾게도. 그 사람의 비명을 듣자마자 곧장 그쪽으로 뛰어갔어."

　"숨이 끊어진 게 확실합니까?" 르베스콘테가 다시 물었다. 누군가 칼로 한 꺼풀 벗겨낸 것처럼 가느다란 목소리였다.

　"그래. 시체가 있는 곳에 수병을 두어 명 보내게." 고어가 말했다. "담배를 가져가라고 해. 혹시 여분의 강철 단검이 있으면 같이 챙겨가고. 우리가 더는 해를 끼칠 뜻이 없다는 걸 보여줄 만한 물건을 두고 오라고 해. 시체에는 조금도 손대지 말고."

　"그 사람들을 무장시키는 건 께름칙합니다, 대위님." 르베스콘테가 중얼거렸다. "지금 상황을 생각하면 말입니다."

　"그럼 담배만. 굿서 의무관?"

　"예, 대위님."

　"이런 발로 걸어도 되나?"

　굿서는 고어의 발을 잠시 살펴봤다. 그러다가 부어오른 한쪽 발바닥의 오목한 골을 손으로 잡고 쓱 훑었다.

"제 견해가 중요하지 않다는 건 저도 압니다. 어차피 대위님 은 이 발로 걸어 다니실 테니까요."

"말 잘했네."

고어는 장화에 발을 욱여넣기 시작했다. 장갑은 검사대에 올려놓은 허벅지 옆에 있었다. 두 짝 모두 적갈색 얼룩이 말라 붙어 있었다. 총에 맞은 에스키모의 모피에서 피가 배어 나온 탓이었다. 고어가 곁에 도착했을 때 그는 이미 두 눈에 초점이 없었다.

"나는 그자의 심장을 꿰뚫었네, 해리." 고어가 멍하니 중얼 거렸다. 굿서는 대꾸하지 않고 고어의 팔을 꾹 잡았다. 무슨 뜻이었을까? 고어는 크로노미터를 확인할 때처럼 꼼꼼하게 자기 내면의 작동 상태를 확인했다. 갈비뼈 아래쪽을 휘젓는 움직임, 그것은 하나의 감정일까? 그는 위안을 갈구하는 걸까?

갑판에서 초병이 발을 구르며 소리치기 시작했다. 승강구 계단을 바삐 올라가는 선원들의 장화가 남긴 잔상이 시커먼 문신처럼 기다랗게 이어졌다. 누군가 에스키모 무리를 발견했 다는 뜻이었다. 그들이 이 배를 향해 접근하는 중이었다.

5장

9월 어느 날, 나는 핌리코에 있는 어느 벤치에 마거릿 켐블과 함께 앉아 있었다. 대기를 반으로 나눈 차가운 가을 공기가 무쇠 경첩 같았다. 인도 가장자리의 연석에는 참새 떼가 우르르 몰려다니며 축 늘어진 노란 낙엽 사이로 왈츠를 췄다. 마거릿과 내가 나란히 맨 타탄체크 스카프는 아서와 그레이엄이 하일랜드에서 돌아오는 길에 사다 준 스코틀랜드산 고급 모직 제품이었다. 마거릿은 걸핏하면 발을 쭉 뻗고 새 장화를 감탄하듯 바라봤다. 카우보이 복장을 걸친 미국 남부 출신 미녀 같은 분위기가 났고, 붉은 기가 도는 금발은 목깃 위로 흘러내렸다. 높이가 너무 낮아서 어깨가 훤히 드러나는 라펠과 스카프 사이에는 무려 손 한 뼘 정도의 맨살이 보였다. 마거릿은 가슴이 컸는데, 이 얘기를 왜 하냐면 그녀가 코르셋 없이 옷을 입는 일에 아직 익숙하지 않다 보니 가슴에 눈길이 쏠리는 경우가 많았기 때문이다. 그녀의 가슴은 마치 둘이서 대화라도 나누고 싶다는 듯이 위쪽을 향해 불룩 솟아 있었고, 깊숙한 가슴골에는 귀엽게도 분홍색 웨이퍼 부스러기를 닮은 여드름 자국 두 개가 볼록하게 나 있었다. 피부는 비싼 수분크림을 쓰는 사람처럼 하얗고 고왔다. 이런 얘기를 구구절절 쓰는 까닭은 많은 작가들이 여자 가슴을 집요하게 묘사하는 것 때문에 조롱당하기는 하지만, 내가 보기에 세상에는 작가를 자극해 그런 식의 집요한 묘사를 이끌어내는 가슴이 분명히 있기 때문이다. 심지어 남자가 아닌 나조차도 그랬으니까.

마거릿은 그다음 주에 적응도 측정 시험을 다시 치를 예정이었다. 나는 그녀가 시험 내용을 복습하는 것을 돕는 중이었다.

"당신은 다음 선거 때 어떤 후보에게 투표할 건가요?"

"선거에 나온 남자들은 하나같이 거짓말을 하고 옹졸한 속임수를 저질러요. 난 차라리 미친개한테 표를 주겠어요."

"그렇게 대답하면 곤란해지겠지만, 난 그냥 봐줄게요. 당신은 남자 친구가 있나요?"

"아뇨. 만약 그 질문을 한 여자가 내 마음에 들 뿐 아니라 예쁘기까지 하다면, 그 여자한테 혹시 '여자 친구'가 있냐고 물어봐도 돼요?"

"그건 괜찮아요."

"당신은 '여자 친구'가 있나요?"

"그렇게 낄낄 웃지 마요, 고약한 아가씨 같으니. 당신은 페이스북을 사용하나요?"

"'페이스북'은 머릿속에 귀리죽이랑 버터를 만들고 남은 우유 찌꺼기만 차 있는 사람들이나 좋아하죠. 난 적응 기간인 일 년을 다 채우면 '인스타그램'을 쓸 거예요."

"세상에, 매기. 인스타그램은 안 돼요."

"앗, 1916이다!"

거리 저편에서 아서가 성큼성큼 걸어왔다. 그는 바람도 불지 않는데 살짝 몸을 앞으로 숙이고 걸었다. 구식 트위드 재킷 차림이라 역사 드라마에 나오는 인물처럼 보였지만, 생각해보면 어차피 핌리코라는 동네 자체가 고풍스러운 곳이었다. 스코틀랜드에서 돌아온 후로 처음 보는 자리였기 때문에 그에게 여행이 즐거웠는지 물었다. 그는 얼굴을 붉히며 웅얼웅얼 대답했다. "아, 그게…… 좋았습니다. 그냥…… 멋졌어요. 정말로요."

아서는 내 옆에 앉아 땅만 내려다봤다. 마거릿이 내 무릎 위로 몸을 숙이며 말했다. "1916, 혹시 '남자 친구' 있어요? 그 사람 내 '페이스북'에 '친구 추가' 해도 돼요?"

아서는 더욱 붉어진 얼굴로 놀리지 말라고 중얼거린 반면, 마거릿은 고개를 들고 내게 물었다. "나 잘했어요?"

"멋지게 해냈어요. 진짜 현대 여성 같아요. 그런데 내 가랑이에 팔꿈치를 짚고 있네요. 기분 나쁘진 않지만 그래도 이런 건 술부터 한잔 사주고 나서 해야 돼요."

"두 분 다 적당히 좀 하십시오. 1847이 곧 올 겁니다. 그 사람이 야단칠 게 뻔하잖습니까."

"저기 오네요. 악마 궁둥짝에 난 부스럼 같은 인간도 같이."

"아, 카딩엄도 같이 와요?" 나는 눈을 가늘게 뜨고 길 저편을 응시하며 물었다.

그레이엄은 오토바이를 탈 때 입는 가죽 재킷과 가죽 바지 차림이었다. 그가 처음 그 옷을 보여주며 재킷 속 어깨를 으쓱거렸을 때, 그래서 가죽이 뽀드득거리는 소리가 났을 때, 나는 혀가 묵직해지고 손끝이 따끔거리는 느낌이 들어서 무슨 가죽 알레르기라도 생긴 것만 같은 기분이었다. 나는 그 생각을 하며 아서 쪽을 흘깃 봤다. 그 역시 나처럼 가죽에 알레르기가 있는 모양이었다.

"안녕하십니까." 그레이엄이 인사했다. "다 같이 강도질이라도 하고 오는 길입니까? 뭔가 굉장히 켕기는 표정들인데요."

"그러는 당신은 잉크병에 빠졌다가 기어 나온 개구리 같군요." 마거릿이 말했다. 우리 셋 가운데 그녀만이 가죽옷을 온몸에 두른 빅토리아 시대 사람을 보고도 냉정을 유지했다.

"저도 반갑습니다, 1665. 토머스, 내 가교를 기억하겠지. 둘이 정식으로 인사한 적이 있는지는 모르겠는데……."

"안녕하십니까, 부인." 카딩엄이 말했다. 호칭에 함축된 본심인 '미천한 여자 같으니'가 어찌나 강렬하게 느껴졌던지, 나는 그만 그레이엄이 곁에 있다는 사실은 물론이고 아서와 그레이엄의 관계, 또 그레이엄과 마거릿의 관계를 살피는 일까지 모조리 까맣게 잊어버렸다.

"흠. 정식으로 인사하게 돼서 반갑네요, 카딩엄 중위님."

카딩엄의 표정이 딱딱하게 굳었다. 문득 내 머릿속에 떠오른 생각은, 내가 역사 속에서 튀어나온 '평범한' 남성이 내 말에 어떻게 반응할지 제대로 알 기회가 없었다는 것이었다. 이는 아서(게이 아니면 양성애자인, 그래서 원래 속한 시대에서 주변인으로 살았던)와 그레이엄(탐험가로 살아가느라 유연하게 사고하고 관용을 베풀 줄도 알아야 했던) 덕분이었다. 카딩엄은 나를 역겨워했다. 내가 자기 구두 밑에 엎드려 감히 눈도 못 마주치는 신분일 거라 생각했던 것이다. 마거릿에게는 말로 다 하기 힘든 강점이었던 평등이 그에게는 약점이었다. 그래서 그는 갖고 놀던 장난감이 다 치워진 아이처럼 분노로 활활 타올랐다.

"고어 중령님이 그대를 높이 평가하시더군요. 보아하니 그대는 눈치 빠른 안주인이신 듯합니다."

혹시 나더러 '약삭빠르다'라고 한 건 아니었을까? 확신이 서지 않았다. 카딩엄의 발음은 일부러 지독하게 굴린 것처럼 들렸으니까. 곁에 앉은 마거릿이 조그맣고 섬세한 양손을 불끈 쥐는 모습이 내 눈에 들어왔다.

여덟 살 무렵, 나는 비인간 동물의 세계를 예리하게 인식하기 시작했다. 엄마, 아빠, 동생, 집, 학교, 선생님, 목욕, 접시, 의자,

크레용, 드레스……. 내가 보기에 그런 것들은 우주를 구성하는 요소가 아니라, 세계와 별개로 존재하는 독립체에 지나지 않았다. 그리고 우리와 함께 세계를 공유하는 것은 벌레와 쥐, 참새, 쥐며느리, 다람쥐, 나방, 비둘기, 고양이, 거미였다. 나는 공간을 차지하기 위해 싸워야 한다는 비참한 기분을 느꼈다. 그것들, 인간이 아닌 그 동물들은 어디에나 있었으니까. 그것들은 사물 밑에 있는 빈틈과 그늘진 곳에서 기어 나왔고, 내 눈에 보이지 않는 나무 위 높다란 곳과 내가 아무리 파헤쳐도 가닿지 못하는 깊은 흙 속에 살았다. 가끔은 나와 한방에 머물렀는데 경우에 따라 나는 그것들의 존재를 알아차리지 못하기도 했으나 그것들은 나에 관해 훤히 알았다. 내 사방에서 성대하고 오싹한 갖가지 활동이 바쁘게 벌어지고 있던 것이다. 나는 거기에 어떻게 대처해야 좋을지 알지 못했다. 그래서 거미를 끔찍이도 무서워하게 됐다.

당시 우리 부모님은 다섯 살 먹은 내 동생의 야경증을 달래주려고 애썼는데, 증상이라고 해봐야 훌쩍거리는 울음소리 정도였다. 부모님에게 나는 안중에도 없었다. 나는 비명을 지르고 경기를 일으켰는데도. 이곳저곳에 기어올라가고, 책과 꽃병을 바닥으로 던지고, 히스테리를 일으키며 엉엉 울었는데도. 가끔은 아예 거미가 없는데도 단지 거미가 생각났다는 이유로 그럴 때도 있었다.

어머니는 내 비명이 어떤 종류의 공포 때문에 바뀌었는지 알아차리고 나서 처음에는 내게 화를 내는 식으로 나의 경기를 다스리려고 했다. 어른이 된 지금에야 이해하는 사실이지만, 그때 어머니가 화를 낸 까닭은 나 때문에 본인도 덩달아 겁을 먹기 때문이었다. 그런 일이 계속 일어나는 동안 어머니는 번번이 문제를 해결하려 했지만 오히려 더 악화시킬 뿐이었다. 그도 그럴 것이, 어머니는 나를 겁먹게 하는 거미를 죽이면 인간이 벌레 앞에서 얼마나 끄떡없는 존재인지 내게 보여줄 수 있을 줄 알았던 것이다. 하지만 어릴 적부터 불교 신자였던 어머니는 동물에게 상냥했다. 심지어 징그럽게 생긴 것들에게도 마찬가지였다. 그래서 거미를 제대로 죽이지 못하고 상처만 입혔고, 반쯤 불구가 된 몸으로 뽀르르 기어다니는 거미를 보며 나는 더욱 크게 울었다. 그러면 어머니도 덩달아 울었다. 실은 거미를 죽이고 싶지 않았으니까. 아무것도 죽이고 싶지 않았으니까.

아버지는 기발한 해법을 떠올렸다. 내가 여덟 살이던 해 봄, 크기가 손가락 한 마디만 한 통통한 거북이등거미가 우리 집 마당의 덤불 앞을 차지하고 거미줄을 쳤다. 나는 그 거미가 끔찍이도 싫었다. 거미가 있는 것을 알고 나서는 마당의 잔디에 발도 딛지 않으려 했다.

"뭐야, 긴 다리 아주머니를 만나기 싫은 거야?" 아빠가 내게 한 말이었다.

"방금 '긴 다리 아주 많이'라고 했어?" 어머니는 벌컥 화를 냈다. "어떻게 된 거야? 그게 새끼를 까기라도 했어?"

"긴 다리 아주머니라고." 아버지는 우스꽝스러운 표정으로 호들갑을 떨었다. "덤불에 사는 위풍당당한 노부인 말이야. 자기 곳간을 감시하는."

"이제 곡괭이도 마련했다 이거지. '밑지고 한 장' 하겠네." 어머니가 중얼거렸다. "다음엔 드라이버를 훔쳐다가 집을 지으려고 하겠어. 시청에 전화해서 건축 허가를 받아야지."

아버지는 아랑곳하지 않았다. 아버지는 자기 방식이 어머니 방식을 이길 테고 그러면 적어도 절반은 성공적인 공동 육아라고 자신했다. 아버지가 묘사한 긴 다리 아주머니는 우아한 독신 노년 여성으로서 다른 곤충들에게 크게 존경받았다(아버지가 깐깐하게 덧붙이길, 다리가 여덟 개이기 때문에 엄밀히 따지면 곤충은 아니라고 했다). 그녀는 근면한 일꾼이자 솜씨 좋은 장인이었고, 암살의 권위자였다. 아버지는 혼자 돌아다니며 귀찮게 굴던 파리가 그녀에게 걸려 내장이 파먹히는 광경을 지켜보라며 나를 자기 곁으로 불렀다. 거미줄에서 조금 떨어져 안전했지만, 그 대신 아버지의 시시콜콜한 해설을 다 들어야 했다.

아버지의 방식은 효과가 있었다. 긴 다리 아주머니는 비인간 동물에서 거의 인간인 존재로 슬그머니 변신했다. 물론 엄청나게 마음에 드는 인간은 아니었지만, 그래도 재산과 재주 모두 적잖이 갖춘 여성이었다. "봐." 아버지가 말했다. "저기 한쪽 구석에서 아주머니가 기다리고 있지? 우리 눈에는 안 보이지만, 실은 손톱을 날카롭게 가는 중이야. 거미줄을 치는 어려운 일은 이제 거의 다 끝냈어. 그 방법을 배우려고 건축학과에서 사 년이나 공부했단다. 이제 남은 일은 느긋하게 앉아 먹이가 알아서 다가올 때까지 기다리는 것뿐이야."

나는 끈기 있는 긴 다리 아주머니의 교훈을 고스란히 품은 채 어른이 됐다. 호들갑을 떠는 경우는 거의 없었고, 힘든 일도 무심하게 해냈다. 하지만 원한은 꼼꼼하게 기억했고 비밀도 잔뜩 간직했다. 언젠가 시간관리국에서 잠시 업무상의 고립 상태에 빠졌을 때, 나는 내 거미줄 깊숙한 곳으로 숨어들었다. 그 무렵 아델라는 부재중이었고 퀜틴은 실종 상태였으며, 시멜리아는 복도에서 마주쳐도 인사조차 하지 않았고, 컨트롤은 복지과가 맡은 인식 가능성 실험에 정신이 팔려 있었다. 어디선가 뭔가 틀어지는 바람에 문제가 생긴 상황이었지만, 무슨 일인지 모르는 나로서는 기다리는 수밖에 없었다.

퀜틴은 무단결근 아니면 작전중 사망 상태였지만, 나는 여전히 그에게 보내는 핵심 보고서를 출력해 차곡차곡 쌓아뒀다. 그에게 편지도 썼다. 이메일, 문자메시지, 팀 대화방 메시지, 음성 메시지까지 보냈다. 감시당하는 건 알고 있었다. 실은 거기에 기대를 걸었다. 내가 개방적이고, 다정하고, 정직한 사람이라는 것을 부디 당국이 알아줬으면 하고 바랐으니까. 메시지 내용은 가벼운 친밀감이 느껴지게만 적었다. 너무 사적인 내용은 하나도 없었고 주로 탕비실에서 나눌 법한 소문 이야기, 아니면 요즘 읽는 책 이야기였다.

그런 노력이 결실을 맺은 때는 초가을이었다. 어느 날 아침을 먹으러 아래층에 내려가 보니 그레이엄이 주방 카운터 앞에 앉아 사전과 단백질 보충제 깡통을 놓고 깡통 라벨의 문구를 해석하고 있었다.

"실크 미노타우로스를 깨물다." 그레이엄이 말했다.

"어…… 잘 잤어요?"

그레이엄이 직사각형 카드 한 장을 들어 내게 보여줬다. 버킹엄 궁전 사진으로 만든 지독히도 흔해빠진 엽서였다. 지난 오십 년 사이 어느 시점에 찍었어도 똑같이 나왔을 사진이었고, 엽서 자체도 런던 광역권의 어느 가게에서나 팔 법한 것이었다. "여기 뒷면에 그렇게 적혀 있습니다." 그가 말했다. "무슨 암호 같은 것일까요? 요즘 시대에는 연애편지를 이런 식으로 씁니까? 당신의 명예를 위해 제가 모른 척해야 할까요? 그건 그렇고, 잠은 잘 잤나요?"

그 엽서는 퀜틴이 큰 위험을 감수해가며 보낸 것이었다. 거기에는 엽서 뒷면의 잔뜩 생략된 시 같은 문구가 실은 단어 세 개로 지구상의 모든 지점을 평방피트 단위까지 표시하는 특정 앱의 암호라는 것을 내가 안다는 사실도 포함됐다. 문구가 가리키는 지점은 공원이었다. 하늘이 훤히 보이는 탁 트인 공간이었고 지나다니는 사람도 많았다.

시간이나 날짜는 없었다. 나는 일과 시간이 끝난 후 공원으로 나갔다. 앞서 퀜틴에게 보낸 이메일에 곧잘 적었던 내용대로 일과 후 습관인 산책을 나가는 척했던 것이다. 고작 몇 미터 앞에 퀜틴이 보였다. 그는 너무나 태연했다. 야구 모자를 쓴 모습이 어찌나 수수하고 평범했던지 나는 눈앞이 아찔했다. 훤히 보이는 곳에 숨다니, 영리한 전술이었다.

"퀜틴, 의상이 멋지네요. 왜 이제 나한테 전화 안 해요?"

"그 이유는 비밀이에요."

"잘 지내요?"

"감시당하는 중이에요."

"네? 지금요? 경고 한번 더럽게 일찍 해주네요."

"지금은 아니에요. 하지만, 자는 곳도, 가는 곳도, 다 제한이 있어요. 시간관리국이……."

퀜틴이 갑자기 말을 멈췄다. 가까이 다가서자 시큼한 입 냄새와 함께 피부 연고제 냄새 같은 알칼리성 향이 느껴졌다. 말하는 동안 그의 시선은 내 빗장뼈를 향해 있었다. 아픈 기색이 또렷했다. 적어도 내 생각에는 그랬다. 화가 스르르 누그러졌다.

"퀜틴, 괜찮아요? 내가 뭐 도와줄 거 없어요?"

"당신을 믿어도 돼요?" 퀜틴이 불쑥 물었다. 나는 그제야 이해가 갔다. 그는 병이 난 상태였다. 시간 여행 프로젝트에서 받은 압박이 계속 쌓여간 탓에 그만 무너지고 만 것이다. 퀜틴은 나에게 믿어도 되냐고 물을 사람이 결코 아니었다. 전직 현장 요원이었으니 내가 거짓말을 할 수도 있다는 것을 그는 당연하게 알았다. 나는 그를 달래어 진정시켜야 했다. 그래서 내게 가장 편하게 어울리는 배역을 맡아 연기하기 시작했다. 대사는 시멜리아가 이미 가르쳐준 적이 있었다.

"그럼요, 당연하죠. 프로젝트가 걱정되기는 나도 마찬가지예요. 내 파일 읽었을 것 아니에요. 선구자가 되는 느낌이 어떤지 나는 알 거라고 생각했겠죠. '실험 대상' 말이에요."

퀜틴의 표정이 희망의 빛으로 환해졌다. 그는 고개를 끄덕였다. 눈빛은 집단 학살이 벌어지는 머나먼 지평선을 바라보듯이 아련하면서도 겁에 질려 있었다. 사람들이 나를 보며 떠올리는 생각은 정말이지 이상하기 짝이 없다.

"전에 나한테 준 스케치 기억나요?" 퀜틴이 물었다.

"네." 내가 대답했다. 이번에는 자신 없는 목소리가 나왔다.

"거기 그려진 물건은 무기 같아요. 아직 존재하지 않는 무기 같긴 한데, 그래도 지금 여기에 있어요. 그리고…… 난 그 무기의 위력을 아무래도 목격한 것 같아요. 정말이에요. 더럽게 무시무시해요."

나는 손을 뻗어 퀜틴의 손을 잡았다. 그에게 위안을 주려고 한 행동이었지만, 이와 동시에 그의 소맷부리에 손가락 두 개를 슬며시 집어넣는 것이 목적이기도 했다. 빠르게 뛰는 그의 맥박이 손끝에 느껴졌다.

"걱정되네요." 나는 천천히 말했다.

퀜틴이 냉큼 손을 뺐다.

"내 얘기 안 믿는 거 다 알아요." 퀜틴이 빠르게 중얼거렸다.

"나 같아도 안 믿을 테니까요. 하지만 나한테 증거가 있어요. 이 프로젝트의 목적은 과학 연구가 아니에요. 진짜 목적은 무기 개발이에요."

시간관리국이 떳떳한 일만 하는 곳이라고 생각하는 것은 내가 보기에도 바보 같은 착각이었다. 정해진 규칙대로만 일해서는 발전할 수 없는 법이니까. 하지만 내 머릿속에 문득 떠오른 생각은 퀜틴이 가교-이주자 실험의 위험 요소라는 것, 그렇게 된 이유는 그가 간부급 내부 고발자이거나 편집증 또는 망상증 보유자이기 때문이라는 것이었다. 어느 쪽이든 간에 그는 내 담당 연락관이었다. 그가 내 방주에 탄 나무좀 벌레처럼 느껴진 까닭도 그래서였다. 그의 말이 옳다면, 또 그가 경찰에 찌를 작정이라면, 나는 엄청난 비난과 처벌을 받을 테고 그 후에 남은 일은 여기저기 돌아다니며 채찍질을 당하는 것뿐이었다. 반면 만약 그가 틀렸다면 나는 미친 사람이 여봐란듯이 빠져나가도록 놔두는 셈이었고, 그렇게 되면 승진 같은 것은 기대하기 힘들 듯싶었다.

"있잖아요." 나는 퀜틴에게 말했다. "가교는 이번 프로젝트의 필수 요소예요. 그리고 난 가장 잘 적응하는 이주자의 가교죠. 당국도 나를 건드리진 못해요. 나한테 증거를 가져와요. 그럼 그다음은 내가 알아서 할게요."

그러고 보니 거미 이야기의 결말을 얘기하는 걸 깜박했다. 나는 긴 다리 아주머니를 찾아가기 시작했다. 그 무렵 나는《이상한 나라의 앨리스》를 읽고 있었는데 이따금 책을 들고 거미줄 앞에 앉아 루이스 캐럴이 지은 불길한 자장가를 더듬더듬 읽었다. 긴 다리 아주머니가 우아하게 내 낭독을 들어주는 것 같아서 뿌듯했다. 유리창처럼 칸칸이 나뉜 거미줄에 고요히 앉은 모습이 꼭 천사 같았다. 그러다가 너무나 빨라서 '타타타타탁!'이나 '후두두두둑!' 같은 의태어로밖에 표현할 수 없는 속도로 거미줄 구석에서 튀어나와 줄에 걸린 파리를 붙잡았다. 그럴 때면 나는 책을 냉큼 덮고 그녀가 요리하는 모습을 지켜봤다.

《이상한 나라의 앨리스》를 읽다가 가짜 거북이가 탄식하는 대목에 이르고 보니 계절은 어느새 나비가 날아다닐 무렵이었다. 아빠가 심은 노란 장미 덤불에는 번데기가 줄줄이 앉아 있었고 저마다 등이 갈라져 날개를 내밀 채비를 하는 중이었다. 몸이 다 마른 나비들이 번데기에서 나와 날개를 펼치는 동안 나는 나비 날개의 기괴하고 현란한 색을 가만히 바라봤다. 나비는 그렇게나 많은 관심을 요구했다. 거미가 원하는 것은 그저 먹이뿐인데.

나는 손을 뻗어 반쯤 모습을 갖춘 나비를 손가락으로 집었다. 거의 모피처럼 보드라운 느낌이었다. 생겨난 지 몇 시간밖에 안된 미세한 비늘이 내 손끝에서 바스러졌다. 살며시 잡아당겨 슬쩍 튕기자 나비는 거미줄 속으로 휙 던져졌다. 긴 다리 아주머니의 요리가 끝날 때까지 나비는 몹시도 오랫동안 버둥거렸다.

나는 술에 취하면 그 이야기를 들려줬다. 상대는 한산한 디너 파티에서 함께 어울린 친구들, 또는 그레이엄을 알기 전 몇 해 동안 드물게 만난 남자들이었다. 그들은 하나같이 어린 여자애 였던 나의 잔인성을 보여주는 이야기로만 여겼다. 나비를 거미에게 먹이로 주는 사람이 어디 있겠는가? 하지만 나는 언제나 그 이야기를 다르게 생각했다. 물론 거미가 무섭기는 했다. 그때 나는 고작 여덟 살이었으니까. 긴 다리 아주머니는 눈이 거의 열 개나 됐고 살아있는 동물의 목숨을 빨아먹는 존재였다. 그래, 내가 거미를 무서워한 것은 사실이었다. 나는 그저 어린아이의 정신세계에서 공포를 다스릴 유일한 방법을 찾아냈을 뿐이었다. 한패가 되는 것. 날개를 붙잡는 것. 요리를 시작하는 것.

가을은 기세 좋게 들이닥쳤다. 하루하루가 냉장고 깊숙이 넣어두고 잊어버린 식재료처럼 서서히 물크러져 축축해졌다. 맑은 날에도 궂은날에도 보도 곳곳에 소금기를 머금은 빗물 웅덩이가 널려 있었다.

10월 초, 마거릿이 감기에 걸렸다.

세월이 삼백오십 년이 넘게 흐르다 보면 평범한 감기 바이러스도 변이를 일으키게 마련이었다. 깜짝 놀란 마거릿의 몸은 병세가 위중해졌다. 가교와 함께 지내는 숙소에서 관리국 청사의 병동으로 이송될 정도였다.

아델라는 평소 모이는 회의실에서 비상 회의를 소집했다.

"모두 다 감염시켜야 합니다." 랠프가 말했다. "1665를 시켜 다른 이주자들한테 재채기를 하게 한 다음 모두 병동에 입원시키고 관찰하는 겁니다."

"그랬다간 1600년대에서 온 사람들은 죽을지도 몰라요." 아이번이 말했다. 카딩엄의 가교인 그의 목소리에는 방금 그 말이 사실이 돼도 꼭 나쁜 일은 아니라고 암시하는 느낌이 가득했다.

"그 사람들은 고통스러웠던 추출 과정이 끝났을 때 말고는 병동에 머문 적이 없어요." 시멜리아가 말했다. "다시 입원시키면 그때의 기억이 되살아날지도 몰라요."

"어이쿠, '방아쇠 효과' 말씀이군요." 랠프가 말했다. "이주자들한테 방아쇠를 당길 수야 없죠."

"맞아요, 그럴 순 없어요, 랠프. 그 사람들은 정신도 육체도 최대한 튼튼하게 유지해야 해요. 그렇게 되게끔 보장하는 게 다름 아닌 우리 임무고요."

짜증이 넘치는 회의였다. 근심으로 가득한 주제인 '돌봄'이야말로 한 집단의 균열을 가장 빠르게 드러내기 때문이다. 한 개인의 인격에서 돌봄은 죽음보다도 더 많은 것을 보여주기 때문에 중립적으로 논의하기가 힘들다. 백신, 말기 환자를 위한 고통 완화 치료, 환자의 치료 동의 능력에 대한 판단 기준, 중증 질환의 성립 요건, 세금이 들어간 제도의 이용 및 남용. 디너파티에서 이러한 주제를 꺼내면 짐말처럼 온순해 보이던 사람들도 서로 물어뜯어 가죽을 벗기려 드는 광경이 펼쳐지게 마련이다.

나는 영상통화로 마거릿과 다른 이주자들이 대화하게끔 해주자는 방안을 내놨다. 목표는 그녀를 안심시켜 머잖아 퇴원할 수 있으며 추출 과정을 거꾸로 거쳐 과거로 돌아가지 않으리라고 믿게 하는 것이었다.

"그래요." 시멜리아가 냉랭한 목소리로 동의했다. "그 자리는 제가 마련할 수 있어요."

"어, 맡아달라는 뜻에서 한 말은 아니었는데……."

"고마워, 시멜리아." 아델라의 목소리에서 지친 기색이 느껴졌다. "따로 논의할 안건이 없으면 이대로 국장님께 보고하는 걸로……."

아델라는 돌봄에 관해서라면 '약골이 아니라 병원에 평생 가 본 적도 없는' 부류에 속했기 때문에 이날 회의에서는 아무것도 바뀌지 않았다. 병세가 위험한 수준으로 악화된 이주자는 병동에 격리돼야 했고, 방아쇠 효과 따위는 알 바 아니었다. 정신을 바짝 차리고 집에서 버틸 수 있는 경우는 그렇게 해야 했다.

시멜리아는 병상에 누운 마거릿의 단체 영상통화를 준비하며 무슨 인질 석방 협상이라도 하듯 복지과를 상대로 협상을 벌였다. 줌으로 영상통화를 하는 동안 나를 비롯한 네 사람은 상심과 혼란에 빠진 마거릿을 달래려고 애썼다(이주자들은 소프트웨어가 너무 조잡하다며 실망했다, 이 멋진 미래의 문물이 전송 지연이나 픽셀화 표시, 음성 불량 같은 문제를 일으킬 줄은 꿈에도 몰랐으므로).

"여기 사람들이 나를 바늘로 찔렀어요! 그것 때문에 죽으면 어떡하나 불안한데…… 맨 처음 여기 도착했을 때 우릴 아프게 했던 도구가 이렇게 생긴 바늘 아닌가요?"

마거릿이 하얀 팔을 들어 올리자 정맥 주사용 튜브가 덜렁거렸다. 아서와 그레이엄은 동시에 몸을 움찔했다.

"기억납니다." 아서가 쉰 목소리로 중얼거렸다. "하지만 여태까맣게 잊고 있었는데…… 1847, 혹시……?"

"그래, 나도 마찬가지야."

"저 병실…… 매기, 카메라를 옆으로 돌려볼래요? 맙소사. 저도 저 병실에 있었습니까?"

그레이엄은 대답하지 않았지만 그 대신 낯빛이 몹시도 창백해졌다. 나를 향해 흘깃 눈짓하는 시멜리아가 보였고, 우리는 방을 가로질러 눈길을 주고받으며 잠깐 다시 한편이 됐다. 이윽고 그녀는 태연한 표정으로 돌아와 화면 속 병실에 있는 복지과 직원과 영상통화 일정에 관해 활기찬 목소리로 짧게 대화했다. 그 직원은 노트북 컴퓨터를 넘겨받기가 무섭게 배경을 뿌연 화면으로 처리했다.

마거릿은 관리국에 머문 지 고작 엿새 만에 건강을 회복하고 퇴원했다. 그 엿새 동안 지독한 불안에 시달린 나는 손톱을 무슨 개가 씹어놓은 것처럼 물어뜯으며 전전긍긍했다. 하지만 막상 그녀가 퇴원하고 나자 현대 의학에 대한 믿음이 부족했던 나 자신이 바보같이 느껴졌다. 그냥 감기였을 뿐이야. 나는 스스로를 타일렀다. 감기 정도라면 그녀가 회복하는 것도 당연했다.

다음으로 감기에 걸린 사람은 아서였지만, 그는 시간상 마거릿보다 현대의 감기에 더 가까웠기 때문에 힘든 시간을 보내는 와중에도 시멜리아와 함께 지낼 수 있었다. 얼마 지나지 않아 나도 감기에 걸렸다.

"나한테 가까이 오지 마요." 나는 그레이엄에게 경고했다.

"난 괜찮습니다." 그레이엄은 대수롭잖다는 듯이 말했다. "온화한 기후에서 목에 단순한 염증이 생긴 것뿐이잖습니까? 나는 북극의 허허벌판에서 설맹을 겪은 적도 있습니다. 기침 같은 건 하나도 무섭지 않습니다."

나는 마스크 속에서 물기 어린 소리를 내며 코를 훌쩍였다. 마스크는 몇 년 전 코로나 바이러스 대유행 때 쓰고 남은 것이었다. 캄보디아식 닭죽인 보보를 끓이려고 했지만 쌀을 끓일 육수의 양을 맞추는 것조차 힘에 부쳤다.

"내가 하겠습니다." 그레이엄이 말했다.

콧물이 줄줄 흐르고 눈알은 후추를 뿌린 달걀처럼 화끈거리는 상태로 그에게 보보 만드는 법을 가르쳤다. 그러는 동안 자꾸만 보보를 홍콩식 쌀죽인 '콘지'로 잘못 말했다. 또 중국식 꽈배기인 유탸오를 보고는 인도네시아식 볶음국수인 '차 퀘이'라고, 양파는 쪽파라고 착각해 말했는데 다 너무 아파서 어떤 언어를 사용해야 하는지 기억나지 않았기 때문이다. 나는 그가 죽이 알아서 보글보글 끓도록 놔두는 것까지 보고 자리를 떴다. 내가 알려준 해괴망측한 조리법으로도 그는 먹을 만한 음식을 만들어냈다. 그러고는 내 방으로 가져다줬다.

"들어가도 되겠습니까?"

"절대 안 돼요. 크응."

"옷은…… 제대로 입었겠지요?"

"눈요기할 만한 건 아무것도 못 볼 거예요. 당신이 걱정하는 게 그거라면요. 훌쩍. 킁. 우와, 맛있어 보이네요. 고마워요."

"별말씀을."

"긴장한 것 같네요. 숙녀의 침실은 처음인가 보죠?"

"나도 누이가 있습니다. 있었지요. 저건 뭡니까?"

"헤어드라이어예요. 크응. 쿨럭. 어휴. 미안해요. 뜨거운 바람을 머리에 똑바로 쐬주는 물건이에요."

"거참 쓸모 있군요. 그럼 이건요?"

"자명종 시계요. 아침에 새소리를 들려줘요. 킁. 저 반달 모양 전등에 불이 켜지면 아침 해랑 비슷하게 환해서 일찍 눈을 떠도 주위가 캄캄하지 않아요."

"매우 영리한 발명품입니다. 여기 이것들은 뭡니까?"

"피임약이에요."

"피임이라면……?"

"하루에 한 알씩 먹으면 임신이 예방되는 약이에요. 크응. 그렇다고 내가 요즘 섹스를 한다는 말은 아니고요."

그레이엄은 서둘러 약을 내려놓고 붉어진 얼굴로 중얼거렸다. "'섹스'를 '하다'라니, 정말이지 혐오스러운 말이군요. 다시는 들을 일이 없으면 좋겠습니다."

이후 하루이틀 동안 우리는 다시금 쓸쓸하고 불편한 사이로 돌아갔다. 그레이엄이 성을 어떻게 여기는지는 수수께끼였다. 나는 그가 성생활을 누린 적이 있는지, 그것을 원하기는 했는지 도무지 알 길이 없었다. 다른 시대에 비해 활발하고 탐욕스러운 21세기의 섹스를 그가 어떻게 생각하는지에 관해 시간관리국의 정신분석 전문가는 그의 성 관념이 지독히도 18세기적이라는 것밖에 밝혀내지 못했다. 나에게는 추출 당시에 작성된 그의 의료기록 사본이 있었는데 이에 따르면 그는 어떤 종류의 성병도 보유하지 않았고 치료받은 적도 없었다. 빅토리아 시대 영국에 매춘이 만연했던 점과 당시 믿을 만한 접촉 차단식 피임 도구가 존재하지 않았던 점, 게다가 그가 뱃사람이었던 점을 감안하면 이는 곧 그가 숫총각이거나 운이 매우 좋은 사람이라는 뜻이었다. 다만 나는 그의 생애에 관해 알 만큼 알았기 때문에 그가 매우, 매우 운이 좋은 사람이라는 것 또한 알 수 있었다.

아니나 다를까, 그레이엄은 나에게서 감기가 옮았다.

아침 10시에 어렴풋이 삐걱거리는 침대 프레임 소리를 듣고 그 사실을 처음 알아차렸다. 평소 같으면 그레이엄이 벌써 몇 시간 전에 일어나 돌아다녀야 했으니까. 방문을 두드렸더니 대답 대신 발작 같은 기침 소리가 들려왔고, 나는 곧장 문을 열었다.

"옷도 제대로 안 입었단 말입니다!" 그레이엄은 껵껵대는 목소리로 외치며 침대에서 몸을 일으켰다.

“가릴 데는 다 가렸네요, 뭐.” 내가 말했다. 거짓말이었다. 브이넥 티셔츠의 꼭짓점 부분이 평평한 가슴뼈 위까지 내려와 있었다(나는 티셔츠 바람인 그레이엄을 그때 처음 봤다). 그 사이로 드러난 가슴에는 구불구불한 검은 털이 꼭 종이 한가득 그려진 물음표처럼 잔뜩 나 있었다.

“당신 상태가…… 안 좋아 보여요.” 내가 덧붙인 말이었다.

“당국에 보고하지 마십시오.”

“여기서 더 안 좋아지면…….”

“난 괜찮습니다. 그저 하루이틀 정도 당신 흉내를 내면서 게으름 피우면 됩니다.”

“몸져누운 주제에 나한테 함부로 말하지 말아요.”

내가 손을 뻗자 그레이엄은 이불을 목까지 끌어올려 순결한 몸 행세를 했다.

“체온 좀 확인할게요.” 나는 그레이엄에게 움찔하며 달아날 틈을 주지 않고 손바닥으로 그의 이마를 짚었다. 그는 조심스럽게 경계하는 표정으로 나를 올려다봤다. 나의 다음 수를 예측하려고 궁리하는 기색이 또렷했다.

내 손에 닿은 살갗은 깜짝 놀랄 만큼 뜨거웠다. “열이 높네요.” 나는 손을 떼며 말했다. 손바닥이 그레이엄의 땀으로 번들거렸다.

“난 괜찮습니다. 정말이에요.”

“내가 전화해서…….”

“그만두십시오.”

“……매기랑 아서를 불러야겠어요. 그 사람들은 먼저 걸렸다가 다 나았으니까요. 당신 상태가 얼마나 심각한지 비교해서 알려줄지도 몰라요.”

마거릿과 아서는 삼십 분도 안 되어 도착했다.

“1847!” 마거릿은 울부짖으며 침대에 털썩 주저앉았다. “몰골이 이게 뭐야! 세상에, 침대가 흠뻑 젖었잖아요!”

“열이 굉장히 높아요. 여기요. 이마 좀 짚어보세요.”

“1916, 이 여자들 좀 눈에 안 보이는 데로 데려가주게.” 그레이엄의 목소리는 조금 필사적인 느낌이 났다.

“차라도 한잔하시겠습니까?” 아서가 제안했다. 마거릿과 나는 미적미적 걸으며 방을 나섰다. 마거릿은 자기 소매를 손으로 잡아당기며 안절부절못했다.

“세상에, 끔찍해라! 저 사람 얼굴이 오줌 싼 이불보 같아요!”

“뭐라고 하는지 다 들립니다.”

“저 흉측한 옷 좀 벗으라고 해요.” 마거릿이 아서에게 큰 소리로 말했다. “반항하면 칼로 잘라서 벗겨버려요. 저런 옷에서 스며 나오는 증기를 쬐면 병이 더 위중해질 거예요.”

우리는 아래층으로 내려갔다. 마거릿이 접대용 다과(그녀가 사용한 표현이었다)로는 사과가 좋겠다고 해서 나는 찻물 주전자를 올리고 사과를 깎기 시작했다. 마거릿이 오늘날의 사과는 맛이 밋밋하고 기분 나쁘게 시큼털털하다고 말하기에 그녀에게 집약농업에 관해 설명해줬다. 위층에서 남자들 목소리가 두런 두런 들려왔다.

쿵쾅대는 발소리에 이어 집 안 수도에서 물이 콸콸 쏟아지는 소리가 들려왔다. 아마도 아서가 목욕을 하는 모양이었다. 나직한 목소리가 더 들려왔지만 이번에는 빠르게 퍼붓는 것으로 보아 다투는 소리인 듯했다. 그러다가 갑자기 아서가 말했다. 아니, 쏘아붙였다. "똑바로 앉는 것도 제대로 못 하잖습니까. 물에 빠져 죽게 놔둘 순 없습니다. 맙소사, 그레이……." 뒤이어 그가 몇 마디 덧붙였다. 이번에는 상냥하고 빠른 말투였다. 무슨 말인지는 알아듣지 못했지만 달래는 말투 특유의 가락인 것은 알 수 있었기에 나는 공감을 느낀 나머지 눈썹이 찡긋 올라갔다.

몇 분 동안 둘의 목소리가 들리지 않았다. 나는 마거릿과 눈길을 주고받았다. 이윽고 헛헛한 느낌이 드는 첨벙 소리가 났다. 물이 차 있는 욕조에 사람이 온몸으로 뛰어들 때 날 법한 소리와 매우 비슷했다. 마거릿이 씩 웃었다. 위층에서 뾰로통한 목소리가 들려왔다. "고맙네, 하지만 머리 정도는 내 손으로 감을 수 있어."

"이 사과는 우리가 먹고 저 사람한테는 다른 걸 깎아줘야겠어요." 내가 말했다. "금방 갈색으로 변할 테니까요."

마거릿은 사과를 한 조각 깨물었다. 치아가 하얗고 가지런했다. 나는 그녀가 뭘로 이를 닦았기에 17세기에 저렇게 진주처럼 고운 이를 유지했는지 궁금했다. 그녀가 씹던 사과를 삼키자 하얗고 가느다란 목이 길어졌다가 다시 수축했다. 나는 당황스러운 기분을 느끼며 차를 만들러 갔다.

"이번 가을 들어서 영국 영화 협회의 '상영회'에 여러 번 참석했어요." 마거릿이 내 등을 향해 한 말이었다.

"그래요? 요즘은 무슨 영화를 하는데요?"

"한국이라는 나라의 영화예요. 화면 아래쪽에 영어 대본을 적어놔서 따라 읽을 수 있어요. 로맨스 영화를 여러 편 봤어요."

"할리우드 고전 영화도 많이 보셨어요? 그런 영화를 되게 좋아하실 것 같은데."

"'할리우드'가 뭔가요?"

나는 슬며시 웃음이 나왔다. 이주자들을 대할 때 정말로 힘든 일 하나는 그들을 내 의견을 적는 빈 서판으로 써먹지 않는 것이었다. 나는 마거릿의 얼굴을 볼 때마다, 고혹적인 복숭앗빛을 띤 그녀의 입술과 역사책에 기록된 적 없는 낯선 느낌으로 반들거리는 여드름을 볼 때마다 '아는 것이 힘'이라는 격언의 뜻을 실감했다. 그 모든 것에서 왠지 섬뜩하게 '어린' 느낌이 났기 때문이었다. 문화적 맥락이 부재하는 자리를 대신 차지한 것은 십대 같은 풋풋함이었고, 나는 그 풋풋함에 매료되어 이 감정이 모성애인지 아니면 범죄적 욕망인지 분간이 가지 않았다. 그레이엄에게 책을 건넬 때마다 나는 그의 관심을 책의 내용이 아니라 나 스스로 평생 믿어온 이야기 쪽으로 돌리려고 했다.

마거릿은 한 손으로 턱을 괴고 말했다. "〈캐롤〉도 할리우드 영화예요? 그 영화 아주 재미있던데요.”

마거릿은 눈을 반짝이며 나를 바라봤고 나도 똑같이 반짝이는 눈으로 그녀를 마주 봤다. 너무나 매력적이라서 눈을 반짝이지 않기가 힘들었다. 나와 단둘이 있을 때면 그녀는 남자들 앞에서와 다르게 목소리가 조금 낮아졌다. 그녀에게조차 ‘여성성’은 안전과 위장을 위해 끝내 끊어내지 못한 습관이었던 것이다. 그런 거라면 나도 익히 알았다. 이따금 나는 말을 하면서 이곳저곳에 넣었던 느낌표가 사라지지 않고 내 혀 밑에 감춰져 있는 것을 발견했다. 그 느낌표들은 입 밖에 내고도 무사하리라는 보장만 있다면 터뜨리고 싶은 말이 나에게 있다는 증거였다.

그레이엄은 자신의 병을 당국에 알리지 않겠노라며 끝까지 버텼다. 내가 이때껏 본 그의 모습 가운데 가장 애원에 가까운 모습이었다. 나는 그 생각을 아주 많이 했다. 그가 나에게 애원하는 것이 좋았기 때문이다.

아늑한 집에 틀어박히는 민간요법을 택한 덕분에 그레이엄의 감기가 완전히 낫기까지는 거의 열흘이 걸렸다. 그동안 나와 아서와 마거릿은 그를 빈틈없이 보살피며 그의 신경을 긁어댔다. 그는 남의 손이 몸에 닿거나 남들이 자신 때문에 호들갑 떠는 것을 싫어했기 때문에 처음 며칠이 지나고 나자 우리가 다가가려고만 해도 짜증을 내며 질색했다. 아서와 나는 그의 그런 행동을 감정적으로 받아들였다(아서는 울음을 터뜨릴 뻔한 적도 있었다). 마거릿은 그러지 않았고, 이 때문에 그에게 도움을 받아들이라고 강요하고도 태연한 사람은 그녀뿐이었다.

그레이엄이 자신의 병세를 시간관리국에 비밀로 해달라고 간청한 것은 매우 흥미로웠지만, 이와 별개로 나는 이주자의 신체 건강에 중요한 변화가 일어났다는 사실과 내가 퀜틴을 만난 사실을 보고하지 않음으로써 당국을 상대로 위험한 도박을 벌이는 중이었다. 또한 청사에 보고하러 들르는 것도 몇 주째 거르면서 그저 내 주위에 만연한 관료주의라는 보호색에 묻혀 티가 나지 않기를 바랐다. 그레이엄의 요양이 끝날 무렵, 새 담당 연락관이 배정됐다는 부국장의 이메일을 받고서 나는 내가 무사히 빠져나갔구나 짐작했다.

나는 지하철을 타고 청사로 향했다. 길거리는 쉬지 않고 퍼붓는 빗소리 때문에 귀가 따가웠기 때문이다. 지방 의회는 아예 홍수 대비를 시작했다.

전에는 퀜틴의 자리였던 책상 앞에 아델라가 앉아 있었다. 조그마한 서류 더미에 손을 가지런히 포갠 모습에서 금방이라도 움직일 듯한 태엽 인형 같은 분위기가 풍겼다. 한눈에 봐도 나를 기다리는 중이라는 것을 알 수 있었고, 태도를 보아하니 아무래도 내가 뭔가 놓친 것이 있는 듯싶었다.

"아델라, 안녕하세요."

"앉아."

"어, 네. 새 연락관하고는 언제 인사할 수 있나요?"

"내가 새 연락관이야."

나는 휘둥그레진 눈으로 아델라를 바라봤다. 그녀가 뒤이어 덧붙인 말을 생각해보면 그때 내 얼굴은 아마도 정신 나간 볼링공처럼 보였을 것이다. "국장님과 나는 퀜틴이 변절한 점을 감안하면 당신과 1847을 컨트롤 가까이에 두는 게 가장 현명하다는 판단을 내렸어."

입천장이 갑자기 바싹 말라붙었다. 나는 육포 조각처럼 뻣뻣한 혀를 입천장에서 간신히 뗐다.

"무슨 말씀이세요, 퀜틴이 변절하다뇨?"

"퀜틴은 준장이라고 자처하는 남자와 무단으로 접촉하려 했어. 1847이 그린 엉뚱한 스케치와 관련된 일 때문에."

내가 겪는 시간은 몹시도 빠르게 흐르다가, 이내 몹시도 느리게 흘렀다. 슬픈 동시에 당황스럽기까지 해서 내면의 시간이 흐르는 방식이 뒤틀렸다. 나로서는 그저 지금 이 상황이 복지과를 찾아가 공론화할 정도의 문제인지 궁금할 뿐이었다.

"그 스케치를 퀜틴한테 준 사람이 저라는 건 아실 텐데요."

"알지. 당신이 준장을 만난 적이 있다는 것도 알고." 아델라의 목소리에 화난 기색은 없었다. 나에게서 무슨 반응을 기대하는 것 같지도 않았다. 하지만 그녀는 내가 참지 못하고 대꾸하게끔 일부러 말끝을 길게 끌었다.

"저기, 제 생각에 퀜틴은…… 좀 망상에 빠진 것 같아요. 퀜틴한테 저는 믿어도 된다고 계속 설득했어요. 그 사람이 닦달

당하는 느낌을 받고 정보를 바깥으로 흘려서 프로젝트나 그레이…… 1847이 위험에 빠지는 건 보고 싶지 않았거든요. 그러니까 방금 하신 말씀은 퀜틴이 준장을 통해 국방부 쪽으로 정보를 유출했다는 뜻이죠?"

"그래, 준장 계급장을 단 것으로 보이는 사람을 통해서. 그리고 그와 한패인 살레스도."

"'준장 계급장을 단 것으로 보이는'이라는 게 무슨 뜻이죠?"

"그자는 스파이야. 국방부 소속이 아니고. 어떤 식으로든 영국 정부의 지시를 따르지 않는다는 뜻이야. 전에도, 그리고 지금도. 그자는 우리 동맹국을 위해 일해. 엄밀히 말해 동맹국이지, 우리 고유 영토에 정보원을 파견할 거라고는 결코 예상되지 않는 나라야. 우린 처음부터 파악하고 있었어. 하지만 나는, 그러니까 국장님과 국방부와 내가 보기에는, 그자가 낌새를 챌 단서를 주기 전에 우선 감시하면서 활동 반경을 제한하는 게 신중할 것 같았어. 그래야 나중에 파국이 일어나도 억제하기 쉬우니까. 아쉽게도 그자는 우리에게 포착된 후로 잠적해버렸지만 말이야. 잠적하기는 퀜틴도 마찬가지지. 당신은 반역자와 함께 일하면서 방해 공작원의 일을 거든 셈이야. 하지만…… 그래도 당신은 훌륭한 가교야."

아델라는 그 말조차도 벽돌벽처럼 차분하게 말했다. 징벌하고 싶은 의지를 신중하게 억누른 기색이 느껴졌기에 나는 그녀의 자제력이 뼛속 깊이 고마웠다. 내 반응을 관찰하는 그녀의 모습에서 앞서 몹시도 집요하게 나를 바라보던 준장의 모습이 떠올랐다. 두 사람 다 내 목에 있는 정맥의 위치를 다시 한번 정확히 확인하려는 것처럼 보였다. "세상에." 나는 중얼거리며 손톱 거스러미를 물어뜯으려고 엄지손가락을 입으로 가져갔다.

"하지 마!" 아델라가 날카롭게 쏘아붙였다. 나는 놀라서 의자에 앉은 채 펄쩍 뛰어오른 느낌이었다. 그녀가 찡그린 표정으로 주먹을 꽉 쥐자 손가락 관절이 구슬처럼 툭 불거졌다. 뒤이어 그녀가 말했다. "그 버릇 고쳐. 속이 훤히 보여서 위험하니까."

어쩌면 당신은 내가 이렇게까지 미숙했다는 사실에 화가 날지도 모르겠다. 나 같으면 여기서 레버를 당겨 선로의 방향을 틀었을 거라고, 트롤리를 인질이 줄줄이 묶인 선로가 아니라 빈 선로 쪽으로 보냈을 거라고 생각하겠지. 나더러 왜 더 의심하지 않았냐고 묻기도 할 것이다. 하지만 나는 당연히 의심했다. 아델라는 이랬다저랬다 하며 애매하게 굴었다. 원래 얼굴 자체가 이렇게도 저렇게도 보이는 사람이었다. 그녀의 추론은 엉터리였고 절반 정도는 수수께끼 같았다. 그런데 다시 생각해보면, 내가 방금 묘사한 특징을 비껴가는 상급자가 과연 세상에 있기나 할까? 누가 자기 직장을 신뢰하겠는가? 누가 스스로 정의의 편에서 일한다고 믿을까? 당국은 '권위'라는 라벨이 붙은 병에 든 독약을 우리 모두에게 먹였고, 이로써 우리는 모진 고통을 견디는 힘을 톡톡히 길렀다. 만약 상부의 압박이 사라졌다면 나는 오히려 더 겁먹었을 것이다. 실내에서만 사는 고양이가 갑자기 쏟아지는 비를 만나면 놀라는 것과 같은 이치였다.

점점 더 짧아지는 우중충한 낮을 검푸른 밤이 붕대처럼 뒤덮는 나날이었다. 가을 공기 속으로 겨울의 실핏줄이 가느다랗게 뻗어나갔다.

그레이엄은 나와 함께 살았기 때문에, 또한 그가 내 삶의 매개 변수였기 때문에 나는 더는 그를 원래 죽었어야 할 사람으로 여기지 않았다. 나에게 그는 진짜였다. 그래서 나를 아주 실감 나는 곤경에 끌어들이기도 했다. 아델라와 면담하고 나서 얼마 후, 그는 아서를 오토바이 뒤에 태우고 속도를 높여 출입 제한선 바깥의 시골로 향했다. 그곳에서 둘이 자두 술의 원료인 가시 자두를 따고 진흙땅을 밟으며 하루를 보내는 동안, 나는 그들이 준장의 눈에 띌지도 모른다는 생각에 종일 안절부절못했다. 아델라는 그가 외출 허가증을 신청하도록 미리 잡도리하지 않았다는 이유로 나를 나무랐다. 말투만 보면 벌에 쏘여 퉁퉁 부은 아이에게 꽃을 마구 꺾고 다니면 안 된다고 일찌감치 경고하지 않았냐며 일깨워주는 부모 같았다.

나는 인류사에 유례가 없다 싶을 만큼 사납게 그레이엄을 달달 볶아댔다. 그는 사실상 눈도 깜박하지 않았다. 도리어 자신이 출입 제한선을 넘었다는 사실과 자신의 목적지를 당국이 무슨 수로 알아냈는지 알고 싶어했다. 그런 그 앞에서 나는 말문이 막히고 말았다.

"그건 걱정 안 해도 돼요." 내가 중얼거렸다.

"전에는 안 했습니다만, 앞으로는 할 겁니다."

인생이란 문을 쾅 닫는 일의 연속이다. 우리는 날마다 돌이키지 못할 결정을 내린다. 고작 십이 초 늦은 지각 때문에, 무심코 뱉은 말 한마디 때문에 삶은 느닷없이 새로운 길로 접어든다. 만약 시멜리아를 화나게 하지 않았다면, 또는 퀜틴에 대한 의심을 덜 품었다면 내가 가교였던 해의 겨울이 어땠을지 궁금하다. 내 손으로 그레이엄을 어떻게 바꿔놨는지는 감히 곰곰이 생각할 엄두조차 나지 않는다. 그에게 새로운 단어나 개념을 가르칠 때 그것이 에덴동산만큼이나 중요하다는 분위기를 무심코 풍김으로써 그를 이상한 길로 떠밀었는지도 모른다.

살다 보면 정신적 외상을 입을 때도 있고, 대인관계를 맺다가 상처받을 때도 있다. 우리는 우리 스스로가 자신이나 남에게 해를 끼치리라는 사실을 받아들여야 한다. 한편으로 우리는 실수를, 그것도 아주 지독한 실수를 저지르기도 한다. 그리고 거기서 자신이 실수했다는 것 말고는 아무것도 배우지 못한 채 넘어간다. 억압도 마찬가지다. 소외된 채 살아간다고 해서 무슨 특별한 지식이 생기지는 않는다. 하지만 자신이 받은 상처 바깥으로 나가 자신이 겪는 억압의 구조를 살펴보면 분명히 뭔가 얻는 것이 생긴다. 구조의 약한 고리, 부수고 들어갈 지점이 눈에 들어온다. 가교로서 보낸 한 해를 돌이켜보면, 그때 나는 스스로 뭔가 건설적인 일을 한다고 생각했다. 예외적인 존재가 됨으로써 착취에서 벗어났다고 자부했다. 사실, 그때 나는 닥쳐오는 암흑 앞에서 눈을 질끈 감고 '라 라 라' 노래나 불렀을 뿐이었다. 그렇게 아무것도 못 보는 상태로 있으면 닥쳐오는 어둠이 나를 봐주기라도 한다는 듯이.

11월 초 어느 저녁, 집에 와보니 음식 냄새와 담배 냄새가 섞인 감미로운 냄새가 풍겼다. 그레이엄은 식탁에 앉아 입에 담배를 물고 노트북 컴퓨터 자판을 두드리는 중이었다. 이제 엠M 자를 찾으려고 자판을 몇 분씩 들여다보지는 않았지만, 그래도 여전히 집게손가락만으로 자판을 톡톡 두드려 문장을 입력했다.
"나 왔어요. 음식 냄새가 근사하네요. 뭘 만든 거예요?"
"왔군요. '푸어'라고 하는 것에 쓸 국물을 만들어봤습니다."
"'포Phở'예요."
"퍼."
"그 정도면 비슷하네요."
그레이엄은 슬슬 동남아 음식에 관심을 가졌다. 나에게 우리 엄마가 만들어준 음식이 어땠냐고 묻는가 하면, 조그만 플라스틱 그릇을 내 턱 밑에 부지런히 갖다 대며 맛을 봐달라고 조르기도 했다. 가끔은 기괴하게 생긴 송전탑을 스케치하던 때와 똑같이 잔뜩 집중한 표정이 눈에 띄기도 했다. 내가 어렸을 적에 먹은 음식에 얽힌 일화들을 주의 깊게 듣는 그의 태도를 보면 그런 이야기 하나하나를 모아 한 여자의 완전한 초상을 만들려는 듯했다. 그는 내가 주로 손질된 닭의 여러 부위를 쌀에 얹어 내 손으로 직접 요리해 먹었다는 사실은 듣고도 무시했다. 그래도 내가 생강과 비슷한 향신료인 갈랑갈에 관해 이것저것 알려줬을 때는 깊은 인상을 받았다.

나는 냄비를 흘깃 돌아봤다.

"더 끓여야 돼요?"

"어, 아니요…… 불 좀 꺼주시겠습니까?"

"껐어요. 뭐 하고 있었어요?"

"해군사관학교 시험 같은 겁니다." 그레이엄은 자신 없는 목소리로 말했다.

"저런." 나 역시 자신 없는 목소리로 말하고는 냄비 속 국물을 휘휘 저었다.

가교와 함께 지낸 지 거의 일 년이 됐을 무렵, 이주자들은 동화의 다음 단계를 시작해야 했다. 취업할 시기가 온 것이었다. 오늘날의 해군은 그레이엄이 알아보기도 힘들 만큼 현대적으로 변해버렸지만 그래도 그는 다시 입대하고 싶어했다. 나는 그가 몇 달, 어쩌면 몇 년씩 바다에 나가 있어야 하는 업무를 맡지 않길 바랐다. 아직 너무 이르잖아. 나는 속으로 중얼거렸다. 아델라가 뭐라고 하든 간에 그는 아직 준비가 안 된 상태였다. 육지는 고사하고 런던을 떠난 적도 거의 없었으니까. 하지만 그가 머물기를 바란 이유는 더 있었다. 그 사실을 나 혼자만 알 뿐 조금의 동요도 없이 차분한 그에게는 아무 말도 하지 못한다는 것이 굴욕으로 느껴졌다.

나는 어슬렁어슬렁 걸어가 노트북 컴퓨터 화면을 들여다보고 충격받았다. 화면에 표시된 상태 창(브라우저 주소 칸에 표시된 내용과 무관하게)은 해군 업무 능력 측정 시험이 아니라 현장 요원 시험의 한 단계였다. 나는 대번에 알아봤다. 언어 부서에서 일하던 시절 두 번이나 응시했다가 떨어진 시험이었으니까.

스캔 장치에 반응하지 않는 현장 요원, 현대 기술로 감지하지 못하는 현장 요원은 작전 일선에서 비장의 무기라는 생각이 퍼뜩 떠올랐다. 나는 가만히 떠올려봤다. 그레이엄이 누렸던 묘하게 느슨한 분위기를, 그가 사격장에서 받았던 환대를, 그가 시간관리국 청사를 여기저기 돌아다녀도 당국이 너그럽게 봐줬다는 사실을. 그렇게 돌아다니면서 사람들에게 무슨 일을 하는지, 그 일을 왜, 어떻게 하는지 물어봤는데도.

저 앞에 보이는 것이 벽이 아니라 천장이라는 사실을 알아차린 후에야 내가 뒤로 쓰러지는 중임을 깨달았다.

"이런…… 어떻게 된……?"

그레이엄이 나를 붙잡았다. 그 말은 곧, 그가 이제까지를 통틀어 내 몸에 가장 가까이 닿았다는 뜻이다. 내 손톱이 울 스웨터로 감싸인 그의 팔뚝을 파고들었다.

"별거 아니에요…… 좀 어지러워서……."

"앉으십시오."

"아뇨, 안 그래도 돼요. 난 괜찮아요. 멀쩡해요."

나는 멀쩡하지 않았다. 그레이엄과 딱 붙어 있다 보니 담배 연기 속에서도 그의 살 냄새가 느껴졌다. 나를 붙든 그의 팔이 느슨해졌다. 내 등을 맴돌며 쓸어내리는 그의 손은 물 위로 날아가는 잠자리의 날개보다 더 가벼웠다.

"이러다 당신한테 재가 떨어지겠군요." 그레이엄이 중얼댔다.

"담배 꺼요."

그는 한쪽 손으로 내 어깻죽지 사이를 평평하게 받쳤다. 다른 쪽 손으로는 담뱃불을 껐다.

"일어설 수 있겠습니까?"

"네."

"그러면…… 이 손을 좀 풀어주겠어요?"

"아, 미안해요."

"별말씀을."

나에게도 그때는 이때껏 그와 몸이 가장 많이 닿은 순간이었고, 그래서 나는 궁금했다. 그도 그 사실을 알아챘는지, 그도 나처럼 우리 몸이 닿은 순간을 세고 있었는지.

우리 등 뒤에서는 아까부터 그레이엄의 노트북 컴퓨터가 부적절한 배경 음악을 제공하는 중이었다(장르는 이번에도 모타운이었다). 이윽고 시작된 다음 노래는 심지어 비틀스가 부른 '난 당신에게 꽉 잡혔어요You've Really Got a Hold on Me'였다. 나는 그만 웃음이 터졌다. 그 순간에 틀기에 가장 우스꽝스러운 곡이기 때문이었고, 한편으로는 전형적인 빅토리아 시대 사람인 그가 틀림없이 비틀스를 싫어하리라는 생각이 들었기 때문이었다. 그리고 그는 실제로도 그랬다.

"아, 저 고양이같이 앵앵거리는 놈들." 그레이엄은 양손을 툭 떨구며 중얼거렸다.

또다시 웃음이 터졌다. 시간관리국의 현장 요원이 된 그레이엄만 아니라면 뭐든 상관없으니 다른 생각을 떠올리고 싶었다.

"좋잖아요! 스모키 로빈슨의 원곡보다 더 나아요. 춤추기도 더 좋고요."

그레이엄은 눈이 동그래졌다. "이 끔찍하게 징징거리는 소리에 맞춰 춤을 추기란 불가능합니다."

"안 그래요. 봐요."

나는 손을 들어 그레이엄의 어깨에 얹었다. 그는 바람에 휩쓸려 갑작스레 날아오른 종잇장처럼 온몸으로 움찔했다. 그러다가 차분해졌다. 그는 내 반대쪽 손을 잡고 가슴이 아릴 만큼 살며시 내 허리를 감쌌다.

"어때요?"

"이건 춤이 아니잖습니까. 그냥…… 흔들리는 건데요."

"당신은 그것조차도 리듬을 못 맞추잖아요."

그레이엄은 한숨을 내쉬었다. 세상에, 정말이지 끔찍한 몸치였다. 뻣뻣하고 박자를 맞출 줄 몰랐다. 차라리 교수대에 매달린 사람이 더 힘차게 발을 놀릴 듯싶었다. 나는 이때껏 살면서 그보다 더 간절하게 누군가를 원해본 적이 없었다.

둘이 함께 주방 이곳저곳으로 천천히 움직이는 동안 그레이엄은 나를 빙그르르 돌렸고, 그때마다 번번이 노래의 박자를 놓쳤다. 그러다가 나를 다시 당길 때면 아까보다 더 단단히 끌어안았다. 손끝은 내 허리를 살며시 더듬었다. 그의 눈동자를 감싼 초록빛 고리가 내 눈에 들어왔다. 오로라처럼 생생하고 기묘한 빛이었다.

"당신 음악가잖아요. 왜 그렇게 박자 감각이 없어요?"

"당신이 플루트보다 훨씬 더 커다란 악기라서 그렇습니다."

"만나는 여자마다 들려주는 말이겠죠."

그레이엄이 갑자기 확 끌어당기는 바람에 나는 가슴이 철렁했다. 무심코 입에서 소리가 새어 나왔다. 사실, '어머'라고 말했다. 그날 밤 자려고 누웠을 때, 나는 양 주먹을 이마에 대고 진저리치며 생각했다. '어머'라니, 미친.

몸이 너무 딱 붙어 있다 보니 그레이엄의 이목구비가 제대로 보이지 않았다. 그저 입꼬리만 보일 뿐이었다. 슬며시 웃고 있어서 부드럽게 휜 입꼬리만. 그가 고개를 숙이자 내 귓가의 머리카락에 그의 숨결이 느껴졌다.

"버릇없이 굴지 마십시오." 그레이엄이 말했다. "안 그러면 국물에 넣어버리는 수가 있습니다."

그러고는 나를 놔줬다.

크리스마스가 다가올 무렵, 런던의 모습은 여느 해와 다를 바 없었다. 잔잔한 비가 내리고 잔잔한 바람이 불었고, 지평선은 반으로 접히듯 순식간에 캄캄해졌다. 도시 풍경은 실력이 서툰 인상파 화가의 그림 같았다. 세상은 여느 해와 다름없이 죽어갔다. 식물도, 햇빛도.

기상경보가 발령됐을 때 나는 시간관리국에서 복지과의 그레이엄 담당 팀과 함께 음란물 대응 절차를 검토하는 중이었다. 우리 모두 이주자들의 인터넷 검색 기록을 조회할 권한이 있었다. 아서는 구글 검색을 하도 많이 해서('마카레나' '브루독 맥주' '클럽 탐방' '댄스홀' '보그' '보그 댄스' '마돈나' '최음제' '항문 애무 필살기') 가교인 시멜리아가 내무부 파견 팀에 불려가 〈영국 생활 적응 요령〉이라는 안내서를 전달받을 지경이었다. 마거릿은 여성들의 나체 사진을 카덩엄만큼이나 많이 검색하는 한편으로 나체가 아닌 여성 사진도 잔뜩 찾아봤다. 그런가 하면 이 주 동안 테일러 스위프트의 팬클럽인 '스위프티'로 활동하기도 했지만, 팬들 사이에서 쓰는 용어가 너무 빠르게 변하는 데다 기본적으로 음악에 관심도 없었기 때문에 금세 시들해져 그만두고 말았다. 가교인 랠프로서는 안도의 한숨을 내쉴 일이었다. 그녀는 토렌트로 영화를 불법다운로드 하는 방법은 놀랄 만큼 빠르게 터득했다.

복지과가 그레이엄을 특별히 눈여겨본 까닭은 지급받은 노트북 컴퓨터가 당국에 보고를 보낸다는 사실을 그가 알아냈기 때문이었다. 나는 두려움과 열렬한 호기심이 뒤섞인 심정으로 그의 첫 번째 음란물 검색 결과를 기다리는 중이었다. 그런 상황을 예상하라는 경고는 이미 받았고 복지과에서는 해당 상황에서 곧바로 대응할 자료까지 건네줬다. 브리핑 현장의 분위기는 으스스했다. 만약 음란물에 아동이나 동물, 시체가 나오면 컨트롤에게 즉시 알려야 했지만, 한편으로 우리는 아서를 제외한 이주자 전원이 법적으로 용인되는 성관계 합의 연령이 열두 살이고, 열다섯 살에 결혼하는 경우도 드물지 않은 시대에서 왔다는 사실을 다시금 고지받았다. 폭력적인 내용을 담은 음란물은 문제시되지 않았지만(이른바 '카딩엄 조항'에 따라) 일상 행동 보고서 및 정신 감정서와 함께 분석할 필요가 있었다. 당국은 이주자들이 검색한 성인물의 내용을 가린 채 결과만 살펴볼 권한은 우리에게 부여하지 않았지만(감시 목적에 어긋난다는 이유로), 우리가 발견한 음란물의 내용 때문에 평정심을 유지하기 힘든 경우에는 언제든 청사에 상주하는 상담사를 만날 수 있다고 안심시켰다.

그레이엄은 '온라인'이라는 말은 쓰지 않았지만 그래도 그가 인터넷에 접속했을 때, 그리고 심한 화상을 입은 양서류처럼 우아하고 느릿하게 자판을 두드리는 법을 배웠을 때, 나는 시간관리국의 검색 기록 데이터베이스에서 보낸 보고서에 어떤 검색어가 등장할지 상상하고('가슴' '꼭 끼는 코르셋' '스타킹') 수치심에 몸서리쳤다. 그에게 일종의 비정상적인 성적 취향이 있으리라는 생각, 또는 그보다 더 끔찍한 취향, 즉 사교계에 갓 등장한 금발 미인에게만 관심이 있으리라는 생각 때문에 속이 울렁거릴 지경이었다. 그가 맨 처음 검색한 주제에는 주부에게 어울리는 매력적인 것이 끼어 있었다. 가장 어려운 조리법. 치즈 수플레 만드는 법. '미소' 된장이란 무엇인가? 미소를 파는 곳은? 일본이 유럽에 문호를 개방한 지는 얼마나 됐는가? 보고서를 읽고 나서 이틀쯤 후, 내가 받은 다음 보고서의 검색어 목록에는 아래와 같은 말이 적혀 있었다.

'안녕, 우리 못돼먹은 고양이. 내가 여기서 보는 게 당신한테도 다 보이나요? 아니면 내 머릿속을 훔쳐보는 힘이 있어서 조리법에 포함된 식재료가 뭔지 알아맞히는 건가요? 이따가 퇴근할 때 코코넛 크림을 좀 사다주겠어요?'

단어마다 첨부된 작성 시각을 보면 그레이엄이 검색창에 저 문장을 입력하는 데 꼬박 육 분이 걸린 것을 알 수 있었지만, 이와 무관하게 그의 기습에 허를 찔렸다는 당혹감은 조금도 줄지 않았다. 그랬다. 최초의 검색 기록을 확인한 날 저녁, 나는 퇴근길에 식료품점에 들러 미소를 샀다. 그때 내 머릿속은 속을 파낸 멜론처럼 텅 빈 상태였다. 미소가 음식의 개념으로서 너무나 익숙했던 나머지 장바구니에 무의식적인 영향이 작용한 것조차 몰랐던 것이다. 오로지 동양의 문물에 황홀해하던 그레이엄만이 그 사실을 눈치챘다.

집에 도착한 나에게 그레이엄이 물었다. "어때요? 코코넛 크림은 사 왔어요?" 그러고는 부끄러워서 몸을 비비 꼬는 나를 보며 진심으로 따스한 미소를 지었다. 이제 미소가 들어간 음식을 먹을 때면 어김없이 패배의 맛을 음미해야 할 판이었다.

그레이엄을 담당한, 아니, 정확히는 그레이엄이 퍼붓는 질문을 견뎌야 했던 정신과 의사는 프로이트 학파였다. 거기에 매력을 느낀 나는 그에게서 보고를 받을 때마다 옷을 잘 차려입으려고 애썼다. 내 상상 속에서 그는 여성에 관해 온갖 엉뚱한 생각을 품은 사람이었고, 그래서 그가 나를 성적 사디스트나 그 비슷한 멋쟁이로 진단해줬으면 하고 바랐기 때문이다.

"1847이 이 정도로 심한 억압을 받다 보면 심각한 피해를 겪을 수도 있습니다." 그가 말했다. "방어적 타자화는 말할 것도 없고, 이 시대에 의미 있는 관계를 형성할 능력 자체가 심각하게 저하될지도 모릅니다."

"그건 인정하지만, 그 사람은 우리가 감시하는 걸 알아요."

"혹시 그 사람에게 시크릿 모드로 브라우저를 이용하는 방법을 알려주진 않았겠죠?"

"당연히 가르쳐줬죠. 그래도 우린 다 볼 수 있어요."

"그에게 그런 사실까지 다 알려줄 필요는 없습니다. 솔직히 저는 그가 극히 절제된 방식으로 자기 욕구를 표현한다는 점이 마음에 걸립니다. 그건 곧 과거의 어느 시점에 심각한 정신적 외상을 입었고, 그 외상이 손도 못 쓸 만큼 깊숙이 묻혀 있을 가능성을 보여주거든요. 그의 생애에서 두드러지는 결정적 시점들을 한번 훑어보고 싶습니다만……."

내 머릿속에 나바리노 해전이 떠올랐다. 당시 열여덟 살이었던 그레이엄은 아마도 대포알에 관통당해 몸이 뻥 뚫린 수병들의 시체가 돛 줄에 걸려 대롱거리는 흥미진진한 광경을 목격했을 것이다. 뒤이어 떠오른 것은 삶과 집과 가족을 일 분도 안 되는 짧은 시간에 통째로 잃어버리면 어떤 기분일까 하는 것이었고, 그다음에 떠오른 것은 어머니 생각이었다. 억압은 잘 사용하면 가족을 부양하고 아이들의 학비를 마련하는 쓸모 있는 도구가 되기도 하지만, 설령 그렇다 해도…….

"그 자료는 이미 다 검토했어요." 내가 그 말을 하는 순간 웬 직원 하나가 사무실 문틈으로 고개를 들이밀며 째지는 목소리로 외쳤다. "기상경보입니다!"

"그게 무슨 소리예요?"

"폭풍우가 닥칠 거라고 합니다."

"망할. 화요일이나 돼야 올 줄 알았는데요?"

"지금 온답니다. 지금 바로 퇴근하지 않으면 댁에 도착하기 힘드실 겁니다. 댁까지는 어떻게 가시나요?"

"자전거로요."

"어이쿠. 저라면 안 그러겠습니다만."

런던에서 자전거를 꾸준히 타고 다니려면 '자전거 혐오자들 엿이나 먹으라지' 식의 튼튼한 맷집이 필수였다. 나는 기상경보 따위 아랑곳없이 자전거를 타고 집으로 향했다. 그건 직원의 예상대로 실수였다. 바람이 불어와 나를 성냥갑에 든 딱정벌레처럼 마구 흔들어댔다. 보도를 비롯한 여러 곳의 표면에 몇 번이나 몸을 철퍼덕 부딪힌 끝에, 나는 안장에서 내려와 자전거를 끌고 집 쪽으로 걷기 시작했다.

사방은 칠흑처럼 캄캄했고, 집까지 3킬로미터쯤 남은 곳에 이르렀을 때는 비까지 부슬부슬 내렸다. 천둥소리가 들렸다. 하늘에 있는 거대한 식기장이 땅으로 쓰러진 것만 같았다.

동네에 도착해 보니 집 주위 길거리가 물에 잠기기 시작한 참이었다. 도로는 박수갈채처럼 요란한 소리와 함께 쏟아지는 비에 잠긴 나머지 물이 콸콸 흘러가는 강바닥으로 변해 있었다. 역겹게 번쩍거리는 안전 조끼의 형광색이 눈에 띄었다. 악쓰는 소리가 들렸고, 개중에는 신난 목소리도 섞여 있었다. 지자체가 미리 모래주머니를 비치해둔 덕분에(바퀴가 터무니없이 커다란 트럭이 모래주머니를 싣고 왔다 갔다 했다) 동네 사람들은 제각각 자기 집 앞에 방수 울타리를 쌓는 중이었다. 그런 활동을 가리켜 언론에서 '블리츠 정신*'이라고 하는 걸 보면 기후 위기나 대공습이 무슨 국경일이라도 되는 것 같았다. 이와 별개로, 그런 식의 절제된 유쾌함은 우리가 이주자들에게 2차 세계대전이 무엇인지 알려준 방식에서도 나타났다. 아서가 영국이 두 번째 세계대전에 뛰어든 것을 알고 너무나 괴로워했기 때문에 우리

---

*   Blitz spirit, 2차 세계대전 당시 독일군의 대공습에 맞선 영국 국민의 항전 의식을 가리킨다.

로서는 그렇게 하는 것이 가장 친절한 선택지 같았다. 우리는 됭케르크 철수 작전에서 지리멸렬하게 나타난 영웅적 행위와 구조된 군인들의 이타정신을 강조했고, 물론 블리츠 정신도 빼놓지 않았다. 다만 독일이 만든 수용소에 관해서는 알려주지 않았다.

도로 한복판에서 누군가 어마어마하게 환한 손전등을 들고 사람들에게 작업 지시를 내리고 있었다. 나는 기분이 엉망이 된 채 인어처럼 물을 철벅거리며 손전등 불빛 쪽으로 다가갔다. 그저 멍하니 다가가기만 했을 뿐이라 난리통에 자전거나 타고 다닌다고 욕을 먹을 수도 있었고, 그렇게 되면 기분이 더 나빠질 수도 있었다. 그러다가 그 사람이 한 말을 듣고 깜짝 놀랐다. "저런! 우리 가엾은 고양이, 물에 빠진 생쥐 꼴이 됐군요."

"그레이엄?"

어둠 속에서 혼자만 후광을 띠고 서 있던 그레이엄이 나를 보며 빙긋 웃었다. "어서 와요. 라디오에서 폭풍우경보가 들리기에 뭐라도 해야 할 것 같아서 나왔습니다."

"'뭐라도 해야 할 것 같아서'라고요?"

"이건 어디에다 내릴까요, 고어 씨?" 트럭 위에서 누군가 외쳤다.

그레이엄은 물을 첨벙거리며 사람들 쪽으로 걸어갔다. 나도 그의 뒤를 따랐다. 천천히, 거치적대는 자전거를 끌고서.

"그 장비는 다 어디서 났어요?" 나는 그레이엄을 향해 목청껏 외쳤다.

"장비라니요?"

"형광 안전 조끼 말이에요. 그 빌어먹게 환한 손전등도."

"멋지지 않습니까? 물막이 벽은 두께가 적어도 1미터는 되게 쌓아야 하네, 앤턴."

"모래주머니가 모자라서 그렇게는 힘든데요."

"운전사는 어디 있지? 내가 얘길 해서……."

"그레이엄." 내가 부르자 그레이엄은 다시 웃는 얼굴로 나를 돌아봤다. 자동으로 재생된 듯한 친절한 태도였다.

"당신은 집에 들어가는 게 좋겠습니다. 그렇게 젖은 옷을 입고 있다간 '감기'에 걸릴 겁니다."

그 말을 남기고 그레이엄은 트럭 쪽으로 쌩하니 가버렸다. 나는 덜그럭대는 자전거를 끌고 그의 뒤를 따라갔다. 기분이 꼭 북쪽 방향이 갑작스레 변하는 현상을 겪은 나침반이 된 것만 같았다.

"그레이엄, 그거 시간관리국에서 지급한 장비예요? 그걸 당신이 왜 갖고 있어요? 그거 '어디서' 났어요? 당신 앞으로 지급된 게 아닌 줄 다 아니까 물어보는 거예요."

"쓸모 있을 것 같아서 챙겨왔습니다." 그에게서 들은 설명은 그게 전부였다. 하필 그때 어디서 배수관이 터지기라도 했는지, 온 길거리가 놀이공원 워터 슬라이드로 변해버렸으니까.

우리 동네는 최소한의 피해만 입은 채 폭풍을 견뎌냈다. 나는 우리가 사는 집이 기관의 안가였을 뿐만 아니라 진짜 민간인들이 사는 '동네'에 있다는 사실을 처음으로 실감했다. 그레이엄은 나보다 더 오래 동네 '이웃'들과 알고 지낸 사이였다. 길거리에서 성이 아니라 이름으로 부르는 사람도 몇 명 있었다. 바로 우리 옆집 사람들이었다. 그가 이웃들과 얘기를 나누는 광경을 보고 있자니 왠지 비정상적이라는 생각이 들었다. 그때 이후로 집 안 곳곳에서 내가 지급받은 적 없는 업무용 비품이 하나둘 눈에 띄는 동안 나는 그를 원칙대로 철저히 감시하지 않았다는 사실을 깨달았다. 아니, 나는 그의 감정에만 신경을 썼을 뿐, 그의 행동에는 관심이 없었다.

그레이엄을 현실의 인간으로 받아들이지 못하고 이미 죽은 사람으로만 여기며 관련 자료를 조사하던 시절, 나는 프랭클린 탐험대 연구의 권위자로 잘 알려진 역사학자의 블로그 글을 우연히 발견했다. 사라진 아널드 294 모델 크로노미터에 관한 글이었다. 해군 기록에 따르면 그 항해용 정밀 시계는 1837년 오스트레일리아의 해안을 따라 항해하던 비글함에서 마지막으로 사용됐지만, 이후 에러버스함에 실린 채 북극 지역에서 유실됐다. 나는 그레이엄의 복무 기록을 알파벳 외우듯이 훤히 꿰고 있었기 때문에 그가 에러버스함에 배속되기 직전까지 비글함에서 중위로 근무한 것 또한 알고 있었다. 블로그 주인인 역사학자도 나와 같은 결론에 이르렀다. 고어 중위(당시 계급은 중위였으므로)야말로 아널드 294 모델 크로노미터가 북극에서 사라진 이유였던 것이다.

역사학자는 누락된 기록이 있으리라 짐작했다. 만약 고어 중위가 그 크로노미터를 지니고 다녔다면 매우 이례적인 일이기 때문이었다. 함께 살기 시작한 지 얼마 안 됐을 무렵, 내가 그 크로노미터의 소재에 얽힌 기록상의 불일치에 관해 물었을 때 그레이엄은 꽤 애교 있는 웃음을 지어 보였다.

"아, 그건 정말로 훌륭한 크로노미터였습니다."

"그래서 그걸 갖게 해달라고 청원이라도 했어요? 어떻게 된 거예요?"

"이렇게 된 겁니다, 교활한 고양이 아가씨." 그레이엄이 말했다. "나는 그 크로노미터에 대해 소유권을 주도적으로 행사했습니다. 당신이 늘 우기는 것처럼요."

나는 그 말에 정신없이 웃느라 그만 한마디 쏘아붙이는 것도 잊어버리고 말았다. 이때 주고받은 대화에서 교훈을 얻었어야 했건만, 생각해보면 그레이엄이 살면서 만난 이들은 그가 근무하던 배의 함장들까지 포함해 아무도 그 교훈을 깨우치지 못한 듯싶었다. 사람들은 그를 좋아했기 때문에 그가 자신들과 뜻을 같이한다고 상상했지만, 원래 쉽게 호감을 사는 사람은 누구나 남의 비위를 맞추는 법을 잘 알게 마련이었다. 게다가 그에게는 무골호인 행세를 하는 재주도 있었다(그를 '아주 훌륭한 장교이며 성격 또한 더없이 다정하다'라고 묘사한 피츠제임스 함장의 글이 다시금 떠올랐다). 나는 그가 상황에 따라 소속을 바꿔치울 것 같다는 막연한 느낌을 받았다. 해군이나 제국이나 국방부와 한편이라고 치부하는 것보다는 차라리 그쪽이 더 잘 어울리긴 했지만, 그때는 별로 깊이 생각하지 않았다. 그레이엄 고어는 어디까지나 그레이엄 고어의 편이었고, 실용적인 사람이었으며, 나를 좋아하는 눈치였다. 그거면 충분했다.

일주일 동안의 크리스마스 휴가를 이용해 부모님 댁에 가기로 했다. 핵심 가교 팀이 허락받은 휴일은 그때가 유일했기 때문이다. 이주자들은 가엾은 앤 스펜서만 빼고 켄트 주 해안 지대에 갈 예정이었고, 복지과 직원 두어 명이 따라가 명절 행사를 감독한다고 했다. 나에게는 그 계획이 대참사로 직행할 직장 행사처럼 들렸지만, 그레이엄은 도축 공장에서 일하다 나온 사람이 뜨거운 샤워를 상상하듯 간절하게 바닷가 오두막집을 상상했다.

"진짜 불로 된 모닥불을 피워놓으면 아주 멋질 겁니다. 벽도 진짜 벽으로 된 집에서요." 그레이엄이 말했다.

"아, 네. 남자들이 진짜 남자였던 시절처럼 말이죠. 그럼 이 집은 뭘로 만들었을까요?"

"플라스틱 파이프와 합판입니다."

우리가 각자 목적지로 출발하기 며칠 전, 그레이엄은 마거릿과 아서를 저녁 식사에 초대했다. 아서가 집에 도착했을 때 그는 스파클링 와인과 브랜디를 곁들인 호사스러운 해물 리소토를 만드는 중이었다.

"어서 와요, 아서!"

"안녕하십니까, 아가씨. 사과의 마음을 담아 한 병 가져왔습니다."

아서는 내게 자줏빛 액체가 담긴 병을 내밀었다.

"가시 자두 진인가요?"

"가시 자두 보드카예요! 보드카는 여기 와서 처음 마셔봤습니다. 흥미로운 실험이 될 것 같았는데…… 저번에는 죄송했습니다. 저랑 1847이 열매를 따러 간 것 때문에 당신 처지가 난처해졌잖습니까. 저는 출입 제한선을 넘은 줄도 몰랐습니다. 오토바이 운전에선 완전히 손을 떼고 그저 그의 등에 딱 붙어 있기만 했으니까요."

나는 화제를 돌리려고 아무 말이나 두루뭉술하게 중얼거렸지만, 다행히도 아서는 그레이엄과 달리 당국이 어떻게 자신들의 위치를 1제곱미터 단위로 추적할 수 있는지에 관해 별 관심이 없었다. 그보다는 오히려 자신과 시멜리아가 우리 둘을 한 번도 집에 초대한 적이 없고, 십중팔구 앞으로도 초대하지 않을 거라는 점 때문에 멋쩍어하는 듯했다.

마거릿은 도착하자마자 현관에서 나를 붙들어 세웠다. 옷차림은 여느 때처럼 기이했는데 하의는 연보라색 벨벳 나팔바지였고 상의는 화난 표정의 오리를 수놓은 캐시미어 스웨터였다.

"야단치지 않겠다고 맹세해요." 마거릿은 내 손목을 꼭 붙잡고 소곤거렸다.

"절대 안 치겠다고 맹세할게요. 무슨 짓을 했길래 그래요?"

"내 '폰'에다 '틴더' 앱을 깔았어요."

"매기! 적응도 측정 시험도 이제 막 합격했으면서!"

마거릿은 자기 휴대전화를 꺼내어 내 앞에서 흔들어댔다. 뒷면에 붙은 홀로그램 스티커에는 살짝 긁힌 자국이 보였다. 약이나 술에 취한 어른들을 주 시청자로 상정하고 만든 아동용 텔레비전 프로그램의 스티커였다. 과거에서 온 마거릿도 아는데 원래 여기 살던 나는 알지 못하는 쇼가 있다니, 이런 세상에 사는 것 자체가 웃기는 일 같았다.

"나도 연애편지를 쓸 정도의 머리는 있다고요." 마거릿이 말했다. "세월이 흘렀어도 머리는 녹슬지 않았어요. 이건 그저 새로운 매체일 뿐이에요."

"시간관리국에서 출신 배경은 뭘로 설정해줬어요? 학교는 스위스에서 다녔고 지금은 그냥 미친 사람으로 지낸다는 식으로?"

"맞아요. 촌 아가씨 스타일 드레스 차림으로 알프스를 누비며 새와 양을 벗 삼아 즐겁게 노래하며 살았죠. 지금은 대도시의 독한 공기에 절여져서 껍데기만 여자일 뿐 속은 스크램블드에그가 돼버렸지만요."

"네, 그래요, 들어보니까 참 그럴듯하네요. 어디 프로필 사진 좀 보여줘요. 우와. 흐음. 사진 좋네요. 아주…… 직설적이에요."

"적어도 남자들한테는 말 안 하겠다고 맹세해요. 저 얼간이들
이 죽어라 구시렁거릴 게 뻔하잖아요."

나는 얘기를 멈추지 않고 마거릿을 주방으로 이끌었다. 그녀
는 카딩엄과 함께 크리스마스를 보내야 한다는 게 달갑지 않
았다.

"출발하기 전에 여기서 두창 같은 거라도 걸려 쓰러지면 좋
을 텐데. 아니면 '자동차'에 치어 다리가 부러지든가요. 그도 아
니면……."

"그건 너무 크리스천답지 않은 언행입니다, 1665." 그레이엄
은 마거릿에게 스파클링 와인을 건네며 엄숙하게 말했다.

"당신도 그 인간하고 같은 방에 묵기는 싫다고 했잖아요. 난
다 기억해요."

"뭐, 저는 스코틀랜드에 갔을 때 이미 아서와 한방을 쓴 적이
있으니까요. 이 친구 코 고는 소리는 참아줄 만하니까, 룸메이
트로는 더 낫지요."

아서는 당황했는지 얼굴이 발그레해져서 헛기침을 했다.

"여러분, 제가 조그맣고 멋진 장치를 하나 가져왔는데요. 보
시면 아마 재미있어하실 겁니다."

아서가 자기 가방을 뒤적거렸다. 뒤이어 그는 가방에서 1980년
대의 전자제품처럼 둔중하게 생긴 물건 두 개를 꺼내어 하나로
연결했다. 무선 음향 장치 특유의 윙윙대는 소음이 주방을 가득
채웠다.

"테레민*인가요?" 내가 물었다.

"조금 개조한 겁니다." 아서가 자랑스레 말했다. "이 위로 손을 통과시켜 보시겠습니까?"

나는 테레민의 센서 위로 손을 휙 움직였다. 슬픔으로 물든 비명이 울려 퍼졌다.

"1665, 당신도 해보세요."

마거릿이 테레민의 센서 감응 범위로 손을 쑥 뻗었다. 아무 반응도 없었다. 나는 손을 내밀어 그녀의 손 위에 살며시 포갰다. 테레민이 노래하듯 앵앵거렸다. 내가 손을 뒤로 당기자 소리가 멈췄다.

"좋습니다. 1665…… 이제 당신이 거기 있다는 걸 이 장치한테 알려주세요."

아서의 말에 마거릿은 반짝이는 머리 타래를 어깨 뒤로 휙 넘기고는 테레민을 보며 인상을 찌푸렸다. 몇 초 후, 그녀가 손을 바르르 떨자 테레민에서 비명 같은 소리가 났다.

"아주 능숙하게는 못하겠어요." 마거릿은 손을 거두며 말했다. "난 '현재'라고 생각하면서 손을 뻗지만, 그때마다 번번이 내 안의 '과거'로 물러나버리거든요."

아서는 전자기장의 범위 속에서 손을 휘휘 돌렸다. 그러는 동안 테레민은 침묵과 노래 사이를 비틀비틀 오갔다.

"여기에 손이 감지되는지 안 되는지 마음대로 제어할 수 있

<hr>

* 저주파 발진기에서 발생하는 전자기장을 손으로 간섭해 소리를 내는 전자악기.

어요?" 나는 깜짝 놀라서 물었다.

"그럼요! 쉽진 않아요. 매기 말마따나 본인 안의 '현재성'과 '과거성'을 나란히 유지하는 건 조금 성가신 일이라서요."

"그걸 제어하는 방법을 어떻게 알았어요?"

마거릿과 아서는 서로 눈짓을 주고받았다. 뒤이어 아서가 말했다. "그게…… 설명하기가 복잡합니다. 이곳에 도착하기 전에는 그런 감각이 있다는 것조차 까맣게 몰랐으니까요."

그레이엄이 다가와 우리 사이에 섰다. 그는 냇물에 손을 담그듯 가볍게 테레민 위의 허공을 손끝으로 쓱 훑었다. 테레민에서는 딱 한 번 윙 소리가 났을 뿐, 그 후로는 잠잠했다.

"이 소음에도 무슨 체계 같은 게 있나?" 그레이엄이 물었다.

"그냥 다장조 음계입니다." 아서는 중얼거리듯 대답했다. "왼쪽에서부터 음이 점점 높아집니다."

그레이엄은 양손을 모두 쭉 뻗은 채 인상까지 찡그리며 집중했다. 그는 손가락을 활짝 펴고 아랫입술을 깨물었다. 뒤이어 난데없이, 킥킥대는 웃음소리와 함께, '그린슬리브스*' 첫 소절이 울려 퍼졌다. 우리 셋이 깔깔대며 왁자하게 웃는 동안 그는 평소에는 보기 힘든 얼굴을 우리에게 보여줬다. 보조개가 또렷이 팬 활짝 웃는 얼굴이었다.

부모님 댁에 가는 길에는 완행열차를 탔다. 기다랗게 펼쳐진

---

* 16세기 말 영국의 유행 가요.

런던 교외의 흐릿한 회색 풍경이 사라지자 인공 녹지와 중앙 분리대가 있는 왕복 고속도로가 나타났고, 역 가장자리에 끝없이 이어지는 납작한 슈퍼마켓 건물과 마을로 통하는 볼품없게 생긴 다리도 눈에 띄었다. 풍경은 순식간에 사라졌다. 이윽고 고향에 도착하자 집에 왔다는 느낌이 사방에서 밀려왔다.

나보다 앞서 도착한 동생이 현관에 나와 찡그린 얼굴과 비누 냄새가 나는 손으로 나를 맞아줬다. "캠핑용 버너의 기름통이 줄줄 새는 바람에 닦느라 이렇게 됐어." 동생은 어찌 된 일인지 설명하려는 사람처럼 말했다. "가방 줘. 엄청 피곤해 보인다."

"응, 안녕. 나도 반갑다."

크리스마스이브에 우리 가족은 캄보디아식 전골인 '야오 혼'을 먹는다. 전골냄비는 식탁에 올려놓은 케케묵은 캠핑용 버너로 뜨겁게 유지한다. 야오 혼에 곁들여 먹는 동그란 라이스페이퍼는 뜨거운 물을 담은 대접에 넣어 부드럽게 불리는데, 그 대접을 손 씻기용 물그릇으로 착각한 손님이 한둘이 아니었다. 식사 공간 쪽에서 우리 부모님이 캠핑용 버너의 잔해를 놓고 말다툼하는 소리가 들려왔다. 내가 '저 왔어요, 아빠, 안녕, 마이'라고 외치자 두 사람은 아주 살짝만 낮춘 목소리로 언쟁을 계속하며 거실로 나와서 나를 안아줬다.

전보다 더 수북이 쌓인 물건 더미가 집안 곳곳에 보였다. 갖가지 서류가 포획된 채 번식을 시작했다는 뜻이었다. 바닥을 어지럽게 뒤덮은 잡동사니 위 플라스틱 상자는 손 세정제나 반창고, 고무 밴드, 병따개, 알아보기 힘든 부모님의 손 글씨가 적힌 포스트잇 따위로 가득했다. 동생은 위층으로 후다닥 올라가 손에 든 가방을 내 방에 볼링공처럼 휙 던져넣었다. 방 안의 서류 더미가 우르르 무너지는 소리가 내 귀에까지 들려왔다.

"스파이 활동은 잘돼가니?" 아빠가 유쾌한 목소리로 물었다.

나는 움찔하다가 기억을 떠올렸다. 시간 여행 프로젝트에 발탁되기 전, 국방부에서 내게 마련해준 위장용 신분은 일급비밀 프로젝트의 통역 담당자였다. 식구들은 내가 007 영화에 나오는 미스 머니페니 같은 직위로 승진한 줄로만 알았다.

"네, 잘돼가요. 무고한 사람들의 전화를 도청하거나. 책상에 앉아 권총 청소를 하거나. 뭐 그런 거죠."

"너한테 총도 줬어?" 엄마는 깜짝 놀라서 물었다. "총은 위험한 물건이야, 알아?"

"농담이에요, 마이. 그냥 놀려주려고 그런 거예요."

"총으로 사람을 놀린다고?"

"마이." 동생의 목소리에서 지친 기색이 느껴졌다. "괜찮아요. 언니는 그냥 농담에 소질이 없을 뿐이에요."

"그렇구나." 엄마는 만사에 달관한 사람처럼 말했다.

동생이 나에게 짜증스럽게 군 까닭은 열흘 전쯤에 나와 다퉜기 때문이다. 여느 때처럼 짧지만 화끈한 싸움이었다. 동생은 독자가 많은 어느 온라인 잡지에 우리 둘이 어렸을 적에 겪은 사건에 관한 이야기를 기고했다. 엄마가 실수로 핸드브레이크를 채우지 않고 주차하는 바람에 우리 차가 저절로 굴러가 옆집 포드 애스트라를 박은 사건이었다. 옆집 식구들이 바깥에 나와 엄마를 비난하고 위협했고, 그러는 사이에 인종차별적인 말이 하나둘 튀어나왔다. '위험하잖아, 무책임하게, 말귀도 못 알아먹는 멍청한 여자 같으니, 도대체 무슨 소릴 하는지 모르겠네, 억양이 왜 그 모양이야, 횡설수설하기는, 당신 고향은 안 그런지 몰라도 여기는 우리 나름의 규칙이란 게 있어.' 엄마는 괴로웠던 나머지 영어가 제대로 나오지 않았는데 이 또한 엄마에게는 불리하게 작용했다. 당시 아홉 살인가 열 살이었던 나는 무슨 일인지 구경하러 동생과 현관 바깥에 나갔다가 그만 울음을 터뜨리고 말았다. 그러자 옆집 식구들은 엄마가 동정을 사려고 나를 꼬집어 일부러 울렸다고 우겨댔다. 그 사람들은 길거리 저편에서 우리 집 쪽으로 느긋하게 걸어오는 퇴근길의 우리 아빠를, 그러니까 우리 집의 백인 남자를 보고 나서야 기세가 수그러들었다. 그렇게 그들은 냉큼 대거리를 멈추고 보험 약관을 읽기 시작했다.

나는 그 기억이 끔찍이도 싫어서 오래전에 이미 머릿속 깊숙이 파묻고 단단히 봉인했다. 그래서 그 사건에 관해 쓴 글을 봤을 때, 우리 상처가 이 더러운 세상에 낱낱이 드러났을 때, 몸서리가 날 정도로 경악했다. 그래서 당장 동생에게 전화를 걸어 악을 썼다. "너 미쳤어? 엄마가 네 글쟁이 경력의 받침돌 같은 건 줄 알아? 어떻게 그렇게 이기적일 수가 있어?"

동생은 변명을 늘어놓는 사이 목소리가 점점 더 필사적으로 변해갔다. 원하는 대로 쓸 자유가 어쩌고저쩌고 진실이란 급진적이고 추악한 어쩌고저쩌고 기록으로 남긴 복수가 어쩌고저쩌고 우리 목소리와 서사가 어쩌고저쩌고, 그런 식이었다. "넌 엄마를 모욕했어." 나는 화가 나서 쏘아붙였다. "우리 가족 모두를 모욕했다고."

동생은 전화를 끊었다. 그 후로 우리 둘이 다른 사람을 통하지 않고 직접 대화하기는 이때가 처음이었다.

동생은 자신의 글이 일종의 되찾기이자, 위축된 공간에서 어린 시절을 보낸 것에 항의하는 의미의 공간 점유 행위라는 주장을 굽히지 않았다. 자신은 그저 진실을 말했을 뿐이라는 것이었다. 태도가 꼭 진실이란 신중하게 사용하면 더러운 흙탕물도 깨끗하게 바꿔주는 정수기 같은 것이라고 말하는 듯했다. 나는 동생의 생각에 이미 동의하는 사람 말고 또 누가 그 글을 읽었을지 알 수 없었다. 내가 보기에는 동생이 우리 식구들 목에 과녁을 걸기로 작정한 듯싶었다. 누가 과연 자신의 약점을 드러내어 힘을 얻을 수 있는지 나로서는 이해가 가지 않았다. 내가 생각하는 힘이란 영향력이었고, 돈이었으며, 손에 총을 든 사람이었다.

식구들은 캠핑용 버너를 되살리는 복잡한 작업에 착수했고, 나는 그 광경을 지켜보다가 문득 섬뜩한 한기를 느꼈다. 꼭 한쪽 벽이 무너지는 바람에 거실이 12월의 밤에 고스란히 노출된 것만 같았다. 혹시 나도 총을 가져야 하는 게 아닐까? 준장은 틀림없이 총이 있었고 살레스도 마찬가지일 터였다. 그리고 이제 그 둘은 분명한 위협이었다. 또는, 적어도 전적으로 출입이 금지된 인물이었다. 준장은 국방부의 연줄을 이용해 어떤 정보를 수집했을까? 우리 집이 어디인지 알아냈을까? 우리 어머니가 인생을 여섯 번 살아도 다 보기 힘들 만큼 많은 참극을 목격한 사람이라는 것도 알아냈을까? 아버지는 분쟁에 휘말리는 게 너무 싫어서 십 년 전 교통 위반 딱지까지 차곡차곡 쌓아놓는다는 것도? 동생은 자기가 용감한 줄 알지만 실은 힘센 짐승 앞에서 배를 보이면 상대가 부끄러워할 거라고 착각한다는 것도? 그나저나 나는 안전했을까? 나는 시간관리국 소속인데?

크리스마스 연휴 동안 이주자들이 문자메시지를 보냈다. 아서는 전보 쓰기 방식을 고집하며 메시지 여러 줄을 길게 적어 보냈고(1847+브라이언이 플루트+기타 듀엣 줄바꿈 시끄러워죽을 지경 줄바꿈 케일리는 정신없이 껄떡거림 줄바꿈 철자 틀림 헐떡거림 줄바꿈 엄청나게 재미있음 끝), 다양한 사람들과 흥겹게 어울려 찍은 초점이 맞지 않는 사진도 같이 보냈다. 마거릿은 문자메시지를 거의 보내지 않는 대신 자신의 흥미를 끄는 기이하고 매혹적인 것들을 사진으로 찍어 보냈다. 부서진 크리스마스트리 장식의 반들거리는 표면에 비친 벽난로 불빛, 오렌지가 담긴 대접, 얼룩이 묻은 거울에 비친 달 같은 것들이었다.

그레이엄에게서 온 문자메시지는 한 통뿐이었다. 그는 그 메시지를 보내려고 일부러 휴대전화의 전원을 켰다.

징글징글한 고양이에게

익숙하지 않은 기계이다 보니 사용법도 서툴고 해서 짧게 써야겠습니다. 우리는 조금 이교도적이기는 해도 더없이 멋진 시간을 보내는 중입니다. 내가 억지로 강요해서 다들 오늘 밤 자정 예배에 참석할 예정입니다. 1665는 얌전히 행동하는 쪽으로는 의지도 자질도 없더군요. 나는 1916과 함께 곁들임 음식을 만들기로 했지만 칠면조는 도저히 건드릴 엄두가 나질 않습니다. 크리스마스 당일에 전화하겠습니다. 당신이 무사한지 확인해야 하니까요. 여기까지 쓰는 데 삼십 분이 걸렸습니다.
아무쪼록 나를 당신의 다정한 친구로 믿어주기를 바라며.

G. G.

그레이엄은 오후 늦게야 전화했다. 그날 나는 포만감에 젖어 나른한 상태로 종일 빈둥거렸고, 나중에는 질주하는 암탉 모양의 금목걸이를 빗장뼈 바로 밑에 올려놓고 만지작거렸다. 목걸이는 그레이엄이 준 크리스마스 선물이었다. 목걸이와 함께 들어 있던 쪽지에는 여유작작한 필기체로 '닭 가방의 단짝, 닭 목걸이'라고 적혀 있었다. 나는 그에게 비행사용 실크 스카프와 존 르카레의 소설 《추운 나라에서 돌아온 스파이》를 선물했다.

그가 《로그 메일》을 열두 번째로 다시 읽고 있었기 때문이다.

"해피 크리스마스!"

"즐거운 성탄절입니다. 목소리를 들어보니 피곤한 것 같군요. 나 때문에 자다가 깬 겁니까?"

"아뇨, 아니에요. 난 원래 크리스마스 연휴에는 살짝 혼수상태예요. 예쁜 목걸이 고마워요."

"별말씀을."

"닭이 뛰는 모습이 마음에 들어요."

"그 암탉은 중요한 회의에 가느라 바쁩니다. 당신이 자주 그러는 것처럼요."

라이터 불을 켜는 희미한 소리에 이어 종이가 불에 타들어가는 소리, 그레이엄이 숨을 들이마시는 소리가 차례로 들려왔다.

"바깥이에요? 담배 피우는 소리가 들리는데."

"저런, 그렇습니까? 죄송합니다, 내가 무례한 짓을 했군요. 하지만 이 한 개비를 끄라고 하지는 말아주십시오."

"그럴 마음은 꿈에도 없어요. 그러니까 지금은 휴대전화 사용법을 터득했다는 말이네요."

그레이엄이 담배 필터를 빠는 소리가 전화 저편에서 들려왔다. "당신을 직접 대면하고 상대하는 것보다는 이쪽이 확실히 덜 까다롭군요."

"아, 그러세요?"

"당신이 그…… 그 조그맣고 우스꽝스럽게 생긴 입을 벌리고 내 앞에 서 있을 때보다는 그렇습니다."

그 말에 우리 둘 다 놀라서 입을 다물고 말았다. 그레이엄은 헛기침을 하고 다시 입을 열었다. "음, 그래도 당신과…… 이야기하는 것만으로도 즐겁군요. 보아하니 나는 그것도 제대로 못하는 것 같습니다만."

"아뇨, 아니에요, 당신은…… 그러니까 난, 그, 음, 재미있게 지내고 있어요?"

"그럼요. 당신은요?"

나는 안도하는 한편 실망도 함께 느끼며 참았던 숨을 내쉬었다. "네, 놀랄 만큼 즐거워요. 식구들이랑 하는 말싸움은 머릿속이 아니라 직접 만나서 하는 게 훨씬 더 신나거든요. 아……."

그레이엄은 담배 연기를 재빨리 내뿜고 말했다. "그렇게 당황할 것 없습니다. 여기 있는 사람들은 모두 가족을 잃었으니까요. 그래서 다 함께 임시로 새 가족이 되기로 했습니다. 함선의 사관 숙소에서 보내는 크리스마스와 별다를 게 없지요."

"그건…… 잘됐네요."

"어떤 사람들인가요? 당신네 식구들 말입니다."

"아, 엄청 평범해요."

"절대 그럴 리 없습니다. 당신 어머니의 동포들에 관해 더 알고 싶군요. 그 사람들도 크리스마스에 지키는 특별한 전통이 있습니까?"

"글쎄요, 그 사람들은 불교를 믿어요. 그러니까, 없어요."

"아, 그렇군요. 부모님 댁은 어릴 적 당신 고향에 있나요?"

"맞아요, 우리 가족은 내가 여덟 살 때 이곳으로 이사 와서 이때껏 쭉 살았어요."

"어릴 적 당신은 이상한 여자애였겠군요."

"그런 소릴 잘도 하네요."

"목소리만 들어도 웃고 있는 게 느껴집니다. 거긴 어떤 곳인가요?"

"우리 집은 숲에서 가까워요. 1.5킬로미터쯤 가면 멋진 호수가 있어서 여름이 되면 카누를 탔죠. 나한테 꽥꽥거린 기러기들의 족보만 따져봐도 몇 대는 거슬러 올라가야 한다고요."

건너편에서 몇 초간 침묵이 흘렀다. 그러다가 통화가 끊겼다는 생각이 들 즈음, 마침내 그레이엄이 입을 열었다. "나도 웃고 있습니다."

"그래요? 난 당신만큼 귀가 좋질 않아서 목소리만 듣고는 모르겠네요."

"더 큰 소리로 미소 짓게 애써보겠습니다." 그레이엄의 말은 거기서 끊어졌고, 뒤이어 저편에서 나직이 숨을 내쉬는 소리가 들려왔다. 한숨과 웃음 어딘가의 소리였다. "저기, 당신이 눈앞에 안 보일 때면 혹시 당신이 내 상상 속에 사는 사람인가 싶어 불안해지곤 합니다. 그래서……."

가슴이 쿵쾅거렸다. 그레이엄은 생각의 흐름을 다잡으려는 듯이 어색하게 헛기침을 했다. "당신 어릴 적 얘기를 듣고 싶군요. 고향에서 보낸 어린 시절 얘기요."

"그래요. 뭐가 궁금한데요?"

"아무거나요. 전부 다요."

나는 그레이엄에게 나 자신과 식구들에 관해, 그리고 우리 가족이 함께한 세상에서 내가 경험한 것들에 관해 한 가지씩 얘기했다. 그러면서 그의 머릿속 공간을 조금씩 차지하고자 했다. 그의 상상 속에서 어떤 모습으로 보이고 싶은지는 생각해둔 바가 있었다. 나는 그에게 내가 알려주고 싶은 것과 나에 관해 믿어줬으면 하는 것만 가르쳐줬다. 하지만 다 얘기하고 나서는 이따금 씁쓸한 기분이 들었다. 사탕을 잔뜩 먹었을 때나 와인을 마시고 머리가 띵해졌을 때와 비슷한 기분이었다. 자신이 어떤 사람이고 어떤 사람이 아닌지를 자의적으로 판정하다니, 내 눈에는 무분별한 방종처럼 보였다.

제국이 추진하는 거대한 프로젝트는 다름 아닌 분류였다. 소유되는 자와 소유하는 자, 식민 지배자와 식민 피지배자, 에볼루이와 야만인, 내 것과 너희 것. 나는 그러한 분류 체계를 물려받았다. 내가 스스로의 인종 정체성에 대해 되도록 아랑곳하지 않는 척하는 것도 아마 그래서일 것이다. 지금도 주도권은 '그들'의 손에 있고, 비록 '몽골로이드'라는 말 대신 '비주류 인종'이라는 용어를 쓸지언정 여전히 '그들'은 우리를 해결해야 할 문제로 공공연히 간주하기 때문이다. 나는 언제가 돼야 그들처럼 당근과 채찍을 마음대로 휘두를 수 있을까? 내 동생은 당근과 채찍 구도를 통째로 해체해야 한다는 거창한 담론을 내세웠지만 그 애가 실제로 한 행동은 기껏해야 늘 짜증 난 상태를 유지하기, 갓 데뷔한 유색 인종 작가들이 최초 홍보 기간이 끝나고 나면 두 번째 소설을 낼 기회를 전혀 못 잡는 것 같다고 열심히 트위터에 불평하기, 죽어라 일하고 쥐꼬리만 한 임금 받기 정도였다.

충성심과 복종심은 이야기를 통해 길러진다. 국방부와 그 밑의 여러 기관은 적의 총구 앞에서 웃는 얼굴로 최후의 담배 한 개비를 피우리라 자부하는 사람들로 채워졌다. 진실은 우리가 상부의 명령은 선한 것이고, 우리 임무 또한 선한 일이라는 생각에 속박됐다는 것이다. '동요하지 말 것'은 '저자를 쏠 것'이나 '나머지는 모두 제거할 것'과 다를 바 없는 또 하나의 명령에 지나지 않았다. 우리는 계속 해나간다. 대부분은 총알 한 발로 자비를 베풀어달라고 애원할 것이다. 내가 만나본 이들 가운데 최후의 담배를 입에 물고 죽음과 당당히 맞설 사람은 몇 명 되지 않는다. 그중 하나는 그레이엄인데 이는 부분적으로 그가 신경질적인 골초이기 때문이다.

어쩌면 나는 이야기가 지겨웠던 것인지도 모르겠다. 이야기를 들려주는 것도, 이야기를 듣는 것도. 벗어나는 것이야말로 희망이라는 생각이 들었다. 모더니즘에서 벗어나 포스트모더니즘으로, 중령에서 벗어나 대령으로, 인종주의를 벗어나 탈脫인종주의로. 모두가 내게서 캄보디아 이야기를 듣고 싶어했지만 나는 캄보디아에 관해 가르쳐줄 것이 하나도 없었다. 만약 당신이 이 이야기를 읽고 캄보디아에 관해 뭔가 배운다면 그건 당신 탓이지, 내 탓이 아니다. 그레이엄과 함께 지내는 동안 나는 거울 속 내 얼굴을 몹시도 자주 들여다봤다. 그러면서 스스로를 낯선 사람으로 보려고 애썼다. 나는 내 얼굴을 내면의 일부로 받아들이지 않았다. 거울 속 내 얼굴을 보며 '저게 도대체 뭐지?'라고 생각하는 경우도 드물지 않았다. 곁에 누가 있든 그 사람과 내가 같아 보이지 않는다는 것이 지긋지긋했는데……그것이야말로 혼혈로 살아가기의 요점이 아니던가? 아아, 영국이여, 영국이여! 우리가 가장 잘하는 일은 자신의 이야기를 들려주는 것이다. 그레이엄 고어는 고결한 죽음을 다룬 수많은 이야기 때문에 그런 식으로 죽는 것이 가능하다고 믿고 북극으로 향했고, 이로써 본인도 이야기가 됐다. 아아, 영국이여, 이제는 내 삶도 이야기로 만들 작정이었나.

처음 국방부에 들어와 인사과에서 압박 면접을 봤을 때, 나를 담당한 여성 면접관은 내 이력서의 가족 관계란을 손가락 끝으로 죽 훑어내리며 이렇게 물었다. "이런 가정에서 자란다는 건 어떤 경험이었나요?" 그 질문에는 모든 것이 들어 있었다. 첫 데이트에서 폴 포트 누들*이 어쩌고 하는 농담을 듣는 것, 이모

<hr>

* 캄보디아 민간인 학살을 주도한 악명 높은 정치가 '폴 포트'와 컵라면의 상표명인 '포트 누들'을 합친 말장난.

의 울음 섞인 절규, 유골이 들어 있지 않은 불탑 모양 유골함,
게리 글리터*, 옆 나라 베트남이 표적이었으나 국경을 넘어 살
포된 고엽제 에이전트 오렌지, '앙코르와트는 정말 멋진 곳이더
라', 지뢰 제거 운동에 힘쓴 다이애나 왕세자비, 캄보디아에 잔
뜩 널린 지뢰밭, 서랍 깊숙한 곳에 숨겨둔 어머니의 여권, 어머
니의 악몽, 재수 없는 칭크**, '넌 그렇게 안 생겼는데', 드래곤
레이디***, 빌어먹을 파키**** 놈들, '투올슬렝 학살 박물관은 원
래 학교였대' '살로스 사르****는 원래 교사였고', 외할아버지가
남긴 훈장, 총살 집행 부대, 외삼촌의 떨리는 손, '죽기 전에 거
기 꼭 가보고 싶어', 브라더 넘버 원*****, '난 라틴계 여자가 좋
아', 킬링 필드, 영화 〈킬링 필드〉(1984), 앤젤리나 졸리******,
'아프리카에 있는 카메룬 말이야?' '베트남 사람이라고?' '이름
이 뭔지 다시 말해줄래?' 같은 것.

나는 그 질문을 곰곰이 생각하다가 대답했다.

"글쎄요. 안 그런 가정에서 자라는 건 어떤 경험이었는데요?"

---

*　　　　영국의 인기 가수였으나 캄보디아에서 미성년자 성학대 혐의로 추방당했다.

**　　　Chink, 아시아계 사람을 비하하는 인종차별적 멸칭.

***　　Dragon lady, 아시아계 여성이 사악한 힘으로 남자를 지배하고 조종한다는 고정관
념에서 비롯된 차별적 표현.

****　Paki, 파키스탄 및 인도를 비롯한 남아시아 출신 이주자를 가리키는 멸칭.

*****　폴 포트의 본명.

******　폴 포트가 사용한 가명 가운데 하나.

*******　자연 보호 및 이재민 구호 활동에 힘쓴 공로로 캄보디아 시민권을 받았다.

VI

무리를 이끄는 한 노인과 젊은 사냥꾼 둘이 에러버스함에 승선시켜달라고 요청했다. 적어도 대원들은 그렇게 알아들었다. 프랭클린 탐험대는 항해에 대동할 통역사를 구하지 못했고, 탐험대에서 현지인의 말을 알아듣는 사람은 테러함의 크로지어 함장뿐이었다. 그는 이 지역 에스키모들이 쓰는 방언은 알지 못했기 때문에 공통으로 아는 어휘를 토대로 위태위태하게 대화를 이어갔다.

원주민 10명이 배에 올랐다. 행동거지가 여느 원주민과 달랐다. 즉, 호기심을 띠고 느긋하게 배 이곳저곳을 돌아다니며 선원들을 놀리거나 물물교환을 원한다는 손짓을 하는 이는 하나도 없었다. 배 꽁무니 쪽 갑판에 모여 선 그들은 크로지어 함장이 애처롭게 더듬거리는 목소리로 사과를 이어가는 동안 무표정한 얼굴로 그의 말에 귀를 기울였다. 길리스와 데뵈는 그들 발치에 바늘과 담배, 거울, 단추 따위를 선물 삼아 늘어놨다. 그중에 칼은 없었다.

한참 후, 크로지어 함장이 발을 쿵쿵 구르며 에러버스함의 장교들 쪽으로 돌아왔다. 장교들은 옹기종기 모여 주위를 서성대는 중이었다.

"고어." 크로지어가 나직이 말했다.

"예."

"그 남자의 아내가 자네를 보고 싶다는군."

"그 남자의……?"

"아내. 결혼을 했더군." 크로지어는 연회색 눈을 번쩍 들어 고어를 봤다. 눈동자가 강철처럼 단단해 보였다. "아이는 없다고 하니 자네로서는 조금이나마 가책이 덜할 거야."

고어가 순순히 앞으로 나섰다.

과부가 된 그 남자의 아내는 무리 맨 앞에 있었다. 키는 작지만 성깔 있어 보이는 여성이었다. 검은 머리, 살결이 곱고 반들거리는 갈색 피부, 간밤에 흘린 눈물 때문에 상기된 뺨. 물기 없는 눈은 내리뜨고 있었고, 이 때문에 아래로 향한 속눈썹이 눈을 가려 베일을 쓴 듯한 기묘한 느낌이 들었다. 입이 아주 예뻤다. 고어는 그 입술의 색깔을 기억했다가 훗날 거기에 어울리는 색의 이름이 무엇일지 아주 오랫동안 궁리했다. 그녀가 고어를 바라봤다. 상대를 지평선까지 밀어붙이는 눈빛이었다. 마치 하찮지는 않지만 엄지손가락으로 꾹 눌러버리면 그만인 어떤 것을 바라보는 것처럼.

"미안합니다." 고어는 영어로 말했다. 여성이 쓰는 말로는 뭐라고 하는지 크로지어에게 물어보는 것을 깜박했기 때문이다. 여성은 고어를 바라봤다.

고어는 무릎을 꿇어야 마땅했다. 목을 내밀고 여성의 손날에 처분을 맡겨야 했다. 아니면 죽은 남편을 대신해 그 여성의 일손이 되어줘야 하는지도 몰랐다. 머릿속에 거친 생각이 퍼뜩 떠올랐다 사라졌다. 어쩌면, 오랫동안 안주할 가정을 갖지 못한 남자로 살아온 끝에, 여러 배의 사관실에서 만난 동료들과 임시로 가족을 꾸리고 살아온 끝에, 살육을 저지르고 낯선 땅을 차지해 지도를 만들며 살아온 끝에, 하느님이 그를 이 해변으로 인도해 이 여성 곁에 던져놓은 것인지도 몰랐다. 다만 그는 긴 세월 동안 총을 쥐고 살아왔기에 여성의 표정이 의미하는 바를 이해할 수 있었다.

"미안합니다." 고어는 거듭 말했다. 여성은 그를 바라봤다. 원주민 무리가 선물을 챙겨 떠난 후에도 여성의 눈길은 그의 몸에 머물렀다. 그날 밤 선실에서 세수할 때, 그는 그 눈길이 셔츠 밑에서 스멀스멀 움직이다 살갗으로 파고드는 것을 느꼈다.

6장

　새해가 되어 집으로 돌아왔다. 좁은 집 안 풍경이 어딘가 달라져 있었다. 전에는 그저 연달아 늘어선 느낌만 들던 내부 공간이 이제 서로 연결된 것처럼 느껴졌다. 그레이엄은 이따금 나를 보며 빙긋 웃었다. 얼핏 혼란스러워하는 미소로 보아 나를 어쩌다 생겨났는지는 잊어버렸지만 반드시 끝마쳐야 하는 임무쯤으로 여기는 듯했다. 어느 날 오후 주방에서 그는 내 어깨를 잡고 한쪽으로 당긴 다음 손을 뻗어 찬장의 컵을 꺼냈다. 그의 손이 내 몸에 닿는 경우는 거의 없었기 때문에 이날 일은 그가 내 머리카락을 움켜쥐고 재봉 가위로 싹둑 자른 것보다 더 놀라웠다. 나는 그날 오후 내내 그의 손길을 느꼈다.

　이처럼 유쾌하면서도 종잡을 수 없는 행동은 그레이엄이 내적 압박을 극심하게 받을 때 나타나는 전형적인 반응이었다. 그가 해군에 재입대시켜달라고 거듭 요청한 끝에 시간관리국은 면밀하게 감독한다는 조건하에 그를 현장 요원 훈련 과정에 투입하기로 했다. 직업 군인이었던 카딩엄 역시 현장 요원이 되려고 재교육을 받는 중이었다. 우리는 둘 모두의 신원과 출신 배경을 지어내느라 머리가 지끈거릴 정도로 많은 가짜 파일을 생성해야 했다. 카딩엄은 적응력 측정 시험까지 다시 치렀다. 전체 계획은 국방부와 시간관리국이 대담하게 타협한 결과였고, 계획의 세부 사항은 가교 팀에게 전달된 이후에도 여전히 다듬기가 한창이었다.

"1847하고는 계속 긴밀하게 협력하는 게 좋아." 아델라가 말했다. "그 사람은 올 한 해도 살아남을 것 같으니까."

"그럼 그 사람은 런던에 계속 남겠군요?"

"물론 이제 혼자 살아야지. 가교와 동거하는 숙소를 떠나서."

"그래도 남기는 하는 거네요."

그때 내 안에서 울린 경계경보를 유심히 기억해야 했다. 시간관리국에서 왜 그레이엄과 카딩엄을 현장 요원으로 만드는 일에 그토록 관심을 보였을까? 어째서 마거릿과 아서에 대해서는 똑같은 열의를 보이지 않았을까? 하지만 그때 내 귀에는 그레이엄이 남는다는 말밖에 들리지 않았다. 그 말에 하도 흥분한 나머지 손톱으로 엄지손가락을 긁다가 살갗이 벗겨지고 말았다. "그 버릇은 아직도 못 고쳤군." 아델라는 그렇게 말하고는 입과 턱을 DVD 플레이어의 전면부처럼 움직였다. 십중팔구 빙굿 웃는 표정이었다.

　모든 시간 여행 가설의 핵심은 사람을 어떤 식으로 측정할 것인가 하는 질문이었다. 그레이엄은 공간 추론 능력 검사에서 높은 점수를 받았고 언어 추론 능력 검사 점수도 양호했다. 정신 분석학자의 말에 따르면 그는 위험할 정도로 억압된 상태였지만, 적응도 측정 검사 담당자에 따르면 사교적이고 자신만한 사람이었다. 그는 바다에 나간 형을 여읜 후로 다섯 형제 가운데 맏이로 살았다. 키는 평균 신장보다 2센티미터 남짓 작았지만 동시대 남성들과 비교하면 5센티미터 정도 컸다. 눈은 연갈색이었고 검은 곱슬머리는 숱이 풍성했으며 코는 눈에 띄게 커다랬다. 나이는 서른일곱 살이었고 거의 이백 년이 흐른 지금도 여전히 서른일곱 살이었다. 이 글을 다 읽은 사람은 내 설명을 근거로 너끈히 그의 외모를 상상할 수 있을 테고, 이로써 그의 모습이 머릿속에 또렷이 새겨질 것이다. 그 생각을 하면 흐뭇해진다. 부디 그가 다른 누군가에게 살아있는 사람이 되기를 바라니까.

　가교로서 한 해를 보내는 동안 내가 그레이엄과 관련해 축적한 통계상 정보는 진짜 같은 인공 지능 그레이엄 고어도 너끈히 만들 만큼 방대했다. 이따금씩 그런 내용의 꿈을 꾸기도 했다. 나는 실리콘으로 된 살덩이를 양손으로 잡고 있다. 그것을 늘 잘 보이는 곳에 보관하며 깨끗이 관리한다. 손을 살덩이 안쪽 기판에 닿을 만큼 깊숙이, 팔꿈치까지 푹 집어넣어 청소하면서. 그런 꿈은 내가 그레이엄의 목소리를 흉내 내려고 하는 순간 어김없이 고약한 느낌으로 변해버렸다. 나는 꿈속에서 그를 멋지고 용맹한 사람, 입이 험하고 총도 마구 쏴대는 사람, 해군 특유의 거친 억양이 섞인 고급 영어를 쓰는 사람으로 그리고 싶었기 때문이다. 그리고 그는 그런 사람이 아니었다. 그런 것은 그의 모습 가운데 일부일 뿐, 전부는 아니었다.

흔히 쓰는 말을 빌리면, 나에게는 그레이엄의 '파일에 접근할 권한'이 있었다. 누군가의 '파일에 접근할 권한'을 갖는 것은 에로틱하면서도 한편으로는 둔감해지는 경험이었다. 내가 그레이엄을 연구할 때 그랬듯이 사람은 누군가를 연구하다 보면 외설적인 기억 상실에 빠지게 마련이다. 이 상태에서는 은밀하게 여겨져야 할 모든 것이 분자 수준까지 낱낱이 파헤쳐진다. 당신이 한 번도 건드리지 못한 연구 대상의 몸은 밤마다 당신 눈꺼풀 속에서 누워 있는 채로 모습을 드러낸다. 당신은 조금씩 연구 대상을 알아가지만 시간은 늘 당신보다 한 걸음 앞서 흘러가버리고, 이 때문에 당신은 흐르는 시간 속에서 연구 대상을 뒤쫓으며 그들의 삶이 미래와 합쳐지는 순간까지 그들에 관해 더 많이, 더욱더 많이 알아내야만 한다. 또한 그들이 보고 느끼고 이해하는 것을 모든 각도에서 속속들이 파악해야 한다. 그러지 않으면 당신의 파일은 완벽해질 수 없기 때문이다. 그들이 당신에 앞서 사랑한 사람은 누구였을까? 그들을 가장 아프게 한 것은 무엇일까? 그들에게 가장 쓸모 있는 상처를 남기는 것은 무엇일까?

나는 그레이엄에게 집착했다. 내가 그랬다는 것을 이제는 안다. 나는 그때 일을 하는 중이었다. 그리고 나는 내 일을 좋아했다. 내 말이 무슨 뜻인지 당신은 알까?

"매기랑 같이 클럽에 갈 거예요." 어느 날 오후 내가 말했다. 그때 나와 그레이엄은 주방에 있었다. 그는 요리책을 훑어보는 중이었다. 주방에 아예 요리책을 모아놓은 책꽂이가 있었다. 나는 그중 어떤 것도 펼쳐보지 않았다.

"잘됐군요. 당신에게서 나쁜 물이 들지 않게 조심하라고 매기에게 경고해야 할지, 아니면 반대로 매기를 조심하라고 당신에게 경고해야 할지 헷갈리기는 합니다만."

"그냥 못된 짓을 해도 괜찮다고 우리 둘 다 축복해주면 될 텐데요."

"그 축복은 나중으로 미뤄두겠습니다. 여기 이 말은 뭐라고 읽는 겁니까?"

"그건 '쓰촨'이라고 해요. 세상에, 그레이엄. 당신 매운 향신료 못 먹는 거 알잖아요."

"새로운 취향을 대담하게 개척할 작정입니다. 내가 '탐험가의 고질병'으로 세상을 하직하면 부디 구슬픈 바이올린 가락을 들려주십시오."

"탐험가의…… 뭐요?"

"소화불량 말입니다."

마거릿은 이주자 가운데 유일하게 시간관리국 바깥에서 친구 집단을 만들려고 애썼다. 대부분은 나는 들어보지도 못한 '렉스'니 '조이'니 하는 스마트폰 앱을 통해 만났다. 당국은 이런 식의 활동을 처음에는 은근히, 나중에는 노골적으로 막았다. 마거릿이 너무 심각한 골칫거리였기 때문이다. 괴상한 소리를 쉬지 않고 떠들어댔으니까. 게다가 그녀는 반체제 레즈비언 무정부주의자(이러한 명칭을 그녀 또는 그들 자신이 어떻게 생각하든 간에)를 수상쩍을 만큼 자주 찾아냈다. 복지과는 그런 그녀를 특별 보호 대상으로 정하고 삼엄하게 감시했다.

마거릿의 가교는 여전히 랠프였지만 그는 자기가 맡은 이주자를 몹시 버거워했기 때문에, 나는 아델라에게 마거릿에 관한 교차 보고서를 내가 직접 작성해 보내면 어떻겠냐고 남몰래 제안했다. 부분적으로는 아델라에게 잘 보이고 싶어서 꺼낸 말이었다. 단둘이서 퀜틴 이야기를 나눈 이후로 아델라는 나를 자기 심복처럼 챙겼다. 놀라운 경험이었다. 나는 조그마한 약점도 드러내지 않고 철갑처럼 단단해 보이기만 하는 그녀의 모습을 애타게 닮고 싶었다. 어머니의 정신적 외상 때문에 내면세계의 상당 부분이 일그러진 채 굳어버린 여자로서는 자연스러운 일인지도 몰랐지만, 아무렴 나는 나의 열정적인 여성 상사를 부모처럼 철석같이 믿고 따르기 시작했다.

아무튼, 마거릿은 나를 좋아했다. 그녀는 그레이엄이 현장 요원으로 투입되기 위한 재교육을 받느라 시간관리국에 머무는 동안 나와 아서 (그녀는 아서를 귀여워하는 한편으로 밉지 않게 놀렸다)를 초대해 함께 미술관에 가거나 미니 골프를 치러 가자고 할 사람이었다. (아서는 미니 골프를 굉장히 좋아했다. 그래서 이주자로 한 해를 보내는 동안, 런던에 있는 여러 미니 골프장의 평가 보고서를 무척이나 흥미진진하게 작성하고는 적응력 검사의 과제물로 위장해 연달아 제출했다. 그는 미니 골프장의 시설을 조악하다거나 우스꽝스럽다고 여기기는커녕, 오히려 즐거워하는 편이었다. 한번은 그가 눈물을 줄줄 흘리며 자기 배를 끌어안고 웃는 모습을 본 적이 있는데, 골프공을 홀에 넣으려면 먼저 퍼터로 쳐서 조그마한 모형 대관람차에 태우고 한 바퀴 회전시켜야 했기 때문이다.)

마거릿은 일주일에 두 번씩 영화를 보러 갔다. 귀에 꽂히는 음악을 찾아 음악 공연장도 돌아다녔다. 그녀는 아마도 런던에 남은 무가지 〈타임 아웃〉의 마지막 애독자였을 것이다. 나더러 같이 가자고 권하는 경우도 잦았다. 다만 마거릿은 혼자 도시를 쏘다니는 것도 좋아했기 때문에 늘 나를 초대하지는 않았다. 아무래도 17세기에는 아무 계획 없이 시간을 보낼 기회가 많지 않았을 테니까. 하지만 둘이 함께 외출했을 때 그녀가 문자메시지를 주고받던 여성 펑크 록 밴드의 강성 페미니스트 레즈비언 드러머를 만나기도 했다. 시간관리국 요원인 나는 저녁 식사 자리에서 두 사람을 동시에 감시해야 했고(마거릿이 피자에 황당무

계한 토핑을 올려달라고 주문하기 일쑤였으므로), 마거릿은 자신이 이해하지도 못하는 정치 문제를 놓고 드러머와 내가 치고받기 직전까지 날 선 말을 주고받는 꼴을 구경했다. 드러머와 작별 인사를 나누고 나서 그녀는 나를 끌고 거리를 거닐다가 네온사인과 상품이 화려하게 진열된 쇼윈도와 버블티 가게 따위를 손가락으로 가리키며 신이 나서 꼬치꼬치 캐물었다. 질문은 주로 '저런 건 어떻게 만들죠?'가 많았지만 '왜 저런 거죠?'일 때도 있었다. 나에게 마거릿은 일이자 놀이였다. 나는 그녀가 좋았다. 그녀 곁에 있을 때면 차가 오는지 확인하지 않고 횡단보도를 냅다 달려서 건너고 싶었다. 그런 식으로 이것저것 모든 것이 실제보다 더 즐거웠다는, 대강 그런 얘기다.

우리는 군사 작전을 짜듯 치밀하게 클럽 나들이를 계획했다. 마거릿은 제각각 다른 옷을 차려입고 찍은 자기 사진을 나에게 보내줬다. 거울을 보고 자기 사진을 잘 찍는 비결을 이미 터득한 것이다. '배꼽티!' 나는 문자메시지에 그렇게 적었지만, 전송하기 직전에 느낌표 한 개만 남기고 다 지웠다.

우리는 클럽에 가기 전에 먼저 달스턴에서 아서와 그레이엄을 만나 한잔하기로 했다. 술부터 마시고 클럽을 돌아보겠다니 어찌나 21세기 사람 같은지, 나는 그들의 발전상을 보면서도 자랑스러운 기분이 전혀 들지 않았다. 도착해 보니 마거릿과 아서는 이미 한잔 걸치는 중이었다. 둘 다 바보 같아 보이는 칵테일을 시켜둔 상태였다.

"저는 말리려고 했는데……." 아서가 변명을 시작했다.

"봐요! 이 술 이름이 '섹스 온 더 비치'래요! 술이 나오는 수도꼭지 앞의 남자가 이걸 제조하느라 엄청나게 공들이는 걸 봤어요. 그러니까 분명히 이름에 걸맞은 효과를 낼 거예요."

"그게 실은." 나는 의자에 앉으며 말했다. "크랜베리 주스로 만든 술인데, 실제로 요로 감염증에 효과가 좋기는 해요. 그리고 영국 해변에서 섹스를 했다간 실제로 요로 감염증에 걸리기 딱 좋죠."

"요로 감염증이요?" 마거릿이 물었다. "1847! 어서 앉아요! 그렇게 썩은 표정을 하고 서서 이마만 문지르고 있지 말고!"

"다들 나한테 너무 모질게 굽니다." 그레이엄은 진지하게 중얼거렸다. "나는 아주 잘생겼고 용감하고 나쁜 짓이라고는 한 번도 하지 않았는데도요. 1665, 당신 그 옷 말고 나머지 옷은 어디 있습니까?"

"벗어서 버렸어요. 난 예쁜 옷을 겹겹이 입었을 때보다 그냥 다 벗었을 때 더 용감해지거든요."

그 말에 나는 웃음이 터졌다. 진심에서 우러난, 소탈하고 흐뭇한 웃음이었다. 진짜 웃음이 으레 그렇듯 내 웃음 또한 주위 사람들의 미소를 이끌어냈다. 마거릿은 씩 웃으며 내게 몸을 기댔고, 그레이엄은 아서와 눈을 마주치고는 못 당하겠다는 듯이 허공을 올려다봤다. 흔한 순간 가운데 한순간이었지만 거기에는 우리 모두가 함께 담겨 있었고, 다 같이 작고 소박한 즐거움에 사로잡혀 있었다. 나는 그 순간의 추억으로 몇 번이고 되돌아간다. 그러니까 말하자면, 그 순간은 곧 증거다. 내가 한 일이 죄다 잘못된 건 아니었다는 증거.

그레이엄의 출세, 그것도 배양 접시 속 미생물에서 실험용 가운을 입은 연구자로 거듭나는 수준의 출세를 기념하는 자리는 제복 근무자들이 정복을 입고 참석하는 조촐하지만 멋진 행사였다. 그레이엄과 함께 선발된 신입 요원 26명은 육군과 공군, 경찰, 일반직 공무원까지 있을 만큼 출신 배경이 다양했다. 임관식 당일, 하늘은 맑은 진청색이었고 잔디는 서리가 내려 은빛이었다. 도시 전체가 거대한 설탕 과자처럼 보였고, 제복 차림 신입 요원들이 줄지어 서 있는 웨스트민스터 대성당의 잔디 마당은 더더욱 그랬다. 주위를 빼곡히 둘러싼 건물은 하늘 높이 우뚝 솟아 우리를 굽어봤다. 산들바람이 잔디를 쓸고 지나가자 풀빛이 더욱 산뜻하고 싱그러워 보였다.

제복 어깨에 견장을 단 남자가 구령을 외쳤고, 거기에 맞춰 대열이 방향을 바꿔 돌아서자 그레이엄이 보였다. 윤이 나는 모자챙은 햇빛이 비쳐 반짝였고, 차렷 자세로 꼿꼿이 선 모습은 꼭 높은 선반에 뛰어오르려고 몸을 쭉 늘인 고양이 같았다. 날씬한 엉덩이와 엷게 미소 짓는 얼굴('저기 있구나'), 범선의 중앙 돛대처럼 우뚝 솟은 커다란 코('저기 있어'). 햇빛은 그가 서 있는 자리에서 가장 환하게 번득였다. 허리에 찬 제식용 군도軍刀

에서, 윤이 나게 닦은 검은 구두에서('저기 있어, 바로 저기'). 그를 봤을 때 내 기분이 어땠는지 설명할 수 있으면 좋을 텐데. 그는 내가 아직 알지도 못한 오래전부터 늘 내 안에 살고 있었다. 그때부터 나는 그를 사랑하도록 길들여졌다.

"돌아보지 마요." 귀에 익은 목소리가 등 뒤에서 나직이 들려왔다.

그 소리에 놀라서 어찌나 세게 흠칫했던지 양 어깻죽지가 서로 닿을 뻔했다. 얼굴도 덩달아 빨개졌다. 머릿속으로 혼잣말을 떠드는 사람들은 대부분 고개를 기이한 각도로 갸우뚱하게 마련이다. 그때의 나도 아마 그렇게 보였을 것이다.

"돌아보지 말라고 했잖아요."

"안 돌아봤어요." 나는 부글거리는 속을 가라앉히며 말했다. "미치겠네."

"조용!"

"퀜틴." 나는 나직이 중얼거렸다. "이때껏 어디 있었어요?"

"쉿."

그 소리는 뒤쪽이 아니라 옆쪽에서 들려왔다. 그렇게 말한 여자는 내 또래였지만 입고 있는 코트는 내 것보다 훨씬 더 비싸 보였고 금발에는 묘하게 초록빛이 돌았다. 근처에 모여선 다른 사람들은 임관식에 집중하느라 모두 앞쪽만 뚫어지게 보고 있었다.

"손을 등 뒤로 내밀어요." 퀜틴이 내 뒤통수에 대고 소곤거렸다. 이제 아까보다 더 가까이 다가와 있었다. 그러고는 붐비는 곳에서 사람들이 으레 그러듯이 내게 몸을 비볐다. 짜증이 날 정도로 진짜 같은 위장 전술이었다.

"여기요, 손."

"이거 받아요. 세게 쥐지 말고. 잃어버리면 절대 안 돼요."

퀜틴은 판지 같은 감촉이 느껴지는 물건을 내 손바닥에 대고 꾹 눌렀다. 딱딱한 가장자리가 내 생명선 손금을 파고들었다. 나는 그 물건을 쥔 손을 엉덩이에 대고 쓱 문지르듯이 옆으로 움직인 다음, 가라테의 손날 치기 동작처럼 잽싸게 가방에 쑥 집어넣으려 했다. 하지만 손은 좀처럼 가방에 들어가지 않고 입구 주위를 쑤셔댔다.

"가방이 왜 이렇게 닭같이 생겼어요?"

"조용히 해요."

나는 닭 가방에 주먹질을 해대며 못살게 군 끝에 판지로 된 그 물건을 간신히 집어넣었다. 불쌍한 내 닭 가방. 다 끝나고 보니 모양이 무슨 케밥처럼 바뀌어 있었다.

다시금 눈에 띄지 않게 살며시 움직이는 기척이 났다. 더 잘 보이는 자리를 향해 꼼지락꼼지락 움직이는 사람쯤으로 여기고 가볍게 넘어갈 만한 기척이었다. 뒤이어 퀜틴이 내 곁에 서 있었다. 뺨에 마른버짐으로 보이는 자국이 기다랗게 번져 있었고 턱에 까슬까슬하게 돋은 수염은 묘하게 진짜 같지 않은 느낌이 났다.

"당신 되게…… 지쳐 보이네요." 나는 입속으로 우물우물 말했다.

"입 안 움직이고 말하려고 애쓸 것 없어요. 어차피 다 티 나니까."

"예?"

"됐어요. 그냥 내 쪽으로 돌아서서 말해요. 군중 속에 섞인 모르는 사람인 것처럼요. 어깨에서 힘 빼요. 그래야 더 편안해 보이니까. 내 얼굴에 있는 이건 안면 인식 소프트웨어를 교란하려고 붙인 거예요."

"아하."

나는 퀜틴 쪽을 향해 앵무새처럼 공손하게 고개를 까딱했다. 그러면서 부디 진심 어린 몸짓으로 보이기를 바랐다.

"퀜틴." 내가 웅얼거렸다. "어떻게 된 거예요? 칭기즈칸이 시간의 문을 때려 부수고 과거에서 쳐들어오기라도 했어요?"

"과거가 아니에요. 과거에서 온 것 같진 않아요. 당국에서 시간의 문에 관해 뭐라고 하던가요?"

"'본인 업무에나 집중할 것'이랬어요. 내가 기억하기로는요."

나는 고개를 돌려 퀜틴을 봤다. 그는 빙그레 웃고 있었다. 눈가에 주름이 질 정도로 진심 어린, 애달픈 미소였다. 그 순간 닭뼈를 부러뜨릴 때 날 법한 딱 소리와 함께 그가 고개를 뒤로 홱 젖혔다.

"퀜틴?" 내가 중얼거렸다. 퀜틴은 앞으로 푹 고꾸라졌고, 나는 본능적으로 그를 붙잡았다. 내 옆에 있던 초록빛 도는 금발 여자가 악을 지르기 시작했다. 여자는 고장 난 화재경보기처럼 같은 말을 되풀이했다.

"총이다! 총! 총!"

퀜틴의 관자놀이에서 선명한 진홍색 피가 솟구쳤다. 누군가 그를 떠미는 바람에 나는 그의 몸을 놓치고 말았다. 아래쪽으로 스르르 주저앉는 그의 몸은 물속에 빠져드는 것처럼 보였다. 주위에서는 온통 비명이 터졌다. 겁먹은 군중 속에 파묻힌 적이 있는 사람은 그 경험을 결코 잊지 못한다. 진짜 공포에 사로잡힌 사람이 지르는 비명은 길고, 음의 높이가 낮고, 묘하게 단조롭다.

또다시 누군가 세게 떠미는 바람에 몸이 양옆으로 비틀거렸다. 발목이 확 꺾이는 순간, 나는 균형을 잃지 않으려고 바로 곁에 있는 사람의 어깨를 붙잡았다. 사람들은 출입문 쪽으로 우르르 몰려갔다. 내 갈비뼈에 세게 부딪힌 사람은 한둘이 아니었다. 팔꿈치로 배를 맞고 숨이 턱 막히기도 했다. 모두가 허리를 숙이고 양팔로 머리를 감싼 채 달아났다. 나는 똑바로 서서 뺨에 묻은 붉은 것을 쓱 닦아낸 다음, 천천히 앞을 향해 걸어갔다.

시간은 느릿느릿 흘렀다. 사이렌 소리와 경광등의 파란 불빛은 순식간에 나타난 것처럼 보였지만, 나는 경비원의 설득을 몇 시간이나 듣고 나서야 비로소 끌어안고 있던 콘크리트 말뚝을 놓고 일어섰다(실제로 흐른 시간은 채 일 분도 되지 않았다). 행사를 위해 신고 온 검은 스틸레토힐은 한쪽 굽이 부러져 있었다. 한쪽으로 기우뚱하니 서 있는 내 모습은 그 자체로 한 편의 익살극이었다.

"혹시 뭔가 목격하셨다면 얘기해주실 수 있겠습니까?" 내 앞에 서 있던 제복 근무자가 물었다. 관리국 내부 경비 요원이겠거니 싶었다. 경찰 중의 경찰이라는 의미였다.

"분명 저격수였어요." 나는 간신히 말을 꺼냈다.

"예?"

"저격수요." 나는 같은 말을 힘들게 되풀이했다. 내 말을 알아듣기가 힘들었던 까닭은 이가 너무 세게 덜덜 떨려서였다.

"저격수를 보셨습니까?"

"아뇨. 각도요."

제복 경비원이 뒤쪽으로 몸을 돌렸다. "이 여자분께 구급 담요 좀 갖다주실래요?" 그녀는 구급대원에게 외치고는 다시 내쪽을 돌아봤다. "이쪽으로 앉으실래요?"

스르르 주저앉던 퀜틴이 떠올랐다. 축 늘어진 그의 앙상한 손목을 내가 발로 밟고 미끄러졌던가? 입속 볼을 깨물자 비릿한 피 맛이 느껴졌다.

"아뇨. 괜찮아요. 옥상에 저격수가 있었던 것 같아요. 총탄의 입사각을 감안하면요. 제가 서 있던 곳은 에이A 구역이었어요."

나는 이를 갈며 으르렁대듯이 그 말을 내뱉었고, 경비원은 냉정하게 상황을 재검토했다.

"혹시 다치신 분의 친구나 가족이신가요?"

"난 시간관리국 소속이에요."

그녀 어깨 너머로 우리 쪽을 향해 성큼성큼 걸어오는 그레이엄이 보였다. 얼굴은 무표정했다. 경찰관이 불쑥 튀어나와 앞을 막으며 멈춰 세우려 했지만, 그는 간단히 피해 계속 걸어왔다. 그러고는 내 앞에 도착해 한 손으로 내 어깨를 잡고 자신 쪽으로 확 잡아당겼다.

"다쳤습니까?" 그레이엄의 목소리는 담담했다.

"아뇨."

"실례합니다, 선생님. 지금 여기엔 의료진만 출입이……."

"가방 이리 주십시오." 그레이엄이 말했다.

내가 닭 가방을 건네자 그는 가방끈을 자기 어깨에 비껴 멨다. 그의 허리에 닭이 앉아 있는 것처럼 보여 우스꽝스러웠다. 그는 나를 위아래로 훑어보다가 한쪽 무릎을 꿇고 내 발목을 잡았다.

"당신 구두가."

"굽이 부러졌어요."

"반대쪽 굽도 부러뜨려줄 테니 이쪽 신발을 벗으십시오. 안 그러면 걷다가 넘어질 겁니다."

"선생님……." 제복 경비원이 조바심치는 목소리로 말했다. 우리 둘 다 그녀를 무시했다. 나는 허공을 휙 차서 하이힐을 벗고 스타킹 바람인 발을 그레이엄의 허벅지에 올려놨다. 그는 하이힐 굽을 부러뜨린 다음 내 발에 부러진 하이힐을 다시 신겨줬다. 그의 정수리에는 와인 잔 바닥보다 살짝 작은 반점이 있었다. 곱슬곱슬한 검은 머리가 점 주위에서 조금씩 성기어갔다. 그가 고개를 들어 나를 올려다봤을 때, 나는 그의 눈가에 또렷이 팬 주름을 보고 깜짝 놀랐다. 그가 깃들어 살고 있는 몸이 얼마나 인간적인지 확인하는 사이에 내 마음은 불안해졌다.

"나를 구해줬군요." 내가 중얼거렸다.

그레이엄은 싸늘하게 웃었다. "이번에는 아닙니다."

나중에 퀜틴이 현장에서 사망했다는 말을 듣기는 했지만, 이는 쓰러지는 그를 부축했던 순간에 곧바로 알아차린 사실이었다. 그때 그의 몸은 버려진 물건처럼 축 늘어져 묵직한 무게감이 느껴졌으니까. 그나마 그의 죽음은 순식간이었다.

나는 퀜틴이 살해당하기 전 마지막으로 대화한 사람이었고, 이 때문에 경찰과 시간관리국의 판단에 따라 몇 시간이나 조사받아야 했다. 그레이엄은 감독관을 따라 먼저 집에 돌아갔다.

내 가방은 그레이엄이 가져갔다. 나는 퀜틴의 얼굴이 아래로 쑥 내려갈 때의 기억을 억누르기에 바쁜 나머지 그에게서 가방을 돌려받아야겠다는 생각은 하지도 못했다. 조사받는 도중에 퀜틴이 손에 쥐여준 물건이 뭐냐는 질문이 날아오겠거니 했지만, 나중에 어느 경찰관이 무심코 말하길 현장의 감시 카메라가 고장 나는 바람에 행사가 진행되는 내내 잔디밭 전체가 감시에서 벗어난 상태였다고 했다. 나는 그 물건에 관해 언급하지 않았다. 그것 말고도 생각할 거리는 많았으니까. 머리 상처에서 샘물처럼 예쁘게 솟구치던 피. 퀜틴에게서 풍기던, 도저히 잊을 수 없는 오드콜로뉴 냄새.

집에 돌아오고 보니 피곤하다 못해 몸이 다 부서질 것만 같았다. 긴장해서 땀을 얼마나 흘렸던지 땀내가 재킷을 뚫고 올라왔다. 스타킹은 내 기분을 구성하는 다른 요소들과 보조라도 맞추려는 듯이 양쪽 모두 기다란 사다리 모양으로 올이 나간 상태였다. 현관문을 닫자 주방에서 그레이엄이 나왔고, 그의 뒤를 따라 슬로 쿠커로 만든 토마토 수프와 마늘, 발사믹 식초 냄새가 풍겨왔다.

"왔군요. 배고프지 않습니까?" 그레이엄이 부드러운 목소리로 물었다.

왈칵 울음이 터졌다. 그 말에 걸맞은 반응 같았다. 나는 바닥에 아주 천천히, 무릎부터 대고 주저앉은 다음 훌쩍훌쩍 흐느꼈다.

"저런." 그레이엄이 말했다.

그는 잠시 나를 굽어보며 서 있다가 어색하게 주춤거리며 내 곁에 쪼그리고 앉았다.

"담배 피우겠습니까?"

그는 나에게 대답할 틈도 주지 않은 채 담배 두 개비를 입에 물고 불을 붙인 다음, 내 턱을 위로 올려 한 개비를 입에 물려줬다. 그가 현관 벽에 기대어 앉은 후에 우리는 나란히 담배를 피웠다. 나는 눈물을 흘렸고, 그는 말이 없었다.

소매에 대고 세게 코를 풀고 나서(그때도 그레이엄은 말이 없었다) 나는 쉰 목소리로 말했다. "당신은 사람들이 죽는 걸 봤을 거 아니에요."

"그렇습니다."

"전투에서 봤나요?"

"전투가 끝난 후에도 봤습니다. 긴 항해 도중에도 보기는 했지만…… 당신이 궁금한 건 끔찍한 방식으로 최후를 맞는 광경일 테지요."

"그럴 땐 원래 토하는 것 같은 느낌이, 이렇게 몸속에서 토하는 것 같은 느낌이 들어요?"

그레이엄은 담뱃재를 털 곳을 찾아 두리번거렸다. 현관문 옆에 닭 가방이 떨어져 있었다. 분명 그가 내 눈에 잘 띄게끔 거기 놔뒀을 터였다. 그는 발을 뻗어 가방끈에 걸고 가까이 당겼다.

"그런 느낌이 아주 생생하게 들지요." 그레이엄은 닭 가방의 지퍼를 열며 말했다. "그래요, 지금 당신의 반응은 엉뚱하지도 않고 신경질적이지도 않습니다. 당신이 괴로워하는 건 정상이에요. 특히 갑작스러운 죽음을 목격하는 게 이번이 처음이라면 더더욱 그렇습니다."

"그 사람은 그냥. 가버렸어요. 방금까지 나를 보고 있었는데.

그랬는데 곧바로."

"음, 이것 좀 써도 됩니까?"

그레이엄은 재활용 가능한 서류철을 손에 들고 팔락팔락 흔들었다. 닭 가방에 욱여넣느라 구깃구깃해진 서류철 앞뒤에는 판지로 만든 표지가 붙어 있었다. 앞쪽 표지에 적힌 '접지 마시오'라는 문구는 표지가 접히면서 생긴 쭈글쭈글한 주름 때문에 오묘한 시구처럼 느껴졌다. 내가 심란한 표정으로 고개를 끄덕이자 그는 서류철 표지를 기다랗게 자른 다음, 컵 모양으로 조그맣게 말아 때마침 떨어지려 하는 담뱃재를 털었다.

"자요." 그레이엄이 말했다. 즉석에서 만든 재떨이를 내게 내미는 모습이 꼭 고양이에게 간식을 주는 사람 같았지만, 그러는 동안에도 그의 눈길은 서류철을 향했다. 서류철에 특이하게 생긴 마닐라지 봉투가 들어 있었다. 봉투에 든 종이 때문에 바스락거리는 소리가 났다.

"그러다가 치마를 태워먹는 수가 있습니다." 그레이엄은 내 입에서 담배를 쏙 빼며 말했다.

그 말은 내 귀에 들어오지 않았다. 나는 서류철만 물끄러미 바라봤다. 거기에 든 것은 사건 보고서였고, 작성한 시기는 시간 여행 프로젝트가 시작되기 십팔 개월 전이었다. 서류철을 펼치고 보고서를 꺼내어 읽어보니 런던 남부의 폐쇄된 청소년 센터에서 벌어진 '소요' 사태가 상세히 기록돼 있었다. 관련자는 그 지역의 십대 아이 다섯이었다. 아이들은 전부터 그곳에서 범법 행위를 저질렀다. 불법 약물 투여, 브레이크댄싱, 강당에서 휴대용 스테레오 크게 틀기 따위였다. 청소년 센터는 반년 전에 문을 닫은 상태였기 때문에 아이들은 창문을 깨고 안으로 들어갔다. 인근 주민들은 시끄러운 음악 소리와 웃음소리가 들리고 뒤이어 파란 불빛이 환히 비치더니, 이내 비명이 들려왔다고 신고했다. 결국에는 집단 폭력을 예상한 경찰이 범인들을 제압하고자 센터 건물로 진입했다.

사건 보고서에 따르면 경찰은 시체, 그것도 기괴하게 생긴 커다란 상처가 몸에 비뚤배뚤하게 나 있는 시체 여러 구와 환하게 빛나는 파란색 문을 발견했다. 문은 일종의 기계가 생성한 구멍에 만들어져 있었는데 구멍 안쪽으로 문 건너편에 있는 그 기계가 보였다. 경찰은 대규모 테러 조직과 연관된 사건으로 추정하고 국내 담당 정보기관인 MI5에 보고했고, 기관에서는 요원들을 현장으로 파견했다. 한 용감한 경찰이 구멍 안으로 손을 뻗어 기계를 붙잡아 확보했다. 분명 그 기계가 무기일 거라고 짐작해서 한 일이었을 것이다. 문은 즉시 허물어지듯 사라졌다. 요령 좋은 사람이 밧줄을 잡아당기자 매듭이 단번에 풀리는 것과 비슷한 광경이었다. 이로써 나는 시간관리국이 시간 여행의 원동력을 손에 넣은 비결이 뭔지 알아냈다. 발명 덕분이 아니라 '찾은 사람이 임자'라는 훌륭한 영국식 전통 덕분이었다.

보고서 맨 밑에 손으로 적어 덧붙인 내용이 있었다.

'현장 요원 퀜틴 캐럴은 사망한 미성년자들 유해를 처리한

방식에 관해 몇 건의 내부 고발을 제기했음. 지속적으로 감시할 것을 추천함.'

나는 비참한 기분으로 웃었다. 퀜틴이 옳았다. 비록 자신이 옳다는 것을 입증하는 방법이 참으로 황당하기는 했지만.

시간관리국에서 내사를 시작했다. 당국은 정보기관과 협력하기로 했다. 충격을 받은 직원들에게 내부 상담사를 찾아 도움을 받으라고 조언하기도 했다.

시간 여행 프로젝트에 참여할 당시 우리는 연차 사용 및 거주지 선택의 권리뿐 아니라 노조 가입 권리도 함께 포기했다. 시간관리국에서는 기존 노조 가운데 어떤 곳도 인정하지 않았다. 일종의 의미론적 속임수였는데 우리는 엄밀히 따지면 기술직이 아니므로 간부급 공무원 노조에 가입할 수 없고, 시간 여행 자체가 이제 막 만들어진 데다 지나치게 비밀스러운 부문이므로 공공 서비스 노조에도 가입할 수 없다는 논리였다. 관리국은 기관치고는 조촐한 곳이었기 때문에 우리는 동료들 대부분과 늘 눈을 마주치며 지냈다. 사생활이 곧 직장 생활인 셈이었다. 그러니까 우리는 끔찍한 것, 다름 아닌 '가족'이었다. 가족 안에서는 노조를 만들지 않는 법이다. 식구를 상대로 이런저런 요구를 관철할 수는 없는 노릇이니까.

다만 퀜틴이 죽고 나서는 상황이 나빠졌다. 얘기를 나눌 만한 직장 동료 가운데 내가 한 말을 서류에 고스란히 옮기지 않을 사람은 단 한 사람도 없었다. 그래서 나는 보고서를 쓰고 또 썼고, 조사실에 앉아 조사를 받고 또 받았다. 그러는 동안 내 마음은 물로 행군 안개처럼 맑은 회색이었다.

퀜틴이 죽은 지 나흘 만에 아델라가 관리국 본부로 나를 호출했다. 그녀는 전에 없이 친밀한 태도로 내게 말을 걸었다. 애정을 품고 말을 거는 것과는 다른 태도였다.

"가교가 사는 집에 이십사 시간 경비를 배치할 거야. 이주자의 이동 특권은 폐지하기로⋯⋯."

"안 돼요."

"돼. 퀜틴이 준장 및 살레스와 어떤 관계였는지는 아직 밝혀내지 못했지만, 확실히 알아낼 때까지는 이주자들이 위험에 처했다고 가정하는 수밖에 없어. 1847을 곁에 두고 감시해야 해."

아델라의 목소리는 마지막 문장에서 작아졌다. 그녀는 눈빛에서 친근감을 싹 지우고는 멀쩡한 한쪽 눈을 부릅뜨더니, 방금 목소리가 변한 기색을 내게 들켰는지 확인하려고 내 얼굴을 뜯어보다가 다시 입을 열었다. "우리의 최우선 과제는 이주자들과 시간의 문을 보호하는 거야. 시간의 문은 안전한 장소로 옮겨졌어. 당신은 체력 측정 검사를 다시 받도록 해. 그다음엔 문제 해결 능력 검사를 다시 받아서⋯⋯."

"저는 현장 요원 시험에 두 번이나 떨어졌는데요." 나는 천천히 말했지만, 머릿속으로는 이미 보이지 않는 방아쇠에 손가락을 걸고 있었다.

"점수는 더 좋아질 거야. 선택의 여지 같은 건 없어. 이건 전쟁이니까." 아델라가 말했다.

"전쟁이야 늘 벌어지는 중이죠." 내가 대꾸했다.

서리가 묵직하게 내려앉기 시작했다. 춥고 우중충한 나날이 도시를 뒤덮었다. 음침한 빗줄기와 길거리를 거미줄처럼 뒤덮은 지긋지긋한 살얼음이 번갈아 나타나는 동안, 나는 침이 가득 고이고 충치가 숭숭 나 있는 입안에 영원토록 갇힌 기분을 느꼈다. 임무 때문에 무기력했다. 주변 상황 때문에 받는 압박감이 너무나 컸던 나머지 이제는 반쯤 우울증에 빠진 상태였다. 실은 이미 우울증을 앓는 중이었지만(감히 말하건대 정신적 외상으로 인한 스트레스 장애에 시달리는 중이었지만), 업무에서 손을 떼거나 분담할 형편이 아니다 보니 그 사실을 인정해봤자 별 의미가 없을 듯싶었다.

어느 토요일 아침, 나는 8시에 눈을 떠 몇 시간 동안 천장만 보다가 11시 30분이 다 돼서야 아래층으로 내려왔다. 옷도 제대로 걸치지 않았고 세수도 하지 않았다. 잠옷으로 입으려고 몇 장이나 사놓은 똑같이 생긴 헐렁한 면 티셔츠는 내가 종일 입고 지내는 일상복이 됐다. 헐렁한 면 옷감이 몸의 돌출부에 닿을 때 느껴지던 뻣뻣한 감촉은 시간이 흐르는 사이 비참한 느낌으로 바뀌었다. 지금도 샤워를 하다가 손목 안쪽의 연한 살이 가슴을 스칠 때면 갑작스레 불쾌한 느낌이 든다.

차 한 잔을 만드는 데 필요한 동작을 빠짐없이 해낼 정도의 기운은 낼 수 있을 줄 알았지만, 거쳐야 하는 단계를 막상 떠올리고 보니 너무 많아서 당혹스러웠다. 주전자에 물 끓이기, 머그잔 꺼내기, 우유가 상하지 않았는지 냄새 맡기, 티백 고르기, 찻숟가락으로 젓기. 나는 유리잔에 수돗물을 받은 다음 식탁에 앉아 축축하게 젖은 정원을 내다봤다.

위층에 있던 그레이엄은 플루트로 연주할 곡을 편곡하던 중에 내가 돌아다니는 소리를 듣고 작업을 멈추더니, 아래층으로 내려왔다.

"잘…… 잤습니까?" 그가 조심스레 물었다.

"네."

"아침은 먹었나요?"

"아뇨."

"몸이 안 좋습니까?"

"그런 것 같아요."

그레이엄은 주방 조리대 앞에 멈춰 섰다. 나는 그가 방금 내게서 들은 '그런 것 같아요'를 '그래요'로 고쳐주기를 기다렸다. 그가 가장 많이 지적하는 말버릇 중 하나였기 때문이다. 하지만 그는 예상과 달리 이렇게 물었다. "어떻게 안 좋습니까?"

"그냥. 기분이 별로예요. 전염병 같은 건 아니에요. 그것 때문에 걱정이 돼서 물어봤다면요."

"그렇지 않습니다."

그날 오후에 뭔지 모를 볼일 때문에 외출했던 그레이엄이 집에 돌아와 내게 조그만 플라스틱 병을 건넸다.

"이게 뭐예요?"

"비타민D 알약입니다. 당신은 이걸 먹어야 합니다."

"아, 고마워요."

"별말씀을. 이제 옷을 갈아입으십시오. 벌써 3시입니다."

"몇 시간만 더 있으면 잠자리에 어울리는 옷차림이 될 텐데요, 뭘."

그레이엄은 나를 가만히 바라봤다. 표정은 여느 때처럼 온화하고 감정을 읽기 힘들었다. 만약 절망할 여유가 나에게 있었다면 그를 향한 내 욕망과 어떠한 욕망에도 초연한 그의 태도 때문에 절망이 샘솟았을 테지만(베인 상처에서 흐르는 피처럼), 그때 나는 정신적 외상으로 괴로워하느라 바빴기 때문에 그 이상 기분 나빠질 여력이 없었다. 나는 지저분한 모래톱 같은 몸으로 계속 축 늘어져 있었고, 그는 위층 방으로 올라가 플루트로 쾌활한 가장조 곡을 능숙하게 연주했다.

나는 심지어 그레이엄이 건강보조식품에 집착하는 것을 알고도 그를 놀리지 않았다. 그는 건강보조식품에 열광했다. 그의 집착은 괴혈병의 원인이 무엇인지, 또 비타민C 젤리를 얼마만큼 조그맣고 귀엽게 만들 수 있는지 알면서부터 시작됐다. 몇 개월 동안 같은 집에 살고 나서 내가 깨달은 바에 따르면 그가 은은하고 매력적이며 몹시도 얄미운 미소를 곧잘 짓는 까닭은 단지 본인이 차분하고 매력적이며 몹시도 얄미운 남자라서가 아니라, 괴혈병 때문에 빠진 이를 의식하기 때문이었다. 빈자리에 박아넣은 의치는 화장터 재 속에 떨어진 은화처럼 반짝였다.

이틀 후, 나는 '몇 시간만 더 누워 있어야지' 속임수를 한 번 더 써먹었다. 이번에는 디지털시계의 문자판에 정오가 표시될 때까지 시계를 가만히 바라봤다. 시계에 12:00이 표시된 순간, 이때를 기다렸다는 듯이 아래층에서 그레이엄이 외쳤다. "달리기하러 가게 내려와요."

"아직 안 갔다 왔어요?"

"예."

나는 다시 누워 십오 분쯤 더 졸았다. 그러다가 내 방 바로 바깥에서 "어서요!"라고 외치는 그레이엄의 목소리에 눈을 떴다. 그는 딱딱하고 또렷하게 말했다. 매정하게 들리지는 않았지만 그렇다고 딱히 다정하거나 너그럽다는 느낌도 들지 않았다. 일찍이 에러버스함의 승무원들에게 그렇게 말했을 그의 모습이 머릿속에 그려졌다. 아마도 호통보다 두 음계 정도 낮은 목소리였을 것이다.

침대에서 엉금엉금 빠져나와 그레이엄과 함께 달리기를 하러 나갔다. 몹시 즐거웠지만 나는 그 즐거움도 마지못해 인정했다. 나는 우울한 생각의 속도에 맞춰 달렸고, 이 때문에 나와 보조를 맞춰 달린 그는 코스 끝에 도착했을 때 땀도 거의 흘리지 않은 상태였다. 그로서는 십중팔구 체력 측정 검사에 대비하려고 하는 운동이었을 텐데.

1월이 휘청휘청 지나가는 사이 나는 무기력증에 빠졌고, 그레이엄은 돌봄 노동에 빠졌다. 돌보고 보살피는 것은 내가 그에게 해줘야 하는 일이었는데. 우울증에 걸린 공무원의 간호사 노릇을 하려고 강제로 시공을 뛰어넘은 것도 아니었는데. 그러거나 말거나 우리 처지는 그 모양 그 꼴이었고, 나는 그런 처지를 개선하고 싶어도 기운을 낼 수 없는 상태였다. 그때 나는 슬슬 모든 것이 지긋지긋해졌다. 집도, 일도, 감지 않은 머리에서 나는 피지 냄새도.

어느 날 오후, 나는 혹시 누가 있는지 보려고 계단 앞과 욕실을 대강 둘러본 다음 다시 침대로 돌아갔다. 한참을 누워 있다 보니 입에서 흐른 침 때문에 베개에 타원 모양의 젖은 자국이 생겼다. 나는 얼굴이 천장 쪽을 향하게끔 돌아누웠다.

"일어났습니까?"

그레이엄이 방문을 열었다.

"가지를 썰어서 소금을 뿌려놨습니다. 저녁은 사십오 분쯤 후에 준비될 겁니다."

"배 안 고파요, 진짜로요. 그래도 고마워요. 저녁상을 차리게 해서 미안하네요."

"누가 시켜서 한 게 아닙니다. 당신은 뭘 좀 먹어야 해요."

"그냥 배가 안 고파요."

그레이엄은 문틀에 기대어 섰다. 얼굴에는 표정이랄 게 전혀 없었다. 그저 가지런하게 자리 잡은 이목구비뿐이었다.

"고양이가 기질적으로 침대에 오랜 시간 머물기를 좋아하는 건 나도 압니다. 어쩌면 고양이가 꾸는 꿈은 인간의 꿈보다 더 극적인지도 모르지요. 나야 꿈을 꿔도 기억하질 못하니 비교할 방법도 없지만요. 당신의 업무나 바쁜 낮잠 일정을 방해할 생각은 추호도 없습니다. 그래도 내려와서 식사는 해야 합니다."

"난 별로 생각이……."

"방금 한 말은 부탁이 아닙니다."

나는 천천히 눈을 깜빡였다. 그러다가 눈을 깜빡이는 과정에서 눈을 감은 단계가 더 마음에 든다는 것을 깨닫고는 가만히 눈을 감고 있었다. 바닥 판자가 삐걱거리는 소리가 조그맣게 들렸고, 이내 그레이엄이 내 곁에 와 있다는 확신이 들었다. 그의 냄새 때문에 가슴이 저릿했기 때문이다. 담배 냄새, 비누 냄새, 라디에이터 바람에 데워진 모직 옷 냄새, 그리고 그윽한 숲 냄새 같은 그의 살냄새도. 눈을 떠보니 침대 옆에 그가 무릎을 꿇고 있었고, 내 얼굴 앞에 그의 얼굴이 보였다. 나는 활처럼 기다랗게 휘어진 그의 입술을 물끄러미 바라봤다.

"이러면 내가 당신을 주방까지 끌고 가는 수밖에 없는데, 우리 둘 다 부끄러워지는 그런 꼴은 피하는 게 좋을 것 같군요."

그레이엄의 입은 나를 무방비 상태로 만들었다. 창피한 느낌, 풋내기가 된 느낌이 들었다. 몇 주 동안 느낀 어떤 감정보다 더 효과적이었다. 나는 저녁을 먹으러 아래층으로 내려갔다.

그레이엄은 식탁에 동석한 침묵을 내쫓으려고 라디오를 틀었다. 뉴스 아나운서가 건조한 말투로 오스트레일리아에서 일어난 산불 소식을 자세히 전했다. 특정 지역이 아니라 '오스트레일리아'로 뭉뚱그려 말한 까닭은 대륙의 상당 부분이 불탔기 때문이었다. 그레이엄은 뉴사우스웨일스 주의 골번이라는 곳에서 기자가 주민을 인터뷰하는 내용이 나오자 흐뭇해했다. 인터뷰 주인공이 총리에게 퍼부은 욕은 너무나 다채로운 은유로 가득해서 꼭 호메로스의 서사시를 읊는 듯했다. 들불 때문에 수백 명이 '국내 실향민'이 됐고 공기도 연기 때문에 오염됐다고 했다. 나는 포크 끄트머리로 혀를 꾹 누른 채 그레이엄이 오늘날의 지독한 기후 상태를 보여주는 새로운 사례에 관해 뭐라고 논평할지 기다렸다. 하지만 그가 한 말은 이게 다였다. "골번에 가본 적이 있습니다. 우리 가족이 이사한 곳이에요."

퀜틴 생각이 머릿속을 떠나지 않고 맴돌았다. 정확히 말해 나는 퀜틴 때문에 앞길이 막히고 말았다. 퀜틴이라는 사람 자체가 아니라 그의 시체와 그 시체가 만들어진 과정 때문이었다. 나는 가끔 내가 그를 실망시켰다는 사실을 곱씹었고, 또 가끔은 내 실수로 나 스스로를 실망시켰다는 사실도 곱씹었다. 그가 그리울 때도, 그를 애도할 때도 있었다. 때로는 그가 미웠고 그의 죽음을 돌이킬 방법이 없는 현실도 미웠다.

마거릿과 아서는 우울에 빠진 나를 보러 와줬다. 두 사람은 처음에는 내 침대 옆에 앉아 다정하고 상냥하게 굴었지만, 내가 하도 부루퉁하고 야멸치게 대하자 곧 관뒀다. 그들은 그레이엄을 만난다는 명목으로 우리 집에 들렀다. 너무나 규칙적으로 방문하는 두 사람을 보며 나는 슬슬 그레이엄이 방문 일정표를 만들어뒀구나 하는 생각이 들었다.

아서는 내가 아무리 못되게 굴어도 상냥하기만 했다. 그는 '스크래블'이라는 단어 만들기 보드게임이 있다는 것을 알고 이따금 여행용 스크래블 세트를 들고 왔다. 덕분에 내 안의 성질 고약한 여자 승부사는 우울한 기분에서 삼십 분 남짓 벗어나 있었다. 한번은 그가 이런 말을 했다. "시멜리아는 이 게임을 아주 좋아해요. '따분한' 게임도 여러 가지 가르쳐줬죠. 대학생 시절에는 게임 동아리 회장도 했다더군요. 멋지지 않아요?"

"으음."

"그랬는데 오랜 친구들이 외국으로 떠나거나 하나둘 애를 낳는 바람에 그만 '따분한' 게임을 같이할 동료들이 없어져버린 거예요. 시멜리아가 말하길 다음번엔 '아케이드' 게임을 하러 갈 거라더군요. 저는 아주 오랫동안 그녀가 '아르카디아* 게임'이라고 말한 줄 알았어요. 당신들이 오래전에 사라진 아리스토텔레스의 희극을 발견하고 이 시대의 멋진 기계로 책의 내용을 복원해 그의 이론을 다시 쓴 줄 안 거예요."

"아닌데요."

---

*   그리스·로마 고전 문학에 낙원으로 묘사된 땅의 이름.

"시멜리아는 '스페이스 인베이더'를 할 거라고 했어요."

"아, 잘됐네요."

뚱하게 대꾸하는 나를 보며 아서는 상냥하게 웃었다. "제 부하 중에 한 중위가 있었어요. 참호에 앉아 연필 꽁다리를 잘근잘근 씹다가, 수첩에 시를 쓱쓱 적어 내려가는 친구였죠. 머리위로 박격포탄이 날아가는 외중에요. 한번은 그 친구에게 물어봤어요. '오언, 자넨 이런 판국에 어떻게 시를 지을 수가 있어? 독일 놈들이 자넬 고깃덩이로 만들려고 기를 쓰는데 얼어 죽을 운율 따위가 다 뭐야?'라고요. 그랬더니 그 친구가 말하길 자기가 이해할 수 있는 건 이제 시밖에 안 남았다고 하더군요. 그리고 가만히 귀를 기울여보면 지금도 새들의 노랫소리는 들린다는 말도 했어요."

아서는 겸연쩍은 듯 몸을 쭈뼛거렸다. 우리는 주방 식탁 앞에 앉아 있었다. 그레이엄이 차에 넣을 우유를 사러 근처 구멍가게에 가는 바람에 십오 분이라는 짧은 시간 동안 집에는 우리 둘뿐이었다. "당신한테는 내 얘기가 우습게 들리겠죠." 아서의 목소리는 앞서와 마찬가지로 부드러웠다.

"아니에요, 아서. 난……."

"당신을 비난하는 게 아니에요. 제가 생각해도 우스우니까요. 하지만 저는 행복해지려고 무척이나 애쓰고 있어요. 그때 오언이 봤던 걸 똑같이 보기는 굉장히 힘들지만요. 그 친구도 내가…… 음…… 그쪽을 떠난 후에는, 자기가 보던 걸 그리 오래

보지 못했어요. 아시다시피 마른Marne 전투가 벌어졌으니까요. 이 반지는 그 친구 거예요. 이걸 저한테 주기 전에……."

그레이엄이 열쇠로 현관문을 여는 소리가 들려왔다. 아서는 그의 기척이 나면 금세 알아챘다. "1847." 아서는 하던 말을 끝맺지도 않은 채 그레이엄이 있는 현관 쪽을 향해 외쳤다. "스크래블 게임에서 '지그보'라는 말이 나왔는데, 실제로 있는 단어인가요?"

한편 마거릿은 우리 집에 머무는 동안 조금 더 직설적이었다. "당신한테서 고약한 냄새가 나요." 마거릿이 일상적인 대화를 나누듯이 꺼낸 말이었다. "목욕은 했어요?"

아니면 이런 식이거나. "정 그렇게 누워서 자고 싶거든 나한테도 같이 눕자고 해요, 그래야 살가운 집주인답죠. 자, 저쪽으로 좀 가요!"

어느 토요일, 우리 둘은 침대에서 노트북 컴퓨터로 〈심슨 가족〉을 보며 세 단짜리 초콜릿 한 상자를 먹어치웠다. 마거릿은 〈심슨 가족〉을 몹시 좋아했다. 그것이야말로 시간관리국이 제공하는 다른 어떤 것보다도 훌륭한 문화 교육이라고 생각했다.

원래 살았던 시대에 마거릿은 오빠의 보호를 받으며 생활했다. 포목상 주인이었던 오빠 헨리 캠블은 동생을 지극히 아꼈다. 마거릿은 독신이었으나 다른 여성들과 육체관계를 맺었다(식구들과 일부 여성들은 그 관계를 우정으로 오해했다). 그녀는 올케 언니와 함께 살림을 했고 오빠 가게의 장부도 정리했다. 하지만 오빠 헨리가 독감에 걸려 급사하자 동생의 앞길에도 그늘이 드리웠다. 그녀는 신발에 들어온 돌멩이, 길바닥에 팬 구멍 같은 방해물이었다. 그렇게 가정의 일상 속에서 천천히 집안의 천덕꾸러기가 됐다.

시간관리국 요원들이 시간을 뛰어넘어 마거릿을 데리러 갔을 때, 그녀는 침대 대신 포개어놓은 누더기 더미와 요강이 있는 조그만 다락방에 갇힌 상태로 발견됐다. 그녀는 흑사병에 걸렸다가 회복하는 중이었다. 요원들이 추정컨대 부엌 담당 하녀가 올케의 지시에 따라 다락방 문 앞까지 식사를 갖다주다가 하녀 본인까지 흑사병에 전염돼 쓰러졌다. 병균은 사흘 만에 마거릿만 빼고 집안사람 모두의 목숨을 앗아갔다. 굶주리고 겁먹은 마거릿은 창문으로 탈출하려 했지만, 이웃 사람들이 돌과 깨진 병을 던지며 그녀가 나오지 못하도록 막았다. 켐블네 집은 역병의 온상이었기에 아무도 떠나게 놔둘 수 없었던 것이다. 그녀는 참새를 잡아 배를 채웠다. 빗물을 받아 목을 축였다. 그러다가 두 번째 기회가 찾아왔을 때, 그녀는 검을 휘두르고 노래를 부르며 기세 좋게 세상으로 나섰다.

시멜리아도 우리 집에 들렀다. 딱 한 번이었다. 그 무렵 우리 둘의 경력은 우주의 양 끝만큼이나 까마득히 차이가 났지만, 그래도 나를 보러 와줬다. 그녀는 주전자를 불에 올려 물을 끓이고 손수 차를 탔다. 티백을 집요하게 꾹꾹 눌러댄 까닭은 차마 내 얼굴을 보기가 힘들기 때문인 듯싶었다.

"놀라게 할 생각은 없는데요." 내가 말했다. "제가 충격을 받아서 정신적 외상이 생겼다는 건 저도 아는 사실이에요. 그러니까 그것 때문에 제 앞에서 어색해하시지 않아도 돼요."

시멜리아는 나를 보며 서늘하게 웃었다. 여느 때처럼 속을 알 수 없는 미소였다. "몰골이 말이 아니네."

"그쪽도요."

내 말은 사실이었다. 멋쟁이 시멜리아는 이제 사라지고 없었다. 그녀가 입은 레깅스는 무릎 뒤쪽이 쪼글쪼글하게 접혔고, 후드티는 색깔이 하도 무난해서 나중에는 무슨 색인지 잘 기억나지도 않았다. 자의식을 꺼내어 어딘가의 찬장에 올려놓고 온 사람 같았다.

"그 일에 관해 얘기해볼까?" 시멜리아가 물었다.

"진심으로 물어보는 거예요?"

"그래. 난 숙련된 정신 보건 전문가니까."

"중이 제 머리 못 깎는다는 말도 있죠."

시멜리아는 내 전용 머그잔에 차를 따라줬다. 체서 고양이를 올려다보는 앨리스가 그려진 머그잔이었다. 분명 지난번 우리 집에 왔을 때 보고 기억해뒀을 터였다. 머그잔을 보니 뭔가 떠올랐지만, 뭔지 정확히 파악하기에는 너무 가물가물했다.

"여긴 왜 왔어요, 시멜리아?"

시멜리아가 내 질문에 답하기까지는 잠시 시간이 걸렸다. "혹시 나한테 할 얘기 없어? 전혀?"

나는 손끝을 차에 담갔다. 너무 뜨거워서 마시기는커녕 살갗이 벗겨질 것만 같았다. 손가락을 담근 채 잠시 가만히 있었다.

"컨트롤은 준장에 관해 알고 있었어요." 내가 말했다. "그 얘기 못 들으셨어요? 당국이 그자들을 내부에 들였다는 얘기요. '친구는 가까이에, 적은 더 가까이에' 어쩌고 하면서."

"그 사람에 관해서 얘기하고 싶어?" 시멜리아는 나직이 물었다. "그 사람이랑 자기랑 나눴을지도 모르는 대화에 관해서 말이야."

그때 나는 두개골 맨 아래층 회색 방에 단단히 틀어박혀 있었다. 시멜리아가 내게 묻는 동안 내가 그녀의 얼굴을 자세히 보거나 목소리에 귀를 기울이지 않았다는 뜻이다. 그래서 알아채지 못했다. 그녀가 보통 정신과 의사들이 말하는 방식으로 내게 말하지 않았다는 것을. 오히려 자기 얘기를 하고 싶어서 안절부절못하는 사람처럼 내게 말하고 있었다는 것을. 하지만 나는 그녀가 내게서 무엇을 끌어내려 하는지 파악하지 못했고, 그래서 '안 할래요'라고 대답했다. 그녀는 내 앞에 말없이 앉아 식어가는 차를 가만히 내려다보다가 이윽고 다른 곳에 볼일이 있는 걸 깜박했다며 자리를 떴다.

하늘은 바다 밑에서 올려다본 바지선 바닥처럼 우중충하고, 추위는 도무지 벗겨지지 않는 더께처럼 가실 줄 모르던 어느 토요일 이른 저녁, 그레이엄은 케이크를 만들려다 실패했요. 그때 내 귀에는 그가 집안일을 하며 내는 소리와 오븐 타이머가 돌아가며 딱딱거리는 소리가 들렸다. 삼십 분 후, 그가 내 방문을 두드렸다.

"저기." 그레이엄이 말했다. "내가 케이크를 망쳤지 뭡니까."

그레이엄의 표정에 짜증 난 기색이 보이다니, 드문 일이었다. 그는 억지로 태연한 척했지만 짜증은 그의 억센 머릿결처럼 자꾸만 겉으로 삐져나왔다. 그 사실 덕분에 나는 어째선지 조금 기운이 났다. 그는 손에 와인병과 잔 두 개를 들고 있었다.

"한잔하겠습니까?"

"좋아요. 케이크는 뭐가 문제예요?"

"축축합니다. 모양도 케이크 같지 않고요."

"모양이 어떤데요?"

"물웅덩이처럼 생겼습니다."

그레이엄은 바닥에 앉아 서랍장에 등을 기댄 다음, 우리 둘의 잔에 와인을 따랐다.

"실패를 기념하며."

"실패를 기념하며!"

"에러버스함의 주방장이었던 미스터 월이 새삼스레 존경스럽습니다. 여기보다 훨씬 더 열악한 환경에서 우리를 위해 크리스마스 푸딩을 만들었으니까요."

"케이크는 분명 당신이 얘기하는 것보다는 덜 엉망일걸요."

“훨씬 더 엉망입니다. 지금 난 자기 비하를 듣기 좋게 해보려고 애쓰는 중인데, 짜증 때문에 그러기가 쉽지 않군요.”

“내가 봐도 그런 것 같네요. 내 방에서 시간을 보내려고 하다니 당신답지 않아요.”

“흠. 이 집에는 우리 둘이 똑바로 앉아 술을 마실 방이 여기 말고도 있기는 하지만, 보아하니 요즘 당신은 손으로 짚을 난간이 없는 곳에는 거의 가려 하지 않는 것 같더군요.”

“당신 방에서 마셔도 돼요.”

“절대 안 됩니다. 당신 때문에 내 고결한 평판이 땅에 떨어질 겁니다.”

“누가 우릴 지켜보는 것도 아니잖아요.”

“하느님이 굽어보고 계십니다.” 그의 말투는 매서웠다.

“하느님이 있다고 진심으로 믿어요?” 딱히 대답을 기대하고 던진 질문은 아니었다. 그레이엄은 대수롭잖다는 듯이 서랍장에 기댄 어깨를 으쓱했다.

“나한테 별 이상한 걸 다 물어보는군요. 당연히 믿지요.”

“천국이랑 지옥, 뭐 그런 것들도 다요?”

“영생에 관해서는 나도 아는 바가 전혀 없습니다. 당신네 시대는 죽으면 다 끝이라는 믿음이 크게 유행하는 것 같더군요.”

“그건 ‘유행’ 같은 게 아니에요. 단지 사후 세계 같은 걸 믿는 게 이성적이지 않다고 생각하는 사람이 많을 뿐이죠. 동화 같은 얘기니까요.”

그레이엄은 알 바 아니라는 듯 어깨를 으쓱했다.

"믿음과 이성은 별 상관이 없습니다. 아무도 가본 적 없는 땅으로 나아가는데 지도가 왜 필요하겠습니까?"

대꾸할 말이 없었던 나는 그저 와인만 홀짝였다. 제라늄을 씹는 것처럼 고약한 맛이 났다. 술이 들어가자 내 머리가 행동과 결과를 연결 짓기 시작했다. 그레이엄이 가져온 것은 강장제 와인이었다. 그가 보기에 내 몸이 성치 않은 상태였기 때문이다. 나와 같이 앉아 꿋꿋이 그 술을 마시려 한 것은 나에게 성치 않은 내 상태를 스스로 깨달을 틈을 주지 않으려는 배려였다. 그는 구할 수만 있다면 틀림없이 아편이 든 물약이라도 가져올 사람이었다.

"당신이 어릴 적에 믿으면서 자란 종교가 뭔지 다시 한번 얘기해주십시오." 그레이엄이 말했다.

얼마 전까지도 '이교도'라는 말을 진지하게 사용했던 사람이 그토록 중립적인 태도로 그런 질문을 하다니, 나는 그레이엄이 시간관리국의 수습 요원이 됐다는 사실을 새삼 깨달았다. 아무래도 당국에서 실시하는 편견 방지 교육을 이수한 모양이었다.

"왜요?" 내가 물었다.

"궁금해서요. 전에 당신이 말하길, 뭐였더라, 일종의 응보적 윤리가 있다고 했지요?"

"네?"

"잔인한 행동은 잔인한 대갚음을 받고 선한 행동은 선한 보답을 얻는다는 것 말입니다."

"아, 업보 말이군요. 맞아요. 그건 여러 번의 삶을 가로질러 작용해요. 이번 생을 형편없이 살았다면 다음 생에 민달팽이로 태어나는 식이죠."

그레이엄은 와인을 홀짝이고도 표정을 거의 찡그리지 않았다. "거참 잔인한 것 같군요."

그의 말에 나는 나도 모르게 발끈했다. "내 생각은 달라요. 행동에는 결과가 따르게 마련이에요. 당신의 사소한 결심 하나, 당신이 고른 표현 하나하나가 누군가에게 영향을 미치는 거죠. 우린 모두 하나로 이어져 있으니까요. 아서가 교회에 발길을 끊은 건 당신도 알겠죠. 그건 그 사람이 참호에서 하느님을 보지 못했기 때문이에요. 당신은 1차 세계대전의 서부 전선 같은 게 만들어지도록 놔둔 하느님한테 정말로 신앙이란 걸 품고 있어요? 아니면 아우슈비츠는 어때요?"

"그래요. 내가 그런 걸 좋아한다거나 다 이해한다고 말할 생각은 없습니다. 하느님은 내가 믿고 따라야 할 명령을 내리는 선장이십니다. 이 배를 나보다 더 잘 아시는 분이고요."

"이 세상이 배라는 말인가요?"

"모든 것이 배입니다. 이 작은 집도 배예요."

그레이엄의 솜씨는 기가 막혔다. 목소리를 나긋하고 듣기 좋게 바꿔 내가 논쟁을 포기하도록 구슬리는 솜씨 말이다. 그 솜씨는 매번 효과를 발휘했다. 우리는 서로를 보며 자신 없는 웃음을 지었다. 이윽고 그가 말했다. "그 '아우슈비츠'라는 건 뭡니까?" 나는 속으로 '이런, 망했네'라고 중얼거렸다. 그런 바보 같은 소리를 하다니, 그것도 하필 행동과 결과에 관해 짧은 연설을 늘어놓고 나서.

그레이엄이 자리를 뜨고 나서 나는 다시금 졸음에 빠져들었다. 옆으로 돌아눕는 것보다 더 고된 일을 하고 말았구나 하고 생각한 순간 갑자기 녹초가 된 기분이 들더니 졸음이 쏟아진 것이다. 낮잠은 몇 시간이나 이어졌다. 눈을 떠보니 침이 오래된 두부처럼 끈적끈적해진 느낌이 났다. 자정이 코앞이었다. 나는 물을 마시려고 발을 질질 끌며 주방으로 내려갔다.

식탁에 그레이엄이 앉아 있었다. 노트북 컴퓨터 위로 몸을 수그린 모습이 꼭 화분에 꽉 차게 자란 구근 식물 같았다. 입에 담배 한 개비를 물고 있었고 재떨이에도 꽁초 두 개가 놓여 있었다. 가까이 다가가자 그가 고개를 들었다. 표정이 마치 칠을 깨끗이 벗겨낸 벽처럼 휑했다.

"밤이 늦었는데 안 자네요." 나는 쉰 목소리로 말하며 더듬더듬 잔을 찾았다. "뭘 그렇게 보고 있는……."

"나한테 홀로코스트 얘기를 안 해줬더군요."

잔에서 넘친 수돗물이 주먹을 타고 흘러내렸다. "그게 말이죠." 나는 천천히 말을 꺼냈다. "당국이 보기에는 당신이 적응하는 데 방해가 될지도 모른다고……."

"당신이 말한 단어를 검색해달라고 기계한테 요청했습니다."

"아우슈비츠 말이군요."

"사진이 나왔는데……."

그레이엄은 말을 잇지 못했다. 나는 그런 그를 가만히 바라보며 300밀리리터쯤 되는 물을 벌컥벌컥 들이켰다. 앞서 꾸밈없는 무표정으로 착각했던 그의 표정은 다시 보니 속이 다 도려내진 듯한 공포였다. 분명 노트북 컴퓨터 화면을 몇 시간이나 들여다봤을 터였다.

"아이들이 있더군요." 그레이엄이 말했다.

"그래요."

"산더미같이 쌓인 신발도."

"예."

그레이엄은 담배를 재떨이에 비벼 껐다. "어떻게 이런 일이 일어나도록 놔둘 수가 있습니까?"

나는 고개를 가로저었다.

"사람들은 알았어요." 나는 중얼중얼 대답했다. "그러다 나중에는 알지 않기로 했죠. 해방된 노예들은 어떻게 됐나요?"

"뭐라고요?"

"당신이 해방시킨 노예들 말이에요. 로사호에서. 그리고 다른 노예선에서도."

"아, 글쎄요, 그건 경우에 따라 달랐습니다. 일부는 영국 해군이나 해병대에 입대했지요. 아니면 서인도 제도의 여러 지역에서 단순 노무자로……."

"단순 노무자라고요."

"예."

"강제 노동을 했다, 그 말이죠."

"뭘 암시하려고 그러는 겁니까?" 그레이엄이 담뱃갑으로 손을 뻗으며 물었다. 우리가 있는 주방은 어두웠지만 내가 서 있는 곳에서도 담뱃갑이 빈 것을 알아볼 수 있었다. 그는 언뜻 멍해 보이는 표정으로 담뱃갑을 움켜쥐어 찌그러뜨렸다.

"고향으로 돌아가는 항해 길에 수많은 사람이 죽었죠? 배에 갇힌 채 자신들의 석방 여부가 달린 재판이 열리기를 기다리다가 죽은 사람들도 있고요. 전에 당신 입으로도 그렇게……."

"내가 무슨 말을 했는지는 나도 압니다."

그레이엄은 일어서서 노트북 컴퓨터를 닫았다. 그는 행동거지 하나하나가 느리고, 차분하고, 우아했다. 뭔가 부딪히는 소리도, 긁히는 소리도 전혀 없었다. 혹시 누가 봤다면 어떤 상표의 빵을 살지에 관해 대화하는 중이라고 해도 믿을 법했다.

"'단속 함대'는 인류에 도덕적으로 공헌하려고 창설됐습니다." 그레이엄은 나직이 말했다. "그들의 행동을 아우슈비츠에서 자행된 짓과 비교해서 생각하다니요. 그건 말도 안 됩니다. 정말로 그렇게 생각한다면 어떻게 이 집에서 나와 함께 지내는 걸 참을 수가 있습니까?"

"그 둘을 비교할 수 있다는 말이 아니에요."

"그렇고말고요."

"난 그저 당신이 선한 명령이라고 믿는 걸 따랐다고 말하려고 했을 뿐이에요."

그레이엄은 나를 물끄러미 봤다. 두 눈에 빛이 보이지 않았다. 그는 아무 말도 않고 돌아서서 뒷문을 열고는 밤빛에 물든 정원으로 성큼성큼 걸어 나갔다. 차가운 바람이 다리를 할퀴고 지나갔다. 나는 문틀로 다가가 차가운 겨울바람을 맞으며 덜덜 떠는 그의 뒷모습을 가만히 바라봤다. 그는 잔디밭 한복판에 서서 팔짱을 낀 채 하늘을 올려다보고 있었다.

내가 아직 십대 아이였던 시절, 그러니까 나중에 그레이엄에게 권하려고 했던 영화와 책과 음악을 통해 인격을 형성해가던 시절에, 캄보디아에서 손에 꼽을 만큼 커다란 불교 사원의 주지승이 이렇게 선언했다. 크메르 루주에게 학살당한 희생자들이 인과응보의 사슬에서 마지막 고리가 아닐 가능성을 배제할 수 없다고. 만약 그들이 전생에 진실한 삶을 살았다면 집단 매장지에 누워 있는 모습으로 그 삶을 끝맺지 않았으리라는 말이었다.

그때 이후로 어머니는 우리가 다니던 절에 완전히 발길을 끊었다. 집에 불단을 차려놓고 꽃과 과일을 계속 올리기는 했지만, 그 불단은 어머니가 그때껏 품었던 사상을 버리는 장소로 변했다. 어머니는 자신의 존경심을 오로지 새 조국에, 열심히 일하기만 하면 환영받는다고 말하는 이 나라에 바쳤다. 인과응보의 관점에서 보면 그쪽이 훨씬 더 입맛에 맞았으니까.

그 무렵의 나로 말할 것 같으면 아직 미숙한 어린애였으면서도 집착에 빠질 준비는 끝마친 상태였다. 나는 북극 탐험의 황금시대를 다룬 책 가운데 맨 처음 읽을 책을 정한 다음 거의 한 몸이 되다시피 할 정도로 탐독했다. 일단 숭고한 죽음이 실제로 가능하다고 믿게 되자 숭고한 행위가 있다고 믿는 것은 시간문제였다. 숭고한 행위라는 개념은 정의를 중요하게 여기는 성향의 토대가 되었고, 나는 정의에서 소속감을 느꼈다. 내가 혹시라도 펑크록에 진심으로 빠져들었다면 지금과 다른 사람이 됐을 것이다. 하지만 그런 일은 일어나지 않았다.

우리가 가교 프로젝트와 관련해 맨 먼저 동원한 비교 사례 중 하나는 킨더트랜스포트*였다. 우리가 아이들을 구조했지만 정작 부모들은 받아들이려 하지 않았다는 사실은 아무도(심지어 그 정책 덕분에 영국에 건너왔던 남자아이의 아들인 랠프조차도) 언급하지 않았다. 그레이엄은 폭넓은 구글 검색 활동 끝에 그 아이들의 부모 세대가 어떻게 됐는지 알아냈다. 우리는 킨더트랜스포트를 숭고한 행위이자 영국 특유의 자선 정신과 반反파시즘 정신을 보여주는 명확한 사례로 정의한다. 그런 것들이 죄다 거짓이라는 말은 아니다. 그때 그 고아들 중 여럿은 고마워했고, 간혹 나중에 커서 성공을 거둔 경우도 있었다.

---

*   Kindertransport, 2차 세계대전 당시 나치 점령 지역에서 보호자가 없는 유대인 어린이들을 영국으로 이주시켜 입양을 주선한 영국 정부의 정책.

당신은 내가 서툴게 대응했다고 생각할 것이다. 더 잘할 수도 있었다고 생각하겠지. 두 번 생각할 것도 없이 당신이 옳다. 내가 버벅거린 그때가 바로 '교화의 순간'이었으니까. 어디 그뿐인가, 그 순간을 만든 장본인이 바로 나였고, 내가 한 행동에는 나름의 결과가 따랐다. 하지만 내가 무슨 말을 할 수 있었을까? 홀로코스트는 인류 역사상 가장 소름 끼치고 가장 수치스러운 오점으로 꼽을 만한 일이자, 일어나지 않게 막을 수도 있는 일이었다고? 지금껏 일어난 모든 일은 일어나지 않게 막을 수 있는 일이었지만 그중 어떤 것도 막아지지 않았다. 고칠 수 있는 거라곤 오로지 미래뿐이라는 말이다. 정말이니까 믿어도 된다. 그건 내가 시간 여행을 통해 배운 사실이니까.

이튿날 아침, 그레이엄은 유리잔에 눈풀꽃 한 송이를 담아 내 책상에 놔뒀다.

"올봄에 처음 핀 겁니다. 정원에서 가져왔습니다."

나는 애처롭게 생긴 하얀 꽃봉오리를 만져봤다. "그럼 당신이 여기 산 지도 거의 일 년이 됐네요."

"예."

"당신이 이 집을 떠나기 전에 봄을 맞은 정원을 보게 돼서 다행이에요."

그레이엄은 눈풀꽃에서 내가 만졌던 곳을 손끝으로 건드렸다. "그래요." 그가 말했다. 그리고 평소에 자주 그랬듯이 그의 목소리에는 아무 감정도 담겨 있지 않았다.

날씨가 우기에 접어들었다. 거대한 데생용 연필이 허공에 사선으로 물의 궤적을 쓱쓱 긋는 듯했다.

2월에 또 한 차례 거센 폭풍우가 불어닥쳤지만, 가장 심한 비바람은 잉글랜드 서남부 쪽으로 지나갔다. 그레이엄은 데번 주의 피해를 보고 언짢아했다. 그곳에서 태어나 좋은 추억을 간직하고 있었기 때문이다.

조그마한 우리 집은 폭풍우를 버티고 살아남았다. 그레이엄은 이 방 저 방 돌아다니며 창밖 상황을 살폈다. 그러다가 사무실에 들어와 컴퓨터 앞에 앉아 새우처럼 등을 구부리고 있는 나를 보고는 이렇게 말했다. "이거 하나는 인정해야겠군요. 당신네 시대의 하수도 체계는 공학으로 이룩한 기적입니다."

"땅속에 있는 하수관들은 다 19세기에 만들었어요."

"이 속에 있는 관도 19세기에 만들어졌지요." 그레이엄은 손짓으로 자기 몸을 가리켰다. 그 말에 나는 힘없이 웃고 말았다.

이메일이 도착했다는 알림음이 울렸다. 보낸 사람은 아델라였고, 내 이메일 주소는 숨은 참조 목록에 올라 있었다. 이메일의 내용은 짤막했다. 아델라는 뇌를 마비시킬 만큼 길고 복잡한 내용을 단 몇 줄로 축약하는 진정한 재능의 소유자였다.

"안 좋은 소식입니까?" 그레이엄이 내게 물었다. 나는 헛기침을 했다.

앤 스펜서가 시간관리국 병동에서 탈출하려다 총에 맞아 죽었다. 거의 성공할 뻔한 탈출이었다. 마지막에는 그녀의 모습이 감시 카메라에 찍히지 않을 정도였다.

이메일의 내용에 따르면 이주자들에게는 스펜서가 스스로 목숨을 끊었다고 전할 예정이었다. '이 점은 아무리 강조해도 지나치지 않을 것임.' 아델라는 그렇게 적었다. 그 문장에 밑줄을 두 겹으로 그으면서.

장례식은 기묘할 정도로 무미건조하게 치러졌다. 장소는 시간관리국 구내에 있는 예배당이었는데 나는 그때껏 청사에 그런 곳이 있는 줄도 몰랐다. 관은 뚜껑이 닫혀 있었고 이주자들 말고는 아무도 관 가까이에 다가가지 않았다. 예식은 행정 절차 특유의 형식적인 분위기가 났지만 자크 베르티에가 편곡한 찬송가 '찬양하라, 내 영혼아'는 달랐다. 그 노래는 감미로우면서도 놀랄 만큼 구슬펐다. 노래가 시작되자 나는 고개를 들 수가 없었다. 아서의 맑고 고운 테너 음성과 그레이엄의 부드럽고 묵직한 목소리가 가사의 한 절이 바뀔 때마다 화음을 이루어 허파를 홍수처럼 가득 채웠다.

예식이 끝난 후에는 예배당에 딸린 조그마한 안뜰로 가서 앉았다. 뜰에 물이 고여 진흙 냄새가 났다. 그러거나 말거나 나는 화단 연석에 앉아 검은 코트로 스며드는 싸늘한 기운을 음미했다.

"옆에 앉아도 될까요?"

"아, 아서. 그럼요, 당연하죠. 축축해서 좀 그렇긴 하지만."

아서는 빙그레 웃으며 내 곁에 앉아 기다란 다리를 쭉 폈다. 그러고는 손가락에 낀 인장 반지를 돌리며(손톱 주위의 살 거스러미를 물어뜯는 내 버릇만큼이나 눈에 잘 띄는 습관이었다) 중얼거렸다. "앤 스펜서와 더 친하게 지내고 싶었지만 그러지 못했어요. 아쉽게도."

"그러게요."

"어쩌면 앤은 그렇게까지…… 외롭지 않았을지도 몰라요."

나는 아무 말도 하지 않았다. 내 입에서 무슨 말이 나오든 거짓말이었을 테니까. 아서의 손등에 손을 갖다대자 그가 내 손을 잡았다. 그러고는 말했다. "이곳에 처음 도착했을 때, 일단 충격에서 벗어나니까 내가 연옥 같은 곳에 들어왔구나 하는 생각이 들었어요. 두 번째 기회 같은 거 말이에요. 당신은 내가…… 나 같은 부류의 남자가 내 시대에 어떻게 살았는지 상상도 못 할 거예요. 지금 난 나한테 더 잘 맞는 시대에서 새 출발을 할 기회가 생긴 것 같아요. 하지만, 당신도 알겠지만, 우린 자신을 사랑해줄 수 없거나 사랑을 되돌려주지 않을 사람에게 반하는 것만으로 자진해서 외롭고 비참하고 혼란스러워지기도 해요. 어쩌면 이백 년 후의 미래에는 그런 문제도 해결될지 모르죠. 어쩌면 그 시대 사람들이 우리를 데리러 오고, 그렇게 해서 우리는 천국에 도착했다는 걸 알게 될지도 몰라요. 당신하고 그레이엄이 서로 사랑하는 사이인가요?"

내 손이 아서의 손안에서 움찔했다.

"아니요."

나는 아서를 봤다. 그러니까, 정말로 그를 봤다는 말이다. 그의 애처롭고 잘생긴 얼굴을, 거기서 조기弔旗처럼 나부끼는 연약한 마음을.

"당신은요?" 내가 물었다.

"둘이서 무슨 얘기를 하는 겁니까?"

우리는 동시에 문 쪽을 돌아봤다. 문 앞에 그레이엄이 서 있었다. 담배에 불을 붙이던 도중에 우뚝 멈춘 모습이었다. 나는 그가 우리 얘기를 얼마나 들었을지 짐작도 가지 않았다.

"음모를 꾸미는 중이에요." 아서는 그렇게 말하며 내 손을 꽉 쥐었다가 놨다. "같이 열심히 궁리해서 아주 독창적인 죄를 저지를 거예요."

그레이엄은 우리를 향해 담배 연기를 자욱하게 뿜어댔다. "그래요. 집에 돌아올 때까지 창가에 촛불을 켜놓지요."

가장 견디기 힘든 크메르 루주 이야기는 '거의'와 '아마도'가 자주 등장하는 것들이다. 그 여자는 거의 살아남을 뻔했는데 이질 때문에 결국 죽고 말았어. 그이는 아마도 쯔엉 엑의 집단 매장지에 묻혀 있을 거야, 그러니까 거기 가서 제사를 올리자. 그 남자는 걸어서 태국에 거의 다 도착한 참이었지만, 숲에서 공산당에게 발각되고 말았어. 그 여자는 끌려가기 전에 아마도 자기 아들을 마지막으로 한 번은 봤을 거야.

앤 스펜서는 병동에서 거의 탈출할 뻔했다. 이메일을 다 읽고 나서 나는 해묵은 한편으로 여전히 생생한 공포에 휩싸였다. 그것은 부분적으로 내 뼛속 깊이 자리 잡은 공포였다. 나는 자라는 동안 내내 내가 존재하는 까닭은 오로지 내 어머니가 '거의'를 넘어서서 달아났기 때문이라는 것을 알았으니까. 그런 사건 후에 태어난 사람이 대대로 물려받은 달아나고 싶은 욕구를 어느 시점에 그만 느끼게 되는지, 나는 알지 못한다.

그러나 공포는 한편으로 멋지고 순수하고 인간적이었다. 죽음이 아슬아슬하게 스치고 지나갈 때 오는 그 공포 속에서 우리는 문득 살아있다는 것이 얼마나 터무니없는 선물인지를, 또한 살아있는 상태를 유지하고 싶은 마음이 얼마나 간절한지를 떠올리기 때문이다. 바로 그 순간 죽음이 창밖에서 나를 보며 웃고 있을지라도, 거울 속에서 나를 보며 웃고 있을지라도.

시간관리국의 감시 카메라 시스템은 정보 위원회 규정을 적용받지 않았다. 카메라의 영상 기록에 접근하려면 가교 팀 명의로 신청서를 제출해야 했는데, 이는 곧 국장부터 아래 모든 직원이 디지털 석고 보드 벽 뒤편에서 찍찍대는 쥐새끼가 바로 나라는 사실을 알아차린다는 뜻이었다. 하지만 어떤 기록은 나의 비밀취급인가 자격만으로도 확인을 요청할 수 있었다. 신청서 제출 현황과 해당 신청서의 허가 또는 불허 기록, 기술상의 오류 보고 기록, 필수 보관 기간인 삼십 일이 지나 삭제한 영상 및 자료 보존 차원에서 모아둔 영상 목록 같은 것들. 산더미 같은 서류를 작성할 생각을 하니 휘파람이 절로 나왔다.

앤 스펜서가 죽기 전 몇 주에 걸쳐 감시 카메라 시스템 제작사에서 보낸 수리 대금 청구서가 여섯 건이나 나왔다. 보아하니 관리국 사람들은 그 불쌍한 여자가 감시 카메라에 제 모습이 찍히지 않는 방법을 찾아냈다는 사실을 알아채기까지 시간이 조금 걸렸고, 그때까지는 그저 카메라 시스템이 오작동을 일으켰다고 생각한 모양이었다.

퀜틴이 살해당한 날에 행사장을 비췄어야 했던 감시 카메라의 점검 일지도 미심쩍었다. 그 카메라는 전력공급 경로가 자동으로 전환되면서 작동을 멈췄다. 집중 경비 구역이 있는 건물에서는 그런 식의 자동 전환이 비상시 표준 절차였다. 간단히 말하면 매우 중요한 물건 또는 사람이 전자식 자물쇠가 달린 문 안쪽에 있는 상황에서 자물쇠가 작동하지 않을 경우, 해당 건물은 보조 발전기가 작동을 시작하기 전까지 중요하지 않은 부문(이를테면 대중에게 개방된 잔디 마당의 감시 카메라)의 전력 경로를 자동으로 전환시켜 전력을 끌어왔다. 기이하게도 오늘날의 악성 소프트웨어로는 해킹하기 힘들어서 도리어 효과가 입증된 매력적인 구식 시스템이었다.

이상한 점은 침입이나 고장에 해당하는 내용의 기록이 보이지 않는다는 것이다. '자동' 전력 경로 전환 명령은 수동으로 입력됐다.

나는 접근 요청 내역을 열람하게 해달라고 신청했다. 전력 전환 시스템에 대한 외부 접근 기록이 한 건 나왔지만, 접근자의 신원을 보호할 목적으로 변조된 기록이었다. 사용자 이름 및 보안 등급, 담당자, 허가 여부 등은 모두 지워져 있었다. 하지만 이미지 센서 스캐너의 디지털 기록은 남아 있었다. 지문을 스캔한 기록이었다.

나는 그 지문 파일을 시간관리국 데이터베이스에 입력했다.

알림음과 함께 판독 결과가 나왔다.

화면에 뜬 것은 다름 아닌 내 이름이었다.

잠깐 몸 바깥으로 빠져나간 기분이 들었다. 다시 내 몸으로 돌아왔을 때, 나는 손바닥 아래 부분으로 가슴을 꾹꾹 눌렀다. 방망이질하는 심장 때문에 살갗이 불뚝거리는 자리를.

나는 모함당하는 중이었다. 그리고 이로 인해 다른 무엇보다도 가장 먼저 느낀 기분은 '억울'하다는 것이었다. 나는 여태 그 빌어먹을 준장의 정체와 그의 목표가 무엇인지조차 모르는 상태였고, 누가 가르쳐줄 기미도 보이지 않았다. 퀜틴의 뇌수를 얼굴에 뒤집어쓴 사람이 다름 아닌 나였는데도.

아델라에게 진행 상황 보고도 할 겸 만날 수 있겠냐는 이메일을 보냈다. 너무 두루뭉술한 용건이다 보니 그녀로서는 피할 핑계를 준비하기도 어려웠다. 손톱이 부서져라 키보드를 두드리다 보니 차라리 내 손에 총이 한 자루 있고, 준장의 모습이 또렷이 보이면 얼마나 편할까 하는 생각이 들었다. 그 생각을 더 깊이 하면 할수록 내 머릿속 굳은살도 점점 더 두꺼워졌다. '그래.' 머릿속에 덕지덕지 눌어붙은 죽은 생각을 뚫고 어떤 생각이 떠올랐다. '총만 있으면 전부 다 깨끗이 정리될 텐데.'

나는 앙심이 치솟아 미칠 지경이었다. 이로 인한 첫 번째 증상은 식탁에 앉아 젓가락을 들고 양파 절임 한 병을 다 먹어치우는 행동으로 나타났다. 나에게 필요한 것은 시큼한 식초 맛이었다. 그러다가 위경련이 일어나 속을 다 게워내고 빈속에 달리기를 하러 나갔다.

집에 돌아와서는 욕실 벽에 온통 비눗물을 튀기며 공격적으로 샤워했다. 기차를 씹어먹고 싶었다. 아니면 기차와 섹스하고 싶었는지도 모르겠다. 기자의 피라미드 안에 있는 묘실에서 나 자신을 피투성이가 될 때까지 패주고 싶었다. 그런 짓은 세상의 법률과 시간관리국의 규정 모두 허락하지 않았기 때문에 차선책을 택하기로 했다. 즉, 술을 마시러 펍에 가기로 했다.

"그레이엄." 나는 양파 절임의 주인인 내 불운한 동거인을 불렀다.

"예?"

"내 친구들 만나볼래요?"

그 말에 그레이엄은 보기 드물게 귀엽고, 보조개가 깊숙이 팬 미소로 화답했다.

"예, 안 그래도 어떻게 말을 꺼낼지 고민하고 있었습니다."

"저런, 그랬어요?"

"예." 그레이엄은 한바탕 설명을 늘어놓을 것처럼 하다가 입을 꾹 다물었다. 그렇게 자제하려고 애쓰느라 살짝 얼굴까지 붉혔다. 그러고는 고지식한 한마디로 스스로를 만족시켰다. "어쨌거나 당신도 내 친구들을 만났잖습니까."

"친구라고 해봐야 달랑 둘뿐이잖아요."

"셋입니다." 그레이엄의 목소리는 상냥했다. "당신도 내 친구니까요."

가교 임무를 맡기 전에 살던 동네의 펍을 약속 장소로 정하고 가장 친한 친구 여섯을 초대했다. 그 무렵에 '가장 친한 친구'는 친소 관계를 조금 부정확하게 표현한 말이었는데, 왜냐하면 내가 그들 대부분을 몇 달째 만나지 않았기 때문이다. 이유는 내가 그 애들에게 자주 보낸 우울한 문자메시지에 적었다시피 '일이 너무 바빠서'였다.

나는 단체 채팅방에 이렇게 적었다. '내 동거인은 엄청 고상한 사람인데 좀 이상해. 전에는 해군에 있었어.' 그것으로 준비가 다 끝났기를 바랄 뿐이었다. 하지만 그레이엄은 오토바이를 타고 나타났고, 줄지어 서 있는 스쿠터와 다른 오토바이 옆에 자기 오토바이를 주차했다. 내가 가만히 바라보는 동안 그는 헬멧을 벗고 오토바이에 기대어 서서 담배에 불을 붙인 다음, 생각에 잠긴 표정으로 하늘을 향해 담배 연기를 내뿜었다. 가죽 재킷은 광택이 반들거렸고, 곱슬머리는 어지럽게 헝클어져 있었다. 친구들에게는커녕 나 스스로에게도 그를 어떻게 설명해야 좋을지 알 수가 없었다.

펍 맞은편에 있는 케밥 가게는 뜨거운 차와 커피도 함께 팔아서 런던 동부의 음식 배달 서비스 기사들이 단골로 찾는 곳이었다. 그렇다 보니 오토바이와 스쿠터가 무수히 많이 모여 있었다. 기사들은 다들 아는 사이로 보였고 자기 탈것에 기대어 케밥과 감자튀김을 나눠 먹는 사람도 여럿 눈에 띄었다.

"왔어요, 그레이엄?"

그레이엄은 담배를 발로 밟아 끄고는 나를 보며 조심스레 웃었다. "예, 들어갈까요? 그런데 저 새 울음소리 같은 소리는 도대체 뭡니까?"

"아, 오늘은 '가라오케 나이트'라서요."

펍에서는 당찬 생쥐처럼 생긴 조그맣고 깡마른 여자가 가설 무대에 서서 티나 터너의 '더 베스트The Best'를 혀짤배기소리로 부르고 있었다.

내 친구들은 아수라장인 가라오케 무대에서 멀찍이 떨어진 자리를 잡은 덕분에 서로의 말을 알아들을 수 있었다. 테이블 쪽으로 다가오는 나를 본 친구들은 나무에 모여 앉은 앵무새 떼처럼 일제히 고개를 돌려 우리 둘을 봤다.

"당신이 그 유명한 동거인이군요." 한 친구가 말했다. "얘기 정말 많이 들었어요."

"그중에 좋은 얘기도 있던가요?" 그레이엄이 물었다.

"한마디도 없었어요."

"어휴, 안심했습니다. 친구분께서 저를 위해 거짓말을 하고 다니는 건 저도 싫거든요."

나는 어깻죽지를 뒤로 쭉 펴 긴장한 근육을 풀어줬다. 그레이엄은 시대착오적이고 종잡을 수 없고 황당무계한 골칫거리였지만, 무엇보다 매력적인 남자였다. 그런 남자는 어느 시대에서든 원래 살던 시대처럼 편안히 지내게 마련이었다.

술자리는 즐거웠다. 친구들은 그레이엄이 마음에 든 것 같았고 그 역시 내 친구들을 좋아했다. 그는 대답하기 싫은 질문을 받으면 교묘하게 말을 돌렸고, 공백으로 남기고 싶은 부분이 있으면 기발한 재치를 발휘해 친구들의 정신을 딴 데로 돌렸다.

시간은 눈 깜짝할 새에 흘러갔다.

문득 정신을 차려보니 나는 골판지 상자에 담아 유통하는 식사용 와인을 잔술로 파는 수준의 술집에서, 진 마티니를 주문할지 말지 고민하고 있었다. 이제 집에 갈 시간이었다. 휘청휘청 걸어서 도착한 바에서는 그레이엄이 내 친구와 함께 문신에 관해 이야기하는 중이었다.

"여기 이 문신은 뭐라고 새긴 겁니까?" 그레이엄이 물었다.

"'무릇 사랑이란 개체를 벗어나는 실천이다.' 질 들뢰즈가 한 말이에요. 박사 학위 논문의 주제가 그 사람이었거든요."

"거참 재미있군요. 그럼 이건 뭡니까? 조그마한 게인가요?"

"예. 던지니스에서 환각제를 먹었을 때 새긴 문신이에요. 거기 해변에서 이 게를 보고 하느님인 줄 알았거든요."

"환상적이군요."

"그레이엄. 이제 집에 갈 시간이에요." 나는 그렇게 말하며 손을 뻗었다. 물론 취한 상태였다. 손바닥이 그의 갈비뼈 부근 한 뼘 정도 되는 살을 옷 위로 감쌌다. 그가 나를 내려다봤다.

"그래요." 그레이엄은 똑바로 일어섰지만 몸을 뒤로 빼지는 않았기 때문에, 내 손의 땀이 그만 그의 스웨터 안으로 스며들고 말았다.

우리는 친구들과 작별 인사를 나누고 어슬렁어슬렁 술집을 나섰다. 거리는 가로등의 싯누런 나트륨램프 불빛을 틀 삼아 찍어낸 지점토 모형처럼 거칠게 반짝거렸다. 배달 기사 몇 명이 스티로폼 상자에 앉아 차를 마시고 저녁을 먹었다. 나는 무심코 걷다가 부딪히기 직전에야 우리 앞에 서 있는 두 사람을 발견했다. 준장, 그리고 살레스였다.

나는 우뚝 멈춰 섰다. 그러다 부츠가 보도 표면에 미끄러지는 바람에 그레이엄이 내 팔을 잡고 부축해줬다. 몸이 덜덜 떨렸다. 그가 양손으로 내 어깻죽지 사이를 살며시 쓰다듬었다.

"잡았어요." 살레스가 묘하게 생긴 장치를 앞으로 내밀며 말했다. "저 남자는 자유 여행자예요."

소형 금속 탐지기와 나침반을 합친 것처럼 보이는 그 장치는 조그맣고 하얀 격자무늬 판을 허공에 영사했고, 판 위에는 몇 가지 기호가 깜박거렸다. 의심할 것도 없이 그레이엄의 스케치에서 본 그 기계였다. 결국에는 무기가 아니라 일종의 감시 장치였던 것이다. 이미 사라진 양파 절임의 냄새가 목구멍에서 스멀스멀 올라왔다.

"안녕하신가, 고어 중령." 준장이 말했다.

"안녕하십니까, 준장님."

"이렇게 불쑥 찾아와서 미안하네. 그런데 우리랑 같이 좀 가줘야겠어."

"무슨 일인지 여쭤도 되겠습니까?"

"아쉽지만 그럴 순 없네."

"제 가교는 어떻게 됩니까?"

"자네가 순순히 동행하면 그녀는 무사할걸세."

고어는 그 말에 동의하지 않았다. "제가 동행할 일은 없을 겁니다. 준장님께서 이 사람에게 해를 끼칠 일도 없을 테고요. 이제 돌아가십시오."

"이 여자 인식이 안 됩니다." 살레스가 장치의 표시창을 힐끔 보며 말했다. "시간 이상. 인식값 없음."

"알았어." 준장이 한숨을 쉬며 재킷 안쪽에서 꺼낸 물건은 한눈에 봐도 무기였다.

그레이엄이 내 손목을 잡고 나를 옆으로 휙 끌어당긴 순간 내가 서 있던 자리에 파란 빛이 비쳤다. 보도 표면에 '쿵' 소리와 함께 야트막한 구멍이 패었다. 나는 악을 지르며 살레스에게 달려들어 그의 냉정한 얼굴을 손톱으로 할퀴려 했다. 살레스도 질세라 악을 질렀다.

"푸소!" 살레스가 외쳤다. 영사 장치가 땅바닥에 떨어지면서 난 쨍강 소리에 귀가 따가울 지경이었다. "푸소, 푸소!"

나는 그 말이 무슨 뜻인지 정확히는 알지 못했지만, 누가 나를 망할 년으로 부른다면 눈치 정도는 챌 수 있었다.

"사케, 살." 준장은 아나운서 같은 억양을 살짝 드러내며 살레스에게 퉁명스레 쏘아붙였다. 그 순간 그레이엄이 준장의 팔을 잡았고, 뒤이어 생체 조직이 부러지는 불쾌한 소음이 내 귀에 들려왔다. 살레스는 날카롭게 악을 질렀다. 나는 눈을 노리고 힘껏 잽을 날렸다. 살레스가 찢어지는 비명을 질렀다.

그레이엄이 준장을 땅바닥에 쓰러뜨려 제압했지만, 준장은 다시 내 쪽을 향해 그 무기를 겨눴다.

"도망쳐요." 그레이엄이 나직이 말했다.

나는 달아났다. 등 뒤에서 아까 그 쿵 소리가 다시 들렸다.

케밥 가게 쪽은 사방팔방으로 달아나는 배달 기사들 때문에 아수라장이었다. 나는 그레이엄의 오토바이 옆에 서서 바들바들 떨었다. 그는 오토바이 뒷자리의 안장을 열고 여분의 헬멧을 꺼내어 내 머리에 푹 씌운 다음(평소에 아서가 쓰는 헬멧이라서 내 머리에는 너무 컸다), 내 옷깃을 잡고 홱 잡아당겨 안장에 앉혔다.

"꽉 잡아요!" 그레이엄이 헬멧 속에서 외쳤다. 또다시 쿵 소리가 나더니 배달 기사들이 온갖 외국어로 욕을 지껄이는 소리가 길게 이어졌다. 나는 팔을 뻗어 그레이엄의 허리를 끌어안았고, 뒤이어 오토바이 엔진에 시동이 걸려 굉음이 났을 때는 놀라서 날카로운 비명을 질렀다. 우리 주위의 배달 기사들 역시 오토바이에 시동을 걸어 성난 금속 말벌 떼처럼 부릉댔다. 우리는 우렁찬 엔진 소리와 함께 거리로 달려나갔다.

"어떤 게 그 둘이 탄 거야?" 준장이 외치는 소리가 들렸다.

우리는 그대로 달아났다.

나는 그때껏 오토바이 안장 뒷자리에 앉아본 적이 없었거니와 정신적으로도 그런 자리에 처음 앉을 만한 상태가 아니었다. 온 세상이 너무나 빠르고 시끄럽게 흘러갔다. 그레이엄이 모퉁이를 돌 때마다 나는 흐느껴 울었고, 노면은 내 무릎을 갈아낼 기세로 순식간에 가까워졌다. 그는 신호등 빨간불을 무시하며 바람같이 도심을 질주했다.

금요일 밤의 시끌벅적한 분위기가 차츰 가라앉았다. 휙휙 사라지는 가로등 불빛도 점점 더 뜸해졌고, 지평선 너머에서 나무가 한두 그루씩 고개를 쳐들었다. 오토바이가 우리 동네에 들어서는 중이었다.

그레이엄은 과호흡을 하느라 씩씩대는 내 숨소리가 들릴 수준으로 속도를 늦추고 집 근처에 오토바이를 세웠다. 그는 먼저 안장에서 내린 다음, 따라서 내리도록 나를 부축해줬다. 손길이 꼭 주말에 장을 봐 온 먹을거리를 옮길 때처럼 능숙했다.

"그 둘은 미래에서 온 것 같아요." 나는 숨이 차서 헉헉대며 말했다.

"예, 내 짐작에도 그런 것 같습니다." 그레이엄의 목소리는 퉁명스럽지 않았다.

그레이엄은 나를 현관으로 이끌었다. 쓰러지듯 집에 들어선 나는 현관에 몸을 기댄 채 가볍게 숨을 헐떡였고, 그러는 동안 목구멍 깊숙이서는 쌕쌕거리는 소리가 쉬지 않고 들려왔다. 그는 침착하게 헬멧과 재킷과 비행사용 스카프를 차례로 벗었다.

"당신은 무사합니다." 그레이엄은 내 헬멧을 벗기며 마음을 달래주는 나직한 목소리로 말했다. 나는 머리카락이 반쯤 풀려 출렁거렸다. "당신은 무사해요." 그는 되풀이하며 내 코트의 단추를 풀었다. 어깨를 움찔하자 코트가 바닥으로 떨어졌다.

"날 죽이려고 했어요." 나는 쉰 목소리로 중얼거렸다.

"그래요." 그레이엄의 목소리는 차분했다. "시간관리국에 보고해야 합니다. 이런, 머리에 꽂은 핀이 빠지려고 하는군요."

그레이엄이 손을 뻗는가 싶더니 머리핀을 살며시 빼는 그의 손끝이 느껴졌다. 핀에 집중하느라 표정이 침착해 보였다. 나는 양손으로 그의 머리를 잡고 아래로 내려 키스하려 했다.

그레이엄은 온몸이 바짝 굳어 뻣뻣해졌다. 충격을 받아 헤 벌어진 입을 빼면 몸 전체가 나의 반대 방향으로 기울어 있었다.

몇 초 동안 나는 부르르 떨리는 그의 몸이 나를 밀어내는 자석 같다는 느낌을 받았다. 그러다가 느닷없이, 팽팽하던 밧줄이 툭 끊어지는 느낌이 들었다. 그가 내게 몸을 밀착한 것이다. 양손 으로 내 머리를 잡고 어찌나 세게 밀어붙이던지 나는 문에 등 을 댄 채 몸이 허공에 살짝 뜨고 말았다.

객관적으로 말해 형편없는 키스였다. 이가 서로 부딪쳐서 우리 둘 다 아팠다. 그레이엄은 내 아랫입술을 이로 긁었다. 나는 그의 스웨터 밑단을 더듬거리다가 손끝으로 맨살을 훑었다. 그러자 그는 헉 소리와 함께 숨을 들이마셨고, 그 소리 때문에 제 풀에 놀랐는지 갑자기 내게서 떨어져 등 뒤 벽을 향해 비틀비 틀 물러났다. 현관문의 유리판으로 비쳐든 어렴풋한 미색 불빛 이 그가 멈춰선 자리를 둥그렇게 비췄다. 나를 물끄러미 보는 그의 눈은 거칠게 이글거렸고, 머리는 헝클어져 엉망이었으며, 입과 턱은 젖어서 번들거렸다.

우리는 서로 마주 봤다.

"그레이엄."

"안 됩니다." 그가 말했다. 그날 저녁 처음으로 그의 목소리에 공포가 배어 있었다.

내가 한 걸음 다가서자 그가 더욱 다급한 목소리로 말했다. "안 돼요."

나는 멈춰 섰다. 그레이엄은 나만큼이나 가쁘게 숨을 몰아쉬 고 있었다. 방금 삼십 분 동안 겪었던 공포가 이제야 실감이 나는 모양이었다. 아니면 그를 공포에 몰아넣은 원인이 따로 있는지도 몰랐지만…… 그 생각은 거기서 그만뒀다.

"미안합니다." 그레이엄은 손을 내밀며 말했다. 그가 내 손을 잡거나 내 얼굴을 만질 줄 알았지만, 그는 달랑 머리핀만 내밀었다. 나는 그 핀을 받아 들었다. 핀은 내 머리의 체온 덕분에 따뜻했고, 그의 손의 온기 덕분에 따뜻했다. 그가 내 곁을 슬그머니 지나쳐 자기 방으로 후다닥 사라진 후에도 나는 우두커니 서서 그 핀을 내려다봤다. 그가 방문을 잠그는 소리가 났다. 평소에는 절대 문을 잠그는 법이 없었는데. 그토록 가슴이 미어지지 않았다면 나는 아마 우스운 일이라고 생각했겠지.

VII

    총격 사건으로부터 이 주 후, 고어는 수병 몇 명과 장교 둘을 이끌고 유빙에 갇힌 배를 떠나 뭍에 발을 디뎠다. 그들은 빙판을 25킬로미터나 나아간 끝에 펠릭스 곶에 도착했다.

    계절을 생각하면 이상할 정도로 사냥감이 적었던 탓에 일행이 챙겨서 돌아온 고기는 고작 몇백 킬로그램밖에 되지 않았다. 수확물은 모조리 공동 식탁에 올라갔지만 커다란 짐승의 대가리와 심장은 잡은 사람의 몫이었다. 고어는 첫 번째로 받은 심장(순록의)을 잘라 굿서에게 나눠 줬고, 굿서는 보답 삼아 온혈 포유동물의 심장을 먹이로 삼는 기생 동물에 관해 즉석에서 한바탕 강의를 늘어놨다. "자네가 말하는 게 혹시 큐피드의 화살인가?" 나이를 먹을 대로 먹은 독신 남성이 다른 독신 남성에게 건넨 질문이었다. 그러나 굿서는 이제 고작 스물일곱 살이었다. 나중에 결혼을 할 터였다. 우선 극지 곤충류를 연구한 논문을 발표해 명성을 얻고 나서.

펠릭스 곶에 있는 기지는 원래 북극 자기장 관측소였지만 배에서 당일치기 사냥을 나와 짐승을 잡기가 힘들어진 후에는 사냥대 숙소로도 쓰였다. 배를 떠나 사냥하다가 다시 배로 돌아가는 여정을 되풀이하는 동안 녹초가 되지 않고 버티는 사람은 가장 심지가 굳은 사냥꾼들뿐이었고, 심지가 가장 굳은 사냥꾼이 누구인지는 추위에 상해 흉측해진 얼굴을 보면 알 수 있었다. 고어는 이제 자기 얼굴이 어떻게 보일지 알 수 없었지만 그래도 아무렇지 않았다. 어쩌면 동상 덕분에 코가 손가락 반 마디 정도는 낮아질지도 몰랐다.

기지의 자기장 관측 책임자는 테러함의 호지슨 중위였다. 호지슨은 조그만 반려견처럼 귀엽고 사냥개처럼 용감했지만, 나이가 어리고 과학자도 아니었다. 그가 기지에 있다는 사실 자체가 불안한 징조였다. 유능한 과학자이자 왕립 학회 회원인 크로지어 함장이 새파란 부하 장교를 보냈다면, 그가 이곳에서 이루어지는 일을 조금도 중요하게 여기지 않는다는 뜻일 수도 있었다. 어쩌면 크로지어 함장은 현지 조사 결과가 영국까지 도착할 거라는 기대조차 없었을지 모른다.

앞서 그해 5월, 고어는 부하들을 이끌고 존 로스 탐험대가 만든 돌무덤에 도착했다. 사망한 존 프랭클린 경의 서신을 돌무덤에 넣었다. 모피 행상이나 영국 해군 소속 지도 제작자들이 발견해 해군 본부에 전해주기를 바라며 남긴 서신이었다. 이제 정찰대('구조대'라는 말은 감히 아무도 입에 담지 못했다)가 나타날 가망이 보이지 않자 허기로 얼룩진 우울한 무기력감이 기지 사람들을 묵직하게 뒤덮었다. 허드슨 베이 회사의 덫 사냥꾼 가운데 아무도 돌무덤과 그 속의 서신을 발견하지 못했을 가능성은 점점 더 커졌다. 고어는 펠릭스 곶 기지를 활기차고 기민하며 멈춤 없이 돌아가는 곳으로 유지하고자 자신의 카리스마와 낙천적인 성격과 무시무시한 아홉 가닥짜리 채찍의 은근한 존재감을 모조리 동원해야 했다.

아침이 가장 힘들었다. 밤 동안 얼어붙었던 물개 가죽 침낭은 아침 햇살을 받으면 서리가 녹아 증발했고, 수증기는 천막 막사의 방수포 천장에 물기로 맺혔다가 대원들의 머리에 떨어졌다. 옷이란 옷은 죄다 전보다 몇 킬로그램씩 더 무거워졌다. 모직 옷을 입고 땀을 흘린 후에 보송보송하게 말릴 방법이 없기 때문이다.

아니, 실은 끼니때가 가장 힘들었다. 차가운 식량을 입에 욱여넣으면 배에 냉기가 감돌았다. 기지에는 연료가 부족했기 때문에 고어는 부하들에게 물을 탄 럼주가 빠진 따뜻한 식사와 럼주가 있는 차가운 식사 중 하나를 선택하라고 명령했다. 부하들은 모두 차가운 식사를 택했다. 어쩔 수 없는 뱃사람이었던 것이다. 그러나 물 역시 얼음을 녹여서 마셔야 했고, 대원들은 허기나 피로보다 갈증에 훨씬 더 심하게 시달렸다. 목구멍이 다치는 위험을 무릅쓰고 허겁지겁 눈을 삼키려는 부하를 고어가 말린 적이 한두 번이 아니었다. 데뵈와 해병대 부사관 브라이언트는 이틀 전 토끼 한 마리를 총으로 잡았을 때 무릎을 꿇고 녀석의 옆구리 상처에 입을 대고는 그 피를 마셨다.

아니, 무엇보다도 에스키모가 없어서 가장 힘들었다. 이곳은 에스키모들의 계절 사냥터였다. 지난해 그들은 물개 고기와 모피를 들고 탐험대의 배를 찾아와 칼과 목재로 바꾸어 갔다. 그들은 선원들의 얼굴을 다독여줬지만 크리스트교도가 되라는 권유는 기세 좋게 거절했다(그들이 보기에는 지옥이 너무나 즐거운 곳이어서였다, 영원토록 뜨겁게 불타는 땅이라니). 그랬던 원주민 무리가 올해는 어디에도 보이지 않았다. 하늘로 솟았는지, 아니면 땅으로 꺼졌는지.

고어는 방아쇠를 당길 때 쓰는 양쪽 집게손가락을 잃을지도 모르겠다는 생각이 들었다. 손가락이 퉁퉁 부은 데다 하얀색 에나멜을 칠한 것처럼 번들거렸다. 손에 감각이 없어서 장갑을 끼는 것조차 평소보다 시간이 오래 걸렸다. 그럼에도, 그는 이보다 더한 시련도 이겨낸 사람이었다. 손가락이 검은색으로 변하지 않으면 일주일 더 참으며 버텨볼 작정이었다. 그는 사향소를 쏴 잡겠다는 포부를 여전히 품고 있었다.

문제의 사건이 일어난 순간, 모든 일은 눈 깜짝할 새에 벌어졌다. 나중에 고어는 자신이 본 것을 좀처럼 조리 있게 설명하지 못했다.

"번쩍하고 빛이…… 번개가 쳤습니다. 그런 것 같았습니다. 그다음은…… 열린 문 안쪽에서 파란빛이 비쳤습니다."

지평선이 활짝 편 주먹처럼 벌어졌다. 세계에 새파란 틈새가 벌어졌다. 고어는 총을 들어 올렸다. 이후 얼마간 시간이 흐른 후에, 그는 궁금해할 것이다. 만약 그때 총을 들지 않았다면 어땠을지를. 미래와 다른 방식으로 만났더라면 어땠을지를.

7장

엄지손가락 끝의 도톰한 부분으로 입술을 꾹 눌렀다. 그러고는 손가락을 다시 뗐다. 내려다봤다. 당연히 보일 거라 생각했던 피가 보이지 않았다. 불에 덴 것처럼 따끔거리는 느낌도 나지 않았다. 간밤의 키스는 날이 밝으면서 사라져버렸다.

"좀 그만해." 아델라가 중얼거렸다.

"손톱을 물어뜯는 게 아니에요."

아델라는 누구를 달래는 듯 입속으로 쯧쯧 소리를 냈다. 성질 고약한 늙은 고양이가 계단 위로 올라가려고 할 때 반려인이 낼 법한 소리였다. 그때껏 본 적 없던, 거의 상냥한 느낌까지 드는 아델라의 모습에 나는 말 그대로 쓰러지고 말았다. 무릎에 기댄 이마가 허공으로 살짝 미끄러졌다.

나는 시간관리국이 보유한 안가에서 끔찍하게 얄따란 매트리스에 앉아 있었다. 그레이엄의 방문이 닫히는 소리를 듣고 나서 나는 벽에 기댄 채 한참을 덜덜 떨었다. 그러다 마침내 제대로 돌아가기 시작한 소수의 뇌세포들이 위원회를 만들어 일깨워준 사실은 내 상사가 스파이로 지목한 남자가 환한 가로등 불빛 아래서 나를 암살하려 했다는 것, 또한 그가 사용한 미래형 무기는 다름 아닌 고인이 된 퀜틴에게서 들은 알쏭달쏭한 힌트('과거가 아니에요')를 이해할 단서라는 것이었다.

아델라에게 전화했더니 신호가 가기가 무섭게 전화를 받았고, 문제를 해결하러 나서줬다. 밤이 소란스러워졌다. 이송 과정은 조금 거창했다. 차창을 검게 선팅한 밴, 미행을 따돌릴 미끼 차량, 심지어 길이는 짧기는 해도 인상적인 지하 차도까지 등장했다. 알고 보니 다른 가교와 이주자 역시 다른 곳으로 옮겨지는 중이었다. 목적지는 원래 거처보다 훨씬 더 낙후된, 공식적으로는 존재하지 않는 안가였다. 나와 그레이엄은 오래된 정부 소유 건물의 꼭대기 층에 있는 허름한 아파트로 옮겨졌다. 온 사방이 도심 풍경으로 꽉 막힌 집이었다. 내가 그에게 자전거 타는 법을 가르쳐준 아름다운 공원은 이제 아득히 멀리 있었다. 내 방 창밖을 내다보면 밀림처럼 빽빽이 늘어선 굴뚝과 환풍기가 보였다. 아직 희끄무레한 새벽빛에 환풍기 날개가 은빛으로 번들거렸다. 무슨 액체가 똑똑 떨어지는 소리가 났고, 그 순간 나는 이곳에 머무는 동안 내내 그 소리가 들리리라는 깨달음과 어쩔 수 없으리라는 체념을 함께 얻었다. 잔뜩 솟구쳤던 아드레날린이 잠잠해지자 뱃속까지 노곤할 정도로 피곤했다.

내 방과 나란히 있는 그레이엄의 방에 가려면 폐허가 된 정신병원 같은 분위기가 나는 기다란 복도를 지나야 했다. 전에 살던 집을 떠날 때 그는 옷가지가 든 숄더백 한 개를 들고 자기 오토바이와 함께 다른 밴에 따로 탑승했다. 중간에 한번 나를 힐긋 봤다. 혹시 내가 가축처럼 함부로 취급당하는지 확인하려고 살펴보는 듯했다. 그러고는 두 번 다시 나와 눈을 마주치지 않았다. 몸을 굽혀 밴에 들어서는 그를 보며 나는 그가 얼마나 야위었는지, 또 당국에서 이제 예전 동네가 된 곳으로 파견한 건장한 현장 요원들에 비해 그의 키가 얼마나 작은지 깨달았다. 그는 어떤 면에서는 작게 줄어든 상태였다. 마치 호신용 부적을 몸에 바짝 붙이고 있는 사람처럼, 부러진 팔을 끌어안고 있는 사람처럼 보였다. 안가에 도착한 후로 나는 그와 만난 적이 한 번도 없었다.

아델라는 내 침대 옆 협탁 맨 위 서랍을 여는 중이었다. 낡은 협탁이라 서랍이 걸려 좀처럼 빠지지 않았다. 서랍을 살짝살짝 당기는 그녀의 모습은 이때껏 목격한 적이 없을 만큼 끈기 있어 보였다.

"사격 훈련은 발터로 했나?" 아델라가 물었다.

나는 무릎에 기댄 머리를 휙 돌렸다. 아델라는 손에 조그마한 권총을 들고 있었다. 이를 알아차린 순간 물 떨어지는 소리를 들었을 때와 똑같은 체념이 내 머릿속을 엄습했다.

"네, 현장 요원 시험에 떨어졌을 때 발터 권총을 썼어요."

"이제 이 총은 당신 거야."

"와, 멋지네요."

"여기 맨 위 서랍에 넣어둘게."

"네."

"그 전에 먼저 약실을 비우고 재장전할 줄 아는지 확인해야 겠어." 아델라는 한마디 덧붙이며 내게 총을 건넸다.

총의 무게는 여느 권총과 다르지 않았다. 예상보다 무겁지도, 가볍지도 않았다. "오랜만에 해보는 거라서요." 말은 그렇게 했지만, 어쨌거나 나는 권총 조작 시범에 성공했다. 아델라는 만족한 듯 고개를 끄덕이고 내 손의 총을 가져가 서랍에 넣었다. 머릿속에 생각이 하나둘 떠올랐다. 진흙 속으로 전기가 흐르듯이, 띄엄띄엄.

"부국장님, 그 준장 말인데요. 미래에서 온 것 같아요."

"맞아."

나는 어쩔 줄을 몰라 얼굴을 들어 양손으로 가렸다. 눈을 질끈 감으면 고민이 사라질 거라 믿는 유치한 행동이었다.

"'맞아'라뇨, 그게 무슨 말씀이세요? 이미 알고 계셨던 거예요? 시간관리국에선 다 아는 사실이었어요?"

"이 얘기는 모레 하도록 하지. 여기로 차를 보낼게. 차가 도착할 때쯤 발신자 제한 번호로 전화가 올 거니까……."

"모레요? 전 하마터면 총에 맞을 뻔했는데요? 내일 얘기하면 안 되나요? 지금 당장은 왜 안 되는데요?"

"왜냐면 내가 모레 하자고 했으니까." 아델라는 딱 잘라 말했다. 생각을 거쳤다기에는 너무 빨리 튀어나온 말이었다. 그녀가 침을 꿀꺽 삼키자 기묘하게 생긴 얼굴이 불끈불끈 움직였다. "좀 쉬어." 덧붙인 말은 앞서보다 어정쩡하게 들렸다.

"예, 마이."

우리는 침묵에 둘러싸여 잠시 가만히 앉아 있었다. "농담이에요." 내가 중얼거렸다. "크메르어로 '엄마'라는 뜻이거든요."

아델리아는 내가 자신을 향해 침이라도 뱉었다는 듯이 몸을 뒤로 젖혔다. 그러고는 조용히 일어나 방에서 나갔다.

나는 깊지만 짤막한 잠에 빠졌다. 렘수면의 냉탕에 뛰어든 것만 같은 잠이었다. 그때는 살해당할 뻔한 위기를 겪은 사람도 잠을 푹 잘 수 있다는 걸 아직 몰랐기 때문에, 그래도 나 정도는 정상 범주에 속하겠거니 했다. 깨어나 보니 이미 오후였고 그레이엄은 보이지 않았다. 아파트에 남은 그의 빈자리가 땅에 파놓은 구덩이처럼 느껴졌다.

발터 권총을 재장전해 코트 주머니에 넣은 다음, 곰팡이가 낀 내 방 창틀 앞에 괴물 석상처럼 버티고 앉아 바깥 풍경을 물끄러미 내다봤다.

이 일대는 인간이 살아가기에 적대적으로 느껴졌다. 보행자가 편히 다닐 공간은 별로 없었고 차는 너무 많이 지나다녔다.

눈을 돌릴 때마다 물끄러미 마주 보는 콘크리트 빌딩 또는 유리 벽 빌딩이 눈에 들어왔다. 비둘기가 유난히 징그러워 보이는 환경이었다. 하지만 수많은 사람으로 북적였다. 슈트를 입은 사람과 제복을 입은 사람 들이 층층이 포개어져 살아가고 있었고, 옹기종기 모여 일하고 있었다. 당국이 우리를 이곳에 숨기면 감쪽같을 거라고 생각한 이유가 납득이 갔다. 이 일대에는 불행한 사람이 너무나 많아서 총 한 정으로 해치우기에는 어림도 없던 것이다. 수많은 슬픈 영혼 가운데 나라는 표적을 확실히 제거하려면 아예 폭탄을 떨어뜨려야 했다.

복도에 알싸한 담배 냄새가 가득한 것을 보고 그레이엄이 돌아온 것을 알았다. 가슴에서 뭔가 움찔했다. 근육인지 신경인지 알 수 없었지만, 아픈 것만은 확실했다.

그레이엄은 흉측하게 생긴 식탁 앞에 앉아 멍하니 허공을 봤다. 《로그 메일》은 활짝 펼쳐진 채 책등이 위쪽을 향하게끔 재떨이 옆에 놓여 있었다. 집에서 빠져나오면서 집어온 책이구나 하고 생각한 순간 내 가슴속에서 무언가 다시 한번 움찔했다. 내가 주방에 들어섰을 때, 그는 미동도 하지 않은 채 시선만 움직였다. 채찍처럼 위로 휙 솟구치는 시선만.

"어디 갔다 왔어요?" 내 목소리에 날이 서 있었다.

"오토바이를 타러 갔다 왔습니다."

"지금 이러는 게 충격 때문인지 아니면 그냥 순전히 어깃장을 놓는 건지 모르겠지만요. 혹시 어제 미래에서 온 사람 둘이 당신을 납치하고 나를 죽이려고 했다는 걸 알기는 해요?"

"내 관심사에 빠지지 않고 올라가 있습니다."

"그런데도 혼자 나가서 오토바이를 타다 왔다고요?"

그레이엄은 예의상 멋쩍어하는 표정을 짓기는 했지만 담배를 든 손 때문에 표정이 반쯤 가려져 보이지 않았다. "생각을 좀 해야 했거든요." 그의 목소리는 조심스러웠다. "그리고 나는 가만히 있으면 머리가 잘 안 돌아갑니다."

나는 후들거리는 다리를 황새처럼 뻣뻣하게 척척 내디뎌 네 걸음 만에 그레이엄 앞에 섰다. 그의 시선이 또다시 흔들렸다. 내 몸은 격렬하게 떨렸다. 양 무릎이 꼭 상자에 갇힌 개구리처럼 팔딱팔딱 움직이는 느낌이 들었다. 내가 말했다. "우린 하마터면 살해당할 뻔했어요. 인정사정없이, 길바닥에서요. 그런 판국에 당신은 지금 나한테 키스한 게 후회된다는 이유로 이상한 행동을 하고 있죠. 어때요? 내가 제대로 파악한 게 맞아요?"

그레이엄은 어색하게 헛기침을 하고는 딴 곳을 보며 담뱃재를 털었다. 재는 재떨이를 비껴 바깥에 떨어졌다. "내 생각에는 오히려 당신이 나한테 키스한 것 같습니다만."

"어느 쪽이든 간에요. 당신은 조만간 나한테 이렇게 말할 거예요. 그건 끔찍한 실수였다, 일어나선 안 되는 일이었다, 뭐 그런 식으로."

그레이엄은 담배 끄트머리가 빨갛게 달아오를 정도로 세게 연기를 빨아들이더니, 곧이어 새 담배를 꺼내려고 담뱃갑을 초조하게 뒤적거렸다. 그는 피우던 담배로 새 담배에 불을 붙인 다음 어두운 얼굴로 담배를 바꿔 물었다. 그러고는 한참 있다가 입을 열었다. "일어나선 안 되는 일이었습니다. 당신에게 그런 식으로 행동해서 정말로 미안합니다."

"그렇겠죠."

"화났군요."

"당연하죠. 그런 식으로 키스를 해놓고 이런 식으로 어린애 취급을 하다니, 내 기분이 얼마나 굴욕적인지……."

"제발 좀……."

그레이엄은 붉어진 얼굴로 나를 향해 담배 연기를 기다랗게 내뿜었다. 그러다가 마침내 중얼거렸다. "난 이제껏 당신에게 구애해온 거란 말입니다."

그 말에 나는 눈만 깜빡거렸다.

"뭐라고요?"

그는 입에 담배를 문 채 찡그린 표정으로 나를 봤다. "내가 다 망친 것 같군요. 아무래도 구애해본 경험이 별로 없다 보니."

"무슨 말인지 이해가 안 돼요."

"피장파장입니다. 나는 당신이 원하는 게 뭔지는커녕 이 시대 어떤 여성의 마음도 이해할 길이 없습니다. 내가 당신에게 해줄 수 있는 게 뭔지도 모릅니다. 당신은 더할 나위 없이 독립적이니까요. 지독하다고 해도 좋을 만큼 일에 빠져 사는 사람이기도 하고요. 그래도, 뭐, 내가 만든 음식은 뭐든 잘 먹으니까…… 그래서 어쩌면……."

"나를 계속 배불리 먹여서…… 뭘 어쩌려고요?"

그레이엄의 표정이 앞서보다 더 찡그려졌다. 언뜻 보면 괴로운 시간을 보내고 있는 사람 같았다.

"그건 당신이 설명해주면 좋겠다 바라던 중이었습니다. 당신이 보기에 내가 적합한 사람 같다면 말입니다."

"뭐에 적합하다는 거죠?"

"음, 그게, 아마도…… 글쎄요. 그러니까, 내가 살던 시대에는 이런 일이 아주 다른 방식으로 진행됐습니다. 그래서 난 당신이 뭘 원하는지 알지 못했어요."

나는 얼빠진 사람처럼 멍하니 그를 봤다. 그러다가 말했다. "그레이엄. 같은 말을 되풀이하긴 싫은데요. 그래도 난 당신한테 키스를 했어요. 그것도 아주 열렬하게요. 그건 아마도 내가 뭘 원하는지 암시하는 최소한의 힌트가 아니었을까요?"

"그때 우린 취한 상태였고, 당신은 겁에 질려 있었습니다. 나는 당신이 그 상태에서 보인 반응을 이용했던 겁니다. 그리고 내가 자제력을 되찾기까지 걸린 시간을 생각하면……."

"지금 시대에는 그렇게 아무 때나 자제력을 발휘하면서 살지 않아도 돼요. 제 발로 굴러들어온 기회라면……."

"난 '지금 시대' 사람이 아니잖습니까!" 그레이엄이 부르짖었다. 그가 언성을 높이는 걸 본 적은 거의 없었는데. 그는 몸을 앞으로 숙인 채 담배 든 손을 흥분한 사람처럼 흔들어댔다. "적어도 나로서는 당신이 나를 후려치든, 집에서 쫓아내든, 말 한마디 없이 그냥 사라져버리든 모두 정당한 일이었다는……."

"저기, 난 그럴 생각 없어요. 당신이 방에 틀어박히는 것도 바라지 않았고요. 그게 뭐예요 도대체. 방에서 뭐 했어요?"

"기도했습니다."

"농담이겠죠, 설마."

그레이엄이 몸을 뒤로 젖혔다. 이제 얼굴이 불타듯이 벌겠지만 목소리는 여전히 차분했고, 얼굴 아래쪽 절반은 담배를 든 손에 가려져 있었다. "예, 어떤 의미에서는 '농담'이었습니다." 그가 중얼거렸다.

우리는 서로를 빤히 봤다. 함께 쏟아내던 우리 둘이 입을 다물자 실내는 민망할 정도로 고요했다. 나는 최선을 다해 평정을 유지하며 말했다. "당신이 원하는 게 뭔지 말해봐요. 아마도 일어날 것 같은 거나, 어쩌면 안 될 것 같은 거 말고요. 그냥 말해요, 지금 당장. 원하는 게 뭐예요?"

나는 허공으로 손짓하듯 피어오르는 담배 연기를 가만히 바라봤다. 그레이엄은 숨을 천천히, 깊숙이 들이쉬었다. 꼭 창틀에서 뛰어내리려고 준비하는 사람처럼.

"스웨터를 벗어주시겠습니까." 그레이엄이 말했다.

나는 울 스웨터를 머리 위로 끌어올렸다. 목 부분이 좁다 보니 벗는 도중에 임시로 묶어뒀던 뒷머리가 풀리고 말았다. 목

뒤로 스르륵 흘러내리는 머리카락이 느껴졌다.

"슈미즈도요."

내 티셔츠를 보고 한 말이었다. 그것도 벗어서 바닥에 떨어뜨렸다.

그레이엄은 긴장한 듯 헛기침을 하더니 이렇게 말했다. "당신의, 어." 그러고는 담배를 들지 않은 손으로 내 브래지어를 가리켰다.

나는 브래지어를 벗었다.

그레이엄은 담배를 든 손 말고는 꼼짝도 하지 않았다. 담배 연기가 그의 머리를 둥그렇게 둘러쌌다. 보이는 거라곤 열기에 들떠 반짝이는 그의 눈뿐이었다.

"궁금했습니다……." 그레이엄이 중얼거렸다.

"뭐가요?"

"당신 입술과 똑같은 색일지."

"뭐가요?"

그가 몸을 앞으로 숙이고 재빨리 내 한쪽 유두를 꼬집었다. 집게손가락과 가운뎃손가락의 관절 사이로, 세게. 따귀를 맞은 카나리아가 낼 법한 소리가 내 입에서 터져 나왔다.

그가 몸을 뒤로 젖히고 담배를 한 모금 빨더니 나를 물끄러미 바라봤다. 나를 꼬집었던 손가락은 알아보기 힘들 만큼 살며시 떨리고 있었다.

"셔츠 벗어요." 내가 말했다.

그의 눈이 동그래졌고, 내 머릿속에는 그가 거절할지도 모른다는 생각이 퍼뜩 떠올랐다. 하지만 그는 들고 있던 담배를 입에 옮겨 물고 셔츠 단추를 풀기 시작했다. 어깨를 으쓱하며 셔츠에서 팔을 뺄 때는 나에게서 눈을 돌렸다.

"담배 꺼요."

그가 재떨이에 담배를 비벼 껐다.

"일어서요."

나는 아주 나직이 말했다. 마지막 지시는 내 귀에도 들릴락 말락 할 만큼 나직했다. 그래도 그는 일어섰다. 그가 서 있는 자리는 나와 가까웠다. 팔을 뻗지 않아도 만질 수 있는 거리였는데, 내가 뒤이어 한 일이 바로 그거였다. 그의 가슴에 손바닥을 대는 것. 그는 여느 때와 똑같이 부드럽고 공손하면서도 관심 어린 표정으로 나를 바라봤다. 그 순간이 우리가 함께 보낸 일 년 가까운 시간에서 뽑아 든 다른 어느 순간보다 유난히 중요하지는 않다는 듯이. 하지만 그의 심장은 주인을 배반했다. 그의 심장은 내 손 아래에서 거칠게 두근댔다.

그의 가슴에는 검은 털이 소나기구름 모양으로 나 있었다. 나는 그의 옆구리를 손으로 쓸어내렸다. 표백한 돌처럼 새하얬고, 드문드문 갈색 점이 나 있었다. 이윽고 내 엄지손가락이 젖꼭지를 스치자 그가 침을 꿀꺽 삼켰다.

"괜찮아요?"

"예."

손을 등으로 옮겨 양쪽 등 근육을 만졌다. 그의 어깨뼈 위로 불룩 솟은 근육을.

"만져도 됩니까? 지금 이대로…… 이렇게……."

"어떻게요?"

"온몸을요."

"네. 제발."

그레이엄이 손끝으로 내 팔을 쓸어올린 다음 목을 쓰다듬었다. 손길이 어찌나 나긋나긋한지 분할 정도였다. 그의 손끝이 내 쇄골에서 멈췄다. 우리는 서로의 눈을 마주 봤다. 그가 갑자기 손을 아래로, 내 가슴으로 내렸다. 너무나 서툰 손놀림이었다. 그야말로 애타게, 간절하게 내 가슴을 만지고 싶어하는 남자의 손놀림 같아서 그만 코웃음이 나왔다. 뒤이어 내가 빙그레 웃자 그의 표정에는 흐린 겨울 하늘에 나타난 해처럼 환한 미소가 번졌다. 안도한 표정이었다.

"그 웃음은……?"

"됐으니까 그냥…… 키스해요."

그가 나를 끌어안았다.

지난번보다 훨씬 더 기분 좋은 키스였다. 머릿속에서 회전 폭죽이 빙글빙글 돌며 폭발하는 사이에 나는 그의 목을 끌어안았다. 살갗에서 뜨거운 열기가 느껴졌다.

어찌나 격정적으로 키스했던지, 그만 주방 반대편까지 주춤주춤 물러서고 말았다. 그러다가 내 등이 냉장고에 부딪히자 그가 내게서 후다닥 몸을 뗐다. 떨리는 숨을 몰아쉬면서.

"아, 차가워요."

"미안합니다."

"괜찮아요. 다시 키스해요."

그는 고분고분히 키스하기 시작했지만, 내가 양쪽 엄지손가락을 그의 허리춤에 넣고 살며시 구부리자 불에 덴 사람이 낼 법한 신음을 나직이 흘렸다.

"여기 말고 다른 데로 갈까요?"

"예."

대답은 그렇게 했지만, 그레이엄은 꼼짝도 하지 않았다. 나는 슬슬 몸이 떨렸다. 긴장감과 당혹감, 그리고 욕구 때문이었다. 물론 냉장고에 등을 기댄 탓도 있었다.

"당신은 아마도 어떤…… 기대를 하고 있겠지요." 그레이엄이 중얼거렸다.

"네?"

"그러니까 나는…… 여성을 접한 경험이 거의 없다는 말입니다. 내가 살던 시대는…… 그 시대 남자들은 다들……."

"나한테 절정을 선사하지 못할까 봐 걱정이란 말이군요."

"맙소사."

"그것 때문에 그래요?"

"예. 당신은 그걸 그렇게 말합니까? '절정을 선사'한다고요?"

"미치겠네." 내가 중얼거렸다. 그가 그 말을 시험 삼아, 무슨 외국어 단어 연습처럼 말하는 걸 듣기만 했는데도 감당하기 힘들어서였다. "그래요. 걱정할 것 없어요. 내가 가르쳐줄게요."

"그렇게 해주면 좋겠군요." 그레이엄의 목소리가 진지해서 나는 그만 손으로 얼굴을 가리고 말았다.

"침대로 날 데려가요." 내가 말했다. 그레이엄은 나를 말 그대로 번쩍 들더니 황량한 우리 아파트 거실을 가로질러 걸어갔다. 그는 자기 방이 아니라 내 방을 택하고는 나를 침대에 짐짝처럼 거칠게 내려놨다.

"당신 몸은 아주 현대적이군요." 그레이엄이 말했다.

"그게 무슨 말이에요?" 내가 물었다. 몸이 미세하게 움찔거리다 못해 뻐근할 지경이었다. 혹시 내 몸이 눈에 띄게 덜덜 떨리지는 않는지 궁금했다.

"몸이 어떤 구조로 이루어졌는지 알 것 같아요."

그레이엄은 더 자세히 설명하지 않고 곧장 내 가슴에 머리를 묻었다. 거칠거칠하고 두툼한 혀에 이어 치아가 유두를 스치는 느낌이 났다. 그의 얼굴이 내 목을 누르더니 살갗 아래로 신경이 지나가는 곳을 찾아냈다. 그의 머리는 묵직하고 따뜻했다.

"당신에게 '절정을 선사'해주고 싶어요." 그가 중얼거렸다. 작은따옴표로 묶어서 생각해도 짜릿한 말이었다.

"그러다간 얼굴이 흠뻑 젖을 텐데요."

그는 웃음을 터뜨리고는 얼굴이 벌겋게 달아올랐다. 내가 손을 올려놓은 어깨마저 뜨거워질 정도였다.

"아, 무슨 말인지 알겠어요."

그는 내 치마와 스타킹과 속옷을 깔끔한 손놀림 몇 번만으로 모두 벗겼다.

"어딘지 보여줘요."

"여기요."

"어떻게 하는지 가르쳐줘요. 천천히."

그는 알아서 아래쪽으로 내려갔다. 내 두 손이 그의 머리카락을 움켜잡았다. 그는 본능과 지시를 함께 따르며 능숙하게 움직였다. 하나를 가르치면 열을 아는 남자였다. '아주 훌륭한 장교이며, 성격 또한 더없이 다정하다'라는 말은 사실이었다.

그는 고개를 들어 내게 뭔가 말하려 했다. 나는 말을 알아들을 상태가 아니었다. 내가 그의 머리를 다시 아래로 누르자 그가 다시 웃음을 터뜨리는 느낌이 났다. 그는 야무지고 진지하게 자극했고, 마침내 내 허벅지가 떨리기 시작했다. 절정에 이른 순간 내 허리는 침대 위로 떠올라 둥그렇게 휘어졌다. 나는 그의 머리카락을 당겼고, 아마도 신음을, 상당히 많이 냈던 것 같다. 자세히는 기억나지 않지만.

그레이엄은 두 손으로 내 가슴을 살며시 감싼 채 내 몸의 여진이 가라앉기를 기다렸다. 그러다가 내 눈에 다시 초점이 돌아온 것을 확인하고는 코와 입술을 내 배에 비비며 젖은 얼굴을 닦았다.

"아주…… 좋았어요."

"그 말을 들으니 기쁘군요."

"아까 말이에요, 나한테 뭐라고 했어요?"

"당신한테서 바다 맛이 난다고 했습니다." 그는 나를 올려다보며 빙긋 웃고는 덧붙여 말했다. "당신이 느껴지더군요."

"그래요?"

"내가…… 내가 당신과 함께 있을 때마다 방금 그 경험을 선사해도 될까요?"

"어, 그러니까 나랑 '함께 있을' 때 말이죠."

"짓궂게 굴지 마요." 그는 내 한쪽 유두를 비틀며 말했다. 나는 헉 소리를 내며 그의 팔을 잡고 일으켜 세웠다.

"그래도 돼요. 매번 가능한 건 아니지만요."

"어떻게 해야 가능합니까?"

"우선 당신이 나머지 옷을 다 벗어야 해요."

그는 어이없다는 듯 눈을 위쪽으로 굴리더니 한쪽 손으로 바지 앞 단추와 지퍼를 꿈지럭거리기 시작했다.

"보지 마십시오." 그가 중얼거렸다.

"보고 싶어서 그래요."

그가 몸을 숙여 키스하는 바람에 머리를 들 수가 없었다. 침대는 바지를 벗느라 버둥거리는 그의 움직임에 맞춰 출렁출렁 흔들렸다.

그가 여전히 머리를 들지 못하게 막았기 때문에 나는 손을 아래로 내려 허공을 휘휘 젓다가, 손을 오므려 그의 몸 앞을 감쌌다. 그는 채 입을 다물 새도 없이 신음을 흘렸다.

"이제……."

"예……."

"거기예요……."

"그 말은…… 허락입니까……?"

그레이엄은 내 얼굴을 유심히 보며 천천히 움직이기 시작했다. 꼭 나를 상대로 무슨 기계를 사용하는 사람 같았고, 내 반응을 보며 기계의 성능을 실험하는 듯했다. 그 기계가 본인의 몸이라는 사실은 그에게 감흥이 없는 모양이었다. 그래도 나는 엉덩이를 기울여 조금씩 그의 움직임에 보조를 맞추다가, 그를 받아들였다. 그의 표정이 굳어졌다.

"잠깐만요……."

"이거죠, 맞죠…… 당신이 하고 싶었던 거……."

"맞아요……."

"말해봐요, 이런 걸 전에도 상상했나요?"

"예, 보고 싶었어요, 당신이, 항복하는 걸……."

이어서 그가 내 어깨를 꽉 깨물자 앞서와 다른 동물의 울음소리가 내 안에서 터져 나왔다. 그는 내 안에서 움직이는 동안 손으로 내 몸 이곳저곳의 부드러운 살을 꽉 쥐었다. 그 압력에 질세라 나는 쉴 새 없이 몸부림쳤다. 어떤 짜릿한 고통이, 마치 별개의 몸처럼 내 몸속에 살고 있던 고통이, 이제 깨어나 내 옆구리를 따라 길고 가느다란 줄기를 뻗고 있었다. 그가 내 귓가에 입술을 댔다.

"밤이면 가끔, 들리곤 했습니다. 당신이 뒤척이는 소리가. 나는 도저히, 잠이 오질 않았어요…… 당신의 몸이, 바로 벽 너머에……."

"하고 싶었던 거군요. 나랑, 이런 걸……."

"그래요."

"말해봐요, 그래서 당신 혼자 어떻게 했는지……."

우리 몸 사이의 축축한 열기 속에서 그는 거칠게 움직이느라 숨을 헐떡이며 여러 밤에 대해 들려주기 시작했다. 하느님과 세상이 아득히 멀게 느껴지고, 나는 아슬아슬할 정도로 가까이 느껴지던 밤에 대해. 그런 밤이면 기도를 올려봐도, 군법 조항을 읊조려봐도, 눈을 질끈 감아봐도, 머릿속에 넘쳐흐르는 내 생각을 지울 수 없었다고. 그럼 그는 졸음을 불러올 유일한 행동을 스스로에게 베푸는 수밖에 없었다.

나직하게, 갑자기 퍼붓는 소나기에 놀란 사람처럼, 그레이엄이 말했다. "아아, 하느님."

나중에 내 몸 여기저기를 살피다 보니 그레이엄이 손으로 꽉 쥐었던 곳에 가느다란 초승달을 닮은 손톱자국이 기다랗게 이어져 있었다. 내 입술과 똑같이 붉은 자국이었다.

다 끝난 후에, 우리는 침대에 모로 누워 서로를 마주 봤다. 라디에이터에서 둔탁한 금속음이 쿵쿵 울려 중앙난방의 열기가 곧 도착할 거라고 알려줬다. 해가 이미 졌는데도 방 안의 불을 켜지 않아서 아주 어두웠지만, 그레이엄의 눈은 반짝이는 것처럼 보였다.

"음." 그가 말을 꺼냈다. "재미있었습니다."

"하!"

"불을 좀 켜주시겠습니까?"

"알았어요. 자요. 그런데 당신, 알고 보니 아주…… 수다쟁이던데요."

이제 눈에 보이는 그레이엄의 얼굴은 귀까지 빨개져 있었다. "예, 뭐." 그가 중얼거렸다. "당신은 굉장한 소리를 내더군요. 뒷골목 고양이처럼요."

"신경 쓰는 것처럼 보이진 않던데요."

"그런 소리를 듣다가 귀가 멀어버리는 것도 재미있는 일일 것 같았습니다. 담배 피워도 되겠습니까?"

"나도 한 개비 줘야 허락해줄 거예요."

"공정한 거래입니다. 담배는 내 바지 주머니에……."

나는 침대 위로 손을 뻗어 아무렇게나 던져놓은 그레이엄의 바지를 뒤져 담뱃갑과 라이터를 꺼냈다. 그는 두 개비에 불을 붙여 한 개비를 내게 건넸다.

"그레이엄, 뭐 하나만 물어봐도 돼요?"

"되고말고요. 피하지 않고 대답하도록 하지요."

"당신은…… 흠. 어떻게 해야 조심스럽게 물어볼 수 있을지 잘 생각이 안 나네요. 구애해본 경험이 거의 없다고 아까 그랬는데……."

"없습니다."

"내가 보기엔…… 서툰 것 같지 않은데요."

그레이엄은 별일 아니라는 듯 어깨를 으쓱했고, 다시 베개에 몸을 기댄 후에 침대 옆 협탁의 머그잔에 담뱃재를 털었다. 나는 빈약하기 짝이 없는 친화력을 있는 대로 동원했다.

"그럼 만약에, 어, 여성에게 관심이 생기면 보통은 어떻게 했어요?"

"식은땀을 흘리면서 가장 가까운 배에 몸을 실었습니다."

"혹시…… 그러니까, 혹시 누구 만나는 사람이……?"

그는 생각에 잠긴 표정으로 담배만 피웠다. 그러다 이내 입을 열었다. "당신도 알다시피, 내가 살던 시대에는 남자가 연인으로 삼고 싶은 여성과 이런 일을 조금이라도 하려면 못돼먹은 무뢰한이 되는 수밖에 없었습니다."

"당신도 못돼먹은 무뢰한인가요?"

그의 눈이 동그래졌다. "굳이 묻다니 가슴이 아프군요."

"누가 있긴 있었군요?"

"각자의 평판에 해를 끼칠 만한 관계는 아니었습니다."

"아. 그럼요. 그렇겠죠. 누구였어요?"

나는 퉁명스레 담배를 뻐끔거렸다. 심장이 가슴 아래쪽으로 손가락 한 마디쯤 내려앉았다. 적어도 기분은 그랬다.

"그렇게 깊이 발전한 사이는 아니었는데……."

"그 여자 이름이 뭐예요?" 내가 말했다. 나중에 이 대화를 다시 떠올릴 때 감당하기 힘들겠다 싶을 만큼 커다란 목소리로.

그레이엄은 나를 보며 눈살을 찌푸렸다. 그러다 결국 입을 열었다. "세라였습니다. 아무쪼록 당신을 스쳐간 유령들의 이름을 굳이 나에게 가르쳐주려고 하지는 마십시오. 알고 싶지 않으니까요."

그러고는 조심스레 머그잔을 내밀었다. 내가 담배를 너무 세게 뻐끔거리는 바람에 담뱃재가 기다란 벌레 모양으로 아슬아슬하게 달려 있었기 때문이다. 담배를 털자 바닥에 얕게 고인 묽은 차 속으로 재가 가라앉았다. 이런 자잘한 것들이 나에게는 커다랗고 징그럽게 느껴졌다. "그럼 둘이서 한 번도……?"

"우리 작은 고양이. 제발 그만."

"이 대목에서는 되게 집요하게 답변을 피하네요."

"왜냐면 당신이 화를 내고 있으니까요. 아니요, 우리는 그런 적 없습니다. 기껏해야 그녀의 손에 입을 맞췄거나 했을 텐데, 그조차도 객기에서 비롯된 경박한 짓이었을 겁니다."

그 말을 듣고 있으려니 괴로웠다. "아까 보니까 그보다는 훨씬 더 경험이 풍부한 사람 같던데요."

"거참 무시무시한 관찰력이로군요."

"그래서 대답은요?"

"당신이 제대로 본 것 같습니다. 다만…… 내가 구애하고 싶었던 여성들과 그런 건 아닙니다. 여성들하고는 대체로 제한된 경험밖에 해보지 못했으니까요."

담배가 필터까지 다 타버린 탓에 목이 아팠다. "그럼 남자들하고는요?" 내가 물었다. 그의 말투에 조심스러운 기미가 묻어 있어서 한 질문은 아니었다. 그보다는 그를 짜증나게 해주고 싶은 마음이 더 컸다.

놀랍게도 그는 다시 입을 다물더니, 자기 담배 끄트머리를 가만히 바라봤다. 그러다가 한참 만에 입을 열었다. "글쎄요. 바다에서 보낸 세월이 길기는 했습니다."

"그게 무슨 말이에요?"

"그 얘기는 그만합시다." 그레이엄의 목소리가 갑자기 날카로워졌다. 그는 짤따란 담배를 머그잔에 휙 던져넣고 땀에 젖어 눅눅해진 내 담배도 손끝으로 집어 빼앗아갔다. 거침없는 동작으로 봐서 금방이라도 침대에서 일어나 방을 나선 다음, 방금 일은 없었던 것처럼 굴겠구나 하는 생각이 들었지만…… 이윽고 그는 내게 달려들어 어깨를 덥석 잡더니 내 머리를 자기 가슴에 파묻었다.

"팔을 벌려 나를 안아요." 그레이엄이 지시했다.

그는 나를 꽉 끌어안았다. 그의 가슴에 내 코가 납작하게 눌렸고, 가슴뼈 위로 구불구불 자란 검은 털 때문에 콧구멍이 간질간질했다. 그에게서는 매력적인 땀 냄새가 났다. 나는 우리 둘 사이에 끼지 않은 팔을 뻗어 그의 등 위로 구부렸다.

"당신한테 숨기고 싶은 비밀이 있어서 그러는 게 아닙니다."
그의 목소리는 나직했다. "그저 이런 문제들을 내 삶의 나머지
부분과 분리하고 싶을 뿐입니다. 만약 내가 결혼을 했다면 티끌
하나 없이 순결하게 살았다는 거짓말을 끝까지 관철했을 겁니
다. 아내를 모욕하지 않기 위해서라도 그렇게 했겠지요. 스스로
를 상처 입힐지도 모르는 질문을 해봤자 나에 관해 특별하거나
중요한 걸 알아내지는 못할 겁니다."

"이 시대에는 그런 태도를 '부정직하다'라고 하는데요."

"내가 살던 시대에서는 상냥하다고 했던 것 같군요."

나는 그레이엄의 어깻죽지 사이에 있는 하얗고 둥그스름한
자국을 손끝으로 쓸어내렸다. 살갗 바로 아래, 치아처럼 딱딱한
마이크로 칩 조각이 만져졌다. 그가 현대에 도착하자마자 시간
관리국에서 심어놓은 그 칩 덕분에 당국은 그의 행동거지를 당
사자가 보기에 불가사의할 정도로 자세히 파악할 수 있었다.

"아마 당신 말이 맞겠죠." 나는 그렇게 말하고 그에게 키스했
다. 이런저런 격언에 따르면 우리는 온갖 것을 다 키스로 봉인
할 수 있다지 않던가. 맹세. 봉투. 심지어 운명까지도. 하지만 부
모는 자녀를 보호할 생각에 비방과 저주의 의미를 제대로 설명
해주지 않게 마련이었다. 나 역시 당장은 마이크로 칩 이야기를
꺼내지 않는 편이 낫겠다고 생각했다. 솔직히, 칩 생각은 아예
안 하려고 애썼다.

이튿날 아침 눈을 떴을 때 침대에는 나밖에 없었다. 허전한 한편으로 스스로가 불쌍하다는 기분을 느끼며 가만히 누워 있는데 한참 후에 살며시 노크하는 소리가 들려왔다.

"일어났습니까?"

"아. 네. 잘 잤어요?"

"차 한잔하시겠습니까?"

"네. 고마워요."

그레이엄이 침대 옆 협탁에 찻잔을 내려놨다. 침대로 다가와 직접 건네지는 않았다. 나는 꿈지럭꿈지럭 일어나 앉았다. 홑이불 아래는 알몸이었으니까. 그는 다가와서 나를 건드리지는 않았지만 그렇다고 방에서 나가거나 눈길을 돌리지도 않았다.

"아델라가 보낸 시간관리국 차가 곧 올 거예요. 그걸 타고 가려면 옷을 갈아입어야……."

"혼자 가기가 꺼려진다면 내가 같이 가주겠습니다."

"고맙지만 괜찮아요. 아델라하고 할 얘기가 있어서요."

그는 고개를 끄덕였다. 어색해 보였다. 나는 그가 실제로 '사고 친 이튿날 아침의 후회'에 시달렸는지, 아니면 자기 시대와 우리 시대의 윤리적 기준 사이에서 갈팡질팡하다가 임기응변으로 행동하고 또 반응하는 중인지 궁금해졌다. 당신이 이런 나를 보고 놀랐다면, 그러니까 비밀 요원의 손에 살해당할 뻔하고 나서 곧바로 섹스한 남자가 나를 좋아할지 어떨지 궁금해하는 내가 놀랍다면, 사랑에 빠진다는 건 일종의 둔기에 맞아 생긴 정신적 외상이라는 걸 명심하기 바란다. 나는 그레이엄을 향한 사랑 때문에 뇌진탕에 빠진 상태였다. 나 스스로 몽둥이에 머리를 내밀기는 했지만.

나는 이주국 부국장이 나를 예쁘게 봐서 직접 내 담당자가 돼줬다고 상상할 정도의 바보는 아니었다. 아델라는 그레이엄과 관련해 뭔가 꿍꿍이를 숨기고 있었다. 무뚝뚝한 지도 방식이었고 또 으스스하기는 해도 대번에 이해가 가는 설명 방법을 감안하면 그녀가 원하는 것은 직장에서 자신을 대리하는 존재, 즉 '서류 보관함 노릇을 할 수양딸'이었다. 아무래도 그녀는 내가 그레이엄의 담당자가 되기를 바라는 모양이었다. 그리고 그레이엄에게서는…… 뭘 기대했을까?

나는 땀에 흠뻑 젖어 녹초가 된 몰골로 시간관리국에 도착했다. 칙칙한 색조를 띤 하늘빛을 간신히 회색빛으로 쳐줄 만한, 눅눅한 치통 같은 하루가 또다시 시작됐다.

아델라는 책상 앞에 앉아 손을 포개고 있었다. 자세가 어찌나 단정하던지, 인터넷에서 유행하는 밈을 흉내 내는 걸까 하는 생각이 무심결에 들었다. 그녀는 나를 바라보지 않았다. 아예 나를 꿰뚫어 봤다. 그러다가 툭툭거리는 평소 말투와 달리 차분하고 조심스럽게 말을 꺼냈다. 그녀는 나를 몹시 오랜만에 만난 전 애인처럼 대했다. 심지어 자신보다 훨씬 더 어린 여자와 약혼한 전 애인처럼.

"부국장님, 그 준장 말인데요. 그자가 퀜틴을 죽였나요?"

"지금 한창 조사중이야."

"준장이 고어 중령을 노리는 이유가 뭐죠?"

"집에 돌아가고 싶어서 그러는 거야."

"예?"

아델라가 설명하길 시간의 문은 준장이 '자유 여행자'로 부르는 이들을 제한된 숫자만 통과시킨다고 했다. 시간관리국이 최초의 이주자 일곱 중 둘을 잃은 것도 바로 그 때문이었다. 문의 수용 능력이 부족해 모두가 시간을 통과해 이동할 수 없었던 것이다. 그 둘은 다른 사람들이 다 써버린 산소마스크를 쓰고 숨을 쉬려 한 셈이었다. 하지만 문에 빈 공간을 추가로 만드는 방법도 있었다. 말하자면 산소탱크를 다시 채우는 것과 같은 이치였다. 그 방법이란 자유 여행자를 '시간 바깥으로' 끌어내는 것, 다시 말해 죽이는 것이었다.

"시간관리국에선 그걸 어떻게 알아냈죠?" 내가 물었다.

"요원들이 확보한 정보야."

"고문을 했군요."

"우리가 그 용어를 안 쓰는 건 알 텐데."

"그러니까 미래에서 온 다른 '자유 여행자'들이 아직 우리 주위에 더 있다는 거네요. 이미 하나를 잡아서 고문했다면."

아델라는 무시무시한 표정을 지으며 씩 웃었다. "아무렴, 그렇고말고. 그러니까 준장과 살레스 말고 또 있다는 말이야. 그 둘은 문의 수용 능력을 이미 알고 있어. 그들이 사는 시대에 만든 거거든. 그건 그렇고, 그 둘은 21세기에 오래 머물 준비가 전혀 안 된 상태였어. 내가 보기엔 기습 암살 작전에 한몫하러 온 것 같아."

나는 엄지손톱 밑의 살을 물어뜯었다.

"준장은 제 지문을 도용해서 패리 야드의 보안 시스템에 접근해 감시 카메라를 무력화했어요." 내가 말했다. "그래서 퀜틴이 암살당한 순간의 감시 카메라 영상이 하나도 없던 거예요."

한쪽만 남은 아델라의 눈이 초점을 맞추는 카메라 렌즈처럼 또렷해졌다.

"그건 심각한 규정 위반인데." 아델라는 느릿느릿 말했다. "미처 예상 못 한 일이야. 그 건은 내가 알아서 할게. 총기 재교육 과정에 당신을 등록시켰어. 위험 예방 차원의 조치야. 교육 점수는 금방 딸 수 있겠지. 거리 감각 하나는 아직 유지하고 있으니까."

어떤 일이 있었는지 다 알면서 던진 섬뜩한 농담이었다. 심지어 아델라조차도 그 점을 의식하는 듯했다. 내 시선에 신경을 쓰는 것처럼 손을 들어 자기 눈가리개를 만졌으니까. 나는 그녀의 야윈 손과 가느다랗게 퍼져나간 핏줄을 물끄러미 봤다. 그 손은 그녀의 얼굴보다 더 나이 들어 보였다. 적어도 십 년은 더 늙어 보였다. 내가 그 사실을 눈치챘다는 것을 그녀 또한 눈치챘다.

"보톡스야." 아델라의 목소리는 담담했다. "턱은 깎았어. 코 수술은 받은 지 벌써 몇 년은 됐고. 눈매하고 광대도 성형했어. 지금 눈은 원래 모양하고는 달라. 눈썹 문신도 같이 했고."

"아. 저는 지금까지 성형 수술이 아니라 재건 수술을 받으신 줄로만 알았어요. 제가 상관할 일은 아니지만요. 자기 얼굴을 원하는 대로 손볼 자유는 누구나 누려야 하니까요."

방금 치른 시험이 어떤 것인지는 알 수 없었지만, 나는 합격하지 못했다. 아델라의 표정이 실망으로 짙게 물들었으니까.

"감시 카메라 조작 건은 내가 개인적으로 알아볼게. 보안 수준을 낮출 때까지 모든 가교와 이주자 팀은 안가에서 나가면 안 돼. 시간관리국에 오갈 때는 반드시 관리국이 지정한 차량을 이용하고, 무장 경호원을 대동하도록. 안가 간 통신 및 이동은 컨트롤과 나의 승인을 함께 받아야 해."

아델라는 거의 어머니 같은 표정으로 나를 보며 덧붙였다. "다만 당신 담당자는 나니까, 요청하는 건 뭐든 나한테만 승인받으면 돼. 국장님은 염려할 것 없어."

소름 끼치는 새집으로 돌아올 때도 관리국 차량을 탔다. 코트도 벗기 전에 그레이엄이 커다란 목소리로 '무슨 지시를 받았습니까?'라고 물었다. 그가 평소답지 않게 조바심치는 바람에 나는 당황해서 마른세수를 했다.

"별거 아니에요. 그냥 가만히 엎드려 있으래요. 관리국 일로 나갈 때가 아니면 우린 이 집 안에만 있어야 해요.”

“말도 안 돼요. 당신은 목숨이 위험한 처지잖습니까!”

“맞아요. 그래서 총기 재교육 과정을 수강할 거예요. 당국도 알고 있어요, 그레이엄. 훤히 다 꿰고 있다고요. 그래서 준장을 감시하려고 했고요.”

나는 소파에 털썩 주저앉았다. 그레이엄도 곁에 와서 앉았지만, 그가 조심스레 벌려둔 50센티미터쯤 되는 간격에는 팽팽한 긴장감이 흘렀다.

“다음으로 물어볼 질문은 조금 께름칙한 겁니다.” 그가 말을 꺼냈다. “굳이 물어보자니 비교적 사소해 보여서요. 하지만.”

나는 가만히 기다렸다. 그의 입에서 한숨이 나왔다.

“그게. 얼마 전에, 내가 매기에게 ‘데이트’에 관해 물어봤습니다.” (그 말을 하는 그의 말투에서 전에 ‘동거인’이라는 말을 처음 했을 때와 마찬가지로 가소로워하는 느낌이 났다.)

“그러니까 17세기에서 온 레즈비언한테 지금 시대의 데이트에 관해 물어봤다는 말이군요.”

“예. 이 상황이 아이러니하다는 건 나도 압니다.”

“와. 그래서 뭐라고 하던가요?”

“그게, 잠깐 나를 비웃더군요. 아무튼. 내가 이해하기로 ‘데이트’는 옷이 몸에 맞는지 입어보는 것과 비슷합니다. 다만 옷이 아니라 사람이라는 점이 다를 뿐이지요.”

“표현이 꽤 살벌하긴 하지만, 맞는 말 같네요.”

"잘 맞지 않으면 어떻게 되는 겁니까?"

"뭐. 헤어지겠죠. 서로 그만 만나는 거예요. 그러고는 다른 사람을 만나기 시작하는 거죠."

"서로 잘 맞으면요?"

"관련된 사람들이 뭘 원하느냐에 달렸겠죠. 아마도."

"그걸 어느 시점에 논의할 것 같습니까?"

"그거야…… 딱 정해진 때가 있는 건 아니에요. 그냥 느낌을 따라가면 돼요. 말이야 이렇게 하고 있지만, 지금 시대의 데이트가 말도 못 하게 엉망진창으로 보인다는 건 나도 알아요. 그래도 원래 의도는 자유로운 느낌이나 개인의 선택을 더 많이 보장하는 거라고요. 스스로 원하지 않는 일은 아무도 하지 않게끔요."

그레이엄이 손으로 머리를 쓸어넘겼다. 구불구불한 머리카락이 평평하게 펴졌다가 다시 둥그렇게 말렸다. 그를 만지고 싶은 욕망이 나를 뒤덮었다. 그래서 그의 말이 내게는 충격으로 다가왔다. 뼈를 깨무는 것과 맞먹는 강도의 정신적 타격. 그가 몹시도 나직한 목소리로 이렇게 말했을 때 말이다. "당신을 만지고 싶습니다."

"미치겠네." 나는 그 말을 남기고 소파 옆자리로 돌진했다.

아델라는 내가 총기 재교육 과정뿐 아니라 맨손 격투와 암호 해독, 더 나아가 내 '전문 지역'이 포함된 국제 관계 재교육 과정에도 등록해야 한다고 우겼다. 이는 현장에 투입된 경우를 제외하고 모든 현장 요원이 사 개월마다 한 번씩 이수해야 하는 과정이었다. 그레이엄과 카딩엄도 시간관리국에서 현장 교육을 계속 받게끔 특별 이동 허가증과 전용 차량을 지급받았다. 아서와 마거릿은 그들과 같은 수준의 자유를 누리지 못했다. 나로서는 안도할 일이었다. 내가 아델라와 무슨 일을 하는지 감안하면 그 둘이 사는 안가의 위치를 조만간 알아낼 수 있었지만…… 다음 수를 생각해낼 정신적 여유가 나에게 생길 때까지, 그들은 안전하게 숨어 있어야 했다. 체스를 둘 때도 폰을 한꺼번에 적진으로 돌진시키거나 룩을 죄다 사지로 몰아넣는 짓은 금물이니까. 이 비유만 봐도 내가 암살 위기를 모면한 후에 정신적으로 얼마나 심각한 유체 이탈 상태에 빠졌는지 짐작이 갈 것이다.

나는 아델라와 함께 사격장에서 열린 실습 교육에 참가했다. 사격장 벽에 비공식 점수표가 붙어 있었다. 매주 갱신되는 그 점수표에서 'G. 고어'라는 이름은 늘 4등 안에 빠지지 않고 들어갔기 때문에 못 보고 지나치기가 더 힘들었다. 그와 앞서거니 뒤서거니 하는 나머지 셋 중 둘은 현장 요원, 하나는 사격 교관이었다. 나와 아델라가 사격장에서 우리 계획의 핵심 인물과 마주치는 것은 피치 못할 운명이었다. 아니다 다를까 미지근한 오트밀처럼 포근했던 어느 수요일, 사격장에 도착해 보니 그레이엄과 토머스 카딩엄이 있었다.

"이것 참 더럽게 형편없는 무기 아닙니까." 카딩엄이 말하는 중이었다(귀마개를 낀 탓에 큰 목소리로 말했다). "적을 해치우려면 이딴 엉터리 총을 쓰느니 차라리 몽둥이를 가져다가 후려치는 게 확실하겠습니다."

"자넨 시합에서 제대로 지는 법도 모르는군, 토머스." 그레이엄이 대꾸했다. 카딩엄에게 호통치지 않고 점잖게 말하는 그를 보며 나는 깜짝 놀랐다. 주위에 여자가 없을 때 남자들끼리는 그런 식으로 얘기하는 모양이었다.

"웬걸요, 중령님, 제 손에 머스킷 총만 있었어도 저를 손색없는 적수로 여기셨을 텐데요."

"그래봤자 저 점수표에 이름을 올리지도 못했을걸. 아, 물론 이번 주에도 자네 이름은 없지만 말이야. 그러고 보니 지난주에도 없었던 것 같은데."

"예, 제 손은 이렇게 조그만 무기를 다루는 데는 서툴러서 말입니다. 중령님께는 이 정도 크기가 익숙할지도 모르겠습니다만. 그건 중령님 가교한테 한번 물어봐야겠군요."

그 말에 그레이엄은 얼굴이 붉어졌다. 이윽고 그가 차갑게 말했다. "말조심하게, 중위." 카딩엄은 움찔하더니 어린애처럼 뾰로통한 표정으로 상관을 쏘아봤다.

"안녕하세요." 내가 말했다. 이다음은 어떻게 될지 궁금했기 때문이다. 두 남자는 내 쪽으로 돌아섰다.

"마침 잘 오셨습니다." 카딩엄은 악의를 담아 비꼬는 말투로 인사하며 고개를 숙였다. "그렇잖아도 방금 당신 이야기를 하던 중이었거든요. 훌륭하신 제 상관 덕분에 곧잘 당신 이야기를 나누곤 한답니다."

"중령님께서 제 얘기를 잘해주셨으면 좋을 텐데요." 나는 그레이엄을 쳐다보며 중얼거렸다. 하지만 그레이엄은 내 말을 못 들은 모양이었다. 그는 어리둥절한 표정으로 아델라를 물끄러미 바라봤다. 아델라 쪽을 흘깃 본 나는 갑자기 부드러워진 그녀의 표정을 보고 당황했다. 다만 그녀의 평소 성격을 감안하면 얼굴의 실리콘 필러가 녹아내리는 것일 수도 있었다.

"이쪽은 아델라예요." 내가 말했다. "어. 제 담당자예요. 아델라, 고어 중령님은 당연히 알 테고…… 아마 카딩엄 중위님도……."

"예." 아델라는 갈라진 목소리로 말했다. "두 분 다 알아요."

"알아봐주시다니 영광입니다." 그레이엄의 말투는 공손했다. "저희와 같이 훈련하시겠습니까?"

"아니요." 아델라는 꽉 잠긴 목소리로 대답했다. 양 뺨은 핏기없이 창백했다. "아쉽지만 저는 그만 가봐야 해서…… 그래도 당신한테는 기대를 걸고 있으니까 점수를 20점은 올려놓도록……."

"네, 알겠습니다." 나는 달리 할 말이 없어서 그렇게 말했다. 아델라는 고개를 까딱했다. 그녀의 시선이 우리 셋 사이 바닥을 향했다. 뒤이어 그녀는 '안녕히 계세요'와 비슷한 말을 웅얼거리고는 성큼성큼 걸어 자리를 떴다.

"아주 강렬한 금발이군요." 그레이엄이 중얼거리듯 말했다. 혼란스러워하는 표정이었다. 누군가에게 달걀을 건네받고 부화시키라는 지시를 들은 사람처럼.

"염색약으로 만든 금발이에요. 원래는 아주 진한 갈색이었을 거예요. 머릿결이 엉망인 것도 염색약 때문일걸요."

"이 시대 여자들에게는 일정한 성향 같은 게 있더군요." 카딩엄이 말했다. "아마 물에 들어 있는 '화학 물질' 때문일 겁니다. 듣자 하니 지배 계급이 그런 독약을 물에 풀어서 남자들을 무력하게 만들고, 지배당하는 계급을 고분고분하게 만든다더군요. 아마 여자들을 똑같이 만들 때도 그걸 사용하나 봅니다."

"두 분 다 현장 요원 프로그램에 지원하려고 훈련하시는 거 아니에요? 그럼 이제 본인도 지배 계급에 포함되는 거예요, 중위님." 나는 나긋나긋한 목소리로 말했다.

그러다가 그레이엄을 흘깃 본 나는 놀라는 한편으로 화가 났다. 그가 입을 꾹 다물고 아무 말도 하지 않아서였다.

그래도 대부분의 시간 동안 그레이엄과 나는 안가에 함께 갇혀 지냈다. 가택 연금 상태를 초래한 비상사태 덕분에 우리는 사고의 폭마저 싹둑 잘린 것처럼 좁아졌고, 우리 둘 사이에는 이때껏 겪어본 적 없을 만큼 단단히 엮인 느낌이 감돌았다. 우리에게는 서로와 저마다 지닌 방 한 칸이 전부였다.

2월의 끝 무렵, 그러니까 관객이 꽉 찬 극장에 뒤늦게 들어서는 남자처럼 느닷없이 햇빛과 온기가 생동하는 오후의 한때였다. 누군가 하늘이라는 대야에서 젖은 수건을 치워버린 것만 같았다. 나는 옥상 환풍구 사이에 서서 하늘을 올려다봤다.

"그래." 나는 미친 사람처럼 억양 없는 말투로 중얼거렸다. "바로 이거야. 아하하."

"이 시대는 2월부터 여름인 겁니까?" 곁에 서 있던 그레이엄이 물었다.

"아뇨. 오늘은 계절에 안 맞게 더운 날이에요. 다만 이런 날이 너무 잦아서 계절이 새로 생긴 거나 다름없지만요. 지구 온난화 기억나요?"

"지구가 앓는 열병 말이지요."

"음."

"이 얘기가 나오니까 굉장히 흐뭇해하는 것 같군요."

"끔찍하죠?" 내가 중얼거렸다. "기후 위기 때문에 흐뭇하진 않아요. 그냥 겨울을 너무 싫어하는 것뿐이에요."

"아까보다 더 생기 있어 보입니다."

"그래요?"

"안으로 돌아갈까요?" 그레이엄이 제안했다. 내 윗옷에 손을 넣으려고 할 때처럼 모호한 말투였다.

빅토리아 시대의 해군 장교와 같이 자면서 알게 된 것 중에는 그러려니 싶은 것도 있고, 놀라운 것도 있었다. 그레이엄은 본인이 생각하는 음란함의 경계를 넘어서려고 거듭 시도했지만 그래봤자 그보다는 나의 경계가 훨씬 더 넓었다. 나는 그와 다르게 섹스에 죄책감을 느끼지 않았고, 그가 느꼈던 성스럽다는 감각 또한 느껴본 적이 없었다.

어떤 것은 그레이엄의 본성일 수도, 아니면 그 안에 깃든 그의 시대의 특징일 수도 있었다. 그는 마리화나나 술에 조금이라도 취했을 때는 나와 같이 자려고 하지 않았다(나는 술을 완전히 끊은 상태였다). 그는 내가 때려달라고 애원하는데도 내게 손을 대려 하지 않았다. 심지어 나를 때리고 싶어하는 걸 내가 다 아는데도 그랬다(여러 가지 이유 때문에 나는 그런 걸 잘 간파했다). 그래서 그는 내 몸에 물리력을 행사하고 싶은 욕망을 이런저런 흥미로운 방식으로 해소했다. 이상한 게임을 하듯이 내 가슴을 주무르거나, 내 몸 여기저기의 틈새를 엄지손가락으로 누르거나 하는 식으로. 그는 섹스에 자기 몸을 아예 관여시키고 싶지 않은 것 같았다. 언제나 내 옷을 먼저 벗기고 나서 자기 옷을 벗었다. 같이 자는 사이가 되고 나서 몇 주 후에야 그는 비로소 자신을 입으로 애무해도 좋다고 허락했고, 그러고 나서도 불을 다 꺼야 한다고 고집하는 바람에 나는 발정 난 개미핥기처럼 콧김을 뿜으며 아래쪽으로 더듬더듬 내려가야 했다. "이러면 안 됩니다." 그렇게 소곤거리는 동안에도 그는 양손으로 내 뒤통수를 누르고 있었다.

그레이엄은 내가 키스해본 사람 가운데 누구보다도 더 키스를 좋아했다. 다른 행위의 준비운동으로서가 아니라, 키스라는 행위 자체를 즐겼다. 그는 내 입이 얼얼해질 때까지 키스했다. 자신의 허리 아래를 거닐지 못하도록 내 양손을 단단히 붙잡은 채로, 내가 갈망을 못 이겨 나직한 소리를 낼 때까지 키스했다. 나는 그의 입안을 속속들이 알게 됐다. 그의 어깨와 목, 가슴, 팔, 맵시 좋은 종아리, 발(간지럼을 잘 타는)하고도 친한 사이가 됐다. 하지만 그 밖의 다른 모든 부위에 있어서 그는 몹시 부끄러워하며 길고양이처럼 예민하게 내 손길을 가로막았다.

나는 성관계와 무관한 상황에서도 그레이엄의 몸에 미칠 듯이 집착했다. 그가 높다란 선반으로 손을 뻗을 때, 셔츠가 올라가고 바지가 내려가 엉덩뼈 위쪽의 초승달 모양 둔덕이 슬며시 드러나기라도 하면 심장이 입으로 튀어나올 것처럼 쿵쾅거렸다. 잘하면 심장을 이로 씹을 수도 있을 것 같았다. 그의 목에 있는 점을 보며 혼자 시를 쓰기도 했다. 그가 담배를 꺼내려고 주머니를 더듬거리는 모습을 보는 것은 놀랍도록 짜릿한 경험이었다. 그런 반면 그는 내가 샤워하는 광경을 보는 것을 좋아했고, 그래서 그냥 보게 놔뒀다. 그렇게 지켜보는 동안 그가 담배를 피웠기 때문에 욕실에서 나올 때면 내 젖은 머리에서는 담배 냄새가 진동했다.

나는 그레이엄이 언제 사정할지도 알 수 있었는데 이는 그가 내 안에 있는 동안 나에게 얘기하기를 좋아했기 때문이다. 막상 절정에 이르는 순간에는 숨죽인 신음 이상의 소리는 거의 내지 않았기 때문에, 절정에 가까워질수록 그가 내는 소리는 점점 더 작아졌다. 그는 내게 이것저것 묻기도 했다. 기분이 어떤지, 뭘 원하는지, 어떻게 해줬으면 좋겠는지. 순전히 내 대답을 듣는 것이 즐겁다는 이유로 그렇게 했다.

끝나고 나면 짤막한 평화가 반 시간쯤 이어졌다. 그레이엄은 한 편의 시가 시구를 품듯이 나를 품에 안았다. 나를 보며 웃는 얼굴은 이렇게 말하는 듯했다. '방금 그런 짓을 하고도 우리 둘 다 살아남았다니 다행 아닙니까?' 그러는 동안 그는 내 어깨 너머로 지는 해를 바라보며 손등으로 내 뺨을 쓰다듬었다. 그의 보조개는 자주 웃는 버릇 때문에 더 예뻐 보였다. 또한 그는 우리가 열정뿐 아니라 가치관에서도 또렷이 다르다고 느꼈던 것 같고, 그래서 우리가 말없이 가만히 있을 때 가장 흐뭇해했다.

이 모든 일이 일어난 시간을 우리의 마지막 몇 주로 불러도 좋다는 것을 이제는 안다. 이 이야기가 그리는 사건 속에서 이런 추억은 별 의미가 없다. 나와 그레이엄이 처음 같이 잔 그날 이후로 이런 추억은 모두 똑같은 상징의 비슷비슷하게 생긴 파편에 지나지 않는다. 당신에게 보여주려고 이 글을 쓸 때 이것들을 빼놓을 수도 있었다. 어쨌거나 연인 사이의 일보다는 역사가 담긴 기록이 더 중요하니까. 하지만 굳이 여기에 적은 까닭은 당신이 읽고 나서 증인이 돼주기를 바랐기 때문이다. 그레이엄은 여기에 있었다. 내 곁에, 나와 함께, 그리고 내 안에. 그는 트라우마처럼 내 안에서 살아간다. 사랑에 빠져본 적 있는 사람은 남은 평생, 사랑에 빠졌던 사람으로 살아가게 마련이니까.

3월은 부드러운 파스텔 빛을 띠고 찾아왔다. 공기는 깨끗이 씻은 느낌이 났다. 수세미로 문질러 닦은 듯 산뜻한 봄기운 덕분에 지붕과 도로 시설물도 온화한 광택을 띠었다. 나는 번쩍이는 파란 불빛에 목숨을 잃을지 모른다는 공포 때문에 매일같이 분통이 터졌지만, 한편으로는 미약한 즐거움을 키워가는 중이었다. 그건 혼란스러운 경험이었다. 새벽녘에 이따금 침대에 앉아 온몸으로 후끈한 열기를 뿜으며 곤히 잠들어 있는 그레이엄을 내려다볼 때, 나는 그를 머리부터 발끝까지 핥고 싶어졌다. 그를 목걸이에 담아 내 심장 위에 걸고 다니고 싶었다. 언제든 화력을 마음껏 동원할 수 있는 지위로 어서 빨리 승진해 그를 든든하게 보호해주고 싶었다. 그리고 그가 떠나지 못하게 막을 만큼 높은 자리에도 오르고 싶었지만, 그런 생각에 너무 깊이 빠지고 싶지는 않았다.

어느 날 저녁, 그레이엄은 감동할 만큼 맛있는 야오 혼을 만들어놓고는 나이프와 포크로 자기 몫의 쌈을 먹으려 했다.

"저기요. 맛있게 만들긴 했는데, 그렇게 포크하고 나이프로 쑤셔대면 잘했다고 칭찬해주긴 힘들어요."

"그 무고한 양상추 이파리로 대체 뭘 하려는 겁니까?"

"할 일을 하는 것뿐이에요. 제발 부탁이니까 그 포크 내려놔요. 손가락을 뭉개려고 연장을 든 이단 심문관을 보는 것 같단 말이에요."

"당신 방식은 너무 지저분해 보입니다. 봐요, 새우가 이파리 속으로 사라져버리잖습니까. 잘 가렴, 새우야."

"그래요, 그렇지만 이게 '맞는' 방식이기도 해요. 봐요, 우리 둘 중 누가 '전적으로 영국인이라고 하기는 힘든 여자'죠?"

"우리 둘 중 누가 요리를 더 잘하죠?" 그레이엄이 반박했다.

다 먹고 나서 내가 설거지를 시작했을 때, 그레이엄은 헛기침을 하고 이렇게 말했다. "같이 외출하는 게 어떨까 싶은데요. 자전거를 타고 말입니다. 토디*를 담은 물병도 한 개 챙겨서요."

"우린 그런 일은 이제 하면 안 돼요."

그레이엄은 미끈거리는 세제도 아랑곳하지 않고 내 손을 잡더니 거품이 묻은 내 손가락 관절에 입을 맞췄다. "난 가끔 한밤중에 당신이 이를 너무 힘차게 갈아서 잠에서 깨곤 합니다. 당신의 가여운 어금니가 깨지는 것보다는 우리가 규칙을 깨는 게 낫지요. 어서요. '스팀 좀 빼러' 갑시다."

그 말에 웃고 말았다. 그레이엄은 증기선 시대의 개막을 목격한 범선 시대의 해군 장교였다. 그가 질색할 게 뻔한 숙어 목록에서 '스팀을 빼다'는 단연 맨 꼭대기를 차지했다. 그런데도 일부러 그 표현을 쓰다니, 나를 꼬드기려는 수작이 아닌지 의심스러웠다. 사실, 그다음에 이어진 그의 말은 이러했다. "그리고, 당신한테 특별히 보여줄 것도 있고요." 나는 특별한 거라면 사족

* 위스키에 따뜻한 물과 레몬, 설탕을 섞은 음료.

을 못 썼다. 규칙 따위는 아무렇지 않게 깰 정도로.

새 안가에 옮겨온 후로 줄곧 자전거를 타지 않았던 나는 그 물건이 주는 해방감에 전율했다. 내가 원하는 방향으로, 그것도 내 몸을 움직여 얻은 기분 좋은 에너지로 움직일 수 있었으니까. 자전거전용도로를 따라 삼십 분 동안 페달을 밟고 나니 도심 풍경은 뒤로 멀어지고 거리의 불빛도 어두워졌다. 이내 우리는 지붕이 나지막한 집들이 불도 켜지 않은 채 늘어서 있는 주택가의 어두침침한 도로를 따라 느릿느릿 나아가야 했다. 이윽고 접어든 길은 가로수에 둘러싸여 짙푸른 어둠을 품고 있었고, 발밑 노면에는 투박한 자갈이 깔려 있었다. 내 자전거의 전조등 불빛이 그레이엄의 등에 비쳐 번득였다.

"지금 어디 가는 거예요?" 나는 그에게 물었다.

"곧 널따란 공터가 나올 겁니다. 이제 다 왔어요."

도착해서 본 공터는 더 짙은 어둠 위에 그어진 한 줄의 어둠이었다. 우리는 축축하게 젖은 숨죽인 땅 위로 자전거를 끌고 성큼성큼 나아갔다.

"저길 보십시오." 그레이엄이 말했다.

"예?"

"별 말입니다."

나는 그를 보며 눈을 껌벅이다가 이내 하늘을 올려다봤다. 정말이었다. 상쾌한 3월의 어느 밤, 먼지 낀 모슬린 옷감 같은 런던의 빛 공해에서 벗어나 올려다본 하늘은 별로 가득했다. 나는 그레이엄 쪽으로 돌아섰다. 눈이 슬슬 어둠에 적응하자 그도 하늘을 올려다보는 중인 것을 알 수 있었다.

"육분의가 없으면 정확히 알기 힘듭니다만." 그레이엄이 말했다. "그래도 내가 있는 곳이 어딘지는 파악하고 싶었습니다."

"그래야 혹시라도 빙산이 녹아서 런던이 물에 잠겼을 때 안전한 수역으로 피할 수 있으니까요?"

"그래야 내가 당신을 만난 곳이 어딘지 알 수 있으니까요."

그때껏 나는 기쁨이라는 감정을 뭔가 떠들썩하고 화려한 것, 하늘을 향해 거친 숨을 토해내는 것이라고 생각했다. 하지만 기쁨은 내게서 말과 숨을 빼앗아갔다. 나는 기쁨에 사로잡혀 자리에서 꼼짝도 할 수 없었고, 어찌해야 좋을지도 알 수 없었다.

"이리 와요." 그레이엄이 나직이 말하며 나를 안았다.

그의 목에 얼굴을 묻고 그를 꼭 안았다. 몸에서 전기가 타닥타닥 튀는 느낌이 들어 꼼짝도 할 수 없었기에, 그저 그에게 기대는 수밖에 없었다. 내 안에 가득한 행복감은 너무나 거대해서 무슨 범죄라도 저지르고 얻은 것은 아닌지 더럭 겁이 날 정도였다. 누구도 허락해준 적 없었기에 어쩌면 영영 누리지 못하리라 여긴 기분이었다. 그가 손으로 머리를 빗어주자 나는 행복하다 못해 두려울 지경이었다. 행복감에 짓눌려 바스러지는 기분이었다. 그것은 나중에 잃어버릴 날이 오리라는 것을 이미 아는 사람이 아니라면 결코 느끼지 못할 정도로 강렬한 감정이었다.

VIII

1848년 4월. 고어 중령은 팔 개월째 행방이 묘연해 사망했으리라 추정됐다. '그 일'은 이제 막 시작될 참이었다. 고어는 '그 일'을 전혀 목격하지 못했다. 그 대신 상상했다. '그 일'이 일어나고 수십 년, 수백 년이 지난 후에 출판된 관련 서적도 읽었다. 그는 학자나 호사가가 지어낸 끔찍한 상상을 받아들여 하나의 이야기로 꾸며냈다.

에러버스함과 테러함의 승무원들은 1847년 겨울을 견디고 살아남았다. 그들 가운데 가장 뛰어난 스포츠맨은 죽었다. 그렇다고 딱히 사냥감이 많은 것도 아니었다. 빙판에 눈 폭풍이 한차례 분 것만으로 장교 둘과 사병 셋으로 이루어진 두 번째 사냥 부대가 휩쓸려 사라졌고, 그들의 시신은 끝내 발견되지 않았다. 다른 이들은 추위에, 괴혈병에, 정신 이상에 굴복했다. 대원들은 굶주림에 시달리다가 그레이비소스를 상상하며 횡설수설 헛소리를 외쳤다. 배에는 난방에 쓸 석탄도, 북극의 밤을 밝힐 양초도 부족했다. 프랭클린 탐험대의 용감한 탐험가들은 너무 춥고 허기져서 꼼짝하지 못한 채 어둠 속에 몇 시간씩 누워 있었고, 그럴 때면 어둠은 둥그런 선실 창문에 붙여놓은 잉크 먹인 판지처럼 보였다. 배에는 썩은 고기 냄새와 비슷한 악취가 진동했다.

봄이 왔다. 이 무렵 사망자는 장교 9명과 사병 15명에 이르렀다. 수백 년에 걸친 북극 탐험의 역사에서 가장 높은 사망률이었다. 구겨지고 바스러져가는 몸에 영혼이 간신히 붙어 있는 상태였던 크로지어는 부하들에게 배를 버리라고 명령했다. 프랭클린 탐험대, 즉 1848년에는 아직 '사라진 프랭클린 탐험대'가 아니라 '프랭클린 탐험대'였던 그들은, 1200킬로미터가 넘는 거리를 행군해야 했으나 보유한 식량으로는 그 절반도 버티기 힘들었다. 남쪽으로 이동하는 도중에 사냥감과 얼지 않은 바다가 눈에 띄기를 바랄 뿐이었다.

탐험대는 고래잡이용 보트를 썰매에 싣고 행군에 필요할 법한 물품을 보트에 채웠다. 당연히 맨 처음은 텐트였다. 물개나 사슴 가죽으로 만든 침낭, 거의 통조림뿐인 식량, 한 사람당 한 벌인 여분의 내복, 사냥용 총, 그 밖의 다른 것도 함께 챙겼다. 보트에는 비누와 책과 양초와 일기장과 그릇이 수북이 쌓였다. 그것들이 필요할까 봐 불안했기 때문이다. 대원들은 모든 것이 다 불안했고, 그래서 아무것도 두고 가려 하지 않았다. 무거운 보트를 끌고 가느라 그들은 등에 멍이 들었다. 관절도 부러졌다. 그렇게 그들은 천천히 죽어갔다.

보트를 끌고 가다가.

장교도 사병과 어깨를 나란히 하고 보트를 끌었다. 심지어 크로지어 함장과 피츠제임스 함장도 함께했다. 그들 없이 해내기에는 사병들이 너무 약했기 때문이다. 처음 80킬로미터를 나아간 지점부터 보트 끌기는 차마 보기 힘든 광경으로 변해갔다. 오로지 동상과 이질로 고통받는 아픈 육신뿐이었다. 살아남은 의무관들에게는 각자 1명의 해병이 경호원으로 배정되었다. 자포자기한 대원들이 약상자를 털지 못하게 막아야 했다. 해병들은 그러한 경우를 목격하는 즉시 사살하라는 명령을 받았다. 굿서도 한동안은 살아남은 의무관 중 하나였으나 치아 감염 때문에 패혈증에 걸려 명단에서 빠지고 말았다. 그래도 그는 운이 좋았다. 땅에 묻히기는 했으니.

보트를 끌고 가다가.

처음에는 얕은 무덤을 파고 시신을 묻었고, 나중에는 시신 위에 돌을 쌓아 임시 돌무덤을 만들었지만, 오래지 않아 사망자가 너무 많이 나왔다. 그래서 시신을 쓰러진 자리에 그대로 내버려두고 다시 길을 나섰다.

보트를 끌고서.

빈 깡통이나 자잘한 소지품, 옷 따위는 그냥 버렸다. 그들이 지나간 곳에는 잡동사니로 이루어진 기이한 오아시스가, 아직 영글지 않은 형태의 문명이 남았다. '탐험'이나 '영국' 같은 개념은 머릿속에서 줄줄 새어나갔다. 그들은 한 발 한 발 힘겹게 나아가며 정신이 무너지지 않도록 머릿속의 균형을 잡았다.

보트를 끌고서.

풍경은 유리 액자에 고정된 것처럼 보였다. 더할 나위 없이 끔찍한 환각을 걸어가는 기분이었다. 피로는 어디에나 있는 존재, 모든 뼈와 힘줄의 하느님 같은 것이었다.

고어는 100명이 넘는 탐험대에서 마지막 기지에 도착한 생존자가 고작 서른 몇 명뿐이라는 기록을 읽었다. 훗날 탐험가들은 그 기지에 '스타베이션* 만'이라는 이름을 붙였다. 가장 가까운 유럽 탐험대의 전초 기지까지 아직 수백 킬로미터를 더 가야 하는 곳이었다.

고어는 친구들이 나오는 꿈을 꿨다. 무너진 텐트의 방수포 위에 누운 르베스콘테가 보였다. '헨리.' 꿈속에서 그 이름을 불렀다. 르베스콘테는 응답하지 않았다. 양다리와 골반 반쪽이 없었다. 갈기갈기 찢어진 살 속에 툭 불거진 볼기뼈가 난파한 배의 뱃전 같았다. 뼈는 흰색이 아니라 상아색이었고, 점점이 회색 얼룩이 보였다. 르베스콘테의 입은 헤 벌어진 상태였다. 검보라색 열매 같은 혀가 입술 한쪽에 축 늘어져 있었다. 눈은 흰색에 끈적끈적해 보였다. 눈동자가 뒤로 돌아간 탓이었다.

*   Starvation, 영어로 '기아'를 의미한다.

고어는 꿈속에서 테러함의 리틀 중위가 르베스콘테의 시신을 향해 기어가는 광경을 봤다. 리틀의 얼굴에서 피가 천천히 흘러내렸다. 눈은 흐릿했다. 꿈속에서 고어는 이제 리틀의 눈에 사람은 보이지 않고 오로지 살만 보인다는 것을 깨달았다. "에드워드, 내 말 좀 들어봐." 고어가 말했다. 리틀은 돌이 널린 땅바닥을 기어갔다. "에드워드, 저건 사람이야. 음식이 아니라."

생존자들의 증언을 보면 이누이트들은 힘닿는 데까지 탐험대를 도왔으리라 추정된다. 그러나 이누이트조차도 극한의 삶을 근근이 이어가던 거친 땅에서, 여름이 끝내 오지 않은 그해에, 준비성이 부족했던 탓에 이미 줄줄이 죽어나가던 100명 넘는 유럽인을 모두 구할 수는 없는 노릇이었다. 프랭클린 탐험대는 북극에 초대받은 적이 없었다. 그들은 어째서 고국에서 그토록 멀리 떨어진 땅에, 끝끝내 스스로의 육신을 버리려 했을까? 이러한 의문이야말로 이성적인 반응이었다.

고어는 그들처럼 어리석지는 않았다. 그는 자기 손에 남편을 잃은 여자의 얼굴을 떠올렸다. 입안에 맴도는 시체의 살 맛을 느끼며 잠에서 깨어났다. 그가 이렇게 불가능한 방식으로 살아남은 것은, 그가 탐험대 전원에 더해 그 여자까지 반드시 기억해야 하는 것은, 하느님의 사랑 아니면 하느님의 복수였다. 그는 또 한 번의 죽음에, 또 한 친구를 앞서 보내는 것에 책임질 생각이 없었다. 그는 어둠이 내리기 전에 기지에 도착해야 하는 사람의 사무치는 결의를 품고 꿈을 꿨다.

<h1 style="text-align:center">8장</h1>

재앙같이 퍼붓는 비와 계절에 맞지 않는 더위가 번갈아 찾아오는 나날, 캄캄한 날과 환한 날이 체스판의 흑백무늬처럼 극명하게 대비되며 휙휙 지나갔다. 그사이 우리는 당국이 예전 집에서 잊지 않고 압수해온 물건을 새집에 재배치하며 소꿉놀이하듯 집을 꾸몄다.

한편 시간관리국에는 폐쇄 조치가 내려졌다. 행정 팀은 데이터 및 기밀정보를 다른 보안 서버로 옮기는 번거롭고 버그투성이인 작업에 착수했다. 내부 통신은 엉망진창이었다. 이메일은 반송되거나 터무니없이 여러 차례 중복 전송됐다. 휴대전화 화면에는 먹통을 의미하는 파란 창이 떴다. 심지어 출입 카드조차 제대로 작동하지 않았다. 시멜리아는 자기 출입 카드를 인식판에 댔다가 자물쇠가 녹아내리는 바람에 비밀 통로에 갇히고 말았다. 경보가 울리면서 문에서 튄 진한 초록색 불꽃이 그녀 위로 빗줄기처럼 섬뜩하게 쏟아져 내렸다.

그때 나는 청사 건물에 있었고, 아델라를 만나러 가는 중이었다. 경보음이 묘하게 콧소리처럼, 꼭 이제 막 말소리가 되어 입 밖에 나오려는 불평처럼 들렸다. 관리부 직원들이 내 곁을 지나 전속력으로 뒤뚱뒤뚱 달려가자 나도 덩달아 그들을 따라갔다. 녹아서 들러붙은 문에 도착해 보니 문 건너편에서 시멜리아가 《리처드 2세》에 나오는 왕의 텅 빈 왕관 연설을 우렁차게 암송하고 있었다. 그녀의 목소리가 운율에 맞춰 문을 때렸다.

"악쓰지 않아도 다 들려요!" 내가 외쳤다. "우리가 금방 꺼내 줄게요."

"그 '우리'는 우리를 말하는 거겠죠?" 관리부에서 온 여성이 말했다. 지원 부서 직원들은 나 같은 가교를 끔찍이 싫어했다. 왜 그러는지는 짐작도 가지 않았지만 그런 것까지 신경 쓰기에는 내가 받는 월급이 너무 적었다.

마침내 모습을 드러낸 시멜리아는 평소 즐겨 입던 세련된 옷을 입고 있었지만, 안감이 없어 하늘거리는 재킷 속에서 시체처럼 뻣뻣하게 움직이는 몸은 전보다 조금 더 날씬했다. 길게 땋은 머리도 이때껏 본 적 없는 아프로 헤어였다. 그녀에게 어울리는 스타일이었지만, 그 말을 해도 될지 어떨지 자신이 없어서 그냥 입을 꾹 다물었다.

"너구나." 시멜리아가 말했다.

"저예요. 안녕하세요."

"저까지 합치면 셋이니까 가족적이고 좋네요." 관리부 여성 직원이 말했다. 우리가 거들떠보지도 않자 그녀는 코웃음을 치고는 쌩하니 자리를 떴다. 어차피 관리국 청사는 폐쇄 기간 동안 거의 삼십 분에 한 번꼴로 설비 관련 비상사태가 터졌기 때문에 그녀는 다른 곳에서 더 도움이 될 터였다.

"엄밀히 말하면 아이번까지 합쳐서 세 식구겠지만." 내가 말을 꺼냈다. "아시다시피 아이번은 대기 발령 상태라서요."

"뭐라고?"

"아델라는 카딩엄을 현장 요원 교육 과정에 그대로 두는 게 낫다고 보거든요. 그 사람을 세련된 현대 도시 남자로 변신시키는 건 아마 절대 불가능하겠지만, 군인으로 만들 수는 있을 테니까요."

"랠프는 가택 연금 상태라며?" 시멜리아가 말했다.

"보호 구금 상태예요." 나는 그녀의 말을 바로잡아줬다. "랠프는 전직 국방부 소속이니까, 시간관리국을 노리고 만든 처리 대상 명단이 있다면 이름이 꽤 위쪽에 올라가 있을걸요."

"랠프가 있는 안가의 위치 혹시 알아?"

나는 모른다는 뜻으로 어깨를 으쓱했다. 실은 모든 안가의 위치를 빠짐없이 알면서도 그랬다. 아델라가 나에게 귀띔해준 바에 따르면 시간관리국의 호전적인 고위직 간부들은 그레이엄과 나를 여러 가교-이주자 팀 가운데 선임으로 여겼다. 우리에게는 더 많은 정보에 접근할 자격이 있었고 아예 접근권을 더 많이 '요구'하기도 했다. 그레이엄의 적응 여부가 프로젝트의 관건인 데다, 실제로 성공할 가능성 또한 커 보였기 때문에 가능한 일이었다. 비겁한 방법인지는 몰라도 쓸모는 있었다. 우리가 특별하다고 주장하는 아델라의 태도는 사랑에 빠진 나의 경험과 확실히 일치하는 구석이 있었다.

"내 출입 카드는 시간관리국 설비에서 더는 작동하질 않고 아델라는 나하고 약속한 세 차례의 회의를 취소했어." 시멜리아가 말했다. "아서의 신경 안정제 처방전을 재발급받으러 복지과에 갔더니 거기서도 내 요청을 거절하더군. 이게 다 어떻게 된 일인지 혹시 알아? 내가 들은 해명이라고는 '긴급 절차'를 따른다는 것밖에는……."

"누가 저를 죽이려고 했어요. 그 준장이요."

시멜리아의 표정이 바뀌는 것을 지켜보기란 종이에 베인 상처에 피가 차오르는 모습을 지켜보는 것과 비슷했다. 한순간의 충격, 아무 일도 없는 듯한 짧은 공백, 뒤이어 차오르는 피. 시멜리아가 팔을 벌렸을 때 나는 그녀가 나를 안아주려고 하는 줄 알았지만, 그녀는 손을 내 등 뒤로 뻗어 재킷 등판에 가려진 권총을 어루만졌다. 그러고는 나에게서 물러섰다.

"원하신다면 제가 대신 아델라한테 아서 얘기를 전해드릴게요." 나는 시멜리아의 눈을 피하지 않고 말했다. "지금 만나러 가는 길이거든요."

"고마워." 시멜리아의 목소리는 몹시도 싸늘했다. "참 친절하네. 너도 몸조심해."

화창한 봄날 오후, 나는 아서와 마거릿과 그레이엄을 데리고 윌리엄 터너 작품 전시회에 가기로 했다. 이주자들은 자기들끼리 '유령 사냥'으로 부르는 놀이를 했다. 펍이나 기념비, 대저택 같은 장소, 또는 미술관이나 전시회장 같은 곳을 방문한 다음, 저마다 자신이 살던 시대에 속하는 물건이나 사람을 발견하는 놀이였다. 이날은 다들 그레이엄이 유령을 가장 많이 찾아낼 거라 짐작했다. 그 전시회에는 터너가 그린 바다 그림밖에 없었으니까. 이날의 즐거운 소풍(비록 아델라에게 허가를 받아야 했고 사복 차림 요원도 따라붙기는 했지만)을 계획한 까닭은 사실 내 특별한 지위의 한계를 실험해보고 싶었기 때문이지만, 한편으로는 이주자들에게 책임감을 느끼기 때문이기도 했다. 안가로 거처를 옮기고 나서 아서와 마거릿은 '유의미한 문화적 통합'을 그레이엄은커녕 카딩엄만큼도 누리지 못했다. 그러니까 한마디로, 당국이 그들에게 전보다 흥미를 덜 느끼게 됐다는 말이다. 두 사람의 적응과 장기 목표에만 집중하는 회의는 점점 더 뜸해졌다. 어느 정도 일관성을 띠고 계속 진행되는 일은 '스캐너 인식' 실험뿐이었다. 게다가 내가 알기로 그레이엄은 비록 당국의 감독을 받는 데다 시간마저 자주 단축되기는 했어도 다른 이주자들을 계속 방문했고, 그들에게 우리 집에서 그리고 우리 침대에서 무슨 일이 벌어지는지도 얘기했다. 또한 내가 물어보면 대답을 얼버무리며 피했기 때문에 정확히 어떤 말인지는 알 수 없었지만, 그는 분명 '연인'에 해당하는 뜻을 지녔으되 지나치게 빅토리아 시대 느낌이 나거나 창피하지 않은 어떤 말을 찾아냈다. 이로써 나는 이제 마거릿과 아서가 나의 사적인 정보를 받아들이는 방식을 전혀 통제하지 못하는 상태였다. 나는 그 상태를 바로잡아야 했다.

청량음료 캔과 군것질거리를 영화관에 몰래 갖고 들어가는 비법을 이미 터득한 마거릿은 미술관 탐방 계획을 별로 달가워하지 않았다. 그동안 고생하며 배운 것이 얼마나 많았을지 생각해보면 그럴 만도 했다. 각종 브랜드와 맛, 슈퍼마켓 사이에서 최적의 결정을 내리는 법, 알루미늄 캔의 발명, 팝콘 판매대가 기본적으로 불결하다는 사실, 심지어는 영화의 역사까지.

"그러니까 다 같이 배 그림을 보러 가자는 말이죠?" 마거릿은 차 안에서 잔뜩 짜증 난 목소리로 물었다.

"함선입니다, 1665. '함선'이오." 그레이엄이 말했다. "가장 훌륭한 전함들이지요."

"그냥 커다란 배라는 말이에요." 아서가 맞장구쳤다. 그레이엄은 그 말이 거슬렸는지 어깨를 움찔했다.

전시회장은 몇 개 공간으로 나뉘어 있어서 터너의 기량이 발전한 과정이 그의 일생을 따라 단계별로 그려졌다. 나는 바다 위의 '커다란 배'를 섬세하고 능란한 필치로 묘사한 여러 그림을 무심하게 바라봤다. 그림 속 배들은 강풍 때문에 섬뜩하게 기울어져 있었다.

"뱃멀미한 적 있어요?" 나는 그레이엄에게 물었다.

"어릴 때 말고는 없습니다. 고어 집안 남자의 속은 좀처럼 뒤집어지지 않거든요."

"난 이 그림들만 봐도 속이 메슥거려요."

"함재묘가 되진 못하겠군요, 가여운 우리 작은 고양이."

나중에 터너의 전성기인 1830년대와 1840년대에 이르러서야 비로소 나는 그가 왜 그토록 유명한 화가인지 차츰 이해가 갔다. 초기 작품의 정밀한 세부 묘사는 자취를 감췄다. 그 자리에 비와 바람과 파도로 빚은 감각의 드라마가 굵직하고 흐릿한 필치로, 묘사보다는 암시에 가깝게 그려져 있었다. 나는 전함 테메레르 그림 앞에 서서 그림 속 태양의 터무니없이 환한 주황빛을 온몸에 받으며 바보같이 입을 헤 벌리고 있었다. 턱에 부드러운 손길이 느껴졌다. 아서의 손이었다.

"그러고 있다간 파리 들어가겠어요." 아서가 말했다.

"하하. 진짜 멋진 그림 아니에요?"

"정말 그래요. 심지어 매기도 불평을 그쳤다니까요. 1847는 아예 넋이 나가서 저쪽에……."

나는 아서가 가리키는 쪽을 힐긋 봤다. 그레이엄은 내가 방금 지나온 그림인 〈노예선〉을 뚫어지게 바라보는 중이었다.

"아, 정말 그렇네요. 그럼…… 그냥 놔둬야겠어요."

"그레이엄한테서 단속 함대와 함께 항해하던 시절의 이야기를 조금 들었어요. '함대와 함께 항해하다'라는 게 맞는 표현이긴 한가요?" 아서가 덧붙였다. 그는 다정한 자기 말투에 스스로도 멋쩍어했다.

"난들 알겠어요. 내 수준으로는 '함대를 따라 둥둥 떠다녔다'가 고작인걸요. 있잖아요, 우리 저기 가서 좀 앉아요."

마거릿은 전시실 한복판의 쿠션 있는 벤치에 이미 앉아 있었다. 그러다가 우리를 보고 손짓했다.

"내가 그만 종소리를 울렸지 뭐예요." 마거릿이 말했다.

"도난 방지 센서의 경보음이 울렸다고요?"

"맞아요."

"잘했어요!" 아서가 말했다. "시간은 얼마나 걸렸어요?"

"내 '현재성'이 대번에 느껴질 만큼 강했다고요! 경비원은 굉장히 짜증을 냈지만요. 정말이지, 그림을 훔칠 생각은 없었어요. 배는 좋아하지도 않는걸요."

"'커다란' 배 말이죠." 내가 말했다. 아서는 웃음을 터뜨리며 마거릿과 나 사이에 앉았다.

나는 아서를 대하기가 껄끄러웠다. 네 친구 사이의 우정은 대개 네모꼴이 아니라 선의 형태를 띠고 작동하게 마련인데 아서와 나는 선의 양쪽 끄트머리에 해당했다. 나는 그가 마음에 들었거니와, 지금 같은 상황만 아니었다면 그처럼 마음씨가 고운 사람을 좋아하지 않기란 불가능했다. 하지만 그는 그레이엄을 사랑했다. 그 사랑은 수두에 걸린 사람의 물집처럼 그의 온몸을 뒤덮었다. 나는 그레이엄이 마거릿을 평소보다 더 오래 바라보기만 해도 못돼 처먹은 악녀로 변할 것 같았기에, 아서가 내 곁에 머물면서 얼마나 힘들지 상상하기도 힘들었다. 그럼에도, 그는 내가 이때껏 만나본 가장 너그러운 사람이었다. 내가 보기에 그는 스스로를 원망할 듯싶었다. 자신의 성별을, 자신이 태어난 시대를, 자신의 마음을.

"1665, 영화 학교는 어디로 갈지 결정했어요?" 아서가 묻는 소리가 들렸다.

"프라하요." 마거릿은 제꺽 대답했다. "여기서 별로 안 멀어요. 나중에 보러 와요."

마거릿의 으뜸가는 재주는 잡다한 집안일을 하며 살림을 돌보는 것이었지만, 미래에 도착한 후에는 그런 잡일에 손을 댈 기회가 거의 없었을뿐더러 다시 하고 싶은 마음도 없었다. 본인의 표현에 따르면 '학식이 있는 편'이었으나 지금도 성인 대상 읽고 쓰기 수업을 들으러 다녔다. 그녀는 영화 학교라는 개념에 집착했다. 자신이 영화 만드는 법을 배울 수 있는 세계에서 산다고 생각하고 싶었기 때문이다. 그리고 영화는 그녀가 21세기에서 가장 좋아하는 것이었다. 물론 시간관리국에는 이주자의 재교육을 위한 예산이 있었다. 하지만 당국은 마거릿에게 영국은 고사하고 런던 바깥으로 나가는 것조차 결코 허락할 리가 없었다. 어쩌면 가교인 랠프가 그녀에게 헛바람을 불어넣었는지도 몰랐다.

"당신은 어디서 일을 배울 생각이에요, 1916?" 마거릿이 아서에게 물었다.

"이 멋진 신세계에서 하고 싶은 일이 뭔지 생각해봤어요?" 이번에는 내가 물었다.

"좀 쉬고 싶어요." 아서의 대답이었다.

"하. 당연히 그렇겠죠, 누군들 안 쉬고 싶겠어요. 아예 괴상한 일을 택해서 소문의 주인공이 돼보는 것도 괜찮죠. 서커스에 들어간다거나? 프로 고고 댄서가 된다거나? 아니면 회계사?"

내 말에 아서는 빙그레 웃었다. 손으로는 손가락에 낀 인장 반지를 빙글빙글 돌리고 있었다. 마거릿이 손을 뻗어 그의 안절부절못하는 손을 잡았다.

"그냥 얘기해요." 마거릿이 말했다.

아서는 한숨을 쉬고 나서 말을 꺼냈다. "난 여성 참정권 운동가들이 대단한 일을 해냈다고 생각해요. 지금 시대는 영리하고 야심찬 젊은 여성에게 '직업 선택의 기회'가 열려 있다는 걸 알 수 있으니까요. 하지만 남녀의 역할 교대가 완전히 평등한 수준은 아니라는 게 곳곳에서 눈에 띄더군요. 젊은 남자가 노인을 돌보거나 대걸레로 바닥을 미는 광경은 거의 보질 못했어요. 이 시대 사람들도 아내 없이 혼자서 어린애를 데리고 다니는 남자는 의심 비슷한 눈빛으로 보더군요. 아니면 동정하거나."

"아이들을 돌보는 일을 하고 싶은 거예요?" 나는 놀라서 물었다. 우리에게는 이주자가 아이를 갖고 싶어하는 경우의 대처 요령을 알려주는 자료가 없었고, 나로 말하자면 일반인들과 있을 때조차도 아이 이야기가 나오면 서툴게 대응하는 편이었다. 아서는 낙담한 표정으로 나를 봤다.

"봤죠? 당신도 놀라잖아요. 아마 실망했을 테고요."

"아뇨, 그게 아니라…… 아서, 당연히 할 수 있는데……."

"그래요? 난 퀴어 해방에 관한 글은 죄다 읽어봤어요. 나 같은 사람을 여기 말로 '퀴어'라고 하는 거 맞죠? 아무튼, 퀴어뿐 아니라 여성 노동권 운동, 페미니스트 혁명, 그 밖에도 온갖 해방 운동에 관한 책을 읽었어요. 하지만…… 알다시피 난 1847하고는 달라요. 정신을 바짝 차리고 세상을 관찰하기 때문에 당신의 시대가 어떤지 꿰뚫어 볼 수 있죠. 당신들이 쓰는 패턴은 우리가 쓰던 것과 똑같아요. 그레이 시대 사람들도, 매기 시대 사람들도 마찬가지였죠. 당신들은 그저 여성들한테 더 많은 일을 시키려고 할 뿐이에요. 그게 다예요."

"하지만 당신은 여자가 아니잖아요, 아서." 내가 말했다.

아서는 재미있다는 표정으로 나를 흘긋 봤다. 나를 내려다보는 표정이 아니라 장난기를 띤, 그 사실을 내가 알아봐주기를 바라는 표정이었다. 이내 그가 말했다. "그렇다고 해서 완벽한 남자의 청사진인 것도 아닌데요, 뭐."

"당신은 완벽한 달걀형 미남의 청사진이에요." 마거릿이 말했다.

"고마워요, 1665."

"난 당신이 정말 좋아요, 우리 달걀."

"나도 당신이 좋아요. 그나저나, 방금 그 말은 내가 하려는 말을 아주 잘 보여줬어요! 난 지금의 껍질을 깨고 다른 존재가 되고 싶거든요. 아주 쓸모 있고 유능한 존재 말이에요. 나를 이곳까지 데려온 야단법석이 헛수고가 되지 않게끔요. 고향에서도…… 미안해요, 그러니까 원래 살던 시대에서도, 난 항상 이런 느낌을 받았어요. 오늘의 나를 만들기까지 적잖은 돈과 수고가 들었다, 그러니까 나는 정해진 틀에 맞춰 반듯하게 살면서 조금이라도 정신 줄을 놓으면 안 된다. 그렇게 살아서 얻는 '보상'은, 글쎄요, 이런저런 더 멋진 것들이겠죠. 아이들, 가족, 소소한 마음의 평화 같은 것요. 하지만 그러려면 거기에 걸맞은 '희생'을 치러야 해요. 게다가 알다시피 난 이미 정신 줄에서 손 한쪽은 뗀 상태니까요."

"그러니까 당신은…… 아이가 갖고 싶은 거예요?" 나는 당황한 빛이 또렷한 목소리로 물었다.

아서는 다시 나를 흘깃 봤지만, 이번에는 알쏭달쏭한 표정이었다. 나는 그 표정 때문에 지독히도 부끄러웠다. 그 후 몇 주, 몇 달, 몇 년이 지나도 그때만 생각하면 부끄러웠다. 나는 그에게 대꾸할 적당한 말을 찾기는커녕 뭐라고 대답해야 좋을지 상상조차 할 수 없었다. 나는 자비로운 영국 정부가 보호해주는 이민자들 가운데 사회적 성공을 거둔 모범 사례였는데도 말이다. 그래도 마침 그레이엄이 벤치로 와준 덕분에 나는 간신히 궁지에서 벗어났다. 아서는 고개를 돌려 그를 봤다.

"어서 와요, 그레이. 커다란 배는 다 봤어요?"

"함선이야. 이 전시실에 있는 건 다 봤어."

"멋진 배가 있던가요?" 아서의 목소리는 정중했다.

"'함선'이래도." 그레이엄은 그 말을 남기고 자리를 떴다.

우리는 벤치에서 일어나 옷매무새를 가다듬었다. 다들 멋쩍은 한편으로 들뜬 표정이었다. 꼭 벽에 낙서를 하다가 들킨 아이들 같았다. 우리는 그레이엄의 뒤를 따라 다음 전시실로 가서 그를 둘러싸고 귀찮게 재잘거렸다.

"이 돛은 꼭 구름처럼 생겼네요! 멋지기도 하지. 혹시 적의 돛을 단순한 기상 현상으로 착각한 적이 있나요, 1847?"

"난 여기 이 남자의 조그만 머릿수건이 마음에 들어요. 당신도 머릿수건을 쓰고 다녔나요? 저런…… 근사한 느낌이 나는?"

"이 그림 참 훌륭하군요. 빛이 환하게 터지는 느낌이 좋습니다. 이 커다란 배가 천국으로 가는 승객들을 데리러 온 것 같은 느낌이에요. 하느님의 조그마한 페리보트랄까요."

"당신들 정말 지긋지긋하군요." 그레이엄의 목소리는 차분했다. "반항죄로 태형에 처하고 싶은 심정입니다."

"태형을 지시한 적이 있어요?" 그레이엄은 내 말을 무시하고 그림 아래 붙은 해설문을 읽었다. 그러다 금세 다시 허리를 펴더니 멍한 눈을 하고 아무 말 없이 그 자리를 떴다.

"저런." 아서가 근심 어린 목소리로 말했다. "우리가 너무 심했던 걸까요?"

나는 그레이엄이 읽던 해설문을 읽어봤다.

〈포경선 에러버스호 만세! 또 한 마리 포획!〉(1846)
터너는 이 포경선의 이름을 영국 해군의 에러버스함에서 따왔으리라 추정된다. 에러버스함은 작품이 만들어지기 전해에 동행 선박인 테러함과 함께 북극 항해에 나섰다. 이후 북극 탐험의 역사에서 가장 처참한 수준의 재난과 마주친 결과, 두 선박은 물론 탑승자 전원이 귀환하지 못했다.

"아차." 내가 중얼거렸다.

물론, 그레이엄은 자신을 위로하거나 자신에게 뭔가 물으려는 시도를 모조리 거절했다. 그는 앞서 실수로 드러낸 표정을 사람들이 잊어버리게끔 대화를 이끌어갔다. 그런 속임수가 그의 특기였다. 그는 자신의 '현재성'과 '과거성'을 완벽하게 조화시키는 것과 마찬가지로 그런 식의 속임수 또한 능숙하게 구사했다. 만약 그가 불타고 부서진 물건이 잔뜩 널린 방 주위에 문장을 쌓아놓는다면, 내 눈에는 변호사에게 알려줄 피해 상황이 전혀 보이지 않을 터였다.

우리는 당국에서 보내준 차를 타고 각자의 안가로 돌아갔다.

마거릿과 아서는 풀 죽은 표정으로 차에 올랐다. 그들이 자유롭게 돌아다니던 나날은 이미 끝났다. 이제 그들에게 21세기는 창밖에서 벌어지는 남의 일이었다. 나야 물론 그들이 가여웠다. 이곳에 도착한 후로 줄곧 시간관리국의 손에 운명이 달린 처지였으니까. 들이쉬는 숨 한 번, 흘리는 눈물 한 방울까지 감시당했으니까. 하지만 그들의 목숨을 구해준 건 시간관리국이었다. 그러니까 그 목숨을 어떻게 이어가느냐를 놓고 조금은 할 말이 있는 셈이었다.

집에 도착하고 나서, 그레이엄은 멍한 눈빛을 하고 입을 꾹 다문 채로 나를 현관문에 밀어붙였다.

"기억나요?" 내가 말했다. "우리 처음 키스했을 때 지금이랑 거의 비슷했던 거요."

"다 기억하는 걸 일일이 물어보지 말아요." 그가 중얼거렸다.

내가 양손으로 그의 머리카락을 붙잡자 그는 내 목에 얼굴을 묻었다.

"부탁이에요." 그가 중얼거렸다.

그가 내 안에 들어왔을 때, 또 그의 숨결이 내 목에 이슬로 맺혔을 때, 나는 그의 머릿속에 무슨 생각이 펼쳐지고 있을지 궁금했다. 입술이 얼얼할 때까지 그에게 키스하며 그의 생각을 들으려고 애썼다. 어떤 기분이었을까, 탐험대의 유일한 생존자가 되어 귀환하는 건? 만지고, 상처 입히고, 갈망할 몸을 아직 지니고 있는 유일한 사람이라는 건? 아직 죽을 수 있는 마지막 사람이라는 건?

　새로 옮겨간 임시 숙소는 허물어지고 물이 새서 몸에 안 맞는 옷을 입고 사는 것처럼 불편했다. 내 몸이 얼마나 연약한지 뼈저리게 느껴졌다. 미처 자물쇠를 바꾸지 못한 셋집에 그냥 들어가 사는 듯한 기분이었다. 현장 요원 교육 과정에는 맨손 격투 훈련도 있었는데, 나는 그거라도 해보면 기분이 조금이나마 나아질까 하는 생각에 등록했다. 훈련 시간에 여섯 차례 출석한 후의 어느 날, 값비싼 운동복 차림의 아델라가 나타났다.
　"한판 붙어볼까? 뭘 배웠는지 궁금해서 그래."
　"주로 달아나는 게 십중팔구 이득이라고 배웠는데요."
　"그게 첫걸음이야." 아델라는 그 말을 하고는 내 발을 옆으로 걸어찼다. 나는 창피하게도 억 소리를 내며 매트 위에 나동그라졌다.
　"시작한다는 말도 안 했잖아요!"
　"적들도 보통은 아무 말 안 하고 덮쳐." 아델라의 말투는 태연했다. 나는 그녀가 발꿈치로 내 배를 내려찍기 직전에 옆으로 데구루루 굴러 벌떡 일어났다.
　"그래요, 준장이라면 다짜고짜 저를 쏘겠죠. 그자한테는……파란 불빛이 나오는 무기가 있으니까……."
　"그거라면 이미 한 번 달아난 적이 있잖아. 이것 봐, 왜 그렇게 느릿느릿 치는 거야? 그러니까 나한테 손목이 잡히잖아."

나는 손을 홱 비틀어 벗어난 다음 잽싸게 뒤로 물러났다. "무슨 말씀이에요, 제가 '한 번' 달아났다뇨?" 말하다 보니 숨이 찼다. "그자가 또 나타나나요? 그런 정보가 있어요? 지금 어디 있대요? 아! 어떡해!"

"그냥 해본 말이야. 당신은 본인 생각보다 더 유능한 인재야. 고어 중령은 어떻게 지내?" 아델라는 내 약해빠진 주먹 두 방을 가뿐히 막으며 물었다. "사격 교관들이 고어 중령에게 원거리 무기 훈련을 허용하자고 건의한 건 나도 알아. 그 주먹은 너무 느려서 어디로 날아오는지 훤히 보이는군."

"다치실까 봐 일부러 그러는 거예요."

"그럴 일은 없을걸." 아델라는 그 말에 이어 내 어깨에 묵직한 주먹을 꽂았다.

"아!"

"막아야지."

"윽! 막고 있다고요! 그래요, 고어 중령도 저만큼이나 오래 청사에서 시간을 보내요. 오로지 훈련만 하는 것도 아니고요. 역사적 맥락을 파악하려는 의지도 있는 것 같아요. 아! 그러니까, 냉전에 관해 설명해주는 건 누구보다 기록 보관소 책임자가 잘하는 일이니까요. 어휴! 으악! 게다가 제가 얼마 전에 거대한 역사적 사건을 뜬금없이 던져주는 바람에 그 사람은 지금 시대를 거슬러 올라가며 기밀 해제된 자료를 뒤져보는 중이에요."

"2차 대전 때의 전격전과 9·11 테러를 얘기해줬군."

"하하. 윽! 실은 1차 대전 때의 참호전과 아우슈비츠 수용소에 대해 말해버렸어요."

내 말에 아델라는 멈칫했고, 나를 노리고 날아오던 손날도 허공에서 우뚝 멈췄다.

"뭐라고?"

"제가 뜬금없이 아우슈비츠를 입 밖에 내는 바람에 그 사람이 밤새 홀로코스트에 관해 찾아봤어요."

"세계 무역 센터가 공격당한 얘기는 안 해줬어?" 아델라가 물었다. 표정이 정말로 혼란스러워 보였다. 손은 여전히 허공에 떠 있었다. 나는 어떻게 할까 망설이다가, 멈춰버린 손은 곧 대련이 끝났다는 신호라고 결론짓고 긴장을 풀었다.

"안 했어요. 상상이나 가세요? 그 사람은 이미 1839년 아덴만에서 술탄국을 날려버리는 음모에 가담한 적이 있어요. 그런 사람이 테러와의 전쟁이라는 거대한 사건을 인종주의에서 벗어나 균형 있게 받아들일 거라고 믿어도 될지 어떨지, 전 도무지 모르겠다고요."

"그래." 아델라는 갈라지는 목소리로 말했다. "그 얘기를 어느 날 갑자기 들었다면 그 자리에서 시간관리국의 모범 요원으로 개종했겠지."

그러고는 내 눈을 똑바로 보며 한마디 덧붙였다. "그건 상상이 가."

천천히, 아델라의 표정이 고약하게 일그러졌다.

"난 방금 가드를 내리고 있었어. 영리한 사람은 이럴 때 공격하는 법인데." 그 말을 남기고 아델라는 내 얼굴을 후려쳤다.

나를 흠씬 패줬기 때문인지 아델라는 며칠 동안 기분이 좋았다. 나는 그런 그녀와 말싸움한 끝에 그레이엄을 감시하는 조건하에 함께 자전거를 타고 그리니치에 있는 프랭클린 탐험대 추모비에 다녀와도 좋다는 허락을 받아냈다. "과거에 마침표도 찍지 않고 현재에 적응하길 바랄 순 없잖아요." 내가 말했다. "그러고 나면 자기의 '현재성'과 '과거성'도 더 잘 파악하게 될 테고요. 그 사람의 자발적 인식률이 이미 높다는 건 저도 알지만, 좀 더 높인다고 해서 손해 볼 일은 없으니까요." 나를 보는 아델라의 눈빛은 통찰력이 비범한 고양이, 예컨대 죽은 쥐가 아니라 10파운드짜리 지폐를 입에 물고 귀가한 고양이를 바라보는 고양이 주인과 비슷했다.

내가 고른 소풍날은 사실 화창했다. 햇빛은 체 친 밀가루처럼 고르고 보드랍게 비쳤다. 앞마당이나 광장에는 기온 변화 때문에 정신이 이상해진 장미가 때 이르게 활짝 피어 화사한 꽃잎을 떨어뜨렸다. 자전거를 타고 가는 동안 우리 곁에는 서늘한 산들바람이 나란히 불었다. 더도 덜도 아니고 딱 악수하는 손길같이 부드러운 바람이었다. 화창한 날씨를 경험할 때 늘 그렇듯 이날도 나는 내 고민과 고통이 잠시 보류됐을 뿐, 잠깐 휴식을 취하고 나면 다시금 되살아나리라는 느낌에 사로잡혔다. 그러니까 말하자면, 내가 영적인 차원에서 화장실에도 들르고 목도 축이고 옷매무새도 가다듬은 후에.

구 왕립 해군 사관학교의 건물들은 3월 햇살 아래 티 없이 깨끗하고 방수포처럼 새하였다. 그레이엄은 기다랗게 펼쳐진 초록색 잔디밭 너머를 지그시 바라보다가 눈살을 찌푸렸다.

"이곳 자체가 하나의 추모비로군요."

"맞아요. 그래도 굉장히 멋진 추모비예요."

"내가 여태 살아남아 전설로 떠받들어질 만큼 늙어버린 나 자신을 목격하게 되다니, 정말이지 신기한 일입니다."

그레이엄은 길을 따라 천천히 걸으며 야외에 있는 건물을 처음 보는 사람처럼 주위를 두리번거렸다.

"우리 작은 고양이." 그레이엄이 말했고, 나는 순순히 그의 곁으로 쪼르르 다가갔다. 빤히 보이는 근처에 적어도 두 사람은 더 있었다. 이는 곧 우리가 공공장소에 있다는, 따라서 그가 나에게 키스하거나 포옹하는 일은 없을 거라는 뜻이었지만, 그는 손을 내밀어 냉큼 내 손을 잡았다. 그것조차도 그에게는 추잡한 애정 표현이었다.

우리는 그렇게 순결하고 적절한 거리를 유지하며 예배당 쪽을 향해 나란히 걷다가 계단을 올라갔다.

"이런." 그레이엄이 말했다.

"아."

"바로 저기 있을 거라고는…… 미처 생각을 못 했군요."

예배당의 프랭클린 탐험대 추모비는, 그러니까 보조 의무관 해리 굿서로 어렴풋이 추정되는 시신의 잔해 위에 세워진 추모 조각상은, 입구 근처의 우묵한 벽감 안에 자리 잡고 있었다. 나는 그 벽감 옆에 얼마 전 끝난 전시회 포스터가 반쯤 말린 상태로 붙어 있고, 검은색 벨트 차단봉 몇 개가 함께 남아 있는 것을 보고 부끄러움을 느꼈다. 이 순간은 마땅히 장엄하고, 감동적이고, 결정적이어야 했건만. 분명 구슬픈 오르간 연주가 들릴 거라 확신했건만. 그러기는커녕 이곳의 추모비는 사람들에게 잊힌 것처럼 보였다.

그레이엄은 우두커니 서서 돌에 새겨진 장교 명단을 한참 동안 바라봤다.

"그러니까 에드워드는 진급을 했군요." 그가 나직이 말했다. "다행입니다."

"다른 대원들도 모두 장교로 추서됐어요."

"아, 원래 그런 식이었습니다. 진급하려면 위 계급 사람이 죽기를 기다려야 하는 경우가 많았으니까요. 이 경우에는 죽은 사람이 본인이라는 게 유별날 뿐입니다."

그 말에 나는 어색한 미소를 지었다. 그레이엄은 안색이 몹시 창백했다. 눈동자는 그늘이 빚은 착시 효과 때문에 초록색이 하나도 보이지 않았다. 양 눈동자 모두 불투명하고 생기 없는 갈색이었다. 흡사 소생에 실패한 봄철의 나무처럼.

"그럼…… 의무관 굿서도 결국……?"

“예.”

“마지막으로 본 그 친구의 모습은 건강하고 호기로웠습니다. 자기 관측소까지 찾아와서 북극의 지의류에 관해 열변을 토했지요. 그 친구가 나한테 말하길 이끼는 하느님에게도 유머 감각이 있다는 증거이고, 버섯은 경외심이 있다는 증거라고 했습니다. 아주 괴짜였어요. 아마 당신도 좋아했을 겁니다.”

“맞아요. 그 사람이 가족에게 보낸 편지를 읽은 적이 있어요. 재미난 사람 같던데요.”

“당신에게 우리가 연구 대상이었던 걸 깜박했군요. 당신이 우리의 사적인 서신까지 읽을 수 있다는 것도요.”

“미안해요.”

“아뇨, 괜찮습니다. 적어도 그 편지들이 이날 이때까지 기억되고 소중히 다뤄졌다는 뜻이니까요.”

대꾸할 말이 좀처럼 떠오르지 않았다. 그래서 손끝을 그레이엄의 손바닥에 살며시 댔다. 그는 차 기어를 바꿀 때 나는 것과 비슷한 소리를 목 깊숙이서 조그맣게 내고 말했다. “여기 잠시 혼자 있어도 되겠습니까?”

“그럼요. 어, 난 잠깐 기다리고 있을 테니까⋯⋯.”

“당신도 흥미가 가는 게 있는지 따로 찾아보십시오.”

“아, 그래요. 난 박물관에 가볼게요.”

박물관 한쪽에는 탐험대가 최후를 맞은 곳에서 발굴한 유물도 있었기 때문에 나는 방금 한 말을 후회했지만, 그레이엄의 머릿속은 이미 딴 곳에 가 있었다. 그는 나를 돌아보지는 않았지만 손을 뻗어 내 뺨을 쓰다듬었다. 손길이 꼭 무의식적으로 동물을 쓰다듬는 것 같았다. "고마워요." 그가 말했다.

마침내 신중하게 작성한 그레이엄의 문자메시지가 도착한 때는 한 시간 후였다. 메시지의 용건은 그리니치 도보 터널 입구에서 만나자는 것이었다. 함께 노점 식당에 앉아 점심을 먹다 보니 누텔라를 얹은 피상 고렝*의 조리법을 골똘히 추리하는 그의 모습이 눈에 띄었다. 내가 그걸 집에서 만들려면 먼저 소방 담요부터 사야겠다고 농담조로 말하자 그는 자신을 믿어주지 않는다며 핀잔하더니, 왜 이때껏 자신에게 누텔라를 먹지 못하게 했냐고 물었다. 나는 나 스스로도 누텔라를 먹지 않으려고 애쓸 뿐 아니라 혹시라도 먹으면 그 대신 다른 음식을 먹지 않고 버틴다고 말해줬다.

"그러고 보니 얘기할 게 있습니다."

"뭔데요?"

"탐험대의 식인 행위에 관해서요."

"아."

"나는 그들과 아는 사이였습니다."

"그랬죠."

"그들은 그런 짓을 할 사람이 아니었어요."

그레이엄은 나를 지그시 봤다. 나를 무슨 병에 담긴 콩 수백

---

*　　　인도네시아식 바나나 튀김.

알쯤으로 보는 듯한, 그런 나를 저울에 달아 재면 무게가 얼마나 나갈지 곰곰이 추측하는 듯한 표정이었다.

"안 그렇습니까?" 그레이엄이 물었다.

"안타까운 일이에요. 당신이 그 사실을 알았다면, 우리가 어떻게 그걸 알아냈는지도 알고 있겠죠. 이누이트들은 거짓말을 할 동기가 없었어요. 게다가, 그래요. 결국에는 사람들이 유해도 찾아냈어요. 그러니까 영국 조사단, 캐나다 조사단, 다른 나라 조사단들이요. 뼈에 칼자국이 남아 있었어요. 게다가 '냄비 닦기*' 흔적도 같이 나와서……."

그레이엄은 나무 포크를 치켜들어 내 말을 막았다. 그는 입술이 창백했다. 얼굴의 다른 부분도 마찬가지였지만, 내 가슴이 철렁했던 까닭은 그 입술 때문이었다. 한참 후에 그가 입을 열었다. "원주민들 말이 사실이라고 믿습니까?"

"그레이엄, 그건 실제로 일어난 일이에요. 고고학적 증거가 있다고요."

"그럼 당신은 나 역시 그런 짓을 했을지 모른다고 생각하겠군요."

"누구나 그렇게 했을 거예요. 그렇게 굶주린 상황에서는."

"그런데도 에스키모들은 도와주지 않았던 거군요."

"우리는 그 사람들을 가리켜 '이누이트'라고 해요. 그들은 시

---

*　부러지거나 잘린 뼈의 끄트머리가 조리 과정에서 용기 안쪽 면에 계속 부딪혀 마모되는 현상.

시때때로 탐험대와 교류했어요. 탐험대가 배를 포기한 후에 그
들과 함께 순록 사냥에 나섰다는 기록도 적어도 한 건은 있고
요. 그런데요. 그러니까 내 말은, 킹 윌리엄 평원의 풍경은 당신
도 기억할 거예요. 거긴 그렇게 많은 사람이 살아남을 만큼 사
냥감이 풍부한 곳이 아니에요."

그레이엄은 묘하게 흐리멍덩한 표정으로 나를 봤다. 머릿속
깊숙이 뭔가 파묻고 있는 사람이 지을 법한 표정이었다. "마지
막까지 남은 대원들의 이름을 압니까?"

"아뇨. 스타베이션 만 마지막 야영지에 도착한 인원은 30명
정도였어요. 하지만 그들이 누군지는 우리도 몰라요. 이누이트
증언을 근거로 크로지어 함장과 의무관 맥도널드가 마지막 생
존자였을 거라 추정하는 사람들도 있지만, 실은 우리도 몰라요."

그레이엄의 얼굴에 안도하는 표정이 번졌다. 나는 궁금했다.
그가 누구를 떠올렸을지, 그의 상상 속에서 굶주려 멍해진 눈빛
으로 이 사이에 낀 종아리 힘줄을 손톱으로 긁어낸 사람이 누
구였을지.

이튿날 아침, 눈을 떠보니 그레이엄이 내 침대에 있었다.

우리는 거의 매일 밤 같이 잤다. 그레이엄은 뇌의 플러그를
뽑아버린 사람처럼 곯아떨어졌다. 잠들었을 때 얼굴이 소년처
럼 귀여워서 불안했다. 나는 그를 좋아했고, 그 사실 때문에 살
이 한 꺼풀 벗겨진 것처럼 약해진 상태였다.

하지만 아침에 침대에 있는 그레이엄은 본 적이 거의 없었다. 그는 나보다 두 시간 정도 일찍 일어났으니까. 그래서 침대에 똑바로 누워 천장을 우두커니 보고 있는 그의 모습이 눈에 들어온 순간, 뭔가 잘못됐다는 느낌에 등골이 서늘했다.

"나는 다시는 돌아가지 못하겠지요?" 그레이엄이 물었다. 목소리가 대화할 때처럼 자연스럽고 나직했다. 오 분 전까지 하던 이야기를 다시 이어가는 것처럼.

나는 꼼지락꼼지락 다가가 그의 가슴에 손을 얹었다.

"그래요. 돌아갈 수 없어요."

"정말로 그럴 거라고 믿지는 않았던 것 같습니다. 그런데 정말이었어요. 모두 죽었습니다. 내가 알던 사람들 모두 죽었어요. 내가 살면서 가졌던 것도 모조리 사라졌고요."

나는 엄지로 그의 가슴을 문질렀다. '정신을 집중하고 침착성을 유지할 것.' 복지과에서는 그렇게 조언했다. '행동에 전념할 것. 혼란을 받아들이고 설명을 요구하지 말 것.' 그는 나를 물끄러미 봤다. 눈빛이 멍하고 공허했다. 동물이 책을 볼 때의 눈빛처럼.

"나를 몇 달 넘게 알고 지낸 사람이 세상에 단 한 사람도 남아 있질 않습니다. 낯선 땅 이방인 신세인 겁니다."

"내가 알아요."

"그렇습니까?"

"그러려고 애쓰는 중이죠. 당신을 더 잘 알고 싶어서."

그레이엄의 표정이 어딘가 부드러워졌다. 아주 조금, 슬픔의 바다가 언뜻 눈에 띌 만큼만. 그는 그 바다를 막으려고 일찍이 둑을 쌓았고, 지금도 여전히 쌓고 있었다. 밤이면 밤마다, 낮이면 낮마다.

"이리 와요." 그가 말했다.

사람들은 이따금 나에게 캄보디아에 '돌아가본' 적이 있냐고 물었다. 그러면 나는 '방문해본' 적이 있다고 대답한다.

언젠가 부모님과 동생과 함께 그곳을 방문했을 때, 우리는 어머니의 계획에 따라 바닷가 휴양지인 케프로 여행을 갔다. 케프의 시장에서 미꾸라지와 꼴뚜기를 숯불에 구워 팔던 노점상 여인들은 신이 나서 우리에게 바가지를 씌워댔다. 어머니의 프놈펜식 억양이 나머지 식구들의 서양인 얼굴만큼이나 분명한 외지인의 표식이었기 때문이다. 우리는 다리가 긴 평상에 앉아 생선과 여주를 넣고 프라혹*으로 양념한 볶음밥을 먹었다. 행운을 기원하는 주술 문신을 몸에 새긴 음료 행상인이 어머니에게 정숙한 캄보디아 여성은 술을 마시지 않는다고 말하는 바람에, 아버지는 맥주를 사서 어머니에게 몰래 건네주고는 어머니가 한 모금 마실 때마다 부채를 들어 가려줬다. 두 사람의 비밀 작전은 횟수를 거듭할수록 점점 더 우스꽝스러워졌다.

우리가 식사를 다 마치고 그 경험을 좋은 추억으로 머릿속에

---

*   민물고기를 발효해 만든 캄보디아 전통 젓갈.

새겼을 무렵, 어머니는 우리를 데리고 바닷가를 따라 한참 더 걸었다. 마침내 우리 눈앞에 드러난 어머니의 목적지는 인적 없는 잡초투성이 집터였다. 그곳에서는 동물 배설물 냄새가 진동했다. 어머니는 그 집 바닥에서 뭔가 붉은 것을 집어 들었다.

"이것 좀 보렴."

섬세하게 조각한 바닥 타일의 파편이었다. 타일 표면에는 일부러 마모시켜 도드라지게 가공한 만다라 문양이 새겨져 있었다. 우리는 감탄한 눈으로 발 주위를 둘러보기 시작했다.

"여긴 우리 가족의 휴가용 별장이었어." 어머니가 말했다. "이 타일은 너희 외할머니가 고르신 거야."

모종의 이유로 스스로가 근본부터 변했을 때, 우리는 이렇게 말한다. '세상이 변했어.' 하지만 세상은 그대로 머물러 있다. 변한 것은 당신과 움직이는 땅 사이의 관계다.

사람을 원래 살던 시대에서 먼 미래로 데려오는 시간 여행 프로젝트는 역사상 처음 있는 일이었다. 그러한 의미에서 이주자는 독특한 곤경에 처하는 셈이었다. 하지만 상실과 망명, 탈출과 고독의 리듬은 인류 역사가 이어지는 동안 홍수처럼 내내 출렁여왔다. 나는 그것들을 내 삶에서도 목격한 적 있었다.

그레이엄이 거친 바다에서 표류하는 심정이라는 것은 나도 아는 바였다. 그는 나를 원했다. 이제 그것은 명백한 사실이었다. 다만 그는 그렇게 되기를 바라지 않았거나, 우리가 자기 방식대로 행동하기를 바랐다. 그는 우리 시대의 어떤 것하고도 확실한 관계를 맺지 못했지만 나와 사랑을 나누는 방법은 알았고, 그것이 내가 원하는 것이라는 점도 알고 있었다. 만약 내가 그에게 자기 뜻대로 선택할 여지를 줬다면 그는 내게 손도 대지 않았을 테고, 그 조그만 집에서 함께 살며 순결한 몸으로 나에게 구애했을 것이다. 시간관리국에서 일해 번 돈으로 아내를 얻어 부양할 수 있는 어엿한 남자가 될 때까지.

내가 그레이엄을 배신했다는 말을 하고 싶은 것 같다. 그는 내가 자신의 닻이 될 줄 알았지만, 나는 거꾸로 그에게 내 닻이 되라고 했으니까. 물론 다른 방식으로도 그를 배신하기는 했다. 그에게 비밀을 감추고, 그에 관해 보고하는 식으로. 하지만 그런 건 처음부터 내 직무 범위에 포함된 일이었다.

그레이엄은 침대 헤드에 등을 기대고 앉아 나를 무릎에 앉히고는, 느긋하게 내 품을 파고들었다. 수염이 희미하게 돋은 그의 턱과 입술이 지그시 문지르고 지나간 내 입과 가슴은 짜릿하게 따끔거렸다. 그는 내 유두 한쪽을 손가락 관절 사이에 끼워 묵주 구슬처럼 굴리는 동시에 한 팔로 내 엉덩이를 끌어안고 나를 움직이지 못하게 붙들었다.

"나 좀……."

"얌전히 굴어요, 천천히."

나는 두 번이나 몸을 틀어 그에게서 떨어졌고, 입과 손으로 그를 자극해 거친 동작을 이끌어내려 했다. 그렇게 둘 다 땀에 흠뻑 젖은 상태로 그에게서 몸을 떼자 싸늘한 방 안 공기가 묘하게 차가운 관능을 띠고 내 몸을 날름거렸다. 다시 그에게 돌아왔을 때, 그는 내 입을 핥아 깨끗하게 해줬다.

"내가……."

"안 돼요." 그가 내 목을 살짝 깨물었다.

침대 옆 협탁에 놓인 업무용 휴대전화에서 벨소리가 울렸다.

"잠깐……."

"받지 마요."

"저건, 아…… 저건, 업무……."

"내가 아는 한 당신의 업무는 '나'예요. 그러니까 지금 당신은 근무중인 겁니다. 어때요, 내가 이렇게, 깊이 파고들면, 기분이 좋은가요……?"

전화벨 소리가 끊겼다. 몇 초간 정적이 흐른 후, 벨소리가 다시 울렸다.

"아, 제발요…… 내가……."

그레이엄은 한숨을 쉬더니 나를 들어 침대에 털썩 눕혔다. 나는 그의 허리에 발목을 걸어 내 쪽으로 끌어당겼다. 그는 금세 그런 식으로 재촉할 필요조차 없는 상태가 됐다. 침대가 벽에 사납게 부딪혀 쿵쿵댔다. 한쪽 발로 그의 종아리를 긁으며, 침대 헤드가 쿵쿵대는 소리와 전화벨 소리를 들으며, 나는 절정에 이르렀다. 긴장감이 엄청났다. 곧바로 그도 절정을 느끼고 내 귓가에서 숨을 헐떡였다. 나는 그의 등을 쓰다듬으며 마이크로 칩이 들어 있는 볼록한 자리를 만졌다.

긴장이 모조리 빠져나간 그의 몸이 내 위로 축 늘어졌다.

"헉! 무거워요!"

"당신 엉덩이를 잡고 각도를 제대로 유지하려다 허리를 삐끗한 것 같군요." 그의 목소리는 태평했다. "그래도 뭐, 고맙다는 말은 안 해도 됩니다."

"비켜요. 전화 좀 받게."

"흠. 등뼈에 감각이 돌아올 때까지 이대로 있을 겁니다만."

나는 그를 옆으로 밀려고 버둥거렸다.

"이대로 물러나면 허벅지에 다 흐를 텐데요." 그가 말했다. "그럼 당신은 굉장히 짜증을 낼 겁니다."

"수줍음 많던 숫총각 신랑이 어쩌다 이렇게 돼버렸죠?"

"글쎄요, 우린 결혼한 적 없습니다. 당신이 나를 오입쟁이로 만든 거지요. 이제 난 망했어요."

그래도 내 말은 효과가 있었다. 그는 내게서 물러나 침대보를 허리에 둘렀다.

"숫총각도 아니었는데요, 뭐." 나는 신이 난 목소리로 말했다. 그는 내 말을 못 들은 척했다.

휴대전화 화면이 켜지며 문자메시지 알림이 떴다. 아델라가 보낸 메시지였다.

당장 관리국으로 와.

IX

1859년 5월. 레오폴드 매클린톡 함장이 이끄는 탐험대는 벨로 해협에서 팔 개월 동안 유빙에 갇혀 지냈다. 그간 동상과 괴혈병과 북극의 기나긴 겨울이 대원들을 괴롭혔다. 바야흐로 태양이 다시 모습을 드러냈고, 이로써 썰매가 움직이기 시작했다.

매클린톡 탐험대의 부함장인 홉슨은 킹 윌리엄 평원을 따라 남쪽으로 향했다. 몇몇 에스키모들은 홉슨에게 말했다. 구 년 전, 굶주리고 탈진한 채 낙오한 백인 서른 명가량을 목격했노라고. 다름 아닌 존 프랭클린 경이 이끄는 북서항로 탐험대의 생존자로 알려진 이들이었다. 프랭클린 경이 지휘한 두 함선, 즉 에러버스함과 테러함은 1845년 7월 이후 목격된 적 없었다. 그와 함께 출항한 장교와 수병 중 발견된 이는 전무했다.

에스키모들은 다른 것에 관해서도 넌지시 알려줬다. 임시

야영지에 널려 있던 토막 난 몸뚱이, 냄비에 들어 있던 장화, 그 장화에 그대로 들어 있던 사람의 발. 칼자국이 난 정강이 뼈, 골수가 깨끗이 빨려나간 손가락뼈. 본토의 마지막 야영지에서 발견된 시체는 귓불에 칼로 구멍을 내고 거기에 시곗줄을 끼워놓은 모습이었다. 시계를 안전하게 보관하려고, 그 시계가 값어치를 지닌 곳으로 돌아가리라는 희망에 매달리려고 한 짓이었을 것이다. 홉슨은 저장용 음식을 스푼으로 떠먹으며 자신의 팔 근육은 어떤 맛이 날지 궁금해했다.

홉슨은 유럽인들이 펠릭스 곶이라는 이름으로 부르는 곳에서 야영지의 잔해를 발견했다. 여태 서 있던 텐트 안에는 곰 가죽과 방수포 침낭이 가득했다. 육분의 두 개와 엽총 산탄의 철사 탄피, 설원용 고글, 놋쇠 나사도 나왔다. 그는 이곳이 마지막 피난처로 만든 야영지가 아니라, 비교적 온화한 하절기에 과학 연구를 할 목적으로 설치한 관측소였다고 결론지었다. 유일한 의문점은 어째서 대원들이 이곳을 그토록 성급하게 떠났는가 하는 것이었다. 해군의 귀중한 물자를 버리면서까지.

썰매를 타고 남쪽으로 더 내려간 홉슨은 돌무덤을 발견했다. 돌무덤 안에는 훗날까지 전해지는 프랭클린 탐험대의 유일한 통신문이 남아 있었다. 해군 본부에서 사용하는 편지지에 두 번에 걸쳐 빼곡히 적은 메모였다.

첫 번째 메시지는 굵고 야무진 글씨체로 아래와 같이 적혀 있었다.

영국 해군 소속 에러버스함과 테러함은 북위 70도 05분, 서경 98도 23분 지점에서 유빙에 갇혔다. 1846년 말부터 1847년 초까지 비치 섬의 북위 74도 43분 28초, 서경 91도 39분 15초 지점에서 겨울을 난 후, 웰링턴 해협을 지나 북위 77도까지 올라갔다가 다시 콘월리스 섬 서쪽으로 돌아왔다. 존 프랭클린 경이 탐험대를 지휘중. 전원 **이상 무.**

1847년 5월 24일 월요일, 장교 2명과 사병 6명이 일행을 꾸려 하선함.

(서명)　G. M. 고어, 대위.

(서명)　CHAS. F. 데뵈, 일등 수병.

두 번째 메시지는 편지지 가장자리에 비뚤배뚤한 글씨로 아래와 같이 적혀 있었다.

1848년 8월 25일 작성. 탐험대는 4월 22일 이곳 기준 북북서로 5해리 떨어진 지점에서 테러함과 에러버스함으로부터 퇴함했다. 두 함선은 1846년 9월 12일부터 그곳에 발이 묶였다. 장교 및 승조원 105명은 F. R. M. 크로지어 함장 지휘하에 이곳 북위 69도 37분 42초, 서경 98도 41분 지점에 도착했다. 이 서신은 1847년 ~~5월~~ 6월 고故 고어 중령*이 이곳에서 북쪽으로 약 6.5킬로미터 떨어진 곳의 돌무덤에

---

*　당시 영국 해군에는 오늘날의 소령Lieutenant Commander에 해당하는 계급이 없었다. 이 점과 더불어 군인이 임무 수행 도중 사망하는 경우 1계급 특진을 추서하는 관행을 함께 반영해 여기서는 중령으로 옮겼다.

남겨뒀고, 이후 어빙 소위가 발견했다. 돌무덤은 원래 1831년에 제임스 로스 경이 만들었으리라 추정된다. 다만 돌무덤과 함께 제임스 로스 경이 세운 돌기둥은 발견된 바 없으며 이 서신은 그 후 제임스 로스 경의 돌기둥이 있던 이 지점으로 옮겨졌다. 존 프랭클린 경은 1847년 6월 11일 사망했다. 현시점에서 탐험대의 총 사망 인원은 장교 9명 및 사병 15명이다.

(서명)　제임스 피츠제임스, 영국 해군 에러버스함 함장.

(서명)　F. R. M. 크로지어, 함장 및 선임 장교

내일, 즉 26일에 백 강을 향해 출발할 예정

이 메모에는 두 가지 중요한 사실이 드러나 있다.

첫째, 탐험대는 1848년 4월에 배를 포기했다. 여름 기온이 너무 낮아서 바다가 계속 얼어붙은 상태로 두 해를 보낸 후의 일이었다. 대원 24명은 이미 사망했고 명망 높은 프랭클린 경 또한 그중 하나였다. 각각 테러함과 에러버스함의 함장이었던 프랜시스 크로지어와 제임스 피츠제임스는 양 함의 휘하 장병을 이끌고 1200킬로미터 넘게 육상 행군을 감행했다. 홉슨이 아는 한 그 고역에서 살아남은 이는 없었다.

둘째, 중령으로 야전 특진한 그레이엄 고어는 행군이 시작되기 전에 사망했다. 역사는 그를 삼켜버렸다. 불운한 뱃사람을 바다가 삼켜버리듯, 흔적도 없이.

9장

시간관리국에 도착하자 아델라가 살벌한 눈빛으로 나를 노려봤다. 얼굴 윤곽이 흐릿해 보였는데, 그러고 보니 맨얼굴을 보기는 이때가 처음이었다. 머리 한쪽에 동그랗게 말린 머리카락이 손바닥만 한 크기로 불룩 솟아 있었다.

"내부에 스파이가 있어." 아델라가 으르렁대듯 말했다.

"어……."

"난 그게 퀜틴인 줄 알았어. 지난번에 말이야. 그래서 퀜틴이 무력화된 거야."

"무력화라니……."

"당신 지금 위험한 상태인 거 알아?" 아델라는 내 팔을 잡으며 말했다. 나는 퍼뜩 놀라 그녀를 마주 봤다. 아드레날린이 살갗 아래로 뭉글뭉글 번져나갔다. 내 몸이 너무 오래 반죽한 퍼

티가 된 기분이었다.

"제가 위험하다는 건 저도 알아요. 준장이……."

"관리국 내부에 그자에게 정보를 제공하는 자가 있어. 그런데 난 그게 누군지 몰라."

그 순간 문득 묘한 기분, 그러니까 평생 내가 진짜 인간인 줄 알고 살다가 눈을 찔렸는데 아무 고통도 느껴지지 않고 유리 깨지는 쨍강 소리만 난 듯한 기분이 들었다. 나는 단지 인형일 뿐이었다. 내 안의 지능은 물 한 병보다 나을 바가 없었다.

"시간관리국 내부에 첩자가 있다는 건 어떻게 아셨어요?" 내가 물었다. 아델라는 답답하다는 듯이 두 손을 펴들었다.

"보안이 뚫렸잖아!" 느낌표를 붙여 말하는 아델라는 이때 처음 봤다. 그 덕분에 십 년은 더 젊어 보였다. "시간의 문의 좌표가 유출됐어! 준장이 어디 있는지도 여태 파악도 안 되고! 있을 만한 곳은 죄다 뒤졌는데!"

우리는 서로 빤히 마주 봤지만, 둘 다 상대의 표정을 제대로 파악하지는 못했다. 그사이 어떤 움직임이 아델라의 표정을 물들여갔다. 처음에는 그녀가 감정을 표현하는 보기 드문 광경을 목격하는 줄 알았다. 그러나 계속 보다 보니 기이하게 각진 턱과 광대뼈가 다시 움직이고 있다는 확신이 들었다. 얼굴이 꼭 방금 막 흔들어놓은 점액 같았다.

위태롭게 휘어진 비계飛階 같은 아델라의 표정을, 나는 홀린 듯 빤히 바라봤다.

"방금 '지난번'에는 퀜틴이 내부 첩자인 줄 알았다고 하셨죠. 그게 무슨 말씀이에요?"

아델라는 손가락으로 머리를 쓸어내렸다. 불룩하던 옆머리가 조금씩 납작해졌다. 기름이 번들거리는 머리카락이 지친 듯이 축 처졌다.

"언젠가는." 아델라가 말했다. "억지로 대화하는 척하려고 바보 같은 질문 던지는 걸 그만두는 법을 배워야 할 거야. 그런 걸 예쁘게 봐주는 사람은 아무도 없으니까. 내가 무슨 말 하는지 정확히 알 거야."

아델라와 면담을 마치고 나서, 나는 비가 새는 허름한 우리 아파트로 돌아와 엉망으로 어질러진 주방에 앉아 보고서를 읽으려고 했다. 다만 실제로는 이십 분 동안 내내 같은 페이지만 들여다봤다. 그레이엄은 압수되지 않은 오토바이를 타고 외출한 참이었다. 아파트 입구를 숨기려고 만든 살풍경한 뜰 쪽에서 오토바이를 세우는 소리가 들리더니, 몇 분 후에 문 자물쇠를 여는 소리가 났다. 그레이엄은 쓰러질 듯 쿵쾅거리며 문간에 들어선 다음 가쁜 숨을 몰아쉬며 내 이름을 불렀다.

의자에서 일어서는 순간 긴장한 나머지 심장이 터질 것만 같았다. 그레이엄은 나를 이름으로 부르는 경우가 거의 없었다. 그런데 '우리 작은 고양이'나 '내 가교'가 아니라 내 이름을, 내 진짜 이름을 부르다니. 심지어 제대로 된 발음으로, 처음부터 알고 있던 정확한 발음으로. 나는 부리나케 복도로 뛰쳐나갔다. 그의 몰골은 끔찍했다. 얼굴은 창백했고 땀에 흠뻑 젖어 있었다.

"매기한테 일이 생겼습니다." 그레이엄이 말했다.

미술관 견학을 다녀온 후로 그레이엄은 걱정과 부담감에 시달렸다. 훌륭한 장교는 부하를 보살피게 마련이니까. 그래서 그는 마거릿을 만나러 외출했다. 그녀가 사는 안가의 위장막인 폐점한 가게의 출입문 앞에 도착했을 때, 그는 문 옆에 페인트칠한 막대처럼 기다랗게 드리운 검은 선을 보고 의아했다. 흥미로운 착시 현상이었다. 강제로 열렸던 문이 살짝만, 아주 살짝만 열린 상태로 방치됐고, 이 때문에 문 안쪽의 캄캄한 현관이 손가락 한 마디 굵기로 들여다보였다. 그는 안으로 들어서서 큰 소리로 마거릿을 불렀다. 거뭇한 허공으로 사라져가는 목소리가 묘하게 느껴졌다.

계단이 눈에 들어왔다. 그레이엄은 그 계단을 올라갔다. 평소 같으면 절대 하지 않을 행동이었다. 뭔가 부패한 느낌, 부서진 느낌이 들었다. 욕실을 보니 바닥 타일이 군데군데 뜯겨나가 엉망이었고 욕조는 물이 차 있었다. 물속에 랠프가 있었다. 한때 랠프였던 존재가 욕조 물에 반쯤 잠겨 있었다. 이제는 보지 못하는 눈을 부릅뜬 채로. 얼굴은 이미 슬슬 불어가는 상태였다. 그레이엄은 뒷걸음으로 욕실에서 나와 2층 계단 입구를 지나 부서진 침실 문 쪽으로 향했다. 침대에 누운 사람이 보였다. 죽은 여성이었다. 목이 졸린 채로. 얼굴이 짙은 자줏빛으로 물든 탓에 이목구비의 생김새를 알아보는 데만도 몇 초가 걸렸다. 이윽고 그는 깨달았다. 마거릿이 아니었다. 다른 여성이었다. 머리는 색이 옅은 금발이었고 키도 더 컸다. 마거릿이 규칙을 어기고 연락을 주고받던 데이트 상대였다. 이제는 옛 연인이지만. 방은 적의를 품은 자들 손에 부서져 엉망이었다. 정작 마거릿의 모습은 어디에도 보이지 않았다.

"아아, 어떡해." 나는 갈라지는 목소리로 중얼거렸다.

"어디로 갔을지 짚이는 데가 있기는 합니다." 그가 말했다.

"어딘데요?"

그레이엄은 런던 동쪽 레이넘의 그린하이드 인근에 반쯤 무너진 지하 터널망이 있다고 했다. 공업 단지가 땅을 파서 터를 잡은 데다 템스 강이 범람한 탓에 상당 부분 물에 잠겼지만, 지난 일 년 동안 자전거를 타고 경계선 바로 끝까지 돌아다니며 조사한 결과에 따르면 지하에는 여전히 터널이 뻗어 있었다. 그가 설명하길 자신이 해군에 복무하던 시절에 사용하던 터널이고, 당시에는 딱히 비밀도 아니었지만 지금은 비밀에 부쳐진 것 같다고 했다. 그는 아서와 마거릿에게 뭔가 문제가 생기면 그곳으로 피신하라고, 그러면 자신이 데리러 가겠노라고 일러뒀다고 했다.

설명을 듣는 동안 나는 손톱으로 목을 긁었다. 강박적으로, 살갗이 일어나 하얀 선이 생길 정도로. 그러다가 두서없이 주절거리기 시작했다. "왜 그런 말을 했어요? 뭐가 어떻게 잘못될 거라고 생각했길래요? 왜 나한테는 말 안 했어요?"

그레이엄은 마지막 질문에만 대답했다.

"당신은 내 곁에 있을 거라고 생각했습니다. 당신을 지켜야겠다고도 생각했고요. 우선 아서네 집부터 들러야 합니다. 그 친구는 무슨 일이 일어났는지 모를 테니까요. 그다음에 터널로 이동합시다."

뭔가 말하고 싶었지만, 내 입에서는 양철 피리를 발로 밟을 때 날 법한 가느다란 쉿소리만 새어 나올 뿐이었다.

"짐 싸요." 그레이엄이 말했다. "따뜻한 옷을 챙기세요. 방수가 되는 걸로. 입을 수 있으면 입어요, 공간이 절약되니까. 물하고 비상식량도 있어야 합니다."

"그래요. 알았어요. 알았다고요. 내가 관리국 보급 창고에 들르면 되니까요. 내가…… 그래요, 자전거를 타고 가서, 내가……."

"변기 수조에 비상식량 상자를 숨겨뒀습니다." 그레이엄이 말했다. 나는 너무 갑작스레 숨을 헉 들이마시는 바람에 그만 사레가 들리고 말았다. 기침이 그치고 나서, 나는 갈라진 목소리로 물었다.

"이럴 줄 알고 미리 계획을 세워둔 거예요?"

"'이럴까 봐서' 세워놓은 계획입니다. 당신이 위험에 처했다고 당신 입으로 말했잖습니까. 그런데도 아무 계획이 없다면 나는 장교도 뭣도 아닙니다. 서둘러요. 짐을 넣을 자리는 오토바이 연료 탱크 위 가방 한 개, 안장 뒤 상자 한 개가 닮니다. 그러니 잘 생각해서 챙겨요."

나는 황망한 정신으로 움직였다. 큼지막한 에드워드 양식 변기 수조 안에 그레이엄이 말한 상자가 있었다. 그 상자를 끌어 올리다가 그만 수조 밸브를 뽑고 말았다. 그런 건 중요하지 않았다. 준장과 살레스가 마거릿이 사는 안가의 위치를 알았다면, 우리가 있는 곳이 어딘지도 알 테니까. 아마도 마이크로 칩의 데이터를 손에 넣은 모양이었다. 실시간 피드까지는 몰라도 데이터 요약 보고서는 틀림없이 확보했을 터였다. 우리는 이 집으로 다시 돌아오지 못할 신세였다.

만약 그레이엄이 이주자들에게 한곳으로 모이라고 일러뒀다면, 내 관점에서는 그들을 인솔해 보호 시설로 데려가기가 더 쉽다는 뜻이었다. 그저 서두르기만 하면 됐다. 그 파란 불빛이 나오는 무기보다 더 빠르게, 내부 첩자가 정보를 넘기는 속도보다 더 빠르게. 젠장. 나는 비상식량 상자를 발로 차서 내 방에 던져넣고 권총을 챙겼다. 그런 다음 총집과 상자를 들고 그레이엄의 방으로 후다닥 걸어갔다. 아드레날린이 하도 치솟아서 시야 가장자리가 온통 흐릿하게 보일 지경이었다.

그레이엄은 권총에 탄을 장전하는 중이었다. 침대 옆 협탁 맨 아래 서랍이 열려 있었고, 그 속에 있던 얼마 안 되는 물건이 사방에 널려 있었다. 아마 그 아래 총을 숨겨둔 모양이었다.

"당신이 왜 그런 걸 갖고 있어요?"

내 말에 그레이엄은 눈썹만 쓱 올릴 뿐, 내 쪽을 돌아보지도 않았다. 나는 그에게 쭈뼛쭈뼛 다가갔다.

"세상에, 그레이엄, 이건 관리국에서 쓰는 총이잖아요."

"맞아요."

"사격 교관들이……."

"그 사람들은 이게 나한테 있다는 걸 모릅니다." 그가 재빨리 내 말을 막았다.

그레이엄은 내팽개친 서랍을 발로 힘껏 밟았다. 바닥 판자가 갈라졌고, 그 아래로 진청색이 언뜻 보였다. 여권이었다. 나는 그 여권이 가명으로 만들어졌다는 데에 내 비상식량을 기꺼이 걸 용의가 있었다.

그가 관리국에서 얼마나 오랜 시간을 보냈는지 떠올려봤다. 그동안 잡담을 하고 질문도 하며 얼마나 많은 사람을 자기편으로 끌어들였을까. 얼마나 감쪽같이 무해한 사람 행세를 했을까, 또 얼마나 태연하게 멍한 눈빛을 연기했을까. 그가 경보장치에 감지되지 않는다는 사실, 현대 기술로 기록할 경우 인간이라는 존재로 입력되지 않는다는 사실이 떠올랐다. 나는 그를 바라보며 내가 그라는 사람을 알기는 하는지 궁금해졌다.

마침내 그가 나와 눈을 마주쳤다. 말은 한마디도 하지 않았다. 대신 나에게 키스했다. 서둘러서, 다급하게. 분명 의미 있는 일이었다.

　그레이엄의 등에 찰싹 붙어 오토바이를 타고 가는 동안 나는 금방이라도 눈물이 터질 것만 같았고, 머릿속에서는 수많은 질문이 꼬리를 물고 떠올랐다. 기다랗게 이어진 질문이 내 안에 쌓여 거대한 쓰레기 더미를 이뤘다.

　시멜리아가 전에 뭐라고 했더라? '복지과의 아서 담당 팀이 내 접속을 차단했어.' 아이번은 대기 발령 상태였다. 무슨 일이 있었던 걸까? 랠프는 죽었다. 에드는 앤 스펜서가 사망한 후에 '해임'됐는데…… 나는 왜 에드가 무사한지 확인하지 않았을까? 국장은 벌써 몇 주째 얼굴도 구경 못 한 참이었다. 나는 전적으로, 무슨 계략에 빠지기라도 한 것처럼, 아델라하고만 일했다. 국장이 국방부와 무슨 협정이라도 맺은 걸까? 준장을 상대로? '내부 첩자'는 사실 한 사람이 아니라 프로젝트를 방해하는 일련의 정보 유출 경로, 또는 반反프로젝트, 또는 우리를 무너뜨려 국가 안보라는 명분하에 자기네 밑으로 흡수하려는 국방부의 최종 로비였을까? 사실 가망 없는 기관을 떠받치려고 안간힘을 썼을까? 메스꺼움, 공황, 벨벳처럼 보드랍게 옥죄는 편두통이 나를 덮쳤다.

　아서와 시멜리아가 함께 지내는 안가(원래는 진료소로 쓰이던 건물이었고 외벽에 고슴도치 가시처럼 비계가 잔뜩 설치돼 있었다)에 와보기는 처음이었지만, 당장은 집 구경을 할 때가 아니었다. 내 눈에는 그저 살짝 열린 현관문과 부서진 자물쇠밖에 보이지 않았다.

"시멜리아?" 나는 갈라진 목소리로 그 이름을 불렀고, 그레이엄도 나와 동시에 큰 소리로 외쳤다. "아서?"

그레이엄은 앞장서서 건물로 들어섰다. 회색 카펫이 깔린 복도를 따라 진동하는 화학 약품 냄새를 뚫고 구불구불 나아간 끝에 도착한 방은 벽이 합판이었고, 가구가 거의 없었다. 한쪽 벽에 기대어 선 커다란 거울에 흉물스러운 실내가 비스듬히 비쳤고, 시멜리아가 책장을 찾지 못해 수북이 쌓아둔 책 더미 여럿이 눈에 띄었다. 그늘과 우묵한 선반마다 파란 불빛이 나오는 무기가 도사리고 있을 것만 같았다. 어디로 통하는 문인지도 모르는 채 움푹움푹 팬 자국이 있는 문을 벌컥 열고 나서, 나는 장미셸 바스키아의 작품을 프린트한 복제화와 코트용 옷걸이와 커튼을 줄줄이 준장으로 착각했다. 눈이 착각을 일으킬 때마다 권총을 겨눈 팔이 휙휙 움직였다.

바이올린 현에 활을 걸고 느닷없이 아래로 긁을 때 날 법한 소리가 위층에서 들려왔다. 그 소리가 사람의 절규인 것을 깨닫기까지 몇 초가 걸렸다.

"그레이엄?"

계단을 부리나케 올라가 가장 가까운 방으로, 총부터 들이밀고 들어섰다.

그레이엄은 바닥에 웅크리고 앉아 있었다. 그때 그의 표정을 지금까지도 결코 잊을 수가 없다.

방바닥에 아서가 누워 있었다. 눈은 뜨고 있었지만 초점이 없어 흐릿했다. 머리는 한쪽으로 돌린 상태였다. 방에 들어서는 나를 똑바로 바라보도록. 입에서 피와 토사물이 흘러나와 바닥에 고여 있었다. 흡사 카펫에 그려놓은 말풍선 같았다. 시큼하고 톡 쏘는 역한 냄새가 공기에 맴돌았다.

"안 돼……."

이럴 수는 없다고 생각했다. 나는 눈을 질끈 감았다가 다시 떴다. 그레이엄이 아서의 눈을 감겨주려고 손으로 그의 얼굴을 쓸어내렸다. '살살 해요, 아서가 놀라겠어요.' 나는 그에게 그렇게 말해주고 싶었다.

"설마……?"

"맞아요."

"어쩌면 좋아."

"다른 곳으로 피신해야 합니다." 그레이엄의 목소리는 담담했다. "아래층에서 기다려요."

나는 뒷걸음으로 방에서 나갔다. 몸을 숙여 아서의 관자놀이에 자기 이마를 대는 그레이엄이 보였다. 뒤로 돌아선 나는 다리를 덜덜 떨며 계단을 내려갔다.

현관문 옆 테이블에 우산과 광고 전단, 열쇠, 잔돈, 그 밖에 출입구 옆에 있을 법한 자잘한 물건이 쌓여 있었다. 그중 조그마한 수첩이 눈에 띄어 집어 들고 펼쳤다. 그러고는 훌훌 넘기며 훑어봤다. 아서의 필체였다. 나는 수첩을 주머니에 넣었다. 나중에 아서에게 돌려주면 된다고 생각했다. 충격에 빠진 사람이 할 법한 착각이라는 것은 그때도 알았지만, 내 힘으로 생각을 멈추지 못했다.

등 뒤로 그레이엄이 서둘러 계단을 내려왔다. 아서의 인장 반지를 자기 손가락에 끼우고 있었다. 그 모습을 가만히 지켜보는데 어느새 그가 반지 낀 손에 장갑을 끼었다.

"출발합시다." 그가 말했다. 목소리는 무덤덤했고 눈에 물기도 보이지 않았다.

터널로 가는 길의 풍경은 뿌옇게 변해 흘러갔다. 우리가 고른 고속도로는 우레가 치듯 시끄러웠고, 몇 번 도로인지도 알 수 없었다. 지옥으로 가는 길이 이렇게 생긴 거였구나. 나는 속으로 생각했다. 선의로 포장된 것이 아니라 아스팔트가 깔려 있었고, 비명 같은 굉음을 내며 달리는 수많은 차는 아서가 죽었다는 사실을 알지도 못하고 신경도 쓰지 않는 사람들이 운전하고 있었다.

기다란 회색 목구멍처럼 이어지던 도로는 그린하이드에 이르러 우리를 부둣가에 뱉어냈다. 우리는 오토바이와 헬멧을 어느 창고 뒤에 버리고 가방을 챙겼다.

"이 근처예요." 그레이엄이 말했다. "터널 입구는 습지대에 가려져 안 보입니다."

나는 손을 뻗어 그의 어깨를 잡았다. 무엇보다 스스로를 진정시키려고 한 일이었다. 그는 몸을 돌려 내 방수 재킷을 꽉 쥐고 나를 끌어당겼다. 너무 세게 끌어안아서 아플 지경이었다. 그의 몸이 떨리는 느낌이 들었다. 그토록 명확한 의지를 띠고 행동하던 그의 몸이. 그러는 동안 내내 머릿속에는 한 가지 생각뿐이었다. 마이크로 칩, 마이크로 칩. 적이 아서를 찾아낸 건 몸속에 있던 마이크로 칩 때문인데. 나를 좀 놔줘요. 마이크로 칩을 어떻게 하면 좋을지 생각해야겠으니까.

터널로 들어가는 통로는 악몽으로 내려가는 길처럼 느껴졌다. 소금물 냄새와 썩은 바닷말 냄새가 공기 중에 진동했고, 공기 자체는 축축한데 싸늘하기까지 했다. 가방을 머리 위로 쳐든 채 물이 들어찬 공간을 첨벙첨벙 걷다 보니 바닥이 다시 점점 더 높아졌다. 우리가 조심조심 나아간 지하 통로는 앞서 지나온 길보다 더 깔끔했고 바닥도 더 정교하게 포장돼 있었으며, 군데군데 철제 버팀대가 천장을 받치고 있었다. 나는 우리가 각자 든 손전등 불빛에 드러난 통로 벽을 힐끗 봤다. 내가 아는 한 이곳은 조선소의 설비 관리용 지하 터널이었다.

우리는 통로를 벗어나 조잡한 벙커로 나왔다. 터널 내부의 다른 곳보다 건조하고, 내부가 돌 벽으로 분리된 지하실이었다.

"매기?" 그레이엄이 나직이 불렀다.

"그레이!"

마거릿이 천장에서 불쑥 튀어나왔다. 방치된 환기구에 숨어 있던 것이다. 몸은 온통 검댕투성이였고 눈은 사납게 희번덕거렸다. 그녀는 바닥으로 뛰어내려 쿵 소리와 함께 착지한 다음 데구루루 구르다가, 벌떡 일어나 그레이엄의 품에 와락 안겼다. 그는 그녀를 번쩍 안아 들고 먼지가 잔뜩 앉은 머리카락에 얼굴을 묻었다.

"나 도망쳤어요." 마거릿은 흐느꼈다. "그 사람을 버리고…… 혼자 도망쳤어요…… 당신이 구하러 와줄지 어떨지 몰라서…… 그래서……."

"당연히 와야지요. 그러겠다고 했잖습니까."

"난 너무…… 너무 무서워서……."

나는 그들 쪽으로 휘청휘청 다가갔다. 팔다리가 너무 오래 삶은 것처럼 후들후들 떨렸다. 마거릿은 나를 보고 울음을 터뜨렸다. 그러고는 그레이엄을 홱 밀어내더니 나를 격렬하게 끌어안았다. 나는 그녀의 이마에 입을 맞추고 나서 입에 묻은 진흙을 바닥에 뱉었다.

흐느낌이 잦아들었을 때, 마거릿은 고개를 돌려 내 어깨 너머를 바라봤다.

"아서는요?" 마거릿이 말했다.

나는 그레이엄을 돌아봤다. 그는 대답하지 않고 숨을 한 번 들이마셨다. 양어깨가 들썩였다.

"우리가 너무 늦었어요." 내가 말했다. 그가 대답할 필요가 없게끔. "아서는 죽었어요."

느긋하게 슬퍼하기에는 시간이 촉박했다. 그레이엄과 나는 흠뻑 젖은 옷을 벗고 새 옷으로 갈아입었다. 그는 지하실 구조를 자신이 아는 범위 안에서 설명해줬다. 진입로는 셋이었고 그중 하나는 물속에 있었다. 나머지 둘 중 하나는 우리가 방금 지나온 지하 통로, 다른 하나는 그보다 더 심각하게 훼손돼 위태로운 좁다란 통로였다. 마지막 통로의 입구는 양방향 도로가 지나는 다리 내부에 만들어져 있었다.

마치 이야기 전개의 필수 요소라도 되는 것처럼, 천장에서 부스럭거리는 소리와 힘에 부친 듯 끙 하는 소리가 들려왔다.

마거릿과 나는 본능적으로 몸을 웅크렸다. 그레이엄은 벌떡 일어서서 권총을 뽑아 들었다.

천장과 가까운 벽 위쪽에 시커먼 사각형 구멍이 있었다. 그레이엄의 총은 바로 그 구멍을 겨누고 있었다. 구멍 안쪽에 뭔가 나타나 네모난 어둠을 채웠다. 그러고는 닭에게서 갓 나온 달걀처럼 바닥으로 툭 떨어졌고, 이와 동시에 그레이엄의 총이 불을 뿜었다. 총소리가 하도 날카롭게 메아리쳐서 마거릿과 나는 함께 비명을 질렀다.

"맙소사, 중령님, 접니다!"

우리가 달걀인 줄 알았던 물건은 회색 캔버스 가방이었고, 이제 그 가방은 네모난 구멍 아래쪽 바닥에 놓여 있었다. 구멍 속에서 카딩엄의 얼굴이 나타났다. 표정을 보니 속이 메슥거리는 모양이었다.

"당신!" 마거릿이 외쳤다. "여길 어떻게 알았어요?"

카딩엄은 바닥으로 사뿐사뿐 내려왔다.

"우리 중령님께서 가르쳐주셨지. 이 깊숙한 골방까지 찾아오느라 애를 좀 먹었지만. 그래서, 저를 어쩔 작정이십니까? 대위처럼 죽이기라도 하실 건가요? 그 총 내리십시오, 중령님."

"아서가 죽은 건 어떻게 알았지?" 그레이엄이 물었다.

"제 가교가 오래 자리를 비워서 말이죠. 그래서 대위의 거처에 가봤습니다. 제 가교가 어디 숨었는지는 대위의 가교인 그 무어인처럼 시커먼 여자가 제일 잘 알 거라고 생각했거든요. 거기서 대위의 시체를 봤습니다. 그 총 좀 내리세요."

그레이엄은 총을 든 손을 살짝 내리기는 했다.

"다른 사람은 못 봤나? 키가 크고 희끗희끗한 검은 머리에 군인 티가 나는 남자는? 보통은 준장으로 불리는데……."

"못 봤습니다. 중령님께서 보시기엔 전문가들 소행 같습니까? 연인 간의 복수 같은 건 아닐까요? 대위가 남색자라는 건 알고 계셨습니까, 중령님?"

그레이엄은 소리 없이 엄지손가락을 움직여 권총의 안전장치를 잠그고 팔을 내렸다. 그런 다음 입을 열었다.

"1665의 친구도 살해당했어. 그녀의 거처에서, 아마도 우연히 그렇게 된 것 같아. 두 달 전에 준장이 동료와 함께 나와 내 가교를 죽이려 했어. 지금 당장은 안전하지만, 당장 도피 계획을 세우지 않으면……."

"지금도 안전하진 않아요." 내가 불쑥 말했다.

이주자들이 나를 돌아봤다.

"당신들 몸에 마이크로 칩이 주입됐어요. 그러니까, 등에 조 그만 기계가 들어 있다는 말이에요, 피부 바로 밑에요. 당신들 이 오늘날 스캔 장치에 인식되지 않는다고 해도 전혀 상관없어 요. 그 마이크로 칩만 있으면 활활 타는 횃불을 든 투명 인간이 나 마찬가지니까요. 시간관리국은 당신들이 어디에 있는지 언 제나 알고 있고, 그 정보를 준장에게 넘겨주는 자도 있어요."

잠깐 강물이 바위에 부딪히는 소리가 멀리서 고자질하듯 들 려올 뿐, 다른 소리는 전혀 나지 않았다. 핏기가 가신 그레이엄 의 얼굴을 보고 그 얼굴의 싸늘한 감촉이 느껴질 것만 같다고 생각하는 순간, 그가 조용히 내게 물었다.

"그 사실을 언제부터 알았습니까?"

"당신들 모두 마이크로 칩이 박힌 상태로 가교에게 넘겨졌어 요. 그러니까. 말하자면. 처음부터 지금까지, 내내."

마거릿과 카딩엄은 얼빠진 표정으로 나를 멍하니 바라볼 뿐 이었지만, 그레이엄의 표정은 일그러졌다. 분노와 경멸 때문에 입가가 부들부들 떨릴 지경이었다. 그는 곧 자신의 감정을 억눌 렀지만, 내 마음은 이미 그 표정에 놀라 멍들고 말았다. 그가 카 딩엄에게 말을 건넸다. "토머스, 자네 칼 갖고 있나?"

"저한테 '응급 처치 키트'라는 게 있는데, 거기에 수술칼하고 구부러진 바늘, 탄력 있는 줄이 들어 있습니다. 틀림없이 다른 키트에도 다 들어 있을 겁니다.”

“그 ‘마이크로 칩’이란 게 어디에 있는지 압니까?” 그레이엄이 내게 물었다. 나를 보지도 않고서.

“예.”

“우선 당신이 내 걸 꺼내고 상처를 봉합해요. 그다음에 내가 카딩엄 중위 걸 꺼낼 테니까, 당신은 마거릿을 맡아요. 끝나면 내가 모아서 강에 버릴 겁니다. 토머스, 그 수술칼 이리 주게.”

그레이엄은 지하실의 왼쪽 벽 움푹 들어간 곳으로 나를 데려갔다. 썩어가는 나무 문을 닫으면 바깥과 분리되는 골방이었다. 안은 물기가 없고 깜깜했다. 특이한 건축 기법 덕분인지 바깥의 소음이 차단돼 조용했고, 내가 말을 하거나 움직이면 어둠이 내 기척을 삼켜버렸다.

그레이엄은 웃통을 벗은 다음 나를 등지고 돌아서서 바닥에 무릎을 꿇었다. 나는 벽에 있는 틈새에 손전등을 꽂아놓고 그에게 손을 뻗었다. 내 손이 닿자마자 그가 부르르 몸을 떨었다. 그도 나와 같은 것을 생각하고 있을지 궁금했다. 내 손이 그곳에, 그의 벗은 등에 닿았던 많은 순간들을.

“나한테 뭘 바란 겁니까?” 그가 나직이 물었다.

“뭐라고요?”

“왜 나를 저세상에서 다시 데려왔습니까? 왜 이런 식으로 내 삶에 들어온 겁니까?”

"우리는…… 우리는 당신의 목숨을 구했어요. 난 당신이 어떤 사람인지 알고 싶었고요."

그는 고개를 푹 숙여 두 손에 얼굴을 묻었다.

"그래서, 호기심은 다 채웠습니까?"

"그레이엄."

"잠시나마, 나는 진심으로 믿었습니다, 당신이 나를……. 도대체 나를 어떻게 할 작정이었습니까? 어디 서류철 같은 데 처넣을 생각이었겠지요. 그런 다음 상자에 넣어서 보관하려고."

"난 그런 생각은 한 번도……."

"아니요, 했어요, 했잖습니까!" 그가 외쳤다. 목소리가 하도 커서 메아리가 윙윙거릴 정도였다. 그는 몸을 홱 돌리고 분노가 이글거리는 눈으로 나를 쏘아봤다. "분명 했습니다. 당신은 내가 어떤 사람이 '되어야 하는지' 분명하게 정해놨어요. 그래서 나를 당신 생각대로 바꾸려고 온갖 수단을 동원했던 겁니다."

나는 가쁜 숨을 몰아쉬고 있었다. 아직 과다 호흡까지는 가지 않았지만, 곧 벌어질 일이었다. "그런 식으로 말하는 건 불공평해요." 내가 말했다. "난 당신이 없으면 살 수 없는 몸이 돼버렸다고요."

"그런데 그렇게 열렬히 집착하는 동안, 나도 어엿한 인간이라는 사실을 떠올려본 적이 있기는 합니까?"

그의 낯빛이 싸늘해졌다. 눈에 이글거리던 뭔지 모를 감정 또한 억누른 상태였다. 그가 다시 몸을 돌렸다.

"칼을 들어요." 그가 말했다. "울음은 그치고. 그렇게 울면 칼을 제대로 쓸 수가 없으니까."

마거릿은 수술하는 동안 내내 울었다. 내가 상처를 다 봉합하자 그녀는 내 쪽으로 고개를 돌리고 내 손목을 잡았다. 터널의 먼지 사이로 드러난 그녀의 맨살은 티 없이 맑고 뽀얗게 빛났다. 그녀는 내 턱을 잡고 위로 올려 억지로 자기 눈을 마주 보게 했다. 여태 눈물에 젖어 반짝거리는 자신의 두 눈을.

"내 말 잘 들어요." 마거릿이 말했다. "그리고 절대 잊지 마요. 난 당신을 용서했어요."

나는 몸을 숙여 마거릿의 목에 얼굴을 묻고 그녀를 끌어당겼다. 조그맣고 따뜻하고 바들바들 떨리는 그녀의 가녀린 몸을 내 품에 끌어안았다. "미안해요." 나는 울음 섞인 목소리로 그녀의 목에 대고 말했다. "미안해요, 미안해요."

그레이엄은 마이크로 칩을 모아서 어딘지 모를 곳에 버렸다. 나로서는 강 하구 쪽으로 떠내려가게 할 작정인가 보다 하고 추측할 뿐이었다. 그가 더는 나에게 자기 계획을 알려주지 않았으니까. 돌아온 후에 그는 우리를 세 시간 간격의 불침번 근무에 투입했다. 장소는 지하 통로의 끝자락 근처였다.

"여길 당장 떠나면 안 되는 이유라도 있나요?" 나는 떨리는 목소리로 물었다.

"조수 때문이에요." 그레이엄은 나를 보지도 않고 차갑게 말했다. "내일 아침 썰물 때가 돼야 강물이 멀리까지 빠져나가요. 그전까진 탈출로가 너무 좁아서 한 번 허우적대기만 해도 익사할 겁니다. 지금 당장은 안전한 길이라고 해봐야 강을 따라가는 것뿐인데, 적들이 보나 마나 강둑을 감시하고 있을 거예요."

마거릿과 나는 여분의 옷을 접어 베개 대신 머리에 받치고 웅크려 누운 다음, 웃옷을 이불 삼아 덮었다. 그렇게 서로의 품에 안겨 뜬눈으로 불안해했다. 그레이엄은 골방에 들어가 손전등을 켜고 뭔지 모를 일에 열중했다. 여권과 무슨 관련이 있는 일인 듯싶었다. 그는 내가 등에서 마이크로 칩을 꺼내준 후로 내게 눈길 한 번 주지 않았다.

"아서는 어떤 수법에 당했나요?" 마거릿이 소곤거리는 목소리로 물었다.

"독약을 쓴 것 같아요."

"오랫동안 고통스러워했을까요?"

머릿속에 토사물과 피가 떠올랐다. 하지만 아서의 표정은 나른하고 느긋해 보였다. 어쩌면 순식간에 끝났을지도 몰랐다. 그 생각을 할 때면 어김없이 몸속에 왱왱대는 벌레가 가득한 느낌이 들었고, 나는 벌떡 일어나 몸을 털고 상황을 바로잡으러 달려나가고 싶어졌다. 하지만 바로잡고 자시고 할 상황 같은 건 없었다. 아서는 죽었으니까.

"그 준장이라는 인간을 잡기만 하면." 마거릿이 소곤거렸다.

"아주 작살을 내줄 거예요. 뼈다귀를 하나씩 부러뜨려가면서. 1916은 내가 평화롭게 지내길 바라겠지만, 난 그렇게는 못 해요. 그 사람은 내 형제나 다름없었으니까요. 진흙으로 빚은 남자들 속에서 그 사람 혼자만 대리석이었으니까요."

마거릿은 다시 훌쩍이기 시작했다. 동그란 눈물방울이 액체 상태의 수은처럼 느릿느릿 흘러내리는 동안 그녀의 얼굴은 거의 미동도 하지 않았다. 나는 손끝으로 눈물방울 하나를 건드리고 그녀의 살갗 위로 번지는 물기를 가만히 바라봤다.

"아서는 좋은 사람이었어요." 내가 말했다.

마침내 마거릿이 몸을 움찔거리며 선잠에 빠져드는 기척이 느껴졌다. 주위 풍경이 뒤쪽으로 멀어졌으니 분명 나도 덩달아 까무룩 잠들었을 것이다. 그러고는 어쩔 수 없이 아서가 나오는 꿈을 꿨다. 겹겹으로 이루어진 꿈이었는데, 꿈속의 내가 꿈에서 깨어나 보니 눈앞에 아서가 있었고 나는 그에게 이렇게 말했다. '아, 다행이다, 당신이 죽는 꿈을 꿨지 뭐예요.' 그러고 나서 다시 꿈에서 깼는데 이번에는 그가 죽었다는 사실을 알고 있었고, 또다시 꿈에서 깬 후에는 그가 아직 살아있다고 생각했다. 의식은 튼살처럼 쩍쩍 갈라졌다. 너무 심하게 터서 피가 날까 두려울 지경이었다.

거칠게 흔드는 손길에 놀라 잠에서 깬 순간, 나는 싸움이라도 걸 것처럼 으르렁대며 벌떡 몸을 일으켰다.

"불침번 설 차렙니다." 머리 위쪽에서 그레이엄이 말했다.

나는 공기가 들어가 점점 부푸는 동물 모양 풍선 인형처럼 비틀비틀 일어섰다. 온몸이 욱신욱신 쑤셨고 목은 특히 더 아팠다. 잠이 다 깨지 않은 상태였기에, 나는 내 앞의 그레이엄에게 하루 전에 했어야 할 방식으로 반응했다. 그에게 털썩 몸을 기대고 어깨에 얼굴을 묻었다는 말이다. 그는 몸이 굳었을 뿐 다른 반응은 보이지 않았다.

"일주년 기념일 축하해요." 내가 중얼거렸다.

"뭐라고요?"

"오늘로 딱 일 년이 됐어요. 당신이 여기 온 지."

그레이엄은 잠깐 말없이 가만히 서 있었다. 나는 익숙한 그의 체취를 들이마시며, 익숙한 그의 숨결을 느꼈다. 이윽고 그가 나를 밀어냈다.

"불침번 설 차례예요." 그가 되풀이해 말했다.

가교 자리에 지원해 처음 면접을 봤을 때, 아델라는 내게 이렇게 말했다. '어머니께서 난민이셨군요.' 하지만 우리 엄마는 스스로를 가리켜 난민이라고 한 적이 한 번도 없었다. 그건 '무국적'이나 '생존자' 같은 말과 궤를 같이하는 서사적 강요였다.

이민자 아이들이 흔히 그렇듯 동생과 나의 성장기 역시 부모에게 돌봄을 받은 시간이 절반, 또 부모를 돌본 시간이 절반이었다. 엄마는 새 나라에서 살길을 찾느라 자식들에게 도움을 받아야 했다. 절박했던 어머니는 우리를 각기 다른 방식으로 쥐어

짰다. 그 결과 동생은 목록 만들기와 바꿔 말하기, 기억하기에 몰두했고, 그런 것을 진실로 여겼다. 나는 통제에 집착하게 됐다. 다르게 표현하자면, 이야기의 주도권을 쥐고 싶어했다.

내가 자신을 마음대로 바꾸려고 했다던 그레이엄의 말은 완전히 틀린 것은 아니었다. 그 충동을 내가 무슨 수로 이겨내겠는가? 그는 하나의 이야기로 내게 다가왔다. 그런데 나는 그 이야기가 내 손아귀에서 빠져나가도록 내버려뒀다. 나는 당황해서 어쩔 줄 몰랐고, 그런 나를 그는 돌봐주는 수밖에 없었다. 그러다 내가 해서는 안 되는 실수를 하는 바람에 이제 그는 내게 화가 나 있었다. 나는 마땅히 이 상황을 책임지고 풀어야 했건만, 그러기는커녕 모두와 함께 이곳에 처박혀 있었다. 지하실에 숨어서, 준장과 내부 첩자를 우리 손으로 직접 상대하려고 기다리는 신세였던 것이다. 하지만 일찍이 내 손에 총을 쥐여주고 발밑에 발판을 깔아준 사람이 있었다. 그 여자는 지금 어디에 있을까? 이제 마지막 밑줄을 그을 시간인데?

지하 통로의 복도에서, 마구 흔들리는 손전등 불빛 속에서, 나는 휴대전화 전원을 켰다. 아델라가 건 부재중 전화가 여섯 통이었다. 나는 문자메시지를 보냈다.

도와주세요

답장은 몇 초 만에 도착했다.

어디야?

레이넘 부둣가 설비 관리용 지하 터널

전화 위치 추적 가능해요?

전화 오면 받아 말은 하지 말고 거기서 한 발짝도 움직이지 마

오 분 후에 위치 추적용 전화가 걸려왔다. 나는 전화를 받고 기다렸다. 전파를 더 잘 포착하려고 허공에 쳐들기까지 했지만, 경험상 이는 헛수고였다.

위치 확인 완료 무장 수준은? 준장의 흔적은?

1847에게 총 두 정 준장 없음

어떡해요 배터리가 없어요

이주자들에게 보호 구금 조치를 취하면 돼. 특수부대를 보낼게. 접선 지점은 여기야. 연락은 이걸로 끝이야 내부 첩자가 아직 활 보중이라 적에게 추적당할지도 몰라

아델라는 나에게 위치 좌표를 보내줬다. 걸어서 삼십 분 거리였고, 강가 바로 옆이었다. 그레이엄이 버린 마이크로 칩이 강물에 실려 그 먼 곳까지 떠내려간 모양이었다.

나는 겉옷 주머니에서 아서의 수첩을 꺼냈다. 책등 쪽에 조그만 금색 펜이 꽂혀 있었다. 손전등을 입에 물고 수첩에 이렇게 적었다.

내 행동이 어떻게 보일지는 나도 알지만, 겁내지 말아요. 도움을 청하러 가는 거니까요.

나는 그 페이지를 찢어 바닥에 놓고 불빛이 비치게끔 손전등을 고정했다. 그러고는 휴대전화 불빛에 의지해 아델라를 만나러 갔다.

걸어서 습지를 건너려고 출발했을 때는 아직 동트기 전이었다. 서리를 머금은 희끄무레한 빛밖에 보이지 않았지만, 이내 따뜻한 햇살이 대기에 번져나갔다. 그 빛을 향해 새들이 미친 듯이 날아올랐다. 새벽의 합창 소리, 고막을 긁어대는 새들의 고음과 절박한 카덴차가 사람의 정신을 얼마나 망가뜨리는지 처음으로 이해가 갔다. 그런데 따지고 보면 그토록 지치고 겁에 질린 것 또한 처음이기는 마찬가지였다.

녹슨 쇠말뚝이 줄줄이 박혀 갈색으로 기다랗게 썩은 느낌이 나는 돌계단 맨 아래, 쓰레기투성이 진흙땅에 아델라가 서 있었다. 그녀 등 뒤로 소용돌이치는 템스 강이 보였다.

계단을 다 내려가 아델라 곁에 도착하고 나서야 나는 알아차렸다. 그곳에는 준장과 살레스도 함께 있었고, 준장은 전에 본 그 파란 불빛이 나오는 무기를 아델라에게 겨누고 있었다.

"아차." 내가 중얼거렸다.

"정말 '아차'지 뭐야." 아델라의 목소리는 퉁명스러웠다.

"움직이지 마십시오." 준장이 말했다. "안 그러면 쏠 겁니다."

"난 반사막을 두르고 있어요." 아델라가 말했다. "적어도 다섯 발은 맞아도 끄떡없을걸요. 그 물건에 남은 전력이 얼마나 되죠? 1847을 잡으려다 실패했을 때 배터리 절반을 소모한 거 다 알아요. 그리고 재충전을 하러 당신 시대로 돌아갈 방법을 아직 못 찾은 것도요."

"굳이 당신을 쏘지 않아도 됩니다." 준장이 대꾸했다. "이 여자를 쏘면 당신도 같이 끝장날 테니까요."

"이번에도 틀렸어요." 아델라가 말했다. "이 여잔 이미 다른 시간 선에 존재하거든요. 이 여자가 1847한테 9·11 테러 이야기가 아니라 홀로코스트 이야기를 해줬는데, 아마 그것 때문에 그 사람이 다른 경로를 타버린 것 같아요. 연결 고리가 끊어진 거죠."

"왜 저를 쏘면 부국장님까지 같이 죽는다는 건가요?" 내가 물었다. 일부러 불쑥 내뱉은 것은 아니었다. 그저 심장박동이 아랫배에서까지 느껴질 만큼 겁에 질렸기 때문이었다. 식은땀이 가슴을 따라 흘러내리는 느낌이 간지러우면서도 불쾌했다.

아델라는 한숨을 쉬었다. "내가 어릴 적에 순진한 여자애였던 건 인정하지만, '이 정도'로 순진했을 줄은 몰랐는데."

"당신들은 하나야." 살레스가 야멸치게 내뱉었다. "미래의 자신과 과거의 자신이지."

나는 준장의 무기에 완전히 정신이 팔린 탓에 아델라를 돌아볼 엄두도 못 냈지만, 그래도 일단 물어보기는 했다. "부국장님이 저라고요?"

"앵무새 흉내는 그만둬. 그래. 여태 눈치채지 못했다니 오히려 놀랍군. 그러니까 나는, 어디 보자, 너의 이십 몇 년 후의 미래에서 왔어. 이 둘은 2200년대에서 왔고."

콧속에서, 또 목구멍 깊숙한 안쪽에서 피가 불끈거리는 느낌이 들었다. 당황한 나머지 온몸 곳곳의 엉뚱한 자리에서 맥박이 뛰었다. "아서가 죽었어요." 내가 말했다. 그저 아델라가 더 말하지 못하게 막으려고 꺼낸 말이었다.

한순간 아델라의 얼굴이 섬뜩하게 일그러졌다. 움직이는 이목구비가 빚어내는, 정말이지 믿기 힘든 광경이었다. 뒤이어 그녀는 주르륵 흘러내리는 이목구비를 정지시키고 얼굴을 멍한 표정으로 고정했다.

"아서 레지널드스미스 말이군. 그래. 또 마거릿 켐블도."

"매기는 살아있어요." 내가 말했다.

이번에는 아델라의 얼굴이 활짝 펴졌고, 본인 역시 그렇게 움직이는 얼굴을 멈추려 하지 않았다.

"살아있다고?" 아델라가 갈라진 목소리로 물었다.

"이 시간 선의 관리국은 일솜씨가 원본보다 못하군요." 준장이 우리 대화에 끼어들었다. 가만히 보니 무기를 든 그의 손이 살짝 떨렸다. 미래인들을 더 자세히 보면 볼수록 그들의 지치고 아프고 꾀죄죄한 구석이 눈에 들어왔다. 그들이 어떤 임무를 띠고 왔는지는 몰라도 일이 계획대로 풀리지는 않을 듯싶었다.

아델라는 어이없다는 듯이 준장을 빤히 봤다. "일솜씨가 원본보다 '못하다'고요? 당신이야말로 이번엔 1665를 제거하지 못했잖아요. 관리국이 구해줬으니까."

이번에는 살레스가 아델라를 얼빠진 듯 멍하니 봤다.

"'우리'가 제거하지 못했다고요?"

"그래." 아델라가 대답했다. "너흰 내 친구들을 죽였어. 지난번엔 아서와 매기, 둘 다 죽였지. 하지만 이번 판에는 하나밖에 해치우지 못했어."

"아뇨. 당신 말은 틀렸어요. 우리가 살려낸 서류가 있어요."

"비밀에서 해제된 서류가 있다는 말입니다." 준장이 살레스의 말을 알기 쉽게 설명해줬다. "그 서류에 따르면 시간관리국은 시간의 문이 한정된 인원수만 허용한다는 걸 알자마자 비전투원 이주자들을 살해했습니다."

나는 잠시 금붕어처럼 입만 뻐끔거리다가, 가까스로 아델라에게 물었다. "관리국이 그 사람들을 죽였다고요? 부국장님이 한 짓이에요? 다 알고 있던 거예요?"

하지만 아델라는 기이하게 몸을 떨며 나를 빤히 바라볼 뿐이었다. 그러다가 입을 열었다. "내 아들 이름이 아서야."

"뭐라고요?"

"그 애 이름은 아서 존 고어야."

나는 비겁한 겁쟁이나 할 법한 말, 예컨대 나는 아이를 갖고 싶은지 어떤지도 잘 모르겠다는 말을 하려고 했지만, 그 순간 아델라가 앞으로 불쑥 나서더니 살레스의 목을 칼로 찔렀다.

기습은 순조롭지 않았다. 살레스의 몸 위로 초록빛 막이 가냘프게 일렁거렸다. 일종의 보호막 같았다. 하지만 아델라는 힘쓰는 소리를 한 번 내더니 선명한 막을 뚫고 들어가 칼을 표적에 똑바로 찔러넣었다. 나는 나타난 순간도 포착하지 못했던 칼이 어느새 무대 한복판에 있었다. 피가 튀어 초록빛 막에 흩뿌려지더니 막 안쪽 면을 따라 널따랗게 흘러내렸다. 살레스는 숨을 컥컥댔고, 두 눈동자가 돌아가 흰자가 보였다. 삼 초도 안 되는 사이에 일어난 일이었다.

그사이 나는 머릿속에 아무 생각도 없는 상태로 준장에게 덤벼들었다. 그는 덩치가 커다란 남자였지만, 속은 텅 빈 허수아비나 다름없었다. 그가 한동안 굶은 상태였다는 것은 내 주먹이 그에게 꽂힌 순간 살이 푹 들어가는 느낌으로 미루어 알 수 있었다. 그는 고통 앞에서 몸을 사리지 않았다. 그런 그의 정강이를 걷어차자 뭔가 부러지는 소리가 났고, 입을 후려치자 검푸른 잇몸 속으로 이가 내려앉는 느낌이 주먹에 전해졌다. 하지만 그는 꿋꿋이 공격을 받아내며 주의를 흩뜨리지 않았다. 이내 그가 내 손을 붙잡았다. 그때 나는 파란 불빛이 나오는 무기를 뺏으려고 그와 옥신각신하는 중이었다. 뒤이어 한순간, 그가 옆으로 고개를 돌렸다. 그리고 그 순간 살레스가 어떻게 됐는지 목격했는지, 그의 손이 스르르 풀렸다. 나는 손을 있는 힘껏 비틀었다. 정신을 차려보니 파란 불빛이 나오는 무기는 내 손에 있었고, 내 손가락 두 개는 접질린 상태였으며, 준장은 뒤로 주춤주춤 물러서는 중이었다.

"네가 살레스를 죽였어." 준장이 말했다. 감정을 조금도 가릴 생각이 없는 목소리였다. 섬뜩하게도, 그의 얼굴에 눈물이 줄줄 흘러내렸다.

아델라의 발치에 쓰러진 한때는 살레스였던 주검에서 피가 흘러나와 모래를 적셨다. 그 모래는 예상과 다르게 붉은색이 아니라 검은색에 더 가까웠다.

준장은 달아났다. 나는 파란 불빛이 나오는 무기를 높이 들었다. 총과 아주 흡사한, 또는 총이 닮고 싶어할 법한 형태의 무기였다. 나는 가늠쇠와 방아쇠의 위치를 본능적으로 파악했다. 그러고는 방아쇠를 당겼다.

밝은 청색 빛이 짤막하게 번쩍이더니, 뒤이어 진공청소기를 끌 때 나는 것과 똑같은 소리가 무기에서 들려왔다. 그러고 나서 무기는 전혀 반응하지 않았다. 실은 그래서 오히려 다행이었다. 그때 나는 자신이 방금 한 짓과 하려고 했던 짓이 무엇인지 깨닫고 토했으니까.

몸을 똑바로 추슬렀을 때, 아델라는 딱하다는 듯이 나를 보고 있었다.

"나도 전에는 매번 토했어. 너도 익숙해질 거야."

"저 사람은 왜……?"

"반사막은 플라스마 총탄을 막아 착용자를 보호하려고 설계한 물건이야. 금속 칼을 막는 건 아예 염두에도 없었어."

아델라는 말 한마디 없이 손을 뻗어 접질린 내 손가락을 덥석 잡고 원래 위치로 끼워 넣었다. 내 비명 위로 새들이 노래하듯 지저귀었다.

우리는 은신처 쪽을 향해 걸었다. 나는 아델라를 쳐다봤고, 그녀는 앞만 보며 걸었다. 몸속 장기가 제거된 채 냉동 창고에 매달린 사람처럼 보였다. 심지어 생일 파티에 가는 줄 알고 이동하다가 그런 꼴을 당한 사람 같아서 더욱 섬뜩했다.

한참 만에 아델라가 입을 열었다.

"나한테 미래에 관해 물어보고 싶겠지."

"음. 맞아요."

"뭐가 궁금해?"

"미래는 어때요?"

"질문 한번 따분하군. 영국은 한 십 년째 '호랑이 서식지'와 전쟁중이야. 마이는 하마터면 전쟁이 시작되자마자 추방당할 뻔했어. 시간관리국이 개입해서 막아주긴 했지만. 지금은 이미 돌아가셨어. 마이랑 아빠, 두 분 다. 너 혹시 부모님이 어떻게 돌아가실지 궁금했어?"

"아뇨." 나는 충격에 빠진 상태로 말했다. "그 얘기를 왜 들려주려고 하는 건데요?"

"내가 아직 마음의 정리가 안 돼서 그래. 그리 오래된 일이 아니라서. 그나마 너한테는 위안이 될지도 모르겠군."

"미치겠네…… 아까 말한 호랑이 서식지란 건 뭐예요?"

"언론에서 붙인 바보 같은 별명이야. 쓰지 말았어야 하는데, 실수했네. 전에 호랑이가 살던 나라들을 대략적으로 가리키는 말이야. 중국, 인도, 태국, 캄보디아, 베트남, 네팔. 그 밖에 두어 나라 더. 그쪽은 우리를 무너뜨리고 싶어해. 미국하고 브라질은 우리 편이야. 러시아는 내전이 한창인데…… 2030년대 초반에 화학무기를 쓰기 시작했어. 농작물에 어떤 영향을 미칠지 생각해보지도 않고 말이지. 호랑이는 멸종돼버렸어."

"그런데 아까 준장하고 살레스가 어디서 왔다고 했죠?"

"나보다 더 먼 미래. 2200년대야. 시간의 문은 그쪽에서 만든 걸로 추정돼. 그 시대의 지구는 상태가 영 안 좋은 모양이야. 기후 면에서 보면 말이야. 그래서 역사를 바꾸려는 거지. 주로 표적을 정해 암살하고, 정보도 조금 수집하는 식으로. 그쪽엔 자원이나 기반 시설이 별로 남아 있지 않은 것 같아. 그 둘은 우리가 시간의 문을 차지하면서 이쪽에 갇혔어.”

우리는 말없이 걸었다. 몸에서 어찌나 열이 나고 눈물이 터질 것 같은지, 내 몸의 반경이 한 뼘은 더 팽창한 것만 같았다.

“이름은 왜 ‘아델라’로 지었어요?” 내가 물었다.

“아기 이름 짓기 책에서 거의 맨 앞에 있는 이름인데, 하도 시간이 없어서 그냥 골랐어.”

“저런. 그럼 2006년 베이루트에서 한쪽 눈을 잃었다는 건 사실인가요?”

“아니. 바탐방에서 그랬어, 2039년에.”

“그럼 그…… 얼굴은요?”

음산한 적막이 또다시 이어졌다. “아. 알고 보니 시간 여행에는 ‘실제로’ 부작용이 뒤따르더군. 시간 여행을 너무 자주 하면 우리 몸조차 ‘현재성’과 ‘과거성’을 잊어버리는 거야. 우린 그게 전술상의 이점이 될 거라고 생각했지만, 아마 농작물을 파괴하는 화학무기를 사용할 때도 똑같은 명분을 내세웠겠지. 전에 나더러 재건 수술을 받은 줄 알았다고 했을 때, 실은 네가 제대로 본 거야. 나로서는 목숨을 구해준 수술이라고 감히 말하고 싶군. 2034년에 카딩엄 요원을 잃은 건 ‘현재성’이 멋대로 변하는 걸 교정해주지 못했기 때문이야. 불쌍한 친구지. 마음에 들진 않았지만 그래도 너무 비참하게 갔어.”

“그리고 그 얘기도 했었죠. 저기. 우리…… 아니…… 당신한
테 아들이 있다는?”

“그래.”

“아이 아버지는……?”

“맞아.”

우리는 도로로 다시 올라왔다. 구두 뒷굽 두 쌍이 군화처럼
쿵쿵대며 아스팔트 노면을 지르밟았다. 주위에 덤불로 뒤덮인
땅이 어렴풋이 보였다.

“우린 이 모든 일이 처음 벌어지고 얼마 안 지나서 결혼했어.”
아델라가 말했다. “그러니까…… 장례식을 몇 번 치르고 나서.
그때는…… 힘들었지. 그레이엄은 아서의 반지를 내 손에 끼워
줬어. 그런데…… 너무 큰 부담이더군. 난 그걸 낄 생각을 포기
하고 말았어. 그 사람도 이해해줄 줄 알았는데…… 쉽진 않았
어. 난 네가 그 모든 일을 겪지 않게끔 내 힘으로 지켜줄 수 있
을 거라고 진심으로 믿었어. 이번에 내부 첩자를 잡기만 하면
말이야.”

“그럼 역사를 바꾸면 안 된다고 했던 건 다 뭐예요?”

“사람은 역사가 아니야.” 아델라는 가소롭다는 듯이 말했다.
“맙소사, 난 어렸을 때 왜 남이 하는 말을 하나도 귀담아듣지 않
았을까? 시간관리국의 권력이 점점 더 강해지기만 하면, 우리
가 하는 말이 그대로 역사가 되는 거야.”

“그럼, 당신의, 그러니까, 우리……?”

"아서는 결혼하고 일 년 후에 태어났어. 지금 십대야."

그 말 때문에 나는 혼란에 빠졌다. '내 아들'이라는 말을 들었을 때 내 머릿속에 떠오른 아이는 신비로운 존재였다. 볼이 발그레하고 눈은 동그랗고, 천진난만한 분위기를 플루토늄 연료봉처럼 발산하는 세 살쯤 돼 보이는 아이였다. 아서 고어가 자기주장과 조리 있는 사고를 할 줄 아는 사람이라는 것을 알고 나서 나는 불안해졌다.

"어떤 아이예요?"

"아, 그 앤 우릴 싫어해. 십대가 다 그렇지만 말이야. 시끄럽고 밉살스러운 꼬맹이지." 그렇게 덧붙이는 아델라의 목소리에서 자부심이 느껴졌다. "하긴, 빅토리아 시대 가부장 아버지 밑에서 21세기 십대 아이로 살려니 쉽진 않겠지."

"그레이엄이 가부장같이 구나 보죠?"

"아주 최악은 아니야. 하지만 원래 기준이 높은 사람인 데다, 남들한테도 자기 기준을 맞추길 요구하니까. 그리고 씩씩하면서도 고분고분하길 바라지. 효도니 뭐니 하는 거 말이야. 명예도 바라고. 성취도."

"아시아계 이민자 엄마 같네요."

"하. 누가 아니래."

아델라는 미래에서 온 무기를 살펴봤다. 앞서 내게서 말도 없이 빼앗아간 참이었다. "마이가 보고 싶어." 그녀의 목소리는 나직했다. "되도록 많은 시간을 같이 보내도록 해. 아빠하고도."

"그럴게요. 저기, 우리…… 당신 남편은 당신이 여기 와 있는
걸 알아요?"

"이 임무를 지시한 사람이 누굴 것 같아?"

나는 도로에서 우뚝 멈춰 섰다. 아델라가 나를 돌아봤다.

"그래서 준장이 여기 왔던 거야. 나를 노리고, 그 사람을 노리
고, 우리 시간 선을 최대한 멀리까지 거슬러온 거지. 내가 알기
로 그 시대 사람들은 '자기네' 영국이 그 모양 그 꼴이 된 건 시
간관리국과 영국 정부 전체의 잘못이라고 생각해. 아마 우리가
투자한 무기 생산과 제조업이 '탄소 중립'인지 뭔지 하는 말과
어울리지 않았나 보지. 아무튼, 상황은 절망적이었어. 넌 얼마
안 가서 1차 자원 전쟁을 목격할 거야. 아니면 최초의 해안 경
비대 특수부를 보게 되든가. 거긴 그레이엄이 긴밀하게 관여한
부대야. 결국엔 대령을 달고 함장까지 지냈지." 아델라의 입가
에 희미한 웃음이 스쳤다.

"해안 경비대 특수부라는 게 대체 뭐예요?"

"해상 방위 및 초계 부대. 이민자를 막는 일 말이야. 그 사람
들이 탄 배를. 너무 많이 몰려왔거든. 폭력을 써서 밀고 들어오
는 경우도 점점 늘었어."

나는 아델라를 빤히 쳐다봤다. 그녀는 피곤해서 입씨름할 기
운도 없다는 듯이 어깨를 으쓱하고는 말을 이었다. "네가 그레
이엄한테 9·11 이야기를 안 해줬다고 했을 때 난 가슴이 철렁
했어. 왜냐면 내 시간 선에서는 그레이엄이 그 이야기를 듣고

곧바로 시간관리국의 충성스러운 요원이 됐으니까. 고도로 훈련된 용병들이 민간인을 공격했다. 다음 공격을 막으려면 호전적인 전술이 필요하다. 제국이 붕괴했으니 다음은 신新십자군이 일어설 차례다. 그런 이야기들로 꼬드긴 거야. 그레이엄이 어떻게 반응할지 내다본 네 예측은 옳았어. 그 사람이 아덴 만 원정 이야기를 꺼냈던 게 지금도 기억나는군. 그래도 분명 '인종주의'는 아니라고 부인하겠지. 너도 알다시피 그 말만 들으면 유난을 떠는 사람이니까. 시간관리국은 그 사람을 빠르게 승진시켰어. 너를 승진시킨 것보다 훨씬 더 빠르게. 그 사람 실력이 '훌륭'했으니까. 현장 경험이 고작 몇 년뿐이었는데도 고속으로 관리직 코스에 올라섰지. 그 사람은…… 뭐라고 해야 하나…… '굉장히' 고위직이야."

"그런데 그 사람이 왜 하필 당신을 보낸 거예요?"

"내가 우겼어. 이 임무는 누구보다 내가 더 잘 안다고."

"왜 그랬어요?"

아델라는 나를 위아래로 훑어봤다. 표정이 조금 흐물거렸다. 평소에 보이던 이상한 표정이 아니었다. 옛날을 그리워하는 표정 같았다.

"내 나이가 되면 너도 알 거야." 아델라가 말했다. "과거의 네가 얼마나 풋내기였는지를 말이야. 난 모든 일이 제대로 일어나는지 확인해야 했어. 저절로 일어나는 일 같은 건 거의 없으니까. 우주는 대부분 빈 차만 서 있는 주차장 같은 곳이거든."

"하지만……."

"세상은 지금 전쟁터야. 우린 '모든 것'이 고갈됐고, 아직 남아 있는 건 모두가 자기 몫이라고 생각하지. 하지만 시간관리국이 존재하는 한, 그것도 하필이면 내가 사는 시대의 시간관리국으로 존재하는 한, 기술 면에서는 우리가 우세해. 적이 갖지 못한 무기와 적에게는 없는 부류의 군인을 보유하는 건 적잖은 장점이니까. 개중에는 따라오지 못하고 뒤처지는 나라도 있지만, 진보라는 건 원래 그런 식으로 일어나. 넌 역사가 어쩌고저쩌고 하는 이야기에는 아예 관심이 없었지, 안 그래?"

"퀜틴은 당신이 죽였나요?" 내가 물었다.

아델라는 엄지손가락을 입에 물고 손톱 가장자리의 살을 잘근거렸다. "엄밀히 말하면, 우리 둘이 같이 한 일이야. 너는 나니까."

"난 준장이 한 짓인 줄 알았어요. 내 접속 권한을 손에 넣은 사람이 감시 카메라를 꺼버리고는……."

"우리 둘의 지문이 똑같다는 건 너도 알잖아."

"아. 그렇네요. 그런데 왜 그랬어요?"

"왜냐면 지난번엔 퀜틴이 내부 첩자였거든. 그래서 난 퀜틴 때문에 매기와 아서가…… 살해됐다고 생각했어. 게다가 퀜틴은 실제로도 준장과 살레스에게 관리국 정보를 넘겨줬어. 그것 때문에 정말이지 더럽게 귀찮아졌다고. 내가 사는 시대의 영국이 어떤 꼴을 하고 있는지 넌 상상도 못 해. 이리로 돌아오고 나서 난 충격을 받았어. 너무 퇴폐적이라서. 꼭 야만족이 약탈하기 직전의 로마에 발을 들인 것처럼. 그러고 보면 우리가 지금 네 나이였을 때 베이비붐 세대들이 식량 배급을 이념 실천의 수단으로 삼는 아이디어에 열광했던 기억이 나. 장담하는데, 식량 배급 같은 건 아무도 환영하지 않아."

"시간관리국이 매기와 아서를 죽인 걸 당신은 몰랐어요?"

"그래. 우리 가운데 아무도 알지 못했어. 글쎄. 나도 진상이 궁금하긴 하네. 그레이엄은 이제 엄청난 고위직이니까."

"그 사람은 아는 것 같아요?"

"흠. 우린 한동안 사이가 안 좋았어. 몇 년 동안 그랬지. 아빠는 병세가 위중했고, 마이는 그런 아빠를 돌보느라 애먹었고, 아서는 학교에서 온갖 말썽을 다 일으켰고, 우리가 떠맡은 업무량은 또…… 아무튼. 우린…… 사이가 멀어졌어. 난 그 사람이 바람을 피운다고 짐작했지."

"직접 물어보진 않았고요?"

"우린 그 시간을 잊고 앞으로 나아가려고 애썼어. 게다가 뭘 직접 물어봤을 때 그레이엄이 대답하는 거 본 적 있어?"

그 말을 할 때 아델라는 어색한 목소리를 냈지만, 겉으로 보이는 그녀의 피부 아래에서 애정이 내뿜는 서늘한 빛의 색조는 내가 기억하는 것과 일치했다. 난 아직도 그레이엄을 사랑하는구나. 나는 속으로 생각했다. 그 많은 일이 일어난 후에도, 적어도 그 사람을 사랑하긴 하는구나. 나는 아델라에게 물었다. "당신은 행복한가요?"

아델라는 골똘히 생각하다가 대답했다. "아니."

"저런."

"전쟁의 한복판에서 비켜설 수 있으면 행복하겠지. 슬퍼할 일이 없어져도 행복할 테고. 아들이 나를 그렇게 철저하고 징그럽게 미워하지 않아도 행복할 거야. 월급을 받는 대가로 사람을 죽이지 않아도 행복할걸. 그나저나 말이 나왔으니 말인데……."

"그레이엄을 죽이려는 건 아니겠죠!"

"그래, 안 죽여. 난 그 사람을 사랑하니까."

"나는……."

"넌 아직 그 사람을 잘 몰라. 그 사람이 우는 걸 보려면 이 년을 더 기다려야 해."

"그 사람이 운다고요?"

내 말에 아델라의 입가가 비틀어졌다. 그녀는 기분이 언짢아진 채로 상념에 빠져들었다. 해변에서 쓸려나가는 파도처럼, 그 순간에서 빠져나가는 느낌이 들었다. 그러니까 그녀의 관심이 어딘가 우묵한 '다른 곳'으로 물러가는 동안 내게는 그 빨려나가는 듯한 기분이 느껴졌다는 말이다. 끔찍한 기분이었다. 그녀의 '미래성'이 그녀 자신을 거스르는 것이 아닐까 싶었다. 아니면 이십 년에 걸친 후회가, 그토록 강한 힘을 품은 채 차곡차곡 쌓인 끝에 사고의 형태를 바꿔놓았는지도 몰랐다. 어떤 느낌일지 궁금했다. 자신이 오랫동안 살아온 역사의 판본이 거짓이라는 것을 깨닫는 기분이란. 그녀가 앞으로 내릴 결단 때문에 나는 그 역사를 영영 경험하지 못할 운명이었다.

"자." 아델라의 말에 나는 아래를 내려다봤다. 그녀는 손바닥만 한 태블릿과 메모리 카드를 들고 있었다. 나는 방금 다친 오른손으로 그것을 받으려 했다. 그러다가 고개를 가로젓는 그녀를 보고 왼손을 내밀어 받았다. "관리국의 암호가 들어 있어. 이번 프로젝트에서 사용하는 거야."

"이걸 왜 나한테 주는 거죠?"

아델라가 금발로 염색한 푸석푸석한 머리카락을 한 손으로 쓸어넘기자 까만 모근 부분이 불쑥 드러났다. 거기에는 길들여지지 않는 불굴의 긍지가 깃들어 있었다.

"왜냐면 난 평생 조직에 몸담은 여자였으니까. 그런데 지금 내 꼴이 어떤지 봐. 아서와 매기는 시간관리국이 죽였어. 아무도 나한테 그 얘길 해주지 않았지. 그 사람도 가르쳐주지 않고. 만약 내가 알았다면……."

"매기는 아직 살아있어요." 내가 말했다.

복잡한 감정에 물든 아델라의 얼굴이 또다시 종이접기처럼 접혔다 펴졌다. "아, 매기." 그녀가 중얼거렸다.

"다시 과거로 돌아가서 아서를 살릴 수도 있나요?"

이번에도 '멍청한 여자 같으니' 같은 대답이 돌아올 거라 짐작했지만, 아델라는 그저 슬픈 표정만 지을 뿐이었다. "시간이라는 건." 그녀가 말했다. "한정된 자원이야. 다른 자원이 다 그

렇듯 말이야. 우리 삶은 한 번밖에 경험하지 못해. 시간 여행이
라는 것도 조금은 가능하지만, 그래봐야 흡연하고 비슷해. 더
많이 할수록 그 영향 때문에 죽음에 이를 위험이 더 커지는 거
야. 과거로 돌아가 자잘한 것들을 바꿀 수는 있어. 조금은. 하지
만 그것도 횟수에 제한이 있지. 우린 시간에 새 통로를 팔 때마
다 그 통로를 조금씩 더 고갈시키는 셈이야. 그래서 같은 곳으
로 너무 자주 돌아가 너무 깊이 파버리면, 똑같은 지층에서 역
사를 거듭 또 거듭 파내다 보면, 끝내는 통로가 무너져버려. 그
렇게 우리는 블랙홀에 빨려들어간 것처럼 말소되고 말지. 그러
니까 '제대로' 해야 해."

"어떻게…… 미치겠네…… 어떻게 하는 게 제대로인데요? 지
금 이 상황에 어떻게 해야 하는데요? 아델라?"

"살아남은 이주자들을 데려와야 해. 그 사람들은 내가 안전
하게 지킬게. 국방부 소속 특별 대응 부대가 이리 오는 중이야.
그쪽의 비상 장비는 현재로선 열 감지 스캐너에 적외선 야시경
정도니까, 그나마 추적을 따돌리고 한발 앞서 피하는 건 내 힘
으로도 할 수 있어. 하지만 넌 그 암호를 챙겨서 관리국으로 가
야 해. 거기서 이 프로젝트를 종료시키는 거야. 컨트롤의 절반
은 나야. 그만큼의 권한은 지금도 갖고 있다는 말이야. 제대로
해내려면 내가 컨트롤의 '전부'라는 걸 입증해야 해. 그리고 그
렇게 하려면, 이 프로젝트는 반드시 없애야만 해."

"지금 이대로 가버리면 그레이엄은 내가 자기들을 배신한 줄

알 텐데요."

"내가 잘 설명할게. 그 사람들을 네가 있는 곳으로 데려갈게. 안가로. 거기서 다음 작전을 짜면 돼. 넌 그냥 나만 믿어. 이번엔 우리가 제대로 해낼 테니까."

아델라는 갑자기 빙긋 웃었다. 내가 그녀의 얼굴에서 처음으로 목격한 진짜 웃음이었다. 그 순간 그녀 안에서 나 자신이 보였다. 그녀의 입에서, 뺨에서, 눈에서.

"그 사람 참 멋지지 않아?" 아델라가 말했다. "난 처음 만났을 때 그 사람이 얼마나 잘생겼었는지 잊어버렸어. 그 사람이 얼마나 즐거워했는지도 잊어버렸고. 그날 사격장에서 즐거워하는 모습을 본 이후로 그렇게 행복한 모습은 오랫동안 본 적이 없어. 그 사람이 얼마나 그리운지 몰라. 넌 상상도 못 할 거야."

"양손을 위로 들어주십시오." 또렷하고 차분한 목소리였다.

나는 정신없이 주위를 두리번거렸다. 아무도 보이지 않았다. 도로 주변은 온통 짙은 에메랄드빛 덤불 땅이었다. 그는 어디에 숨어 있어도 이상하지 않았다. 그의 목소리가 어딘가 이상하게 들려왔다.

"가만있어요, 우리 작은 고양이." 그레이엄이 말했다. 목소리가 여전히 차분했다. "어떻게 된 일인지 당신한테서 설명을 좀 들어야겠군요. 옆에 계신 분, 양손을 위로 들어주십시오. 귀하는 저희 조준선에 들어와 있습니다."

"중령님도 참 고집불통이십니다." 카딩엄이 구시렁거리는 소리가 들려왔다. "제 충언을 무시하시더니 어떻게 됐는지 보십시오. 저 창녀들이 정말로 흉계를 꾸미지 않았습니까. 사신하고 함께 침대에서 뒹군 셈입니다."

"입 다물어, 토머스."

"고어 중령, 그리고 카딩엄 중위." 아델라는 덤불 쪽을 훑어보며 말했다. "여러분께 해를 끼칠 생각은 없으니 안심하세요."

"그건 그쪽이 말하는 '해'가 뭘 의미하는지에 따라 달라질 것 같습니다만." 매복 장소에서 들려오는 그레이엄의 목소리는 퍽 유쾌했다. "어쩌면 우릴 죽일 생각은 없는지도 모르지요. 하지만 사람을 속속들이 조사하고, 자유를 빼앗아 도구처럼 사용하고…… 그런 건 해를 끼치는 게 아니라고 생각하십니까?"

아델라는 내 쪽으로 몸을 기울이고 소곤소곤 말했다. "내가 너라면 특별 대응 부대가 들이닥치기 전에 도망갈 거야. 여긴 이제 굉장히 시끌벅적해질 거거든. 그것도 아주 순식간에."

그 순간을 돌이켜보면 정말이지 궁금해진다. 그 말을 따르지 말고 다른 행동을 해야 했을까? 거기 그냥 있어야 했을까? 따져야 했을까? 애원해야 했을까? 그레이엄의 목소리가 들리는 쪽을 향해, 그의 자비를 기대하며 몸을 던져야 했을까? 그랬다면 뭐든 달라졌을까?

내가 냅다 뛰는 사이에 총성이 울려 퍼졌다. 총알이 아슬아슬하게 귓가를 스치는 바람에 휘파람 같은 소리가 다 들릴 지경이었다. 그때 나는 생각했다. 그레이엄이 아니라고. 방금 나를 쏘려고 한 사람은 그레이엄이 아니라고. 그레이엄이 그랬을 리 없다고. 만약 그레이엄이었다면, 빗맞히지 않았을 거라고.

X

그는 납치범 일당이라는 의심이 좀처럼 가시지 않는 사람들에게 붙들린 채 복도를 따라 걸어갔다. 착란 상태에서 시행착오를 거듭한 끝에 그는 패거리의 짧은 재킷 속에 보이는 뭉툭한 덩어리가 총이라는 사실을 파악했다. 지난 몇 주는 힘들게 지나갔다.

"해군의 북극 탐험대에서 복무하셨죠?" 하얀 가운을 입은 직원이 던진 질문이었다. "이것도 '탐험 임무'의 일환이라고 생각하세요."

그리하여 그는 이 멋진 신세계를 성공하거나 실패할 임무로 새롭게 인식했다.

복도 끝은 문이었다. 문에 들어서면 방이었다. 방 안에서 기다리는 관리는 그를 미래로 건네다 줄 '가교'가 될 사람이었다.

방에 들어선 순간, 그는 잰걸음으로 카펫 위를 걸어오는 자그마한 여자 유령을 본다. 검은 머리. 생기 있고 결이 고운 갈색 피부. 큰 천막의 차양처럼 둥실 올라간 검은 속눈썹. 뭐라 형용할 길 없는 입술 색깔. 그 여자가 그를 보고 있었다. 그는 여자와 눈을 맞추지 못했다. 여자에게서 눈길을 돌리는 사이에 그의 얼굴에서는 핏기가 가시고 손목에서는 시큰거리는 느낌이 들었다. 다른 이들도 모두 그 여자를 봤을까? 다들 너무나 조용해서 확신이 서지 않았다. 어쩌면 그 여자는 그의 눈에만 보이는지도 몰랐다.

장교로 보이는 남자가 있기에 그는 남자의 얼굴에 시선을 고정하려 했다. 그러나 그 조그마한 유령이 앞으로 나섰다.

"고어 중령님?"

"예."

"제가 중령님의 가교입니다."

나중에(그리고 그는 나중에 여러 날과 여러 주와 여러 달을 누리게 되는데) 그는 그 여자가 이누이트 여인과 그리 닮지 않았다는 것을, 닮았다는 생각에 불을 지핀 것은 죄책감과 상상력이었다는 것을 깨달을 터였다. 여자의 머리카락은 이누이트 여인보다 덜 번들거렸고, 피부색도 옅었으며, 얼굴은 더 고양이 같았다. 눈 모양도 달랐다. 키도 조금 더 컸을뿐더러 체격도 날씬했다. 그래도, 그렇다고 해도.

하나님의 뜻은 우리 뜻과 다르게 움직입니다. 언젠가 어빙 소위가 한 말이었다. 그분의 방식은 수수께끼처럼 보이기도 합니다. 그러나 그분의 의도는 육신에 새겨지게 마련입니다.

하나님께서 당신을 내게 주셨군요, 나의 작은 고양이. 내가 당신의 것임은 그분의 뜻입니다. 한량없는 자비심으로, 그분께서 내게 구원을 베푸셨습니다.

10장

　다리가 움직이지 않을 때까지 달리다가 멈춰 섰다. 옷이 땀에 젖다 못해 아예 땀이 싸구려 비닐봉지처럼 몸을 감싸고 있었다. 땀 냄새가 진동하는 동시에 목이 말랐다. 나는 아직도 거지 같은, 정말이지 거지 같은 그린하이드에 있었고, 휴대전화 배터리가 거의 다 닳아서 우버를 부를 수도 없었다.

　버스, 기차, 다시 버스, 마지막에는 지하철로 갈아타고 시간 관리국으로 가는 수밖에 없었다. 날은 이미 밝아서 주위가 환했다. 역겨울 정도로 선명한 황색 햇살 속을 터벅터벅 걸어가는 동안, 나는 정상적인 풍경의 순수한 색채와 심도에 상처를 입는 것 같은 느낌이 들었다. 첩보 영화라면 지금 같은 장면은 몽타주로 처리됐을 텐데. 그러기는커녕 나는 내 이야기의 결말을 향해 휘청거리는 발을 움직여 한 걸음 또 한 걸음 힘겹게 내디뎌야 했다.

엘리베이터를 타고 아델라의 사무실로 향했다. 다만 목적지까지 도착하지는 못했다. 시멜리아가 꼭대기 층에서 기다리고 있었으니까.

"세상에, 시멜리아. 제발. 좀 도와주세요. 아서가……."

"따라와." 시멜리아는 다그치듯 쉿 소리를 냈다. 나는 종종걸음으로 그녀 뒤를 고분고분 따라갔다. 그녀가 낯선 문을 열고 들어가 낯선 암호를 누르고 다시 낯선 방을 통과하는 과정을 되풀이하는 동안 문 유리에 비친 내 모습이 언뜻 보였다. 방금막 알을 깨고 나온 새끼 새처럼 창백했고 꾀죄죄했다. 나는 불안에 적응하는 법을 조금도 익히지 못했다.

마침내 시멜리아가 적당한 개인 사무실을 찾은 듯했다.

"젠장." 나는 갈라진 소리로 중얼거리며 의자에 털썩 앉았다. "시멜리아, 아서가 죽었어요."

울음이 터졌다. 전날부터 폐 속에 차곡차곡 쌓인 울음이 통곡이 되어 터져 나왔다. 꼬박 일 분 동안 정신없이 콧물을 흘리며 꺽꺽댄 후에 소맷부리로 얼굴을 닦고 보니 시멜리아가 권총으로 나를 겨누고 있었다.

"그거 총인가요?" 나는 얼빠진 목소리로 물었다.

"맞아."

"세상에."

그제야 주위를 둘러봤다. 우리는 조그맣고 예쁜 방에 있었다. 가구는 편안한 느낌이 나는 크림색과 연황색이었고, 콘크리트로 두껍게 보강된 것처럼 보이는 벽은 아름다운 벽지가 발라져 있었다. 창문은 없었다.

"여긴 어디죠?"

"현관이야."

"현관……?"

"시간의 문으로 통하는 현관."

"가교가 시간의 문에 접근하는 건 금기 아닌가요."

"가교들은 그러면 안 되지."

나는 끈끈하게 들러붙은 것만 같은 눈꺼풀을 힘겹게 껌벅거렸다. "아. 젠장. 당신이 내부 첩자였군요."

시멜리아의 표정이 일그러졌다. "그래."

"맙소사."

뜨거운 분노가 가슴속에서 솟구쳤다. 처음에는 태양처럼 거대했지만 목구멍에 이를 즈음에는 테니스공 크기로 줄어들었다가, 마지막에는 평범한 탄성으로 변해 입 밖으로 나왔다. "아." 그러다가 마침내, 나는 가까스로 한마디를 덧붙였다. "어째서?" 시멜리아는 울지 않으려고 이맛살을 잔뜩 찌푸릴 뿐 아무 대답도 하지 않았다. 그래서 내가 물었다. "아서가 어떻게 될지는 당신도 알았을 거 아니에요."

"난 그 사람들한테서 아프리카 대륙의 사하라 사막 남쪽 지역이 어떻게 됐는지 들었어."

"무슨 소릴 하는 거예요?"

"지금으로부터 이백 년 후에. 다 끝났어. 남아메리카는 거의 다 사라졌어. 남은 건 브라질과 몇몇 위성 국가뿐이야. 영국은 절반이 물에 잠겼고. 유럽은 북아프리카에서 지중해를 건너오는 선박에 무차별 폭격을 가했어. 난민은 전혀 생기지 않았지. 바다에 빠져 죽든가, 고향으로 되돌아가 질병과 기아와 더위 때문에 죽었으니까. 수십억 명이 죽었어, '수십억' 명이. 뒤이어 먹을 물이 부족해지자 이민자 공동체를 상대로 반발이 일어났어. 살레스가 말하길⋯⋯."

"그자들 말을 정말로 믿었어요?"

시멜리아는 서글프게 웃었다. "'그자들 말을 정말로 믿었어요'라니." 그녀가 내 말을 따라했다. "도대체 백인 여자 행세를 얼마나 열심히 했길래 인종차별이 정말로 있냐고 묻는 거야?"

"그렇게 말하는 건 비겁해요."

"비겁하다고? 넌 네가 장차 어떤 인간이 되는지 알아?"

"시간관리국 직원이죠. 당신하고 똑같은."

"넌 살인자야."

"공무원이에요."

"그 사람들이 나한테 보여줬어. 시간관리국이 한 일을. 계속해서 하는 일을. 앞으로도 할 일을. 그걸 알아버린 이상 그들을 도울 수밖에 없었어. 물론 아서가 죽기를 바라진 않았지만, 만약 어떤 건이든 내가 관리국 일을 방해한 게 탄로 나면, 그래서 당국이 나를 감금하고 상상도 못 할 짓을 나한테 저지르고 살레스와 준장을 찾아낸다면, 그러면…….”

시멜리아는 말을 끝맺지 못했다. 입술이 바들바들 떨렸다. 그녀는 재빨리 눈을 들어 천장을 봤지만 떨어지는 눈물을 막기는 삽으로 폭포를 메우기만큼이나 어려워 보였다.

“지금 나한테 총을 겨누고 있는데요.” 나는 조심스레 말했다. “날 왜 이리로 데려온 거죠? 혹시 날 죽여서 아델라를 죽일 작정이라면, 그건 착각이에요. 우리가 역사를 바꿔버린 것 같으니까요. 자잘한 부분인지도 모르지만, 아무튼요.”

“네가 도망가지 않는 한 쏠 생각은 없어. 그냥 눈에 보이는 곳에 붙잡아놓고 싶을 뿐이야.”

시멜리아는 양발을 번갈아 디디며 자세를 고쳤다. 밑단을 사선으로 재단한 황색 리넨 치마 끄트머리가 종아리를 우아하게 감쌌다. 우아한 분위기가 도드라진 까닭은 총을 들고 있는 그녀의 불안한 자세와 극명하게 대비됐기 때문이다.

“그자들이 들려준 내 이야기를 정말로 다 믿는 거예요?” 마침내 내가 물었다.

“사실일 수도 있다고 생각해.”

얼굴에 총이 겨눠진 그때, 총구 앞에서 목숨이 위태로워진 그 순간에, 내가 느낀 감정은 다른 어떤 것도 아닌 상심이었다. 나는 그녀를 보며 씁쓸한 표정을 지었다. 찡그린 표정을 접시에 담아 조그마한 케이크용 포크와 함께 그녀에게 내밀듯이, 살며시. 그녀는 한숨을 쉬더니 요란하게 코를 킁킁거렸다.

"넌 네가 하는 일이 옳은 줄 알겠지." 시멜리아가 말했다. "내가 주위에 있을 때 넌 늘 조심 또 조심했어. 네가 무심코 무슨 말을 할까 봐 불안해서, 아니면 내가 그 말을 어떻게 받아들일지 걱정돼서. 넌 네가 1847에 관해 뭔가 대단한 걸 알아냈다고 생각했겠지?"

"난……."

"넌 번번이 그 남자를 위기에서 구했어. 내가 지켜봐서 알아. 그 남자는 제국에서 잔뼈가 굵었어. 제국이 '옳다'고 믿는 사람이지. 그리고 그건 너도 마찬가지야. 난 네 파일을 읽어봤거든. 네 가족이 어떤 일을 겪었는지 알아. 그래서 네가 저쪽에 붙은 거지. 운동장에서 제일 덩치 큰 깡패의 등 뒤에 붙어서려고."

"그거 알아요?" 내가 말했다. "난 당신을 진짜로 존경했어요, 시멜리아."

"너야말로 그거 알아? 넌 나를 존경한 적이 없어. 넌 나를 좋아했지만 왜 좋아하는지는 알지 못했어. 나쁜 년. 그러면서 줄곧 우리가 언제 경쟁하는 사이가 될지 궁금해했지. 아니면 내가 언제 너를 테스트할지 궁금해하거나. 난 너를 테스트하고 싶었던 적이 한 번도 없는데."

"당신이 하고 싶었던 건 뭔데요?"

"서서히 파시스트로 변해가는 너를 지켜보지 않는 것."

그 대화를 나누는 동안 나는 시간관리국에서 받은 훈련을 머릿속에 떠올렸다. 정확히는 총기 훈련과 맨손 격투 훈련이었다. 시멜리아는 정신의학과 정신병리학의 전문가일 뿐, 실전 기술에는 초짜였다. 내가 앉은 자리에서는 그녀가 해제하지 않은 권총 안전장치가 훤히 보였다. 그래서 굳이 재치 있는 말로 해결하려고 시도할 것도 없이, 나는 그녀의 무릎을 있는 힘껏 발로 찼다. 무릎뼈가 박살 나는 소리가 들렸다.

"아악!"

"아……!"

"내 총 이리 내!"

"이 손 좀 놓으라고요……!"

볼품없는 몸싸움이 한바탕 끝나고 난 뒤 나는 시멜리아의 총과 내 총을 양손에 나란히 든 채 입가에 살짝 피를 흘리고 있었다. 시멜리아는 다리를 품에 안고서 바닥에 앉아 있었다.

"망할 년." 시멜리아는 분노로 이글거리는 동시에 즐거워하는 것처럼 보였다. "이젠 나를 죽일 작정인가 보지?"

"아뇨. 그건 관리국이 할 거예요, 아마도. 아니면 그냥 당신을 해고하든가요."

"아, 시간관리국에서 해고당하다니. 죽음보다 더 지독한 운명이군."

"세상에! 그냥 좀…… 됐어요, 이 건은 내가 정리해요."

"이대로 가면 기후는 완전히 붕괴될 거야."

"우리가 바꿀 수 있어요. 난 이제 역사가 매 순간 변하는 건 아닐까 하는 생각이 슬슬 들거든요. 자, 시간의 문에 가려면 어떻게 해야 되죠? 이제 총은 내 손에 있다는 거 잊지 마요."

시멜리아는 비틀비틀 일어서더니 다리를 절뚝거리며 방 건너편으로 걸어갔다. 그녀가 손으로 벽면 패널을 건드리자 다른 패널과 똑같아 보이던 그 패널이 환해지더니 스크린으로 바뀌었다. 그녀는 스크린 자판을 두드려 뭔가 입력한 다음 옆으로 슬그머니 비켜섰다.

"저 안에 준장이 있어. 그러니까 우선 안전장치부터 풀 거야. 내가 너라면."

나는 가까스로 쿡쿡 소리를 내며 쓴웃음을 지었다. 그러고는 시멜리아의 총을 내 총집에 꽂고 그녀의 손을 잡았다. 한순간 우정을 암시하는 그림처럼 보였을 테지만, 다음 순간 나는 그녀의 팔을 등 뒤에서 꺾어 올린 다음 어깻죽지 사이에 총구를 댔다. 세 폭 제단화의 가운데 그림에 해당하는 장면이었다. 제목은 '무기로 변한 우정.' 어쨌거나 그녀는 아서가 죽는 걸 막지 못했다. 나 역시 아서의 죽음을 막지 못했지만, 거기에 관해서는 딱히 깊이 생각하고 싶지 않았다.

"갈까요?" 내 말에 시멜리아는 웃음을 터뜨렸다. 평소에는 절대로 웃지 않는 그녀가.

방 한복판에 금속 틀이 있었다. 크기로 보나 모양으로 보나

문이었다. 그 틀을 보자마자 기운이 빠졌다. 정말이지, 고작 저 흔해빠진 싸구려 모형 앞에 서려고 지난 이십사 시간 동안 공포와 혼란과 폭력을 견디고 살아남았다고?

뒤이어 틀 안쪽에 놓인 땅딸막하고 징그럽게 생긴 기계가 눈에 들어왔다.

기계가 어떻게 생겼는지 묘사할 수는 있지만, 막상 그것의 형상을 떠올리면 머릿속에서는 말이 꼬이거나 흩어져버린다. 거기에는 입이 있었던 것 같다. 아마도. 기계 주위에는 색깔이 없었다. 형태도 없었다. 기계의 외피 속에서 위협적인 느낌이 뿜어져 나왔고, 외피 자체도 차곡차곡 쌓이며 커지는 것처럼 보였다. 시간의 문이 어떤 식으로 작동했는지 나로서는 차마 아는 척도 할 수 없지만, 그래도 스위치가 켜지면 어떤 모습을 하고 있을지는 상상이 갔다. 그 괴물 같은 기계는 배 속 깊숙한 곳의 우주를 바깥으로 꾸역꾸역 토해냈고, 문틀은 그것을 포착해 특정한 시공간과 연결했다. 그 기계는 총이 탄환을 발사하듯 시간을 발사했다. 사람들이 그것을 손에 넣었을 때 무기로 여긴 것도 당연했다. 그것이 켜질 때마다 우연히 사람을 죽인 것 또한 당연했다. 퀜틴이 실제로 본 것은 바로 그 기계였을 것이다. 손에 든 무기가 아니라 시간의 문 자체를 본 것이다. 시간을 갈라 허공에 길을 내는 그 문을, 그리고 시체가 된 아이들을.

"아름답지 않아? 우리의 최고 걸작이야. 마지막 남은 자원으로 만들었어."

준장은 시간의 문 가까이에 웅크리고 있었다. 문틀이 아니라 기계 옆에. 그는 거기에 손을 대고 있었지만 시간의 문이 지닌 특성 때문에 정확히 뭘 하는지는 파악하기 힘들었다. 그의 몰골은 끔찍했다. 그날 내가 본 사람들 가운데 나만큼이나 몰골이 끔찍했던 사람은 준장뿐이었을 것이다.

"이번엔 나를 죽이겠군." 준장이 내뱉은 말은 짤막했다.

"음." 내가 말했다. '아니요'라고 하면 내가 누리는 우위가 조금 약해질 것 같았고, '예'라고 했다가는 너무 무례해 보일 것 같아서였다. "내가 당신을 집으로 보내주면 어떻게 되나요?"

"집이라." 준장이 나직이 되뇌었다. "우리 시대에는 '호'라고 하지. '대피호'의 그 호야. 이 시대에 사는 당신은 그 말을 들으면 무섭고 살벌한, 전쟁터 같은 장소가 떠오르겠지만……." 이 대목에 이르자 그는 아나운서 같은 표준어 억양을 버리고 살레스와 비슷하게 말했다. "공기에 독소가 가득한 이상, 지상보다는 호가 낫지. 호로 돌아가면 난 다시 싸울 거야."

시멜리아가 끼어들었다. "잉글랜드에서도 이 사람이 살던 지역은 화학무기 실험에서 유출된 독성 폐기물로 환경이 온통 오염됐어. 2100년대에 시간관리국이 승인한 실험이었지. 그러니까 이 사람이 계속 싸우겠다고 하는 건……."

"설명 고마워요. 나도 다 아는 얘기였지만."

"전쟁에 끝은 없어." 시멜리아는 마지막 말을 하면서 목소리가 갈라졌다. 그녀는 마른침을 삼키고 말을 이었다. "역사는 말 그대로 알아서 반복될 테니까. 이 문이 존재한다는 건 우리가 계속해서 왔다 갔다 하고, 다시 왔다 갔다 할 거라는 의미야. 다시, 또다시, 그리고 또다시……."

내가 붙잡고 세게 흔들자 시멜리아는 입을 다물었다. 내 변명을 하자면, 그건 친절에서 비롯된 행동이었다. 그녀가 이성을 잃고 날뛰는 꼴을 참아줄 자신은 없었으니까. 만약 그때 귀를 쫑긋 세웠다면, 걸음을 맞춰 바닥을 쿵쿵 밟으며 달려오는 적의에 찬 군홧발 소리가 들렸을 것이다. 중무장한 부대가 쳐들어오고 있었다. 아델라가 이주자들과 함께 탈출해 군부대를 출동시켰다는, 아니면 그녀가 이미 체포됐고 나 역시 이제 곧 체포되리라는 뜻이었다. 어느 쪽인지는 군인들이 도착하면 알게 될 터였다. 준장이 나를 힐긋 올려다봤다.

"네가 살레스를 죽였지."

"아뇨, 아델라가…… 뭐, 맞아요. 혹시 살레스가 당신의……."

"내 것이었어. 우리는 당신들이 쓰는 이 시대의 말을 쓰지 않아. 살레스는 내 것이었고 나는 살레스의 것이었어. 그게 다야."

"난…… 미안해요. 하지만 당신도 나를 죽이려 했잖아요."

"넌 네가 어떤 인간이 되는지 몰라서 그래. 우리에게 어떤 존재가 되는지."

준장은 천천히 일어섰다. 군홧발 소리가 점점 더 가까워졌다.

"그래도 우린 런던 구경은 했어." 준장이 말했다. "런던 이야기는 책에서 정말 많이 읽었는데. 고스족 패션을 한 캠든 마켓의 십대 아이들. 공원 잔디밭에 맨발로 앉은 사무직 노동자들. 빅벤. 이곳의 삶을."

"왜요, 그쪽 시대의 런던은 어떤데요?"

준장은 별것 아니라는 듯이 어깨를 으쓱했다. 바깥에서 고함 치는 소리가 들려왔다.

"사라졌어." 준장이 말했다.

사적이고 단일한 권력의 문제점은 그것이 세계를 축소시켜 하나의 화살촉으로 만든다는 것이다. 당신의 심장은 그 화살 촉 끄트머리에서 박동하는, 겉이 단단히 둘러싸여 바깥과 소통 할 수 없는 유일한 조준점이다. 앞을 향하는 탄도에서 잠시라도 흔들리면, 외부의 힘이 가하는 무수한 압력에 일 초라도 정신 이 팔리면, 화살은 속도가 느려져 휘청거리다가 서서히 추락한 다. 심장은 결국 흙과 땅에 꽂히는 결말을 맞는다. 만약 스스로 를 위해 권력을 휘두를 작정이라면 나아갈 방향은 오로지 바깥 쪽과 앞쪽, 즉 공동의 관심사인 땅에 붙박인 세계에서 멀어지는 것뿐이다.

부디 당신이 나를 용서해주기를, 아니면 적어도 나를 이해해 주기를 바란다. 나는 그 방에서 유일하게 총을 든 사람이었다. 준장은 이미 패배해 끝장난 사람이었다. 시멜리아도 마찬가지 였다. 그 둘을 구하는 건 내가 할 일이 결코 아니었다. 아델라로 말하자면, 만약 그때 내 머릿속에 아델라가 떠올렸다면, 그건 단지 그녀가 한 말, '제대로 해야 해'가 기억났기 때문인데……

그건 사실 본인조차 지키지 못한 말이었다. 불쌍한 여자 같으니. 그리고 그레이엄도 떠올랐다. 절대로 저들에게 그레이엄을 빼앗기지 않을 거야. 조그맣고 소중한 내 보물. 나는 생각했다. 마치 내게 선택권이 있었던 것처럼.

그래서 나는 권총 탄창이 다 빌 때까지 그 기계를 향해 총을 쐈다.

방 안은 붉은 불빛으로 가득했다. 허공을 뚫고 경보음이 들려왔다. 삑 삑 삑 삑. 바닥이 몹시도 미세하게 떨리는 동안 나는 청사 건물 전체 출입구에 세워진 방탄 철문이 일제히 바닥에 쓰러지는 광경을 상상했다. 시간의 문 주위에는 색채도 '있었고' 형태도 '있었지만' 모두 나는 본 적이 없는 것들이었다. 완전히 새로운 색깔을 보며 나는 두려움에 젖어갔다. 손에 들고 있던 총을 떨어뜨릴 만큼.

"세상에." 내가 중얼거렸다. "미치고 환장하겠네. 이제 어떻게 되는 거예요?"

"너도 모르는 거야?" 시멜리아가 외친 소리가 경보음을 뚫고 들려왔다.

"몰라요! 저게 우릴 죽이려고 들까요?"

"그걸 내가 무슨 수로 알아!"

경보음과 소음과 진동은 시작했을 때와 똑같이 갑작스레 멈췄다. 그 기계에서는 불길한 트림 소리와 비슷한 소음이 났다. 준장이 기계 이곳저곳을 만지작거렸다. 질문하듯 삑삑거리는 소리와 환하게 점멸하는 빨간 불빛이 멈추지 않고 이어졌다. 스크린 하나가 눈에 들어왔다. 내가 보기에는 그 기계의 운영 체제 같았다. 뒤이어 준장에게 너무도 무시무시한 일이 일어났다. 그것은 안으로 쪼그라드는 동시에 바깥으로 폭발하는 현상, 마치 방 안이 하나의 배경막이고 그곳에 칼이 꽂힌 것처럼 허공이 찢어지는 현상이었다. 블랙홀이 재채기를 하면 꼭 그렇게 보일 듯싶었다. 뒤이어 무언가, 작지만 특이하게도 별로 가득 찬 어떤 것이 허공에 둥둥 떠 있었다. 준장은 사라지고 없었다.

내가 허공에 걸린 그 조그마한 은하수를 바라보며 또다시 속이 메슥거리게 될까 궁금해하는 사이, 시멜리아가 내 총집에 꽂힌 다른 권총을 노리고 몸을 날렸다.

몹시도 진이 빠지는 스물네 시간이었다. 전날 밤에는 친구를 잃고 상심한 채 돌바닥에서 잠을 잤다. 그래서 시멜리아가 순식간에 내 총을 뽑아 내 이마에 총구를 댔을 때, 나는 방심한 나 자신을 용서하려 애썼다. 방에 군인들이 들이닥쳤을 때, 그들 눈앞에 펼쳐진 것은 기계 잔해 사이에서 벌어진 인질극이었다.

"여기서 나가게 해주지 않으면 이 여잘 쏠 거야." 시멜리아가 쉰 목소리로 외쳤다. "당신들 이 여자가 누군지 알기나 해? 이 여자가 죽으면 어떻게 되는지 알아? 나도 몰라서 물어보는 거야, 그런데 그걸 알아내려고 무슨 짓이든 할 사람은 여기서 나밖에 없어."

"뭐라고요?" 나는 흥분해서 소리를 질렀다.

"넌 한 시공간에 사본이 존재하는 유일한 인간이야." 시멜리아가 나직하게 쏘아붙였다. "저자들은 아마 널 다치게 하면 안 된다는 지시를 받았을 거야. 혹시라도 네가 죽어서 시간의 문이 망가지면 안 되니까. 이제 입 다물어."

방독면을 쓴 군인 가운데 누군가 '물러서'라고 소리쳤다. 자동 소총 여러 정의 총구가 천장을 향해 올라갔다. 우리는 현관 쪽을 향해, 복도 쪽을 향해 살금살금 움직였다. 공기에 매캐한 연기가 가득해서 방독면이 없는 우리는 빠져나가느라 몹시도 애를 먹었다. 그러고 보니 기초 훈련 때 배운 전술이었다. 우리가 벌인 일은 시간관리국의 짧은 역사에서 가장 어설프고 숨막히는 동시에 몹시 고통스러웠던 탈출 시도였다. 그리고 그 시도는 성공했다.

시멜리아는 시간관리국 청사 근처 주차장에서 나를 풀어줬지만, 총은 계속 겨누고 있었다. 손이 벌벌 떨린 탓에 총구가 술취한 벌처럼 허공을 휘저었다.

"난 이제 가야겠어." 시멜리아가 말했다.

"어디로요?"

"가르쳐줄 리가 없잖아. 정신 차려."

나는 잿빛으로 물든 그녀의 지친 얼굴을 가만히 바라봤다. "당신도 몰라서 그러는 거죠?" 내가 물었다. "도망칠 거라고 생각하겠죠. 하지만 '어디'로 갈 건가요, 시멜리아? 관리국에 들켜서 붙잡히지 않으려면 어디로 가야 할까요? 그리고 끝내 당신을 못 찾으면, 관리국은 당신 남동생을 찾아갈 거예요. 당신 여동생도요. 그만해요. 그 총 이리 줘요. 나랑 같이 아델라를 찾으러 가요, 그러면……."

시멜리아는 고개를 가로저었다. 단호하게. "안 돼. 더는 타협할 수 없어. 난 더는 이 일에 가담하지 않을 거야."

"그럼 어떻게 할 건데요?" 나는 분통이 터져서 외쳤다. "누가 당신을 도와주려고 할 것 같아요? 시간관리국을 빼면?"

"난 여기서 벌어진 일을 사실대로 말할 거야. 나 같은 사람이 훨씬 더 많아지겠지. 너무 많아져서 넌 믿으려고도 안 할 거야. 너의 문제는 언제나 남을 믿지 않고 포기해버리는 거니까."

"시멜리아, 정신 차려요." 내가 말했지만, 그녀는 총을 쳐든 채 컴컴한 그늘 속으로 뒷걸음질하는 중이었다. 노란 치마가 어둠을 할짝거렸다.

"집에 가." 시멜리아가 말했다. "그냥 집에 가. 우린 여기서 끝이야, 너랑 나는. 집에 가."

나는 그 말대로 했다.

지하철을 탔다. 머리는 헝클어지고 옷은 먼지투성이에 엉망으로 구겨지고 몸에서는 땀 냄새가 진동했지만, 객차에는 나보다 더 이상해 보이는 사람이 한둘이 아니었다.

집에 도착해 현관문을 열고 들어서서 신발을 벗었다. 나는 숨

쉬는 법을 잊어버린 사람처럼 숨을 헐떡거렸고, 자꾸만 의식적으로 호흡을 다시 시작해야 했다. 그러면서 차를 한잔 끓이려고 주방으로 향했다. 세상이 끝장날 판인데 차 한잔하는 것쯤이야 별일 아니니까.

주방에 그레이엄이 있었다.

식탁 앞에 앉아 있었고, 내게 총을 겨누고 있었다.

"아." 내가 말했다. 아직 새로운 대사를 생각해내지 못하다니, 딱한 일이었다. 나한테 총을 들이대는 사람이 이렇게 자주 나타나는데.

"양손을 내 눈에 보이는 곳에 두십시오."

"뭐 하는 거예요?"

"조용히 해요. 혹시 미행당했습니까?"

"아뇨…… 아닐걸요? 내가 시간의 문을 부수려고 했어요. 만약에 부쉈다면 모든 게 다 끝났을 텐데. 그런데 그레이엄, 왜 나한테 총을 겨누는 거예요?"

"당신을 믿을 수가 없어서요."

그가 의자에서 일어서자 나는 움찔했다. 그의 팔은 조금도 흔들리지 않았다. 손가락에 낀 아서의 반지가 반짝였다. 표정에는 화난 기색조차 없었다. 그저 따질 것도 없이 명백하게, 말문이 막힐 만큼 분명하게, 총으로 나를 겨누고 있었다. 안전장치는 해제된 상태였다. 당연하게도. 내가 말했다. "총을 이렇게 가까이서 쏘면 난 꼼짝없이 죽을걸요."

"압니다."

"미치겠네. 지금 이게 무슨 짓이에요? 난 당신을 도우려고 했다고요."

"당신은 우리에게 숨기고 있습니다. 시간관리국이 꾸민 모든 음모를요. 아델라가 죽기 전에 나한테 다 털어놨습니다."

"죽었다고요?"

"내가 보기엔 그렇게 된 것 같습니다."

"무슨 말인지 모르겠어요."

"난 당신이 뭘 알고 뭘 모르는지에 별 관심이 없습니다."

"매기는 어딨죠?"

"안전한 곳에요."

"만날 수 있을……."

"안 됩니다. 당신에게서 안전하게 지켜야 하니까요."

불쑥 솟은 당혹감이 가슴속에서 확 피어올랐다.

"그레이엄, 난…… 당신이 이해해줘야 돼요…… 난 그냥 임무를 수행한 것뿐이에요……."

"어떻게 그런 생각을 할 수가 있습니까?"

"명령을 받아서 그랬어요…… 그렇게 하면 해결할 수 있을 줄 알고……." 내가 말했다. 아니, 실은 울부짖었다. 이러다 죽을 지도 모른다고 생각하는 한편, 내가 그저 징징대는 꼬맹이에 불과하다는 사실을 깨달았다.

"명령을 받았다고요." 그레이엄이 내 말을 되뇌었다. "21세기에 태어나서 자랐을 당신이 방금 본인의 그 말이 어떻게 들릴지 모르다니, 정말 멋지군요. 그 모든 야망과 그 모든 조작의 결말이 고작 '명령을 따라야 했다'라니. 난 한때 당신을 보기 드물게 영리한 전술가이자 마법사로 여겼습니다. 그런데 생각해보니 그건 당신이 겁쟁이였기 때문이군요. 아서가 당신 때문에 죽었다는 걸 알기나 합니까?"

"잠깐 내 말 좀……."

"닥쳐요. 아델라는 당신에게 암호가 있다고 했습니다."

"그래요……."

그레이엄은 턱짓으로 식탁 위 노트북 컴퓨터를 가리켰다. 그의 것이 아니라 내 것이었다. 내 방에서 노트북 컴퓨터를 조심스레 들고 와 식탁에 놓고 전원을 켜는 그의 모습을, 허리 벨트에 권총을 꽂은 채 움직이는 그의 모습을 머릿속에 떠올리려니 고통스러웠다.

"다 삭제하십시오." 그가 말했다.

"할게요, 그렇게 할게요. 그 총 좀 내려놔요."

"안 됩니다. 앉아요."

덜덜 떨면서, 나는 의자에 앉았다.

"그레이엄…… 내 말 좀 들어봐요…… 아델라가 당신에게 자기 정체를 밝혔나요?"

"이 프로젝트와 관련된 건 모조리 삭제하십시오."

"알았어요, 저기…… 내가…… 그렇지만…… 당신 그 여자가 누군지 알아요? 미래에 말이죠, 나랑 당신은……."

"나랑 당신 같은 건 없습니다." 그의 목소리에 날이 서 있었다. "당신, 그리고 당신이 즐기는 취미가 있었을 뿐입니다. 이제 말은 그만하십시오. 이 프로젝트를 흔적도 없이 다 지우세요. 안 그러면 하느님께 맹세코 이 방아쇠를 당겨 당신이 시간관리국을 대신해 아서에게 직접 사과하게 해줄 겁니다."

키보드를 두드리며, 나는 화면의 파일이 하나씩 차례로 사라지는 광경을 지켜봤다. 눈가에 땀과 눈물이 그렁그렁 맺혔다. 그레이엄이 자세를 바꾸자 총이 내 머리카락을 스쳤다. 아주 살짝. 나는 겁먹은 나머지 비명을 질렀다. 시야 끝자락에서 그가 움찔하는 모습이 보였다. 내가 그쪽으로 눈을 휙 돌리자 한순간 우리 둘의 시선이 마주쳤다. 그의 입가가 바르르 떨렸다.

"빨리 끝내요." 그가 나직이 말했다.

"그레이엄……."

"내 이름을 그만 부르란 말입니다!"

자판을 두드리고 마우스를 클릭하는 동안 내 몸은 걷잡을 수 없이 떨렸다. 아델라가 준 조그마한 장치 덕분에 접속 암호를 알아냈지만, 너무 겁먹은 나머지 숫자 5를 자꾸만 7로 착각해 입력하는 바람에 하마터면 차단될 뻔했다. 몇 초 동안 내 심리 분석 파일이 눈앞을 스쳐갔다. 복지과에서 가교 전원을 감청하고 있던 것이다. 나 자신의 파일을 지우는 순간에는 사형 선고를 받는 느낌이 났다. 노트북 컴퓨터 화면에는 1980년대 느낌이 나는 흉측한 초록색 창이 깜박거렸다. 그레이엄의 숨소리가 들렸다. 불규칙한, 차분해지려고 애쓰는 숨소리였다. 섬뜩한 고통을 견디는 사람이 낼 법한.

"봐요! 다 됐어요! 이제 총 내려놓고 내 얘길……."

"난 떠날 겁니다." 그가 말했다. "매기도 데리고 갈 거예요. 쫓아올 생각은 하지도 마요. 난 당신이 연인이었던 나를 마음대로 이용해먹은 것도, 그러다 이제는 나를 업신여기는 것도 다 압니다. 하지만 그런 당신도 매기만은 여전히 아끼겠지요. 관리국은 매기를 붙잡으면 죽일 겁니다. 매기를 사랑한다면, 관리국에 협조하지 마십시오."

"나를 사랑하긴 했어요?" 나는 힘없이 물었다.

"여기 있어요. 따라오지 말고." 그레이엄은 내게서 눈을 떼지 않은 채 뒷걸음으로 주방을 나섰다. 뒤이어 복도를 재빨리 달려가 현관문으로 빠져나갔다. 그러고는 문을 쾅 닫았다.

나는 주방 식탁 앞에 꼼짝 않고 앉아 있었다. 문 위쪽 벽에 걸린 시계를 바라보는 동안 분침이 5에서 10으로, 15로 움직였다. 삼십 분이 흘렀다. 그리고 사십오 분이. 시침이 가차 없이 다음 숫자로 넘어가는 것을 보며 나는 비로소 깨달았다. 거기가 끝이라는 것을. 황금 시간대 텔레비전 영화에 나올 법한 극적인 귀환도, 마음을 고쳐먹는 계기나 화해의 키스 같은 것도 없었다. 그는 떠났다.

시간관리국 요원이 집에 도착해 나를 체포할 때까지도 나는 식탁 앞에 앉아서, 눈물이 차올랐다가 흐를 때마다 뿌옇게 흐려지는 벽시계를 하염없이 바라보고 있었다. 비탄의 척도로 따지면 이미 맨 끄트머리 눈금에 있던 나는 체포하러 온 요원을 보고도 무슨 집배원을 대하듯 '안녕하세요'라고 인사했다. 요원은 내가 무슨 만화영화의 악당 캐릭터처럼 얼굴 가죽을 벗고 해골이라도 보여준 듯이 뜨악한 표정으로 나를 봤다. 그 표정이 어찌나 괴상했던지, 그만 나도 모르게 깔깔 웃고 말았다.

알고 보니 고인이 된 아델라 고어가 미래에서 왔다는 사실을 아는 사람은 놀랄 만큼 적었다. 나는 그 사실을 엉뚱한 조사관에게 털어놓는 바람에 새로운 안가에 구금당하는 신세가 됐다. 그 집에는 채 일주일도 머무르지 않았다. 언제까지라는 기약도 없이 우두커니 앉아서 보내는 하루는 말로 설명하기조차 힘들 만큼 길게 느껴진다. 그것이 일종의 고문이라는 사실을 나는 이제야 깨닫는다. 사람을 강제로 철창에 가두는 것은 그 사람의 머리카락을 손으로 움켜잡고 일거수일투족을 지시하는 것과 같다. 또한 나는 평소에 너무나 바쁘게 지냈기 때문에(부지런한 일벌처럼, 일할 필요가 없는데도 바쁜 착한 수벌처럼) 엿새 동안 연락이 안 된다고 해도 가족과 친구들이 걱정할 염려는 거의 없었다. 나는 스스로의 의지로 고립된 섬처럼 살았고, 이제는 아예 파도 아래로 가라앉을 운명이었다.

엿새째 되던 날, 나를 시간관리국으로 태우고 갈 차가 안가에 도착했다. 차창에 까맣게 선팅이 돼 있었다. 차를 타고 가는 동안 내 맞은편 좌석에는 우악스러울 만큼 촌스럽게 디자인한 바지 정장 차림의 여성이 앉아 있었는데 옷 속의 총집 때문에 은근히 불룩해진 재킷이 눈에 띄었다.

컨트롤이 있는 층까지 호송된 나는 창가에 치렁치렁한 초록색 커튼을 달아 환하고 멋지게 꾸민 방으로 들어섰다. 첩보 스릴러 영화에서 악당이 쓸 법한 책상 너머에 국장이 앉아 있었다. 그는 나에게 위스키를 한 잔 따라줬다. 아직 오후 3시였는데도. 나는 영화 속 악당의 상징인 하얗고 털이 북슬북슬한 고양이가 있는지 보려고 주위를 두리번거렸지만 헛수고였다.

"저런." 국장이 딱하다는 듯이 중얼거렸다.

술잔을 입에 대자 내가 입술을 물어뜯어서 생긴 손톱 크기 상처에 위스키가 스며들어 얼얼한 느낌이 났다. 그레이엄이 마시던 위스키였다. 시간관리국에서 지급한 술이었으니 당연한 일이었다. 그 술에서는 그와 얘기하는 듯한 맛이 났다. 담배가 피우고 싶었다. 간절하게.

"제가 아델라라는 걸 알고 계셨죠." 나는 술잔을 들여다보며 말했다.

"그랬지. 본인에게서 들었으니까."

"언제요?"

"자네가 우리와 합류하기 한참 전에. 아예 프로젝트가 시작하기도 전이었어. 시간의 문을 확보하고 나서 한 달쯤 지났을 때였지 싶은데. 아, 그 빌어먹을 문. 우린 그걸 작동하는 법을 도무지 알아내질 못했어. 그래서 국방부의 무기 실험 시설에 처박아뒀지."

"폭발하는 펜 같은 걸 만드는 부서 말씀인가요?"

국장은 나를 보며 너그럽게 웃었다. "거기서 개발하는 건 주로 화학무기나 생물학무기, 악성 소프트웨어 같은 거지만 그래도 착한 007은 다들 좋아하지 않나? 아무튼, 어느 날 오후에 그 시설 연구소에서 일하는 기술자가 바지 위로 내장이 늘어진 채 비명을 지르며 복도를 걸어왔어. 불쌍한 친구였지. 하필이면 영 좋지 않은 순간에 빔이 지나는 경로에 서 있었거든. 그 여자는 그 경로를 통해 건너왔어."

"그 여자라뇨?"

"자네가 아델라 고어로 알고 있는 여자."

나는 위스키 잔을 쾅 소리가 나게 내려놨다. 그 충격 때문에 국장 책상에 놓인 만년필 보관함이 흔들려 엉망이 됐다. 펜꽂이와 황동 거치대가 아슬아슬하게 균형을 이룬 장식품이었다.

"난 이 자리에 오기 전에 국방부에 있었어." 국장이 만년필을 집으며 말했다. "의회와 정부 쪽 자문위원회에서 일했지. 그 여자가 직접 나를 선발했어."

유리가 터지면서 바깥쪽으로 퍼져나가는 광경이 눈앞에 펼쳐졌다. 한순간 책장 옆에서 호박과 투명한 크리스털로 이루어진 폭죽이 터지는 것처럼 보였다. 약 이 초 후, 나는 내가 벽을 향해 술잔을 던진 것을 깨달았다. 국장은 꼼짝도 하지 않았고 나는 갑자기 몹시도 피곤한 느낌이 들었다. 다시 의자에 앉았다. 언제 일어섰는지조차 모르는 상태로.

"그렇게 그 여자가 건너와서." 내가 말했다. "자기는 2040년인가 언젠가에서 왔고, 당신이 할 일은 시간의 문을 이용해 역사가 일어나게 하는 거라고 설명했군요. 적절한 시대에서 적절한 이주자들을 뽑아와 제대로 된 미래를 만들어야 한다고. 케이크를 만들 때처럼. 그렇게 된 건가요?"

"자네 말이 맞아."

"그럼 그 사람들을 왜 죽였어요? 매기랑 아서를 왜?"

국장은 창문 쪽을 향해 커다랗게 팔을 휘둘렀다. 바깥의 도시 전체를 아우르는 것처럼 보이는 몸짓이었다.

"딱한 친구 같으니." 국장이 말했다. "이주자들이 우리에게 얼마나 소중한지는 자네도 이미 잘 알겠지. 하지만 그것도 훈련이 잘될 때의 얘기야. 아쉽게도 1665와 1916은 귀중한 데이터 집합이긴 했지만, 요원으로서는 쓸모가 없었을 거야. 자네 자신을 탓하지는 마. 현재의 자신이든, 미래의 자신이든. 아델라 고어는 모르는 일이었으니까. 아델라는 미래를 만드는 프로젝트는 능숙하게 운영했지만 그게 다였어. 의심할 바 없이 뛰어난 현장 요원이었지만, 내가 아는 한 최고 수준의 의사 결정권자는 아니었지. 그런데 자네는, 미안하지만 아델라 고어만도 못해. 자넨 조합 가능한 모든 경우의 아델라만큼의 성취를 이루지 못했어. 그리고 바로 그 이유로 자네가 오늘 이 자리에 불려와 논의할 문제에 나까지 얽히게 된 거야."

내 양손 손바닥에 서늘한 물웅덩이가 고이는 느낌이 들었다.

"자네의 퇴직 조건에 관한 협의 말일세."

"매기와 아서를 '퇴직'시킨 것처럼 말이죠."

국장은 영문을 모르겠다는 표정으로 나를 힐긋 보더니 자잘한 글씨로 인쇄한 서류 한 장을 책상 위로 내밀었다. 서류 위쪽 부근에 엄청나게 큰 숫자가 적혀 있었고, 숫자 앞에는 덤으로 파운드화 기호까지 붙어 있었다.

"잠깐만요. 나를 정말로 퇴직시키려는 거예요?"

"이주자들은 죽었거나 실종됐거나 구금돼 있어. 자네가 장차 어떤 사람이 될지는 모르겠지만, 시간관리국 요원인 그레이엄 고어의 부인은 아닐 것 같군. 어쨌거나 시간의 문과 자네 사이의 '특이한' 관계를 감안하면 당장은 그냥 내버려두는 게 현명하겠지."

손목이 손가락 한 마디 높이로 움찔했다. 엄지손톱 밑의 살을 물어뜯고 싶은 충동이 흡연 욕구만큼이나 강렬하게 들었다. 나는 최대한 조심스럽게 손을 넓적다리 밑에 넣었다.

"그래서요. 날 안 죽일 거라는 얘긴가요?"

국장은 한숨을 쉬었다. "따라와."

그는 나보다 앞장서서 책상 반대편의 멀찍한 벽 쪽으로 걸어갔다. 사무실은 하도 커서 멀찍한 벽이라고도 해도 과장이 아니었다. 벽의 나무 패널이 목재와 전혀 어울리지 않는 삑삑 소리와 함께 활짝 열렸다. 이 시점에 내가 느낀 감정은 단지 놀랍다는 말로는 부족했다. 나는 국장의 뒤를 따라 종종걸음 치며 강철과 유리로 뒤덮인 복도를 나아갔고, 그러는 동안 무장 경비병과 다양한 경보 장치 앞을 통과해야 했다. 마침내 도착한 널따랗고 횅뎅그렁한 방은 어디서 훔쳐 온 지 얼마 안 된 실험실처럼 보였다. 그리고 그 방 한복판의 부검대에는…….

"저건 아델라 고어'였어'." 국장이 말했다. "아무래도 시멜리아가 시간의 문을 부수려고 했을 때 저렇게 된 것 같아. 현장에 있던 인원한테서 들었는데 아델라는 꼭 폭발하는 것 같았다더군. 그런데 바깥쪽이 아니라 안쪽으로 폭발했고, 터진 것도 내장이 아니라 빛이라고 했어. 어쨌거나 아델라가 이…… 뭔지 모를 상태로 변하는 바람에 현장에서는 아주 난리가 났고, 그 혼란을 틈타 1847과 1665, 1645는 달아났어."

"그래요. 준장도 바로 그렇게 달아났죠……." 나는 천천히 대꾸했다. 이제 교묘하게 감춰진 함정을 요리조리 피하며 대화를 이끌어가야 할 처지였다. "그러니까. 그 문을 부순 게 시멜리아란 말이죠."

국장은 생각에 잠긴 표정으로 나를 지긋이 봤다. "내가 알기로는 시멜리아가 부수려고 시도했다더군. 특별 대응 부대가 바닥과 벽에 박힌 탄환을 찾아냈는데 시간관리국에서 지급한 총기와 탄도가 일치하는 걸로 나왔어. 게다가 잠적할 때 다른 총 도 한 정 소지했던 걸로 보이는군."

국장은 말을 마치고 내 반응을 기다렸다. 나는 다시 조심스레 대화를 이어갔다. "맞아요. 시멜리아는…… 총이 있었어요. 그런데 부수려고 '시도'했다니, 그게 무슨 말이죠?"

"그 기계가 보통 물건이 아니라서 말이지. 시공간의 구조 자체를 뚫어버리는 기계야. 권총같이 흔해빠진 무기에 파괴될 리는 없어. 그저…… 망가졌을 뿐이지. 내 권한으로 얘기할 수 있는 건 여기까지야. 충고하는데 이 문제에 관해 캐묻는 건 이쯤에서 멈추는 게 좋아. 자칫하면 내 쪽에서 새로운 방향으로 흥미를 갖고 줄줄이 캐묻는 수가 있으니까."

"이주자들은 죄다 행방불명인가요?" 나는 서둘러 물었다.

"고어와 켐블의 경우에는 그래. 카딩엄은 잡혀서 구금중이야. 그 친구는 협조적이더군. 내가 아는 한 언제나 우리에게 협조적이었어. 어느 시간 선에서나."

"시멜리아는요?" 내가 불쑥 물었다.

"시멜리아가 우리 눈에 띄면 어떻게 될지는 자네도 알 텐데." 국장의 목소리는 꽤 부드러웠다.

"말도 안 돼요. 그럴 수는 없어요……."

"하지만 난 그럴 수 있어. 게다가, 그렇게 해야만 해. 듣자 하니 자네 같은 사람들은 '연대'라는 용어를 자주 쓰더군. 그건 이해관계가 일치하는 집단의 단결을 나타내는 용어지. 안전을 위협하는 외부의 위험에서 스스로를 보호하는 집단 말이야. 그런데 난 지금 시민과 국가에 관해 말하고 있어. 무슨 말인지 알아?"

나는 그때까지도 손에 들고 있던 퇴직 보상 조건 서류를 양손으로 천천히 비틀어 땀에 젖은 원뿔 모양 덩어리로 만들었다. 국장이 주절거린 헛소리는 지금도 생각이 난다. 시멜리아는 '자네 같은 사람들'이라는 국장의 말을 들으며 얼마나 짜증이 났을까. 우리 둘을 하나의 포괄적인 용어로, 심지어 적대적인 용어로 한데 묶어 설명하는 흐리멍덩한 짓을 보며.

"당신은 악마로군요."

"자네가 그런 식으로 생각하는 사치를 누릴 수 있어서 기쁘군. 그건 곧 자네의 삶이 하도 안전해서 개개인의 도덕성이라는 관념을 갖고 놀아볼 여유마저 누린다는 뜻이니까. 개인 같은 건 중요하지 않아. 중요한 건 국가야."

나는 상자 하나에 다 들어갈 조그마한 은하수처럼 부검대에 흩어진, 아니, 정확히는 부검대 위 허공에 살짝 떠 있는 시신의 잔해를 가만히 바라봤다. 내 눈에 익숙한 크기와 너비대로 다 모아놓지는 못한 듯싶어서 눈물이 핑 돌았다. 나는 궁금했다. 내 손으로 아델라를 죽인 걸까. 아니면 단순히 아델라가 사는 시간 선이 더는 존재하지 않게 된 걸까.

나는 미래의 어느 시점에서 살아가는 그레이엄의 모습을 상상했다. 그는 세월이 흐르는 동안 아내가 집에 오기를 기다리며 슬픔에 점점 더 깊이 빠져들 운명이었다. 십대인 아들은 청년으로 성장해 지난날 엄마를 더 자주 안아주지 않은 것을 후회할 테고. 어쩌면 나는 그 둘마저 때려 부쉈는지도 몰랐다. 내가 끝내 만나지 못한 내 아들은 미처 존재하기도 전에 찌그러져 사라지고 말았다.

"아델라한테 무슨 일이 일어났는지는 우리도 몰라." 국장이 말했다. "그래서 우린 자네한테 아무 일도 일어나지 않도록 단속해야 해. 왜냐면 아델라는 자네의 한 가지 판본이었고, 자네가 미래에 어떤 영향을 미칠지는 아무도 모르는 일이니까. 자네한테는 엄청난 '잠재력'이 있다는 말이야. 멋지지? 하지만 오늘 이후로 자네가 이 건물 주위 반경 50미터 안쪽에 다시 발을 들이면, 경비원들한테 발포 명령이 내려갈 거야."

나는 직장을 잃었고, 집도 잃었다. 소지품은 시간관리국의 반환 창구를 통해 대부분 돌려받았지만, 그래도 벨트나 드레스, 기념품 따위가 없어진 것을 알아차리는 일은 이후 몇 주 동안 계속 일어났다. 관리국이 번갯불에 콩 볶는 속도로 안가를 압수 수색하는 과정에서 사라진 것이었다. 책은 《로그 메일》을 포함해 절반이나 사라졌다. 닭 가방은 조류로 보기 힘든 모양으로 구겨진 채 돌아왔다. 무엇보다 전자제품은 돌려줘놓고 충전기는 하나도 돌려주지 않은 것이 가장 분통 터졌다. 관리국이 나에게 마지막으로 먹이는 사소한 골탕 같았다.

그레이엄의 소지품은 모조리 압수당했다. 엄밀히 말해 그의 소지품은 시간관리국 예산으로 구입했으니 관리국 비품이었다. 그래도 그가 지녔던 물건 하나쯤은 갖고 싶었는데.

내 업무용 노트북 컴퓨터와 업무용 휴대전화 역시 회수됐다. 화면 크기가 본체의 절반밖에 안 되는 구식 개인 휴대전화로는 사진을 한 번도 찍지 않았기 때문에 나에게는 그레이엄의 사진 한 장도 남지 않았다. 남은 거라곤 인터넷에서 찾은 1845년의 은판 사진 복사본뿐이었다. 이로써 그가 내 삶에 들어오기 전과 똑같은 상태로 돌아간 셈이었다. 나는 닭 목걸이를 목에 걸고 뜨뜻해질 때까지 손끝으로 쥔 채 그의 손이 어떻게 생겼는지 떠올려봤다. 하지만 머릿속 이미지는 점점 희미해졌다. 어느 날 아침 눈을 떴을 때, 그의 눈이 정확히 어떤 색이었는지 더는 기억나지 않았다.

런던을 떠나 부모님 댁으로 돌아갔다. 시간관리국하고는 언어 분과의 인력 개편 계획에 따라 퇴직했다고 둘러대기로 합의했기에 부모님께도 그렇게 얘기했다. 꼭 관리국이 내 항문에 주먹을 쑤셔 넣고 꼭두각시 인형을 조종하듯 내 턱을 움직이는 듯한 기분이 들었다.

집에 돌아오는 기분은 쓰라렸다. 다름 아닌 부모님이 있는 곳이었으니까. 두 사람은 내게 피와 신경증을 물려준 장본인이자, 평범한 사람들이었다. 놀랍도록 평범한, 어떤 작가도 소설로 쓰려 하지 않을 사람들. 나는 내가 권력과 어떤 거래를 했는지 생각해봤다. 권력을 위해, 내 인간성을 대가로 치르면서까지. 부모님이 정말로 원한 건 내가 어엿한 직업을 갖고 행복하게 사는 것뿐이었는데.

아빠는 내 '퇴직' 보상금이 아주 후한 수준이라고 나를 안심시키며 긍정적인 기운을 불어넣어 주려고 안간힘을 썼다. 엄마는 내가 겪은 고생을 자기 일처럼 받아들이며 내 전 고용주에게 '저주'(구체적인 내용은 밝히지 않고)를 내려주겠다고 약속했다. 엄마는 주문이나 마법 따위에 혹한 적이 한 번도 없었지만, 그래도 기운찬 모습을 보니 기분이 좋았다. 나는 보통 축 처진 채 지냈다. 다시 어린애로 돌아가서, 어른들 세계의 무정함에 질려 안쓰러운 꼬맹이가 돼버린 채로. 그레이엄은 사라졌다. 그의 곁에서라면 내가 될 수도 있었던 여자 또한 그가 데려가버린 셈이었다.

몇 주 동안 나는 울거나 울지 않거나 둘 중 한 가지 상태였다. 후자는 울고 싶은데 눈물을 뽑아내지 못하는 멍한 시간이었다. 계단을 올라가다가 갑자기 멍한 상태에 빠지는 느낌이 들면 주저앉아 한 시간은 벽에 기대어 있어야 했다. 설거지를 하다가 멍한 상태에 완전히 빠져들면 개수대 물에 손을 담근 채 물이 차가워질 때까지, 또 양 손바닥이 따뜻한 우유 표면의 막처럼 쪼글쪼글하고 희끄무레해질 때까지 가만히 서 있었다.

어느 날, 나는 아서의 노트를 읽었다. 시간관리국이 미처 뺏어갈 생각을 못 한 물건이었다. 아마도 아서가 생전에 전혀 위협적이지 않았고, 죽은 후에는 더욱 위협적이지 않기 때문인 듯 싶었다. 어느 '날'이라는 말은 과장이다. 그때는 사실 새벽 3시 반이었으니까. 그 무렵의 나에게는 평범하게 깨어 있는 시간이었다. 노트에 적힌 내용은 대부분 질문 목록이었다. 가상 사설 네트워크vpn란 무엇인가? 무솔리니는 누구인가? '격동의 1960년대'—무슨 뜻? 'PC주의 부대'—정체 및 기지 위치는? 대개는 질문의 맞은편 페이지에 흘려 쓴 글씨로 정답이 적혀 있었다. 추측건대 아서와 시멜리아는 정기적으로 마주 앉아 그의 의문을 해결하는 영리한 방법을 찾은 모양이었다. 나는 그레이엄과 그런 식의 활동을 해본 적이 한 번도 없는데. 정말이지, 나는 여러모로 형편없는 가교였다.

노트에는 그것 말고 두 가지 내용이 더 있었는데, 나는 하마터면 그 둘을 혼동할 뻔했다. 몇몇 메모는 노래 가사를 급하게 갈겨쓴 것이었다. 그레이엄과 달리 아서는 오늘날의 음악을 좋아해서 귀에 꽂히는 노래 가사를 따라 적으려 한 모양이었다. 다른 한 가지는 시였다.

아서의 시는 형편없는 수준이었고 아마 본인도 이를 알았을 것이다. 루퍼트 브룩이나 시그프리드 서순 같은 이름난 시인이 될 가망은 없었지만, 그래도 그는 시 쓰기를 멈추지 못했다. 거기에는 믿기 힘들 만큼 고결한 것, 본질적으로 아서왕 이야기의 기사도와 비슷한 어떤 것이 깃들어 있었다. 그런 시를 한 편 읽는 동안 귓가에 그의 목소리가 들려왔다. 내 안에는 자꾸만 실밥을 풀고 저절로 벌어지는 상처가 있었다. 그들이 너무나 보고 싶었다. 그들이 없어지고 나서, 나는 함께 지냈을 때보다 그들을 더 잘 안다는 느낌이 들었다. 나는 그레이엄을 제국의 후예로 여겼고 그레이엄은 나라는 사람의 외면만 보고서 나를 급진적인 독단주의자로 여겼다. 우리가 서로를 더 또렷이 볼 수만 있었어도…….

바깥으로 걸어 나와 부모님 댁의 깔끔하기 그지없는 잔디밭에 섰다. 하늘에는 신호용 깃발의 문양처럼 별이 총총 떠 있었다. 매기도 나와 똑같이 바로 저 별들을 봤고, 아서도, 그레이엄도 마찬가지였다. 하지만 별은 영원하지 않다. 별은 대부분 이미 죽었기 때문에, 나는 유령을 올려다보는 셈이다. 우리 행성에 펼쳐질 미래의 어느 시점에는 하늘 풍경도 바뀔 것이다. 준장이 살던 세계를 기준으로 놓고 보자면, 그때는 사람이 남아 있지 않을지도 모른다. 저 별은 우리 시대에 주어진 덧없고 아름다운 선물이었다. 우리가 다 함께 누린 인간의 시대에. 다른 이들이 다 그랬듯이 언젠가는 나도 죽을 것이다. 그러니 한번 살아보려고 하는 것도 좋지 않을까.

이튿날 아침, 나는 침대에서 비틀비틀 일어나 아침을 먹으러 갔다. 네 시간밖에 못 자서 숨 쉴 때마다 이상하게 씩씩거리는 소리가 났다. 부모님에게 날씨도 좋은데 숲으로 산책하러 가지 않겠냐고 물었다. 두 분은 안심하는 기색이 역력했다. 아델라가 당부했던 말이 떠올랐다. '되도록 많은 시간을 같이 보내도록

해.' 그렇게 나는 그레이엄이 내 삶에 들어오기 전의 내가 어떤 사람이었는지 기억해내려 애썼다.

봄이 여름으로 바뀌었다. 여름은 만개했다가 고개를 숙이고 잠들었다. 동생이 나에게 프리랜서 교정 일을 몇 건 소개해줬는데 이는 곧 내 앞으로 다시 이메일이 날아오기 시작한다는 뜻이었지만, 그래도 이번에는 적어도 누굴 죽이거나 친구들에게 스파이 짓을 하라는 요구는 받지 않았다. 날마다 우는 짓은 그만뒀지만, 그래도 울기는 울었다. 여전히 부모님 댁에 얹혀살기는 했지만, 런던으로 돌아가야겠다고 골똘히 생각했다. 시간관리국에서 입막음용으로 준 보상금은 내 은행 계좌에서 얌전히 먼지를 뒤집어쓰고 있었다. 당장 쓸 수 있는 현금을 그렇게 많이 가져보기는 평생 처음이었기 때문에 그 돈에는 손대고 싶지 않았다.

어느 날 오후, 내가 사실상 사무실로 쓰던 예전 동생 방에서 업무 관련 이메일을 못 받은 척하고 빈둥거리고 있을 때, 아래층에서 아빠가 나를 불렀다.

"네 앞으로 좀 이상한 소포가 왔어."

"예?"

"우체국에 몇 주나 보관돼 있었다더라. 받는 사람 집이 어딘지 찾느라고. 그래도 겉에는 네 이름이 적혀 있었다던데."

"집이 어딘지 어떻게 모를 수 있어요? 번지수가 적혀 있는데."

"글쎄. 네가 직접 한번 보렴."

아빠는 내게 조그만 소포를 건넸다. 순식간에 땅이 갈라지고 크레바스가 쑥 솟아오르는 기분이 들었다. 소포 위쪽 귀퉁이에 붙은 우표는 미국 것이었지만, 겉면의 나머지 부분에는 그레이엄의 축 처진 필기체 글씨가 빼곡히 적혀 있었다. 주소는 없었다. 그 대신 그는 내가 들려준 어린 시절 이야기를 토대로 자신이 추측한 우리 집의 대략적인 위치와 모양을 소포 포장지에 적었다. 그리고 그 설명 위에 내 이름을 적어뒀다.

소포를 뜯어봤다. 안에서 나온 것은 안가에서 사라진 《로그 메일》이었다.

책장 사이에 뭔가 끼어 있었다. 책을 펼치자 반들거리는 사진이 나왔다. 사진 속 풍경 앞쪽에는 진녹색 잎이 뾰족뾰족한 가문비나무와 단단히 다져진 맨땅이 있었다. 뒤쪽에는 상쾌하게 반짝이는 연못이 보이는 듯했다. 어딘지는 몰라도 경치가 아름다운 곳이었다.

사진 왼쪽 가장자리에 뭔가 번뜩이는 것이 보였다. 나는 사진을 세로로 기울인 다음, 더 자세히 보려고 눈을 가늘게 뜨고 목까지 구부렸다. 바람에 흩날린 가느다란 가닥이 보였다. 구릿빛이 감도는 금빛이었고, 거미줄처럼 가느다랬다. 머리카락이었다. 세로로 기다랗게 자란 바늘꽃 같은 모양도 어렴풋이 보였다. 그때 내가 본 것은 붉은 기가 도는 금발 머리와 진분홍색 재킷의 소매 가장자리였고, 피사체는 사진을 찍은 사람이 든 카메라의 렌즈에서 멀찍이 떨어져 있었다. 그렇다면 그 사진에 담긴 사람은 둘이었다. 한 사람은 렌즈 시야 바로 바깥에, 다른 한 사람은 뷰파인더 뒤에 있었다. 그들은 살아있었다.

사진을 다시 책에 넣으려다가 알아차렸다. 그 사진은 밑줄 그은 단락이 있는 페이지를 표시하려고 끼워놓은 것이었다. 나는 그 단락을 읽어봤다.

아마도 그녀는 충동과 지성이 뒤섞였다는 점에서 우리 둘이 닮았다는 것을 알았을 듯싶다. 그녀의 두뇌는 감정에 지배당했다. 비록 파괴적인 논리로 자기편을 지지했을지언정 그녀의 헌신은 논리와 아무런 상관도 없었다. 나 또한 그녀와 똑같지 않을까 의심해본 적 없었지만, 그 의심은 사실이었다. 나는 이때껏 어느 한쪽을 편든 적이 없다. 저울의 양팔 가운데 한쪽에 진심으로 올라선 적이 없다는 말이다. 실망감 또한 느끼지 않는다. 실망감의 강도가 매우 강할 경우에는 상황이 끝나고 한참 후에야 비로소 느낀다. 그럼에도 나는 감정에 지배당한다. 감정이라는 것을 세상에 나면서부터 없애버렸는데도.

페이지 아래쪽 여백에 메모가 또 한 줄 적혀 있었다. 그레이엄이 1847년 돌무덤에 남긴 서신의 서명과 똑같은 글씨체로 휘갈겨 쓴 메모였다. 거기에는 이렇게 적혀 있었다.

"애, 괜찮니?" 아빠가 물었다. 표정이 멍해 보였다. 아빠는 방금 내 얼굴 표정에서 어떤 변화 과정을 보았을까.

"아. 괜찮아요, 아빠. 이게 어떤 나무인지 아세요?"

"흠. 시트카 가문비나무 같은데?"

"어디 가면 볼 수 있어요?"

"미국 서부 해안 지대. 이 사진은 아무래도 알래스카에서 찍은 것 같구나."

"알래스카에서 제일 큰 도시가 어디죠?"

"앵커리지." 아빠는 냉큼 대답했다. 아빠가 기뻐한 까닭은 단지 내 덕분에 술집 퀴즈 상식을 써먹을 기회를 얻었기 때문만이 아니라, 내가 더는 소파에 웅크리고 훌쩍거리지 않아서였다. "거기 친구들이 있나 보구나?"

"맞아요." 나는 느릿느릿 대답했다. 그러면서 머릿속으로는 아직 손도 대지 않은 입막음 보상금과 답장하고 싶지 않은 이메일을 떠올렸다. 그리고 사진 한 장으로 대략적인 위치를 어디까지 알아낼 수 있을까 하는 생각도 떠올랐다. 만약 그곳에 가서 꼼꼼히 찾아본다면.

"맞아요." 좀 더 또렷한 목소리로 대답했다. "아빠, 제가 일 년 넘게 휴가를 못 갔잖아요. 여행을 좀 가게 될지도 모르겠어요."

역사를 바꾸는 방식은 다음과 같다.

당신이 아는 한, 또는 나인 당신이 아는 한, 시간의 문은 부서졌다. 당신은 지금 사는 대로 계속 살다 보면 어떤 자신이 될지 알려주는 이 문서를 끝내 수신하지 못할지도 모른다. 하지만 만약 이 글이 당신 손에 들어간다면, 그렇다면 나는 그 모든 일이 한 단계 한 단계 어떻게 일어났는지 당신이 알아주기를, 그래서 부디 바꿔주기를 바란다. 나는 일종의 시간 여행인 이 이야기의 시작과 끝에 함께 존재하지만, 부디 당신이 나를 막을 방법을 찾아주기를 바란다. 미래가 몸을 숙여 당신의 얼굴을 양손으로 감싸고 '걱정 마, 나아질 거야'라고 말해주기를 당신이 얼마나 간절히 바랐는지 나도 안다. 하지만 진실은, 당신이 같은 실수를 계속 반복한다면 미래는 나아지지 않는다는 것이다. 나아질 수도 있지만, 그러려면 '당신'이 더 나은 사람이 된 세계를 당신 스스로 더 열심히 상상해야 한다.

비관적으로 굴 생각은 없다. 내가 이런 얘기를 하는 까닭은 단지 내 선택이 얼마나 잘못됐는지 알기 때문이다. 나처럼 하면 안 된다. 스스로가 거대한 프로젝트의 한 연결점이라고, 당신의 과거와 트라우마가 당신의 미래를 결정한다고, 개개인은 중요하지 않다고 믿어버리면 안 된다. 내가 살면서 했던 가장 급진적인 일은 그레이엄을 사랑한 것이었고, 심지어 나는 이 이야기에서 맨 먼저 그렇게 한 사람도 아니었다. 하지만 당신은, 하려고만 하면, 제대로 할 수 있을 것이다. 당신은 희망을 가질 것이다. 그리고 용서는 이미 받았다.

　용서는, 당신을 과거의 자신으로 되돌려 스스로 다시 시작하도록 한다. 희망은, 당신이 새로운 자신으로 살아가는 미래에 존재한다. 용서와 희망은 기적이다. 그것들 덕분에 당신은 자신의 삶을 변화시킨다. 그것들이야말로 시간 여행이다.

　1845년 5월 19일, 에러버스함과 테러함이라는 영국 해군 소속 함선 두 척이 잉글랜드의 켄트 주에 있는 그린하이드 항구에서 출항해 북서항로를 찾으러 떠났다. 북서항로는 북아메리카 대륙 북부의 북극해를 지나 영국과 아시아의 여러 무역국을 잇는 (당시로서는) 가상의 항로였다. 1845년 7월 말, 고래잡이배 두 척의 선원들이 그린란드 서해안의 배핀 만에 떠 있는 에러버스함과 테러함을 목격했다. 두 함선은 미로 같은 북극해에 들어서기 전에 기상 조건이 호전되기를 기다리는 중이었다. 그때 이후 이들 탐험대를 목격한 유럽인은 없다. 칠 년에 걸친 수색이 막을 내린 1854년 3월 1일, 탐험대 전체가 공식적으로 실종 판정을 받았고 대원 전원은 사망했으리라 간주됐다. 1859년이 돼서야 비로소 다른 북극 탐험대의 윌리엄 홉슨 중위가 '빅토리 포인트 서신'이 들어 있는 돌무덤을 발견했다. 그 서신의 내용은 이 소설의 9장에 재현돼 있다.

　탐험대를 이끈 존 프랭클린 경은 노련한 북극 탐험가로서, 처참하고 살벌하며 어쩌면 식인 행위까지 벌어졌을 1819년 캐나다 북부 코퍼마인 강 탐험 이후 '장화까지 먹어치우고 살아남은 남자'로 유명해졌다. 테러함의 함장 프랜시스 크로지어는 보기 드물게 유능한 뱃사람이자 과학자로서 일찍이 북극 및 남극 탐험에 다섯 번이나 참가한 경력이 있었다. 탐험대의 기함이었던 에러버스함의 함장 제임스 피츠제임스는 카리스마적인 야심가였으나 극지 경험이 전혀 없었다. 에러버스함에서 피츠제임스의 차석 지휘관은 그레이엄 고어 중위였고, 그를 포함해 극지 탐사 경험이 있는 장교는 고작 6명뿐이었다.

그레이엄 고어의 자료는 거의 남아 있지 않다. 그의 출생 기록도, 유언장도, 심지어 마지막 탐험중에 보낸 편지 한 장조차 남지 않았다. 복무 기록은 있지만 해군 장교로서 겪은 사적인 경험에 관한 정보는 거의 없다. 그의 아버지 존 고어는 영국 해군 도터럴함의 함장을 지냈으며 1820년에 열한 살이던 아들 그레이엄을 소년 지원병 자격으로 배에 승선시켰다. 따라서 우리는 프랭클린 탐험대가 출항했을 당시 *그가 서른다섯 살이었던 것*을 알 수 있다. 그를 가장 확실하게 묘사한 글은 제임스 피츠제임스 함장이 제수인 엘리자베스 코닝엄에게 보낸 편지에 담겨 있으며, 내용은 아래와 같다.

그레이엄 고어 중위는 매우 듬직한 사나이이자 아주 훌륭한 장교이며, 성격 또한 더없이 다정해서 페어홈이나 데뷔처럼 세상 물정에 밝은 남자보다는 숫기 없는 점을 뺀 르비스콤테('르베스콘테'를 잘못 표기)와 비슷합니다. 플루트 연주 실력이 매우 뛰어난데 잘 불 때도 있고 못 불 때도 있지만, 대체로 훌륭한 친구입니다.

비록 중요하게 다뤄지지 않은 각주 정도의 인물이었지만, 여기서 고어에 관한 몇 가지 사실을 추리할 수 있다. 그는 인기가 많고 남들의 호감을 끄는 장교였다. 군 경력을 시작하고 나서 내내 현역 복무 상태였는데 이는 평시의 영국 해군 장교로는 드문 경우였으며, 함께 근무한 이들 가운데 여럿이 그의 상냥한 마음씨를 칭찬했다. 플루트를 연주하고 그림도 즐겨 그렸다(그는 존 로트 스토크스 함장이 지휘하는 비글함에서 중위로 복무한 후 스토크스가 쓴 책《오스트레일리아에서 발견한 것들Discoveries in Australia》의 삽화 몇 점을 그린 바 있다). 운동 실력이 뛰어나서 다른 이들의 편지나 회고록에 총을 들고 뭔가 쏘는 사람으로 자주 등장했다(순록, 물개, 토끼, 앵무새, 왜가리, 뭐든 가리지 않고 총으로 쏴서 잡았다). 또한 오늘날 단 한 장만 남아 있는 그의 은판 초상 사진을 보면 매우 매력적인 남자이기도 했다.

　나는 이 소설에서 그레이엄 고어에 관해 많은 것을 추론했다. 피츠제임스는 입에 시가를 물고 에러버스함 뱃전에서 낚시하는 고어의 모습을 봤다고 언급한 바 있다. 나는 그 기록을 가져다 고어의 흡연 습관으로 바꿨다. 스토크스는 고어의 손에서 총이 폭발했을 때 충격 때문에 벌러덩 나자빠진 그가 태연하게 '새는 잡았습니다……'라고 말했던 것을 기억했다. 나는 그 기록을 참조해 그에게 기이할 만큼 차분하고 온화한 성격을 부여했다. 그가 사격 연습을 많이 했다는 점을 감안해 명사수일 거라 추측하기도 했다. 그가 쓴 편지 가운데 오늘날 유일하게 남아 있는 것은 웹사이트 아르크터노츠닷컴 Arctonauts.com에서 디지털화했는데, 여기서 재치 있고 침착한 남자라는 인상을 주는 그는 자신의 해군 경력에 관해 이렇게 적었다.

하지만 (아주 어리석은 생각일지도 모르지만) 저는 늘 예감했습니다. 언젠가 저는 좋든 싫든 가장 높은 자리에 오를 것이라고 말입니다.

그래서 나는 그를 여러 미래 가운데 한 가지 버전에서 시간관리국의 가장 높은 자리에 앉혔다. 그가 좋아하든 싫어하든 상관없이.

《시간관리국》의 최초 버전은 친구 몇 명에게 재미를 선사하려고 쓴 원고였다. 5명이 넘는 독자를 염두에 두고 쓴 글은 결코 아니었다. 하지만 그 프로젝트에서 《시간관리국》이 태어나게 되어 기쁘다. 통념과 달리 각주 읽기는 언제나 보람차다는 사실을 나는 이 책을 쓰며 배웠다.

2024년 런던
캘리앤 브래들리

《시간관리국》은 '시간 제국주의'를 다층적 관점에서 다룬 이색적인 작품이다. 이 책에서 현재로 끌려온 과거의 인간은 현실의 역사에서 숨을 거두기 직전에 미래로 끌려왔기 때문에, 과거 역사에 어떠한 영향도 미치지 않는다. 과거 제국주의 열강이 식민지에서 납치해온 노예와 조금도 다를 바 없는 처지인 것이다. 정부가 이들을 현재로 끌고 온 이유는 간단하다. 과거 인간의 존재 자체에 깃든 불확정성을 MRI 같은 현대의 첨단 기술로도 파악할 수 없다는 점을 이용해 이들을 정부 자산(첩보 요원)으로 활용하기 위해서다. 이 계획을 추진하는 주체가 지난날 식민지를 하도 많이 만들어 '해가 지지 않는 제국'으로 불리던 영국 정부라는 설정은 씁쓸하면서도 현실적으로 다가온다.

이러한 설정을 더 풍성하게 하는 요소는 시간관리국에 포획돼 현재로 끌려온 인물들, 그중에서도 특히 그레이엄 고어라는 인물의 성격이다. 19세기 영국 해군 장교로서 북극항로 탐험대의 일원이었던 고어는 항해 도중 배가 얼음에 갇혀 죽음을 맞기 직전, 현재로 납치된다. 제국주의의 첨병이었던 그가 이번에는 제국의 그물에 잡혀 낯선 땅에 끌어 올려진 신세가 된 셈이다.

한편 주인공인 '나'는 난민 출신 캄보디아인 어머니와 영국인 아버지 사이에서 태어난 혼혈 여성이다. 사회적 소수자가 주인공인 소설이 가끔 그렇듯 이 책의 주인공 또한 사회 주류에 편입되려 애쓴다. 주인공은 제국주의의 희생양인 자신의 혈통을 끊임없이 의식하면서도 시간 제국의 대리인이 되기를 마다하지 않는다. 그러나 주인공이 봉사하는 제국은 애초에 "난민에게 '(이곳에 오게 되어) 고맙다고 느끼나요?'라고 묻지 않고 '고마움을 얼마나 크게 느끼나요?'라고 묻는 나라"(〈가디언〉 캘리앤 브래들리 인터뷰)였다.

책 후반부에 밝혀지듯 고어와 주인공은 처음부터 '우로보로스 패러독스'에 얽힌 사이였다. 스스로의 꼬리를 물고 있는 신화 속 거대한 뱀처럼 영원히 반복될 예정이었던 제국의 시스템은 둘 사이의 예기치 않은 로맨스 때문에 무너지고 만다. 이들의 로맨스는 언뜻 우연처럼 보이지만 실은 이미 예정된 파국에 다름 아니다. 역사라는 드넓은 평면에서 한 명의 인간은 조그만 점 하나로 보이지만, 그 점을 다른 곳으로 옮기고자 떼어내면 보이지 않게 얽혀 있던 내면의 시간이 벡터처럼 다 함께 딸려오며 주위 공간을 일그러뜨리기 때문이다. 그리고 제국의 계획은 그 조그만 점이 다른 점과 만나 일으키는 잡음과 혼선과 열기 속에서 서서히 일그러져 간다. 결국, 로맨스가 희망이다.

2026년 2월

장성주

시간관리국

1판 1쇄 발행 2026년 3월 6일 **1판 3쇄 발행** 2026년 4월 10일

지은이 캘리앤 브래들리 **옮긴이** 장성주
펴낸이 박강휘
편집 류효정 백경현 **디자인** 유향주
마케팅 박유진 이수빈

발행처 김영사
주소 경기도 파주시 문발로 197(문발동) 우편번호10881
등록 1979년 5월 17일(제406-2003-036호)
주문 및 문의 전화 031)955-3200 **팩스** 031)955-3111
편집부 전화 02)3668-3276 **팩스** 02)745-4827
전자우편 literature@gimmyoung.com
블로그 blog.naver.com/viche_books
X(트위터) @vichebook **인스타그램** @drviche @viche_editors
ISBN 979-11-7332-544-1 03840
책값은 뒤표지에 있습니다.

비채는 김영사의 문학 브랜드입니다.